# 영남 한문학과 물의 문화학

이 저서는 2019학년도 경북대학교 연구년 교수 연구비에 의하여 연구되었음

# 영남 한문학과 물의 문화학

정우락

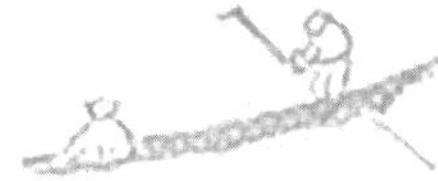

역락

## 머리말

어린 시절, 정월 보름의 어떤 새벽, 밝음과 어둠이 섞여 있는 혼돈의 시간. 할머니는 쌀과 대추 등을 바구니에 담아 머리에 이고 길을 나섰다. 나는 창호지로 사면을 바른 작은 등을 들고 할머니를 따라갔다. 집에서 1km쯤 가면 깎아지른 바위 아래에 있는 깊은 소沼가 나온다. 봉비암 양정소다. 깊이를 알 수 없는 그 소는 무서우면서도 신비로웠다. 혼돈 속에서 휘돌아 흐르는 검은 물소리는 그것을 더욱 증폭시켰다.

양정소 주변에는 백사장이 있었고, 할머니는 가지고 갔던 바구니를 그 백사장에 내려놓으셨다. 그리고 바구니에 담긴 음식을 꺼내 소를 향해 던지고, 소지를 태우며 무언가를 열심히 중얼거리셨다. 뒤에 안 것이지만, 물속 용궁에 사는 용왕에게 음식을 대접하며, 집안의 안녕을 빌었던 것이다. 우리는 이를 '용왕 먹이기'라 불렀다. 그때 할머니는 아마도 집안에 아무 탈이 없고, 아이들 건강하게 잘 자라고, 농사도 풍작이 되게 해달라고 기원하셨을 것이다.

용왕에게 음식을 먹이는 것은 생명의 근원에 대한 숭배이다. 신비한 힘을 가진 상상의 동물 용은 무궁무진한 조화의 능력이 있다고 믿어왔으며, 특히 물과 깊은 관계를 지닌 수신水神으로 신앙 되어왔다. 용은 순우리말로는 '미르'이며, 이에 따라 은하수는 용천龍川, 즉 '미리내'이고, 용을 뜻하는 진辰도 '미르진'으로 읽는다. 물과 은하수와 용은 모두 같은 계열의 의미망을 거느리고 있으며, 우주의 조화를 관장하며 생명을 다스리는 존재들이다.

우리나라의 고전 중의 고전인 『삼국유사』에도 용에 대한 이야기가 다양하게 나온다. 공자는 합리적으로 설명할 수 없는 것은 말하지 않았다지만, 일연은 제왕이 일어날 때는 반드시 보통 사람들과 다른 신이한 일이 있을 수밖에 없다면서 신이사관神異史觀에 입각해 『삼국유사』를 썼다. 논리 이전의 논리와 논리 이후의 논리로 우리 민족의 위대함을 말하고자 했던 것이다. 그 신이성을 설명하는 자리에 등장했던 대표적인 존재가 바로 용이었다.

탈해왕조를 들어보자. 탈해는 바다를 통해 한반도로 와서 먼저 가락국에 정박했다가, 다시 신라 땅인 계림의 동쪽 하서지촌 아진포에 이른다. 그때 혁거세왕에게 물고기를 잡아 진상하던 아진의선이 새벽에 바다로 나가 배를 발견한다. 배 안에 실려 있던 궤를 나무에 걸어놓고 길흉을 점친다. 궤에서 나온 탈해가 자신은 용성국 사람으로 어머니가 자신을 알로 낳았기 때문에, 배에 실려 붉은 용의 호위를 받으며 신라까지 이르게 되었다는 사연을 말한다.

탈해는 용왕이 다스리는 용성국 출신이며, 태양에 비친 파도일 듯한 붉은 용의 호위를 받으며 바다에서 들어왔으니 이 이야기는 온통 물로 되어 있다. 바다는 그 자체가 물이고 용은 또한 물의 다른 이름이기 때문이다. 용왕의 아들로 용의 호위를 받으며 물의 흐름에 따라 인연 있는 땅 신라로 온 탈해, 그는 남해왕의 맏딸을 아내로 맞아 노례왕에 이어 신라의 제4대 왕이 된다. 생명을 상징하는 물에서 발원하여 신라의 왕이 된 것이다.

이상은 내가 일간 신문에 기고했던 글(「용에 관한 기억」, <영남일보> 2022.3.10)의 일부이다. 이 글을 여기에 소개하는 것은 나름의 이유가 있다. 이 책의 제목으로 제시한 '영남', '한문학', '물', '문화'의 의미를 적출해 낼 수 있기 때문이다. 봉비암 양정소는 경상북도 성주에 있으니 공간이 '영남'이고, 한자로 된 『삼국유사』의 설화를 제시하였으니 '한문학'에 해당하며, 소와 바다와 용이 주요 소재로 등장하니 '물'과 직접적인 관련이 있다. 그리고 일련의 이야기가 용왕 먹이기라는 민속과 결합되니 '문화'와 맞물린다. 여기서 더욱 나아가

용 혹은 용왕이 갖는 위상을 감안할 때 이 이야기는 정치와도 결부될 수 있다.

영남은 이 책에서 다루고자 하는 공간적 범위이다. 영남은 '영嶺'의 '남南'이다. '영'은 충청도와 강원도의 경계지점에 있는 조령鳥嶺과 죽령竹嶺을 뜻하는 것으로, 이들 준령의 남쪽에 있다고 해서 영남이라 했다. 이처럼 영남은 '영지남嶺之南'에 위치하면서도 대체로 분지의 형태로 존재한다. 그러니까 자연지리적 환경이 문화 형성에 일정한 영향을 미칠 수 있다는 것이다. 큰[大] 언덕[邱] 안에 갇힌 '대구'는 더욱 그러하다. 분지를 기반으로 한 문화적 특수성이 이 지역 사람들의 정서 형성과 문학 창작에 커다란 영향을 미쳤을 것으로 보이기 때문이다.

영남이 신라문화를 철저히 계승하였던 것도 주목할 대상이다. 일찍이 이익李瀷은 영남지역 양반문화의 근원을 신라의 골품제도와 화백제도에서 찾은 적이 있다. 신분 간의 배타성을 특징으로 하는 골품제도와 합의정신을 가장 소중히 생각하는 화백제도가 영남문화를 만들어 갔다는 것이다. 조선조에 들어서는 영남학파가 형성되면서 이황李滉의 주리적 전통이 사상계를 지배하게 된다. 특히 인조반정 후 남명학파가 몰락하자 영남지역의 일부가 노론 세력에 흡수되기도 했으나 영남은 남인을 모집단으로 하여 기호학파와 대립하면서 자기 정체성을 확보해 나갔다.

한문학은 이 책에서 설정한 학문적 범위이다. 한국문학은 존재방식에 따라 말로 된 구비문학과 글로 된 기록문학으로 나뉘고, 기록문학은 문자에 따라 한자로 된 한문학과 한글로 된 국문문학으로 나뉜다. 이 가운데 한국의 한문학은 중국의 문자인 한자를 빌려오되 우리 민족의 정서와 사상을 표현하고 있으니 중세의 한자문화권에 속하는 일본이나 월남에 비해 한국적 독자성을 지닌다. 기호지역이나 호남지역과 다른 공간을 가진 영남은 영남인들을 중심으로 여타 지역의 작가들과 소통하면서 영남의 독자적 문화를 만들어 갔을 것이다.

이 책에서 정몽주 등 고려시대의 사람들이 없지 않으나 조선시대 영남인이 중심이 되었고, 문학 갈래로는 <봉산욕행록> 등과 같은 한문산문이 없지 않으나 한시가 주축을 이룬다. 또한 대부분이 유학자들의 작품이므로 그 성향도 바로 알 수 있다. 즉 시간적으로 조선시대, 갈래적으로 한시, 사상적으로 유학이 논의의 중심을 이룬다는 것이다. 여타의 지역에 비해 영남지역에는 한문학 자료가 아직도 풍부하게 남아 있다. 특히 시회를 활발하게 진행하면서 남긴 시축詩軸이 요즘도 적지 않게 발굴되고 있는 것으로 보아, 영남지역을 중심으로 한문학을 논할 때 한시가 중심이 되는 것은 지극히 당연한 일이다.

그렇다면 나는 무엇 때문에 물을 주목하는가. 문학은 상상력을 기반으로 한 언어예술이다. 말로 된 것이든 글로 적은 것이든 언어예술이면 모두 문학이라 하겠는데, 물은 작가의 전방위적 상상력을 모두 담아낼 수 있는 대표적인 물질이다. 때로는 유순과 난폭, 단절과 지속, 이별과 만남, 욕망과 성찰, 이상과 현실 등 모순 혹은 대립적인 작가의 인식을 형상하기도 하지만, 우물과 생명의 원두, 개울과 일상의 발견, 강하와 소통의 현장, 호수와 서정의 체험, 바다와 이상의 구현 등 일정한 경향성을 지니기도 한다.

물은 불변을 본질로 하면서도 수많은 변화에 능동적으로 대응한다. 때로는 변화를 만들어내기도 한다. 이것은 물이라는 구체적인 물질이 형태를 달리하기 때문이다. 물에 대한 구심력과 원심력이 동시에 작동한 결과이기도 하다. 물은 물질의 상태에 따라 액체와 고체와 기체로, 동정動靜에 따라 지수止水와 유수流水로, 승강乘降에 따라 수증기와 우수雨水로, 온도에 따라 온수溫水와 냉수冷水로, 강도에 따라 경수硬水와 연수軟水로, 청탁에 따라 청수淸水와 탁수濁水로, 완급에 따라 격류激流와 안류安流로 나눌 수 있다. 이 때문에 작가는 그들의 자유로운 상상을 즐겨 물로 담아낼 수 있었다.

물은 또한 문화를 구성하는 핵심적 요소이다. 물이 생명을 관장하니 이것은 음식문화, 종교문화, 공동체문화, 놀이문화, 생태문화 등 다양한 문화로 확장된다. 문화를 '한 사회의 개인이나 인간 집단이 자연을 변화시켜 온 물질적·정신적 과정의 산물'이라는 사전적 정의에도 불구하고, 물은 자연의 핵심에 놓여 있으며, 문화를 추동하는 근원적인 힘이다. 바로 이러한 측면에서 물은 자연과 문화를 넘나들며, 오히려 이것을 포괄하는 능력을 지닌다. 좀 더 적극적으로 말하면 물이 없으면 생명도 문화도 존재할 수 없다.

이 책의 제1부에서는 한시 문학과 물 이미지를 다루었다. 물론 영남 작가가 논의의 대상이다. 구체적으로는 정몽주, 이직, 어득강, 조식, 조형도이다. 우리가 어떤 작가의 문학적 경향을 따지고자 할 때, 그 작가가 창작한 문학의 물 형상을 살피면 핵심에 바로 도달할 수 있다. 바다를 중심에 둔 정몽주의 관료적 상상력, 유불 회통의 사상 경향을 가지면서도 물로 마음을 읊고자 한 이직의 성리학적 문제의식, 이름 자체가 '물고기가 강을 얻었다[魚得江]'는 어득강의 자유로운 자연 형상, 명단론적明斷論的 경의정신을 물로 제시하였던 조식의 현실주의, 무장武將으로서 강호락을 즐기면서도 현실적 고민을 떨칠 수 없었던 조형도의 나라 사랑 등이 바로 그것이다.

제2부에서는 개울을 중심으로 펼쳐진 구곡문화에 대하여 논의하였다. 강에도 구곡문화가 없지 않으나 개울이 중심이다. 개울이 원두에 가장 가까우면서도 청량감을 주기 때문이다. 구곡문화를 다루기 위해 먼저, 주자의 무이구곡과 <관서유감>이 조선으로 유입되어 어떻게 전개되고 응용되었는지를 살폈다. 그리고 구곡문화가 가장 발달한 백두대간 속리산권의 구곡동천을 전반적으로 검토하면서 경북의 대표적인 구곡을 일정한 기준에 의거하여 제시했다. 아울러 금호강을 중심으로 좀 더 넓은 영역에 설정되어 있는 대구

지역 구곡문화의 다양성을 이해할 수 있도록 했다.

제3부에서는 강 연안의 학문을 강안학江岸學으로 명명하고, 낙동강을 중심으로 그 학문의 특징을 탐색하였다. 이것은 물이 문화 및 학문과 어떻게 결합될 수 있는가 하는 문제를 살피기 위함이다. 강안학은 한강이나 영산강 등은 물론이고 황하 등 다른 나라의 강까지 확장될 수 있다. 낙동강 연안의 학문은 회통성과 독창성, 그리고 실용성이 두드러진다. 이러한 학문적 특징이 도학 감성, 낭만 감성, 사회 감성, 생활 감성 등과 맞물리면서 문학적 깊이를 더했다. 구체적으로는 낙동강 연안에 포진해 있는 상주, 김천, 성주, 칠곡, 고령 지역에서 확인할 수 있다. 나아가 강안학적 보편성과 함께 이들 지역이 지니고 있는 특수성 역시 고찰하였다.

나는 이미 『모순의 힘 : 한국문학과 물에 관한 상상력』(경북대학교출판부, 2019)을 상재上梓한 바 있다. 이 책은 이것의 후속 작업인바, 영남으로 공간을 한정하였지만 한시와 문화론으로 확장한 측면이 없지 않다. 처음부터 이 책을 기획한 것은 아니나, 물을 대상으로 한 물질적 상상력이 작가들에게 어떻게 작동하며, 개울을 바탕으로 한 구곡문화의 구성 방식은 또한 어떠하며, 강안학의 특징은 무엇인가 하는 문제에 대하여 꾸준히 관심을 가져왔다. 새로 다듬으며 질서화하니 자연스럽게 한 권의 책이 되었다.

모두가 그러한 것은 아니지만 조선조 성리학자들은 강이나 개울에 구곡을 설정해 두고, 물을 거슬러 오르면서 우주와 심성의 본원에 도달하고자 했다. 이 과정에서 이른바 입도차제入道次第나 인물기흥因物起興의 논리가 적용되었다. 이로써 심성을 회복하며 아름다운 자연을 노래할 수 있었던 것이다. 무이구곡과 마찬가지로 거슬러 오르면서 설정된 정격형 구곡이 압도적이다. 즉 자연은 순류에 따라 개울에서 강과 바다로 확산되지만, 선비들은 물을 거슬러 오르며 강에서 개울과 샘으로 심성론적 수렴을 추구해나갔던 것이다.

강을 통해 상하로 수렴하고 확산하지만, 좌우로는 경쟁하고 협동하는 문화 역량을 키워나간다. 즉 강은 좌우로 차안과 피안을 분명하게 구분하지만, 구분하기 때문에 소통의 역량도 함께 키운다. 경쟁과 협동을 본질로 하는 이러한 강의 문화역량은 인간의 삶에 강한 역동성을 부여한다. 차안과 피안은 다르기 때문에 경쟁하고, 다르기 때문에 또한 협동한다. 이로써 강안지역은 새로운 질서와 새로운 문화를 만들어 갈 수 있었다. 여기에 적용된 것이 바로 대대론待對論이다. 이질적인 두 요소가 공존과 상생의 원리로 존재하기 때문이다.

모든 일이 그러하지만 이 책을 내면서 나는 여러분의 도움을 받았다. 내가 봉직하고 있는 경북대학교는 2019년 2학기부터 1년 동안 진행된 나의 연구년에 연구비를 지급해서 이 책을 구상할 수 있도록 했다. 전대미문의 전염병 코로나19로 급히 돌아와야 했지만, 중국 절강성 소재의 영파대학寧波大學에서 이 책의 목차를 잡았는데, 당시 물의 도시 소흥紹興을 답사하면서 물을 주제로 진지하게 토론해 주었던 설현초薛顯超 교수를 잊을 수 없다. 또한 경북대학교 한국문학사상연구실의 김종구 박사와 김소연·신소윤 동학은 나의 거친 원고를 받아 읽으며 알뜰히 교정을 보았으며, 도서출판 역락의 권분옥 선생 등 편집진은 이 책을 예쁘게 만들기 위해 진력하였다. 모두에게 청량한 물 한 잔을 권하며 깊은 감사의 마음을 전한다.

2022년 4월 2일

지촌와사枝村窩舍에서　정 우 락

## 차례

## 제3부 강안학과 낙강 문화

# 서론 물과 문학, 그리고 문화

경상북도 성주의 대가천

물은 자원으로서의 물과 생명으로서의 물로 구분된다. 자원으로서의 물은 물에 대한 이용 가치를 강조한 것이고, 생명으로서의 물은 물 그 자체는 물론이고 물에 의해 생성·유지되는 사물의 생명성을 강조한 것이다. 근대 이후의 물은 자원으로서의 물만 존재할 뿐, 생명으로서의 물은 그다지 주목받지 못했다. 그 결과 물은 자본과 결탁하며 이용가치로만 인정되고 말았다. 이 책은 바로 이러한 문제의식에 기반하여, 물의 생명성과 이에 입각한 상상력, 그리고 인간의 생활 속에 스며든 문화의 일 부면을 다루기로 한다.

샘에서 물이 흘러 개울이 되면 그 주위에는 촌락이 형성되고, 개울이 모여 강하가 되면 그 연안에는 도시가 건설되고 문명이 탄생한다. 강하가 모여 바다가 되면 그 바다를 통해 다른 나라와 교역하며 새로운 세계를 경험한다. 이처럼 샘에서 개울로, 개울에서 강하로, 강하에서 다시 바다로 이어지는 과정에서 인적 물적 자원을 서로 교류하면서 각 지역의 문화는 새롭게 구성된다. 즉 고유의 것과 외래의 것이 서로 섞이면서 새로운 문화를 창조한다는 것이다. 우선 상상력의 원두로서의 물을 필두로, 물과 문학 및 문화의 관계 등을 생각하며 논의의 출발점을 마련해 보자.

# 서론 : 물과 문학, 그리고 문화

## 1. 물, 상상력의 원두

옛사람들은 '물의 근원은 어디에 있을까'에 대하여 지대한 관심을 가져왔다. 이들은 우선 형이하자形而下者인 물의 근원은 형이상자形而上者인 기氣에 있다고 보았다. 그 최초의 형태가 '이슬'이다. 항해沆瀣라고 한 것이 그것이다. 항해는 한밤중에 북방에서 생성되는 순수한 기의 외현태外現態이다. 즉 기가 비로소 모습을 갖춘 것으로, 신선이 마시는 것이 바로 이것이라 했다. 이 때문에 물은 무형의 기와 밀접한 관계를 가지며 모든 생명체의 근원으로 인식되었으며, 우주 만물의 운동과 생성을 가능케 한다고 믿었다.[1] 이로써 물은 무형의 기와 관련하여 우주와 통할 수 있었고, 기는 유형의 물을 만나 만물 속으로 스며들어 생명의 근원이 될 수 있었다.

조선후기의 최한기崔漢綺(1803-1877)는 아예 물과 기는 아무런 간극이 없다고 했다. 그는 '기학자氣學者'답게 동서양의 학문적 만남을 기학에 입각해서 이해하고자 했고, 이를 통해 최대의 위기를 맞이한 조선에서 어떤 돌파구를 찾고

1 정우락, 『모순의 힘 : 한국문학과 물에 관한 상상력』, 경북대학교출판부, 2019, 20쪽.

자 했다. 우리는 흔히 그를 근대사회와의 가교 역할을 한다고 평가하는데, 이는 전통적인 기를 과학적 논리로 해명하고자 했기 때문이다. 그는 이전 시대의 성리학자들과 달리 경험성을 특별히 강조하였는데, 이 과정에서 발견한 것이 바로 '물'이다. 물이 바로 기라는 입장에서, 그의 철학은 경험주의적 색채를 농후하게 띨 수 있었다.

> '기'의 탁한 것이 '물'이 되어 움직임이 서로 따르고 있으므로, 물이 움직이는 곳에서는 기가 이미 움직이는 것을 알 수 있고, 기가 움직이는 곳에서는 물이 장차 움직일 것이라는 사실을 알 수 있다. 천지 사이에는 실로 공간이 없어, 기와 물 두 물질을 움직임에 서로 간격이 없다. 예를 들면 관管으로 물을 빨아 당기는데, 기가 다해지는 것에 따라 물이 올라온다. 밀물·썰물의 진퇴進退나 소나기가 바람 뒤에 날리는 것에서도, 기가 움직이면 물로 움직이고 기가 오르면 물도 따라 오르는 것을 알 수 있다.[2]

최한기가 쓴 <기수무간氣水無間>이다. 기 가운데 맑은 것은 비가시적이며, 탁한 것은 가시적이니, 물이 바로 기라고 했다. 기가 움직이는 곳에는 물이 있고, 물이 움직이는 곳에는 기가 있다는 말이다. 즉 유형의 물을 통해 무형인 기의 움직임을 간파할 수 있다는 것이다. 그 예로 대롱으로 물이 빨려 올라오는 것은 기가 이동하는 것이며, 밀물과 썰물의 진퇴나 소나기의 움직임도 기가 움직이는 것이라 하였다. 청탁의 구분은 있지만 기가 물이고, 물이 기라는 것이다. 그의 경험주의적 사고가 돋보이는 부분이다.

여말선초의 문인 이첨李詹(1345-1405)은 아예 물의 근원에 대하여 사색하였

---

2 崔漢綺, 『推測錄』 권2, <氣水無間>, "氣之濁者爲水, 而運動相須, 故水動處知氣之已動, 氣動處知水之將動. 天地之間, 實無空際, 氣水二物, 運動無間, 如以管吸水, 待氣盡而水繼之, 至於潮汐之進退驟雨之飛騰, 可見氣動而水亦動, 氣升而水繼之升."

다. <원수原水>에 그 고민의 일단이 제출되어 있다. '원原'이라는 문체가 그렇듯이 이 글을 통해 물의 근원을 밝혀보자는 것이었다. 이첨은 최한기와 달리 보이는 것과 보이지 않은 것을 지표수와 지하수로 나누었다. "물이 땅 밑에 있을 때는 비록 잠복하여 괴어 있으나, 땅 위에 나오게 되면 유동하기도 하고 가득 차기도 해서, 그 이치에 따라 변하는 것을 보게 된다. 사람이 물을 안다는 것은 보이는 것에만 국한되고, 그 보이지 않은 것에 대해서는 어둡다"[3]라고 한 것이 그것이다. 강江·회淮·하河·한漢은 물이, 반총嶓冢·동백桐柏·곤륜崑崙·민산岷山에 근원하지만, 이 네 산에서 샘솟기 전에 이미 그 근원이 있다는 것이다. 이첨은 이어서 이렇게 말했다.

> 세상 사람들은 과연 물의 근원을 아는가. 또 축축하게 젖는 것은 물의 남은 기운이다. 그 흐르는 것이 방울방울 끊어지지 않아 줄달아 잇닿다가 장강에 통하고, 큰 바다에 달하여는 넓고 넓어 패연히 막을 수 없게 되는 것이다. 은미한 것도 알고 드러난 것도 아는 자가 아니면, 누가 능히 이를 살피겠는가. 이것을 사람들이 함께 보면서도 알지 못한다.[4]

이첨도 물의 근원은 기氣에 있다고 했다. 축축하게 젖은 물의 남은 기운이라 한 것이 그것이다. 이 '여기餘氣'가 모여 시내를 거쳐 강하가 되고, 강하가 모여 큰 바다가 된다고 했다. 기의 측면에서 보면 은미한 것이고, 강하나 대해의 측면에서 보면 드러난 것이라고 하면서, 사람들은 보이는 것을 통해

3 李詹, 『雙梅堂集』 권23, <原水>, "水在地中, 雖潛伏畜聚, 及其出於地上也. 流動充滿, 其理見行, 人之知水, 止於所見, 其所未見者則昧焉."

4 李詹, 『雙梅堂集』 권23, <原水>, "世之人, 果能知水之源乎? 且如沮洳坡隰, 水之餘氣, 其流涓涓不絶如綫, 及乎通長江達巨海, 浩浩沛然莫之能禦也. 非知微知彰者, 其孰能察之哉, 此人所共見而未之知者也."

보이지 않은 것도 유추해 알아야 한다고 했다. 이 때문에 공자가 『주역』에서 땅속에 물이 흐르는 지수사地水師(䷆)괘와 땅 위에 물이 흐르는 수지비水地比(䷇)괘를 아울러 제시했다고 하였다. 사람들에게 근원을 미루어 흐르는 데까지 알게 하기 위한 조처라는 것이다. 이첨의 생각은 여기에서 머물지 않았다. 물과 관련된 자신의 경험을 인간사의 문제로 환치시키고 있기 때문이다.

(가) 내가 하동河東에 있을 때에 집 곁에 작은 샘이 있었다. 그 근원이 수풀 속에 파묻혀 나오는 방향을 알지 못하므로, 이웃 사람들이 더러운 흙에서 나오는 것이라 억측하고, 더럽게 여겨 먹지 않으려 하였다. 내가 가서 보고 그 근원을 청소하고 그 흐름을 터놓아 조금 동쪽에다가 벽돌로 우물을 만드니 바로 이웃에 있는 냉정冷井으로 이름난 것과 수맥이 같고 맛이 또한 같았다. 한 근원이요 물줄기만 나누어진 것이었다. 이에 부로들이 서로 와서 치하하며 왕래하고 길어 써도 마르지 않으니, 내가 진실로 옛말과 같이 지혜를 써서 물을 흐르게 한 것인가, 또한 흐르는 것을 거슬러 근원을 알아낸 것인가 하였다.[5]

(나) 아, 사람이 세상에 쓰이고 버림을 당하는 것도 이와 비슷함이 있다. 재주가 족히 임금을 착하게 하며, 백성을 윤택하게 할 선비가 있는데, 사람들이 곁에서 비방하면, 물러와서 거칠고 더러움을 참으며 때를 기다리다가 하루아침에 성군과 지기知己를 만나 그 도를 천하에 행하게 된다면, 또 어찌 이 물과 다르겠는가. 오늘날 위에 있는 자는 외모와 언변으로 사람을 취하고, 그 마음의 곡직曲直에는 근본하지 않으니, 또한 물이 흐르는 것만 알고 그 근원

---

5 李詹, 『雙梅堂集』 권23, <原水>, “余在河東, 舍側有小泉. 其源蕪沒, 未知方向, 隣里臆說出諸糞壤之中, 將鄙而不食之矣. 余往觀之, 滌其源, 决其流, 小東而甃之, 則正與號冷井者, 其脉同, 其味又同, 一源而分派者也. 於是, 父老爭賀, 往來井井, 用之不渴, 吾固用智而行水矣. 亦將遡流而知源矣.”

은 알지 못함과 같다.[6]

(가)는 물과 관련한 이첨의 경험을 이야기한 것이고, (나)는 인간사의 문제를 비유하여 확장한 것이다. 즉 이첨이 하동에 있을 때 더럽다고 먹지 않았던 샘이 있었는데, 그 근원을 새롭게 터서 사람들이 시원하게 마실 수 있게 하였다고 하면서 세상에 쓰이는 사람도 마찬가지라 했다. 즉 사람들에게 비방을 받으면 초야로 물러나 있다가 성군과 지기를 만나면 자신이 온축한 도를 세상에 펼칠 수 있는 것과 같은 이치라는 것이다. 그리고 용인用人은 밖으로 보이는 외모와 언변에 있는 것이 아니라 보이지 않는 마음의 곡직에 있다고 했다. 이 또한 얼핏 보아 더러운 듯하지만, 그 근원을 찾아보면 더없이 맑은 물일 수 있다는 것을 자신의 경험을 통해 증명하였다.

물은 보이는 것과 보이지 않은 것을 공유하고, 같은 물이지만 그 조건의 상이에 따라 명칭도 달랐다. 이 때문에 우물물 하나만 하더라도 천천히 휘도는 도류수倒流水, 땅에서 솟아올랐으나 아직 흘러가지 않는 무근수無根水, 때에 상관없이 가장 먼저 길어 오는 신급수新汲水, 새벽에 가장 먼저 긷는 정화수井華水 등과 같은 명칭이 있을 수 있었다.[7] 이처럼 물은 다면성을 특징으로 하므로 이에 따른 작가의 상상력 또한 전방위적이었다. 일찍이 소식蘇軾(1037-1101)은 <적벽부赤壁賦>에서 흐르는 물은 일찍이 흘러가버린 적이 없다고 하면서, "무릇 변하는 입장에서 보면 천지天地도 한 순간일 수밖에 없으며, 변하지 않는 입장에서 보면 사물과 내가 모두 다함이 없다."[8]라고 했다.

---

6 李詹, 『雙梅堂集』 권23, <原水>, "嗚呼! 人之用舍於人有類焉. 世有才足以致君澤民之士, 而人或從旁而非議之, 則退而包荒含垢以竢時耳. 一朝逢聖主遇知己, 得行其道於天下, 則亦何異於是水哉. 今之在上者, 但以容貌言辭取人, 而不本其心之曲直, 亦猶知水之流而未知其源也."

7 張從正, <水解>(『醫方類聚』 권1), "千派万種, 言不容盡. 至于井之水一也, 尙數名焉, 况其他者乎. 反酌而傾曰倒流, 出甃未放曰無根, 無時初出曰新汲, 將旦首汲曰井華."

변화와 불변의 관점 변화에 따라 물은 순간이기도 하고 영원이기도 하다는 것이다.

추상적 인식을 구체적 작품으로 형상하는 데 있어 다양한 물질이 동원된다. 이것은 문학 창작원리의 본질이기도 하다. 이때 동원되는 대표적인 물질이 바로 우리의 주제인 물이다. 물은 그 자신의 본질을 조금도 훼손시키지 않으면서도 다양한 모습으로 변화한다. 불변하는 관점에서 보면 물은 조금도 변화하지 않고, 변화하는 관점에서 보면 그 물은 외부의 조건에 따라 끝없이 변화한다. 때로는 완전한 일체를 이루고, 때로는 완전히 대립하기도 한다. 물은 이처럼 모순되면서도 통일되어 있었던 것이다. 이 때문에 다음과 같은 발언은 전혀 이상한 것이 아니다.

> 물은 유연성을 본질로 한다. 이 때문에 우물, 개울, 강하, 호수, 바다로 존재할 수 있으며 어떤 공간이라도 거기에 적응할 수 있는 변형성을 보유하고 있다. 그리고 물은 유동성을 지니고 있으므로 유속에 따라 빠른 물과 느린 물이 있으며, 반사성으로 인해 얼굴을 비춰보면서 성찰의 도구로 삼기도 하고, 투명성이 있기 때문에 종교적 정화로 의미가 확대될 수 있다. 그럼에도 불구하고 물은 항구성을 지닌다. 물은 모든 것을 수용하지만 그 본질은 잃지 않으며 영원히 흐르기 때문에 불변의 자질 역시 갖추고 있는 것으로 인식되었다.[9]

물에 대한 인식이 상호 모순적으로 나타날 수 있듯이, 이에 대한 상상력 역시 다양하게 나타날 수밖에 없다. 그것은 동정에 따라 흐르는 것과 멈춘 것으로 구분되고, 승강昇降에 따라 수증기와 비로 나누어진다. 완급에 따라

8 蘇軾, <前赤壁賦>, "蓋將自其變者而觀之, 則天地曾不能而一瞬, 自其不變者而觀之, 則物與我皆無盡也."

9 정우락, 『모순의 힘 : 한국문학과 물에 관한 상상력』, 경북대학교출판부, 2019, 516쪽.

급하게 흐르는 것과 천천히 흐르는 것, 물질 상태에 따라 얼음과 물과 수증기, 온도에 따라 찬 것과 따듯한 것으로 구분된다. 지수라 하더라도 그 규모에 따라 우물, 연못, 호수, 바다 등으로 나누어지고, 위치에 따라 지하수와 지표수로 나누어진다. 또한 물은 강력한 수용력을 지닌다. 젖소가 먹어 우유가 되고, 독사가 먹어 독이 되며, 어떤 물감을 그것에 풀더라고 물은 그 색깔을 수용하며 자신을 변화시킨다.

물의 다면성 때문에 사람들은 그들이 하고 싶은 말을 물에 비의比擬했다. 마음을 형상하는 물질로 물은 단연 으뜸이었기 때문이다. 『논어』「옹야雍也」에서 공자가 인자仁者와 지자智者는 요산요수樂山樂水 한다는 발언은 그 대표적이다. 즉, "지혜로운 사람은 물을 좋아하고, 어진 사람은 산을 좋아한다. 지혜로운 사람은 활동적이고, 어진 사람은 안정되어 있다. 지혜로운 사람은 즐기고, 어진 사람은 천명을 누린다"[10]라고 한 것이 그것이다. 사실 산수에는 인간의 덕인 인지仁智와 관련된 어떤 것도 없다. 그럼에도 불구하고 공자는 인간의 덕을 산수에 비의하였던 것이다. 이에 대하여 유향劉向은 『설원說苑』 <잡설雜說>에서, 지혜로운 자가 물을 좋아하는 이유를 다음과 같이 말했다.

샘의 근원에서 세차게 물이 흘러 밤낮없이 쉬지 않는 것은 마치 노력하는 자와 같고, 이치에 따라 앞으로 나아가면서 작은 틈도 빠뜨리지 않는 것은 균형을 가진 자와 같으며, 움직여서 아래로 가는 것은 예의가 있는 사람과 같고, 천 길의 골짜기로 달려가면서도 의심하지 않는 것은 용기 있는 자와 같다. 막히면 깨끗해지는 것은 천명을 아는 자와 같고, 깨끗하지 못한 곳에 들어가 정화해서 내보내니 교화를 잘하는 자와 같으며, 여러 사람들이 그것으로 공평함의 기준으로 삼아 여러 사물들을 바르게 하는데, 만물이 그것을 얻으

10 『論語』「雍也」, "智者樂水, 仁者樂山. 知者動, 仁者靜. 知者樂, 仁者壽."

> 면 살고 잃으면 죽게 되니 마치 덕이 있는 자와 같으며, 맑고 깨끗하여 그 깊이를 헤아릴 수 없으니 성인과 같다. 천지 사이의 만물을 모두 적셔 주어 국가가 성립될 수 있으니 이로써 물을 좋아하는 까닭을 알 수 있다. 『시경』에서 "즐겁구나, 반수泮水 가에서 순채蓴菜나물 캐어 보세, 노나라 임금님이 오시어 반궁泮宮에서 술을 마신다네."라고 하였는데, 물을 좋아한다는 것을 말한 것이다.[11]

위의 자료에서 우리는 물의 다양한 모습과 인간의 덕을 유향이 어떻게 결합시키고 있는가 하는 것을 알 수 있다. 쉬지 않고 세차게 흐르는 물과 노력, 모든 것을 채우면서 앞으로 나아가는 물과 균형, 아래로 흐르는 물과 예의, 높은 골짜기에서 떨어지는 물과 용기, 멈추어 깨끗한 물과 지명知命, 더러운 것을 깨끗하게 하는 물과 교화, 사물의 기준이 되는 물과 유덕자, 맑고 깨끗하여 깊이를 알 수 없는 물과 성인 등이 그것이다. 물은 이처럼 인간사의 모든 것을 설명할 수 있으며 그 혜택으로 국가도 성립되니 지혜로운 자가 물을 좋아하는 것은 지극히 당연하다는 논리이다. 난초와 국화 같은 화초나 매화와 소나무 같은 수목도 비덕比德의 대상이 되지 않는 바 아니나, 이것이 지닌 의미는 고정되어 있다. 그러나 물은 그 유연성 때문에 인간의 어떤 인격도 비유가 가능하다. 물의 무정형성과 인간 상상력의 다면성이 자연스럽게 만난 결과라 하지 않을 수 없다.

---

11 劉向, 『說苑』, <雜說>, "泉源潰潰, 不釋晝夜, 其似力者, 循理而行, 不遺小間, 其似持平者, 動而之下, 其似有禮者, 赴千仞之壑而不疑, 其似勇者, 障防而清, 其似知命者, 不清以入, 鮮潔而出, 其似善化者, 衆人取平, 品類以正, 萬物得之則生, 失之則死, 其似有德者, 淑淑淵淵, 深不可測, 其似聖者, 通潤天地之間, 國家以成, 是知之所以樂水也. 詩云, 思樂泮水, 薄采其茆, 魯侯戾止, 在泮飲酒. 樂水之謂也."

## 2. 물과 문학

문학은 인식이면서 형상이다. 작가의 추상적 인식을 유형적 물질을 통해 형상한다는 것이다. 인식에 대한 예술적 형태를 부여하는 것이 형상이므로 작가의 인식은 하나의 작품세계로 등장한다. 이 과정에서 추상적인 것이 구체성을 띠게 된다. 작가가 지닌 정서나 사상 등 그 자체는 무형의 것이지만, 작가는 그것을 표현하기 위하여 어떤 형상의 과정을 밟게 된다는 것이다. 이로써 하나의 예술작품이 비로소 탄생될 수 있다. 이때의 작품은 형상적 인식이며 또한 인식적 형상이라 고쳐 말할 수 있다. 이 때문에 물은 문학의 전 갈래에 나타나며, 통시대적으로 인식을 달리하며 등장하였다. 이것은 물이 작가의 형상적 인식을 이룩하는 대표적인 물질이기 때문에 가능한 것이다.

불교에서 인간의 육체를 이루고 있는 네 가지 요소를 사대四大라 부른다. 지地·수水·화火·풍風이 그것이다. 이들 흙, 물, 불, 바람이 인연에 따라 육체를 이루었다가 인연이 다하면 해체되어 원점으로 돌아간다. 살과 뼈는 흙으로, 피와 오줌과 땀은 물로, 체온은 불로, 숨결은 바람으로 돌아간다는 것이다. 『주역』에서는 팔상八象을 드는데, '천天·지地·화火·수水·뇌雷·풍風·산山·택澤'이 그것이고, 홍범洪範에서는 오행五行을 드는데, '수水·화火·금金·목木·토土'가 그것이다.[12] 이들은 대동소이하지만 물과 불은 그 가운데서도 핵심이다. 우리 한국문학사 역시 물과 불로 시작하고 있어 흥미롭다. 다음 작품이 그것이다.

12 洪大容, 『湛軒書·內集』 권4, 「毉山問答」에서는, "虞夏 때 六府를 말했는데 水·火·金·木·土·穀이 이것이고, 『주역』에 八象을 말했는데 天·地·火·水·雷·風·山·澤이 이것이며, 『洪範』에는 五行을 말했는데 水·火·金·木·土가 이것이고, 佛은 四大를 말했는데 地·水·火·風이 이것이다."라고 하였다.

(가) 公無渡河　　님아 물을 건너지 마오
公終渡河　　님이 마침내 물을 건너시네
公墮而死　　님이 물에 빠져 죽으시니
將奈公何　　장차 우리 님을 어찌할꼬[13]

(나) 龜何龜何　　거북아, 거북아
首其現也　　네 머리를 내어 놓아라
若不現也　　만약 드러내지 않는다면
燔灼而喫　　구워서 먹겠노라[14]

둘 다 창작연대를 알 수 없는 고대가요이다. (가)는 <공무도하가公無渡河歌> 혹은 <공후인箜篌引>으로 불리고, (나)는 구지가龜旨歌로 일컬어진다. 우리가 여기서 주목하고자 하는 것은, (가)의 물과 (나)의 불이다. <공무도하가>에서는 님이 물[水]을 건너다 빠져 죽었다고 했고, (나)에서는 신군神君이 머리를 드러내지 않는다면 불[火]로 구워서 먹겠다고 했다. 물과 불이 등장하는 이 두 시가가 죽음과 탄생으로 주제의 방향이 설정되어 있는 것도 흥미롭다. 물과 불이 서로 작동하면서 죽음과 탄생을 주제로 한국문학사의 선하先河를 열고 있기 때문이다. 물과 불, 죽음과 탄생이 서로 대립되어 있으면서도 총체성을 띤다고 볼 때, 이 두 작품으로 한국문학사가 시작된다는 것은 매우 중요한 의미를 지닌다.

한국문학사가 물과 불로 시작되고 있다는 사실을 염두에 두면서, 물을 다시 주목해 보자. <공무도하가>로 한국문학사의 선단을 물로 열고 있지만

13 柳得恭, 『古芸堂筆記』 권5, 「東詩緣起」, <箜篌引>
14 一然, 『三國遺事』 권2, 「紀異」 제2, <駕洛國記>

한국문학의 전 갈래를 통해 물은 깊이 그리고 유장하게 흐른다. 단순한 소재로 등장하기도 하지만, 이로써 인생의 근원을 탐구하기도 하고, 마음을 씻기도 하고, 때로는 사회로 깊숙이 흘러들어 여기서 발생하는 다양한 문제를 깊이 해부하기도 한다. 즉 문학의 형상 인식에 물은 광범위하게 동원되어 그의 천만 가지 모습을 유감없이 보여준다는 것이다. 우선 널리 알려진 원효元曉(617-686) 설화를 들어보자.

> 옛날 동국의 원효법사와 의상법사가 있었는데 두 사람이 함께 당나라에 와서 스승을 찾으려 하다가, 밤이 되어 노숙하면서 무덤 속에 머물렀다. 원효법사가 목이 말라 물을 찾다가 왼편에 물이 많이 있는 것을 보고, 움켜잡고 달게 마셨다. 다음날 보니 그것은 시체가 썩은 즙이었다. 그러자 마음이 불편해 토하려 하다가 크게 깨닫고 말했다. "내 듣기에 부처는 삼계三界가 유심唯心이고 만법萬法이 유식唯識이라 했다고 한다. 좋고 싫은 것은 내게 있으며, 물에 있는 것은 아니었구나." 마침내 고국으로 되돌아가서 지극한 가르침을 널리 베풀었다.[15]

원효는 그가 34세(650, 진덕여왕 4)되던 해 의상義湘(625-702)과 함께 중국으로 유학을 가서 현장삼장玄奘三藏의 교종[후일의 법상종]을 배우고자 했다. 가는 길에 밤이 되어 노숙하다가 해골물을 마시고 크게 깨달은 바가 있어 귀국 후 고승이 되었다고 한다. 『종경록宗鏡錄』, 『송고승전宋高僧傳』, <석문홍각범림간록石門洪覺範林間錄> 등에 실려 있는 이 설화는 약간씩 차이가 있기는 하지만,

15 『宗鏡録』 권11(『大正新修大藏經』 권48), "如昔有東國元曉法師義相法師, 二人同來唐國尋師, 遇夜宿荒止於塚内. 其元曉法師因渴思漿, 遂於坐側見一泓水, 掬飮甚美, 及至來日觀見, 元是死屍之汁. 當時心惡吐之, 豁然大悟. 乃曰, 我聞佛言, 三界唯心萬法唯識, 故知美惡在我實非水乎! 遂却返故園廣弘至教."

위에서 보듯이 더러운 물을 마시고 “좋고 싫은 것은 내게 있으며, 물에 있는 것은 아니구나.”라고 하면서 크게 깨달았다고 한다. 결국 원효에게 작동한 해골물은 그에게 “삼계三界가 유심唯心이고 만법萬法이 유식唯識”이라는 커다란 깨달음을 주기 위한 촉매였던 것이다.

그렇다면 유학에서의 물은 어떠한가. 선비들에게서도 물은 특별한 것이었다. 거울과 함께 마음을 상징하는 물질로 이것을 떠올렸기 때문이다. 일찍이 정민정程敏政(1445-1499)은 『심경부주心經附註』에서 “성인의 마음은 발하지 않으면 물과 거울의 체體가 되고, 이미 발하면 물과 거울의 용用이 되니, 또한 다만 미발未發만을 가리켜 말씀한 것이 아니다.”[16]라고 하였거니와, 이 책을 깊이 읽었던 조선의 선비들은 마음속에 천리天理가 유행하는 것을 물을 통해 형상하고자 했다. 주자가 <관서유감觀書有感>에서 제시한 방당方塘을 특별히 주목한 이유도 여기에 있었다.

| | | |
|---|---|---|
| (가) | 深泉潑潑也無窮 | 깊은 샘이 활발하여 그 이치 끝이 없나니 |
| | 故遣方塘玉鑑空 | 짐짓 방당이 옥거울처럼 텅 비고 밝다네 |
| | 自被塵昏埋皎潔 | 욕심으로 혼매하여 깨끗함이 묻히게 되었으니 |
| | 政緣茅塞失疏通 | 정히 띠풀이 가로막아 트임을 잃게 한 때문일세 |
| | 修來不待他人鑠 | 닦는 것은 다른 사람에게 의지함이 아니니 |
| | 克復唯須一日功 | 극기복례는 오직 하루의 공부에 달렸다네 |
| | 用上可明難可養 | 일용의 일 밝힐 수는 있으나 기르기 어려우니 |
| | 直從源去擴而充 | 바로 근원으로 올라가 확충해야 하리[17] |

16 程敏政, 『心經附註』 권2, “聖人之心, 未發則爲水鏡之體, 既發則爲水鏡之用, 亦非獨指未發而言也.”

17 盧守愼, 『穌齋集』 권6, <方塘>

(나) 雲谷觀書理發揚　운곡에서 책을 보며 이치 드러내었고
更將心體喩方塘　다시 몸과 마음 네모난 연못에 들였네
至今會得當年意　지금에야 당시의 뜻 깨달을 수 있으니
猶有源頭活水長　아직도 원두가 있어 활수가 유장하네[18]

(가)는 노수신盧守愼(1515-1590)의 <방당方塘>이고, (나)는 이덕홍李德弘(1541-1596)의 <관서헌觀書軒>이다. 이 모두가 주자의 <관서유감>에 근거해 마음을 형상한 것이다.[19] <관서유감>에는 텅 비고 밝은 마음의 본체, 사물과의 감응이라는 마음의 작용, 본체의 소종래에 대한 의문, 이에 대한 답변으로서의 하늘 등이 두루 제시되어 있다. 위의 시 역시 이 같은 생각에 기반하여 노수신은 인욕으로 막혀 하늘과 소통이 되지 않는 점을 지적하며 극기복례克己復禮의 공부를 하자고 했고, 이덕홍은 주자의 방당을 제시하면서 우리의 마음 속에 여전히 활수活水가 유장하다고 했다. 맑은 물은 마음의 본체를 형상하기에 가장 알맞은 물질이었기 때문이다.

이처럼 물은 마음에 대한 성리학적 이해와 관련하여 자주 소재로 등장한다. 여기서 더욱 나아가 인간이면 누구에게나 닥치는 생로병사生老病死 역시 물로 표현되기도 한다. 앞에서 언급한 고대시가 <공무도하가>는 백수광부白首狂夫의 목숨을 거둔 물이지만, 신화에서는 물이 탄생과 결부되기도 한다. 특히 '우물'이 그러하다. 우물은 여성의 자궁을 상징하기도 하니 자연히 그럴 수 있었을 것이다. 여기서 더욱 나아가 심청이 인당수印塘水에 빠져 왕후로 되살아나듯이 물은 재생의 기능도 담당한다. 물과 관련한 이러한 전방위적

18　李德弘, 『艮齋集』 권1, <觀書軒>
19　여기에 대해서는 이 책의 제2부 제2장 「주자 시의 문학적 수용과 문화적 응용」에서 자세하게 다루기로 한다.

상상력은 물 스스로가 어떤 고정된 형태를 갖고 있지 않기 때문에 가능한 것이었다.[20]

특히 설화는 물 이미지의 보고다. 『삼국유사』를 일별하면 이를 바로 확인할 수 있다. <탈해왕脫解王>과 <연오랑 세오녀延烏郎細烏女>를 주목해보면, 이 둘에는 모두 바다가 등장한다. 바다가 위대한 존재를 실어 나르는 구실을 하였던 것이다. 그러나 실어 나르는 방향은 전혀 다르다. 즉 <탈해왕>에서는 용성국龍城國의 탈해가 가락국을 거쳐 신라로 이동하여 신라국의 왕이 되고, <연오랑 세오녀>에서는 신라 사람인 부부가 일본으로 건너가서 일본의 왕과 왕비가 되었다. 하나는 바다를 건너 신라로 왔고, 다른 하나는 바다를 건너 일본으로 갔다. 이처럼 방향이 다르다는 것은 물의 운반 기능이 매우 자유롭다는 것을 의미한다. 또한 바다는 알 수 없는 신성한 존재가 거처하는 장소이기도 했다.

> 다시 이틀 길을 가다가 또 임해정臨海亭에서 점심을 먹고 있었는데, 바다의 용이 갑자기 부인을 끌고 바다로 들어가 버렸다. 공이 엎어지면서 땅을 쳐 보아도 아무런 방법이 없었다. 또 한 노인이 말했다. "옛사람의 말에 여러 사람의 말은 쇠도 녹인다고 했으니, 이제 바닷속의 미물인들 어찌 여러 사람의 입을 두려워하지 않겠습니까? 마땅히 경내의 백성을 모아 노래를 지어 부르면서 막대기로 언덕을 치면 부인을 볼 수 있을 것입니다." 공이 그 말을 따르니, 용이 부인을 받들고 바다에서 나와 바쳤다. 공이 부인에게 바닷속의 일을 물으니, 부인이 대답했다. "칠보 궁전에 음식은 달고 부드러우며 향기롭고 깨끗하여 인간의 음식이 아니었습니다." 이 부인의 옷에는 이상한 향기가 풍겼는데, 이 세상에서는 맡아 보지 못한 것이었다.[21]

---

20 물과 관련된 '탄생-삶-죽음-재생'에 대해서는, 정우락, 『모순의 힘 : 한국문학과 물에 관한 상상력』, 경북대학교출판부, 2019, 77-124쪽에서 자세하게 다루었다.

널리 알려진 수로부인 설화이다. 이 설화에는 순정공, 수로부인, 바다의 용, 노인 등이 주요 인물로 등장한다. 순정공은 지방관이고 수로는 그의 부인이며, 노인은 지역 사정을 잘 아는 토착민으로 보인다. 문제는 바다의 용이 누구인가 하는 것이다. 순정공의 부인을 납치해 갔으니 왕권에 적대적인 세력이라 하겠는데, 노인은 그를 다스릴 줄 아는 지혜를 갖추고 있는 존재이다.[22] 순정공이 '엎어지면서 땅을 쳐보아도 아무런 방법이 없었다'라고 하고 있으니, 사태가 매우 심각하다. 그러나 노인이 그 방법을 알려주어 해결했다고 하지만, 다시 돌아온 수로부인의 반응이 흥미롭다. 잡혀간 곳은 화려한 궁전에 맛있는 음식으로 가득했다고 하였기 때문이다. 일종의 미련도 감지할 수 있다.

수로부인의 이야기 속에 우리는 『삼국유사』의 찬자 일연이 바다를 신비한 힘의 소재처로 파악하고 있다는 사실을 알 수 있다. 이러한 경우는 대체로 신령한 용과 결합된다.[23] <탈해왕> 조의 용성국龍城國, <문무왕법민文武王法敏> 조의 호국대룡護國大龍, <만파식적萬波息笛> 조의 용연龍淵, <처용랑망해사處容郞望海寺> 조의 용자龍子 등 허다하게 나타나는 용이 그것이다. 용이 물을 관장

21 一然, 『三國遺事』 권2, 「紀異」 제2, <水路夫人>, "便行二日程, 又有臨海亭晝鐥次, 海龍忽攬夫人入海. 公顚倒躃地計無所出. 又有一老人告曰, 故人有言衆口鑠金, 今海中傍生何不畏衆口乎. 宜進界内民作歌唱之以杖打岸, 則可見夫人矣. 公從之, 龍奉夫人出海獻之. 公問夫人海中事, 曰七寶宮殿所鐥甘滑香潔, 非人間煙火."

22 『삼국유사』의 <수로부인> 조에 의하면, 여러 사람들이 노래를 불러 위기를 모면했다고 했다. <海歌>가 그것인데 내용은 다음과 같다. "거북아, 거북아! 수로를 내어놓아라, 남의 부녀를 빼앗아 간 죄가 얼마나 큰가. 네가 만약 거역하고 내어놓지 않는다면, 그물로 잡아 구워 먹으리라[龜乎龜乎出水路, 掠人婦女罪何極. 汝若悖逆不出獻, 入網捕掠燔之喫]"

23 용의 신령성은 그의 형상으로 표현되기도 했다. 중국의 문헌인 『廣雅』 「翼」條에는 용을 "머리[頭]는 낙타[駝]와 비슷하고, 뿔[角]은 사슴[鹿], 눈[眼]은 토끼[兎], 귀[耳]는 소[牛], 목덜미[項]는 뱀[蛇], 배[腹]는 큰 조개[蜃], 비늘[鱗]은 잉어[鯉], 발톱[爪]은 매[鷹], 주먹[掌]은 호랑이[虎]와 비슷하다"라고 하면서 동물이 가질 수 있는 최고의 기능을 갖춘 것으로 묘사했다. 용의 신령성과 위대함으로 보이기 위한 조처다. 용의 신령성은 바로 물의 신령성이다.

한다는 믿음도 있지만, 용 혹은 물이 지닌 신비한 힘이 인간의 다양한 욕망과 결부되면서 문학적 상상력으로 발전하였다. 이는 물 자체가 신령하다는 믿음에 기인한 것이다. 따라서 물은 문학을 가능하게 하는 근원적인 힘으로 작동하였던 것이다.

## 3. 생명의식과 물의 문화

물에 생명 요소가 있기 때문에, 물질에 기반한 음식 문화가 생성될 수 있었고, 정신에 기반한 종교문화가 만들어질 수 있었다. 이러한 물질문화와 정신문화의 구체적인 모습이 바로 음식문화와 종교문화이다. 이는 다시 공동체문화와 놀이문화로 확대된다. 한편, 근대 이후 환경이 심각하게 오염되면서 사람들은 자연스럽게 생태문화를 주목하게 된다. 인간의 욕망과 이에 따른 과학문명에 의해 생명이 훼손되고 왜곡되었다는 것을 자각한 것이다. 물을 기반으로 한 음식·종교·공동체·놀이·생태 문화에 대해서는 이미 다룬 바 있으므로,[24] 여기서는 물이 품고 있는 영성靈性과 그것의 회복으로서의 치병治病을 간단히 다룬다. 이것이 또 한 가지의 문화 기반을 이룩하고 있다고 보기 때문이다.

최근 이어령과 김지수의 대담에서는 몸과 마음과 영혼의 관계를 유리컵, 물, 빈 공간[voide]에 비유한 바 있다. 즉 유리컵은 무언가를 담기 위해 존재하는데, 비어 있을 때 빈 채로 우주와 통하는 것이 영혼이며, 유리컵에 담기는 보이차나 와인 등의 액체는 마음이며, 유리컵은 그 마음을 담고 있는 몸이라

24 여기에 대해서는 정우락, 『모순의 힘 : 한국문학과 물에 관한 상상력』(경북대학교출판부, 2019), 제5장 「물의 문화론적 확장」에서 자세하게 다루었다.

했다. 이 때문에 같은 몸이지만 거기에 담기는 마음의 상태에 따라 같을 때가 거의 없다는 것이다. 유리컵이 깨어지면 액체는 쏟아지게 되는데 그것은 바로 육체의 죽음과 마음의 흩어짐이다. 그럼에도 불구하고 '공허를 채웠던 영혼은 빅뱅과 통했던 그 모습 그대로'라 했다.[25]

마음은 물에 비유된다. 우주와 맞닿아 그 신성함을 내포하고 있으므로 영성이 있고, 하나의 물질인 몸에 담겨 있으므로 욕망이 있다. 영성과 욕망은 모두 인간이기 때문에 가능한 것이다. 물에 영성이 부여되면서 물은 초월자와 매개하는 구실을 한다. 이렇게 해서 등장한 대표적인 물이 바로 정화수井華水이다. 옥수玉水라고 불리기도 하는 이 정화수는 이른 새벽 신에게 바치기 위해 정성을 들여 길어 온 깨끗한 물이다. 이 물로 약을 달이거나, 굿을 하거나, 주부가 새벽에 조왕에게 올리거나, 집안에 우환이 있을 때 소원을 빌거나 할 때 사용한다. 물에 어떤 신령스런 힘이 존재한다고 생각했기 때문이다. 마을의 경우 당샘을 관리하며 정화수로 그 마을의 안녕을 기원하기도 한다.[26] 이로써 물은 자연스럽게 해갈기능과 함께 개인적으로는 치병을, 집단적으로는 공동체의 안녕을 비는 도구가 되었다. 다음 두 편의 시를 보자.

(가) 宿酒初醒肺渴妨　숙취 막 깰 때 갈증이 심하니
千金無計潤枯腸　천금으로도 메마른 속을 적실 길 없네
呼兒汲取新泉水　아이 불러 새 샘물을 길어오게 하니
一味清寒滌齒香　맑고 차가운 맛 향기롭게 입에 감도네[27]

---

25 김지수·이어령, 『이어령의 마지막 수업』, 열림원, 2021 참조.

26 김추윤, 「무형의 전통문화 속에서 찾아본 물 문화」, 『하천과 문화』 4, 한국하천협회, 2008, 60쪽.

27 李敏求, 『東州集』 권6, <井華>

(나) 床上書堆積　　책상 위에는 책이 잔뜩 쌓였고
階前雨滿盈　　섬돌 앞에는 비가 흠뻑 내렸네
溪雲移枕近　　시내 구름은 베개맡으로 다가오고
庭草閉門生　　정원의 풀들은 문 가리며 자라네
病勢君王問　　병세를 군왕께서 물으시지만
詩名世俗輕　　시인의 이름일랑 세속에선 하찮다네
靈丹何必遠　　신령한 단약을 하필 먼 데서 찾으랴
晨井有飛泓　　새벽 우물에 영약이 있는 것을[28]

앞의 작품 (가)는 이민구李敏求(1589-1670)의 <정화>인데 숙취 후 맑고 깨끗한 신천수新泉水를 마시고 해갈의 기쁨을 노래한 것이고, 뒤의 작품 (나)는 채제공蔡濟恭(1720-1799)의 <병침>인데 정화수가 신령한 단약 같다고 했다. 특히 채제공은 이 시의 주석을 통해, "내가 궁궐 안에서 병을 얻어 사저私邸로 들려 나왔다. 사오일 동안 병을 앓다가 아침에 정화수井華水 한 사발을 마시고 병이 나았기에 이렇게 말한 것이다."[29]라고 하여, 정화수의 치병 효과를 극대화하고 있다. 이 같은 물의 치병효과는 매우 다양한 문헌에 나타난다. 물에 생명의 원초적인 힘이 있다고 믿었기 때문이다. 장종정張從正(1156-1228)의 <수해水解>는 바로 이러한 측면에서 기술된 것이다.

나는 분명하게 깨달아서 말하였다. 세상의 각종 물은 모두 그것으로 불을 끄는 것은 동일하며, 마른 것을 적시는 것도 같다. 하지만 물의 속성이 그 지역에 따라 다르고, 물의 성질이 대상에 따라 바뀐다는 점에서는 일찍이 똑같

28 蔡濟恭, 『樊巖集』 권8, <病枕>
29 蔡濟恭, 『樊巖集』 권8, <病枕>, "余自禁中得病, 舁歸私次, 病四五日, 曉飮井華一椀, 疾良已, 故云."

> 은 적이 없었다. 그러므로 촉강蜀江에서 비단을 빨면 비단 색깔이 선명하고, 제원濟源에서 닥나무를 삶으면 닥나무의 섬유질이 길어진다. 남양南陽의 못물은 국화를 잘 키우므로 그 못물을 마시고 장수하는 사람들이 많고, 요동遼東의 시냇물은 인삼人蔘에 공급되므로 머리숱이 풍성한 사람들이 많다. 진晉 땅의 산에서는 반석礬石이 산출되므로 그 샘물로는 황달黃疸을 치료할 수 있고, 융戎의 산기슭에는 유황硫黃이 숨겨져 있으므로 그 달인 물로는 여병癘病(돌림병)을 씻어낼 수 있다. 양자강楊子江에서는 차[荈]가 알맞고 회수淮水와 내수萊水에서는 탁주濁酒가 알맞다. 창로滄鹵에서는 소금을 만들 수 있고 아정阿井에서는 아교를 만들 수 있다. 더러운 물로 때를 닦고 쓴 물로 밭을 무성하게 만든다. 혹[瘿]은 해조海藻와 미역 담근 물로 삭아지고, 가래는 반하半夏 담근 물로 없어진다. 얼음물을 삼키면 곽란霍亂이 멈추고 흐르는 물을 마시면 막혔던 소변이 나온다. 눈 녹은 물로 눈을 씻으면 충혈기가 사라지고, 짠물로 피부를 씻으면 노채勞瘵(폐결핵)가 멀쩡해진다.[30]

장종정이 금나라 사람이었기 때문에 중국의 경우를 예로 들었다. 이에 의하면 물이 불을 끄거나 마른 것을 적신다는 측면에서는 동일하지만, 땅이 함유하고 있는 물질에 따라 물의 성질이 달라진다고 했다. 즉 물의 기본적인 성질은 같지만 그것이 지닌 효용적 가치는 전혀 다르다는 것이다. 이같이 물은 같지만 다르다. 장수하게 하는 물이 있는가 하면, 머리숱이 많아지게 하는 물도 있고, 황달을 치료할 수 있는 물이 있는가 하면, 돌림병을 씻어낼 수 있는 물도 있다. 차나 술에 알맞은 물과 소금이나 아교를 만드는 데

---

30 張從正, <水解>(『醫方類聚』 권1), "余劃然而悞曰, 天下之水, 用之滅火則同, 濡槁則同. 至於性, 從地變, 質與物迁, 未嘗同焉. 故蜀江濯錦則鮮, 濟源烹楮則溫. 南陽之潭漸于菊, 其人多者, 遼東之澗通于蔘, 其人多髮. 晉之山產礬石, 泉可愈疸, 戎之麓伏硫黃, 湯可浴癘. 楊子宜荈, 淮萊宜醪. 滄鹵能塩, 阿井能膠. 澡垢以污, 茂田以苦. 瘿消于藻帶之波, 痰破于半夏之洳. 冰水咽而霍亂息, 流水飲而癃閟通. 雪水洗目而赤退, 鹹水濯肌而癆乾."

합당한 물이 따로 있다고 했다. 이처럼 물이 지역의 풍토에 따라 다르기 때문에 그 효능도 달랐다. 물속에 함유된 특별한 요소가 그러한 효과를 나타낸 것이다. 다음 자료를 보자.

얼마 되지 않아 왕의 부인이 머리에 악성 종기가 났는데 의사의 노력에도 효험이 없었다. 왕과 왕자, 그리고 신하들이 산천의 영험한 사당에 기도하여 가지 않은 곳이 없었다. 어떤 무당이 말하기를, "만일 다른 나라에 사람을 보내어 약을 구해오면 병이 치료될 것입니다."라고 했다. 왕이 곧 사자를 보내어 바다 건너 당나라에 가서 그 의술을 구해 오게 하였다. 넓고 깊어 어두운 물속에서 홀연히 한 노인이 나타나 파도를 타고 배 위에 뛰어올라서는 사자를 맞이하여 바닷속으로 들어갔다. 궁전의 장엄함과 화려함을 보고 용왕을 알현하였다. 왕의 이름은 금해鈐海였는데 사자에게 말하기를, "그대 나라 왕비는 청제의 셋째 딸이다. 우리 궁중에 이전부터 『금강삼매경』이 있었으니 이에 두 가지 각覺이 원만히 통하고 보살행을 보인 것이다. 이제 왕비의 병에 의탁하여 증상增上의 인연을 삼아 이 경을 부쳐서 그대 나라에 출현시켜 유포하고자 할 따름이다."라고 했다. 이에 30장쯤 되는 중첩되고 흩어진 경전을 사자에게 주면서 다시, "이 경전이 바다를 건너는 도중에 마구니의 장난에 걸릴까 두렵다."라고 말하면서, 왕이 사람을 시켜 사자의 장딴지를 칼로 찢어서 그 안에 경을 넣고 밀랍 종이로 봉하고 약을 바르니 장딴지가 예전과 같았다. 용왕이 말했다. "만일 대안 성자에게 차례를 매겨 꿰매게 하고 원효법사를 청하여 소를 지어 강의하고 풀이하게 한다면 왕비의 병이 낫는 것은 의심할 바 없을 것이다. 가령 설산의 아가타약阿伽陀藥의 효력도 이보다 더하지는 않을 것이다." 용왕이 전송하여 바다 위로 나와서 드디어 배에 올라 귀국하였다.[31]

31 『宋高僧傳』 권4, 「唐新羅國黃龍寺沙門元曉傳大安」, "居無何, 王之夫人, 腦嬰癰腫, 醫工絶驗. 王及王子臣屬, 禱請山川靈祠, 無所不至. 有巫覡言曰, 苟遣人往他國求藥, 是疾方瘳. 王乃發使泛海, 入唐募其醫術. 溟漲之中, 忽見一翁, 由波濤躍出登舟, 邀使人入海. 覩宮殿嚴麗, 見龍王. 王名

위 자료는 <당신라국 황룡사사문 원효전 대안唐新羅國黃龍寺沙門元曉傳大安>의 일부이다. 신라의 왕비가 머리에 심한 종기가 생겨 백방으로 노력하였으나 아무런 효험이 없었다. 이에 왕은 사신을 보내 당나라에 가서 약을 구해오게 했다. 사신이 바다를 건널 때 어떤 노인이 바다에서 나타나 사신을 맞아 바다로 들어갔다. 용왕이 흩어진 『금강삼매경』 30장 정도를 주면서 대안大安 성자로 하여금 이 경전의 차례를 바로잡아 책을 만들도록 하고, 원효법사를 청하여 경소經疏를 지어 강독하게 하면 부인의 병은 틀림없이 나을 것이라 했다. 사신이 귀국하여 왕에게 보고 하고, 왕이 그대로 행하니 왕비의 병이 씻은 듯이 나았다는 것이다.

『삼국유사』 <원효불기元曉不羈> 조에는, "바다 용의 권유로 길에서 임금의 조서를 받들어 『삼매경소三昧經疏』를 지었다. 그때 붓과 벼루를 소의 두 뿔 위에 놓아두었기 때문에 각승角乘이라고 했는데, 이 또한 본각本覺과 시각始覺 두 각의 오묘한 뜻을 나타낸 것이다. 대안 법사가 순서에 맞게 배치하여 종이를 붙였는데, 이것은 지기 간에 서로 마음을 알아 화창和唱한 것이다."[32]라며 원효와 함께 뛰어난 대안의 능력을 강조하는 한편, 원효가 『금강삼매경소』를 지어 강설하는 것에 초점을 맞추어 기술했다. 이 『금강삼매경소』는 중국으로 건너가 『금강삼매경론』으로 출판되어 널리 읽히게 되었다.

위의 설화에서 우리는 물과 관련해 어떤 요소를 주목할 수 있는가. 첫째는 사신이 당나라로 가서 의술을 구하는 과정에서 바닷속의 용궁으로 들어간다

---

鈴海, 謂使者曰. 汝國夫人, 是靑帝第三女也. 我宮中先有金剛三昧經, 乃二覺圓通, 示菩薩行也. 今託仗夫人之病, 爲增上緣, 欲附此經, 出彼國流布耳. 於是, 將三十來紙, 重沓散經付授使人, 復曰, 此經渡海中, 恐罹魔事. 王令持刀裂使人腨腸, 而內于中, 用蠟紙纏縢, 以藥傅之, 其腨如故. 龍王言, 可令大安聖者, 銓次綴縫, 請元曉法師, 造疏講釋之, 夫人疾愈無疑. 假使雪山阿伽陀藥力, 亦不過是. 龍王送出海面, 遂登舟歸國."

32 一然, 『三國遺事』 권4, 「義解」 제5, <元曉不羈>, "因海龍之誘, 承詔於路上, 撰三昧經疏, 置筆硯於牛之兩角上, 因謂之角乘, 亦表本始二覺之微旨也. 大安法師排來而粘紙, 亦知音唱和也."

는 점이다. 바다와 용왕은 모두 물 그 자체이거나 물을 상징하기 때문이다. 둘째는 용왕이 『금강삼매경』을 제시하며 종교로 승화시킨다는 점이다. 물이 물질적인 것을 벗어나 종교적인 것으로 상승하는 것을 확인할 수 있다. 셋째는 원효의 『금강삼매경』 강설로 신라 왕비가 나았다는 점이다. 영험 있는 용왕과 종교의 접목, 그리고 원효와 같은 고승의 노력이 결부되면서 치병의 효과로 나타났다. 우리는 여기서 물과 관련한 치병의식이 용왕을 거쳐 『금강삼매경』을 기반으로 한 종교적 차원으로 확장하고 있음을 알게 된다.

# 제1부 한시 문학과 물 이미지

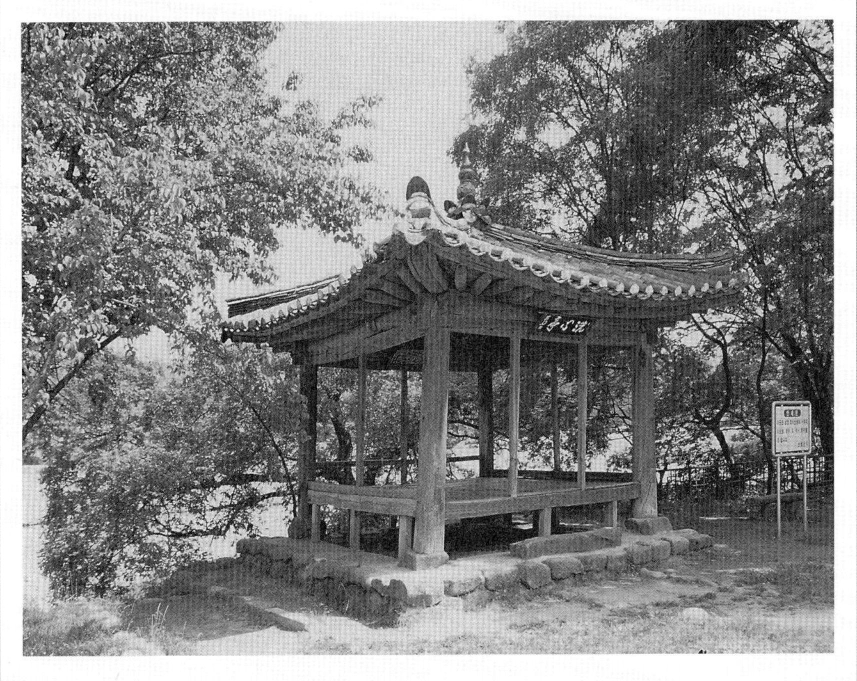

덕천서원 앞 세심정洗心亭

여기서는 고려시대에서 조선시대로 이르기까지 대표적인 작가를 선정하여, 그들의 시문학에 나타난 물 이미지를 살펴본다. 특히, 개울과 강과 바다를 작가들이 어떻게 인식하며, 그 인식한 바를 문학적으로 어떻게 형상하는가를 따진다. 대표적인 작가는 정몽주鄭夢周, 이직李稷, 어득강魚得江, 조식曺植, 조형도趙亨道이다. 이들은 물의 다양한 측면을 포착하여, 그들의 자유로운 세계를 문학으로 작품화하였다. 즉, 정몽주는 물을 통해 관료적 상상력을 표출하였고, 이직은 물을 통해 성리학적 문제의식을 가다듬었으며, 어득강은 자연에서 아름다운 감흥을 마음껏 일으켰고, 조식은 물을 통해 거침없는 현실주의를 드러냈으며, 조형도는 강호에서도 현실적 고민을 제시하였다. 물을 통한 이러한 상상력의 다양성을 따지고 그 의미를 탐색하는 것이 제1부의 주요 과제이다.

# 제1장 정몽주 시와 물의 공간

## 1. 머리말

우리 지성사 내지 학술사에서 포은圃隱 정몽주鄭夢周(1337-1392)만큼 중요한 위상을 점하고 있는 인물도 드물 것이다.[1] 특히 고려를 위한 그의 충절은 조선 건국 후에도 많은 감동을 자아냈기 때문에, 만고 충신으로 추숭되면서 수많은 문인들의 입에 오르내리며 작품화 되었다. 이러한 현상은 근대전환기를 거쳐 일제강점기에도 지속되었다. 전승의 핵심 요소가 '충忠'이었기에 가능한 것이라 하겠다. 사정이 이러하므로 일제강점기에 주로 활동했던 의성 선비 김호직金浩直(1874-1953)은 『동천자東千字』에서 정몽주에 대해 '포가심단圃歌心丹', 즉 '포은은 단심을 노래했다'라고 요약할 수 있었다. 『동천자』는 잃어버린 우리 역사를 아동들에게 가르치기 위해 지은 것인데, 김호직은 이러한 사실을 후세에 남기고 싶었던 것이다. 이 구절에 대한 주석은 이러하였다.

포圃는 포은圃隱 정몽주鄭夢周다. 우리나라 이학理學의 시조로 마음에 일삼는

---

1 이 글은 필자의, 「포은 정몽주 시에 나타난 공간 상상력」(『포은학연구』 16, 포은학회, 2015)을 수정·보완한 것이다.

> 바가 한결같아서 〈단심가丹心歌〉를 지었다. 태조가 그를 시험해 보고자 했으나 그가 굽히지 않을 것을 알고 임신년壬申年(1392) 4월에 태종이 조영규로 하여금 선죽교에서 철퇴로 쳐서 죽이게 하니 수행녹사가 그 몸으로 막다가 함께 철퇴에 맞아 죽었다. 교석橋石에는 지금도 선혈의 흔적이 남아 있고 다리 곁에 돌을 세워 '태산고절포은공泰山高節圃隱公'이라는 일곱 글자를 새겼다. 그 앞에 또한 녹사의 짧은 비석이 있지만 성명은 잃어버려서 기록하지 않았다.[2]

이 기록에서 보듯이 <단심가>를 부르며 충절을 지켰던 정몽주는 사람들에게 '태산고절泰山高節'로 칭송되었다. 또한 주목할 만한 사실은 그를 '동방이학지조東方理學之祖'로 규정한 대목이다. '이학'은 다름 아닌 조선 건국의 사상적 기반이 된 성리학을 말한다. 여기서 우리는 정몽주 이해에 대한 미묘한 지점을 발견하게 된다. 고려에 대한 충절과 조선의 사상적 바탕인 성리학이 한자리에 놓이기 때문이다. 그러나 이것을 모순적인 구도로 볼 수는 없다. 성리학에 기반하여 고려를 점진적으로 개혁하려고 했던 그의 정치적·학술적 방향성이 확인되기 때문이다. 이와 함께 정몽주의 시문학적 역량 또한 매우 중요하게 인식되었다. 다음 논의를 보자.

> 천지의 정기 중에서 가장 맑은 것을 타고난 것이 사람이며, 사람 가운데서도 작가는 또한 가장 맑은 사람이다. 시란 정묘한 문장으로 맑은 기백을 드러내는 글이다. 세상에 인재가 나타나는 것은 고금의 구별이 없는데 언제나 걸출한 인물은 시대의 성쇠를 가리지 않는다. 그러므로 비록 후세의 학자라고 하여 옛사람을 따르지 못한다는 법은 없다. 역사책을 보면 언제나 주목할 만한 인물

2 金浩直, 『東千字』 장14, '圃歌心丹', "圃, 鄭圃隱夢周也. 東方理學之祖, 專心所事, 作丹心歌, 太祖欲試之, 而知其不屈 壬申四月, 太宗使趙英珪, 椎擊於善竹橋, 隨行錄事, 以其身蔽之, 并椎殺之, 橋石至今有鮮血痕, 橋傍立石, 刻泰山高節圃隱公七字, 其前又有錄事短碑, 而姓名逸不書."

은 있었다. 우리나라는 문학이 발전하기 시작한 이래 이루 헤아릴 수 없이 많은 작가가 나왔는데, 신라에는 최치원이 있었고, 고려 시대에는 이규보 같은 이가 가장 저명하였고, 그 뒤에도 이색, 이숭인, 정몽주와 같은 이들이 나타났는데 모두 걸출한 시인들이다.[3]

이 글은 차천로車天輅(1556-1615)가 이수광李睟光(1563-1628)의 시집 뒤에 적은 것이다. 여기서 그는 '시란 정묘한 문장으로 맑은 기백을 드러내는 글'이라고 하면서, 역대로 시에 뛰어난 사람을 들고, 신라의 최치원, 고려의 이규보·이색·이숭인·정몽주 등이 대표적이라 했다. 기실 정몽주 스스로도 시 짓기를 매우 즐거워하였다. <음시吟詩>에서 "아침 나절토록 소리 높여 읊고 다시 낮게 읊조리나니, 괴로움이 마치 모래 속에서 금을 골라내는 것 같다네. 시 짓기에 몸이 야위는 것을 이상하게 여기지 말라. 다만 좋은 구절을 찾기가 매양 어렵다네."[4]라고 한 데서 이를 확인할 수 있다. 작시의 괴로움과 이로 인해 야위어 간다는 것은 그 즐거움을 역으로 표현한 것임은 물론이다.

지금까지 정몽주에 대한 문학적 접근은 다양하게 이루어졌다. 이병혁 교수가 정몽주의 시문학을 개괄한 이래,[5] 문학에 대한 인식,[6] 사행 체험 내지 경국의지,[7] 성리학적 세계관,[8] 풍속과 제재,[9] 미의식,[10] 절의정신,[11] 시어,[12] 유

3 車天輅, 『五山集』 권5, <題芝峯詩卷後>, "天地之生才, 無古今殊, 而才之卓卓者, 不繫世之汙隆, 若然, 雖後之學者, 未必不及古之人, 歷觀載籍, 庸有可言者, 吾鰈域, 有文憲來, 作者不知幾何, 而在羅國有若崔孤雲, 在麗氏有若李相國最其大家, 其後若牧若陶若圃, 亦可謂傑然者也."

4 鄭夢周, 『圃隱集』 권1, <吟詩>, "終朝高詠又微吟, 苦似披沙欲鍊金. 莫恠作詩成太瘦, 只緣佳句每難尋." <飮酒>(『圃隱集』 권1)에서 "還家莫愧黃金盡, 剩得新詩滿錦囊."라 한 것도 같은 맥락에서 읽힌다.

5 이병혁, 「포은의 시문학과 삼은에 대한 시고」, 『논문집』 15, 부산공업전문대학, 1975. 이인재의 「鄭夢周의 思想과 詩世界」(『동아시아문화연구』 8, 한양대 한국학연구소, 1985)와 송재소의 「포은의 시세계」(『포은사상연구논총』 1, 포은사상연구원, 1992) 역시 같은 입장에서 논의되었다.

6 김주한, 「정포은 문학관의 배경과 경개」, 『인문연구』 7·4, 영남대 인문과학연구소, 1985.

교와 불교에 대한 입장,[13] 당시적唐詩的 성격,[14] 의상론[15] 등과 같은 연구물이 대체로 그것이다. 우리는 이들 연구에서 정몽주의 상상력이 어떤 하나로 고정된 것이 아니라는 사실을 알게 된다. 공간적으로는 한국과 중국 사이, 종교적으로는 유교와 불교 사이, 미의식적으로는 호방豪放과 공치工緻 사이, 시풍으로는 당시와 송시 사이를 넘나들면서 그 문학적 역량을 자유롭게 펼쳤기 때문이다.

정몽주의 시적 상상력은 그 편폭이 매우 넓다. 어느 하나로 고정시켜서 이해할 수가 없다는 것이다. 이러한 사실을 염두에 두면서 본 논의에서는 정몽주 시세계의 또 다른 측면을 주목하고자 한다. 물 이미지를 중심으로 한 공간 상상력이 그것이다. 즉 정몽주가 물과 관련된 대표적인 공간인 '연

---

7 임종욱, 「포은 정몽주의 시문학에 나타난 중국 체험과 성리학적 세계관」, 『한국문학연구』 12, 동국대 한국문학연구소, 1989 ; 엄경흠, 「정몽주의 明 사행시에 관한 고찰」, 『석당논총』 17, 동아대 석당전통문화연구원, 1991 ; 하정승, 「포은시에 나타난 경국의지와 귀향의식」, 『한문학보』 10, 우리한문학회, 2004 ; 안장리, 「여말선초 사대부의 봉사시에 나타난 세계관 비교」, 『포은학연구』 3, 포은학회, 2009.

8 하정승, 「정몽주 문학에 나타난 성리학적 사유체계와 그 실천양상」, 『한문학보』 13, 우리한문학회, 2005 ; 변종현, 「포은 한시에 나타난 수양과 성찰」, 『포은학연구』 2, 포은학회, 2008.

9 변종현, 「포은 정몽주 한시의 풍속과 제재」, 『한국한문학연구』 15, 한국한문학회, 1992.

10 이동환, 「포은시에 있어서 호방의 풍격에 대하여」, 『발표논문집』 포은사상연구원, 1993 ; 하정승, 「포은 정몽주 시의 품격 연구」, 『한문교육연구』 16, 한국한문교육학회, 2001 ; 유호진, 「포은시에 표출된 우수와 호쾌의 정감에 대하여」, 『한국문학연구』 4, 고려대 한국문학연구소, 2003 ; 하정승, 「정몽주 시에 나타난 표현양식과 미적 특질」, 『포은학연구』 2, 포은학회, 2007 ; 하정승, 「역대 詩話集에 나타난 정몽주 시에 대한 비평과 그 의미」 『포은학연구』 7, 포은학회, 2011.

11 김영수, 「포은 정몽주의 절의와 문학적 형상화」, 『포은학연구』 1, 포은학회, 2007.

12 홍순석, 「포은 한시의 시어와 그 쓰임새」, 『포은학연구』 1, 포은학회, 2008.

13 임종욱, 「정몽주의 한시에 나타난 유불에 대한 생각과 그 의미」, 『포은학연구』 3, 포은학회, 2009.

14 김종서, 「포은 정몽주 시의 당풍적 성격」, 『포은학연구』 4, 포은학회, 2009.

15 정일남, 「포은 정몽주 시의 의상 연구」, 『포은학연구』 3, 포은학회, 2009.

못', '개울', '강하江河', '바다'를 중심으로 어떠한 상상력을 펼쳤던가 하는 것이 그것이다. 여기서 더욱 나아가 이들 공간 상상력이 그의 삶 내지 사상과 어떤 상관성을 지니는가 하는 부분도 따진다. 이를 통해 우리는 그동안 간과하였던 물과 관련한 정몽주의 특별한 상상력을 만나게 될 것이다.[16]

## 2. 물에 관한 물질적 상상력

프랑스의 철학자 가스통 바슐라르(Gaston Bachelard, 1884-1962)는 인간의 상상력을 형식적인 것과 물질적인 것으로 분류한다.[17] 형식적 상상력은 형식적인 요인에 생명을 부여하는 것으로 묘사되어야 할 회화성을 동반하며, 물질적 상상력은 물질적 요인에 생명을 부여하는 것으로 근원성을 확보하고 있다. 그는 이 가운데 물질이 갖는 개성적인 힘에 초점을 두고 논의할 것을 강조한다. 인간의 믿음, 정열, 이상, 사고의 심층적인 상상 세계를 파악하고자 한다면 그것을 지배하는 물질의 한 속성을 파악해야 한다고 하였던 것이다.

물질적 상상력의 근원에 '물'이 있다. 바슐라르의 생각으로는 인간의 근원적인 상상력은 물질적이다. 이에 따라 4원소를 제시하고 있는데, '물', '불', '공기', '흙'이 그것이다. 이들 4원소는 동양사상에서 말하는 4대大, 즉 '지地', '수水', '화火', '풍風'과 대동소이하다. 이들 물질은 우리의 몸이나 산천초목 등을 이루고 있는 가장 기본적인 요소이다. 이 가운데서도 물의 역할은 매우

---

16 본고의 텍스트는 『圃隱先生文集』(『韓國文集叢刊』 5)으로 한다. 현재 정몽주의 시작품은 315수로 알려져 있다. 오언절구 9수, 칠언절구 136수, 오언율시 66수, 7언율시 70수, 오언배율 22수, 칠언배율 4수, 기타 9수가 그것이다.

17 가스통 바슐라르(이가림 역), 『물과 꿈-물질적 상상력에 관한 시론』, 문예출판사, 1980 참조.

중요하여 다른 것과 결합하면서 또 다른 물질을 만들어낸다. '지'와 결합하여 진흙 내지 반죽을 만들어 집을 짓게 하고, '화'와 결합하여 알코올(Alcohol)이나 휘발유 등을 만들어 에너지를 공급하고, '풍[氣]'과 결합하여 안개나 구름 등을 만들어 대지를 적셔 곡물을 자라게 하기 때문이다.[18]

물은 모든 사물의 근원이기 때문에 그 본질을 변화시키지 않으면서도 다양한 모습으로 존재한다. 땅 밑에서는 지하수로 흐르고, 땅 위에서는 다시 수많은 양태를 지닌다. 공중에서는 수증기로 올라가 구름이 되어 떠다니다가 다시 비가 되어 내리기도 한다. 지상의 물은 그 존재 양상에 따라 흐르는 물[流水]과 멈추어선 물[止水]로 다시 구분된다. 유속에 따라 폭포, 개울, 강으로 나누어지고, 멈춘 정도에 따라 샘, 연못, 호수로 구분된다. 그리고 바다는 이 모두를 총합하여 크게 멈추어 있는 듯하지만 내적으로 강한 유속을 함께 지닌다.

정몽주 또한 물에 대하여 특별한 상상력을 갖고 있었다. <죽竹>이라는 시에서 "물을 주니 새순이 자라고, 모래를 덮으니 잔뿌리가 생기네"[19]라고 하고 있는 것처럼, 물은 근본적으로 생명과 관련된 것이었다. 그러나 물에 대한 그의 상상력은 여기에 머물러 있지 않았다. 물이 갖는 다양한 측면을 포착하고 있기 때문이다. "푸른 물은 한가롭게 흐르고, 푸른 산은 시비를 하지 않네"[20]라고 할 때의 물은 부드럽고, "물결 솟아오르고 안개 짙어 나루도 보이지 않는데, 천고의 철산이 길손을 인도하네."[21]라고 할 때의 물은 난폭하기까지 하다. 이처럼 정몽주에게서 물은 다양한 감각으로 그려지고 있

---

18 정우락, 「한국문학에 나타난 물 이미지의 二項對立과 그 의미」, 『퇴계학과 한국문화』 48, 경북대 퇴계연구소, 2011 참조.

19 鄭夢周, 『圃隱集』 권2, <蘭坡四詠次陶隱陽村·竹>, "水澆新筍長, 沙覆短根蘇."

20 鄭夢周, 『圃隱集』 권2, <賀李秀才登第還鄕>, "綠水信容與, 靑山無是非."

21 鄭夢周, 『圃隱集』 권1, <鐵山>, "浪湧烟沉不見津, 鐵山千古導行人."

었던 것이다.

그가 무엇 때문에 물에 대한 특별한 관심을 갖고 있었던가 하는 부분은 쉽게 단언하기 어렵다. 여기서 우리는 그가 환로에 오른 후 있었던 6차례의 중국 사행[22]과 1차례의 일본 사행을 주목할 필요가 있다. 이때 배를 이용한 물길을 활용하였는데, 이러한 경험은 그에게 있어 특별한 것이었다. 이 과정에서 부모가 계시는 강호에 대한 사향의식 역시 남달랐을 것이다. 강하나 호수, 개울이나 연못 등도 그에게는 특별한 것이다. 이에 대한 공간 상상력이 다음 시에서 포괄적으로 나타난다.

(가) 貫楚呑吳氣象雄　초나라를 꿰고 오나라를 삼켜 기상이 씩씩하니
如今四海此朝宗　지금처럼 사해가 이곳을 조종으로 삼는다네
泝流若問江源去　거슬러 강의 근원을 찾아본다면
直到峩眉第一峯　바로 아미산 제일봉에 닿으리[23]

(나) 欲以慰幽抱　그윽한 회포를 달래보고자
天涯作此行　하늘가에 이 걸음 하게 되었네
哦詩浮海闊　넓은 바다 위에 떠서 시를 읊조리고
煮茗汲江淸　맑은 강물 길어다 차를 달이네
水遶金山寺　냇물은 금산사를 둘러서 흐르고
花藏鐵甕城　꽃나무는 철옹성을 감추고 있네
相望似圖畫　서로 보이는 것은 그림 같은데
爲汝駐歸程　너를 위해 가는 길을 멈추어보네[24]

22 정몽주가 남경에 입경한 것은 1372년 3월에서 1373년 7월의 1차시기, 1384년 7월에서 1385년 4월의 4차시기, 1386년 2월에서 7월까지의 5차시기이다.

23 鄭夢周, 『圃隱集』 권1, <楊子江>

24 鄭夢周, 『圃隱集』 권1, <望潤州>

모두 중국 사행과정에서 창작된 것인데, 앞의 것은 <양자강揚子江>이고 뒤의 것은 <망윤주望潤州>이다. 윤주 역시 지금의 강소성 진강시鎭江市에 있으니 남경 사행시에 지은 것임을 알 수 있다. 위의 작품을 통해 우리는 정몽주가 물을 '연못-개울-강하-바다'라는 일련의 연계망 속에서 이해하고 있다는 것을 알 수 있다. (가)의 <양자강>에서는 양자강이 사해의 조종이 된다면서, 그 양자강의 근원은 또 아미산에 있다는 것을 보였고, (나)의 <망윤주>에서는 시를 읊조리는 넓은 바다, 차를 끓이기 위해 길어 온 강물, 금산사를 돌아 흐르는 시냇물을 계기적으로 제시했다. 정몽주는 이처럼 물이 개울에서 바다로 이어지지만, 그것대로 의미가 있다고도 하였다. 다음 시가 그것이다.

| | |
|---|---|
| 水上有地 | 물 위에 땅이 있고 |
| 地以出泉 | 땅에서 샘에 솟아나네 |
| 磎兮海兮 | 개울이여, 바다여 |
| 無餘欠焉 | 넘침과 모자람이 없구나 |
| 心兮本虛 | 마음은 본래 텅 비어 |
| 直哉惟清 | 곧고도 오직 맑다네 |
| 能霜與雪 | 서리와 눈을 견뎌내 |
| 玉汝于成 | 너를 옥으로 만들 수 있네[25] |

이 작품은 <은계상죽헌권자隱溪霜竹軒卷子>의 일부이다. 이에 의하면 물이 땅에서 솟아 개울과 바다가 된다는 것을 제시하면서, 바다라고 물이 많은 것이 아니며 개울이라고 해서 물이 적은 것은 아니라 했다. 즉 그것대로의 완벽한 기능을 한다는 것이다. 여기서 정몽주는 '마음'을 떠올렸다. 마음이

25 鄭夢周, 『圃隱集』 권3, <隱溪霜竹軒卷子>

물처럼 텅 비어 있으면서도 맑다는 것을 자각한 것이다. 이러한 자각은 그의 성리학적 사유의 일단을 보여주는 것이기도 한데, 송나라 장재張載(1020-1077)의 <서명西銘>을 인용하며 더욱 구체화시켰다. 시련을 통해 마음은 더욱 단련된다는 것이 그것이다.[26] 우리는 여기서 정몽주가 물을 마음과 접속시키면서 그의 상상력을 성리학과 결합시키고 있는 사실도 알게 된다.

물은 자신을 주장하지 않기 때문에 사물의 근원이 된다. 모든 생물은 이로써 자신의 생명을 유지한다. 물은 흐르기도 하고 멈추기도 하고, 빠르기도 하고 느리기도 하며, 부드럽기도 하고 난폭하기도 하다. 이러한 다양한 성질 때문에 시인들은 자신의 정서를 즐겨 물에 투사하였다. 정몽주 역시 물길을 따라 여행하면서, 여행지에서 강호가 있는 고향을 그리워하는가 하면, 물을 마음에 비유하면서 이와 관련된 그의 시세계를 구축해 나가기도 했다. 특히 땅속에서 물이 솟아 샘을 이루고, 이 샘이 다시 흘러 개울과 강하, 그리고 바다를 이루는 것을 목격하고 여기에는 넘침과 모자람이 없다고 했다. 이처럼 물은 그에게서 특별한 존재였다.

## 3. 정몽주 시의 물과 공간

물은 그 자신의 본체를 유지하면서도 매우 다양한 모습으로 나타난다. 이 때문에 일정한 기준을 설정하여 논의를 전개하지 않을 수 없다. 이 글에서는 이러한 점을 고려하면서 정몽주가 포착한 물 가운데 일정한 공간을 확보하고

---

26 장재는 <서명>에서 "그대를 빈궁하게 하고 시름에 잠기게 하는 것은, 장차 그대를 옥으로 만들어 주려 함이다.(貧賤憂戚, 庸玉汝於成也)"라고 했다. 장재의 '빈천'과 '우척'을 정몽주는 '상설'로 바꾸어 놓았다.

있는 것에 주목한다. 앞에서도 잠시 살폈듯이 정몽주는 물이 솟아 샘과 연못을 이루고, 이것이 다시 개울과 강을 만들며 바다로 흘러든다는 것을 시를 통해 제시한 바 있다. 이에 따라 그의 상상력은 서로 다르게 나타날 수밖에 없었는데, 이 글은 바로 여기에 입각하여 그의 상상력이 '연못', '개울', '강하', '바다'라는 공간에서 어떻게 표출되고 있는가 하는 부분을 살피기로 한다. 물이 만들어 내는 이들의 공간 상상력이 그의 마음과 결부되어 있다는 측면에서 특별히 주목된다.

### 1) 연못 : 생명과 성리

연못은 우물과 함께 지수止水의 가장 작은 단위이다. 이 때문에 여기서는 우물도 함께 다룬다. 일찍이 이황李滉(1501-1570)은 도산에 서당의 자리를 정하면서, "앞으로는 강과 들이 내려다보이고 깊숙하고 아늑하면서도 멀리 트였으며, 산기슭과 바위들은 선명하며 돌우물은 물맛이 달고 차서 참으로 수양할 곳으로 적당하다."[27]라고 하였다. 이것은 우물이나 연못이 지닌 물질적 상상력이 '생명'과 밀접하게 결합되어 있다는 것을 의미한다. 물을 통해 모든 사물이 자신의 생명을 유지한다는 사실을 감안할 때, 우물과 연못의 공간 상상력이 생명과 결합되어 있다는 것은 쉽게 납득할 수 있다. 정몽주 역시 이러한 생각에 동참하면서 다음과 같이 노래하였다.

27 李滉, 『退溪集』 권3, <陶山雜詠幷記>, "前俯江郊, 幽敻遼廓, 巖麓悄蒨, 石井甘洌, 允宜肥遯之所."

가야산 우비정牛鼻井

| | |
|---|---|
| 伊誰修館宇 | 누가 공관을 지으면서 |
| 鑿井在墻東 | 담 동쪽에 우물을 파 두었던고 |
| 赤日行天上 | 붉은 해는 하늘을 지나가고 |
| 淸泉出地中 | 맑은 샘은 땅속에서 솟는다네 |
| 往來紛似織 | 왕래의 분주함이 베 짜는 듯한데 |
| 酌飮利無窮 | 마시는 이로움은 그지없다네 |
| 玩易曾觀象 | 『주역』을 읽으며 일찍이 상을 보나니 |
| 知渠濟物功 | 그것이 사물을 구제하는 공임을 알겠네[28] |

이 시는 복주復州[지금의 요녕성遼寧省 복현復縣]에서 지은 <복주관중정復州館中井>이다. 공관의 동쪽에 우물이 있는 것을 발견하고, 땅속에서 솟는 맑은

28 鄭夢周, 『圃隱集』 권1, <復州館中井>

샘물이 사람들에게 무한한 이로움을 준다고 했다. 우물에는 모든 생명의 원천인 물이 있기 때문이다. 여기서 정몽주는 자연스럽게 『주역』의 정괘井卦를 떠올렸다. 이 괘는 곤괘困卦에서 돌부리에 넘어지고 가시덩굴에 살이 찢긴 자가 마실 생명수를 의미한다. 이 때문에 그는 미련에서 『주역』을 읽으며 괘상을 본다고 하면서, 이것이 모든 사물을 구제하는 공이라는 것을 알겠다고 할 수 있었다. 물이 지닌 이러한 생명력은 "봉황지鳳凰池의 물이 봄빛으로 물들었네."[29]라고 하면서, 그 생명은 우주적인 것임을 말하기도 했다. 이러한 자연 생명력의 기제機制는 성리학적 상상력과 결부될 수 있는데, 다음의 시가 그것이다.

| | |
|---|---|
| 潛在深淵或躍如 | 깊은 연못에 잠겨있지만 때로 힘차게 뛰는 것을 |
| 子思何取著于書 | 자사가 어찌하여 책에서 적어두었던고 |
| 但將眼孔分明見 | 다만 눈으로 분명히 볼 수 있다면 |
| 物物眞成潑潑魚 | 모든 사물들은 모두 활발발하게 뛰는 고기인 것을[30] |

위 시는 <호중관어湖中觀魚>[31] 두 수 가운데 첫째 수이다. 자사는 『중용』에서 "『시경』에 이르기를 '솔개는 하늘에서 날고 물고기는 연못에서 뛰네'라고 하였으니 이는 도가 상하로 드러남을 말한 것이다."[32]라고 하였다. 이에 대하여 정이程頤(1033-1107)는 "이 한 절은 자사께서 매우 긴요하게 사람을 위한 것으로 생동감이 넘치는 곳이다."[33]라고 하였다. 정몽주는 『중용』의 바로 이

29 鄭夢周, 『圃隱集』 권2, <入直中書門下省醉賦>, "鳳凰池水染春光."

30 鄭夢周, 『圃隱集』 권1, <湖中觀魚>

31 제목이 <湖中觀魚>이니 '호수'에서 다루어야 하나, 시의 내용이 연못[淵]과 관련된 것이므로 여기서 다룬다.

32 『中庸』, "詩云, 鳶飛戾天, 魚躍于淵, 言其上下察也."

33 『中庸』 朱註, "故, 程子曰, 此一節, 子思喫緊爲人處, 活潑潑地, 讀者其致思焉."

대목을 읽고, 물속에서 물고기가 깊이 유영하며 노닐다가 때로 뛰어노는 것을 보면서 우주의 생동감[活潑潑地]을 느끼게 되었던 것이다.[34] <호연권자浩然卷子>에서 "천고의 이 마음을 같이하여, 연어鳶魚의 묘한 이치 넘실거리네."[35]라고 한 것도 같은 맥락에서 이해된다.

성리학자들은 우주의 자연생명력은 인욕이 제거될 때 가능하며 이를 통해 천인합일이 가능하다고 믿었다. 여기서 우리는 성리학적 성찰을 감지하게 된다. 성리학에서 이理는 개별 사물을 초월해서 존재하기도 하고, 개별 사물에 내재하여 개별 사물의 존재와 운동을 규정하는 원리로서 존재하기도 한다. 이를 흔히 '이일분수理一分殊'로 설명한다. 이를 깊이 인식하고 있었던 정몽주 역시 "크고 작게 만 가지로 나누어져 다르지만, 여기에 밝디밝은 이치가 있다네."[36]라고 할 수 있었다. 이 이理가 바로 천리天理인데, 성리학자들은 인욕을 씻어내는 자리에서 천리가 보존된다고 주장하였다. 물의 중요한 기능 가운데 하나가 세척이므로, 자연스럽게 수양론과 결부될 수 있었던 것이다. 정몽주는 목욕을 하면서도 이러한 생각을 드러냈다.

| | |
|---|---|
| 雨行泥汚遍 | 비 맞고 걷다 보니 온통 흙투성이 |
| 熱走汗霑頻 | 더위 속에 달려 땀에 젖었네 |
| 沂浴思春暮 | 기수에서 목욕하며 늦봄을 생각하고 |
| 湯銘誦日新 | 탕명의 '일신'을 외운다네 |
| 氤氳喜有水 | 성한 기운 기쁘게도 물이 있어 |

34 조선후기 경기도 포천의 선비 李和甫(有心齋, 1714-1780)는 정몽주가 지은 이 시의 미련을 들어 "이 한 구절은 진실로 東方道學之祖이다."라고 평가하기도 했다. "圃翁詩曰, 但將眼孔分明見, 物物眞成潑潑魚, 此一句語, 眞是東方道學之祖, 兄能於此沉潛詳玩, 則不待張皇說去, 而豁然洞悟, 未知如何?"(『有心齋集』 권3, <答全好古別紙>)라 한 것이 그것이다.

35 鄭夢周, 『圃隱集』 권2, <浩然卷子>, "千古同此心, 鳶魚妙洋洋."

36 鄭夢周, 『圃隱集』 권2, <幻庵卷子>, "鉅細紛萬殊, 粲然斯有理."

淸淨洗無塵　　깨끗하게 씻어 티끌이 없도다
頓覺精神爽　　문득 정신이 상쾌해짐을 깨닫고
臨風更岸巾　　바람을 맞으며 탕건을 고쳐본다네[37]

목욕을 하며 지은 <탕욕湯浴>이다. 함련에서 증점의 욕기浴沂 고사와 탕임금의 <반명盤銘>인 “구일신苟日新 일일신日日新 우일신又日新”을 함께 떠올렸다. 욕기 고사에 대하여 주자는 “증점의 학문은 인욕이 다한 곳에 천리가 유행하여 장소에 따라 충만하여 조금도 결함이 없음을 봄이 있었다.”[38]라고 해석하고 있다. 존천리存天理의 측면에서 이를 이해한 것이다. 정몽주 역시 생각을 같이하며 위의 시를 지었다. <성주류원일목욕成州留元日沐浴>이라는 작품에서 “목욕이 끝나 몸과 마음 티 없이 깨끗해져, 무우舞雩에서 돌아오는 흥이 참으로 유유하네.”[39]라고 한 것도 같은 입장에서 언급한 것이다. 이 때문에 ‘일신日新’에의 성찰을 다짐한 것은 당연한 일이었다고 할 수 있겠다.

물의 본질적인 기능은 생명에 있다. 모든 생명체들은 물을 통해 그들의 생명을 유지하기 때문이다. 정몽주가 우물이나 연못에 특별한 관심을 가지고 물질적 상상력을 펼친 것도 물의 이러한 기능과 관련된 것이었다. 이러한 상상력은 자연스럽게 우주적 생명력으로 확장되었는데, 여기서 자연스럽게 성리학적 세계관을 만날 수 있었다. ‘활발발’이라는 우주에 충만한 자연생명력을 제시한 것이나, 인욕을 막고 천리를 보존하기 위한 성리학적 수양론을 드러낸 것은 모두 이 때문이었다. 특히 수많은 개별자 속에서 발견한 보편자의 발견은 성리학의 이기론理氣論과 맞닿아 있어, 정몽주 시세계의 중요한

---

37 鄭夢周, 『圃隱集』 권1, <湯浴>
38 『論語』 「先進」 朱註, “曾點之學, 蓋有以見夫人欲盡處, 天理流行, 隨處充滿, 無少欠闕.”
39 鄭夢周, 『圃隱集』 권2, <成州留元日沐浴>, “浴罷身心淨無累, 舞雩歸興信悠然.”

일 부면을 확인하게 한다.

### 2) 개울 : 이상과 풍류

개울은 흐른다는 측면에서 연못이나 우물과 다르다. 빨리 흐른다는 측면에서 강하江河와도 구분된다. 향촌사회가 주로 개울을 중심으로 형성되어 있었다는 측면을 고려할 때, 이 개울은 그들의 생활문화를 형성하는 데 있어 중요한 역할을 했다. 개울을 막아 농사를 짓기도 하고, 개울가에 누정을 세워 유식遊息의 공간으로 활용하기도 했다. 고려 후기부터 발달한 지방의 재지사족은 주로 이 개울을 중심으로 마을을 만들고, 이를 중심으로 그들의 삶을 영위하였던 것이다. 정몽주의 시에서도 이러한 측면은 다양하게 확인되지만, 그가 조정으로 출사하면서부터 개울을 중심으로 한 생활공간과 다소 거리가 멀어지게 되었다. 즉 개울은 하나의 이상적 공간이었던 것이다. 우선 다음 작품을 읽어보자.

| | |
|---|---|
| 青青長松樹 | 푸르고 푸른 긴 소나무 |
| 生彼絶磵邊 | 저 깎아지른 개울가에 사는구나 |
| 風來掀柯葉 | 바람이 불어오면 가지와 잎을 치켜올리며 |
| 聲作瑟瑟然 | 비파를 연주하는 소리를 낸다네 |
| 道人坐其下 | 도인은 그 아래에 앉아 |
| 露脚濯清泉 | 다리를 드러내고 맑은 물에 발을 씻는다네 |
| 下視濁世內 | 혼탁한 세상을 내려다보노라니 |
| 膏火正相煎 | 기름을 짜듯 서로 지지는구나[40] |

40 鄭夢周, 『圃隱集』 권2, <倫絶磵卷子>

이 작품은 <윤절간권자倫絶磵卷子>이다. 개울가에 서 있는 소나무를 먼저 제시하고, 바람이 소나무에 불어와 솔가지와 솔잎이 흔들리는 모습을 들어 그림처럼 묘사하였다. 이어서 개울에서 발을 씻는 도인과 서로 싸우는 하토의 세인들을 대비시켰다. 우리는 여기서 정몽주가 어떤 생활을 염원하는지를 분명하게 읽게 된다. 다름 아닌 솔바람 소리를 쐬면서 개울에서 도인처럼 살아가는 것이었다. "눈 다 녹아 남쪽 개울에 물 불어날 것이니, 풀싹은 얼마나 돋아났을까?(<춘春>)"[41]라고 한 것도 개울이 지닌 자연의 생기를 일정한 거리에서 인식한 것이었다. 그러나 그는 미련에서 제시한 '탁세'에 살고 있으니, 개울은 이상 공간일 뿐이었다. 다음 작품 역시 같은 입장에서 읽힌다.

卜居近城市　　도회 가까운데 살기는 하지만
心遠絶世塵　　마음은 속세와 멀리 절연하였다네
愛花獨愛菊　　꽃은 유독 국화를 사랑하여
種之幽磵濱　　그윽한 개울가에 심어두었네
粲爛歲將暮　　해가 장차 저물려 할 때 찬란히 피는 꽃
手擷淸香新　　손으로 따려 하니 맑은 향기 새롭구나
物我自妙合　　꽃과 내가 저절로 묘하게 합치되니
於焉樂天眞　　여기에서 천진을 즐긴다네
籬東晉淵明　　울타리 동쪽에는 진나라 도연명이요
澤畔楚靈均　　연못가에는 초나라 굴원이 있네
千載誰同調　　천년 뒤에 누가 마음을 같이 할까
于今見斯人　　지금 이 사람을 본다네[42]

41 鄭夢周, 『圃隱集』 권2, <春>, "雪盡南溪漲, 多少草芽生."
42 鄭夢周, 『圃隱集』 권2, <菊磵卷子>

이 시는 정몽주가 공민왕 대의 헌납獻納과 우왕 대의 대언代言을 지낸 박진록朴晉祿의 고상한 풍모에 대하여 노래한 것이다. 위에서 보듯이 그는 유독 국화를 사랑하여 개울가에 심어놓고 그것을 즐긴다고 했다. 여기서 우리는 개울이 속세와 일정한 거리에 있는 은자의 공간이라는 것을 알게 된다. 일찍이 도잠陶潛(365-427)이 <음주飮酒·기오其五>에서 "띠풀을 엮어 사람들 사는 곳에 있어도, 수레나 말발굽의 시끄러운 소리 없다네. 그대는 어찌 그럴 수 있느냐고 묻겠지만, 마음이 멀어지면 땅도 절로 구석지는 것이라네."[43]라고 하면서 세속과 일정한 거리를 유지하면서 살고자 했다. 이처럼 개울은 정몽주에게 이상공간이기도 하였지만, 누정과 함께하는 풍류공간으로 발전하기도 했다. 다음 작품을 보자.

| | |
|---|---|
| 靑谿石壁抱州回 | 푸른 개울과 석벽이 고을을 안고 도는 곳에 |
| 更起新樓眼豁開 | 새로 누각을 세우니 눈이 활짝 열리네 |
| 南畝黃雲知歲熟 | 남쪽 이랑의 누른 구름은 풍년을 알리고 |
| 西山爽氣覺朝來 | 서산의 산뜻한 기운은 아침을 알게 하네 |
| 風流太守二千石 | 풍류 아는 태수는 2천 석 높은 벼슬 |
| 邂逅故人三百杯 | 뜻밖에 만난 벗은 술이 3백 잔일세 |
| 直欲夜深吹玉笛 | 밤이 깊어 감에 옥피리를 부는데 |
| 高攀明月共徘徊 | 높이 오른 밝은 달도 함께 배회를 하네[44] |

익양태수 이용李容이 지은 명원루明遠樓를 방문해서 지은 것이다. 여기서 보듯이 푸른 시내가 돌로 된 벽과 함께 고을을 안고 도는데, 거기 새로 세운

43 陶潛, 『陶靖節集』 권3, <飮酒·其五>, "結廬在人境, 而無車馬喧. 問君何能爾, 心遠地自偏."
44 鄭夢周, 『圃隱集』 권2, <重九日, 題益陽守李容明遠樓>

누각에 눈이 활짝 열린다고 했다. 개울과 누각이 서로 어울리는 곳에 벗과 함께하는 풍류가 없을 수 없었다. 정몽주는 이러한 사정을 경련의 '풍류태수'와 '해후고인'으로 제시하였다. 그리고 벗과 함께하는 풍류의 구체적인 내용을 미련에서 노래했다. 지상에 퍼지는 옥피리 소리와 천상을 배회하는 밝은 달이 그것이다. 밝은 달밤, 명원루 위에 앉아 오랜만에 만난 벗과 음주와 취적吹笛으로 풍류를 즐긴다는 것이다. 이때 개울은 이를 가능케 하는 중요한 풍류공간이었던 것이다.

정몽주는 즐겨 개울을 찾았다. 지인이 거기 있었기 때문이다. 그는 특히 승려들과 폭넓게 교유하면서 시를 주고받았는데, 관음사를 찾아가서 지은 작품도 여기에 해당한다. 그가 관음사를 찾아갔으나 승려를 만나지 못하고 돌아온 적이 있다. 이때 그는 "개울물은 돌을 두르고 푸른빛은 배회하는데, 지팡이 짚고 개울을 따라 골짜기로 들어왔다네. 옛 절은 닫혀있고 스님은 보이지 않는데, 지는 꽃만이 눈처럼 연못 언덕에 덮여 있네."[45]라고 하였다. 이때의 개울은 정몽주가 승려를 방문할 때 지팡이를 짚고 따라 걷던 곳이다. 이 역시 그가 현재 생활하는 공간과는 일정한 거리에 있었다.

개울은 도회의 대극점에 위치한다. 출사하여 도회에 살았던 정몽주에게 개울과 이를 중심으로 한 향촌은 이상공간이 아닐 수 없었다. 이 때문에 소나무 아래로 흐르는 개울에서 발을 씻기도 하고, 개울가에 국화를 심어놓고 즐기는 사람을 찬양하기도 하였다. 그리고 개울가에 세운 누각에 올라 벗과 풍류를 즐기기도 했다. 정몽주는 출사하여 도회에 살았지만, 그의 마음은 언제나 개울이 흐르는 호젓한 시골마을에 있었다. 그가 사신으로 중국과 일본을 떠다닌 것을 염두에 둔다면, 그가 무엇 때문에 개울이 있는 공간을 그리

45 鄭夢周, 『圃隱集』 권1, <再遊是寺>, "溪流遶石綠徘徊, 策杖沿溪入洞來. 古寺閉門僧不見, 落花如雪覆池臺."

워하였던가 하는 부분을 어렵지 않게 알게 된다.

### 3) 강하 : 강역과 역사

수많은 개울이 모여 강하를 이룬다. 이 때문에 개울과 강하는 유속과 수량에 있어 전혀 다르고, 이에 따른 상상력 역시 다르게 나타날 수밖에 없다. 정몽주가 여행을 할 때 주로 강의 물길을 이용한다는 점에서 강은 그의 주요 시적 소재가 되지 않을 수 없었다. <과주瓜州>에서 "배를 대고 내려서 밀물 일기를 기다리니, 양자강 나루가 남쪽으로 가는 첫 길이 되는구나."[46]라고 한 데서 볼 수 있듯이, 사신이 되어 바다를 건너 내륙으로 들어갈 때도 강은 매우 중요한 교통로였다. 이로써 강은 여행 과정에서 정몽주의 시심을 끊임없이 자극할 수 있었고, 이때 그는 강을 경계로 한 강역疆域을 생각할 수 있었다. 이로써 강하는 자연스럽게 역사성을 띠며 정몽주 시세계의 중요한 부면으로 떠오르게 되었던 것이다. 우선 다음 작품을 보자.

| | |
|---|---|
| 義州國門戶 | 의주는 나라의 문호이니 |
| 自古重關防 | 예로부터 관방을 중히 하였네 |
| 長城何年起 | 장성은 어느 해에 쌓은 것인지 |
| 屈曲隨山岡 | 구불구불 산을 따라가고 있네 |
| 浩浩鞍羁水 | 널따랗게 말갈수는 흐르고 흘러 |
| 西來限封疆 | 서쪽으로 와서 강역을 갈라놓았네 |
| 我行已千里 | 내가 이미 천 리 길을 왔으나 |
| 到此仍彷徨 | 여기에 와서 방황을 한다네 |

46 鄭夢周, 『圃隱集』 권1, <瓜州>, "泊舟登岸待潮生, 楊子津南第一程."

| | |
|---|---|
| 驅馬獻天廏 | 말을 몰아 천자의 마구간에 바치나니 |
| 浮渡看騰驤 | 강에 떠가며 힘차게 뛰는 것을 보네 |
| 主人爲置酒 | 주인은 술을 차려 대접하고 |
| 吹笛到夕陽 | 피리를 부노라니 석양에 이르네 |
| 適有驛使至 | 마침 역마로 보낸 사람이 당도하여 |
| 手奉御醞香 | 임금이 내린 술잔을 받들어오네 |
| 飮已下羅拜 | 마시고 나서 늘어서 배례를 하니 |
| 咫尺對君王 | 지척에서 군왕을 뵙는 듯하구나 |
| 明朝過江去 | 내일 아침 이 강을 건너가면 재 |
| 鶴野天茫茫 | 학야의 하늘이 아득하리라[47] |

의주는 평안북도 북서부에 위치한 곳으로 중국과 고려가 경계를 이루는 곳이다. 이 때문에 '의주는 나라의 문호'라고 했던 것이다. 여기서 그는 넓은 말갈수, 즉 압록강을 보면서[48] 이것이 강역을 갈라놓았다고 했다. 마지막 구절에 제시되어 있는 학야鶴野는 요동遼東 북쪽에 위치한 큰 들판을 말하는데, 내일 아침에 압록강을 건너면 아득하리라고 하여 강하가 명과 고려의 경계를 분명히 하는 중요한 강역이라는 것을 다시 강조하였다. 이처럼 강하는 두 나라의 경계에 있기 때문에 나라의 중임을 맡은 사신에게는 감흥이 특별했을 것이다. 양자강을 소재로 한 다음 작품 역시 강하를 통한 강역에 대한 인식과 맞물린다.

---

47 鄭夢周, 『圃隱集』 권1, <到義州, 點馬渡江>

48 『新唐書』 권236(「列傳」 第145, 東夷」)에서, "有馬訾水出靺鞨之白山, 色若鴨頭, 號鴨淥水, 歷國內城西, 與鹽難水合, 又西南至安市, 入於海."라고 하였는데, 이 '馬訾水'가 말갈에서 흘러내리기 때문에 정몽주는 '말갈수'라 한 것이 아닌가 한다. 말갈수는 『신당서』에서 보듯이 압록강이다.

龍飛一日樹神功　용처럼 날아 하루에 신공을 수립하여
直使乾坤繞漢宮　건곤으로 한나라의 궁을 에워싸게 하였네
但把長江限南北　다만 장강이 남북으로 경계 지웠으니
曹公誰道是英雄　누가 조공을 일러 영웅이라 하였던고[49]

이 작품은 사신으로 가서 지은 <양자강>이다. 이 강을 보면서 정몽주는 한나라의 멸망과 조조曹操(155-220) 부자의 역사적 활약상을 떠올렸다. 특히 전구에서는 조조의 아들 위문제魏文帝 조비曹丕가 한나라의 제위帝位를 빼앗은 뒤에, 오나라를 치기 위하여 양자강揚子江까지 갔다가, '하늘이 이 강으로 남북의 경계를 지었구나.'라고 탄식하며 돌아왔다는 고사를 인용하고 있다. 우리는 여기서 사행길에 만난 양자강에서 중국의 강역과 이에 따른 역사를 함께 생각하는 정몽주를 떠올리게 된다. 그러니까 강하는 강역과 역사를 동시에 상상하는 공간으로 작동하였던 것이다. 여기서 나아가 강하는 한 나라의 역사와 문화의 발상지로 인식되기도 했다. 다음의 시가 그것이다.

曾聞砮矢貢明堂　일찍이 들으니 돌화살촉을 명당에 바쳤다는데
肅愼遺民此一方　숙신의 유민이 이 한 지방에 살았다네
雪立白山南走遠　눈을 이고 선 백두산은 남쪽으로 멀리 달리고
天連黑水北流長　하늘에 닿은 흑룡강은 북쪽으로 길게 흐르네
完顔偉量呑遼宋　완안씨의 큰 역량으로 요와 송을 삼켰으니
大定豐功逼漢唐　대정의 큰 공적은 한과 당에 가깝구나
坐對地圖還嘆息　앉아 지도를 마주하며 도리어 탄식하노니
古來豪傑起窮荒　예전부터 호걸은 궁벽하고 거친 곳에서 일어나는 것을[50]

---

49 鄭夢周, 『圃隱集』 권1, <楊子江>
50 鄭夢周, 『圃隱集』 권2, <女眞地圖> 김성일은 정몽주의 이 시에 대하여 차운시를 남기기도

정몽주는 여진의 지도를 보면서, 백두산과 흑룡강을 주목한다. 이곳을 중심으로 완안完顔이라는 성을 가진 말갈족[여진족]이 일어나 요나라와 송나라를 무너뜨리고 금나라를 세웠기 때문이다. 특히 대정大定(1161-1189)이라는 연호를 사용한 금나라의 세종은 남송과의 관계를 부드럽게 하면서 내치를 다져 커다란 공을 세웠다. 정몽주는 그의 치세가 한당에 가깝다고 칭송하면서 중국의 중심부에서 멀리 떨어진 궁황에서 호걸이 일어났다는 것을 특기하고 있다. 이 시에 나타난 흑룡강이 정몽주의 상상력을 불러일으키는 주된 소재가 아니라 하더라도, 이 강이 금나라의 성장을 가능케 했다는 점에서 중요한 역사성을 지닌다.

모든 시가 그렇다고 할 수는 없지만 정몽주 시에 나타난 강하는 이와 관련된 역사성이 깊이 내장된 공간이었다. 이것은 차안과 피안을 경계로 강역이 나누어지기 때문이다. 강하에 대한 상상력은 현실과 밀착되어 나타나기도 했다. 영고목英枯木에게 주는 시에서, "어제는 강을 넘어가더니, 오늘은 강을 넘어왔네. 바쁘게 고생하는 백 년의 인생, 행역行役이 몇 번인지를 알겠네."[51] 라고 한 것이 그것이다. 이러한 현실성은 강하가 단순한 경계를 의미하는 것이 아니라 이를 중심으로 한 나라의 문명이 성장한다는 역사적 문맥과 맞닿아 있다. 즉 강하는 국가를 건설하는 필수적인 공간으로 인식되기도 했던 것이다.

---

했다. <次圃隱女眞地圖韻>(『鶴峯集』 권1)이 그것이다.

51 鄭夢周, 『圃隱集』 권2, <英枯木袖詩求和, 書此塞責>, "昨日過江去, 今日過江來. 勞勞百年內, 行役知幾回."

### 4) 바다 : 사행과 사향

바다는 강하가 한데 모여서 이루어진 것이라는 점에서 역대로 문학적 상상력의 보고였다. 바다를 이상향을 꿈꾸기도 하고, 광활한 자유를 느끼기도 하고, 때로는 외침으로 인한 고달픈 역사적 현장으로 인식하기도 했다. 정몽주의 시세계에는 이 바다에 대한 감흥이 자주 등장한다. 이는 그의 사행 경험과 맞물려 있기 때문에, 어쩌면 당연한 일이기도 하다. 명나라나 왜로 사행을 떠나면서 바다의 뱃길을 이용하였고, 이 과정에서 발생한 다양한 감흥을 시작詩作을 통해 제출하였던 것이다. 그에게서 바다는 기후를 달리할 정도로 두 나라 사이에 광활하게 존재하는 무엇이었다. 우선 다음 작품을 보자.

바다

| | |
|---|---|
| 登州望遼野 | 등주에서 요동의 들판을 바라보니 |
| 邈矣天一涯 | 아득한 하늘 저편일세 |
| 溟渤限其間 | 넓은 바다가 그 사이를 경계 지어 |
| 地分夷與華 | 땅이 동이와 중화로 나뉘었구나 |
| 我來因舟楫 | 내가 배를 저어 왔으니 |
| 利涉還可誇 | 잘 건너온 것이 자랑스럽네 |
| 昨日海北雪 | 어제의 바다 북쪽 눈[雪]이 |
| 今朝海南花 | 오늘 아침 바다 남쪽의 꽃이 되었네 |
| 夫何氣候異 | 어찌 기후가 이렇게 다를 수 있을까 |
| 可驗道路賒 | 길이 멀다는 것을 증험할 수 있겠네 |

……[52]

이 시는 정몽주가 50세 되던 1386년 3월 19일에 바다를 건너 등주의 공관에 머물면서 지은 것이다. 당시 정몽주는 다섯 번째 중국으로의 사행길에 올라 있었고, 등주에서 곽통사郭通事와 김압마金押馬를 기다리고 있던 중이었다. 위에서 보듯이 바다는 동이와 중화, 즉 고려와 중국을 구분하는 역할을 했다. 동이에서 중화로 배를 타고 그 광활한 바다를 건넜으니 이것이 도리어 자랑스럽다고 했다. 그 사이가 매우 넓었기에 두 지역의 기후가 뚜렷하게 구별된다고 했다. 바다 북쪽의 눈과 바다 남쪽의 꽃으로 선명하게 대비가 이루어지도록 했다.

정몽주는 바다가 얼마나 험한 길인가 하는 것도 보여주었다. "나그네 회포 슬퍼지기 쉬운데, 세상일은 즐겨 빗나가 버린다네. 함께 오던 두세 사람이, 풍파에 서로 길을 잃었네. 밤새도록 그 생각에 괴로워하다, 뒤척이며 때를

52 鄭夢周, 『圃隱集』 권1, <三月十九日, 過海宿登州公館, 郭通事, 金押馬船阻風未至, 因留待>

알리는 종소리를 듣는다네."[53]라고 한 것이 그것이다. 바다에서 일어나는 파도로 인해 같이 오던 사람이 서로 헤어져 생사를 알 수 없어 밤새 괴로워하고 있다.[54] 사행길의 험난함을 이렇게 표현한 것이다. 이러한 험한 바닷길도 기실 굳건한 외교를 위한 것이었다. 다음 작품에서 이러한 사정이 잘 나타나 있다.

吳王使節到天東　오왕의 사절 천동에 이를 때
十幅帆飛路自通　열 폭의 돛이 날아 길이 저절로 트이네
歲月悠悠行役裏　세월은 행역 중에 아득히 지났으나
山川歷歷夢魂中　산천은 꿈결 속에서 뚜렷이 보이네
兩邦厚意同滄海　두 나라의 후의는 창해와 같으니
萬里歸期得好風　만 리 길 돌아갈 때 순풍을 얻겠도다
他日姑蘇臺上望　뒷날 고소대에 올라 바라보노라면
蓬瀛不見水連空　봉영은 보이지 않고 물만 하늘에 닿아있네[55]

이 시는 중국에서 온 사신을 보내면서 지은 <송항주사送杭州使>이다. 항주에서 왔으니 오왕의 사절이라 했고, 고려로 왔으니 천동이라 했다. 두 나라 사이에 커다란 바다가 존재하지만 뱃길로 서로 소통하게 된다. '열 폭의 돛이 날아 길이 저절로 트이네.'라고 한 것이 그것이다. 또한 두 나라의 후의가

53 鄭夢周, 『圃隱集』 권1, <三月十九日, 過海宿登州公館, 郭通事, 金押馬船阻風未至, 因留待>, "客懷易悽楚, 世事喜蹉跎. 偕行二三子, 相失迷風波. 終夜苦憶念, 耿耿聞鼓撾."

54 사실 정몽주는 1372년(공민왕 21) 3월에 서장관으로 知密直司事 洪師範을 따라 중국에 갔다가, 귀로에 許山 앞바다에서 태풍을 만나 정사 홍사범 등 39명이 익사하고 생환한 자는 정몽주를 비롯해서 113명이었다. 이 숫자에 대해서는 朴現圭, 「賀平蜀使 시기(1372-73) 鄭夢周의 行蹟과 作品考」, 『한국한문학연구』 44, 한국한문학회, 2009 참조.

55 鄭夢周, 『圃隱集』 권2, <送杭州使>

바다와 같다고 했다. 이러한 후의로 인해 다시 순풍의 뱃길을 이용해 만 리 길을 무사히 가기를 축원하고, 이후 다시 항주의 고소대와 고려의 봉래·영주산 사이에는 넓은 바다가 존재할 것이라 했다. 이처럼 바다는 양국을 소통케 하면서, 상호의 후의와 함께 아득한 그리움의 공간으로 성장하기도 했다. 그러한 그리움은 정몽주의 사행길에서 사향의식으로 전이되었다. 다음의 경우가 그것이다.

| | |
|---|---|
| 江南柳江南柳 | 강남의 버들이여, 강남의 버들 |
| 春風裊裊黃金絲 | 봄바람에 황금 실처럼 하늘거리네 |
| 江南柳色年年好 | 강남의 버들 빛이야 해마다 좋지만 |
| 江南行客歸何時 | 강남의 나그네는 언제나 돌아갈꼬 |
| 蒼海茫茫萬丈波 | 만길 물결 일렁이는 저 창해 |
| 家山遠在天之涯 | 고향은 아득히 하늘 끝에 있다네 |
| 天涯之人日夜望 | 하늘 끝의 사람 밤낮으로 바라는 건 |
| 歸舟坐對落花 | 돌아가는 배에 앉아 낙화를 대하는 것이라네 |
| 空長嘆空長嘆 | 부질없이 길이 탄식하고 탄식하도다 |
| 但識相思苦 | 다만 서로 그리워하는 괴로움을 알지만 |
| 肯識此間行路難 | 이곳의 행로난을 어찌 알겠나 |
| 人生莫作遠游客 | 인생에 먼 길의 나그네는 되지 말지니 |
| 少年兩鬢如雪白 | 소년의 두 귀밑머리 눈처럼 희어지네[56] |

이 작품은 <강남류>로 『동문선東文選』이나 『해동역사海東繹史』 등에 실려 널리 전해지고 있다. 이 시에서 보듯이 정몽주는 현재 멀리 강남으로 사신을 와서 바다 끝에 있는 고향을 그리워한다. 이러한 객수는 “바다 건너 동쪽으로

56 鄭夢周, 『圃隱集』 권1, <江南柳>

고향을 바라보고, 봄 다 갈 즈음 높은 집에 앉았네."[57]라고 하거나, "어제 돛을 달고 바다를 건너갈 때, 고향을 돌아보니 이미 하늘가에 아득하였네.",[58] "내가 올 때 동녘을 바라보며 시름하였지. 물결은 멀리 고향에 닿아 있었네."[59]라고 하면서 다양하게 표출되었다. 정몽주의 사향의식은 일본 사행에서도 그대로 나타난다. "고국은 바다 서녘이요, 외로운 배는 하늘 한 가이어라."[60]라 한 것에서 이를 확인할 수 있다. 이처럼 바다는 그에게서 사향의식을 더욱 증폭시키는 역할을 하였던 것이다.

정몽주 시에 나타난 바다는 고국과 이국 사이에 놓여 있는 것이면서, 동시에 두 나라가 소통하는 공간이었다. 이러한 인식이 사신으로서의 우의로 발전하면서, 바다는 양국 사이에 존재하지만 그 크기만큼의 우의를 느끼게 하기도 했다. 즉 정몽주에게서 바다는 소통의 길이었으며, 아울러 깊고 넓은 우의를 상징하는 것이기도 했던 것이다. 장기간 떠나는 험한 사행길이 모두 그러하듯이 여기에는 사향의식이 깊이 게재되어 있기도 했다. 정몽주 시에 나타나는 이러한 사향의식은 명과 왜를 오가며 더욱 깊어지고 있었다. 따라서 바다는 그의 시에서 그리움의 이미지로 형상화될 수 있었던 것이다.

## 4. 공간과 삶 및 사상의 상관성

이상에서 우리는 연못, 개울, 강하, 바다라는 공간을 통해 정몽주의 물질적 상상력이 어떤 방향으로 전개되는가 하는 부분을 구체적으로 살폈다. 이로써

57 鄭夢周, 『圃隱集』 권2, <贈嵒房日本僧永茂>, "故園東望隔滄波, 春盡高齋獨結跏."
58 鄭夢周, 『圃隱集』 권1, <蓬萊驛, 示韓書狀>, "昨日張帆涉海波, 故園回首已天涯."
59 鄭夢周, 『圃隱集』 권1, <日照縣>, "我來東望仍搔首, 波浪遙應接故鄉."
60 鄭夢周, 『圃隱集』 권1, <洪武丁巳, 奉使日本作>, "故國海西岸, 孤舟天一涯."

우리는 정몽주에게 부여된 '동방이학지조東方理學之祖'라는 성리학자적 면모, 세속과 일정한 거리를 유지하며 풍류를 즐기고자 한 면모, 강역에 따른 역사 인식을 투철하게 한 면모, 수차례 사행을 경험한 외교가적 면모 등을 두루 알 수 있었다. 그렇다면 이들 공간 상상력이 그의 삶 및 사상과는 어떤 상관 관계에 놓여 있을까? 이는 문학연구가 작가의 삶과 사상의 형상적 측면을 따지는 것이라는 점에서 중요하다. 여기에 대하여 간단히 생각해 보자.

첫째, 생명과 성리의 공간 연못은 정몽주의 이학사상과 긴밀하게 결합되어 있다. 흔히 주자학이 우리나라에 유입된 것은 안향安珦(1243-1306)의 시대로 본다. 따라서 정몽주는 성리학의 2세대라 할 것이다. 그는 고려의 문명이 중국으로부터 들어왔다고 생각했다. 중국의 사신 주탁周倬에게 시를 지어 주면서, "중국에 아름다운 선비 있으니, 인의仁義를 마음속에 간직하고 있구나. 조용히 요순堯舜의 일을 강론하면서, 아침저녁으로 천자를 모셨다네. 천자가 먼 곳 백성을 염려함에, 명을 받아 덕의를 베풀었다네."[61]라고 하면서 그를 동방에 빛을 던진 존재로 칭송한 것에서 바로 알 수 있다. 요순에서 전해지는 인의仁義의 학은 도통을 의식하면서 제시한 이학과 다름없다. 다음 작품을 보자.

紛紛邪說誤生靈　어지러운 사설邪說들이 백성을 잘못되게 하나니
首唱何人爲喚醒　누가 먼저 외쳐서 깨우치게 하려는고
聞道君家梅欲動　듣건대 그대 집에선 매화가 피려고 할 때
相從更讀洗心經　서로 좇아 거듭 세심경을 읽는다지[62]

---

61 鄭夢周, 『圃隱集』 권2, <乙丑九月, 贈天使周倬>, "中州有佳士, 佩服仁與義. 從容講唐虞, 旦夕侍天子. 天子念遠人, 受命宣德意."

62 鄭夢周, 『圃隱集』 권2, <讀易寄子安大臨兩先生, 有感世道故云.>

이 작품은 『주역周易』을 읽다가 이숭인과 하륜에게 준 두 수 가운데 하나이다. 성리학자들이 특별히 중요하게 생각한 책이 『주역』이기도 하지만, 이 시에는 '환성', '세심' 등과 같은 성리학적 수양론이 핵심을 이루고 있다.[63] 이어지는 작품에서도, "마음이 허령虛靈하다는 것은 본디 알았나니, 닦으면 온전히 깨치는 것을 다시 깨닫겠네. 간괘艮卦의 육 획만을 자세히 보더라도, 『화엄경華嚴經』 한 부를 모두 읽는 것보다 나으리."[64]라고 하고 있다. 역시 강한 성리학적 수양론이 게재되어 있다. 정몽주는 이러한 성리학적 수양론에 기반하여 연못이나 우물에 관한 물질적 상상력을 펼쳐, 생명과 성리가 깃든 시를 문학적으로 형상화할 수 있었던 것이다. 우리는 여기서 이학지조理學之祖로서의 정몽주를 만나게 된다.

둘째, 이상과 풍류의 공간 개울은 그가 꿈꾸었던 삶의 형태가 제시된 부분이다. 정몽주는 스스로의 호를 포은圃隱이라 하였다. 이것은 『논어』에서 공자의 제자 번지樊遲가 채소 가꾸는 법 배우기를 청하니 공자가 "나는 원예에 대해서는 늙은 원예사만 못하다[吾不如老圃]."라고 한 데서 온 것이라 한다. 정몽주가 출사하여 조정과 도회를 중심으로 살았기 때문에 개울을 중심으로 한 강호생활은 실현될 수 없었다. 따라서 자신이 사는 당호를 '포은'이라 한 것은 그가 꿈꾸었던 이상이 담긴 용어였다. 이러한 생각이 다음 자료에 잘 드러난다.

버드나무 가지를 꺾어 채마밭에 울타리를 치면, 아침과 저녁이 구분되는

63 여기서 그는 『주역』을 '세심경'이라고 하고 있는데, 이것은 이 책의 「계사전」에서 "성인은 이로써 마음을 씻어 아무도 모르게 은밀한 곳에 감추어 둔다(『周易』 「繫辭傳·上」, "聖人以此洗心, 退藏於密)."라는 말을 염두에 둔 것이다.

64 鄭夢周, 『圃隱集』 권2, <讀易寄子安大臨兩先生, 有感世道故云.>, "固識此心虛且靈, 洗來更覺已全醒. 細看艮卦六畫耳, 勝讀華嚴一部經."

것을 통해서 하늘의 도에 일정한 법칙이 있다는 것을 알 수가 있고, 시월에 채마밭에다 타작마당을 닦고 수확을 하면, 춥고 더운 계절의 운행을 통해서 백성의 일에 순서가 있다는 것을 알 수가 있다. 아래로 민사民事를 다스리고 위로 천도天道를 따른다면, 이것이야말로 학문이 지향하는 궁극의 목표요 성인이 할 수 있는 모든 일이 끝나는 것이라고 하겠다. 그러니 내가 이것을 놔두고서 또 무엇을 따르겠는가![65]

이것은 정몽주의 요청에 의해 이색이 쓴 <포은재기圃隱齋記>의 일부인데, 평소 정몽주가 그에게 한 말을 그대로 옮긴 것이다. 그런데 이색은 "이제 달가達可가 농포에 은거하되 조정에 서서 사도를 자임하여 낯을 들고 배우는 사람의 스승이 되었으니, 진은眞隱이 아닌 것이 분명하다."[66]라 하고 있다. 즉 '포은'은 정몽주의 현실적인 삶이 아니라 그가 꿈꾸었던 이상적인 삶이라는 것이다. 우리는 여기서 도회에 살지만 개울이 있는 산수에서 자락하고 싶은 정몽주의 생각을 읽을 수 있다. 또한 스스로의 회포를 적은 <자서自敍>에서는, "의관이 늙은이를 속박하나니, 더위가 극심해 절에서 향을 피우네. 어찌하면 사문의 두세 사람과, 송풍에 앉아 함께 이야기할꼬?"[67]라고 노래하고 있다. 그의 이상이 풍류와 결합되고 있음을 알 수 있다. 이러한 사유의

---

65 李穡, 『牧隱藁』 권5, <圃隱齋記>, "折柳樊圃, 則因晨夜之限, 通乎天道之有常, 十月築圃, 則因寒暑之運, 而知民事之有序, 民事治于下, 天道順于上, 學問之極功, 聖人之能事畢矣, 吾舍此何適哉!"

66 李穡, 『牧隱藁』 권5, <圃隱齋記>, "今, 達可隱於圃, 而立于朝, 以斯道自任, 抗顔爲學者師, 非其眞隱也, 明矣." 여기서 '抗顔'이라 한 것은 당나라 柳宗元의 <答韋中立論師道書>에 나오는 말이다. 즉 사도를 자임하여 세상의 비난을 사려고 하지 않는 때에 유독 韓愈가 과감하게 나서서 <師說>을 짓고 안색을 엄하게 하며 얼굴을 들고 스승으로 나섰다[抗顔爲師]는 것이다.

67 鄭夢周, 『圃隱集』 권2, <次通村韻呈四君·自敍>, "衣冠縛束二毛翁, 觸熱行香佛寺中. 安得斯文二三子, 松風一榻晤言同."

근간에 개울을 중심으로 한 산수 공간이 있었던 것이다.

셋째, 강역과 역사의 공간 강하江河는 정몽주의 현실인식과 밀접한 상관관계에 놓인다. 정몽주는 1363년(공민왕 12) 8월에 종사관從事官으로서 동북면도지휘사東北面都指揮使 한방신韓邦信을 따라 화주和州[永興]에 가서 여진女眞을 정벌하였고, 1380년(우왕 6) 가을에는 조전원수助戰元帥로 이성계를 따라 전라도 운봉雲峯에 가서 왜구를 격파하고 돌아오기도 했다. 이러한 일련의 행위는 현실인식을 예각화하는 데 중요한 역할을 했을 것으로 보인다. 한방신을 따라 화주에 갔을 때는 '정녕 사나이의 애를 끊는 곳이어서, 가을바람 속의 화각소리 차마 듣지 못하겠네.'[68]라며 탄식하기도 했다. 다음 작품에서도 그의 현실인식은 분명히 드러난다.

千仞岡頭石徑橫　천 길 벼랑 위에 돌길이 비꼈는데
登臨使我不勝情　올라서 바라보니 감회가 그지없네
青山隱約扶餘國　청산은 보일 듯 말 듯한 부여국이요
黃葉繽紛百濟城　누른 잎은 백제성에서 어지럽구나
九月高風愁客子　9월 높은 바람은 나그네 시름을 자아내고
百年豪氣誤書生　백 년 호기는 서생의 신세를 그르치네
天涯日沒浮雲合　하늘가에 해는 지고 뜬구름 모이니
惆悵無由望玉京　어찌할 수 없는 슬픔에 하늘만 바라보네[69]

이 작품은 1380년(우왕 6)에 이성계를 도와 왜적을 물리치고 돌아오면서

68 鄭夢周, 『圃隱集』 권2, <癸卯八月, 從韓元帥東征到咸州, 兵馬使羅公率精兵助征西北>, "政是男兒腸斷處, 秋風畫角不堪聞."

69 鄭夢周, 『圃隱集』 권2, <登全州望景臺> 金萬重은 이 시를 '豪邁峻潔'(『西浦集』 권6, <西浦日錄·詩話>)로 평가했다.

전주의 망경대에 올라 지은 것이다. 청산과 부여국, 황엽과 백제성을 제시하면서 역사의식을 드러냈다. 미련에서는 하늘가에 모이는 구름을 들어 불안한 현실임을 강조했다. 국내의 정치현실에 대해서도 문제의식을 분명히 했다. <행장>에서 "권세 있고 간사한 신하가 권력을 마음대로 하여 백성의 전지를 강탈하여 수기數圻에 이르렀지만, 한없이 탐욕하여 나라가 가난하고 백성이 야위므로 공이 이를 뼈에 사무치게 아파하면서 청하여 사전私田을 혁파하도록 하였는데, 백성이 여기에 힘을 입어 살았다."[70]라고 한 데서 이러한 사실을 알 수 있다. 강하를 통한 강역과 역사에 대한 인식은 정몽주의 이러한 생각들이 문학적으로 표출된 것이라 하겠다.

넷째, 사행과 사향의 공간 바다는 정몽주의 외교관으로서의 삶과 밀착되어 있다. 정몽주는 1372년(공민왕 21)과 1377년(우왕 3) 등 여러 차례 명나라로 봉명사행을 떠났다. 때로는 남경에 들어가기도 하고, 때로는 입경이 허락되지 않아 들어가지 못하기도 했다. 귀로에는 태풍을 만나 죽을 고비를 넘기는 등 갖은 고초를 당하기도 했다. 그리고 1377년(우왕 3) 9월에는 일본으로 사신을 갔다. 당시 그는 잡혀갔던 고려인 수백 명을 귀국시키는 등 외교적 수완을 유감없이 발휘한다. 이와 관련하여 <연보고이年譜攷異>에는 다음과 같은 정몽주의 활약상을 전한다.

> 9월에 전대사성으로서 일본에 사신을 갔다. 이때 조정에서 왜구의 침요侵擾를 걱정하여 나흥유羅興儒를 패가대覇家臺에 사신으로 보내 화친하도록 하였으나, 그 주장主將이 나흥유를 가두었으므로 거의 굶어 죽게 되었다가 겨우 살아 돌아온 일이 있었다. 권신權臣이 전의 일에 원한을 품고 선생을 천거하여 답방

70 咸傅霖, 『圃隱集·行狀』, "時權奸專柄, 豪奪民田, 占至數圻, 貪饕無厭, 國窶民瘠, 公痛之次骨, 請革私田, 民賴以生."

> 答訪을 하게 하니, 이 사행을 사람들은 모두 위태롭게 여겼다. 그러나 선생은 어려워하는 빛이 조금도 없으셨고, 가서 고금 교린의 이해를 극진히 설명하니 주장이 경복하여 관대가 매우 두터웠다.[71]

후인들이 정몽주를 추숭하는 과정에서 만든 <연보>에 적힌 것이어서 객관성에 다소 문제가 있을 수 있다. 그럼에도 불구하고 우리는 여기서 정몽주의 외교적 능력을 충분히 알게 된다. 이 과정에 다양한 문학작품이 생성되기도 했다. 이어지는 글에서, "왜승 가운데 시를 구하는 자가 있으면 붓을 들어 바로 써서 주니, 중들이 모여들어 날마다 가마를 메고 경치 좋은 곳을 구경하기를 청하였다. 일본에 사신으로 갔을 때 지은 시가 여러 편 있다."[72]라고 한 것이 그것이다. 이러한 사행의 감흥은 사향의식과 결부되면서 정몽주 시 세계의 특별한 부면을 형성하였다. 당시의 사행은 뱃길을 이용하였으므로 바다와 관련된 것이 많을 수밖에 없다.

정몽주 시에 나타난 연못, 개울, 강하, 바다 등의 공간과 이에 따른 상상력은 서로 다른 지향점을 갖는다. 이것은 결국 그의 삶과 사상이 이면에서 작동한 당연한 결과라 할 수 있을 것이다. 이 넷은 또한 그 강도나 범위의 측면에서 한결같지가 않다. 연못과 개울의 공간 상상력이 관념화 되어 있거나 이상으로 제시되어 있는데 비해, 강하와 바다의 공간 상상력은 매우 구체적인 현실성을 띠고 있기 때문이다. 즉 개울가에 살고 싶은 것은 하나의 희망이었으며, 연못을 통한 생명이나 성리의식도 추상적이었던 것이다. 이것은 정몽

71 『圃隱先生年譜攷異』41歲條, "九月, 以前大司成使日本, 時朝廷患倭寇侵擾, 嘗遣羅興儒使覇家臺說和親, 其主將拘囚興儒, 幾餓死僅得生還. 權臣嗛前事, 擧先生報聘, 是行也人皆危之, 先生略無難色. 及至, 極陳古今交鄰利害, 主將敬服, 館待甚厚."

72 『圃隱先生年譜攷異』41歲條, "倭僧有求詩者, 援筆立就, 緇徒坌集, 日擔肩輿請觀奇勝, 有使日本諸詩."

주가 당대적 현실에 민감하게 반응하며 이와 관련된 작품을 주로 창작했다는 것을 의미한다.

## 5. 맺음말

이 글은 우리 지성사 내지 학술사에서 매우 중요한 위상을 점하고 있는 정몽주의 시세계를 탐구한 것이다. 특히 한시 작품에 등장하는 '연못', '개울', '강하江河', '바다'를 중심으로 그의 공간 상상력이 어떻게 표출되고 있는가 하는 부분을 주목하였다. 이것은 물이 마음과 마찬가지로 어떤 형태를 갖고 있지 않으면서도 만물의 근본이 되기 때문이며, 무엇보다 정몽주가 이를 통해 그의 시세계를 구축하고 있기 때문이다. 그는 물길을 따라 여행하면서 여행지에서 강호가 있는 고향을 그리워하는가 하면, 물을 마음에 비유하면서 그의 성리학적 문제의식을 드러내기도 했다. 그의 문학적 상상력의 근원에 물이라는 물질이 있었던 것이다.

정몽주 시에 나타난 연못은 생명과 성리를, 개울은 이상과 풍류를, 강하는 강역과 역사를, 바다는 사행과 사향을 표상하는 대표적인 공간으로 등장하였다. 물의 본질적인 기능이 생명과 관련되어 있고, 이것이 성리학과 맞닿으며 시세계의 중요한 부면을 이루었다. 개울은 도회의 대극점에 위치하고 있으며, 정몽주의 안식처 역할을 했다. 이상과 풍류는 이러한 측면에서 제출된 것이다. 그리고 강하는 지역을 나누는 경계가 되므로 강역의 표상으로 나타나거나 이와 관련되어 있는 역사적 현장으로 등장하였으며, 바다는 그의 사행길에서 만났던 대표적인 공간이었는데, 그 거대한 넓이로 하여 하늘 끝의 고향을 그리워하는 장치가 되기도 했다.

우리는 정몽주 이해에 있어 '동방이학지조東方理學之祖'라는 사상가적 측면, 전후 일곱 차례가 넘는 사행에서 보여주었던 외교가적 측면을 주목할 필요가 있다. 이를 염두에 둔다면, 연못과 개울의 공간 상상력은 성리학을 바탕으로 한 사상가적 측면이 부각된 것이고, 강하와 바다의 공간 상상력은 사행을 중심으로 한 관료적 측면이 부각된 것이다. 그러나 이 둘의 강도나 범위가 한결같지는 않았다. 사상가적 측면보다 관료적 측면이 더욱 부각되기 때문이다. 이것은 정몽주가 당대적 현실에 민감하게 반응하며 작품 활동을 전개했다는 것을 의미한다.

이상의 논의를 통해 우리는 정몽주의 시세계에 나타난 물에 관한 물질적 상상력의 대체를 파악할 수 있었다. 이제 여기서 촉발될 수 있는 몇 가지의 과제를 제시해보기로 한다. 첫째, 정몽주 시의 서정성을 살피는 일이다. '산수'라는 용어에서 보듯이 물과 관련된 상상력은 주로 강한 서정성을 지닌다. 연못에서 바다에 이르는 물이 모두 그러하다. '버들 못에 햇빛 따뜻해 푸른 물결 일고, 보리밭엔 바람 불어 푸른 물결 일어나는구나(<숙공유현宿贑楡縣>)'라고 하거나, '압록강의 봄물은 이끼보다 푸른데, 물가에는 말 먹이러 오는 사람 없네(<기의주금병마사寄義州金兵馬使>)'라고 한 것 등이 그것이다. 이러한 작품을 적극적으로 찾아 정몽주 시의 서정성을 파악할 수 있을 것이다.

둘째, '호수'를 중심으로 한 공간 상상력을 따져보는 일이다. 이 글에서는 이를 집중적으로 다루지 않았지만, 정몽주가 사행길에 호수를 노래한 것이 다수 있다. 예컨대 강소성江蘇省 고우시高郵市에 있는 고우호高郵湖를 보면서, "남으로 와 날마다 노는 것을 일삼아, 호수 위의 청풍에 조각배를 띄우네. 양 언덕의 줄풀과 부들은 끝이 없는데, 또 밝은 달을 따라 꽃다운 모래톱에 머무네."[73]라고 노래하고 있다. 이렇듯 호수를 보면서 아름다운 경치를 묘사하였다. 중국에 비해 고려에 호수가 많지 않은 점을 고려할 때, 호수는 정몽주의 관심 대상이 되기에 충분했다. 따라서 이에 대한 탐구 역시 정몽주 시의 물 이미지를 이해하는 데 일조할 것으로 본다.

셋째, 본 연구의 방법론을 확장해 보는 일이다. 본 연구는 물에서 촉발되는 정몽주의 상상력을 살피고, 이것이 그의 삶 내지 사상과 어떻게 결합되어 있는가 하는 부분을 탐구한 것이다. 여기서 우리는 '물'이라는 소재가 그의 시세계를 이해하는 매우 중요한 요소임에도 불구하고, 이것이 전부가 아님을 생각하지 않으면 안 된다. 즉 물 이외에도 '꽃', '나무', '산' 등 핵심 시어들을 선택하여 이를 중심으로 그의 시세계를 이해할 필요가 있다는 것이다. 정몽주가 즐겨 선택하는 시어는 다양하게 발굴할 필요가 있다. 이를 통해 정몽주 상상력의 행방을 더욱 정밀하게 이해할 수 있기 때문이다.

정몽주의 시세계에 나타난 물질적 요소가 그의 삶 및 사상과 결부되어 있는 것은 분명하지만, 이것을 평면적으로 대응시키는 것은 곤란하다. <포은재기>에서 이색이 그렇게 말하고 있듯이, 정몽주가 관리로서의 진은眞隱이 될 수 없기 때문이다. 진은은 세속에 참여하지 않을 때 가능하다. 따라서 '포은'은 상상 속의 은거로 정몽주의 이상이자 염원일 뿐이다. 이 글에서 살핀 연못과 개울도 강하나 바다와 달리 관념화되어 있다. 이러한 관념의 공간들이 현실 공간과 맞물리면서 어떤 기능을 하는가 하는 부분까지 나아갈 때 그의 상상력은 더욱 입체적으로 이해될 것이다.

73 鄭夢周, 『圃隱集』 권1, <高郵湖>, "南歸日日是遨遊, 湖上清風送葉舟. 兩岸菰蒲行不盡, 又隨明月宿芳洲."

# 제2장 이직 시와 물의 수양론

## 1. 머리말

본 논의는 형재亨齋 이직李稷(1362-1431)이 그의 한시를 통해 '물'을 어떤 방식으로 인식하고 있으며, 이를 통해 무엇을 말하려 하였던가 하는 문제를 집중적으로 다룬 것이다.[1] 성주의 읍지인 『성산지』는 『고려사』와 『동국여지승람』을 참조하여 이직에 대해, "자가 우정虞廷이며 포褒의 손자이고 인민仁敏의 아들이다. 홍무洪武 정사년(1377)에 문과에 급제하여 신우辛禑 때에 우대언右代言으로써 인임仁任에게 연루되어 귀양을 갔다. 공양왕 때 형조판서刑曹判書 지신사知申事를 역임하였다. 우리 태조를 도와 개국공신에 책록되었으며 태종을 도와 좌명공신佐命功臣에 책록되었다. 벼슬이 영의정 성산부원군星山府院君에 이르렀다. 시호는 문경文景이다."[2]라고 소개하고 있다. 한편 변계량卞季良

---

1 이 글은 필자의, 「亨齋 李稷의 한시에 나타난 '물'에 관한 상상력」(『동양한문학연구』 39, 동양한문학회, 2014)을 수정·보완한 것이다.

2 『星山誌』 권4 「人物」, "李稷, 子虞廷, 褒之孫, 仁敏之子. 登洪武丁巳文科, 辛禑時以右代言, 緣仁任被竄, 恭讓朝歷刑曹判書知申事, 佐我太祖策開國功臣, 佐太宗策佐命功臣. 官至領議政星山府院君, 謚文景." 『조선왕조실록』 1431년(세종 13) 8월 7일조에 그의 졸기가 있다. 이 졸기에는 그의 생애를 요약한 후 "직은 천성이 厚重하고 근신하며, 국초에 어울리게 된 인연으로

(1369-1430)은 다음과 같은 시로 이직을 소개하고 있다.

亨齋先生氣蓋世 형재 선생의 기세는 세상을 덮어
脚踏靑天手探月 푸른 하늘을 딛고 달을 손으로 만지듯 했네
曾研聖學盡精博 일찍이 성학을 연마해 정밀하면서도 넓었으니
放彌宇宙斂藏密 펼치면 우주에 충만하고 수렴하면 은밀한 곳에 감추어졌네
鯫生早從函丈游 소생이 일찍부터 선생을 따라 배울 때는
宰我徒嗟非不悅 재아처럼 야단맞았어도 기뻐하지 않음이 없었다네
先生道德孰與京 선생의 도덕을 어느 높이에 견주리오
鍾鼎勳庸不容說 종과 솥에 새긴 공훈 형용하기 어렵다네[3]

이 시는 <수녕장壽寧杖에 대해 읊은 시권의 원운에 따라 화답하다[奉賡壽寧杖詩卷元韻]>라는 칠언고시의 일부이다. 이직과 변계량은 7세밖에 차이가 나지 않지만, 변계량은 이직을 선생으로 깍듯이 모시면서 위와 같이 그의 덕을 칭송하고 있다. 특히 정밀하면서도 넓은 성학聖學 연구는 '펼치면 우주에 가득하고 수렴하면 은밀한 곳에 감추어진다.'라고 했다. 이것은 유교적 사유에 기반한 최고의 찬사가 아닐 수 없다.[4] 변계량이 이직의 도덕과 공운은 견줄 자가 없다고 했던 것도 모두 이 때문이었다. 이직이 귀양살이를 하는 등 다양한 고초가 있었음에도 불구하고,[5] 그는 초기 성리학을 탐구하면서 조정에서

공신의 반열에 올라 지위가 極品에 이르렀으나 세상과 더불어 돌아가는 대로 좇아, 일이 닥쳤을 때 가부의 결단이 없었으므로 당시의 사람들이 이 때문에 부족하게 여겼다."라며 총평하였다.

3 卞季良, 『春亭詩集』 권8, <奉賡壽寧杖詩卷元韻> 이 시에 대한 원운은 이직의 <壽寧杖>(『亨齋詩集』 권1)이다.

4 『中庸』에서 朱熹가 程頤의 말을 인용하여 "放之則彌六合, 卷之則退藏於密, 其味無窮, 皆實學也."라고 한 데서 이를 확인할 수 있다.

5 이직은 여러 차례 귀양을 가게 된다. 1388년(고려 창왕 14)에 족친이며 당대의 실권자였던

높은 벼슬을 하였으므로 변계량은 이직을 향해 이 같은 발언을 할 수 있었을 것이다.[6]

오늘날 우리에게 전해지고 있는 그의 문집은 모두 시로 구성되어 있다. 이 때문에 이직을 논의함에 있어 시문학을 중심으로 그의 문학적 지향과 역량을 다룰 수밖에 없다. 그의 문학을 해석하는 데는 다양한 방법이 있을 수 있다. 문학연구방법론에서 흔히 이야기하는 역사주의나 형식주의 비평방법 등으로 접근할 수도 있을 것이고, 한시가 성률을 중심으로 창작되었으니 이를 집중적으로 연구할 수도 있을 것이다. 그러나 이 글에서는 이직이 '물'을 어떻게 인식하고 있으며 이를 중심으로 상상력을 어떻게 펼치는가 하는 부분을 주목하기로 한다. 이 글에서 이러한 방법론을 사용하는 데는 다음과 같은 네 가지 이유가 있다.

첫째, 문학 작품에서 물은 전방위적 상상력을 가능케 하기 때문이다. 물은 삶을 유지시키는 가장 기본적인 물질인바, 이것이 문학에서는 '탄생-생활-죽음-재생'의 이미지와 결부되어 나타난다. 생사라는 인간 삶의 보편성에 입각한 것이지만, 이 모두를 내포하고 있다는 측면에서 물의 상상력은 모순의 극점을 포괄하는 넓이를 지니고 있다. 이 때문에 물 이미지는 본질적으로 부드러우면서도 강할 수 있고, 형식적인 측면에서 단절되면서도 연속될 수 있다. 이것이 인간의 삶과 결부되면서 이별과 만남, 욕망과 성찰, 이상과 현실이라는 모순 구도를 형성하게 된다.[7]

---

이인임의 실각에 연좌되어 전주에 유배되었고, 1400년(정종 2)에는 참찬문하부사로 있다가 陽川縣으로 유배를 갔고, 1401년(태종 1)에는 무역마의 값을 잘못 정한 죄로 槐州에 안치되었다가 성주로 옮겼으며, 1415년(태종 15)에는 태조가 충녕대군으로 세자를 바꾸려하자 이를 반대하다가 성주에 유배되었다.

6 이직이 살았던 시대적 상황이나 그의 생애에 대해서는 김하나, 「형재 이직의 한시 연구」(부산대학교 교육대학원 석사논문, 2008)와 하정승, 「형재 이직의 삶과 시의 특질」(『포은학연구』 8, 포은학회, 2011) 등에서 그 대략을 알 수 있으므로 여기서는 생략한다.

둘째, 물은 사상을 효율적으로 드러낼 수 있는 대표적인 물질이기 때문이다. 최치원崔致遠(857-?)의 <난랑비서鸞郎碑序>를 인용하지 않더라도 우리 고유의 사상체계는 유불선을 중심으로 한 다중성을 그 특징으로 하고 있다. 물은 이러한 사유를 바탕으로 하고 있는데, 일찍이 공자는 "흘러가는 것이 저 물과 같구나. 주야로 그치지 않는구나."[8]라고 하면서 물의 영원성에 입각하여 군자의 노력을 주문하였고, 왕자였던 부처는 불교의 핵심개념인 중도中道를 고행을 통해 깨닫고, 네란자라 강에서 목욕을 한 후 6년간의 고행이 무의미하였다는 것을 가르쳤다. 그리고 노자는 "가장 선한 것은 물과 같다."[9]라고 하면서 물이 부드러움을 지녔지만 이 때문에 모든 것을 이길 수 있는 힘을 가졌다고 했다. 물에 대한 의미가 조금씩 다르기는 하나, 유불선에 있어 물은 이들의 사상을 설명하는 매우 중요한 소재로 활용되었던 것이다.

셋째, 논의의 산만성을 피하면서 핵심 결론에 쉽게 도달하기 위함이다. 모든 문학작품이 그러하지만, 한시 역시 인공물과 자연물 등의 사물은 물론이고, 사람들 사이의 만남과 이별 등 인사를 다양한 문학적 소재로 삼는다. 이들을 모두 다루어 작가가 지향하는 최종 지점을 드러낼 수도 있겠지만 지난한 일일 뿐만 아니라, 노력한 만큼 효과가 발생하는 것도 아니다. 이 때문에 대표적인 소재를 하나 선택하여 그것이 함의한 바를 정밀하게 분석하고, 이를 통해 작가가 지향하는 주제를 포착할 때, 효과가 더욱 분명하게 드러날 것으로 본다. 바로 이러한 측면에서 이직 한시에 있어 '물'은 대표적인 소재가 될 수 있다는 것이다.

---

7 정우락, 「한국문학에 나타난 물 이미지의 二項對立과 그 의미」, 『퇴계학과 한국문화』 48, 경북대 퇴계연구소, 2011 참조.

8 『論語』「子罕」, "子在川上曰, 逝者如斯夫, 不舍晝夜."

9 『老子』 8, "上善若水, 水善利萬物而不爭, 處衆人之所惡, 故幾於道."

넷째, 연구사적 반성을 위함이다. 그동안 이직에 대한 연구는 매우 영성한 편이다. 두 번의 국역 과정에서 이루어졌던 「해제」와 두 편의 논문이 전부이기 때문이다. 이직에 관한 기존의 논의로는 하정승의 것을 주목할 필요가 있다. 그는 이직 한시를 사대부 관료로서 경세제민의 포부를 밝힌 것, 귀거래를 통해 자연친화적 삶을 동경한 것, 중국으로의 사행 또는 변새의 현장을 쓴 것으로 개괄했다. 이러한 이직 시의 대체적인 이해를 기반으로 하여, 미시적으로 더욱 나아가 이직 시의 본질에 접근할 수 있어야 한다. 그 길로 안내하는 창이 바로 '물'이다.

이 글은 이직 한시에 나타난 물 이미지를 주목하면서, 먼저 조선조 사인士人들에게 있어 이직 시가 어떻게 인식되어 왔던가 하는 부분을 다룬다. 이직 시의 대체를 파악할 수 있을 뿐만 아니라 이에 대한 비평안批評眼을 마련할 수 있기 때문이다. 나아가 사물인식 삼각구도를 제시해 이직 시 분석의 기본 이론으로 삼는다. 이를 바탕으로 이직이 자신을 어떻게 수양해 나갔는가 하는 부분을 '물'을 소재로 한 작품을 중심으로 구체화하고, 마지막으로 그의 사상적 문맥과 물의 수양론이 어떻게 결합될 수 있는가 하는 부분을 따진다. 이로써 우리는 이직의 시를 통해 조선전기 문학의 한 특징적 국면을 발견하게 될 것으로 본다.

## 2. 이직의 시 비평과 사물인식의 삼각구도

현재 남아 있는 이직의 시작품은 도합 232제 294수이다. 이 가운데 칠언절구가 114수로 가장 많고, 그다음이 칠언율시로 64수이며, 그다음이 오언율시로 75수이다. 이 밖에 오언 및 칠언고시, 오언 및 칠언배율이 있고, 삼오칠언으로 된 시와 육언으로 된 시도 한 수씩 있어, 형식적 측면에서의 다양성을 보여준다. 그의 시는 전반적으로 조선전기 관각문학의 특징을 잘 보여준다고 평가되어 왔다. 관각은 홍문관과 예문관 등 조정의 사명詞命을 짓는 기관을 말하는데, 여기서 창작되었던 문학은 전아한 수사와 유장한 서술을 그 특징으로 한다. 이직 문학에 대한 비평안은 김종직金宗直(1431-1492)의 <형재시집서亨齋詩集序>에 잘 나타난다.

(가) 세상에서는 말하기를 "문장과 운명은 서로 도모할 수 없다. 그러므로 오묘한 작품은 산림에 은거하거나 정처 없이 떠도는 사람들에게서 많이 나왔으며, 현달한 사람의 경우에는 기氣가 가득하고 뜻을 이미 얻었으므로 비록 공교工巧롭게 하고자 하나 그렇게 할 겨를이 없다."라고 하는데, 나는 그렇게 생각하지 않는다. 곤궁한 다음에 작품이 공교롭게 된 자가 비록 진실로 있지만 공후公侯나 귀인貴人으로서 능한 자가 또한 어찌 적다고 할 수 있겠는가.[10]

(나) 형재亨齋 이 선생은 고려 말엽에 태어나 명문가에서 자랐고 웅건雄健한 기상이 보통 사람들보다 매우 뛰어났으며 읽지 않은 책이 없어 안으로 쌓인 것이 바깥으로 모두 발산되었다. 그가 지은 시문은 넉넉하고 혼후渾厚하였고 법칙이 삼엄森嚴하였다. 젊어서는 혼탁한 세상에 처하여서 그 마음속에 쌓인 것을 나타내었고 우리 태조께서 나라를 일으킨 이후로는 임금을 보좌하여 공업을 이루었다. 4대의 조정을 차례로 도와 경세제민經世濟民의 정책을 펼쳐 선조들의 빛나는 공적을 계승하였고 시로도 능히 한 시대를 울렸다.[11]

---

10 金宗直, 『佔畢齋集』 권1, <亨齋先生詩集序>, "世謂文章之與命, 不相爲謀, 故要妙之作, 多發於山林羈旅之中, 達者則氣滿志得, 雖欲工, 不暇爲也. 余則以爲不然, 窮者而後加工, 雖信有之, 然公侯貴人之能者, 亦豈少哉." 번역은 하정승, 『국역 형재시집』(한국고전번역원, 2008)을 참조하였다.

11 金宗直, 『佔畢齋集』 권1, <亨齋先生詩集序>, "亨齋李先生, 生于麗季, 長于名胄, 而能踔厲不群, 無書不讀, 閎乎中, 而肆乎外, 其爲詩文, 優游渾厚, 法律森嚴 少處濁世, 自鳴其胷中之蘊, 及我聖

이직의 손자 이영진李永蓁이 김종직에게 조부의 문집 편찬을 의뢰하였고, 김종직은 이 의뢰를 받아 서문을 써서 『형재집』 초간본을 간행한다. 1465년의 일이다.[12] (가)에서 김종직은 시가 공교롭게 되기 위해서 반드시 궁할 필요는 없는데, 이를 보인 대표적인 인물이 이직이라고 했다. 구양수歐陽脩(1007-1072)가 <매성유시집서梅聖兪詩集序>에서 언급한 '궁해진 뒤에야 좋은 작품이 나온다[窮而後工]'는 시론이 이직 시에는 통용되지 않는다는 것이다. 김종직은 이러한 생각에 기반하여 이직의 시를 '현달한 사람으로 시에 공교로운 것은 선생이 또한 바로 그 사람이다.'[13]라는 결론을 내렸다.

(가)가 작가론적 측면에서 말한 것이라면, (나)는 작품론적 측면에서 언급한 것이다. 이직 시의 구체적인 내용과 형식을 다루고 있기 때문이다. '그가 지은 시문은 넉넉하고 혼후渾厚하였고 법칙이 삼엄森嚴하였다.'라고 한 것이 그것이다. 넉넉함과 혼후함을 의미하는 '우유혼후優游渾厚'는 내용적 특징을 말한 것이다. '우유'는 시인의 정취가 한가롭고 여유로운 데서 발생하는 미감이며,[14] '혼후'는 시인의 중후하고 원만한 인품이 시에 형상화된 데서 발생하는 미감이다.[15] 그리고 법칙이 삼엄하다는 '법률삼엄法律森嚴'은 엄격한 형식

神興運, 攀鱗附翼 歷相四朝, 得施其經濟, 以紹祖烈, 而能以詩, 笙鏞一代."

12 그러나 이 초간본은 전해지지 않고, 이후 1618년(광해 10)에 간행한 중간본, 1675년(숙종 1)에 등서한 등서본, 1737년(영조 13)에 보각한 보각후쇄본, 1926년 가을에 간행한 석판본 등이 있다. 이에 대해서는 하정승의 「형재시집 해제」(『국역 형재시집』, 한국고전번역원, 2008)에 자세하다.

13 金宗直, 『佔畢齋集』 권1, <亨齋先生詩集序>, "達者而工於詩, 先生亦其人也."

14 '優游'에 대하여 崔滋는 『보한집』에서, "優游는 문순공이 <乞退後>에서 '세상을 두루 돌아다닌 한가로운 스님이 앉아 있는 듯[周行世界閑僧坐], 뭇 낭군을 두루 겪은 늙은 기생이 쉬는 듯[遍閱夫郎老妓休].' 하다와 같은 것이다."라고 하였다.

15 '渾厚'에 대하여 崔滋는 『보한집』에서, "渾厚한 것으로는 老杜의 '바람이 자니 나무 흔들리지 않고, 비 많이 내리니 이끼 빛 짙어졌네. 비 갠 뽕나무 삼밭 사이길, 가을 깊은 토란과 밤의 동산이로다[風定樹容重, 多雨苔色深. 雨晴桑麻徑, 秋深芋栗園].'와 같은 것이다."라고 하였다.

적 특징을 말한 것이다. 이직 시에 대한 김종직의 시평을 통해 우리는 이직의 시가 대체적으로 어떻게 형상화되어 있는가 하는 것을 알게 된다.

이직이 시로 특별히 뛰어났던 사실은 여러 문헌에 보인다. 서거정徐居正(1420-1488) 등이 편찬한 『동문선東文選』이나 남용익南龍翼(1628-1692)이 엮은 『기아箕雅』에도 이직의 시가 많이 실려 있을 뿐만 아니라, 이직을 논하는 자리에서는 항상 그의 시가 언급되었다. 이 때문에 후손 이흥인李興仁과 이응협李應協은 "삼가 세 번을 반복해 읽어 보니, 한 아름이나 되는 옥구슬을 얻은 듯하다."[16]라고 하거나, "아, 위대하도다! 불후의 성대한 일이라 할 만하도다."[17]라고 하였다. 이러한 생각은 이직의 고향인 성주에서도 마찬가지였는데, <경산지서京山誌序>에서 이원정李元禎(1622-1680)이 "고려말과 조선초의 초은樵隱(이인복)과 도은陶隱(이숭인) 두 분 선생은 문단을 주도하셨고, 동안거사動安居士(이승휴)와 형재상국亨齋相國(이직)은 사단詞壇에서 명예를 떨치셨으며, 이 앞의 여러 군자들도 모두 이곳 출신이었으나 일찍이 드러나지 못하였다."[18]라고 한 것에서 이를 확인할 수 있다.

이직의 시에 대한 평가가 이러하니, 그는 평소 작시作詩에 남다른 관심을 보였을 것임에 틀림이 없다. 그의 작품에서, "따뜻한 봄바람 속에 고요가 깃들고, 한가로운 한낮에 시를 읊조리네."[19]라고 하거나, "벗은 신의가 있어 가난해도 오히려 곁에 있고, 시정詩情은 넉넉하여 음미할 만하네."[20]라는 시구에서 그 흔적이 보인다. 이 때문에 그는 흥이 나면 시 짓기를 주저하지 않았다.

16 李興仁, <亨齋詩集跋>, "敬玩三復, 如獲拱璧."

17 李應協, <亨齋詩集跋>, "猗歟偉哉! 可謂不朽盛事."

18 李元禎, <京山誌序>, "粤在高麗之季我朝之始, 有若樵隱·陶隱兩先生, 主盟乎文苑, 動安居士·亨齋相國, 馳譽於詞壇, 玆前數君子, 皆此土之人, 而曾未有表出."

19 李稷, 『亨齋詩集』 권2, <題天王寺西樓>, "靜裏春風暖, 吟餘白日閑."

20 李稷, 『亨齋詩集』 권2, <次裴錦山見訪留詩韻>, "友信貧猶在, 詩腴美可餐."

"걸으며 읊조리는 흥취 적지 않은데, 더구나 새로운 시마저 얻었네."[21]라고 하거나, "야흥野興을 시구에 실어 보내노니, 맑은 즐거움을 속인에게 전하기 어렵네."[22]라고 한 데서 이러한 사정을 알 수 있다. 여기서 더욱 나아가 다음 작품에서와 같이 시의 효용성을 적극적으로 언급하기도 했다.

歸來空谷作閑人　텅 빈 골짜기에 온 한가한 사람이 되어
嘯月吟風養得神　시를 읊조리며 정신을 기른다네
鶴唳似知仙府近　학 울음에 선계가 가까이 있음을 알 듯하고
燕飛猶賀草廬新　나는 제비는 새로 지은 초가를 축하하는 듯
青松翠竹留春色　푸른 송죽은 봄빛을 머금고 있는데
白石蒼苔共水濱　흰 돌과 푸른 이끼는 물가에 함께 있네
爲報故人丘壑趣　친구에게 산골짜기의 정취를 알리노니
瓦盆從此老吾身　술동이는 이로부터 내 몸과 함께 늙어 가리[23]

이 시는 <차운하여 김해의 배황정에게 준다[次韻寄金海裵黃庭]>라는 작품이다. 마지막 구에서 '오신吾身'이라 한 것으로 보아 이직 자신의 정취를 노래한 것으로 보인다. 여기서 우리가 주목하고자 하는 것은 '한가함 속의 양신養神'이다. 한가함을 직접적으로 나타낸 '한인閑人'이 있기도 하지만, '텅 빈 골짜기', '학 울음', '선계', '나는 제비', '초가', '푸른 송죽', '봄빛', '흰 돌과 푸른 이끼', '물가' 등 모든 것이 한가한 정서를 자아내는 시어들이다. 이러한 텅 빈 공간에서 풍월, 즉 시를 읊조리며 마음을 기른다고 했으니, '한가함-작시-

21 李稷, 『亨齋詩集』 권2, <除州途中>, "行吟興不淺, 剩得賦詩新."
22 李稷, 『亨齋詩集』 권3, <九日訪法林社主月窓方又>, "野興好憑詩句遣, 淸歡難與俗人傳."
23 李稷, 『亨齋詩集』 권3, <次韻寄金海裵黃庭> 이 시의 '瓦盆'은 술동이로 보인다. 杜詩에 "田家의 오래된 瓦盆을 비웃지 말라, 술을 담기 시작한 뒤로부터 자손들을 길러 냈다네[莫笑田家老瓦盆, 自從盛酒長兒孫]."라는 구절을 통해 알 수 있다.

양신'이 계기적으로 결합되어 있다는 것을 알 수 있다. 작시를 통해 마음을 기르고자 한 시의 효용적 기능을 의식하고 있어 특별히 주목할 만하다.

그렇다면 이직의 시를 어떤 방법으로 이해할 것인가. 우리는 여기서 '자아-사물-개념'의 논리에 입각한 '사물인식의 삼각구도'를 생각할 수 있다.[24] '자아'는 인식의 주체이고, '사물'은 인식의 객체이며, '개념'은 인식의 내용을 의미한다. 이것을 우리는 '사물인식의 삼각구도'라 부르고자 한다. 구체적 작품에 이 사물인식의 삼각구도가 한결같이 적용되는 것은 물론 아니다. 작가의 정신내용이나 경험유형에 따라 '자아-사물-개념'에서 '개념'이 서로 달라질 수 있기 때문이다. 자아가 사물을 통해 개념을 구성할 경우, 이는 즉물적卽物的 인식, 이념적理念的 인식, 역사적歷史的 인식으로 나누어질 수 있다.

즉물적 인식은 자아가 사물에 접근하면서 그 형체를 사실적으로 살피는 방법이다. 이때 '자아-사물-개념'에서의 '개념'은 사물의 외형이 되니, 우리는 이를 '관물찰형觀物察形'으로 요약할 수 있다. 시적 대상이 되는 수많은 사물[25]을 사진 찍듯이 사실적으로 묘사하기 때문에, 이러한 작품에는 작가 자신의 주장이 최대한 배제된다. 즉 사물이 지닌 의미에 대한 판단은 독자 스스로에게 맡긴다는 것이다. 사물에 대한 즉물적 인식으로 이루어진 관물찰형의 사물접근법은 시인으로 하여금, 사물에 대한 섬세한 관찰을 유도하여 세계를 보다 객관적으로 인식하게 한다.

사물에 대한 즉물적 인식은 그 사물의 외형을 정확하게 포착한다. 널리 알려진 유종원柳宗元(773-819)의 <강설江雪>을 예로 들어 보자. 유종원은 이 시

24 이 책에서 제시하는 '사물인식의 삼각구도'는 정우락, 『남명학파의 문학적 상상력』, 역락, 2009, 551-559쪽을 참고해서 다시 보완한 것이다.

25 이때의 事物은 인문과학적인 '事'와 자연과학적인 '物'을 포괄한다. '물'은 다시 자연물과 인공물을 포괄한다. 따라서 사물은 자아가 교섭하는 세계를 구체적으로 나타낸 것이라 하겠다.

에서, "온 산에 새 날지 않고, 수많은 길에는 사람의 자취 끊겼네. 외로운 배에 도롱이 입고 삿갓 쓴 늙은이, 홀로 눈 내리는 찬 강에서 낚시를 하고 있네."[26]라고 하였다. 이 시에서 작가는 자신의 정지情志를 완전히 배제시키고 눈 내리는 강을 묘사하고 있을 따름이다. 한 마리의 새도 날지 않는 산, 한 사람도 다니지 않는 길, 외로운 배에 도롱이에 삿갓 쓰고 낚시하는 늙은이를 그림을 그리듯 묘사하고 있다. 그러나 유종원은 이 시를 통해 자신의 강한 고독감을 오히려 효과적으로 제시하고 있다. 관물찰형의 즉물적 인식을 통해 나타낸 문학적 효과라 하겠다.

이념적 인식은 자아가 사물에 접근하면서 자신의 이념을 함입含入시켜 관찰하는 방법이다. 이때 '자아-사물-개념'에서의 '개념'은 사물과 교섭하는 자아의 이념이 되니, 우리는 이를 '관물찰리觀物察理'로 요약할 수 있다. 시적 대상이 되는 사물을 노래하면서 여기에 의탁하여 자신의 이념을 담아내는 이 방법은 주관적이며 관념적일 수밖에 없다. 성리학적 시세계에서 흔히 나타나는 것처럼, 사물에 내재한 이理를 발견하여 이를 자아와 합일시킨다든가, 소나무나 대나무에서 절개를 유추해 내는 전통적인 창작방법이 모두 여기에 해당한다. 이러한 사물접근법은 추상적 이념을 구체적인 사물을 통해 표출할 때 유용하다.

사물에 대한 이념적 인식은 그 사물에 내재한 이념을 포착한다. 여기에 대해서는 안정복安鼎福(1712-1791)의 <관물觀物>이라는 시로 예를 들어 보자. 안정복은 이 작품에서 "새가 이익을 구하여 말하는 것 아니겠지, 개구리는 누굴 위해 우는 것일까. 때가 오면 자연히 그렇게 되는 법이니, 가만히 보면 천리가 그러하다네."[27]라고 하였다. 이 시에서 작자는 새와 개구리라는 외형에

---

26 柳宗元, 『唐詩選』, <江雪>, "千山鳥飛絶, 萬逕人蹤滅. 孤舟蓑笠翁, 獨釣寒江雪."
27 安鼎福, 『順菴集』 권1, <觀物>, "禽語非求益, 蛙鳴欲爲誰. 自然時至動, 天理靜觀知."

착목하는 것이 아니다. 새와 개구리의 울음소리에서 때가 되면 자연히 그렇게 되는 '천리'를 발견한 것이다. 즉 새와 개구리를 관찰하면서 포착한 천리를, 관물찰리의 이념적 인식을 통해 효과적으로 나타내고 있는 것이다.

역사적 인식은 자아가 사물에 접근하면서 사물이 거느리고 있는 역사적 시공간과 그 대응 등을 관찰하는 방법이다. 이때 '자아-사물-개념'에서의 '개념'은 자아를 통해 읽히는 사물의 역사가 되니, 우리는 이를 '관물찰세觀物察世'로 요약할 수 있다. 자아가 사물이 지닌 역사적 현실을 그려내기 때문에 이를 주관적이라거나 객관적이라고 하기 곤란하다. 자아의 현실인식을 사물을 통해 주관적으로 말할 수도 있고, 사물의 역사적 현실을 인과론에 입각하여 객관적으로 말할 수도 있기 때문이다. 현실을 소재로 한 많은 작품들은 바로 이러한 방법을 통해 분석될 수 있다.

사물에 대한 역사적 인식은 그 사물을 둘러싼 역사적 현실을 포착하는 방법이다. 이에 대해서는 조식曺植(1501-1572)의 <단속사정당매斷俗寺政堂梅>를 그 예로 들어 보자. 조식은 이 작품에서 "절은 부서지고 중은 파리하며 산도 예와 다른데, 전왕은 스스로 집안 단속 잘하지 못했네. 조물주는 정녕 추위 속의 매화의 일 그르쳤나니, 어제도 꽃 피우고 오늘도 꽃 피운다네."[28]라고 하였다. 조식은 단속사의 매화를 보면서 고려와 조선에 함께 벼슬한 강회백姜淮伯(1357-1402)을 떠올린다. 정당매를 강회백이 심었다는 사실과 결부시키며 매화를 통해 강회백의 실절을 비판하고 나섰던 것이다. 우리는 여기서 관물찰세의 역사적 인식이 구체적으로 어떻게 형상화되고 있는지를 알게 된다.

그렇다면 이직이 '물'이라는 사물을 관찰하면서 이룩한 흥취의 세계는 어떠한가. 이 문제에 대해서 그는 <공씨어촌사시孔氏漁村四時>라는 시를 통해

28 曺植, 『南冥集』 권1, <斷俗寺政堂梅>, "寺破僧羸山不古, 前王自是未堪家. 化工正誤寒梅事, 昨日開花今日花."

묵시적으로 보여주고 있다. 어촌은 공부孔府(?-1416)의 호로, 이 시는 그의 별장에 대한 사계를 노래한 것이다. 이 작품의 겨울 노래에서 그는 "날씨는 추워 용마저 움츠리는데, 강물은 스스로 동쪽으로 흐르는구나. 진실로 참된 흥취를 알고자 한다면, 처음부터 끝까지 사물을 보아야 하리."[29]라고 하였다. 여기서 우리는 이직이 관물觀物을 통해 흥을 일으키는데, 이때의 사물이 강물이라는 것을 알게 된다.[30] 이처럼 이직의 시에서는 '자아[이직]-사물[강물]'의 관계가 성립되어 다양한 개념으로 표출되고 있었던 것이다.

이직 시의 훌륭함에 대하여 지금까지 자주 논의되어 왔다. 초간본을 내면서 김종직은 특별한 비평적 안목을 갖고 이직의 시를 평가하였던바, 그가 높은 벼슬을 하면서도 훌륭한 시를 지었던 점을 특기하였다. 험난한 경험을 하지 않았으면서도 시는 높은 경계를 유지할 수 있었다는 것이다. 이를 '우유혼후'와 '법률삼엄'으로 요약하였다. 이직의 시가 내용과 형식적인 면에서 모두 높은 수준에 올랐다는 것이다. 그렇다면 이러한 이직의 시에 대하여 어떻게 접근할 것인가 하는 것이 문제이다. 이 글에서는 이를 '자아-사물-개념'이라는 '사물인식의 삼각구도'로 해명하고자 한다. 즉 '물[水]'이라는 사물을 이직이 어떻게 인식하고 있는가 하는 부분을 구체적으로 살펴, 형재 이직이 지향하는 시세계의 중요한 부면을 드러낼 것이다. 여기에 대한 구체적인 탐구가 다음 장의 과제이다.

---

29 李稷, 『亨齋詩集』 권1, <孔氏漁村四時>, "天寒龍正蟄, 逝者自流東. 料應眞眞趣, 觀物觀始終."
30 그러나 이직의 시에 나타난 관물이 모두 '물'을 통해 이루어진다는 의미는 아니다. 물이 매우 중요한 관물의 대상이라는 것이다.

## 3. 물 인식과 시적 형상

물은 인간의 생존과 생활, 그리고 문화영역을 포괄한다. 이 때문에 문학 작품에는 물이 소재로 등장하는 일이 많을 수밖에 없다. 그리스의 철학자 탈레스가 '만물은 물로 이루어져 있다.'라고 한 말을 인용하지 않더라도 물은 인간과 세계를 구성하는 제1요소이다. 일찍이 가스통 바슐라르는 물에 관한 물질적 상상력[31]을 여러 가지로 나누어 분석한 바 있거니와 물을 중심으로 사람들은 그들의 문화와 관련된 다양한 상상력을 펼쳤다. 그렇다면 이직은 물과 관련하여 어떠한 시적 상상력을 펼쳤을까. 앞에서 제시한 세 가지 사물 인식의 삼각구도에 입각해서 이직의 시에 나타난 물의 상상력을 관찰해 보기로 한다.

### 1) '관물찰형'의 즉물적 인식

관물찰형觀物察形의 즉물적 인식은 자아가 사물을 보면서 그 형체를 살피는 것이니, 사물에 대한 자아의 사실적 접근을 의미한다. 시적 대상이 되는 사물을 객관적 존재물로 보고 있는 그대로 포착하는 방식이다. 이직의 시에는 물과 관련된 다양한 시편들이 존재하는데, 이 가운데 즉물적 인식에 의한 것도 적지 않다. 우선 이직이 강을 어떻게 묘사하고 있는가 하는 부분을 살펴볼 필요가 있다. 강은 거슬러 올라가면 개울이 되고, 흘러 내려가며 여러 강들을 흡수하여 바다가 된다. 이직이 주목하며 시적으로 형상화한 강은 '대동강大同江', '소양강昭陽江', '동안강東安江' 등이 대표적이다. 이 가운데 대동강

31 이에 대해서는, 가스통 바슐라르(이가림 옮김)의 『물과 꿈-물질적 상상력에 관한 시론』, 문예출판사, 1980)을 참조할 수 있다.

의 경우를 보자.

長江西流水瀲漾 긴 강은 서쪽으로 흐르고 물결은 넘실넘실
水底鱗鱗江上屋 물밑에는 반짝이는 고기 떼들, 물위로는 다락배
楊柳搖黃弄晴暉 버들가지 날리며 맑은 햇빛을 희롱하니
風景依俙曲江曲 그 풍경 굽이치는 곡강과 비슷하네
使星臨照樓舡光 하늘 위 사신의 별은 다락배를 비추고
羅衣猶襲九天香 비단옷엔 아직도 구천향이 스며 있네
中流絲管聲正和 물 가운데 연주 소리 참으로 조화롭고
渚烟橫碧浮鴛鴦 푸른 안개 비낀 물엔 원앙새 떠 있네
江流自古滔滔去 강물은 예로부터 도도히 흘러가니
自古遊人同□處 예로부터 노는 이들이 함께 □□ 곳이라네[32]

이직은 1401년(태종 1) 윤3월에 사신 예부 주사 육옹陸顒, 홍려사鴻臚寺 행인 임사영林士英 등과 함께 명나라의 수도 남경에 이르게 된다. 이 시는 당시 대동강에 배를 띄우고 놀면서 육옹의 시를 차운한 것의 일부이다. 이직은 사물을 사실적으로 묘사하기에 율격이 자유로운 고시가 적합하다고 생각하고, 고시의 형태로 대동강을 묘사한다. 서쪽으로 흐르는 물결, 물 아래에 반짝거리며 헤엄치는 물고기, 물 위에 뜬 다락배, 맑은 햇빛 속에 날리는 강가의 버들가지, 물 한가운데서 절묘한 화음을 이루는 연주 소리 등을 묘사하고 있다. 이처럼 이직은 자신이 본 바를 그대로 포착해서 사진을 찍듯이 섬세하게 그려 내었던 것이다.

물은 우리의 생활공간에 가장 깊숙이 들어온 대표적인 문학적 소재다. 생

32 李稷, 『亨齋詩集』 권1, <大同江泛舟, 次陸禮部韻> 이 시는 "辛巳閏三月, 公同使臣禮部主事陸顒, 鴻臚寺行人林士英等, 赴京師."라는 부제가 있다.

활영역에서 이직에게 포착되는 물은 자신과 타인을 포괄한다. 성주의 침촌砧村[33]에서 귀양생활을 하였던 그는 이곳의 사계에 대하여 읊은 바 있다. 봄산의 철쭉(<춘산척촉春山躑躅>)을 먼저 노래하였는데, '매일 이웃의 늙은이들을 초대하여 꽃 아래 노닐고, 시냇가에서 함께 끝까지 술을 마시고 싶네.'[34]라고 하였다. 이곳이 생활공간이기 때문에 가능한 것이라 하겠다. 초곡의 시냇가로 가솔들을 이끌고 소풍을 나간 것도 물[시내]이 생활공간과 연결되어 있기 때문이다. 다음 작품을 보자.

(가) 芒鞋竹杖引兒孫　짚신 신고 죽장 짚고 아이들을 이끌고 나가
對酒臨溪日色溫　개울가에서 술을 대하노라니 날씨도 화창하네
貴賤悲歡都不管　귀함과 천함, 슬픔과 기쁨이 도무지 무슨 상관이리
怡然自負醉鄕尊　취향의 어른임을 기쁘게 자부하노라

(나) 旣具妻孥又有孫　이미 아내와 자식에 또 손자까지 있으니
衡門亦足送寒溫　허름한 집에서 세월을 보냄도 또한 족하다네
已知隨處當安分　어느 곳에 있든지 분수에 편안한 법을 알았으니
肯爲傍人妄自尊　어찌 망령되게 남들에게 스스로를 높이겠나[35]

위의 시에서 보듯이 이직은 어느 가을날 초곡草谷의 시냇가로 가솔을 이끌고 소풍을 갔다. 여기에 참여한 가족은 아내와 자식, 그리고 손자였다. 당시 날씨는 화창하였으며, 짚신을 신고 대나무로 만든 지팡이를 짚었으며, 술과 음식도 넉넉히 준비했다. 이때 이직은 무한한 행복감을 느낀다. 이러한 행복

---

33 지금의 성주군 선남면 취곡리에 있는 침곡 마을이다.

34 李稷, 『亨齋詩集』 권4 <砧村四詠·春山躑躅>, "每邀隣老從花下, 共酌溪流欲盡頭."

35 李稷, 『亨齋詩集』 권4, <秋日, 盡室遊草谷溪邊>

감으로 귀함과 천함, 기쁨과 슬픔에 대하여 전혀 상관하지 않는다고 했고, 허름한 집에서 세월을 보내는 것에도 만족한다고 했다. <가을날 온 가솔이 초곡 시냇가에서 노닐다[秋日, 盡室遊草谷溪邊]>라는 이 작품의 제목이 말하는 것처럼, 이직의 만족은 초곡의 시내를 중심으로 이루어지고 있었다. 물과 생활이 결부되면서 자연스럽게 이루어진 시적 상상력이라 하겠다.

그러나 여기서 주목할 사실이 있다. 이직이 물 자체에 대해서는 구체적으로 형상화하지 않는다는 것이다. 앞서 제시한 대동강 관련 작품은 대동강에 흐르는 물보다, 대동강과 그 주변의 아름다움을 묘사하였으며, 뒤에서 제시한 초곡 시냇가의 나들이도 시냇물을 묘사한 것이 아니라 그 주변을 노니는 행복을 노래하고 있다. 대동강과 시내가 물로 구성되어 있기는 하지만, 시인은 이것을 활용하고 있을 뿐 물을 대표적인 시적 대상으로 삼지 않았다는 것이다. 이것은 물이 어떤 일정한 형태를 갖고 있는 물질이 아니기 때문이다. 즉 이직의 시에서는 즉물적 인식을 의미하는 관물찰형의 사물접근은 지극히 소박한 형태로 나타난다는 것이다. 다음의 예시들에서도 이러한 점은 확인된다.

(가) 山光秋更好　　산 빛은 가을이라 더욱 좋고
雲影水同流　　구름 그림자는 물과 함께 흐르고 있네[36]

(나) 溪流驚确壁　　시냇물은 절벽에서 요란하고
雨氣出遙岑　　비구름은 먼 산봉우리에서 솟아나네[37]

36 李稷, 『亨齋詩集』 권2, <次黃澗縣駕鶴樓詩韻>
37 李稷, 『亨齋詩集』 권2, <登法水寺南樓次韻贈堂頭>

(다) 堪誇樹密溪深處　빽빽한 나무와 깊은 시내 자랑할 만한데
赤足當流滿面風　맨발을 물에 담그니 얼굴 가득 바람이 부네[38]

예시 (가)는 가학루에서 올라 지은 것으로 구름과 물의 동질성인 '흐름'에 착목한 것이고, 예시 (나)는 법수사 남루에 올라 시냇물의 요란한 '소리'를 주목한 것이다. 그리고 예시 (다)는 자랑할 만한 침촌 시냇물의 '깊이'를 그리고 있다. 이처럼 물의 흐름과 소리와 깊이를 관찰하면서 물의 다양한 모습을 묘사하고 있다. 그러나 이직은 이러한 물의 성질에 좀 더 밀착시켜 이것을 심도 있게 형상화하지는 않았다. 즉 물에 대한 형상은 지극히 단순하고 소박하게 처리되고 있으며, 자연의 일부로서 기능하게 하는 데 만족하였던 것이다.

이직의 시에 나타난 물에 대한 즉물적 인식은 물의 흐름과 소리, 그리고 깊이를 관찰하지만 이것 자체를 사실적으로 그려내지는 않았다. 물이 갖고 있는 무정형성 때문이 아닐까 한다. 그러나 물을 중심에 둔 문화는 매우 섬세하게 형상화하였다. 대동강 한가운데 배를 띄우고 연회를 베푸는 장면, 가솔을 이끌고 초곡 시냇가에 나들이하는 장면 등이 모두 그러한 것이다. 이처럼 이직의 시에는 물과 관련된 생활문화가 다양하게 형상화되어 있으며, 물이 포함된 서정시 역시 다채롭게 존재한다.

### 2) '관물찰리'의 이념적 인식

관물찰리觀物察理의 이념적 인식은 사물을 보면서 이치를 살피는 것이니, 사물에 대한 자아의 이념적 접근을 의미한다. 이것은 사물에 자아의 이념을

38　李稷, 『亨齋詩集』 권4, <村居四節用牧隱韻>

투사시켜, 그 사물을 주체화하여 이해하는 방법이다. 불교 및 유교 사상과 관련된 많은 시편들이 여기에 해당한다. 이직이 살았던 시대의 사상사적 상황을 고려할 때 그의 작품에도 이러한 사유가 다량 내포되어 있을 것이라는 사실은 어렵지 않게 짐작할 수 있다. 사상이 물과 결부될 때 이직의 시에서는 구체적으로 어떻게 형상화되는가. 모든 사상이 그러하지만, 현실과 이상이라는 주제는 이에 대한 매우 중요한 논의거리다. 이직은 바다를 통해 이를 구체화하고 있는데, 다음 작품부터 먼저 보기로 하자.

俊逸詞華律自高 뛰어난 문장과 화려한 시는 절로 높고
精剛筆勢出群豪 정밀하면서도 굳은 필치는 여러 호걸들을 뛰어넘었네
興來邀客頻投轄 흥이 일면 손님 불러 자주 억지로 머물게 하여
靜裏觀碁任竊桃 고요 속에서 바둑을 두며 복숭아 훔쳐 먹는다네
共說謝安多重望 여러 사람들이 사안은 덕망이 높다 말하고
更憐公瑾似醇醪 또한 공근의 순수함을 좋아한다네
久居城市無塵想 오랫동안 성중에 살면서도 속세의 더러움 없으니
何必區區海上逃 어찌 반드시 구차하게 바다로 가겠는가[39]

이 시는 누구인지 분명하지 않지만, 시제로 보아 안동의 큰 선비에게 차운하여 바친 것이다. 이직은 우선 시적 대상이 되는 선비를 높인다. 첫 두 구에서 보이는 문장과 시, 그리고 필세가 대단히 뛰어나다는 것이 그것이다. 칭송은 더욱 이어져 그 선비가 천수를 누리면서 사람들과 흥을 즐긴다고 했고, 진나라의 정치가 사안謝安(320-385)이나 오나라의 명신 주유周瑜(175-210)에 견주기도 했다. 이러한 흐름 속에 제시한 마지막 두 구는 특별히 주목할 필요가

39 李稷, 『亨齋詩集』 권3, <次韻呈永嘉大斯文>

있다. 바다로의 떠남을 부정하고 성시成市에의 삶을 긍정하고 있기 때문이다. 일찍이 공자는 제자들에게 "도가 행해지지 않으니 뗏목을 타고 바다로 떠나고 싶구나."[40]라고 하며, 이상을 찾아 바다로 가고자 한 바가 있었다. 이직은 공자의 이 말을 통해 '바다'를 떠올리고, 굳이 그리로 떠나갈 필요가 없다고 했다. 사람들이 많이 모여 사는 성시도 충분히 살만한 곳이기 때문이었다. 우리는 여기서 현실 공간 속에서 이상을 찾고자 하는 이직의 생각을 읽게 된다.

바다를 통한 이상 실현에 부정적 시각을 가졌던 이직은 물을 중요한 성찰의 도구로 생각하기도 했다. 이때의 물은 조용하면서도 맑은 물이었다. 잔잔한 물은 출렁이는 바다의 물과 달리 자신의 얼굴을 비쳐 볼 수 있게 한다. 물이 거울의 역할을 하기 때문이다. 장주莊周가 『장자』 「덕충부德充符」에서 "사람은 흐르는 물을 거울삼을 수는 없지만, 멈춘 물은 거울삼을 수 있다."[41]라고 한 것도 이러한 맥락에서 언급한 것이다. 이직 역시 이를 충분히 인식하고 있었으므로 다음과 같은 작품을 창작할 수 있었다.

| | |
|---|---|
| 往時將命過淮邊 | 지난날 왕명을 받들고 회하淮河 가를 지날 때 |
| 綠髮朱顏正少年 | 검은 머리 붉은 얼굴 참으로 젊은이였지 |
| 今日重來兩鬢雪 | 오늘 다시 올 땐 두 귀밑머리가 희어졌으니 |
| 倚船臨水意茫然 | 배에 기대어 물에 비춰 보니 아득하기만 하네[42] |

이 시는 이직이 중국 강소성江蘇省의 회안淮安에 도착하여 지은 것이다.

40 『論語』「公冶長」, "子曰道不行, 乘桴, 浮于海."
41 莊周, 『莊子』「德充符」, "人莫鑑於流水, 而鑑於止水."
42 李稷, 『亨齋詩集』 권4, <到淮安>

이때 이직은 63세였고 명나라 인종의 등극을 축하하기 위한 진하사進賀使로 가던 중이었다. 이 시의 마지막 구절에서 보듯이 작자는 배에 기대 물에 비치는 자신의 모습을 본다. 아득한 감회를 느끼는데, 그 이유는 두 가지이다. 하나는 중국에 사신으로 와서 이 회하를 두 번째 건너고 있기 때문이다. 다른 하나는 시간이 많이 흘러 이미 많이 늙어버린 자신을 발견하였기 때문이다. 지난번 이곳에 왔을 때는 '검은 머리 붉은 얼굴의 젊은이'였으나, 지금은 '두 귀밑머리가 흰' 노인이 되었다는 것이 그것이다. 이직의 이러한 상념은, 물에 비친 늙은 자신을 보면서 촉발되었다. 다음 작품에서는 물을 통한 자아의 각성이 더욱 강하게 제시되어 있다.

| | |
|---|---|
| 兼善雖所願 | 나아가 세상 사람을 잘 다스리는 것을 비록 원하지만 |
| 獨善豈云非 | 물러나 홀로 수양하는 것이 어찌 그르다 하리 |
| 窮通自有時 | 궁하고 통함은 스스로 때가 있는 법 |
| 忸怩昧知幾 | 기미를 알지 못한 것이 부끄럽구나 |
| 每日坐虛樓 | 날마다 텅 빈 누대에 앉아 |
| 悠然對翠微 | 그윽이 푸른 산을 마주하고 있네 |
| 疏松映脩竹 | 성긴 소나무는 긴 대나무를 비추어 |
| 不隨百卉腓 | 온갖 풀들의 시듦을 따르지 않네 |
| 醒心川冷冷 | 깨우친 마음은 시냇물처럼 차고 |
| 山鳥鳴且飛 | 산새들은 울면서 또 날아간다네 |
| 老夫愛幽寂 | 늙은이는 그윽하고 적막함을 사랑하여 |
| 嘯咏仍忘機 | 휘파람 불고 시 읊조리며 기심을 잊었네 |
| 外客誰相問 | 세상 밖 사람들 그 누가 와서 묻겠는가 |
| 隣人見亦稀 | 이웃 사람도 또한 보기 어려운데 |
| 興來步林壑 | 흥이 일면 숲속을 거니는데 |

赤足不巾衣　　맨발에 의관도 갖추지 않네
敢辭禮法嗤　　감히 예법을 비웃으며 사양하고
行止如兒嬉　　행동을 어린아이같이 한다네
謝屐由本性　　사령운謝靈運의 나막신은 본성에서 나온 것이고
邵瓜亦時宜　　소평邵平의 참외 농사도 때에 적절하였네
此生吾已斷　　이생에서 나는 이미 모든 욕망 끊어 버렸으니
痛飮復奚疑　　통쾌한 술 마시기를 어찌 다시 두려워하리[43]

<유거幽居>라는 제목의 오언고시이다. 물러나 산속에서 '독선기신獨善其身' 하면서 사는 즐거움을 노래한 것이다. 이 작품은 제목 자체에서도 묻어나지만 한가로움으로 가득 차 있다. 빈 누대, 푸른 산, 성긴 소나무, 찬물, 울며 날아가는 산새, 맨발에 갖추지 않은 의관, 끊어진 욕망, 통쾌하게 마시는 술 등이 모두 그것이다. 이 가운데 그는 중요한 두 가지를 제시하고 있다. 하나는 넷째 구에서 보듯이 지기知幾에 대하여 인식하고 있다는 것이고, 다른 하나는 아홉째 구에서 보이는 것처럼 깨우친 마음을 찬 시냇물에 비유하고 있다는 것이다. 즉 물을 통한 관물찰리의 사물접근법을 보인 것이라 하겠다.

'지기'는 『주역』 「계사繫辭」 하에서 "기미를 알면 신묘하게 된다[知幾其神]"라고 한 이래, 성리학자들이 인욕과 천리의 분개를 설명하기 위해 사용하던 주요 용어이다. 주자가 천리와 인욕은 기미지간幾微之間에 있다고 한 발언도 모두 여기에 해당한다. 그리고 각성된 마음을 찬물에 비유하고 있어 성리학적 수양론과도 밀착되게 했다. 주자가 <관서유감觀書有感>을 통해 나타내었던 방당方塘과 이에 따른 천광운영天光雲影의 이미지 등도 모두 여기에 해당한다. 이직은 이러한 사실을 인식하고 있었으므로, 한가함 속에서 스스로의

43　李稷, 『亨齋詩集』 권1, <幽居>

성찰을 가능케 했다. 위의 시에서 보듯이 '휘파람을 불며 시를 읊조리며 기심을 잊었다.'라고 하거나, '행동을 어린아이같이 한다.'라고 할 수 있었다. 이를 통해 본성을 회복하고자 하였던 것이다.

물에 대한 이념적 인식은 물이 지닌 세척기능을 염두에 두면서, 인욕을 씻고자 하는 측면에서 주제화 된 것이다. 『논어』의 승부乘桴 고사에서 볼 수 있듯이 유가에서의 바다는 이상을 추구하는 대표적인 공간으로 인식되어 왔는데, 이직은 이를 오히려 부정하고 사람이 많이 사는 성시에서도 충분히 이상 실현은 가능하다고 생각했다. 현실 속에서 이상을 추구할 수 있다고 생각했던 것이다. 이 같은 생각에 기반하여 이직은 물에 자신의 얼굴을 비쳐 보며 성찰하기도 하고, 물을 통해 천리를 확보하며 깨달음을 얻고자 노력하기도 했다. 이직의 이러한 생각은 '마음'에 대한 관심과 이해에 기반한 것이므로 수양론적 의미를 지닌다.

### 3) '관물찰세'의 역사적 인식

관물찰세觀物察世의 역사적 인식은 사물을 보면서 세상을 살피는 것이니, 사물에 대한 자아의 현실주의적 접근을 의미한다. 사물은 그 사물을 둘러싼 역사적 현실을 갖고 있으므로 이를 두루 살펴 작품화한다는 것이다. 사물이 시공이라는 일정한 한계 속에 존재하는 것이므로 여기에는 역사성이 부여되지 않을 수 없다. 이러한 역사성은 구체적인 체험과 결합되어 나타나는 경우가 많고, 자아의 특수한 체험을 사물에 이입시켜 이해하기도 한다. 이직의 시에도 사물과 관련된 역사적 현실이 다양하게 등장한다. 우선 다음 작품을 통해 물이 그의 특수 체험과 어떻게 결합되고 있는지를 보자.

| | |
|---|---|
| 萬彙俱衰息 | 만물이 모두 시들어 쉬니 |
| 無非返本根 | 근본으로 돌아가지 않음이 없네 |
| 不愁身漸老 | 몸이 점점 늙어 가는 것은 근심하지 않지만 |
| 唯欲道終聞 | 오직 도를 마침내 깨닫고자 하네 |
| 傅楫川氷合 | 부열傅說의 돛대가 있으나 시내가 얼어 버렸고 |
| 袁門朔雪繁 | 원안袁安의 집에는 눈만 쌓였네 |
| 遙憐古賢哲 | 아득히 옛 성현들을 그리워하나니 |
| 畎畝未忘君 | 초야에서도 임금을 잊지 않았다네[44] |

이 작품은 <침촌의 사계절[砧村四時]>이라는 네 수의 시 가운데 <겨울[冬]>이다. 앞에서도 잠깐 언급하였듯이 침촌砧村은 지금의 성주군 선남면의 침곡砧谷을 말한다. 이직은 1415년(태종 15)에 성주로 귀양을 오게 되는데, 위의 시는 그때 지었던 것으로 보인다. 여기서 그는 은나라 고종高宗(무정武丁)이 부열傅說을 얻고서 "내가 큰 시내를 건너는 경우 너를 배의 돛대로 삼겠다."[45]라고 한 고사를 인용하며 시내가 얼어버렸다고 했다. 큰 사업을 하고 싶지만 귀양을 와 있어 그렇게 하지 못하는 자신의 처지를 이렇게 읊조린 것이다. 여기서의 '얼어붙은 시내'는 바로 출사의 길이 막힌 현실적 상황을 비유한 것이다. 따라서 이때의 물은 험난한 자신의 현실을 말한 것이니, 관물찰세의 사물인식 방법이 적용된 것이라 하겠다.

이직 한시의 물에 대한 역사적 인식은 역사 현장에 구체적으로 적용되기도 했다. 1394년(태조 3) 12월에 이직이 사신으로 가서 지금의 중국 남경인 금릉金陵 소재 개주참開州站의 옛터에서 지은 시가 그 예가 된다. 원주原註에서

44 李稷, 『亨齋詩集』 권2, <砧村四時·冬>
45 『書經』「說命」 상, "命之曰 …… 若濟巨川, 用汝作舟楫."

그렇게 밝히고 있듯이, 이곳은 원나라 초기에 요나라의 금산왕자金山王子가 이 성에 의지하여 싸우다 원나라 병사들에게 끝내 함락당하고 만 곳이다.[46] 이곳을 다른 이름으로 '지손之損'이라고 하는데, 달달어로 핏빛이라는 말이라 한다. 사람을 많이 죽여 붉은 피가 시내를 이루었기 때문에 이러한 이름이 붙여졌다. 이에 대하여 이직은 "피가 흐르는 시내가 지금도 남아 있으니, 후세 사람들로 하여금 길이 비통케 하네."[47]라고 하였다. 물을 보면서 피의 역사를 인식하였던 것이다. 다음 작품 역시 같은 측면에서 창작된 것이다.

| | |
|---|---|
| 觸熱登征途 | 더위를 무릅쓰고 길에 올라 |
| 渺渺向興安 | 아득히 먼 흥안을 향하였네 |
| 寇盜亂縱橫 | 왜구가 종횡으로 나라를 어지럽히니 |
| 血流川谷殷 | 피가 내가 되어 골짝에 가득히 흐르네 |
| 我非楚良將 | 나는 초나라 항우가 아니니 |
| 骨驚心又寒 | 골수까지 놀라고 마음도 서늘하다네 |
| 竟夕緣山行 | 밤새도록 산길 따라 걸어 |
| 側足長林間 | 긴 숲속으로 발을 내딛네 |
| 路危如上天 | 길이 험난해 하늘 오르는 듯하고 |
| 目眩俯奔湍 | 아찔한 눈으로 세찬 여울을 굽어보네 |
| 嵯峨苔壁擁 | 우뚝 솟은 이끼 낀 절벽을 안고 돌며 |
| 顧眄山光殘 | 스러지는 산 빛을 돌아보았네 |
| 薜蘿鬱交結 | 당귀와 댕댕이 넝쿨 우거져 서로 얽혀 있고 |
| 虎豹驕若頑 | 호랑이와 표범은 사납고 무서웠다네 |

46 李稷, 『亨齋詩集』 권2, <開州站舊基>, 原註 : "大元初, 大遼金山王子挺此城不降, 卒爲元兵所陷."

47 李稷, 『亨齋詩集』 권2, <開州站舊基>, "流血川留在, 長令後世悲."

推馬馬不進　　말은 끌어도 그 말은 가려 하지 않고
僮僕難牽攀　　시종들도 붙잡고 오르기 어려워하네
山盡鎭岑縣　　산길 다하는 곳 진잠현
始見稍平寬　　비로소 저 끝에 평지가 보이네
歇鞍垂柳岸　　수양버들 언덕에서 안장 풀고 쉬노라니
溪水聲潺潺　　시냇물 졸졸 소리 내며 흐르네
開襟納淸風　　옷깃을 풀고 맑은 바람을 쐬니
快意仍盤桓　　상쾌한 기분이 온몸을 감도네
行行數日內　　며칠을 계속해서 걷고 걸었더니
苦樂非一般　　고락이 이 같을 수가 없다네
寄語當路子　　벼슬길에 오른 자에게 말하노니
世路多津關　　인생길에는 나루와 관문이 많은 법
徐徐就周道　　천천히 큰길로 나아가서
莫自取辛艱　　스스로 어려움을 불러들이지 말기를[48]

이 시는 왜구의 침입을 배경으로 쓴 것이다. 시제詩題에서 기록해 두었듯이 이직이 완산完山(지금의 전주)에서 성산星山(지금의 성주)으로 가려고 할 때, 왜구를 피하여 연산 금주의 산골에서 머물다가 진잠현에 이른 경험을 소재로 작품화한 것이다. 이 시에 나타나는 물은 그의 심리적 변화를 잘 보여준다는 측면에서 주목된다. 먼저 네 번째 구에서 '피가 흐르는 시내'를 제시했다. 왜구가 몰아닥쳐 많은 사람들을 살해했기 때문이다. 다음으로 열 번째 구에서는 '세찬 여울'을 제시했다. 왜구를 피해 험한 산골짜기로 숨어들었기 때문에 당시의 긴박한 상황을 세찬 여울에 빗댄 것이다. 마지막으로 스무 번째 구에서 '졸졸 흐르는 시냇물'을 제시했다. 드디어 역경을 피하여 안정을 찾았기 때문

48　李稷, 『亨齋詩集』 권1, <自完山將適星山, 避倭寇, 逗留連山, 錦州山谷間數日, 行至鎭岑縣.>

이다. 이처럼, 위의 시는 '피가 흐르는 시내→세찬 여울→졸졸 흐르는 시내'라는 물의 변화를 통해, 그의 심리적 상황이 어떻게 변화되어 가고 있는지를 적실히 보여주고 있다.

이직 시의 역사적 인식은 국토산하에 대한 인식으로 발전하기도 했다. 부령副令인 하인河演(1376-1453)이 함경도 문천군 용진현龍津縣에 새로 산성을 쌓자, "넓은 바다 산기슭을 둘러싸고, 거센 파도는 눈앞에서 놀라게 하네."[49]라고 하면서 '넓은 바다'와 '거센 파도'를 통해 철옹성 같은 산성을 칭송하였다. 그리고 평양으로 떠나는 조복趙璞(1356-1408)을 전송하면서 평양성이 "접해 있는 지역은 요양遼陽과 가깝고, 강물은 발해와 이어져 맑다네."[50]라고 하면서, 발해와 강물로 닿아 있는 국토산하를 지정학에 입각해서 노래하기도 했다. 이처럼 이직의 시는 현실과 맞닿은 지점에서 또 하나의 영역을 구축하고 있었다.

이직 시의 역사적 인식은 애민의식이 그 이면에 작용한 결과이기도 하다. 태종 대에 관찰사 등 외직을 돌며 민생을 살폈던 그의 관직 생활, 8년간의 귀양을 통해 성주에서 체험한 백성들의 삶 등은 그의 애민의식을 더욱 강하게 만들었을 것이다. 애민의식은 두 가지로 나타났는데, 하나는 권농을 통해서, 다른 하나는 위정자의 비판을 통해서였다. <전가田家>에서 "근면한 자는 항상 넉넉하지만, 게으른 자는 항상 부족하다네. 게으른 농부에게 한마디 권면하노니, 김매는 일을 마땅히 신속히 해야 한다네."[51]라고 하거나, <상전가傷田家>에서 "고을 관리들 부지런히 세금을 독촉하니, 부녀자들은 탄식만 내뱉고 있네."[52]라고 한 것이 모두 그것이다.

---

49 李稷, 『亨齋詩集』 권2, <次河副令 題龍津縣新山城詩韻>, "巨浸周山麓, 驚濤駭浪前."

50 李稷, 『亨齋詩集』 권2, <送平原君趙雨亭出鎭平壤>, "地接遼陽近, 江連渤海淸."

51 李稷, 『亨齋詩集』 권1, <田家>, "勤者常有餘, 惰者常不足. 爲報惰農言, 去草宜在速."

물에 대한 역사적 인식은 사물이 거느리고 있는 역사적 현실과 서정적 자아의 교섭에 의해 나타난다. 귀양지 성주에서 자신의 능력을 펼칠 수 없는 상황을 '얼어붙은 시내'에 비유하고 있듯이 물은 그의 현실적 체험을 구체적으로 형상하는 데 동원된 대표적인 소재였다. 이직의 시에 나타난 이러한 관물찰세의 역사적 인식은 피난이라는 위기적 상황 속에서 포착되기도 했다. 물이 그의 불안한 심리를 묘사하는 데 있어 가장 적절한 사물이었기 때문일 것이다. 이처럼 이직의 시에 있어서 물은 그가 당대를 파악하고 대응하는 현실주의적 기능을 문학적으로 수행할 수 있게 한다는 측면에서 주목된다.

## 4. 사상 문맥에 따른 물의 수양론

조선의 건국과 더불어 우리의 사상사는 일대 변혁이 일어났다. 불교를 비판하면서 신유학의 실천윤리를 강조하고 나섰기 때문이다. 정도전鄭道傳(1337-1398)의 <심문천답心問天答>, <심기리편心氣理篇>, <불씨잡변佛氏雜辯> 등은 이를 위한 선언적 역할을 하기에 충분하였다. 사대부들은 신분적 특권보다 실력을 우선시하였으며, 도의와 염치를 치도의 근본으로 삼았다. 정도전의 생각을 충실히 계승한 사람이 권근權近(1352-1409)인데, 그는 정도전의 <심문천답>과 <심기리편>에 주석과 함께 설명을 달았으며, <삼봉선생진찬三峯先生眞讚>을 지어 '이단을 배척하고 우리 도의 정대함을 밝혔다.'[53]며 그의 공로를 극찬하기도 했다.

조선전기의 신유학은 선언적인 측면이 있었으므로, 심각한 불교 배척은

52 李稷, 『亨齋詩集』 권2, <傷田家>, "縣官勤勸課, 婦女謾咨嗟."
53 權近, 『陽村集』 권23, <三峯先生眞讚>, "闢異端以明吾道之正."

실상이라 하기 어렵다. 고려 말기부터 불교가 비판되어 오기는 하였으나, 그동안 깊게 뿌리 내리고 있었던 불교가 생활문화 전반에 강력히 존재하고 있었기 때문이다. 이성계가 독실한 불교 신자였을 뿐만 아니라, 초기 왕실에서 불사 역시 여전히 진행되고 있었던 사실에서도 사정의 이러함은 확인된다. 세종 연간에 창작되었던 불교서사시 <월인천강지곡月印千江之曲>의 출판이라든가, 세조 연간에 강력하게 진행되었던 『법화경法華經』 등의 불경 언해 사업은 그 대표적이다. 민간에서도 불교는 여전히 중요한 신앙의 대상이었다.

이직은 바로 이러한 사상사적 환경 속에서 살았다. 이로써 그는 유학의 도통을 분명히 하고 있지만, 불교의 역할과 특장 역시 인정하지 않을 수 없었다. 오히려 이 둘의 동질성을 찾아 회통시키려고 하였다. 권근이 죽어 만사를 쓰면서 "문장은 보통 사람을 훨씬 뛰어넘었고, 도학은 연원이 있었다."[54]라고 했고, 일본 승려 범령梵齡을 칭송하는 자리에서는, "오문五門을 더욱 단련하여 높은 데 두면, 밝고 밝은 부처의 마음으로 전함이 있으리."[55]라고 하였다. 여기서도 이직의 유불에 대한 생각은 드러나지만 그가 교유했던 인물 역시 이 두 계열에 망라되어 있었다.[56]

이직이 유불에 모두 관심이 있었던 것은 여러 곳에서 포착된다. 연주兗州의 길에서 궐리闕里를 바라보면서, "수수洙水 가에서 배회하다가, 슬프게 행단杏壇의 풍모를 그리워하네."[57]라고 하였고, 맹자의 사당을 찾아 엄격히 제사를

54 李稷, 『亨齋詩集』 권2, <權陽村挽>, "文章趨等級, 道學有淵源."

55 李稷, 『亨齋詩集』 권3, <松泉幽處>, "益鍊五門高着眼, 明明佛祖有傳心." 『五門禪經要用法』에 "좌선하는 법에 다섯 門이 있으니 첫째 安般, 둘째 不淨, 셋째 慈心, 넷째 觀緣, 다섯째 念佛"이라고 했다.

56 이에 대한 구체적인 인물은 하정승, 「형재시집 해제」(『국역 형재시집』, 한국고전번역원, 2008, 28-29쪽)에 자세하다.

57 李稷, 『亨齋詩集』 권2, <兗州路上, 望闕里>, "徘徊洙水渚, 悵望杏壇風."

올릴 때는, "이단의 학설을 물리치고, 성현의 글을 밝혀 강설하셨네."[58]라고 하면서 공맹孔孟의 덕을 칭송해 마지않았다. 사정이 이러함에도 불구하고, 불교에도 강한 관심을 가졌던 것이다. "잠시 극락 같은 세계에 들어가, 기심을 잊고 아름다운 불상을 대하네."[59]라고 하거나, 승려 기봉璣峯에게 시를 지어 주면서, "나는 쇠하였지만 불가의 고요함을 사랑하여, 사라수 아래로 향해 가고 싶구나."[60]라고 한 것이 모두 그것이다.

이직이 지닌 유불 회통논리는 다양한 시편에 보이는데, <난대사의 시에 차운함[次蘭大師詩韻]>에서는 더욱 적극적으로 나타나 있다. 이 작품에서 이직은 "허령虛靈한 것이 마음의 본체가 되나니, 미묘한 성품의 근원은 모두 궁구하기 어렵네."[61]라고 하면서, "모름지기 선창禪窓을 찾아가서, 한결같이 삼매三昧의 불이문不二門을 묻는다네."[62]라고 하였다. 성리학자들은 마음의 본체를 허령불매虛靈不昧로 인식했다. 이직은 이를 생각하며 그 근원을 찾기 어렵다고 했고, 모름지기 진리를 찾아 불문에 가서 마음을 오로지하여 그 진리가 둘이 아니라는 사실을 알고자 한다고 했다. 이처럼 이직은 유불이 회통되는 지점에서 '마음'을 이해하고자 했다. 심성의 근원으로 돌아가고자 했던 것이다. 이직이 이같이 유불 회통의 논리를 보유하고 있었으나, 여기에 경중이 없을 수 없었다. 다음 시를 보자.

(가) 水雲深處縱栖禪　물과 구름 깊은 곳에 비록 선사禪師가 살지만
察得鳶魚識所先　솔개와 물고기를 살펴 체득하는 것을 먼저 알아야 하네

58 李稷, 『亨齋詩集』 권2, <鄒國公廟>, "闢去異端學, 講明先聖書."
59 李稷, 『亨齋詩集』 권2, <釋方寺>, "暫入青蓮界, 機忘繡佛前."
60 李稷, 『亨齋詩集』 권3, <璣峯>, "吾衰亦愛僧家靜, 會向沙羅樹下行."
61 李稷, 『亨齋詩集』 권3, <次蘭大師詩韻>, "虛靈謾說心官體, 微妙難窮性海源."
62 李稷, 『亨齋詩集』 권3, <次蘭大師詩韻>, "會須尋得禪窓去, 一問三摩不二門."

性命肯隨師道異 성명이 어찌 사도에 따라 달라지리오
古今風月本同天 고금의 풍월은 본래 하늘과 같은 것을

(나) 諄諄不倦擊童蒙 어린아이 가르치는데 정성스럽고 부지런하니
贊輔斯文亦有功 유가를 돕는 데도 공로가 많구나
已見人倫難滅盡 인륜을 모두 없앨 수 없다는 것을 보면서도
可堪霞衲老山中 노을을 장삼으로 삼아 산속에서 늙어 가네[63]

위는 <둔산선사께 드림[贈遁山禪師]>이라는 두 수의 시인데, 이직이 유불 회통의 세계관을 가졌으면서도 유가의 중요성을 언급한 작품이다. (가)에서 보듯이 수운水雲으로 대표되는 자연 깊숙한 곳에 선사가 살고 있지만 '솔개와 물고기를 살펴 체득하는 것을 먼저 해야 하네.'라고 했다. 여기서의 연어鳶魚는 '솔개는 날아서 하늘을 이르고 고기는 연못에 뛴다'[64]는 『시경詩經』「대아大雅·한록旱麓」에서 인용한 것으로 성리학에서 매우 중요하게 생각하는 용어이다. 솔개와 물고기로 약동하는 생명체를 보여 도의 본체가 만물에 드러나는 것을 상징적으로 나타낼 수 있기 때문이다. 승려 둔산에게 먼저 체득해야 하는 것은 유가의 진리라는 것을 보인 것이다. 그러나 뒤의 작품 (나)에서 보듯이 승려가 어린아이를 가르치고 있으니 유가를 돕는 공로가 있다고 했다. 인간의 일상인 인륜을 강조한 것이라 하겠다.

유교나 불교는 수양을 통해 진리를 찾고자 한다. 이직은 이러한 생각에 바탕하여 유불 사이를 오가며 회통적 세계관을 갖고 있으면서도 유가에 방점을 두었다. <이理>, <심心>, <기氣> 등의 작품에서는 이러한 현상이 더욱 구체

63 李稷, 『亨齋詩集』 권4, <贈遁山禪師>
64 『詩經』「大雅·旱麓」, "鳶飛戾天, 魚躍于淵."

적으로 나타난다. 여기서 그는 공허함으로 떨어지는 것을 경계하면서, 고요 속에서 밝은 마음의 본체를 터득하고자 했다. 이러한 생각하에 그는 '마음을 기르고자 하면 반드시 보존하여 놓지 않아야 한다.'[65]고 하거나, '차를 마시면서 가슴속의 티끌을 말끔히 없앤다.'[66]라고 할 수 있었다. 여기서 말하는 '양심養心'과 '정진淨塵'은 수양 바로 그것이다. 또한 이직은 마음을 기르고 티끌을 없애는 데 있어 특별한 물질이 필요하다고 했다. '물'이 바로 그것이다. 다음 작품으로 이 부분을 구체화해 보자.

磨天嶺峻壓東溟　마천령은 험준하게 동해로 뻗어 있고
俯看黃道行日月　굽어보노라니 황도에서 일월이 운행되네
雲霧冥迷洞門深　구름 안개에 길은 혼미하고 계곡은 깊은데
長林巨植交蒙密　긴 숲에 커다란 나무들 서로 빽빽하게 서 있네
溪流便是聖之清　시냇물은 바로 성인의 마음이요
倦客卸鞍心所悅　고단한 나그네 안장을 푸니 마음이 기쁘네
尋源忽得仙家杖　근원을 찾다가 문득 신선의 지팡이를 얻었는데
異狀奇形難具說　기이한 형상을 말로 다하기 어렵구나
見爾纏聯如索綯　너를 보니 묶고 이은 것이 새끼줄 같은데
知爾相須不相失　알겠노라, 모름지기 서로 잃으면 안 된다는 것을
托身可涉世途危　몸을 의지하면 위태로운 세상길도 건널 수 있으니
奚啻常時免蹉跌　어찌 평상시에 넘어지지 않는 것일 뿐이리
腐儒衰晚有携提　노쇠한 선비가 짚고 다닌다면
天意固應憐病渴　하늘은 응당 병든 몸을 불쌍히 여겨 주시겠지
氣備強柔韌且堅　기질은 강하면서 부드럽고, 질기면서 견고하니

---

65　李稷, 『亨齋詩集』 권1, <奉次章天使詩韻>, "養心必須存勿放, 取法要在求諸上."
66　李稷, 『亨齋詩集』 권2, <小雲庵>, "談經移日影, 啜茗淨塵襟."

寶愛不下虞卿璧　보배롭고 사랑스러워 우경의 벽옥보다 못하지 않다네
草堂桃竹謾傳名　두보 초당의 복숭아와 대나무는 부질없이 이름을 전하고
昌黎赤藤已陳迹　한유의 등나무 지팡이는 이미 옛 자취가 되었네
杖兮杖兮從今至　지팡이여! 지팡이여! 이제 만나게 되었으니
期頤與我共休息　백 년을 나와 함께 쉬어가세
或步江天逍遙遊　혹 강가를 거닐며 소요하기도 하고
或上高山望八極　혹 높은 산에 올라 천하를 바라보기도 하세
慇懃扶我隨所之　은근히 나를 도와 내가 가는 곳 따라야지
莫學爲龍飛不測　용이 되어 날아가는 일은 배우지 마시게나[67]

이 시의 제목은 <수녕장壽寧杖>으로 늙은 몸을 편안히 지탱하는 지팡이에 대하여 읊은 것이다. 이직은 마천령의 깊은 계곡에서 안장을 풀고 쉬면서 우연히 기이하게 생긴 지팡이 하나를 얻게 되었다. 이로써 이 지팡이에 자신의 쇠약한 몸을 의지하며 죽는 날까지 함께하기를 희망하였다. 특히 마지막 여섯 구에서 볼 수 있듯이 이 지팡이로 짚고 다니며 휴식하고 강가를 거닐며 소요하기도 하며, 높은 산에 올라 천하를 굽어보기도 하고 싶다고 했다. 그리고 지팡이에게 당부하는 것도 잊지 않았다. 은근히 자신을 도와주며 따라다닐 것이지 용이 되어 날아가 버리지 말라고 한 것이 그것이다.

지팡이가 몸을 지탱하는 것이니 이것에 함몰되어 이 시를 읽으면 이직의 본의를 놓치고 만다. 그렇다면 이직이 지팡이로 나타내고자 했던 것은 무엇인가. 우선 지팡이를 얻은 공간이 중요하다. 험준한 마천령의 깊은 계곡이다. 이 계곡에서 그는 근원을 찾다가 신선의 지팡이를 얻었다고 했다. 여기서 근원을 찾는다는 것은 물의 근원이기도 하지만 마음, 즉 심성의 근원이기도

67　李稷, 『亨齋詩集』 권1, <壽寧杖>

하다. 다섯째 구에서 시냇물을 '성지청聖之清'이라고 한 데서 이를 더욱 분명하게 알 수 있다. 맹자는 백이伯夷를 성인 가운데 맑은 사람[68]이라고 하였지만, 이직은 계류를 여기에 비유하고 있으니, 맑은 물은 순수함을 잃지 않은 성인의 마음이 된다. 변계량 역시 이를 인정하였으므로, 이직의 이 시를 차운하며 '성학聖學'을 떠올릴 수 있었다.[69]

다음으로 지팡이에 대한 형용을 주목할 필요가 있다. 새끼줄같이 얽혀 있고 기이한 모습을 하고 있으며, 절대 잃어버려서는 안 된다고 했다. 여기에 의지해서 위태로운 세상을 건너고, 여기에 의지해서 넘어지는 것을 면하고자 했다. 뿐만 아니라 성질이 강하면서 부드럽고 질기면서 견고하다고 했다. 이것은 마음의 표상에 다름 아니다. 기이한 모습의 지팡이를 얻어 이직은 이를 통해 마음을 노래하고자 했던 것이다. 이 때문에 때로는 강변을 소요하고 때로는 높은 산에 올라 천하를 굽어보며 호연지기를 기르고자 했다. 마지막 구에 날아가 버리지 말라고 하면서 방심放心을 경계하고 있어 심수렴心收斂의 수양법을 나타내기도 했다.

마음을 기르는 양심養心, 이로써 존천리存天理가 가능하고, 티끌을 깨끗이 하는 정진淨塵, 이로써 알인욕遏人欲이 가능하다. 이처럼 이직은 그의 수양론적 상상력을 물을 통해 나타내고자 했던 것이다. 맑은 시냇물을 '성지청'에 비유한 것에서 바로 확인할 수 있다. 유불 회통에 입각한 사상적 문맥 속에서도 『중용』의 '근원이 깊은 못에서는 때에 맞춰 물이 솟는다.'[70]는 말을 인용하며 양천陽川 유배지에 시출당時出堂을 지어 놓고, 이에 대한 시를 짓기도 했다.

68 『孟子』「萬章·下」, "伯夷, 聖之清者也."

69 변계량은 <奉賡壽寧杖詩卷元韵>라는 시에서 이직을 들어 "일찍이 성학을 연마해 정밀하면서도 넓었다(曾研聖學盡精博)"라고 평가하고 있다.

70 『中庸』 31장, "溥博淵泉, 而時出也."

여기서 그는 "이 집에 사는 사람은 샘의 근원이 있음을 생각하며 항상 경계하고 두려워하는 마음으로, 나아가고 물러나는 때를 대하면 또한 설당雪堂의 주인에게 부끄러울 것이 없을 것이다."[71]라고 했다. 샘의 근원, 곧 마음의 근원을 생각하며 이를 잘 보존하여 출처에 대응하고자 했던 것이다. 우리는 여기서 이직의 수양론이 유불 회통의 사상 문맥 속에서도 유가적 수양론에 더욱 밀착되고 있었던 점을 확인하게 된다.

## 5. 맺음말

이 글은 형재亨齋 이직李稷(1362-1431)의 한시에 나타난 '물'에 대한 상상력을 집중적으로 논의한 것이다. 김종직을 비롯한 역대의 비평가들은 이직 시의 우수성에 대하여 자주 언급해 왔다. 이를 염두에 두면서 본 논의에서는 이직이 '물'을 어떻게 인식하고, 이를 다시 문학적으로 어떻게 형상화하였던가 하는 점을 주목했다. 이를 살피기 위하여 하나의 이론이 필요했는데, 사물인식의 삼각구도가 그것이다. '자아-사물-개념'의 삼각구도는 '개념'의 상이에 따라 관물찰형觀物察形의 즉물적 인식, 관물찰리觀物察理의 이념적 인식, 관물찰세觀物察世의 역사적 인식으로 나눌 수 있다. 이것은 각각 문학이 담보한 가장 근원적인 논리인 사실성, 이념성, 비판성과 긴밀하게 연결되어 있다.

이직의 시에서는 물과 관련한 관물찰리의 이념적 인식이 가장 강하게 작동하였다. 이 때문에 사상 문맥과 물의 수양론에서도 그대로 적용될 수 있었

71 李稷, 『亨齋詩集』 권2, <時出堂>, "思淵泉之有本, 常存戒懼. 其於進退出處之際, 亦無愧於雪堂之主矣." 여기서의 '雪堂'은 蘇軾(東坡, 1036-1101)의 당호인바, 그가 황주로 유배 갔을 때 동쪽 언덕에 설당을 짓고 마음을 보존하고자 했다.

다. 이직은 유불 회통의 사상적 경향을 가지면서도, 물을 통해 성리학적 '마음'을 이해하고자 했다. 물이 세척의 기능을 하기 때문일 터인데, 존천리와 알인욕을 위한 문학적 형상도 이를 통해 이룩하였다. 이직 시와 물 인식의 상관성을 고려할 때, 그의 시에 나타나는 물의 상상력, 그 궁극에 '인간의 본성'이 있다는 것을 발견하게 된다. 물은 이를 문학적으로 형상화하는 데 동원되었던 대표적인 소재였던 것이다.

그렇다면 차후 이직의 시는 어떻게 연구되어 마땅한가. 여기에 대하여 몇 가지를 제언하며 이 글을 마무리하고자 한다. 첫째, 물에 관한 상상력의 다층성을 연구할 필요가 있다. 이직의 시에는 물이 광활한 포부, 만남과 이별의 정서, 군주의 은혜, 덧없이 흐르는 인생 등 다양한 이미지로 나타나기 때문이다. 둘째, 사물인식의 구도를 다른 소재로 확장할 필요도 있다. 이것은 이 글이 물에 한정해서 다루었기 때문에 발생한 한계이다. 산과 나무 등의 자연물은 물론이고 누정 등 인공물로 확장하여 이와 관련된 상상력의 깊이와 넓이도 함께 점검해 볼 일이다. 셋째, 사상 문맥을 '현실-초월'의 구도로 환치시켜 살펴볼 필요도 있다. 그의 시 <화광和光> 등에서도 보이듯이 이직은 끊임없이 현실 속에서 깨달음을 추구하고 있기 때문이다. 이러한 사실을 보다 정밀하게 살펴 이직 삶의 자세가 문학적 형상과 어떻게 맞물리고 있는가 하는 문제를 면밀히 들여다볼 필요가 있다.

이직의 시 연구가 다양하게 진행되어야 하지만, 우리 시대의 학문적 흐름과 밀착시켜 이직의 시를 이해하는 것은 특별히 중요하다. 그 가운데 하나가 문화론적 접근이다. 여기서 우리가 주목하고자 하는 것은 '공간'이다. 이직은 네 차례나 사신이 되어 명나라를 다녀오기 때문에 그의 문학에 나타난 공간은 국내로 제한되지 않는다. 이 지점을 구체적으로 확인하고 그 의미를 밝히는 작업이 필요하다. 국내에서도 평안도 등 그의 관직에 따른 다양한 공간이 있고, 고향이며 유배지인 성주 지역도 있다. 이 가운데 성주 지역을 예로 들어 보면, 침촌을 비롯한 성산, 법림사, 법수사, 천왕사 등이 이직의 시에 등장하는 구체적인 공간이다. 이를 간략하게 보이면 다음과 같다.

침촌은 이직의 유배처이자 그가 가장 오랫동안 머문 생활공간이다. 이 때문에 이를 소재로 한 시가 많을 수밖에 없다. 두 수의 <침촌>이라는 시도 있고, <침촌즉사>라는 시도 있으며, 침촌의 사계를 노래한 <침촌사시>와 <침촌사영>라는 2제 8수의 시도 있다. 이 가운데 <침촌사영>은 <봄 산의 철쭉[春山躑躅]>, <오동에 떨어지는 밤비[夜雨梧桐]>, <대숲 마을의 안개[竹塢風烟]>, <눈 내리는 달밤의 매헌[梅軒雪月]>이다. 이 밖에도 시어 속에 '침촌'이 들어가는 작품이 다수 있어, 이곳을 중심으로 이직이 어떤 문화를 구성하고자 했던가 하는 것을 점검할 필요가 있다.

성산星山은 성주의 옛 이름이면서 구체적인 산명이다. 이곳은 그의 조상들이 대대로 산 고향이기도 하고, 관향지이며, 또한 유배지이다. 뿐만 아니라 그가 성산부원군星山府院君에 오르게 되었으니 그야말로 성산은 그의 의식을 구성하는 중요한 지역이었다. 이 때문에 그의 문학에도 성산은 다양하게 나타난다. <등성산감고登星山感古>는 물론이고, "성산의 남쪽 기슭은 멀리 성 밖까지 뻗어 있는데, 나무 자르고 띠를 베어 초가를 만들었네."[72]로 시작하는 <관가정觀稼亭>이 모두 그러한 것이다. 또한 배극렴裵克廉(1325-1392)의 시에 차운하여 "성산에서 가장 으뜸인 인물이, 청요직을 두루 지내고 일찍이 귀향했네."[73]라고 하면서 그를 칭송하고 있어, 성산을 중심으로 한 문화의 일 국면을 읽게 한다.

---

72 李稷, 『亨齋詩集』 권3, <觀稼亭>, "星山南麓壓郊垌, 剪木誅茅製草亭."

73 李稷, 『亨齋詩集』 권3, <次裵錦山詩韻>, "明府星山第一流, 歷揚淸要早歸休." 이 시에서는 배극렴이 사는 마을과 집도 구체적으로 묘사되어 있다.

법림사는 이직이 자주 들렀던 대표적인 사찰이다. 지금의 성주군 가천면 법전동 화죽천 옆에 있었던 절이다. 이곳에 월창月窓이라는 승려가 있어 이직에게 향과 부채를 선물하는 등 우의를 돈독히 했다. 그는 "나는 월창 노인을 사랑하니, 대나무 정자에 앉아 현묘한 도에 대해 말씀하시네. 염주가 보배인 줄을 이미 알았지만, 그 누가 옥 같은 말씀 밥처럼 먹으려 할까."[74]라고 하거나, 도사 육수정陸修靜, 시인 도잠陶潛과 어울리며 '호계삼소虎溪三笑'의 고사를 만들어 냈던 중국 여산廬山 동림사東林寺의 혜원慧遠을 빗대면서 즐거워하기도 했다. '법림정사에 늘 마음이 가 있다'[75]라고 하는 표현에서도 알 수 있듯이, 그에게 있어 법림사는 하나의 세속적 티끌을 씻어낼 수 있는 공간이었던 것이다.

법수사 역시 이직과 관련된 중요한 문화공간이다. 이 절은 지금의 성주군 수륜면 백운리에 있었던 절로 대웅전의 기대와 함께 당간지주 및 삼층석탑이 지금도 남아 있다. 이직은 이곳의 남루南樓에 올라 주지에게 시를 지어 준 일이 있다. <등법수사남루 차운증당두登法水寺南樓次韻贈堂頭>가 그것이다. 이 작품은 "옛날에도 일찍이 한 번 올랐는데, 오늘 다행히도 다시 오르게 되었네. 공손히 읍을 하는 듯한 기이한 경치들, 옛 뜻을 깊이 생각하며 머뭇거리네."[76]라고 하면서 이곳으로의 여행이 한 번이 아님을 밝히고 있다. 이곳은 가야산 남쪽 기슭에 자리 잡고 있어 법림사에서 멀지 않을 뿐만 아니라 산수가 수려하기 때문에 이직이 더욱 사랑하였을 것으로 보인다.

천왕사는 이직이 1415년(태종 15) 성주로 귀양을 갔을 때 여름 한철을 보낸

---

74 李稷, 『亨齋詩集』 권2, <次澄粹軒詩韻>, "吾愛月窓老, 談玄坐竹軒. 已知珠是寶, 誰肯玉爲餐."

75 李稷, 『亨齋詩集』 권4, <寄法林月窓會長>, "法林精舍每關心, 脩竹長松滿地陰."

76 李稷, 『亨齋詩集』 권2, <登法水寺南樓次韻贈堂頭>, "昔年曾一上, 今日幸重臨. 拱揖奇觀集, 躕躇古意深."

곳이어서 특별하다. 『성산지』에는 이곳을 대왕사大王寺[77]로 소개하고 있는데, 지금의 성주읍 삼산리에 있었던 절이다. 여기서 이직은 두 수의 시를 남기는데, "작은 산이 성 동쪽에서 솟아, 가운데가 높으니 시야가 트였구나. 언덕이 굽이져서 길 찾기 어렵고, 숲은 우거져 저절로 난간이 되었네."[78]라고 하거나, "문 걸고 오랫동안 나가지 않았거니, 이 절집 그윽하여 사랑스럽다. 타고난 운명 따라 성쇠가 있나니, 사람에게 있는 허물 어찌 원망하랴."[79]라고 하였다. 귀양을 와 있으면서 주어진 운명을 겸허하게 수용하고자 했던 당시의 심정을 알게 한다.

이직은 문명이 높았다. 그는 귀양생활을 하면서 다시 복귀하고자 하는 마음도 있었지만 분수에 편안하고자 했고, 유불 회통의 세계관을 가지면서도 물을 중심으로 한 유가적 수양론으로 시세계를 추구하고자 했다. 심성의 본원을 찾아 깨달음을 획득하고자 했던 것이다. 이 글에서 얻은 이러한 결과를 염두에 두면서 이직의 시는 다양하게 연구되어야 한다. 특히 지역사회와 접목하는 문화론적 연구는 그의 시세계를 통해 우리 시대의 문화적 의미를 확보할 수 있다는 측면에서 주목할 필요가 있을 것이다.

---

77 『성산지』 권1에서는 "大王寺가 성주면 三山洞에 있었는데, 『亨齋集』에 '天王寺'라 하였으니 글자가 비슷하여 잘못 쓴 것인 듯하다."라고 기록하고 있다. 이직은 1415년 5월에 성주의 천왕사에 안치되는데, 충녕대군이 세종으로 왕위에 오르고 이직의 딸이 태종의 후궁으로 들어간 뒤에 해배된다. 1422년의 일이다.

78 李稷, 『亨齋詩集』 권2, <題天王寺西樓>, "小麓城東起, 中高眼界寬. 岸回難覓路, 林茂自成欄."

79 李稷, 『亨齋詩集』 권2, <題天王寺西樓>, "杜門久不出, 愛此僧廬幽. 賦命有榮悴, 於人何怨尤."

# 제3장 어득강 시와 물의 맥락

## 1. 머리말

관포灌圃 어득강魚得江(1470-1550)은 함종인咸從人으로, 자는 자유子游, 호는 관포당灌圃堂, 관포장인灌圃丈人, 혼돈산인渾沌山人, 혼돈渾沌, 영담詠潭, 천석거사泉石居士, 관계灌溪, 포옹장인抱甕丈人 등으로 불렸다.[1] 함종은 원래 중국에서 유래하는데, 7대조인 중랑장 준량遵亮이 진주로 옮겨 살면서 진주지역에 세거하게 되었다. 어득강은 1470년(성종 1) 12월 3일에 태어나 1550년(명종 5)에 세상을 떠났으니 향년이 81세다. 어득강이 살았던 혼돈산 부근은 경상남도 고성에서 서북쪽으로 35리의 거리에 있으며, 옛 이름은 대둔大屯인데 그가 혼돈산으로 바꾸었다고 한다. 이에 따라 그의 호도 '혼돈' 혹은 '혼돈산인'이라 한 적이 있었던 것이다.

어득강의 문집으로 원래 『동주집東洲集』이 있었다고 하나, 현재로서는 그 존재 여부를 알 수 없다. 현전하는 『관포시집』은 세 차례 간행되었다. 초간본

---

1　이 글은 필자의, 「灌圃 魚得江 시에 나타난 '물'의 상상력」(『남명학』 22, 남명학연구원, 2017)을 수정·보완한 것이다.

은 1558년 경상도 관찰사 오겸吳謙이 사천군泗川郡 곤양昆陽에서 간행하였으며, 중간본은 외손인 밀양 부사 하진보河晉寶(1530-1585)가 1579년에서 1583년 사이에 밀양에서 간행하였다. 그리고 삼간본은 외증손 하징河憕이 정구鄭逑(1543-1620)에게서 중간본 1책을 얻어 덕천서원德川書院에서 증보판으로 간행했다. 어득강의 생애는 연보가 따로 마련되어 있지 않아 정확한 사실을 알 수가 없으나, 『관포선생시집』을 중심으로 관련 자료를 수집·조사해 보면 대체로 다음과 같다.

- 1470년(성종 1), 태어남
- 1492년(성종 23), 진사시에 합격함
- 1496년(연산군 2), 문과에 합격함
- 1499년(연산군 5), 홍문관弘文館 정자正字가 됨
- 1502년(연산군 8), 산음山陰 현감이 되어 이후 6년간 재임함
- 1507년(중종 2), 4월, 조정에서 산음 현감으로 백성을 구휼한 것을 높이 평가하여 포상을 거론함
- 1508년(중종 3), 영천永川 군수가 됨
- 1510년(중종 5), 8월, 사헌부 장령이 됨
- 1513년(중종 8), 함안咸安 군수가 됨
- 1516년(중종 11), 11월, 홍문관 교리가 되었으나 신병으로 체직됨
- 1518년(중종 13), 10월, 사간원 헌납이 되었으나 지방에 있어 체직됨
- 1521년(중종 16), 1월, 홍문관 부응교가 되었으나 병으로 사직함. 9월, 교리, 12월, 장령이 됨
- 1523년(중종 18), 6월, 사헌부 집의가 되었으나 지방에 있어 체직됨
- 1524년(중종 19), 세자시강원 필선, 군기시 부정, 병조 참지가 됨, 흥해興海 군수가 됨
- 1529년(중종 24), 4월, 사간원 대사간이 됨. 6월, 간쟁하는 직임을 수행하

지 않았다는 이유로 사헌부의 탄핵을 받아 파직됨

- 1532년(중종 27), 2월, 곤양昆陽 군수가 됨
- 1534년(중종 29), 8월, 재황災荒을 사실대로 보고하지 않았다는 이유로 파직됨
- 1538년(중종 33), 9월, 대사성이 됨
- 1539년(중종 34), 10월, 밀양密陽 부사로 재직함
- 1542년(중종 37), 7월, 부사과副司果로서 10조항을 건의하는 상소를 올림
- 1545년(인종 1), 윤1월, 중종의 만장 2편을 지어 올림. 대사간에 제수되었으나 병으로 사직함
- 1549년(명종 4), 10월, 상호군上護軍을 사직함
- 1550년(명종 5), 세상을 떠남

위의 조사에서 볼 수 있듯이, 어득강은 홍문관 정자(30세)를 시작으로 사헌부 장령(41세), 홍문관 교리(47세), 사간원 헌납(49세), 홍문관 부응교(52세), 사헌부 집의(54세), 사간원 대사간(60세), 대사성(69세), 부사과(73세) 등 내직을 두루 거치지만, 여러 차례 체직되거나 파직당한다. 그는 주로 외직을 담당하는데, 그가 부임한 외직은 산음 현감(33세), 영천 군수(39세), 함안 군수(44세), 흥해 군수(55세), 곤양 군수(63세), 밀양 부사(70세) 등이다. 그러나 1534년(65세) 8월 곤양 군수 재직 시 재황을 사실대로 보고하지 않았다는 이유로 파직되기도 하는 등, 그의 벼슬길은 순탄하지 않았다. 어득강의 위인과 문학적 재능을 알기 위해 우선 다음 글을 읽어 보자.

> 대개 시의 공교로움은 있으나 사람에 있어서는 취할 것이 없고, 사람은 넉넉하나 시에 있어서는 지극하지 못함이 있다면, 이와 같은 사람이 세상에 전해질 수 있겠는가? 그 시를 읽고 기뻐할 만하고, 그 사람을 찾아 사모할 만하다

면, 이와 같은 사람이라면 과연 세상에 전하는 데 모자람이 있겠는가? 관포어 선생은 태어나면서 세상을 벗어난 표지가 있고, 어지러워도 완전히 물러나지 않고, 다스려져도 나아가기를 구하지 않았으며, 나아가서도 옥당의 금마를 즐거워하지 않고, 뜻을 얻지 못하여 고을의 수령이 되어서도 부끄러워하지 않았다. 한음장인漢陰丈人의 기심을 잊음이요, 동방삭의 익살이었으며, 산수와 연하를 좋아하는 병이 있어 평생토록 그 즐거움을 누렸으니 그 사람됨이 어떠하겠는가?[2]

이 글은 이황李滉(1501-1570)이 쓴 <어관포시집발>의 일부이다. 이황은 여기서 어득강을 이해하는 데 있어 중요한 정보 여럿을 제공하고 있다. 첫째, 그는 시와 덕이 함께 온전하다는 점, 둘째, 출처에 자유로웠다는 점, 셋째, 망기忘機를 이룩하였던 점, 넷째, 유머가 있었다는 점, 다섯째, 산수를 지극히 좋아하였다는 점 등이 그것이다. 이 가운데 시의 경우를 중심으로 생각해 보면, 어득강은 특히 율시에 뛰어났고, 절구는 "왕왕 두소릉의 운치가 있어 떨쳐 나아가도 기이하고 고아하며, 갑자기 세력이 꺾이어도 굳세고 강건하여 세속의 비릿하고 썩은 티끌의 기운이 없다."[3]라고 하였다. 이처럼 어득강의 시는 두보 시의 경향이 있으면서, '기고능려奇古淩厲', '호건돈좌豪健頓挫'라고 일컬어졌다. 이를 통해 우리는 그의 시적 경향을 이해하게 된다.

어득강에 대한 이황의 평 가운데, '동방삭의 익살'에 주목할 필요가 있다. 기실, 그의 유머는 다양한 곳에서 전해진다. 권별의 『해동잡록』에 의하면,

---

2 李滉, 『退溪集』 권43, <魚灌圃詩集跋>, "蓋有詩工而於人無取者, 有人優而於詩未至者, 若是者果可以傳世乎? 讀其詩而可喜, 求其人而可慕, 若是者果不足以傳世乎? 灌圃魚先生, 生有拔俗之標, 亂不全退, 治不求進, 進之以玉堂金馬, 非喜也. 屈之以州縣米鹽, 非恥也. 漢陰之忘機, 東方之詼諧, 有山水烟霞之癖, 而終享其樂, 其爲人何如耶?"

3 李滉, 『退溪集』 권43, <魚灌圃詩集跋>, "於詩尤長於律, 而絶句往往有杜少陵之節拍, 奇古淩厲, 豪健頓挫, 無世俗腥腐塵埃之氣."

어떤 사람이 "정鄭 아무개가 문학에 제수되어 갔다는군."이라고 하자, 어득강이 민첩하게, "내가 일찍이 문학이 되었는데 어찌 정 아무개가 되었다고 하는가?"라고 했다. 주변의 사람들이 무슨 말인지 알아듣지 못했다. 이에 그는 "문학에는 자유子游와 자하子夏가 있거늘."[4]이라고 하자, 사람들이 포복절도하였다는 것이다.[5] 그의 자가 바로 '자유'였기 때문이었다. 어득강을 주인공으로 삼아 해학으로 일체의 권위를 부정하고자 한 소설 <어득강전魚得江傳>도 바로 이러한 맥락에서 창작된 것이라 하겠다. 우리는 여기서 그의 시정신이 자유로움에 바탕을 두고 있다는 것을 알게 된다.

이황은 주세붕周世鵬(1495-1554), 이정李楨(1512-1571), 성여신成汝信(1546-1632), 오겸吳謙(1496-1582)과 더불어 어득강을 특별히 존모했다. 이 가운데 이정은 <구암가龜巖歌>의 소서小序에서 "젊은 시절부터 관포 어 선생의 문하에 출입하였는데 선생께서 인도하신 바가 많았다. 내가 말미를 얻어 어버이를 뵈러 올 때면 반드시 가서 선생을 뵙고 며칠을 머물다가 돌아왔다. 한가해지면 가서 뵙고 토론하지 않은 달이 없었다. 선생께서 여든에 가까우셨지만 또한 말을 타고 찾아오신 것도 여러 차례였다. 좋은 계산이나 그윽하고 조용한 산사는 배종하지 않은 곳이 없었다."[6]라고 하였다.

그동안 어득강에 관한 논의는 최재남을 중심으로 이루어졌다. 어득강의 <쌍계팔영>과 그 차운시에 대한 논의,[7] 어득강의 삶과 시의 특성에 대한 논

4 『論語』「先進」, "德行, 顔淵·閔子騫·冉伯牛·仲弓, 言語, 宰我·子貢, 政事·冉有·季路, 文學, 子游·子夏."

5 權鼈, 『海東雜錄』 권3, "魚子游與語, 雜以諧浪, 有人傳言, 鄭某拜文學而去, 魚輒應曰, 吾曾爲文學, 何以云鄭爲之? 左右怪問之, 魚曰, 文學子游子夏, 聞者絶倒."

6 李楨, 『龜巖集』 권1, <龜巖歌>, "自年少時, 出入於灌圃先生之門, 先生多有所誘掖, 余受由來覲, 必往省先生, 留數日而還, 及去閒, 無月不往拜討質, 先生年近八十, 亦命駕來訪者累矣. 溪山好處, 山寺幽靜, 無不陪遊."

7 최재남, 「어득강의 <쌍계팔영>과 그 차운시에 대하여」, 『지역문학연구』 창간호, 경남지역

의[8] 등이 그것이다. 이 연구는 다시 『물고기 강에 노닐다, 어득강의 삶과 시』[9]라는 단행본으로 귀납되었다. 최재남이 주목한 것은 어득강 시에 나타난 자아, 계산과 강호의 시적 형상, 향촌에서의 실천적 삶 등이었다. 그리고 김승룡은 이황이 어득강을 평한 것 가운데 '망기忘機', '해학諧謔', '연하락煙霞樂'에 주목하고 이와 관련된 공간을 탐구하고자 했다.[10] 이 밖에도 『관포시집』의 해제[11]와 고전소설 <어득강전>에 대한 연구[12]를 통해, 그에 대한 논의가 확장되기도 했다.

이 글은 어득강의 시적 재능과 작품의 수준을 염두에 두면서 시작한다. 특히 그가 '물'에 대한 물질적 상상력을 어떻게 펼치고 있는가 하는 부분을 집중적으로 따질 것이다. 이는 물이 만물의 근원이면서 상상력의 원천이기 때문이다. 본 논의에서는 연못, 개울, 호수, 강하, 바다를 주목한다. 이러한 공간에 대한 물질적 상상력을 추적해 봄으로써 어득강이 지닌 물에 관한 상상력의 행방을 구체적으로 확인할 수 있기 때문이다. 이를 위하여 어득강과 물의 상관성 검토로 논의의 기반을 다진 다음, 이어서 물과 관련된 구체적인 공간 상상력을 탐구할 것이다. 이를 통해 어득강 상상력의 귀착점을 확인할 수 있을 것이다. 이로써 어득강 시에 대한 관점 확보와 함께 새로운 이해가 가능할 것으로 본다.

---

문학회, 1997.

8 최재남, 「어득강의 삶과 시의 특성에 대한 일고」, 『한국한시연구』 11, 한국한시학회, 2003.

9 최재남, 『물고기 강에 노닐다, 魚得江의 삶과 시』, 한국문화사, 2014.

10 김승룡, 「灌圃 魚得江 시세계의 한 국면-자아와 공간을 중심으로-」, 『한국고전연구』 25, 한국고전연구학회, 2012.

11 최석기, 「『관포집』 해제」, 『남명학연구』 6, 경상대 남명학연구소, 1996.

12 심재숙, 「<어득강전>의 형성과정과 주제의식」, 『우리어문학연구』 16, 우리어문학회, 2001 ; 오희정, 「『어득강전』의 기법적 특징과 창작 의식」, 『영남학』 8, 경북대학교 영남문화연구원, 2005 ; 김수영, 「「어득강전」의 희극성 구현 방식」, 『민족문학사연구』 59, 민족문학사연구소, 2015.

## 2. 어득강, 물의 시적 맥락

현재 남아 있는 『관포선생시집』에 전하는 어득강의 시는 231제 466수이다. 『중종실록』에서 사신史臣이 "그는 성격이 본래 우활한 데다가 또 사체를 몰랐으므로, 그의 일과 처사가 모두 아이들 장난과 같았다."[13]라고 평가하고 있듯이, 어득강의 성품은 진솔하고 천진했던 것으로 보인다. 권별은 『해동잡록』에서 어득강에 대해 "성품은 참되고 솔직하며, 마음이 편하여 욕심을 내지 않았고, 또한 농담도 잘하였다."라고 하였는데, 모두 같은 맥락에서 언급한 것이다. 이러한 평가를 통해 우리는 그의 성품이 대체로 어떠하였는가 하는 부분을 알게 된다.

어득강은 이름 자체가 '물고기가 강을 얻었다'는 것이니, 그야말로 물고기와 물의 관계에 놓인다. 일찍이 그는 <관포당팔영灌圃堂八詠>을 지은 적이 있는데, 그 첫 수가 <관포당>이다. '관포'가 그의 호이고 이는 나물 밭에 물을 대며 살고자 하는 뜻을 나타낸 것이니, 그의 세계관이 물과 밀착되어 있음을 바로 알 수 있다. 여기서 그는 "무수武水와 탐수貪水의 두 물이 문 앞에서 요란한데, 동산의 울타리로 흘러들어 벼논에 미치네. 많이 흘러서 일찍이 큰 가뭄을 걱정하지 않고, 가난한 집에 오랫동안 풍년을 누리게 하네."[14]라고 하였다. '동산의 울타리에 흘러들어 벼논에 미치는 물', 이로 인해 풍년을 희망하는 마음이 평범하면서도 진솔하게 묘사되어 있다.

벼논에 들어가는 물도 물이지만, 그는 물가로 가서 물고기를 보거나 잡는 것을 즐겼다. "도롱이를 입고 홀로 가서, 물고기 보는 즐거움에 날마다 돌아

13 『중종실록』 권65, 중종 24년 6월 28일조.

14 魚得江, 『灌圃詩集』 권1, <灌圃堂八詠·灌圃堂>, "武貪兩水聒門前, 灌得園籬及稻田. 混混不曾憂大旱, 貧家長得享豊年."

감을 잊는다네."[15]라고 하거나, "비학산 앞의 물은 물고기를 잡을 만한데, 어부를 먼저 보내고 가마를 재촉하네."[16]라고 하면서, '나[어부]-물-물고기'와의 상관성을 노래했다. 나아가 그는 물고기를 반찬으로 하여 밥 먹기를 즐기고자 했다. 그의 시에 나타난 이러한 현상은 어득강이 사물에 대하여 매우 자유롭게 상상하고, 그것을 또한 작품화하고 있다는 것을 의미한다. 해학은 바로 이러한 데서 발생한 것이라 하겠다. 다음 작품도 그 연장선상에서 읽힌다.

西溪之水氷生玉　서쪽 시냇물에서 빙옥氷玉이 흘러나오니
十日炎天九筍輿　열흘의 염천에 아흐레는 대나무 가마를 타네
恨殺曲江渾濁浪　곡강에 흐린 물결 섞인 것이 한스러운데
客來時復往陳魚　나그네가 오면 때때로 다시 물고기를 잡으러 가네[17]

<동주도원십육절> 가운데 10번째 시이다. 이 작품은 어득강이 흥해興海 군수로 재임하던 55세 이후에 지은 시로, 산수를 즐기는 그의 취향을 매우 잘 보여주는 연작시이다. 이 시는 어득강의 시를 대표하는 작품이라 할 만하다. 이 때문에 여러 사람들이 화차운을 하였다. 김세필의 <화어자유 동주도원운和魚子游東州道院韻>, 김극성의 <동주도원 십육절 증관포東州道院十六絶贈灌圃>, 김안국의 <차홍해어사군자유 동주도원십육운次興海魚使君子游東州道院十六絶韻>, 이행의 <차어자유 동주도원득강십수次魚子游東州道院韻得江十首>, 김안로의 <차운관포당 동주도원십육절次韻灌圃堂東州道院十六絶>, 이황의 <곤양 차어관포득강 동주도원십육절昆陽, 次魚灌圃得江東州道院十六絶> 등이 모두 그것이다.

15 魚得江, 『灌圃詩集』 권1, <山陰十二詠·城南觀魚>, "披簑成獨往, 觀樂日忘歸."
16 魚得江, 『灌圃詩集』 권1, <西溪捕魚 呈椽亭>, "飛鶴山前水可漁, 行先漁子促籃輿."
17 魚得江, 『灌圃詩集』 권1, <東州道院十六絶>

위의 시에서 볼 수 있듯이, 어득강은 서쪽 시내의 빙옥 같은 물과 그 속에서 헤엄치는 물고기를 보면서 나그네가 오면 그것을 잡으러 간다고 했다. 황필黃瓘(1464-1526)에게 주는 시에서는 아예 그 제목을 <서계포어 정상정西溪捕魚呈橡亭>이라고 하기도 했다. 이처럼 물고기 잡기를 좋아했던 어득강은 물고기를 아예 군신에 비유하며, "먼 바다의 끝에 있는 이천 호의 고을인데, 아전과 백성이 비록 적어도 수족水族은 넉넉하다네."[18]라고 하기도 했다. 여기서 말하는 '수족'은 물속에 사는 물고기로 이들에게서도 군신이 있다는 것을 비유적으로 나타낸 것이다. 물고기에 대한 어득강의 이 같은 관심은 다음 시에 더욱 적극적으로 나타난다.

| | |
|---|---|
| 昨暮撒塩看柳絮 | 어제저녁에 소금을 흩뿌린 듯한 버들개지를 보았는데 |
| 朝來遠近失青山 | 아침에는 멀고 가까운 곳에서 푸른 산이 없어졌네 |
| 漁人把釣烟波上 | 고기 잡는 사람은 안개 낀 물가에서 낚싯대를 잡고 |
| 心在潭魚不覺寒 | 마음은 못의 물고기에 있어 추위마저 느끼지 못하네[19] |

이 시는 <강천모설江天暮雪>로, 빼어난 경치 여덟 곳을 작품화한 것 가운데 여섯 번째의 것이다. 어득강은 이 시에서 눈을 소금 혹은 버들개지에 비유하며, 순백의 눈이 산천을 덮어 원근의 청산이 모두 없어졌다고 했다. 그리고 물고기잡이를 아주 적극적으로 표현하였다. 즉 마음이 물고기잡이에 있기 때문에 주위에 하얗게 내린 차가운 눈의 기운도 의식하지 못한다고 한 것이다. 우리는 여기서 다시 물 혹은 물고기와 관련된 그의 시적 맥락을 확인하게 된다. 물고기가 강[물]을 얻어 마음껏 자유를 누린다는 '어득강'이, 그 물고기

18 魚得江, 『灌圃詩集』 권1, <東州道院十六絶>, "窮海之濱二千戶, 吏民雖少足波臣."

19 魚得江, 『灌圃詩集』 권1, <八景八絶·江天暮雪>

잡는 것을 즐긴다고 했으니 매우 희극적인 지점이 발생한다.

물과 물고기와 어득강이 어떤 시적 맥락 속에 존재하는가 하는 것을 살폈으니, 이제 물과 작시作詩의 상관관계를 살펴볼 차례이다. 어득강은 물 주변에서 시를 찾기도 했고, 시를 짓기 위하여 물을 찾기도 했다. 이 때문에 "물을 사이에 둔 역참과 정자를 가까이 마주하며, 내가 옛날 지은 시를 찾느라 공을 번거롭게 하였네."[20]라고 하면서 최세절崔世節(1479-1535)을 위한 시를 쓰기도 했다. 그리고 호수 그늘에서 다시 갈매기들을 그리워하지 말라고 하면서, "읊조리는 그대의 시어가 옛날보다 공교롭다."[21]라며 정사룡鄭士龍(1491-1570)의 시에 화운하기도 했다. 이처럼 물은 그의 작시를 촉발시키는 매개였던 것이다. 다음 작품에서는 이러한 사실이 더욱 적극적으로 나타난다.

| | |
|---|---|
| 溪拖白練行蕪遠 | 시내에는 흰 비단을 늘어놓고 갈 길은 거칠고 먼데 |
| 鳥割青山度野遲 | 푸른 산을 가른 새가 들판을 더디게 지나가네 |
| 傳語騷人莫登覽 | 말만 전하는 시인은 올라 보지 말라 |
| 髭鬚斷盡一篇詩 | 한 편의 시에 수염이 다 끊어지리[22] |

청도에 있는 절도사 류성柳星의 정자에서 지은 작품이다. 우선 앞의 두 구절에서 비단 같은 시내와 푸른 산을 제시하였다. 훌륭한 경치를 이렇게 보인 것이다. 여기서 '전어소인傳語騷人', 즉 고심 없이 말만 늘어놓는 어설픈 시인들은 이 정자에 올라오지 말라고 하고 있다. 작시를 위한 그의 고심은 마지막 구절에서 특별하게 보였다. 즉 깊은 의미를 함축한 시를 창작하기

---

20 魚得江, 『灌圃詩集』 권1, <送嶺南觀察使崔介之>, "隔水郵亭近相對, 煩公尋我舊題看."
21 魚得江, 『灌圃詩集』 권1, <和湖陰>, "吟君詩語工於昔, 政坐窮愁到十分."
22 魚得江, 『灌圃詩集』 권1, <伊西柳節度使山亭>

위해서 수염을 꼬아 그 수염이 거의 다 끊어지게 되었다는 것이다. 이처럼 시는 고뇌에 찬 것이어야 하고, 미려한 산수가 함께 있어야 한다고 했다. 함양의 망양루에 올라 "시인의 수염이 날마다 끊어짐이 아직 싫지 않네."[23]라고 한 것도 같은 맥락에서 이해할 수 있다.

이처럼 어득강은 이름 자체가 그의 작시활동과 밀접한 관련이 있었던 것으로 보인다. 어득강과 물, 그리고 물고기가 상호 작용하면서 그의 시문학이 어떤 체계를 잡아갔다는 것이다. 그 스스로도 "술은 자리를 따로 만나 취하는 것은 아니지만, 시는 흥을 만나서 이루어진다."[24]라고 하면서 시가 흥을 통해 창작된다고 하였지만, 그의 작시에 직접적인 영향을 미치는 흥이 물과 긴요한 관련성 속에 있다는 것을 보여주었다. 우리는 여기서 어득강의 물질적 상상력이 물과 깊이 접속되어 있다는 사실을 확인하게 된다.

## 3. 어득강의 물에 관한 상상력

물은 그 본질을 변화시키지 않으면서도 다양한 외현태로 존재한다. 연못과 호수는 지수止水이지만 그 크기가 다르고, 개울과 강은 유수流水이지만 그 속도가 다르다. 지수와 유수가 합쳐서 바다를 이루는데, 바다는 거대한 크기를 가지고 멈추어서 있는 듯하지만 내적으로 빠른 유속도 함께 지닌다. 물에는 지수와 유수가 있듯이 멈추어 서기도 하고 흐르기도 한다. 그것의 총합인 바다도 그러하니 물은 본질적으로 모순적 통일성을 지니며 존재한다. 이러한 현상을 염두에 두면서, 이 장에서는 어득강의 상상력이 '연못', '호수',

23 魚得江, 『灌圃詩集』 권1, <題咸陽望嶽樓>, "西州都是一書院, 日斷吟髭未是嫌."
24 魚得江, 『灌圃詩集』 권1, <和贈長源>, "酒不逢場醉, 詩因遇興成."

'개울', '강하', '바다'를 통해 어떻게 펼쳐지고 있는지를 살펴보기로 한다.

### 1) 연못, 생명과 성찰

연못은 우물과 함께 지수止水의 가장 작은 단위이다. 일찍이 이황李滉(1501-1570)은 도산에 서당의 자리를 정하면서, "앞으로는 강과 들이 내려다보이고 깊숙하고 아늑하면서도 멀리 트였으며, 산기슭과 바위들은 선명하며 돌우물은 물맛이 달고 차서 참으로 수양할 곳으로 적당하다."[25]라고 하였다. 이것은 우물이나 연못이 지닌 물질적 상상력이 '생명'과 밀접하게 결합되어 있다는 것을 의미한다. 물을 통해 모든 사물이 자신의 생명을 유지한다는 사실을 감안할 때, 우물과 연못의 공간 상상력이 생명과 결합되어 있다는 것은 어렵지 않게 납득할 수 있다.

생명 그 자체이기도 한 물, 이 물이 범위를 갖고 최초로 모인 형태가 바로 우물이다. 연못은 그 범위 면에서 우물보다 확장된 것이지만, 식수를 위한 우물과 비교해 보면 그 용도의 측면에서 다소 차이가 있다. 식수로 쓰이는 연못도 있지만, 용어 자체가 보여주듯이 연못은 흔히 관상용 연蓮을 식재한 정원으로 조성된다. 또한 생활에 따라 다양한 용도로 활용되기도 한다. 조선조 시인들은 맑은 마음을 이러한 연못에 비유하기를 즐겼다. 물론 성리학의 영향이다. 그런데 어득강의 시는 그 방향을 이와 약간 달리한다. 다음을 보자.

方塘一鏡落堦前　방당이 하나의 거울로 섬돌 앞에 있는데
隱逸花中君子蓮　은일화 속의 군자는 연꽃이로다

25 李滉, 『退溪集』 권3, <陶山雜詠幷記>, "前俯江郊, 幽敻遼廓, 巖麓悄蒨, 石井甘冽, 允宜肥遯之所."

衣愛綠荷長製夏 푸른 연잎을 재단하여 즐겨 여름옷 지어 입고
飮滋黃液可延年 국화차를 마신다면 나이를 늘일 수 있으련만[26]

첫째 구에서 '방당일경方塘一鏡'이라 하고 있으니, 얼핏 보아도 주자의 <관서유감>의 '방당일감'을 연상시킨다. 이렇게 읽으면 연못은 '본성을 회복하자'는 의미를 지니니, 이 작품은 심성론적으로 읽히게 된다. 그러나 어득강은 작은 연못을 그렇게 보지 않았다. 이 시의 제목을 <연국당蓮菊塘>이라 하여 연못, 가을 국화, 여름 연잎을 일정한 상관관계에 놓이게 했다. 둘째 구에서의 은일은 국화를, 연꽃은 군자를 상징하니 그 성격이 더욱 분명해졌다. 이어지는 시상에서 푸른 연잎을 재단하여 여름옷으로 만들고, 가을에는 국화차를 끓여 마신다고 했다. 그리하여 생명을 더욱 연장할 것이라 했다. 여기서 연못의 물은 국화와 연꽃을 기르는 데 필요하고, 연잎과 국화는 인간의 생명 연장에 일정한 기능을 한다고 했다. 우리는 여기서 어득강의 연못에 관한 상상력이 주자학적 심성론과는 일정한 거리가 있다는 것을 발견하게 된다. 그런데 다음 작품은 각도를 약간 달리한다.

一鏡澄潭數毛髮 하나의 거울 같은 맑은 못은 머리털을 셀 수 있는데
兩遨頭鬢奈皆踈 두 수령의 귀밑머리가 어찌 모두 성근가
唯應方寸無機械 오직 마음속에는 기심이 없고
只有禽魚可信予 다만 나를 믿는 새와 물고기만 있다네[27]

어득강은 이 시의 첫째 구에서 거울 같이 맑은 연못은 머리털을 셀 수

26 魚得江, 『灌圃詩集』 권1, <灌圃堂八詠·蓮菊塘>
27 魚得江, 『灌圃詩集』 권1, <陪府尹半刺遊泛舟頭>

있을 정도라고 했다. 거울이 사람의 얼굴을 비쳐 보는 역할을 하니 성찰의 이미지를 확보한 셈이다. 이러한 성찰은 더욱 발전하여 기심을 잃은 상태에서 짐승이나 물고기와 함께할 수 있다고 하면서, 자연과 인간의 간극을 최소화했다. 그러나 이 역시 주자학적 심성론과 밀착되어 있다고 하기는 어렵다. 물에 대한 상상력이 수양을 통해 천리가 유행하는 심성을 확보하고, 이를 통해 성인의 심성을 회복하자는 쪽으로 나아가지 않기 때문이다. 다만 인간과 자연의 간극이 제거되는 현상을 통해 그의 자연친화적 태도를 읽을 수 있을 뿐이다.

어득강의 시에 나타난 연못은 주자의 그것에 근접해 있지만 주자학적이라고 하기는 어렵다. 이것은 조선조 성리학자들의 연못 소재 시에 흔히 나타나는 수양론적 상상력과 다르다. 그에게 연못은 연꽃이 심긴 못이며, 이를 통해 군자를 지향하는 연못이었다. 아울러 연못가에 심은 국화는 인간의 생명을 연장시키는 데 일정한 역할을 하는 존재였다. 이 때문에 맑은 연못이 성찰의 기능을 하지만, 이를 통해 성인의 마음을 회복하자는 것으로 시상이 발전되지는 않았다. 이것은 그의 시문학 세계가 덜 관념적이라는 것을 의미하며, 동시에 당대의 문학적 풍도와 견주어 볼 때 더 자유로웠음을 의미한다.

### 2) 개울, 이상의 발견

개울은 흐른다는 측면에서 연못이나 우물과 다르다. 빨리 흐른다는 점에서 강하江河와도 다르다. 향촌사회가 주로 개울을 중심으로 형성되어 있었다는 것을 고려할 때, 이 개울은 그들의 생활문화를 형성하는 데 있어 중요한 역할을 한다. 개울을 막아 농사를 짓기도 하고, 개울가에 누정을 세워 유식遊息의 공간으로 활용하기도 했다. 고려 후기부터 발달한 지방의 재지사족은 주로 이 개울을 중심으로 마을을 만들고, 여기서 그들의 삶을 영위하였던 것이다. 어득강의 시에서도 이러한 측면이 다양하게 확인되지만, 그가 조정으로 출사하면서부터 개울을 중심으로 한 생활공간은 다소 거리가 있게 되었다. 즉 개울은 생활공간 저편에 존재하는 하나의 이상공간이었던 것이다. 다음 작품을 보자.

十年前此泝流溪　십 년 전에 이곳에서 개울을 거슬러 올랐는데
滿水桃花客興迷　물에 가득한 복사꽃에 나그네는 흥취로 헤맸네
我似漁郎還失道　나는 어부와 같이 도리어 길을 잃어
至今猶未訪前題　지금도 오히려 앞에 썼던 글을 찾지 못하네[28]

어득강은 쌍계사에서 여덟 수의 시를 짓는데, 이것은 그 첫 번째 작품 <동합오계洞合五溪>이다. 그는 쌍계사가 최치원이 논 곳이자 신선의 구역이라고 하면서, 호남의 승려 중섬仲暹의 부탁을 받아들여 이 작품을 쓴다고 했다. 그 스스로가 말하고 있듯이 쌍계사는 최선崔仙, 즉 최치원의 유적으로 가득하다. '쌍계雙磎', '석문石門'이라는 각자刻字나 진감선사대공탑비眞鑑禪師大空塔碑를 비롯하여, 청학동靑鶴洞과 환학대喚鶴臺 유적 역시 그와 관련된 이야기가 전해지는 곳이다. 특히 청학동은 도잠陶潛(376-395)이 <도화원기桃花源記>에서 제시한 무릉도원이라는 도가적 상상력이 개입된 곳이다. 고려의 사람들은 물론이고 조선시대에도 수많은 사람들이 그 이상향을 찾고자 했다.[29]

첫째 구에서 10년 전에도 물을 거슬러 쌍계사에 올라왔다고 했고, 이어서

28　魚得江, 『灌圃詩集』 권1, <雙溪八詠·洞合五溪>
29　정우락, 『남명학의 생성공간 : 용처럼 나타나고 우레처럼 소리쳐라』, 역락, 2014, 451-464쪽 참조.

바로 <도화원기>를 연상시켰다. 둘째 구에서는 <도화원기>에서 무릉에 살던 어느 어부가 강을 거슬러 올라가던 중 복사꽃을 발견하고 물의 근원에서 도원을 찾았던 것처럼, 그 역시 물에 가득한 복사꽃을 만나 그 흥취에 헤매게 되었다고 했다. "호남의 수많은 골짜기에서 내가 근원을 찾아, 천 리나 먼 길을 다투어 달려 절 문을 알현하네."[30]라고 한 것도 이 이상공간을 찾기 위함이었다. 그러나 <도화원기>에 나오는 어부와 마찬가지로 다시 그 공간을 찾고자 하였으나 찾을 수가 없다고 했다. 10년 전에 써 두었던 글을 찾지 못한다는 언표가 바로 그것이다. 여기서 어득강은 새로운 길을 찾을 수밖에 없었는데, 다음 작품에서 이러한 사정이 구체적으로 드러난다.

叢林北洞是青田　우거진 수풀의 북쪽 골짜기는 청전인데
青鶴來棲不記年　청학이 와서 깃든 해를 기억하지 못하네
咫尺一溪還弱水　지척의 개울 하나가 도리어 약수인데
昔人猶未見眞仙　옛사람은 오히려 진선을 보지 못했다네[31]

청학동에서 신선을 찾는다는 <청학심선青鶴尋仙>이다. 청학이 온 때를 모르지만, 그 이상공간이 따로 있지 않다고 했다. 이 때문에 지척에 있는 개울을 바로 이상세계에 있다는 약수弱水라고 한 것이다. 이에 따라 옛사람이 부질없이 이상향을 찾아 떠났던 것에 문제를 제기하고, 지척에 있는 개울 하나가 있는 그 공간이 바로 진선眞仙이 있는 곳이라 했다. 이것은 불교의 선종에서, 본성을 찾는 것을 소를 찾는 것에 비유한 <십우도>의 회귀적 세계상과 유사하다. 이 그림 역시 현실을 떠났다가 자신이 있었던 공간이 바로

30　魚得江, 『灌圃詩集』 권1, <雙溪八詠·橫洞蟾江>, "湖南萬壑我窮源, 千里爭奔謁寺門."
31　魚得江, 『灌圃詩集』 권1, <青鶴尋仙>

이상공간임을 깨닫고 현실로 돌아오기 때문이다. 어득강 역시 이상세계는 지극히 가까운 곳에 있다는 것을 재발견하게 되었던 것이다.

일찍이 이정은 어득강의 가르침을 생각하면서, "혼돈산이 동쪽에 있어 높고 높아 우러러 사모하고, 관포의 시내가 한 줄기를 이루어 유유히 흐르며 마르지 않네."[32]라고 한 적이 있다. 결국 개울은 어득강에게 있어 생활공간이자 이상공간이었던 것이다. 그는 도가적 상상력에 입각하여 무릉도원을 찾았으나 마침내 찾지 못하고, 지척에 있는 개울이 바로 이상공간이라는 것을 발견한다. 이러한 그의 상상력은 현실이 바로 이상이라는 생각을 성립시킨다. 시냇물이 더욱 달콤하다면서 "근원을 찾느라고 긴 시간을 보낼 필요가 없다."[33]라고 한 것도 같은 맥락에서 이해된다. 이것은 물론 자신이 있는 현실공간을 이상공간으로 만들어 가고자 하는 어득강의 유가적 세계관이 적극적으로 작동한 결과라 할 수 있을 것이다.

### 3) 호수, 조화와 풍류

지수는 그 범위를 통해 구분하는데, 우물, 연못, 호수가 그 크기에 따라 이름을 달리하기 때문이다. 이 가운데 호수는 넓이와 수평선이 가져다주는 편안함 때문에 많은 시인들이 즐겨 시적 대상으로 삼았다. 시인들은 호수에 바람이 불어 잔물결을 이루거나, 호수의 맑은 물결에 구름 그림자가 비치는 것 등에서도 무한한 시심을 느꼈다. 조선시대 지식인들 역시 이러한 호수를

32 李楨, 『龜巖集·續集』 권1, <龜巖歌>, "混沌在東兮, 高高仰止. 灌溪一泒兮, 源源而不渴."

33 魚得江, 『灌圃詩集』 권1, <淨慧寺濯纓堂, 呈橡亭>, "山深應有大伽藍, 試識溪流味更甘. 不必窮源消永日, 石苔敷坐弄澄潭."

동경하면서, 호수 속에 배를 띄우고 풍류를 즐겼다. 아예 누각이나 정자를 그 곁에 지어 시정詩情을 만끽하기도 했다. 이익李瀷의 <양월호揚月湖>와 김윤식金允植의 <비파호琵琶湖>, 안축安軸의 <경포범주鏡浦泛舟>와 정약용丁若鏞의 <남호범주기南湖泛舟記>, 우탁禹倬의 <영호루映湖樓>와 손조서孫肇瑞의 <망호루望湖樓> 등이 모두 그러한 것이다. 어득강 역시 호수와 관련하여 다양한 시를 남겼다. 우선 다음 작품부터 보자.

高門容駟壓菁濱　사마를 용납한 큰 집이 수초 물가를 누르는데
北節南符老主人　남북으로 다니면서 부절을 지녔던 늙은 주인이라네
書籍會須閑處看　서적은 모름지기 한가한 곳에서 보아야 할 것이니
湖亭非直爲頤神　호수의 정자는 단지 마음을 기르기 위함만이 아니라네[34]

어득강은 여기서 호수와 그 호숫가의 건축물에 주목하였다. 특히 호숫가에 세운 정자가 '이신頤神'을 위한 것만은 아니라고 하면서, 서정적 아름다움과 함께하는 호수의 기능을 말하고 있다. 이처럼 어득강 시에서 나타나는 호수는 거의 대부분 호수 자체보다 그 주변의 자연 혹은 인공물과 함께 나타난다. <유섬호遊蟾湖>에서는 "호숫가에 다시 오니 경물이 새로운데, 산은 모두 그 본디 서로 친한 듯하네."[35]라고 하면서 산과 어울리는 호수를 제시하였고, <과여주주인 이백익부재過驪州主人李伯益不在>에서는 "호수에 잠긴 누대의 경관이 층층이 쌓였는데, 하늘에 비낀 붉은 난간을 기대기가 겁나네."[36]라고 하면서 높은 누대에 기대어 호수를 내려다보고 있는 자신을 적극적으로 표현

34 魚得江, 『灌圃詩集』 권1, <牙湖精舍>
35 魚得江, 『灌圃詩集』 권1, <遊蟾湖>, "湖上重來景物新, 山皆有素似相親."
36 魚得江, 『灌圃詩集』 권1, <遊蟾湖>, "蘸湖樓觀積層層, 朱檻橫空我怯憑."

하였다. 이러한 호수의 서정이 편액의 명칭과 관련하여 풍류로 이어지기도 했다.

樓額正宜清獻事　누대의 편액은 참으로 청헌清獻의 일에 맞는데[37]
湖名有底取于琴　호수의 이름은 어찌하여 거문고에서 취하였나
壁間更得琴侯韻　벽 사이에서 다시 금후琴侯의 운을 얻었으니
餘事詞章亦古音　나머지 일인 사장詞章은 또한 예스런 음률이로다[38]

이 작품은 대구도호부의 동헌, 즉 금학루琴鶴樓를 소재로 쓴 것이다. 금학루는 대구를 둘러 흐르는 금호강琴湖江을 염두에 둔 명칭이다. '누대'와 '거문고'가 결합되고, 금학루에는 금유琴柔의 제영도 있었다. 이 때문에 어득강은 '금학루-금호-금유'의 상관성 속에서 금유의 시를 품격이 높은 '고음古音'이라 했다. 우리는 여기서 어득강의 풍류를 발견할 수 있다. 누대의 이름에서 촉발된 상상 속의 호수이기는 하지만, 자연스럽게 풍류와 접속되고 있었던 것이다. 이러한 생각은 <제나주서청관題羅州西清觀>에서 "빼어난 경치 속에 오래 머물러 있으니 풍류에 족하네."[39]라고 하면서 빼어난 경치와 풍류를 결합시키기도 하고, "일소逸少의 풍류가 유독 여럿 가운데서 빼어났네."[40]라고 하면서 왕희지의 풍류를 드높이기도 했던 것과 맥을 같이한다.

어득강은 섬진강 하구, 즉 섬호蟾湖에서 <유섬호遊蟾湖>라는 네 수의 시를 짓기도 한다. 여기서도 호수는 호수로만 따로 존재하지 않으며, 주위의 자연

37　'청헌'은 관직 생활을 수단으로 살림을 늘리는 일을 하지 않고 청빈하게 살아가는 것을 말한다. '청헌'은 송나라 趙抃의 시호인데, 그가 두 번에 걸쳐 蜀의 수령으로 있으면서 행검을 청렴하게 하여 모범을 보이자 풍속이 바뀌었다고 한다.

38　魚得江, 『灌圃詩集』 권1, <大丘東軒, 用諸韻裁爲一絶>

39　魚得江, 『灌圃詩集』 권1, <題羅州西清觀>, "留連勝地足風流."

40　魚得江, 『灌圃詩集』 권1, <書東書堂集古帖後>, "逸少風流獨冠群."

경물과 조화를 이루고 있다. 호수와 산, 누대나 정자, 그리고 사람이 어득강의 호수 시에 많이 등장한다는 점에서 이러한 사실을 확인할 수 있다. 이러한 자연경물과 인공물 혹은 인간의 조화는 자연과의 일체화를 성취하고자 하는 그의 욕구에서 비롯되었을 것이다. "이번 행차는 참으로 영령英靈을 위한 길이지만, 오래지 않아 호숫가에서 낚싯배를 띄우리."[41]라고 한 것도 이러한 발상에 의한 것이라 하겠다.

### 4) 강하, 서정과 현실

수많은 개울이 모여 강을 이룬다. 이 때문에 개울과 강하는 유속과 수량에 있어 전혀 다르고, 이에 따른 상상력 역시 다르게 나타날 수밖에 없다. 그의 이름 속에 '강'이 존재하기 때문에 강하는 그에게 있어 특별한 존재였을 것이다. 일찍이 어득강은 "산을 지고 강을 내려다보니 기후와 토지가 좋은데, 어찌하여 역참 관리의 거처는 두세 집인가."라고 한 바 있다. 강과 어우러진 좋은 기후와 비옥한 토지를 바라보며 서정적 아름다움을 드러내면서도, '역참의 관리'라고 하는 현실세계와 깊은 맥으로 닿아 있는 지점을 포착한 것이다. 이처럼 그에게 있어 강하는 아름다운 서정을 전하면서도 다른 한편으로 고달픈 현실을 확인하는 곳이었다. 우선 다음 시편을 보자.

樓船駕海泝蟾津　누선을 바다에 띄워 섬진강을 거슬러 오르는데
直破雙溪錦浪新　곧바로 쌍계로 오르니 비단 물결이 새롭기만 하네
其奈群仙秘眞境　뭇 신선은 어찌하여 진경을 감추는가
春江一雨苦連旬　봄 강에 한 번 비 내리니 열흘이 괴롭다네[42]

41 魚得江, 『灌圃詩集』 권1, <遊蟾湖>, "此行定爲英靈道, 非久湖邊着釣船."

이 시는 당시 병마절도사로 재직하고 있었던 김극성金克成(1474-1540)에게 준 시로, 남해에서 섬진강으로 누선을 타고 오르면서 강의 아름다움을 서정적으로 묘사하고 있다. '비단 물결이 새롭기만 하다'고 한 것이 그것이다. 그러나 신선이 강의 진경을 감추어, 봄 강에 내리는 비 때문에 괴롭다고 했다. 고달픈 현실이 거기에 있기 때문이다. <숙촉석루宿矗石樓>에서 "광한루 아래로 강물은 멀리 흐르는데, 만경대 서쪽으로 까마귀가 천천히 건너가네."[43]라고 하고, <제하동죽정題河東竹亭>에서 "호남의 산색은 그림 같은데, 강물에 떠서 나를 따라오지 않으려 하네."[44]라고 한 것에도 강이 주는 서정성과 함께 우울한 현실이 투영되어 있다. 다음 작품도 그 연장선상에 있다.

下江桂玉日千艘　강으로 내려가는 땔나무와 쌀은 날마다 천 척인데
盡爲權門富室來　모두가 권세 있는 집안과 부잣집의 것이라네
日日主人何所得　날마다 주인이 얻는 것은 무엇인가
載將湖月滿船迴　호수의 달빛만 배에 가득히 싣고 돌아오는 것을[45]

이 시는 어득강이 김안국金安國(1478-1543)의 범사정泛槎亭에 쓴 것이다. 범사정은 김안국이 벼슬에서 밀려나 여주의 이호촌에 살면서 지은 정자이다. 여기서 어득강은 주인 김안국과 권세가를 선명하게 대비시키고 있다. 즉 권세가의 계옥桂玉(귀한 나무와 식량)과 주인 김안국의 배에 가득 실은 달빛이 그것이다. 이 같은 대비를 통해 어득강이 제시한 현실은 백성과 대비되는 권세가가 아니다. 배에 가득한 달빛이 권세가들의 계옥보다 낫다고 하여, 자연 속의

42　魚得江, 『灌圃詩集』 권1, <呈靑蘿>
43　魚得江, 『灌圃詩集』 권1, <宿矗石樓>, "廣寒樓下江流遠, 萬景臺西鳥度遲."
44　魚得江, 『灌圃詩集』 권1, <題河東竹亭>, "湖南山色看如畫, 不肯浮江逐我來."
45　魚得江, 『灌圃詩集』 권1, <泛槎亭>

은일자와 세속적 권세가 가운데 무엇을 지향해야 하는가 하는 문제를 선명하게 제시하였던 것이다.

어득강 시에 나타나는 강하는 섬진강, 낙동강, 한강 등 구체적인 고유명사로 등장하기도 했다. 이때의 강은 "고을이 낙동강 왼쪽의 상류에 있고, 경계는 흰 구름 가에 있는 부모님 집과 이어졌네."[46], "관사는 삼각산을 대하여 홀을 받들고, 누대는 한수에 닿아 다시 흉금을 여네."[47] 등에서 볼 수 있듯이, 대체로 위치를 제시하거나 경관을 설명하는 데 그친다. 이러한 점은 앞서 살핀 바대로 "산수와 연하를 좋아하는 병이 있어 평생토록 그 즐거움을 누렸으니 그 사람됨이 어떠하겠는가?"라는 이황의 평가와 맞물려 있다. 즉 어득강의 '산수연하지벽山水煙霞之癖'에는 강하에 대한 그의 시문학적 인식과 강의 서정성이 깊게 맞물려 있다는 것이다.

강하는 어득강의 시문학에서 서정성과 현실성을 확보하게 한다. 물론 서정성이 현실성보다 훨씬 강하다. 이는 시문학이라는 장르가 현실을 다면적으로 그리기에 부적합한 부분이 있기 때문이기도 하지만, 그의 문학적 일 경향이기도 하다. 즉 그의 시에 나타난 현실은, 고통받는 백성의 입장에서 제출된 것이 아니라는 것이다. 이것은 그의 시문학에 당대의 현실을 고민하는 현실주의적 경향이 매우 약화되어 있다는 것을 의미한다. 동시에 강을 중심으로 한 서정성은 어득강 시를 이해하는 매우 중요한 요소라는 것을 의미하기도 한다.

---

46 魚得江,『灌圃詩集』권1, <次壽親詩>, "州據上游淸洛左, 境連親舍白雲邊."

47 魚得江,『灌圃詩集』권1, <送兩使口占>, "舘對負兒堪柱笏, 樓臨漢水更開襟." 여기서의 '부아'는 '負兒嶽'으로 삼각산의 다른 이름이다.

### 5) 바다, 생활의 포착

바다는 강하가 한데 모여서 이루어진 것이라는 점에서 역대로 문학적 상상력의 보고였다. 시인들은 바다를 통해 이상향을 꿈꾸기도 하고, 광활한 자유를 느끼기도 하며, 때로는 외침으로 인한 고달픈 역사적 현장으로 인식하기도 했다. 어득강의 시세계에는 바다에 대한 이 같은 감흥이 자주 등장한다. 이는 그가 고성, 홍해, 곤양 등 바다를 끼고 있는 고을에서 태어나거나 지방관을 수행했기 때문에 자연스럽게 발생한 현상이라 하겠다. 그는 바다에 대한 다양한 감흥을 시작으로 제출하였는데, 우선 다음 작품을 보자.

| | |
|---|---|
| 靑螺點點白銀盤 | 푸른 소라가 하얀 은쟁반에 점점이 놓이니 |
| 盡作主人飣餖看 | 모두가 주인이 늘어놓은 음식을 본다네 |
| 河伯望洋心已醉 | 하백은 바다를 바라보며 마음이 이미 취하였으니 |
| 始知觀海水爲難 | 바다를 본 자에겐 물 되기가 어렵다는 것을 비로소 알겠네[48] |

<하구정> 세 수 가운데 두 번째 작품이다. 어득강은 여기서 주인이 마련한 밥상의 은쟁반에 '푸른 소라'가 올라와 있는 것을 보고 바다를 생각한다. 그리고 맹자가 언급한 바 있는 "바다를 본 사람에게는 다른 물은 물 되기가 어렵다[觀於海者, 難爲水.]"라는 말을 떠올린다. 이 말은 원래 성인의 위대함을 보이고자 한 것인데, 『맹자』의 이 구절을 용사함으로써 어득강은 푸른 소라가 어떤 음식보다 훌륭하다는 것을 말하고자 한 것임을 알게 된다. 즉 어득강은 사물을 통해 성리학적 이념을 찾으려고 했던 것이 아니라, 오히려 경전의 의미를 통해 은쟁반에 오른 푸른 소라, 즉 생활의 한 단면을 보고자 했다는

48 魚得江, 『灌圃詩集』 권1, <下鷗亭>

것이다. 다음 작품도 같은 측면에서 이해된다.

(가) 三千海外舟如葉 삼천포 바다 바깥에는 배가 나뭇잎 같고
十水橋邊檣似林 십수교 가에는 돛대가 숲과 같네
夜夜賈船窓下過 밤마다 창 아래로 지나가는 장사배는
停橈應聽主人琴 노를 멈추고 아마 주인의 거문고 소리를 듣겠지[49]

(나) 十日東風九放顚 열흘 동안의 동풍이 아홉 번이나 멋대로 부는데
晴雷常自殷東邊 마른천둥은 항상 저절로 동해 가에서 은성하네
漁人不管波濤惡 어부는 파도가 험악함을 상관하지 않고
日日來陳魚蟹鮮 날마다 싱싱한 물고기와 게를 늘어놓는다네[50]

앞의 작품은 <아호정사> 다섯 수 가운데 세 번째 작품이고, 뒤의 작품은 <동주도원> 열여섯 수 가운데 여덟 번째 작품이다. 이들 시에는 바다의 건강한 생명력이 살아 있다. 삼천포 바다에 떠 있는 수많은 장삿배들, 거센 파도를 헤치고 날마다 싱싱한 물고기와 게를 잡는 어부가 제시되어 있기 때문이다. 한편 어득강은 바다의 위험성을 주목하기도 하였다. "남해의 거센 바람이 조수를 휘감아 오면, 강주의 섬은 하나의 탄환처럼 잠기네."[51]라고 하고 있기 때문이다. 바다가 이러한 위험성을 항상 안고 있음에도 불구하고, 바닷가에 사는 어부들은 이를 극복하며 살아가고 있다는 것이다.

이처럼 어득강은 바다를 통해 생활을 발견하였다. 이는 내륙인 개울가에 살면서 자연 속에서 어떤 이치를 구하고자 하는 삶의 방식과는 사뭇 다른

49 魚得江, 『灌圃詩集』 권1, <牙湖精舍>
50 魚得江, 『灌圃詩集』 권1, <東州道院十六絶>
51 魚得江, 『灌圃詩集』 권1, <牙湖精舍>, "南海長風捲潮至, 江州島沒一彈丸."

것이었다. 그리고 "『서경』에서 피에 공이가 떠돈다는 말을 믿지 않았는데, 직접 바닷물을 보노라니 또한 검고도 누렇네."[52]라고 하면서 험난한 바다를 연상시키거나, "바닷가 산에는 향긋한 버섯이 없는 곳이 없는데, 괴이하게 유독 동해 가에만 나지 않네."[53]라고 하며 자신이 본 바를 제시하기도 했다. 이는 그가 바닷가에 살면서 바다나 그 주위를 면밀히 관찰하였기 때문에 가능한 것이라 하겠다. 이러한 관찰 역시 그가 바다를 통해 생활을 포착해 가는 과정에서 제출된 것이다.

## 4. 상상력의 내적 원리

어득강의 시문학에 작용하였던 물에 관한 상상력, 그 내적 원리는 무엇일까? 이 장은 이를 해명하기 위한 것인바, 이를 위해서는 그의 사물인식 방법을 파악해 보는 것이 유효하다. 조선조 선비들의 사물인식은 사물에서 유가적 이념을 찾고자 하는 이념적 인식, 사물에서 구체적인 역사의 흔적을 발견하고자 하는 역사적 인식, 사물을 있는 그대로 묘사하면서 그 정경을 그려내는 즉물적 인식으로 나눌 수 있다. 어득강의 작품을 이러한 각도에서 살펴보면, 역사적 인식이 전혀 없는 것은 아니나, 이념적 인식과 즉물적 인식이 특별히 많이 나타난다. 이것은 그의 사물관이 지닌 특성인 동시에, 그의 작품세계가 갖는 특성이기도 하다.

사물에 대한 이념적 인식과 즉물적 인식이 어득강 시의 주조를 이룬다면, 이를 좀 더 구체적으로 따져볼 필요가 있다. 그는 연못을 통해 생명과 성찰을,

52 魚得江, 『灌圃詩集』 권1, <題熊川東軒>, "不信書中血漂杵, 眼看海水亦玄黃."
53 魚得江, 『灌圃詩集』 권1, <謝巘山教官扈世佑寄笋脯香蕈>, "海山無處無香菌, 恠獨不生東海濱."

개울을 통해 이상의 발견을, 호수를 통해 조화와 풍류를, 강하를 통해 서정과 현실을, 바다를 통해 생활의 포착을 문학적으로 형상화하고 있다. 이것은 같은 물이지만 어득강의 상상력이 유수는 속도의 측면에서, 지수는 크기의 측면에서 서로 다르게 작동한 결과이다. 물론 그가 주로 생활하고 체험했던 곳이 어떤 곳이었던가 하는 문제와도 직결된다. 우선 다양한 공간이 동시에 등장하는 다음 작품을 보자.

| | |
|---|---|
| 野愛靑黃雜 | 들판은 푸름과 누름이 섞인 것을 사랑하고 |
| 山憐紫翠明 | 산은 자줏빛과 푸른빛이 분명한 것을 어여삐 여기네 |
| 湖魚入厨白 | 호수의 물고기가 부엌으로 하얗게 들어오고 |
| 原水瀉荷淸 | 언덕의 물이 연잎으로 맑게 쏟아지네 |
| 海郡淹空老 | 바다 고을에 머물며 부질없이 늙어가지만 |
| 文筵忝亦榮 | 글 짓는 자리에 참여하니 또한 영광스럽네 |
| 祖先曾莅此 | 선조께서 일찍이 이곳을 다스렸는데 |
| 登眺感余情 | 올라서 바라보니 나의 정이 느꺼워지네[54] |

이 작품은 어득강이 달성군수를 지낸 적이 있는 그의 고조부 어연魚淵을 생각하며, 대구의 동헌에서 지은 것이다. 이 시에는 개울, 호수, 바다가 함께 등장한다. 개울은 연잎 위로 쏟아지고, 호수는 물고기를 키우며, 바다는 노년을 맞이한 그를 살아가게 한다. 이처럼 그는 물과 연관된 다양한 공간을 제시하면서도, 그는 그 시야를 청황靑黃이 섞여 있는 들판과 자취紫翠가 분명한 산으로 더욱 확대하였다. 물 자체를 주목하면서도 그 시야를 주위 경관으로 넓혀 하나의 풍경화를 그리듯 하였던 것이다. 이러한 사실을 염두에 두면서

54 魚得江, 『灌圃詩集』 권1, <次大丘東軒韻>

우선 물 자체를 주목하면서 이념적 인식이 강조되는 다음 시편을 읽어 보자.

溪在上流氷出玉　시내는 상류에 있어서 빙옥氷玉으로 나오는데
及看潭色不如初　못이 빛깔을 보면 처음과 같지가 않네
出山自有塵泥涴　산을 나서니 절로 진흙과 먼지가 있어
悟得今余亦類渠　이제 나 또한 저와 같다는 것을 깨닫겠네[55]

이 작품은 영담서원永潭書院에서 지은 것으로, 서원의 이름에서 촉발된 듯하다. 그런데 이 시를 자세히 보면 개울과 연못이 동시에 나타난다. 물이 샘솟는 원두 가까운 곳은 빙옥氷玉처럼 맑은데, 이 물이 시내를 통해 연못에 흘러들면 진흙과 먼지로 오염된다고 했다. 어득강은 이것을 자신이 평소 학문을 통해 익혀 왔던 수양론으로 환치시켜, 욕망으로 더럽혀진 자신을 깨닫는다고 했다. 여기서 작동하는 내적 기제는 '알인욕遏人欲 존천리存天理'다. 인욕으로 혼탁해진 자신의 마음을 성찰하면서, 다시 물을 거슬러 올라가 빙옥 같은 마음으로 회복되기를 희망했던 것이다. 천리는 이로써 보존되기 때문이다. 우리는 여기서 물이라는 물질을 통해 성리학적 수양론을 확인하게 된다. 즉 어득강이 사물에 대한 이념적 인식을 성취하고 있다는 것을 알 수 있는 것이다. 그런데 다음 작품은 이와 방향을 다소 달리하고 있다.

橫浦驛邊山水明　횡포역 가에는 산수가 맑은데
蟾津湖上海潮生　섬진호 가에는 바다의 조수가 생기네
高亭不見滄溟濶　높은 정자에서도 넓은 바다는 보이지 않고
無賴金鰲萬丈橫　의지할 곳 없는 금오산만 만 길로 뻗어있네[56]

---

55　魚得江, 『灌圃詩集』 권1, <書永潭書院>

56　魚得江, 『灌圃詩集』 권1, <題河東竹亭>

하동의 죽정竹亭에서 지은 시이다. 이 시에서 어득강은 호수[넓은 강]와 바다를 동시에 제시하고 있다. 섬진강을 아예 호수로 표현하고, 그 넓이로 인해 바다의 조수가 생긴다고 했다. 그리고 죽정에 올라가도 넓은 바다는 보이지 않는다고 하면서 섬진호가 바로 바다라고 했다. 여기서 주목되는 것은 어득강이 호수를 노래하면서도 주변의 경관, 예컨대 횡포역 가의 맑은 산수, 높은 정자, 만 길로 뻗은 금오산 등을 함께 제시하고 있다는 사실이다. 이는 앞에서 살펴본 물에 관한 이념적 인식과는 다른 방향에서 이 시가 창작되었다는 것을 의미한다. 즉 경물을 사실적으로 그리고자 하는 즉물적 인식이 작동하였다는 것이다.

이처럼 어득강은 물 자체에 주목하기도 하고, 물과 그 주변의 경관을 함께 제시하기도 했다. 이는 그가 사물을 정밀하게 관찰하고 있다는 것을 방증하며, 격물치지格物致知의 문학적 실현이라 할 수 있을 것이다. 사정이 이러함에도 불구하고 그의 사물인식은 주자가 제시한 즉물궁리卽物窮理로 한정되지 않았다. 사물과 관련한 그의 상상력이 매우 자유롭기 때문이다. 이는 어득강의 시의식이 성리학에 함몰되어 있지 않았다는 것을 의미한다. 사물을 정밀하게 살펴 완성도 높은 시작을 하고자 했던 것이다. 이와 함께 우리가 주목할 만한 것은 그의 글씨에 대한 관심이다. 어득강의 사물에 대한 인식의 정밀성을 가장 확실하게 증언해 줄 수 있기 때문이다.

(가) 前有草聖後草顚　앞에는 초성이 있고 뒤에는 초전이 있는데
想見秉筆大如椽　서까래같이 큰 붓 잡은 것을 생각해 보네
王家諸兒盡父風　왕가의 여러 아들 모두가 아버지의 풍모인데
獻之無愧二張前　헌지는 두 장씨 앞에서도 부끄럽지가 않네[57]

57 魚得江, 『灌圃詩集』 권1, <書東書堂集古帖後>

(나) 曾磨楯墨檄中原　일찍이 방패에 먹을 갈아 중원에서 격문을 썼는데
筆大如椽四字存　서까래 같은 붓을 잡아 쓴 네 글자가 남아 있네
磅礴當時偶然戱　드높은 기세로 당시에 우연히 장난한 것이
至今奇寶屬山門　지금은 기이한 보물로 산문에 속해 있네[58]

작품 (가)는 명나라의 대장서가 기승한祁承㸁(1563-1628)의 서재인 동서당東西堂에 전하는 『집고첩集古帖』을 보고 그 감상평을 쓴 것이다. 모두 아홉 수인데 이 시는 다섯 번째 작품이다. 여기서 말하는 초성草聖은 후한의 장지張芝를, 초전草顚은 당나라의 장욱張旭을 가리킨다. 이들의 글씨도 매우 훌륭하지만 왕가의 아들들, 즉 현지玄之, 응지凝之, 휘지徽之, 조지操之, 헌지獻之가 이 방면에서 모두 유명한데, 이 중에 왕헌지의 글씨가 장지나 장욱에 비해 전혀 부끄럽지 않다고 했다. 이처럼 어득강은 『집고첩』에 수록되어 있는 글씨를 통해 중국의 서법사를 이해하고 있었던 것이다. 그리고 "기이한 보물을 거두어 세상에 퍼지게 하니, 야광이 멀리 우리 동방에 이르렀네."[59]라고 하여 위대한 글씨를 조선에서 볼 수 있어 즐겁기 그지없다고 했다.

작품 (나)는 쌍계사를 방문하면서 쓴 여덟 수의 시 가운데 두 번째 작품이다. 이 시에는 "석문의 네 글자와 거북 등의 비문을 지키는 사람이 없어 닳아 없어질까 걱정이다."[60]라는 소서小序를 두어 비석과 그 글씨가 얼마나 소중한지를 역설하였다. 위에 시에서 어득강은 당나라에 유학을 하여 <격황소서>를 쓴 최치원을 떠올린다. 그리고 그가 썼다는 쌍계사 입구의 '쌍계雙磎', '석문石門' 네 글자가 산문山門의 기보奇寶로 드높은 기상이 있다고 했다. 이 밖에

58　魚得江, 『灌圃詩集』 권1, <雙溪八詠·門刻四字>
59　魚得江, 『灌圃詩集』 권1, <書東書堂集古帖後>, "收取奇寶遍天下, 夜光遠到吾東方."
60　魚得江, 『灌圃詩集』 권1, <雙溪八詠·門刻四字>, "石門四字, 龜背碑文, 無人守之, 尋恐磨滅也."

도 지곡사智谷寺의 비를 찾아가서 <지곡심비智谷尋碑>를 쓰고, 인각사麟角寺에서 민지閔漬가 쓴 일연一然의 비문을 읽으며 <제인각사題麟角寺>를 썼으며, 운문사에 가서 일연의 비를 보지 못하는 것에 대한 안타까움을 <과서지역過西芝驛>으로 토로하기도 하였다. 이러한 일련의 사실을 통해 우리는 어득강이 지니고 있었던 관물觀物의 정밀성을 확인할 수 있다.

어득강의 물에 대한 상상력은 매우 다채롭게 나타난다. 이 글은 그러한 다채로움의 이면에 그의 사물에 대한 인식이 내적 원리로 작동하고 있었다고 본다. 특히 사물에 대한 이념적 인식과 즉물적 인식이 대세를 이루고 있는 것을 확인하였다. 이를 통해 어득강은 사물에 대한 성리학적 수양론 혹은 자연에 대한 서정적 아름다움을 노래할 수 있었던 것이다. 나아가 그의 사물에 대한 관찰의 정밀성은 비석과 글씨에 대한 특별한 관심으로 나타나기도 했다. 이러한 관심은 자연스럽게 그의 사물인식과 접속되면서, 작시에 중요한 내적 원리로 작동할 수 있었던 것이다.

## 5. 맺음말

이 글은 어득강의 시적 재능과 작품의 수준을 염두에 두면서, 특히 그가 '물'에 대한 물질적 상상력을 어떻게 펼치고 있는가 하는 부분을 집중적으로 따진 것이다. 어득강은 그의 이름 자체가 자신의 작시활동과 밀접한 관련이 있었던 것으로 보인다. 어득강과 물, 그리고 물고기가 상호 작용하면서 그의 시문학이 일정한 체계를 잡아간 것이다. 그는 작시에 직접적인 영향을 미치는 흥興이 물 및 물고기와 긴요한 관련성이 있다는 것을 여러 시편을 통해 보여 주었다. 우리는 여기서 어득강의 물질적 상상력의 한 부면이 물에 기반해 있다는 사실을 확인하게 된다.

이 글에서 나는 어득강 시에 나타난 물의 공간을 특별히 주목하였다. 즉 연못, 개울, 호수, 강하, 바다에 대해 어득강이 어떤 상상력을 펼쳤던가 하는 문제이다. 그는 연못을 통해 생명과 성찰을, 개울을 통해 이상의 발견을, 호수를 통해 조화와 풍류를, 강하를 통해 서정과 현실을, 바다를 통해 생활의 포착을 문학적으로 형상화하였다. 이것은 같은 물이지만, 어득강의 상상력이 유수는 속도의 측면에서, 지수는 크기의 측면에서 서로 다르게 작동한 결과라 하겠다.

사정이 이러하다면 어득강 시문학에 작용한 내적 원리는 무엇인가. 이것은 사물인식의 방법을 조사해 보면 어렵지 않게 파악된다. 그의 작품에는 사물과 관련한 역사적 인식이 전혀 나타나지 않은 것은 아니나, 이념적 인식과 즉물적 인식이 특별히 많이 나타난다. 이것은 그의 사물관이 지닌 특성이기도 하지만, 그의 한시가 갖는 특성이기도 하다. 이념적 인식은 성리학적 수양론과 결합되어 있고, 즉물적 인식은 자연과의 조화를 이루며 살고자 하는 세계관과 결합되어 있다. 특히 그는 비석과 글씨에 남다른 관심을 가지면서 사물에 대한 인식을 예각화하였는데, 이것은 시인의 면모를 유감없이 발휘한 것이라 하겠다.

어득강은 한 편의 시를 쓰면서 수염이 다 끊어질 정도로 고심에 고심을 거듭하였다. 그리고 이황이 말하고 있듯이 어득강에게는 동방삭의 해학이 있었다. 이 같은 해학은 어득강으로 하여금 자유로운 상상을 가능하게 한 것으로 보이는데, 그는 물에 관한 물질적 상상력으로 이를 성취하였다. 그의 시에 나타나는 '기고능려奇古淩厲'와 '호건돈좌豪健頓挫'의 기상은 바로 이를 나타낸 것이라 하겠다. 그러나 어득강 문학에 대한 소재론적 연구, 문학지리학적 연구, 인적 네트워크에 대한 연구 등 여전히 많은 부분이 풀어야 할 문제로 남아 있다. 이것은 어득강의 시문학 연구가 아직도 출발선상에 머물러 있다는 것을 의미하는 것이다.

# 제4장 조식 시와 물의 인문정신

## 1. 머리말

현재 우리가 살고 있는 시대는 몇 가지 특징이 있다.[1] 근대가 가져다준 과학기술의 발전으로 매우 편리한 삶을 살고 있다는 것이 그 하나이고, 이에 따른 여러 산업시설들의 복잡한 얽힘 속에서 참으로 위험한 시대를 살고 있는 것이 또 다른 하나이다. 이 같은 편리성과 위험성이 있다고 하더라도 일정한 인문적 지표를 설정해서 나아간다면 편리성을 향유하면서도 위험성을 극복할 수 있을 것이다. 그러나 불행히도 이것은 대단히 요원한 일인 듯이 보인다. 여기서 지표를 잃고 표류하는 우리 시대의 자화상을 발견하게 된다.

현대 한국사회에서 인문정신이 새롭게 부각되고 있는 것은 오늘날 우리 시대가 지니고 있는 위기적 국면과 밀접한 관련이 있다. 누구나 느끼고 있는 것처럼 과학기술의 발달과 급격한 산업화에 따른 '인간성 상실'과 '인간 소외'는 그 자체만으로도 심각한 문제일 뿐만 아니라 끊임없이 확대·재생산되고 있는 실정이다. 이로써 우리 시대는 우울증과 스트레스로 인한 개인적

---

1 이 글은 필자의, 「남명 조식의 '물' 인식과 인문정신」(『영남학』 26, 경북대학교 영남문화연구원, 2014)을 수정·보완한 것이다.

위기는 물론이고, 이혼과 실직 등을 통한 가정적 위기, 진보와 보수의 대립 등이 야기하는 사회·정치적 위기, 영토 분쟁과 환경오염 등으로 인한 국제 내지 인류적 위기에 봉착하게 되었다. 가히 '위기의 시대'라 할만하다.

인문정신이란 무엇인가. 인문人文은 문자 그대로 '사람의 무늬'이다. 인간의 역사는 인문의 역사라 할 것인데, 사람이 사람다움을 추구할 때 비로소 사람의 무늬, 즉 인문이 만들어진다.[2] 인문정신은 '인문'에 단순히 '정신'을 추가한 것이 아니라, 인문을 만들어 가는 데 필요한 가장 기본적인 에너지이며, 동시에 인간이 추구하고자 하는 궁극의 목표이다. 이것은 도구적 합리성과 경제적 가치로 제한될 수 없으며, 인간이 창조한 과학마저 인문의 일부로 포용한다. 따라서 인간다움을 추구하는 한, 인문정신은 소멸되지 않는다.

선비들이 유학을 학문적 기반으로 했기 때문에, 선비와 인문정신의 교차점에 유학이 놓인다. 따라서 유학은 전통 속에서 인문정신을 찾고자 할 때 핵심적인 정보를 제공한다. 그렇다면 유학과 인문정신은 어떠한 관련성이 있는가. 물론 유학은 선진유학이 다르고 한당유학이 다르며 송명이학이 다르다. 그러나 분명한 것은 인문정신이 끊임없이 자기를 단련하면서도 통치계급의 수탈 내지 폭압적 정치담론과는 서로 대립적이어야 하며, 군주의 폭정 내지 실정에 꾸준히 반대할 수 있어야 한다. 이처럼 철저한 내적 자기수양과 폭압에 맞서는 외적 비판정신은 인문정신의 핵심이 아닐 수 없다.

이 글은 우리 시대의 위기를 심각하게 인식하면서, 남명南冥 조식曺植(1501-1572)이 '물' 인식을 통해 자신의 인문정신을 어떻게 구축해갔는가 하는 것을 살펴보기 위한 것이다. 물을 주목한 것은 조식이 이를 중심으로 많은

2 정도전은 <陶隱文集序>(『三峰集』 권3)에서, "일월성신은 天文이요, 산천초목은 地文이요, 시서예악은 人文이다."라고 하였다. 정도전은 여기서 '시서예악'이 사람다움을 만드는 가장 중요한 인문적 요소로 보았다.

상상력을 펼치고 있기 때문이기도 하지만, 역대의 수많은 선비들이 이 물을 중심으로 그들의 인문정신을 표출해 왔기 때문이다. 인문정신이 철학과 역사, 그리고 문학을 융합하면서 인간의 무늬를 만들어 가는 것이라 볼 때, 물은 이를 표상하는 가장 적합한 물질이다.[3] 이것은 물이 인간의 존재와 생활을 가능케 하는 동시에, 물이 지닌 무정형성無定形性으로 인해 인간의 모순적 총체성을 효과적으로 표현할 수 있기 때문이다.[4] 조식의 물에 대한 관찰력은 특별하다. 다음 자료를 통해 그 일단을 보자.

> 새로 온 비에 물이 많아져서 돌에 부딪혀 거품을 뿜고 물방울이 부서지니 혹은 만 섬 구슬을 다투어 쏟고 혹은 천 가락 우레가 거듭 쳐서 씨근거리며 으르릉대는 듯하였다. 황연하게 은하가 가로 뻗쳐서 뭇별이 뒤섞인 듯하고, 다시 요지瑤池에 잔치를 마치자 비단 자락이 흐트러진 듯하였다. 검푸르게 못으로 된 것은 용과 뱀이 비늘을 숨긴 듯하고, 깊이를 엿볼 수 없고 우뚝하게 솟은 돌은 소와 말이 모습을 드러낸 듯하여 뒤섞여 헤아릴 수 없었다.[5]

이 예문은 <유두류록>의 일부로, 조식이 지리산 신응사神凝寺 앞 계곡의 불어난 물을 묘사한 것이다. 그는 여기서 관물찰형觀物察形의 즉물적 인식에 의거하여 계곡의 물을 섬세하게 관찰하고 이를 사실적으로 묘사하고 있다.

---

3 이러한 점을 인식하면서 물이 지닌 물질적 상상력을 논의한 것이 가스통 바슐라르의 『물과 꿈』(이가림 옮김, 문예출판사, 1980)이다.

4 물이 지닌 이러한 측면에 대한 전반적인 논의는 정우락, 「한국문학에 나타난 물 이미지의 二項對立과 그 의미」(『퇴계학과 한국문화』 48, 경북대 퇴계연구소, 2011)에서 이루어졌다. 이 밖에 중국 초기철학사상의 물 이미지의 다양성에 대해서는 Sarah Allan의 *The Way of Water and Sprouts of Virtue(SUNY Press, 1997)*가 도움이 된다. 이 책은 张海晏에 의해 『水之道与德之端』(上海人民出版社, 2002)으로 번역되기도 했다.

5 曺植, 『南冥集』 권2, <遊頭流錄>, "新雨水肥, 激石濆碎, 或似萬斛明珠, 競瀉吐納, 或似千閃驚雷, 沓作噫吼, 怳如銀河橫截, 衆星零落, 更訝瑤池燕罷, 綺席縱橫, 黝黝成潭, 龍蛇之隱鱗者, 深不可窺也. 頭頭出石, 牛馬之露形者, 錯不可數也."

평소 물에 대한 관심과 정밀한 관찰이 없었다면 불가능한 것이라 하겠다. 이처럼 조식은 물에 대한 지대한 관심을 갖고 있었고, 여기서 더욱 나아가 '마음'을 비유할 때 즐겨 물을 소재로 활용했다. 인간의 성性이 본래 선하나 기품의 맑음과 흐림, 순수함과 잡박雜駁함에 따라 다를 수 있다는 것을 물의 비유를 통해 용이하게 나타낼 수 있기 때문이다. 이러한 현상은 성리학자들에게 일반적으로 나타나는 것이기도 하다.[6]

남명학과 그 학파에 대한 연구는 1980년대부터 꾸준히 진행되어 왔고, 2012년 2월 현재 거의 1,900편에 육박하는 연구논문과 저서가 축적되었다.[7] 이러한 점을 고려하면서 남명학 연구의 새로운 돌파구를 마련하기 위하여 연구사적 반성을 시도한 학술대회도 몇 차례 개최되었다.[8] 특히 남명학의 최근 연구는 참신한 방법론에 입각한 새로운 연구결과물들이 보이지 않고, 동어반복과 제자리 맴돌기를 거듭하고 있는 실정이다. 이 때문에 남명학 연구는 그 방법론 개발은 물론이고 이에 대한 학문적 실천이 절실히 요청되고 있다.

---

6 『近思錄』 권1, 「道體」 21에 性과 물의 관계가 흥미롭게 설명되어 있다. "이른바 '繼之者善'이라는 것은 물이 흘러 아래로 내려가는 것과 같다. 똑같은 물이지만 흘러서 바다에 이르러서도 끝내 더럽혀진 바가 없다면 이 어찌 번거롭게 인력을 쓸 필요가 있겠는가. 흘러서 멀리 가기도 전에 이미 점점 흐려지는 경우가 있으며, 흘러나와 아주 멀리 간 뒤에야 비로소 흐려지는 경우가 있는데, 흐려짐이 많은 경우도 있고 흐려짐이 적은 경우도 있으니, 맑고 흐림이 비록 똑같지 않으나 흐린 것도 물이라고 하지 않을 수 없는 것이다."라고 한 것이 그것이다.

7 2012년 2월까지의 「南冥學硏究旣刊文獻目錄」은 오이환의 『남명학의 새 연구』(하), 한국학술정보(주), 2012에 잘 정리되어 있다. 여기에는, 연구논저로 1) 期刊 7종, 2) 단행본 278책, 3) 학위논문 : 박사 35편, 석사 109편, 4) 일반논문 1,111편, 5) 논설 225편, 6) 미간논저 110편, 7) 인터넷 홈페이지 6종이 소개되어 있다.

8 경상대 남명학연구소는 「남명학 연구성과의 회고와 전망」이라는 주제로 두 차례에 걸쳐 학술대회를 개최하였는데, 1차는 2012년 7월 27일, 2차는 같은 해 10월 26일이었고, 장소는 모두 경상대 남명학관 남명홀이었다. 이에 대한 결과물은 남명학연구소의 기관지 『남명학연구』 35(2012.9), 『남명학연구』 36(2012.12)에 실려 있다.

남명학 연구에 대한 새로운 돌파구는 보편성과 특수성에서 찾을 수 있을 것이다. 그동안 수행해 왔던 텍스트 위주의 구조적 이해에서 벗어나, 남명학이 당대 또는 우리 시대에 어떻게 기능할 수 있으며, 남명학이 지닌 문화적 의미는 또한 어떤 것인가를 따질 수 있어야 한다. 이것은 인문정신의 중요한 성격이 '주체적 보편성'에 근거하고 있다는 생각 때문이다. 동시에 남명학이 그 스스로 주체성을 지니기도 하지만, 그것이 당대나 현대에 통용되는 인문학적 보편성을 확보하고 있기 때문이기도 하다.

이 글에서는 조식이 '물'을 어떻게 인식하고 있는가 하는 부분을 먼저 살핀다.[9] 조식의 다양한 물 인식 가운데, 그의 핵심사상과 결부되어 있는 '수양', '학문', '민본'을 중심에 두고 다룬다. 이렇게 세 가지의 주제어를 선택한 것은 논의의 번거로움을 피하면서 핵심에 바로 들어가기 위함이다. 다음으로 조식의 인문정신으로 논의를 확장하여, 조식이 경의정신敬義精神에 입각하여 당대를 비판할 수 있었던 사정을 두루 다룬다. 마지막으로 조식의 인문정신이 이황의 그것과 어떻게 다른가 하는 부분을 살펴 조식의 주체적 인문정신의 근원이 어디에 있는가 하는 부분을 따진다. 물은 물론 이러한 논의의 과정에서 일관되게 흐르는 대표적인 물질이다.

## 2. 조식의 물 인식 양상

산수山水라는 용어에서 알 수 있듯이 '물'은 자연을 일컫는 다른 이름이다.

9 이 글은 그동안 진행된 조식에 대한 필자의 논의 가운데, 물에 관한 것을 뽑아 본 논고의 논지에 맞게 새롭게 질서화하고, 이것을 조식의 인문정신과 결부시킨 것이다. 조식의 인문정신을 명확하게 하기 위하여 이황과의 비교를 시도하기도 한다. 주로 참고한 책은 정우락, 『남명문학의 철학적 접근』, 박이정, 1998 ; 『남명과 퇴계 사이』, 경인문화사, 2008이다.

조식 역시 산과 물은 이야기할 것이 많다[10]고 한 바 있고, 덕산에 들어가 권응인權應仁(1517-?)에게 편지하면서 '이제부터 다시 10년 동안 이 물을 더 마신다면 산수山水의 도적이 될 것입니다.'[11]라고 한 것에서도 이를 확인할 수 있다. 그러나 그의 물에 대한 상상력은 이처럼 단순하고 소박한 데 그치는 것이 아니다. 물은 청수淸水와 탁수濁水, 지수止水와 유수流水, 안류安流와 격류激流가 있고, 회오리처럼 돌기도 하고 수직으로 세차게 떨어지기도 한다. 조식은 물의 이러한 점을 민첩하게 포착하여 그 자신이 평소 지니고 있었던 수양과 학문, 그리고 민본의식 등과 교직시킴으로써 물에 대한 인식을 새롭게 했다. 본 장에서는 이러한 점을 차례대로 살펴보기로 한다.

### 1) 세척성洗滌性과 수양

물은 맑기도 하고 탁하기도 한데, 맑은 물의 대표적인 기능이 바로 세척이다. 이 때문에 세례 등 종교의식에서도 볼 수 있듯이 물은 과거의 부정한 것을 씻어내고 새로운 것으로 다시 태어난다는 의미로 확장될 수 있었다. 물이 처음에는 단순히 몸을 씻어내는 것이지만, 여기서 더욱 나아가 마음의 더러움과 슬픔 등을 씻어내는 의미로 확장되어 종교적 기능 내지 심리적 기능까지 담당하게 되었던 것이다. 성리학자들은 이를 인욕의 세척으로 구체화시켜 작품화하였다. 조식은 여기에 매우 치열했던 것으로 보이는바, 이를 알 수 있는 대표적인 작품이 <욕천浴川>이다.

全身四十年前累　사십 년 동안 쌓인 온 몸의 때를

---

10　曺植, 『南冥集』 권1, <遊安陰玉山洞>, "捫虱何須談世事, 談山談水亦多談."
11　曺植, 『南冥集』 권2, <答權學官應仁書>, "從今更喫十年, 則又作山水賊矣."

千斛淸淵洗盡休　천 섬 맑은 연못에 다 씻어낸다네
塵土倘能生五內　만일 진토가 오장 안에 생긴다면
直今刳腹付歸流　바로 배를 갈라 흐르는 물에 부치리[12]

이 작품은 원주原註에서 밝히고 있듯이 조식이 1549년(명종 4) 8월 초에 우연히 거창의 감악산紺岳山 아래에서 놀게 되었는데, 이때 함양지방 문인이었던 임희무林希茂와 박승원朴承元이 이 소식을 듣고 달려와 함께 목욕을 하였다. 위 작품은 이를 통해 느낀 바 있어 지은 것이다.[13] 조식은 첫째 구의 '전루前累'와 셋째 구의 '진토塵土'로 표현된 인욕이 '오내五內'로 표현된 마음에 생기면 배를 갈라서라도 거침없이 씻어 내겠다고 했다. 이것에 대한 강한 의지를 둘째 구와 넷째 구에서처럼 '천곡千斛'과 '고복刳腹'으로 보였다. '천곡'은 많은 양의 물이며, '고복'은 배를 가른다는 것이니 인욕세척에 대한 강한 의지를 표출한 것이라 하겠다.

조식은 물 자체를 마음에 비유하기도 했다. 앞서 말한 바와 같이 성리학자들은 마음을 물에 비유하기를 즐겼다. 물은 태극처럼 수많은 개별자 속에 존재하면서 그 개별자의 존재를 가능케 하기 때문이다. 또한 연못에 비치는 하늘빛이나 시내에 비치는 달그림자 등을 통해 상상하고 있듯이, 물은 인간의 마음속에 유행하는 천리天理를 담아내는 대표적인 물질로 비유되기도 한다. 이 때문에 조식은 다음과 같은 시를 지어 박흔朴忻에게 줄 수 있었다.

虛受人　마음을 비워 남의 의견을 받아들이니
其中也水　그 마음이 물 같기 때문이라네

12　曺植, 『南冥集』 권1, <浴川>
13　曺植, 『南冥集』 권1, <浴川>, "己酉八月初, 偶遊於紺岳山下, 咸陽文士林希茂·朴承元, 聞而馳到, 侍與之同浴焉."

| | |
|---|---|
| 塵或汩之 | 티끌이 혹 어지럽히더라도 |
| 無主何守 | 주재함이 없다면 어떻게 지키리[14] |

첫 구의 '허수인虛受人'은 『주역』 택산함澤山咸 괘에서 "산 위에 못이 있는 것이 함咸이니, 군자가 이로써 마음을 비워 남의 의견을 받아들인다."[15]라고 한 데서 용사한 것이다. 이어 물을 마음에 바로 비유하여 첫째 구의 근거를 밝혔다. 마지막 두 구에는 수양론의 핵심인 심의 주재성을 제시하여 위에서 든 물과 자연스럽게 연결되게 했다. 일찍이 정복심程復心은 "대개 마음이란 한 몸을 주재하는 것이요, 경敬은 또한 한마음을 주재하는 것이다."[16]라고 한 바 있다. 위의 작품에서 볼 수 있듯이 조식 역시 이러한 생각에 의지하여 경으로 주재하지 않으면 마음을 지킬 수 없다고 했다. 다음 작품도 그 연장선 상에서 읽힌다.

| | |
|---|---|
| 派者同水 | 갈래가 져도 근원이 같은 물이면 |
| 百川雖異則水 | 온갖 냇물이 서로 다르지만 같은 물 |
| 善者天守 | 선善한 사람은 하늘이 지키는 것이니 |
| 萬古雖長則守 | 만고萬古의 긴 세월이라도 지켜지리라[17] |

이것은 조식이 쓴 공인모씨恭人牟氏의 묘지명이다. 조식은 이 글에서 '사람은 묻을 수 있어도 그의 선행은 묻을 수 없다.'라고 하면서 위와 같은 명銘을

14 曺植, 『南冥集』 권1, <醉贈叔安>

15 『周易』 「咸」, "象曰, 山上有澤, 咸, 君子以, 虛受人."

16 李滉, 『退溪集』 권7, <進聖學十圖箚·第八心學圖>, "林隱程氏曰 …… 蓋心者, 一身之主宰, 而敬又一心之主宰也."

17 曺植, 『南冥集』 권2, <恭人牟氏之墓>

써서 모씨의 선행을 기렸다. 앞의 두 구절에서 근원이 같은 물은 바로 인간에게 보편적으로 깃들어 있는 선을 의식한 결과이다. 성선설을 염두에 둔 것임은 물론이다. 이 때문에 그는 『학기류편』에서 송나라의 학자 진순陳淳이 진기수陳幾叟의 말을 빌려 하늘에 뜬 하나의 달이 수많은 시내에서 모두 둥글다고 한 비유[18]를 들어 설명할 수 있었다. 그 보편적인 선이 있으므로, 하늘이 만고의 세월토록 이 선을 지켜갈 것이라고 보았던 것이다.

이상에서 보듯이 조식은 물의 세척적 기능에 주목하면서 작품을 창작했다. 이 때문에 다른 사람의 인품을 이야기할 때도 물과 결부시킬 수 있었을 것이다. 예컨대, 김우옹金宇顒(1540-1603)에게 '그대는 물처럼 청렴하고 고요하다.'라고 하거나, 성우成遇(?-1546)에게 '중려는 청빈하기가 물과 같아서 일찍이 나와 금단지교斷金之交를 맺었다.'라고 한 것이 그것이다. 이림李霖(?-1546)을 들어 '마음이 얼음을 담은 옥항아리처럼 깨끗하고 맑다.'라고 한 것도 같은 맥락에서 이해된다. 이처럼 물은 조식의 수양론적 표상에 동원되었던 대표적인 물질이었던 것이다.

### 2) 원천성原泉性과 학문

물은 원천이 깊으면 멀리까지 흘러 수많은 사물을 자라게 할 수 있다. 조식은 여기에 촉발되어 물을 학문과 결부시켜 그 공효를 문학적으로 형상화하고자 했다. 그는 평소 학문의 다양한 측면을 물과 결부시키고 있었다. 학문 방법도 그 가운데 하나다. 김우옹에게 쓴 편지에서 자신은 어록語錄이나 『주

---

18 『學記類篇』 권1, "北溪陳氏曰, 摠而言之, 只是渾淪一箇理, 是一箇太極, 分而言之, 天地萬物, 各具此理, 是各有一太極. 比如一大塊水銀恁地圓, 散而爲萬萬小塊箇箇皆圓, 合萬萬小塊復爲大塊, 依舊又恁之圓. 陳幾叟月落萬川, 處處皆圓之譬, 是也."

역』 가운데 난해처를 만났을 때, "우물을 팔 때처럼, 처음에는 혼탁하지만 다 파고 나서 맑아진 뒤에는 은빛 물결이 또렷하게 빛나는 것과 같다."[19]라고 한 것이 그것이다. 억지로 난해한 곳을 파헤치는 것보다, 시간을 두고 보면 그 의미가 자연스럽게 해득된다는 것이다.

조식이 물과 학문을 본격적으로 결부시켜 말한 것은 <원천부原泉賦>다. 원천은 근원이 있는 샘물이니, 학문이 깊으면 그 공효가 무궁하다는 것을 물에 비유하였던 것이다. 일찍이 공자가 "가는 것이 이와 같구나! 밤낮으로 그치지 않는구나!"[20]라고 하자, 맹자는 여기에 대하여 "근원이 있는 물은 끊임없이 솟아나서 밤낮을 쉬지 않고 흘러 구덩이를 채운 뒤에 나아가 사방의 바다에까지 도달한다. 근본이 있는 것은 이와 같다."[21]라고 풀이한 적이 있다. 조식은 여기에 촉발되어 <원천부>를 지었는데, 그 들머리는 이렇다.

| | |
|---|---|
| 惟地中之有水 | 땅속에 물이 있는 것은 |
| 由天一之生北 | 천일天一이 북쪽에서 생기기 때문이다 |
| 本於天者無窮 | 하늘에 근본을 둔 것은 다함이 없나니 |
| 是以行之不息 | 이 때문에 흘러 쉬지 않는다 |
| 徵一泉之觱沸 | 한 샘물이 솟아나는 것을 살펴보면 |
| 異杯水之坳覆 | 길가에 고인 한 잔의 물과는 다르다 |
| 縱初原之涓涓 | 비록 처음에는 졸졸 흐르는 물이지만 |
| 委天地而亦足 | 천지를 다 적셔도 넉넉하다[22] |

19 曺植, 『南冥集』 권2, <奉謝金進士肅夫>, "如穿井, 初間汁濁, 掘盡澄澈, 然後, 銀花子歷歷."
20 『論語』「子罕」, "子在川上曰, 逝者如斯夫! 不舍晝夜."
21 『孟子』「離婁」하, "孟子曰, 原泉混混, 不舍晝夜, 盈科而後進, 放乎四海, 有本者如是, 是之取爾."
22 曺植, 『南冥集』 권1, <原泉賦>

조식은 물의 생성원리와 그 항구성을 들며 원천의 노래를 시작했다. 물의 생성원리를 오행론에 근거하여 천일天一이라 하였다. 『주역』 「계사繫辭」의 '천일생수天一生水'를 염두에 둔 표현이다. 그는 여기서 물은 하늘에 근본을 둔 것이기 때문에 다함이 없다고 했다. 즉 땅속에서 처음 시작하는 물은 하늘의 항구성을 닮아 영원할 수 있으며, 영원한 것이어서 마침내 천지를 다 적셔도 다함이 없다는 것이다. 물의 공효를 극대화한 것이다. 그렇다면 조식이 무엇 때문에 깊은 원천을 가진 샘을 주목하였을까? 그것은 바로 학문적 깊이의 중요성을 나타내기 위함이었다. 큰 근원을 가진 샘이 멀리까지 가듯이, 깊은 학문이 그 효과를 천하에 펼칠 수 있다고 생각한 것이다.

發大原於崑崙　큰 근원이 곤륜산에서 발원하여
彌六合其無方　온 천지 사방에 가득 퍼진다
巨浸稽天而漫汗　큰 물결 하늘에 닿을 듯이 도도히 흘러가면
曾不撓以使濁　결코 흔들어서 흐리게 할 수 없다네
火輪燋土而爀烈　태양이 땅을 태울듯이 강력히 내리쬐더라도
庸詎殺其一勺　어찌 한 바가지의 물이라도 줄일 수 있겠는가
而君子之致曲　군자가 선의 한 단서를 미루어 극진히 하는 데는
尤有大於立本　근본을 세우는 것이 가장 중요하다네
學不積則不厚　학문이란 쌓이지 않으면 두터워지지 않으니
等聚溲而海問　비유컨대 오줌을 모아 놓고 바다를 묻는 것과 같다네
苟靈根之不渴　진실로 신령한 뿌리가 마르지 않으면
沃九土其難涸　천하를 적시고도 마르지 않는다네
見寒泉之勿幕　덮어놓지 않은 샘의 차가운 물을 보라
人百挹其猶若　사람들이 아무리 퍼내어도 그대로라네[23]

23 曺植, 『南冥集』 권1, <原泉賦>

위에서 이야기하고 있듯이 근원이 확실한 샘은 그 힘이 대단해서 어떤 것이라도 막을 수 없다. 흔들어 흐리게 할 수 없다거나 뜨거운 태양이 내리쬐더라도 조금도 그 양을 줄일 수 없다고 한 것은 이 때문이다. 또한 '영근靈根'과 '한천寒泉'을 제시하며 물의 근원이 마음의 근원과 동질임을 보였다. 학문을 통해 이 근원을 확보하게 되면 그 공효가 무한하여 천하를 적시고도 마르지 않고, 사람들이 아무리 퍼내어도 줄어들지 않는다고 했다. 조식에겐 근원이 확실한 샘과 깊이 있는 학문은 이처럼 동질의 것이었다.

그렇다면 깊은 학문이란 구체적으로 무엇을 말하는가. 이것은 <원천부>에 인용되어 있는 서적이 지향하는 바를 조사해 보면 쉽게 알 수 있다. 이 작품에는 '곡신과 같이 죽지 않는다(『노자』)', '실로 기모氣母의 항해沆瀣와 같다(『장자』)', '공자가 자주 물을 일컬었다(『논어』)', '근본이 있다는 뜻으로 이해한 맹자의 마음을 믿을 만하다(『맹자』)', '덮어놓지 않는 샘의 차가운 물을 보라(『주역』)' 등의 구절에서 보듯이 다양한 서적들이 동원되고 있다. 크게 보아 사서삼경 등 유가서를 기본으로 하여, 필요에 따라 도가서도 인용하였다. 특히 주목할 만한 사실은 <원천부>에는 『중용』이 가장 많이 인용되어 있다는 사실이다. 간략하게 조사해 보면 다음과 같다.

(가) 작은 덕은 흐르는 냇물 같고 큰 덕은 무궁한 조화를 이루니[合川流而敦化]
(나) 작은 덕은 흐르는 냇물 같고, 큰 덕은 무궁한 조화를 이루니, 이것은 천지가 위대한 까닭이다.[小德川流, 大德敦化, 此天地之所以爲大也.]

(가) 무궁한 조화의 덕은 넓고도 두텁다네.[配悠久於博厚]
(나) 징험이 나타나면 여유 있고도 무궁하며, 여유 있고도 무궁하면 넓고도 두텁게 되고, 넓고도 두터워지면 높고도 빛나게 된다.[徵則悠遠, 悠遠則博厚, 博厚則高明.]

(가) 깊은 뜻은 하늘과 연못으로도 비유할 수 없어[濬不喩於天淵]
다만 물고기가 자유롭게 뛰어노는 것에 비유하였네.[但魚躍之洋洋]
(나) 『시경』에 이르기를, "솔개는 날아 하늘에 이르고, 물고기는 연못에 뛰논다." 라고 하였는데, 상하에 이치가 밝게 드러나는 것을 말한 것이다.[詩云, 鳶飛戾天, 魚躍于淵, 言其上下察也.]

(가) 온 천지 사방에 가득 퍼진다.[彌六合其無方]
(나) 이것을 풀어놓으면 천지 사방에 가득하고, 거두어들이면 물러나 은밀한 곳에 감추어져서 그 맛이 끝이 없으니 모두 진실한 학문이다.[放之則彌六合, 卷之則退藏於密, 其味無窮, 皆實學也.][24]

(가) 군자가 선의 단서를 미루어 극진히 하는 데는[而君子之致曲]
(나) 단서를 미루어 극진히 함이니, 치곡을 하면 성실해질 수 있다.[致曲, 曲能有誠.]

(가)는 <원천부>의 구절이고, (나)는 여기에 해당하는 『중용』의 구절이다. 이를 통해 우리는 조식의 의도를 알 수 있는바, 『중용』의 핵심을 이 글에 담고자 했다는 것이다. 주자가 '이른바 성誠이라는 것은 실로 이 책의 요체'[25]라고 하고 있듯이, 『중용』은 '성'을 핵심으로 한다. 결국 조식이 <원천부>에서 말하고자 했던 학문의 궁극은 성誠을 통한 성학聖學이었던 것이다. 이 때문에 <원천부>에서 "지성至誠은 자연스럽게 나타나는 것이어서, 은하수처럼 아득해 이루 다 헤아릴 수 없다."[26]라고 하였던 것이다.

『중용』은 '성誠-천天-성聖'을 긴밀한 함수관계 속에서 파악하고, 이것으로

24 이것은 주희가 『중용』 들머리에서 정이의 말을 인용한 부분을 조식이 <원천부>에 인용한 것이다.
25 『中庸』 20章, 朱子註, "所謂誠者, 實此篇之樞紐也."
26 曺植, 『南冥集』 권1, <原泉賦>, "是誠者之自然, 河漢浩而莫測."

나아가는 '성지자誠之者'로서의 '택선고집擇善固執'을 강조한다. 이 택선고집이 바로 '경敬' 수행의 중요한 방법론인 까닭에 조식은 <원천부>의 마지막에서 "경을 통해 그 근원을 함양하고, 하늘의 법칙에 근본해야 하리라."[27]라고 하였다. 즉, 경을 통한 지성의 확보라는 『중용』의 학문적 방법론을 제시한 것이다. 이로써 우리는 조식이 <원천부>를 통해 성학을 추구했고, 이를 위해서 경공부가 필수적이라는 것을 강조했던 사실을 알게 된다.

### 3) 암험성巖險性과 민본

물은 편안하기도 하고 위험하기도 하다. 조식은 물을 이러한 각도에서 이해하기도 했다. 특히 격동하는 물에서 백성들의 암험한 힘을 발견한다. 여기에 그의 민본사상이 깊게 깃들어 있음은 물론이다. 조식은 평생 동안 세상을 잊지 못했다고 한다. 성운成運(1497-1579)이 조식의 묘갈명을 쓰면서, "세상을 잊지 못해 나라를 걱정하고 백성을 근심하더니 매양 달 밝은 밤이면 홀로 앉아 슬피 노래하고 노래가 끝나면 눈물을 흘렸으나 곁에 있는 이들이 그 까닭을 알지 못했다."[28]라고 한 발언을 통해 이 부분을 명확히 알 수 있다.

백성 사랑이 남달랐던 조식은 흩어지는 백성을 어지럽게 흐르는 물에 비유하기도 했다. 이 역시 성운이 조식의 묘갈명을 통해 전했는데, "바야흐로 이제 백성들이 고통에 빠져 서로 흩어짐이 마치 어지러이 흐르는 물과 같으니 마땅히 서둘러 구하기를 불난 집에 불을 끄는 것과 같이하여야 합니다."[29]

27 曺植, 『南冥集』 권1, <原泉賦>, "敬以涵源, 本乎天則."

28 成運, 『大谷集』 권下, <南溟先生墓碣>, "不能忘世, 憂國傷民, 每値清宵皓月, 獨坐悲歌, 歌竟涕下, 傍人殊未能知之也."

29 成運, 『大谷集』 권下, <南溟先生墓碣>, "方今生民, 困悴離散, 如水之潰流, 當汲汲救之, 如失火之家云云."

라고 한 것이 그것이다. 백성의 이산離散을 흩어지는 물과 같다고 한 조식, 그러나 그 흩어진 물이 분노로 결집하면 감당할 수 없는 크기의 힘이 된다는 것을 지적하는 것도 잊지 않았다. 이것은 백성들의 암험한 힘을 통해 군주의 경각심을 일깨우고자 하는 의도였다. 조식의 이러한 생각은 <민암부>[30]에 가장 잘 나타나 있다.

| | |
|---|---|
| 六月之交 | 유월 즈음에 |
| 灩滪如馬 | 염예퇴가 말처럼 솟아있는데 |
| 不可上也 | 올라갈 수도 없고 |
| 不可下也 | 내려갈 수도 없네 |
| 吁嘻哉 | 아아, |
| 險莫過焉 | 험함이 이보다 더한 데는 없으리니 |
| 舟以是行 | 배가 이로 인해 가기도 하고 |
| 亦以是覆 | 이 때문에 엎어지기도 한다네 |
| 民猶水也 | 백성이 물과 같다는 것은 |
| 古有說也 | 옛부터 있어 온 말 |
| 民則戴君 | 백성은 임금을 받들기도 하지만 |
| 民則覆國 | 백성이 나라를 뒤엎기도 한다네[31] |

<민암부>의 들머리다. '민암'은 백성의 암험한 힘을 의미한다. 널리 알려져

30 <민암부>는 李潤慶(崇德齋, 1498-1562)의 작품도 있다. 조식이 합천에서 서울로 이사 간 곳은 한양 동부의 蓮花坊으로 추정되는데, 이때 이윤경·이준경 형제와 이웃하며 절친한 벗이 되었다고 한다. 이윤경의 <민암부> 역시 내용상 조식의 작품과 같아 백성의 암험한 힘을 강조한 것이다. 1534년 문과시험 문제 가운데 <민암부>가 있었고 조식과 이윤경은 이때 응시했으므로 이 같은 현상이 나타날 수 있었다.

31 曺植, 『南冥集』 권1, <民巖賦>

있는 것처럼 『서경書經』 「소고召誥」에서 "임금께서 속히 덕을 공경하여 크게 백성들을 화和하게 함을 지금 아름답게 여기십시오. 임금께서는 감히 뒤로 미루지 말고, 백성들의 암험함을 두렵게 여기십시오."[32]라고 하면서 소공이 성왕에게 고하고 있는데, 조식은 이를 인식하며 이 작품을 창작하였다. 백성의 암험한 힘을 문학적으로 표현할 때 조식은 거센 물이 그 형상화에 용이하다고 판단하였을 것이다. 이에 양자강揚子江 구당협瞿塘峽 어귀의 맹렬한 소용돌이와 거기에 우뚝하게 서 있는 염예퇴를 떠올리게 되었던 것이다.[33]

<민암부>에는 천명사상天命思想이 깊게 내재되어 있다.[34] 『서경』에 보이듯이 천명사상은 '천-군-민'의 관계 속에 설정된다. 이에 의하면 천과 군의 관계는 조건적이고 간접적인 데 비해, 민과 천의 관계는 무조건적이고 직접적이다. 군과 민의 관계는 이러한 두 가지 사실에 기반하여 성립되는 것인데, 이 관계 하에서 왕권교체의 가능성이란 언제나 전제되어 있다. '하늘이 백성을 냈다.'라는 말에서도 살필 수 있듯이 천과 민은 그 속성이 기본적으로 일치하며 이 둘의 결합이 왕위를 결정하는 중요한 요인이 된다는 것이다. 조식은 이러한 생각에 기반하여 <민암부>에서 다음과 같이 언급하고 있다.

| | |
|---|---|
| 怨毒在中 | 원한이 마음속에 있으면 |
| 一念甚銳 | 한 사람의 생각이라 아주 미세하고 |

---

32 『書經』「召誥」, "其丕能諴於小民, 今休. 王不敢後, 用顧畏於民碞." 李珥(栗谷, 1536-1584) 역시 『聖學輯要』「爲政·安民」에서 이를 인용하며 백성들을 두려워하는 도에 대해서 말했다.

33 조식은 거센 물을 만나면 자주 구당협을 떠올렸다. <유두류록>에, "나타났다 사라졌다 하면서 끊임없이 변화하는 시냇물의 모습은 저 중국의 揚子江에 있는 瞿塘峽 정도라야 견줄 수 있는 형편이었으니 이는 진실로 天工의 빼어난 솜씨를 숨김없이 마음껏 발휘한 곳이라 하겠다."라고 한 것이 그것이다.

34 이에 대해서는 정우락의 「천명문제와 관련한 남명의 현실주의적 세계관」(『남명학연구』 3, 경상대 남명학연구소, 1993)을 참조할 수 있다.

| | |
|---|---|
| 匹婦呼天 | 필부가 하늘에 호소하는 것도 |
| 一人甚細 | 한 사람이라 매우 보잘것없다 |
| 然昭格之無他 | 그러나 밝게 감응하는 것은 다른 데 있는 것이 아니라 |
| 天視聽之在此 | 하늘의 보고 들음이 여기[백성]에 있다 |
| 民所欲而必從 | 백성이 하고자 하는 대로 반드시 따르니 |
| 寔父母之於子 | 진실로 부모가 자식을 사랑하는 것과 같다 |
| 始雖微於一念一婦 | 처음엔 비록 일념 일부로 미미하지만 |
| 終責報於皇皇上帝 | 마침내 크고 높은 하늘의 보답을 받는다 |
| 其誰敢敵我上帝 | 누가 감히 우리 상제를 대적하겠는가 |
| 實天險之難濟 | 실로 하늘의 험함은 건너기 어렵다[35] |

군과 민의 관계를 물과 배의 관계로 설정한 조식은, 위에서는 천과 민의 관계를 다시 설정하고 있다. 즉 부모와 자식의 관계라는 것이다. 군이 민을 평탄하고 편안하다고 하여 함부로 다루면 민은 천에게 자신의 고통을 호소하고 급기야 부모인 천은 자식인 민의 호소를 받아들여 군을 반드시 징계한다. 천의 암험함이 민의 암험함으로 나타나 군은 반드시 전복되고 만다는 논리이다. 여기서 주목할 사실은 조식이 '민암'과 '천험'을 같이 인식하고 있다는 사실이다. 이는 조식이 '민은 곧 천'이라는 천명사상에 기반한 민본사상의 핵심에 도달하고 있음을 보여주는 것이라 하겠다.

조식이 <민암부>를 지어 백성의 힘을 과시한 것은 군주에게 전한 경고의 일단이다. '백성은 원래 동포와 같은 존재인데 동포를 원수로 만드는 것은 누구인가'[36]라고 따져 물으며 군주가 한마음을 바로 하여 치도를 제대로 살필 것을 간곡히 당부하였다. 생각이 이러하였으므로 군주가 어떻게 하는가에

35 曺植, 『南冥集』 권1, <民巖賦>

36 曺植, 『南冥集』 권1, <民巖賦>, "非暴君則同胞, 以同胞爲敵讎."

따라 백성은 편안하기도 하고 위험하기도 하다고 했다. 물에는 편안함과 위험함이 동시에 존재하는 것과 같은 이치이다. 조식이 <민암부> 말미에 "백성을 암험하다고 하지 말라, 백성은 암험한 것이 아니다."[37]라며 끝맺고 있는 것에서도 알 수 있듯이, 백성의 본질이 위험한 것은 아니라는 사실을 잊지 않고 지적했다.

## 3. 조식의 인문정신

조식은 세척성과 원천성, 그리고 암험성을 중심으로 '물'을 인식했다. 물에 청淸과 탁濁, 지止와 류流, 안安과 격激이 있기 때문이다. 여기서 더욱 나아가 조식은 이것을 수양과 학문과 민본에 대한 생각으로 확장하였다. 자신의 생각을 물에 투사시킨 것이지만, 조식이 이것을 표현하기 위하여 물의 성질을 포착하고 있다는 사실 자체가 흥미롭다. 자신의 사상을 가장 잘 드러낼 수 있는 대표적인 물질이 바로 물이라고 생각했기 때문이다. 또한 조식은 인문정신의 핵심이라 할 수 있는 자기 수양과 사회적 비판을 구체적으로 제시하기도 했다. 그러나 그 비판성이 근거 없이 제출될 수 없으므로, 그의 명단론적明斷論的 경의정신을 이론적 바탕으로 삼았다. 전방위적이며 격렬한 비판정신은 이로써 가능할 수 있었다. 본 장에서는 이러한 측면을 두루 살핀다.

### 1) 명단론적明斷論的 경의정신

조식의 핵심사상이 경의敬義에 있다는 사실은 거듭 논의되어 왔다. 평소

37 曺植, 『南冥集』 권1, <民巖賦>, "莫曰民巖, 民不巖矣."

창문과 벽 사이에 이 두 글자를 크게 써서 학자들에게 보이기도 하고, 스스로 경계하여 병이 위독할 때도 오히려 경의설로 문생을 가르쳤던 점에서 이러한 사실을 알 수 있다. 그는 천성千聖의 심법이 이 두 글자에서 벗어나지 않음을 보고, 인식과 행동을 여기에 입각해서 하고자 했고, 이에 따라 사람을 평가하기도 했다. 이정李楨(1512-1571)을 '경의'를 제대로 실천하지 못한 사람으로,[38] 노흠盧欽(1527-1602)을 '경의'를 제대로 실천한 사람으로 평가한 것[39] 등이 그것이다.

조식은 『주역』 「곤坤」괘 문언전에서 경의를 내직內直과 외방外方이라 한 것에 주목했다. 그는 여기에 근거하여 <패검명>을 지어 경의를 내명內明과 외단外斷으로 주체화함으로써, 경의정신의 성격을 더욱 명확히 했다. 『주역』의 '직방直方'이 '명단明斷'으로 변용되면서 경의는 조식에게 있어 독특하면서도 새로운 사상체계로 전환되었다고 할 수 있다. 이로써 조식은 명단론적 경의정신으로 존양성찰存養省察과 처사접물處事接物을 하였고, 우리는 여기서 이에 대한 명료성과 쾌연성을 동시에 감지하게 된다. 곽종석郭鍾錫(1846-1919)은 조식의 이러한 점을 들어 경의정신과 함께 조식을 다음과 같이 상찬한 바 있다.

> 선생은 일찍이 말하기를 "우리 집에 경의敬義가 있는 것은 하늘에 일월日月이 있는 것과 같다."라고 하였다. 아! 선생이 계실 때에는 곧 당일의 형상形象 있는 경의敬義였고 선생이 돌아가신 후에도 그 마음은 오히려 없어지지 아니하

38 조식에 의하면 李楨이 뇌물을 받고 李希顔의 후처에 대한 일을 끌어들여 河宗岳 후처의 음행에 대한 일을 무마시키려 하였다. 이에 조식은 경의정신에 입각하여 성현에 관한 담론을 하면서도 실천이 따르지 않는 이정을 맹렬히 비판하였다. 다음 자료가 그것이다. <與子强子精書>(『南冥集』 권2), "剛而於此, 三次反覆, 初曰昧昧, 中曰果然, 終曰虛事. 此果談聖賢書, 嘗說敬義者事乎?"

39 <盧君墓銘>(『南冥集』, 54쪽), "有子曰欽, 學究敬義, 聞道有日."

여 곧 만고에 불변하는 경의敬義이니 선생은 곧 일월日月이다.[40]

일찍이 조식은 경의를 들어 "우리 집에 이 두 글자가 있는 것은 마치 하늘에 일월이 있는 것과 같아서, 만고토록 바뀔 수 없는 것이다. 성현의 천언만어千言萬語의 귀결점은 모두 이 두 글자에서 벗어나지 않는다."[41]라고 하였다. 곽종석은 이 말을 염두에 두면서 조식이 생존할 당시에는 그때의 형상 있는 경의였고, 세상을 떠난 후에는 만고의 경의가 되었으니 조식이 곧 일월이라고 했다. 그는 같은 글에서 조식을 거의 성인의 반열에 올려놓기도 했다. "무릇 일동일정一動一靜, 일언일묵一言一默, 일시일청一視一聽, 일사일행一事一行에도 이 경의로 말미암아 나아가고 유지하지 않음이 없었음으로 천덕天德에 이르러 사사로운 마음이 깨끗이 소멸하였으니 천품이 융화되고 마음이 쇄락하며 기상이 청명하여 주선동지周旋動止가 스스로 법도와 규격 안에서 벗어남이 없었다."[42]라고 한 것이 그것이다.

조식 스스로가 경의정신을 가장 명확하게 제출한 것은 단연 <신명사도神明舍圖>와 <신명사명神明舍銘>에서이다. 이는 조식의 성리사상이 경의를 핵심개념으로 한 수양론이라는 사실을 극명하게 보여주는 대표적인 자료이다. <신명사도>는 '곽내-곽외-하면'의 3단계 구조로 이루어져 있는데, '존양存養-성찰省察-심기審幾-극치克治-지어지선止於至善'의 수양과정을 갖추고 있다.[43] 경

40 郭鍾錫, 『俛宇集』 권19, <南冥曺先生墓誌銘>, "先生嘗曰, 吾家之有敬義, 如天之有日月, 亘萬古不可易, 嗚乎! 先生之存, 卽當日有象之敬義也, 先生之沒, 其心猶不泯, 卽萬古不可易之敬義也, 先生卽日月也."

41 鄭仁弘, 『來庵集』 권12, <南冥曺先生行狀>, "最後特提敬義字, 大書窓壁間, 嘗曰, 吾家有此兩箇字, 如天之有日月, 洞萬古而不易, 聖賢千言萬語, 要其歸, 都不出二字外也."

42 郭鍾錫, 『俛宇集』 권19, <南冥曺先生墓誌銘>, "凡一動一靜·一言一默·一視一聽·一事一行, 罔不由這上循蹈夾持, 達于天德, 以至己私凈盡, 天質融化, 襟宇灑落, 氣象淸通, 而周旋作止, 自不離於規矩丈度之內矣."

을 통한 내적인 존양, 의를 통한 외적인 성찰, 사욕과 기미를 살펴 바로 물리치는 심기와 극치, 이를 통해 지선에 이르는 과정이 극도의 압축된 그림과 언어로 제시되어 있다. 조식은 <신명사명>을 이렇게 마무리하고 있다.

| | |
|---|---|
| 三關閉塞 | 입, 눈, 귀 세 관문을 닫아 두니 |
| 淸野無邊 | 맑은 들판이 끝없이 펼쳐져 있다 |
| 還歸一 | 다시 하나로 되돌아가니 |
| 尸而淵 | 시동과 같으며 연못과도 같다[44] |

원주에서도 그렇게 밝히고 있듯이 이것은 '함양'을 의미한다. 마지막 구절 '시이연'은 『장자』「재유」의 "시동처럼 가만히 있으면서도 용처럼 나타나고, 연못처럼 고요하면서도 우레처럼 소리친다[尸居而龍見, 淵墨而雷聲]."라는 것에서 앞의 두 글자를 들어 요약한 것이다. 함양이기 때문에 우레와 용을 말할 필요가 없었는데, 이 둘은 이 속에 이미 갖추어져 있기 때문이다. 조식은 이 구절을 정자程子가 중시한 것이라며 『학기류편』에 인용[45]해 두기도 하고, <신언명>에서는 '시룡연뇌尸龍淵雷'[46]라는 축약적 표현을 쓰기도 하였다. 그리고 '우레 같은 소리를 내려면 몸을 깊이 감추고 있어야 하며, 용같이 모습을 드러내려면 바다처럼 침잠해야 한다.'[47]라고 하면서 장자의 말을 변용하여 명을 짓기도 하였으며, 이를 다시 '뇌룡'으로 축약하여 자신의 당호로 삼기도 했다.

---

43 이에 대한 자세한 논의는 최석기의 「남명의 「神明舍圖」·「神明舍銘」에 대하여」(『남명학연구』 4, 경상대 남명학연구소, 1994)를 참조할 수 있다.

44 曺植, 『南冥集』 권1, <神明舍銘>

45 『學記類編』 권3, "程子曰, 尸居却龍見, 淵黙却雷聲."

46 曺植, 『南冥集』 권1, <愼言銘>

47 金宇顒, 『東岡集』 권17, <南冥先生行狀>, "亦揭名雷龍, 書其旁曰, 雷則晦冥, 龍則淵海."

조식이 자신의 명단론적 경의정신의 핵심을 전한 <신명사명>에도 물이 발견된다. '시이연'의 '연淵'이 바로 그것이다. 연못의 물이 조용하고 맑으므로 이것으로 함양하면 효용이 지대할 것이기 때문이다. 사실 조식이 물을 통해 함양하고자 했던 사실은 젊은 시절부터 보인다. 정신과 담력을 기르기 위해 그릇에 맑은 물을 담아 두 손에 받쳐 들고 밤을 지새우기도 했다는 전언에서 이를 확인할 수 있다. 그리고, '산처럼 우뚝하고 못처럼 깊으면, 움 돋는 봄날처럼 빛나고 빛나리라[岳立淵沖, 燁燁春榮]'라고 한 <좌우명>도 같은 맥락에서 이해할 수 있다. 깊은 함양과 빛나는 효과를 함께 말한 것이라 하겠다.

이상에서 보듯이 조식은 함양을 위하여 물의 비유가 필요했다. 그러나 이 함양도 성찰과 결부될 때 비로소 외적 효과가 드러난다. 조식은 이를 깊이 인식하고 있었으므로 명단론적 경의정신에 입각하여 <신명사도명>을 지었던 것으로 보인다. 이러한 생각은 <함허정기涵虛亭記>에서도 잘 나타난다. 이 글에서 그는, "세상에 있는 모든 것 가운데 태허太虛보다 옹골찬 것은 없으니, 속이 비어 있으면 길러 순백의 상태로 만들어서, 안을 방정히 하고 밖을 다스린다."[48]라고 하였다. 특히 '함허'를 경의정신과 결부시키고 있어 주목된다. '내방이제외內方而制外'라 한 것이 그것이다.

### 2) 사의식士意識과 실천정신

조식은 강한 사의식을 지니고 있었다. <엄광론嚴光論>을 지어, "선비는, 위로 천자에게 신하 노릇을 하지 않고, 아래로는 제후에게 신하 노릇하지 않는

---

48 曺植, 『南冥集』 권4, <涵虛亭記>, "萬物無實於太虛, 虛則涵之而白, 內方而制外."

자가 있었으니, 그들은 비록 나랏일을 나누어 맡은 것이 매우 작은 것이었다 해도 깨끗이 여기지 않았다. 그들은 품고 있는 포부가 크고 가지고 있는 능력이 무거워 일찍이 가볍게 남에게 자기를 허여하도록 한 적이 없었다."[49] 라고 했다. 엄광을 들어 말한 것이지만 스스로의 사의식을 표명한 것에 다름 아니다.

조식의 사의식은 여러 사람들에 의해 평가되기도 했다. 허목許穆(1595-1682)이 <덕산비德山碑>에서, "뜻을 높이고 몸을 깨끗이 하여 구차히 따르지도 않고, 구차히 가만있지도 않았다. 스스로를 가볍게 하여 쓰이기를 구하지 않았고 우뚝이 확립된 것이 있었다."[50]라고 한 것이 그 대표적이다. 이처럼 조식은 강한 기상이 있었으므로 언제나 '동방기절지최東方氣節之最'로 이야기되어 왔다. 오건吳健(1521-1574)의 '추상열일秋霜烈日', 정구鄭逑(1543-1620)의 '태산벽립泰山壁立', 신흠申欽(1566-1628)의 '벽립천인지기壁立千仞之氣', 선조宣祖의 '고풍준개高風俊概', 실록實錄 사신史臣의 '기절즉고의其節則高矣' 등도 모두 같은 맥락에서 언급된 것이다.

조식은 일민逸民, 일사逸士, 은자隱者, 외방지사外方之士 등으로 불리면서 철저한 처사적 삶을 살았다고는 하나 당대의 현실과 조금도 긴장관계를 늦추지 않았다. 이러한 대현실관 역시 조식의 강한 사의식이 그 바탕에 있기 때문에 가능한 것이다. 조식이 상소를 통해 적극적으로 백성을 구할 방도에 대해 진언한 것도 이 같은 현실에 대한 태도에 기인한다. 이러한 사정을 김우옹은 다음과 같이 전했다.

---

49 曺植, 『南冥集』 권2, <嚴光論>, "士有上不臣天子, 下不臣諸候, 雖分國如錙銖, 有不屑焉. 彼其所挾者大, 而所辦者重, 未嘗輕與人許己也."

50 許穆, 『眉叟記言』 39, <德山碑>, "尙志潔身, 不苟從不苟默, 不自輕以求用, 卓然有立."

> 아! 선생은 간세의 호걸이니 설월雪月 같은 마음과 강호江湖 같은 성품으로 만물 밖에 우뚝 서서 일세를 내려다보았다. 고매한 식견은 천품에서 나왔으니 기미를 보고 일을 논함에 사람들의 의표를 뛰어넘었으며 시대를 근심하고 세상을 개탄한 충의의 떨침은 봉사封事와 주대奏對에서 대강 볼 수 있다. 천성이 강개慷慨하여 일찍이 남에게 흔들리지 않았으며 학사대부와 함께 이야기할 때, 시정의 폐단과 백성의 곤궁함에 미치면 일찍이 팔을 걷고 목이 메어 눈물까지 흘려서 듣는 이들이 두려워하며 들었으니, 세상을 잊지 못함이 대개 이와 같았다.[51]

위의 글에는 조식의 기상과 세상을 향한 의지가 잘 나타나 있다. 이에 의하면 사대부들과 더불어 이야기할 때 말이 시정의 폐단과 백성의 곤궁함에 미치면 팔을 걷고 목이 메어 눈물까지 흘렸다고 한다. 우리는 여기서 조식의 마음이 어디로 향해 있는지를 알 수 있는데, 그 귀결점은 바로 '세상을 잊지 못하는 마음'이었다. 이것은 사회적 실천 지향이 남명학에 깊이 내재되어 있다는 것을 의미한다.[52] 특히 조식은 당대의 학자들이 장구나 기억하고 암송하면서 성리학을 이론적으로만 익히며 공론하는 것에 대하여 기회 닿는 대로 비판하였다. 이러한 사정이 다음 자료에 잘 나타나 있다.

> 큰 도회의 저자를 거닐며 구경해보면 금은보배 등 없는 것이 없으나, 종일토록 거리를 오르내리며 그 가격만 흥정한다면 끝내 자신의 물건이 되지 않는

51 金宇顒, 『東岡集』 권17, <南冥先生行狀>, "嗚呼! 先生可謂間世之英豪矣. 雪月襟懷, 江湖性氣, 特立萬物之表, 俯視一世之上, 高識遠見, 出於天資, 臨機論事, 發人意表, 而憂時憤世, 忠激義形, 發於囊封奏對之間者, 槪可見也. 天性伉慨, 未嘗俯仰於人, 常與學士大夫, 語及時政闕失, 生靈困悴, 未嘗不扼腕哽咽, 或至流涕, 聞者爲之竦聽, 其拳拳斯世如此."

52 남명학의 사회적 실천 지향에 대해서는, 이상필, 『남명학파의 형성과 전개』, 와우출판사, 2005, 73-81쪽에 자세하다.

다. 이는 도리어 한 필의 베를 팔아 한 마리의 생선이라도 사 오는 것만 못하다. 오늘날의 학자들은 고상하게 성리설을 담론하면서도 자신에게 아무런 이익이 없으니 이와 무엇이 다르겠는가?[53]

'정주후불필저술程朱後不必著述'이라는 생각을 가졌던 조식은, 위의 글에서 보듯이 당대의 선비들은 모두 저잣거리에서 보배를 놓고 가격만 흥정하다가 마침내 아무런 이득이 없이 돌아오는 무리와 같다고 했다. 당대의 공허한 형이상학적 학문 풍토를 비판한 것이다. 이 때문에 오건吳健(1521-1574)에게 편지를 보내, 윤돈이 성性과 천도天道 등에 대하여 설을 내자 정이가 꾸짖었다고 하면서, "요즘 사람들은 손으로 물 뿌리고 비질하는 절도도 모르면서 입으로 하늘의 이치를 말하는데, 그들의 행실을 공평히 살펴보면 도리어 무지한 사람만도 못합니다."[54]라며 일갈하기도 했던 것이다.

그렇다면 조식의 사의식과 실천정신이 물 인식과 어떻게 결부되어 있는가. 조식은 자신의 강한 기상을 두류산이나 천석종 등으로 형상화하기도 하였으나, 물에 자신의 사의식과 실천정신을 싣기도 했다. 그는 57세 되던 해인 1558년(명종 13) 음력 4월 10일부터 25일까지 16일간 지리산을 유람한 적이 있었다. 함께 간 사람은 김홍金泓, 이공량李公亮, 이희안李希顔, 이정李楨 등이었다. 이때 조식 일행은 청학동을 유람하면서 폭포수가 학담鶴潭으로 바로 내리꽂히는 것을 보고, 다음과 같이 기록하였다.

---

53 鄭仁弘, 『來庵集』 권12, <南冥曺先生行狀>, "遨遊於通都大市中, 金銀珍玩, 靡所不有, 盡日上下街衢而談其價, 終非自家家裏物, 却不如用吾一匹布, 買取一尾魚來也. 今之學者, 高談性理而無得於己, 何以異此."

54 曺植, 『南冥集』 권2, <與吳御史書>, "手不知洒掃之節, 而口談天上之理, 夷考其行, 則反不如無知之人."

> 동쪽에는 폭포수가 백 길 낭떠러지를 내리질러 한데 모여 학못[鶴潭]을 이루고 있었다. 나는 우옹을 돌아보면서 '물길이 만 길 구렁을 향해 내려가는데 곧장 내려만 갈 뿐 다시 앞을 의심하거나 뒤를 돌아봄이 없다 하더니 여기가 바로 그와 같은 것이다.'라고 하니 우옹도 그렇다고 하였다.[55]

1558년 음력 4월 19일의 기록이다. 우옹은 조식과 절친했던 이희안李希顏(1504-1559)의 자다. 조식은 이희안을 보면서 폭포의 정신에 대하여 말하고 있다. 즉 폭포는 만 길 구렁을 향해 곧장 내려갈 뿐 앞을 의심하지 않는다는 것이다. 여기서 우리는 폭포를 통해 선비의 기상과 함께 과단성 있는 실천을 감지하게 된다. 독서나 사색을 통해 오랫동안 축적해 온 지식이 거침없이 실천으로 나아가야 한다는 조식의 지론을 여기서 상상할 수 있기 때문이다. 이처럼 남명학에 내재한 기상은 그의 결연한 실천정신과 밀접한 관련이 있다고 할 것이다.

조식은 평생을 처사로 살았다. 제자들이 조식에게 사후의 칭호를 물었을 때도 '처사'로 하라고 하면서 만약 벼슬로 일컫게 되면 자신을 버리는 일이라고까지 했다. 이것은 조식 스스로가 세상에 헛되이 나아가 실절했다는 의심을 받고 싶지 않았기 때문일 것이다. 그러나 조식은 현실에 지대한 관심을 갖고 상소를 통해 당대의 난맥상을 비판했고, 형이상학적 담론을 일삼는 사람들을 통매하면서 사회적 실천을 강조했다. 따라서 조식의 사의식과 과단성 있는 실천이 거침없이 떨어지는 폭포에 비유되는 것은 지극히 당연한 일이라 하겠다.

---

55 曺植, 『南冥集』 권2, <遊頭流錄>, "東面瀑下, 飛出百仞, 注爲鶴潭, 顧謂愚翁曰, 如水臨萬仞之壑, 要下卽下, 更無疑顧之在前, 此其是也. 翁曰, 諾."

### 3) 전방위적全方位的 비판정신

조식은 강한 기상에 기반한 실천정신을 지니고 있었으므로, 비판 역시 강하게 나타날 수밖에 없었다. 그의 비판은 전방위적이었다고 할 수 있겠는데, 특히 그의 비판이 백성을 기준으로 구축되었다는 측면에 주목할 필요가 있다. 이것은 그 스스로가 민본사상에 입각하여 백성을 대변하는 사의 입장에서 있었기 때문이다. 조식은 당대의 조선사회가 계층적으로 대립되어 있다고 생각했다. 치자, 즉 군과 관이 피치자, 즉 민에 자행하는 횡포 때문에 대립이 일어난다고 생각하였던 것이다. 이러한 상황에서 조식은 출처의식으로 맞서지 않을 수 없었고 그것은 퇴처라는 저항의 형태로 나타났다. 조식은 당대를 다음과 같이 파악하고 있었다.

> 엎드려 살피건대, 나라의 근본이 쪼개지고 무너져서 물이 끓는 듯 불이 타는 듯하고, 여러 신하들은 황폐하여 시동과 허수아비 같습니다. 기강이 탕진되었으며, 원기가 이미 다하고, 예의를 모두 쓸어버린 듯하고, 형정刑政이 모두 어지러워졌습니다. 선비의 습속이 모두 허물어졌고, 공도가 모두 없어졌으며, 사람을 쓰고 버리는 것이 극히 혼란하고, 기근이 모두 갈 데까지 갔고, 창고는 모두 고갈되었으며, 제사가 모두 더럽혀졌고, 세금이 온통 멋대로이고, 변경의 방어가 모두 텅 비게 되었습니다. 뇌물을 주고받음이 극도에 달했고, 남을 헐뜯고 이기려는 풍조가 극도에 달했고, 원통함이 극도에 달했으며, 사치도 극도에 달했고, 공헌이 통하지 않고, 이적夷狄이 업신여겨 쳐들어오니, 온갖 병통이 급하게 되어 천의天意와 인사人事도 또한 예측할 길이 없게 되었습니다.[56]

56 曺植, 『南冥集』 권2, <丁卯辭職呈承政院狀>, "伏見, 邦本分崩, 沸如焚如, 群工荒廢, 如尸如偶, 紀綱蕩盡, 元氣薾盡, 禮義掃盡, 刑政亂盡, 士習毁盡, 公道喪盡, 用捨混盡, 飢饉荐盡, 府庫竭盡, 饗祀瀆盡, 徵貢橫盡, 邊圉虛盡, 賄賂極盡, 掊克極盡, 寃痛極盡, 奢侈極盡, 飮食極盡, 貢獻不通,

이 글은 <정묘사직정승정원장丁卯辭職呈承政院狀>의 일부이다. 이보다 앞서 조식은 단성소로 널리 알려진 <을묘사직소乙卯辭職疏>를 올려 '국사이비國事已非'로 당대의 현실을 요약하며, 자신의 시대를 '썩은 나무'에 비유하며 언제 '회오리바람'과 '사나운 비'까지 닥쳐올지 모르는 상황이라고 했다. 그리고 1567년에 다시 위와 같이 상소하며 당대의 총체적 난맥상을 들어 강한 위기의식을 드러냈다. 나라의 근본은 말할 것도 없고, 손을 묶고 있는 신하, 무너진 공도, 허물어진 선비의 습속, 관리등용의 난맥상, 국가 재정의 고갈, 원칙 없는 조세제도, 불안한 변방, 뇌물의 성행, 제사마저 더렵혀진 상황 등을 말하면서 '천의天意'와 '인사人事'를 예측할 수 없게 되었다고 했다. 조식의 위기의식은 이처럼 극도에 달하였는데, '구급救急' 두 글자를 임금에게 바쳐 나라를 부흥할 한마디의 말로 삼고자 했던 것이다.

조식은 위의 글에서 당대를 '천의'와 '인사'도 예측할 수 없는 시대라 했다. 천의는 하늘의 뜻이고 인사는 사람의 일이니, 이것은 천명에 의한 거대한 힘이 백성들 속에서 일어날 수 있다는 것을 암시한 것이다. 조식의 이 발언은 백성의 힘에 의한 혁명을 염두에 둔 것이라 해도 좋을 것이다. 그는 이러한 생각을 더욱 구체화하여 앞서 살펴본 <민암부>를 지었다. 그렇다면 총체적 위기에 대한 구체적 원인은 무엇이며, 이것이 백성의 거대한 힘과 어떻게 결합되는가. 조식은 이러한 생각을 <민암부>에 구체적으로 제시해 두었다. 이 역시 물과 관련되어 있어, 해당 부분을 적출해 제시하면 다음과 같다.

| | |
|---|---|
| 嘻嘘哉 | 아아, |
| 蜀山之險 | 촉산의 험함이여! |
| 安得以僨君覆國也哉 | 어찌 임금을 넘어뜨리고 나라를 전복할 것인가 |

---

夷狄凌加, 百疾所急, 天意人事, 亦不可測也."

究厥巖之所自　　그 험함이 생기는 원인을 조사하니
亶不外乎一人　　진실로 한 사람에게서 벗어나지 않는다네
由一人之不良　　한 사람이 어질지 못한 것은
危於是而甲仍　　위태하게 되는 첫째 원인이라네
宮室廣大　　궁실의 광대함은
巖之輿也　　험함의 비롯함이요
女謁盛行　　여알의 성행은
巖之階也　　험함의 사다리요
稅斂無藝　　세금을 대중없이 거둠은
巖之積也　　험함을 쌓이게 하는 것이요
奢侈無度　　법도 없는 사치는
巖之立也　　험함을 서게 하는 것이요
掊克在位　　부극이 자리를 차지하게 하는 것은
巖之道也　　험함을 이끄는 것이요
刑戮恣行　　형벌의 자행은
巖之固也　　험함을 견고히 하는 것이다[57]

위에서 조식은 암험한 힘이 생기는 원인을 여섯 가지로 제시하고 있다. 이러한 힘이 모이면 물에서 거대한 파란이 일어나 배가 침몰되듯이 국정의 최고 책임자인 군주는 민의 힘에 의해 권좌에서 물러나게 된다는 것이다. 여섯 가지 원인은 지나치게 큰 궁실, 여성의 정치참여, 가혹한 세금, 심한 사치, 고위 관료의 재물 수탈, 형벌의 자행 등이다. 이것은 군주의 실정에 기인하는데, 이로 말미암아 백성의 원한이 쌓이게 되어 급기야 돌이킬 수 없는 사태에까지 이른다고 했다. 그렇다면 조식은 이에 대한 대안을 어떻게

57　曺植, 『南冥集』 권1, <民巖賦>

구상하고 있었을까? 다음 자료를 통해 간단히 살펴보자.

> 사람을 취하는 것은 솜씨로 하지 않고, 반드시 몸으로써 합니다. 몸이 닦이지 않으면 자기에게 있는 마음 중의 저울과 거울이 없게 되므로, 선악을 분별치 못하여 사람을 쓰고 버리는 데 실수를 하게 됩니다. 사람이 또 나를 위해 쓰이지 않으면 누구와 함께 도를 다스리는 일을 이룩하겠습니까? 옛날에 남의 나라 염탐을 잘하던 사람은 그 나라 국세의 강약을 보지 않고, 사람을 얼마나 잘 쓰고 못 쓰는가를 보았습니다. 이것으로 천하의 일이 비록 극도로 어지럽고 극도로 다스려지는 것은 모두 사람이 만드는 것이지 다른 데에서 말미암는 것이 아님을 알 수 있습니다. 그런즉 자기 몸을 닦는 것이 다스림을 펴는 근본이며 어진 이를 쓰는 것이 다스림의 근본인데, 몸을 닦는 것은 또 사람을 쓰는 근본이 되기도 합니다. 성현의 천 마디 만 마디 말이 어찌 자신을 닦고 사람을 쓰는 것 밖에 있겠습니까? 적당한 사람을 쓰지 않으면 군자는 초야에 있고 소인이 나라를 마음대로 하게 됩니다.[58]

위는 1568년(선조 1)에 올린 <무진봉사>의 일부이다. 여기서 조식은 인재의 등용과 군주의 수기로 당대의 위기를 극복할 수 있다고 했다. 군주의 수기가 제대로 이루어지면 마음속에 저울과 거울이 마련되고, 이것이 마련되면 선악의 구별을 명확히 파악할 수 있어 인재를 제대로 등용할 수 있으며, 인재가 제대로 등용되면 나라가 잘 다스려지게 된다는 것이다. 여기서 조식은 '수기→저울과 거울→용인用人→치국'의 관계를 설정하고 있는데, 왕도정치는

58 曺植, 『南冥集』 권2, <戊辰封事>, "取人者, 不以手而以身, 身不修則無在己之衡鑑, 不知善惡, 而用舍皆失之. 人且不爲我用, 誰與共成治道哉? 古之善覘人國者, 不觀其國勢之强弱, 觀其用人之善惡. 是知天下之事, 雖極亂極治, 皆人所做, 不由乎他也. 然則修身者, 出治之本, 用賢者, 爲治之本, 而修身又爲取, 人之本也. 千言萬語, 豈有出此修己用人之外者乎? 用非其人, 則君子在野, 小人專國."

이것으로 이룩될 수 있다고 믿었기 때문이다.

위에서 보듯이 당대를 총체적 위기로 파악한 조식은 그 최종 책임이 군주에게 있다고 생각했다. 이 때문에 군의 실정을 더욱 부각시키지 않을 수 없었다. 그러나 군의 실정은 군의 '수기'와 '용인用人'으로 타개할 수 있다고 보았다. 수기가 1차적이고 근본적인 것이라면서 이것이 제대로 마련되면 용인은 저절로 이루어진다고 생각했다. 이 밖에도 조식은 안일과 탐학으로 나타난 관의 부패는 군의 '위엄'과 관의 '애민'의 실천으로 타개할 수 있다고 했고, 부조리한 시대인데도 불구하고 출사한 사에 대해서도 '퇴처'와 '절개'를 강조하며 시대에 맞설 것을 촉구했다. 조식은 이것이 자신의 자리에서 할 수 있는 최상의 방책이라 생각했던 것이다.

## 4. 현실주의적 인문정신의 근원

물은 본질적으로 세척성과 원천성, 그리고 암험성을 갖고 있다. 조식은 여기에 착목하여 그의 수양과 학문, 그리고 민본사상을 드러내고자 했다. 이것은 다시 조식의 경의·실천·비판정신으로 확대되었고, 이 역시 물에 대한 인식과 결부시켜 살펴볼 수 있었다. 조식의 인문정신은 비판정신으로 그 정채를 발한다고 하겠는데, 그의 비판정신은 명단론적 경의정신을 기반으로 하고 있다. 즉 조식의 인문정신은 표면적으로는 강한 현실비판에 있지만, 이면적으로는 치열한 자기수양과 결부되어 있다는 것이다. 경의정신에서 비판정신에 이르는 일련의 정신을 우리는 현실주의라 할 수 있을 것이다. 그렇다면 물과 관련된 조식의 현실주의적 인문정신의 근원은 어디에 있는가.

남명학의 핵심이 경의정신을 내용으로 하는 수양론에 있다면 이것이 퇴계학의 그것과 어떻게 같고 다른가. 이를 살펴보면 현실주의를 근간으로 하는 조식의 인문정신이 더욱 또렷해진다. 그동안 조식과 이황은 대비적 관점에서 다양하게 언급되어 왔다. 고문古文과 금문今文, 특립독행特立獨行과 덕후학순德厚學純, 고풍高風과 정맥正脈, 주의主義과 상인尙仁, 산고山高와 해활海濶, 초월지기超越之氣와 혼연지기渾然之氣, 벽립만인壁立萬仞과 일월춘풍日月春風, 탁흥규풍托興規風과 온유돈후溫柔敦厚 등이 대체로 그것이다. 이것은 더욱 확대되어 설산과 춘원, 기백과 온화 등으로 이야기되기도 했다.

조식과 이황을 이 글의 주제인 '물' 인식과 결부시켜 볼 때 더욱 흥미로운 점이 발견된다. 우선 '남명南冥'과 '퇴계退溪'라는 자호 자체를 주목할 필요가 있다. 조식이 거대한 바다를 표방한다면 이황은 순수한 개울을 지향하고 있기 때문이다. 이것은 같이 '물'을 주목하지만 방향이 서로 다르다는 것을 의미한다. 수양론적 측면에서도 이러한 경향이 나타난다. 물을 소재로 한 다음 작품을 중심으로 이 부분을 살펴보자.

(가) 臥疾高齋晝夢煩　높다란 다락에 병들어 누워 낮꿈이 번거로운데
幾重雲樹隔桃源　몇 겹의 구름과 나무가 도화원을 격리시켰나
新水淨於靑玉面　새로운 물은 푸른 구슬보다 맑아
爲憎飛燕蹴生痕　나는 제비가 물결 차 생긴 흔적 밉기만 하네[59]

(나) 露草夭夭繞水涯　이슬 머금은 풀이 곱게 물가를 둘렀는데
小塘淸活淨無沙　작은 연못이 맑고 깨끗해 모래도 없네
雲飛鳥過元相管　구름 날고 새 지나감은 원래 상관되는 것
只怕時時燕蹴波　다만 두려운 것은 때때로 제비가 물결을 차는 것이라네[60]

---

59 曺植, 『南冥集』 권1, <江亭偶吟>

앞의 작품 (가)는 조식의 <강정우음江亭偶吟>이고, 뒤의 작품 (나)는 이황의 <야지野池>이다.[61] 이 시는 여러 사람들에 의해 회자되어 왔는데, 이현일李玄逸(1627-1704)과 하겸진河謙鎭(1870-1946)이 그 대표적이다. 이현일은 이 두 작품이 같으면서도 다르다고 했다. 같은 점은 수양론과 관련하여 천연자득지취天然自得之趣가 있다는 것이었고, 다른 점은 조식의 작품에는 공적空寂을 주장하는 '무물無物의 의사'가 있는데 비해, 이황의 작품에는 정시靜時의 존양存養과 동시動時의 성찰省察이 나타나는 '순응의 기상'이 있다고 했다. 이에 비해 하겸진은 조식의 시에서 기·승구를 뺀 나머지 두 구를 퇴계시 전체와 대비시키면서 두 작품 모두 청명하고 고요한 심지를 나타낸 것이라 했다.

조식과 이황의 두 작품은 수양론적 주제를 지니고 있다는 측면에서 동질성을 확보하고 있다. 즉 제비로 표상되는 인욕을 막고, 천리로 표상되는 맑은 물을 보존하고자 했기 때문이다. 그러나 이 작품은 창작공간이 강과 연못으로 서로 다르고, 수양방법 역시 같지 않다. 즉 조식이 '나는 제비가 물결차 생긴 흔적 밉기만 하네.'라고 한 데 비해 이황은 '다만 두려운 것은 때때로 제비가 물결을 차는 것이라네.'라고 하고 있기 때문이다. 우리는 여기서 조식이 '싫음[憎]'을 강조하고 있다면, 이황은 '두려움[怕]'을 강조하고 있다는 것을 알 수 있다. 이것은 조식과 이황이 모두 수양론을 중시하지만, 그 방향 면에서 조식이 '수修 : 알인욕遏人欲'을, 이황이 '양養 : 존천리存天理'를 강조하고 있음을 의미한다.

유가 수양론을 존양성찰로 요약한다면, 조식과 이황의 수양론이 여기에 기반하고 있지만 그 무게 중심이 조식은 성찰에, 이황은 존양에 놓인다고

---

60 李滉, 『退溪集』 권1, <野池>

61 이 두 시는 정우락, 「이황과 조식의 문학적 상상력, 그 동이의 문제」, 『한국사상과문화』 40, 한국사상문화학회, 2007에서 자세히 다루었다.

할 수 있다. 이러한 수양론적 편차는 조식의 <강정우음>과 이황의 <야지>는 물론이고 폭포를 노래한 작품에도 그대로 나타난다. 조식의 폭포에 관한 시는 세 수이고 이황은 아홉 수이다. 그런데 이들이 폭포를 바라보는 태도에는 다소의 차이가 있다. 즉 조식이 우렁찬 폭포수를 보면서 피아彼我의 명확한 대립과 이로 인한 격렬한 전투를 떠올린다면, 이황은 아름다운 자연의 일부로 폭포를 관찰하고 있기 때문이다. 다음 두 작품에 이러한 사정이 잘 나타난다.

(가) 勍敵層崖當　　굳센 적처럼 층진 벼랑이 막아섰기에
春撞鬪未休　　찧고 두드리며 싸우길 쉬지 않는다
却嫌堯抵璧　　요임금이 구슬 버린 것 싫어하여
茹吐不曾休　　마시고 토하길 쉰 적이 없다네[62]

(나) 高崖巨壁鑿何年　　높은 벼랑 큰 암벽을 어느 해에 팠던고
怒瀉千尋白練懸　　천 길로 쏟아지는 성난 물줄기 흰 비단처럼 걸렸네
響振巖林山鬼遁　　폭포 소리가 바위와 숲을 흔들어 산 귀신도 도망가는데
一區雲物屬靈仙　　한 지역의 경물이 신선 세계를 이루었네[63]

앞의 작품 (가)는 조식의 <영청학동폭포咏青鶴洞瀑布>이다. 조식은 이 시에서 층층으로 쌓인 벽을 막아선 적군에, 그것을 뚫고 나가려는 폭포를 아군에 비유하고 있다. 거센 물을 치열한 전투로 표현한 것은 지리산 계곡물에 대한 묘사에서도 확인된다. '높은 물결은 우레와 벼락이 서로 싸우는 듯하다[高浪雷霆鬪]'라고 한 것이 그것이다. 이처럼 물을 소재로 하여 피아를 분명히 설정하

62 曺植, 『南冥集』 권1, <咏青鶴洞瀑布>
63 李滉, 『退溪集』 권2, <觀聽洞瀑沛>

고 격렬한 전투적 자세를 취한 것은 인욕을 막고자 하는 조식의 의지가 이처럼 강력하며 철저하다는 것을 의미한다. 이것은 앞에서 살핀 <신명사도명>과 <욕천>에서 보인 전투적 자세 및 시살적厮殺的 자기수양에서 이미 확인된 바이기도 하다.

뒤의 작품 (나)는 이황의 <관청동폭포觀聽洞瀑布> 네 수 중 첫 번째 시이다. 이황 역시 노한 물줄기를 들어 강한 힘을 제시하고 있으나 흰 비단에 바로 비유하여 그 강함을 부드러움으로 중화시키고 있다. 폭포의 소리가 산 귀신을 쫓아내는 데서 '알인욕'의 이미지가 연상되도록 했지만, 한 지역의 경물로 선경을 이루었다고 하여 '존천리'에 강조점이 놓이게 했다. 이것은 이황이 지닌 온유돈후溫柔敦厚의 미의식이 작동한 결과다. 이 때문에 <지방사폭포池方寺瀑布> 등의 작품에서는 폭포를 노래한 작품임에도 불구하고 아예 물줄기 자체가 등장하지 않기도 한다. 그의 시야에 들어온 것은 경물들이 서로 아름답게 조화를 이루고 있을 따름이었다.

요컨대, 조식 인문정신의 특징은 민본사상에 입각한 비판정신에 있고, 이 비판정신은 명단론적 경의정신에 근거한다. 이것을 우리는 현실주의적 인문정신이라 묶어 말할 수 있을 것인데, 이러한 점은 이황과 비교해 보면 더욱 분명해진다. 즉 수양론은 조식과 이황이 함께 강조한 것인데, 상대적으로 볼 때 조식은 '수 : 성찰-알인욕'에, 이황은 '양 : 존양-존천리'에 입각점을 두고 있다는 것이다. 우리는 여기서 조식 인문정신의 핵심이 비판적 현실주의로 열려 있다는 것을 알게 된다. 이것이 문학작품을 통해 구체적으로 형상화될 때, 조식의 폭포시 등에서 보여주는 것처럼 피아가 분명한 전투적 자세를 견지하고 있었던 것이다.

## 5. 맺음말

이 글은 남명南冥 조식曺植(1501-1572)의 '물' 인식을 통해서 그의 인문정신을 살펴보기 위해 기획된 것이다. 사실 조식의 생애는 물로 시작한다고 해도 과언이 아니다. 그가 삼가현 토동에서 태어날 때 무지개가 집안 우물에서 뻗어 나와 자색紫色의 광채가 방안에 가득하였다는 곽종석의 전언[64]이 있기 때문이다. 그리고 '남명'이라는 호가 보여주는 것에서도 알 수 있듯이 그가 지향하는 것도 남쪽 바다였다. 이러한 사실을 염두에 둔다면, 조식은 물로 시작하여 마침내 도달하고자 하는 지점도 물과 관련되어 있었던 것이다.

물에는 청淸과 탁濁, 지止와 류流, 안安과 격激 등 모순적인 것이 함께 존재한다. 조식은 이러한 물의 성질을 섬세하게 관찰하면서 여기서 촉발되는 문학적 상상력을 펼쳤다. 그의 물 인식은 다양하지만 주로 물이 본질적으로 지니고 있는 세척성과 원천성, 그리고 암험성을 주목하였다. 여기에 입각하여 그는 자신의 수양과 학문, 그리고 민본에 대한 생각을 물의 이미지에 투사시켜 작품화했다. 이것은 다시 자신의 경의정신과 실천정신, 그리고 비판정신 등으로 확대시켜 나갔다. 이러한 확대에도 물은 그 이면에서 깊이 작용하고 있었다.

조식의 인문정신은 민본사상에 입각한 비판성이 핵심이다. 그는 인간다움을 침해하는 일체의 폭압에 맞서 군주의 실정은 물론이고, 관리의 탐학, 선비의 실절 등을 두루 비판하였다. 이 가운데 군주의 실정은 비판의 주요 대상이 되었다. 군주는 당대의 위기를 만든 최종 책임자이기 때문이다. 비판적 인문정신을 보유하고 있었던 조식, 그 정신의 근원에는 비판적 수양론이 있었다.

64 郭鍾錫, 『俛宇集』 권149, <南冥曺先生墓誌銘>, "南冥先生, 生于三嘉縣之兎洞, 有虹起于宅井, 光紫滿室."

즉 그가 '존양성찰'을 모두 강조하고 있지만, 이 가운데 성찰에 방점이 놓인다는 것이다. 이것은 조식의 수양론이 '수 : 알인욕'과 '양 : 존천리'에서 전자에 더욱 밀착되었다는 이야기가 된다. 우리는 여기서 현실주의로 열려 있었던 조식 인문정신의 근원을 발견할 수 있다.

현재 남명학 연구는 큰 진척을 보지 못하고 있다. 수많은 논의들이 있어왔지만 최근의 것일수록 제자리 맴돌기와 동어반복이 지속된다. 이러한 측면에서 새로운 연구를 위한 활로를 찾지 않을 수 없다. 이 글은 바로 이러한 문제의식에서 출발하여, 조식이 '물'을 어떻게 인식하고 이것이 당대의 인문정신과 어떻게 결합되고 있는가 하는 문제를 주로 따졌다. 인문정신이 주체적 보편성을 획득해야 한다고 볼 때, 조식의 인문정신은 비판적 수양론에 있다. 조식은 이것으로 자신과 당대를 읽고 있기 때문이다. 그리고 이것이 구체적으로 형상화될 때는 민본사상에 입각점을 두고 있었다. 여기에는 모든 힘의 근원은 백성에게 있으며, 그 백성은 하늘과 교감하며 현실을 개혁해 나간다는 천명사상이 깊게 내재되어 있음은 물론이다.

새로운 남명학 연구의 또 다른 방향 하나를 제안하며 이 글을 마무리한다. 남명학에 대한 문화론적 접근이 그것이다. 조식이 남긴 글을 일별해 보면 시간과 공간, 그리고 인간, 즉 삼간三間이 상호 작용하고 있다. 조식의 시대가 오래전에 지나갔지만 역대로 조식에 대한 추모는 지속되어왔다. 바로 이러한 점을 인식하면서 조식이 사람들에게 어떻게 기억되었으며, 후인들은 이와 관련하여 어떤 문화를 만들어 갔는가 하는 문제를 집중적으로 따져 볼 필요가 있다. 그러나 이 같은 남명학에 대한 문화론적 접근은 아직 본격화되지 않았다. 여기에 대한 관심과 그 학문적 결과는 우리 시대의 남명학 읽기에 새로운 길을 개척할 수 있을 것으로 본다.

# 제5장 조형도 시와 물의 양상

## 1. 머리말

이 글은 동계東溪 조형도趙亨道(1567-1637)의 시문학에 '물'이 어떠한 방식으로 존재하며, 그것이 그의 시정신에 어떻게 구조화되어 있는가 하는 문제를 다룬 것이다.[1] 물을 특별히 주목한 것은 조형도의 상상력에 대한 핵심을 가장 집약적으로 드러내기 위함이고, 시문학에 초점을 둔 것은 현재 남아 있는 그의 문집인 『동계집』에 완성도 높은 시가 풍부하게 등재되어 있기 때문이다. 또한 오늘날 우리 한시 연구가 흔히 주제 분류에 그치거나, 작가의 삶을 이해하는 보조적 수단으로 활용되고 마는 방법론적 한계를 극복하기 위함이기도 하다.

조형도는 함안인咸安人으로 일명 원도遠道인데, 자는 경달景達 혹은 대이大而, 호는 동계東溪 혹은 청계도사淸溪道士다. 생육신의 한 사람인 어계漁溪 조려趙旅(1420-1489)의 5대손으로, 아버지는 동지중추부사 지址이며, 어머니는 안동

1 이 글은 필자의, 「동계 조형도 시에 나타난 '물'에 대하여」(『영남학』 28, 경북대학교 영남문화연구원, 2015)를 수정·보완한 것이다.

권씨로 고려조에서 급사給事를 지낸 윤형允衡의 후손 습독習讀 권회權恢의 따님이다. 조형도는 청송 안덕리에서 5남 3녀 중 둘째 아들로 태어났으니, 1567년(명종 22) 5월 20일의 일이다. 어려서 함안 검암리儉巖里에 살고 있었던 백부인 만호 우堣와 허유許裕의 따님인 김해허씨 아래로 양자를 들었으며, 부인은 부윤 오운吳澐(1540-1617)의 따님인 고창오씨였다. 향년은 71세였다.

조형도의 시대는 밖으로부터 발생한 임진왜란과 병자호란, 안에서 일어난 이괄의 난과 인조반정 등으로 조선은 내우외환에 시달려야만 했다. 그의 삶은 이러한 현실에 직면해 있었던 것이다. 그에게 성리학적 문제의식이 없지 않았지만, 이 같은 위난의 시기를 맞아 그는 붓을 던지고 칼을 잡지 않을 수 없었다. "대장부가 해야 할 사업이 반드시 문묵文墨에만 있는 것이 아니다. 하물며 이처럼 나라가 위급할 때를 맞아 구습을 고수하며 임금과 부모를 위난으로부터 구하지 않겠는가."[2]라고 하면서, 1594년(선조 27) 무과에 나아가 급제한 것에서 이러한 사정을 명확히 확인할 수 있다.

조형도가 무과에 나아간 것은 임진년 곽재우郭再祐(1552-1617)의 진영에서 세운 무공이 하나의 계기가 되었을 것이다. 이로써 그는 훈련원訓鍊院 주부主簿가 될 수 있었으며, 급제 이후에는 선전관겸비국랑宣傳官兼備局郞(28세), 통정대부通政大夫(28세), 고성현령固城縣令(40세), 창원소모장昌原召募將(42세), 토포장討捕將(51세), 순변사巡邊使 류비柳斐의 종사관從事官(56세), 경덕궁위장慶德宮衛將(56세), 호위별장扈衛別將(59세), 진주영장晉州營將(61세), 상주영장尙州營將(61세), 괴산군수槐山郡守(61세), 경주영장慶州營將(63세) 등을 제수 받아 나아가 임무를 수행하기도 하고 사직하기도 했다. 관직에 나아가지 않을 때는 청송과 함안을 오가며 자연 속에서 시주詩酒를 즐기며 작품 활동을 전개하였다. 이때 창작한

---

2 申楫, <墓誌銘>(趙亨道, 『東溪集』 권5), "男兒事業, 不必專在文墨, 況此艱危, 其可守株而不急君父之難乎?"

것이 오늘날 남아 있는 그의 시편들이다.

조형도를 이해함에 있어 우리가 주목하고자 하는 것은 그의 학통이다. 17세 되던 해(1583)에 김성일金誠一(1538-1593) 등과 교유하였던 청송의 첨지 민추閔樞(1526-1604)에게 나아가 배우고, 21세(1587)에는 함안咸安으로 내려가 당시 군수로 와서 흥학을 하던 정구鄭逑(1543-1620)의 문하에 나아가 수학하였다. 정구는 이황과 조식의 학문을 전수 받아 거경居敬을 바탕으로 한 궁리窮理와 집의集義를 온전히 한 인물로 평가된다. 조형도는 스승 정구의 만사에서 "공자의 진원 찾아 천 년 전 수사洙泗의 진원을 거슬러 올라가 이으셨고, 우뚝한 가야산은 만 길로 뻗어 있네."[3]라고 하였다. 성리학적 사유와 강한 기상을 드러낸 것이라 하겠는데, 우리는 여기서 조형도가 정구를 통해 이황과 조식을 함께 느끼고 있음을 감지하게 된다.

오운이 조형도의 장인이었던 것도 주목할 만한 사실이다. 그 역시 이황과 조식에게 나아가 학문을 전수 받은 인물이기 때문이다. 조형도는 오운을 위한 제문에서, "산해당山海堂에 오르고 퇴도실退陶室에 들어가, 나아가는 바가 정대하였고, 학식이 바르고 분명하였네."[4]라고 하였다. 여기서 물론 산해당은 조식을, 퇴도실은 이황을 의미한다. 조형도가 오운의 행장을 쓰면서, "젊어서 이황과 조식 양 선생의 문하에서 수업하여 깊은 인정을 받았다."[5]라고 한 것도 같은 맥락에서 이해된다. 이로써 우리는 조형도의 자연에 대한 혹애酷愛와 현실에 대한 깊은 관심이 그 연원을 갖고 있음을 알게 된다.

조형도를 아는 사람들은 거의 모두가 그의 문무겸전文武兼全에 대하여 칭송했다. 정사물鄭四勿(1574-1649)이 "문과 무를 아울렀으며, 나이와 관직이 함께

3 趙亨道, 『東溪集』 권3, <寒岡鄭先生輓>, "眞源洙泗千年泝, 峻色伽倻萬丈橫."
4 趙亨道, 『東溪集』 권4, <祭竹牖吳先生文>, "升山海堂, 入退陶室. 趨向正大, 學識端的."
5 趙亨道, 『東溪集』 권4, <竹牖吳先生行狀>, "少遊退陶南冥兩先生之門, 深見稱許."

높았네."[6]라고 하거나, 곽위국郭衛國(1587-1656)이 "문무재능을 겸한 것은 옛 장수의 풍도요, 높은 공명이 덕에 어울려 우리나라에 빛났네."[7]라고 하는 등 허다한 수사가 그것이다. 여기서 나아가 손처약孫處約(1556-?)은 조형도를 들어 문무에 시를 더하여 삼능三能이라 칭송하며, "서書에 능하고 무武에 능한데다 시詩까지 능하였으니, 삼능은 예전에도 드문 것이었다고 사람들은 모두 말하네."[8]라고 하기도 했다. 우리는 여기서 조형도에 대한 당대의 시각이 어떠하였는가 하는 부분을 바로 알게 된다. 다음 자료 역시 그를 이해하는 데 있어 많은 도움을 준다.

> 일찍이 『시경』, 『서경』, 『역경』, 『논어』, 『맹자』, 『중용』, 『대학』을 손수 써서 읽었으며, 매양 관직에 있을 때는 『사기』와 백가서, 그리고 염락의 여러 책과 우리나라 선비들의 문집 및 여지승람輿地勝覽 등을 서가에 가득 비치해 두고 손으로 열람해 보면서 마음으로 이해하고 정신으로 관통하지 않은 것이 없었다. 문장을 지음에 종이를 잡고 글을 씀에 호한한 기운이 모두 갖추어져 있었다. 또한 두보杜甫와 육유陸游의 시를 매우 좋아하였는데, 매양 달이 뜬 밤에는 술잔을 가져다 술을 마시며 서너 번 가락을 넣어 읊조리면서 우울한 회포를 풀기도 했다. 지은 시는 평담平淡하여 조탁한 흔적이 없었는데 마치 의도하지 않은 듯하였다. 세상에서 시로 이름을 얻은 자가 모두 미치지 못할 것이라 생각했다.[9]

---

6 鄭四勿, <輓詞>(『東溪集』 권5), "文兼武幷用, 齒與爵俱尊."

7 郭衛國, <輓詞>(『東溪集』 권5), "文武才兼故將風, 勳名稱德暎吾東."

8 孫處約, <輓詞>(『東溪集』 권5), "能書能武又能詩, 咸曰三能古所稀."

9 趙基永, <遺事>(『東溪集』 권5), "嘗手書詩書易論孟庸學, 以便觀覽, 每居官購得史記百家濂洛羣書東賢文集及輿地勝覽等書, 揷架充棟, 無不手閱眼過, 心會神通, 爲文操紙立書, 渾浩委備. 又酷好老杜放翁詩, 每月夜引一大白, 朗吟三四遍, 以瀉憂傷之懷, 所著詩平淡無雕琢之態, 若不經意, 而世之以詩名者, 皆以爲不及也."

방손傍孫 조기영趙基永(1764-1841)이 쓴 『동계집』 <유사遺事>의 일부인데, 여기에는 동계의 독서경향을 비롯해서 두보杜甫(712-770)와 육유陸游(1125-1210)를 좋아한 사정, 시주를 함께 즐긴 사정 등이 두루 제시되어 있다. 특히 그의 시를 '평담하여 조탁한 흔적이 없었다'라고 평가했다. 이는 조형도의 시가 자연미를 추구하고 있다는 것을 의미한다. 이러한 생각은 조형도의 <행장>을 쓴 이병하李秉夏(1780-1852)도 동의하던 바였다. 즉, "운격평담韻格平淡, 무조탁태無彫琢態"라 한 것이 그것이다. 이러한 평가는 이응기李應麒가 그의 만사를 지으면서, "글은 비단 같아 붓끝을 따라 나왔으며, 구슬을 꿴 듯 글귀마다 교묘하였네."[10]라고 한 것과 견주어 볼 때 약간의 차이가 있기는 하나, 그의 시적 재능을 높게 인정한 것으로 보아 마땅할 것이다.

현재 조형도에 대한 학술적인 접근은 거의 없는 것이 실정이다. 이는 그의 문학적 재능을 고려할 때 안타까운 일이 아닐 수 없다. 이 글에서는 이러한 사정을 염두에 두면서 조형도 시에 나타난 물의 존재 양상을 중심으로 그의 시정신을 탐구하기로 한다. 이를 위하여 먼저 물을 주목하는 이유를 구체적으로 다루고, 나아가 조형도 시에 나타난 다양한 물의 존재 양상을 탐구할 것이다. 그리고 강호락江湖樂과 묘당우廟堂憂 사이에서 형성된 그의 시정신을 살피는 데로 나아갈 것이다. 이로써 우리는 조형도 의식구조의 일단이 구명되기를 기대한다.[11]

---

10 李應麒, <輓詞>(『東溪集』 권5), "綺繡隨毫發, 珠璣逐句工."

11 본 연구의 텍스트는 1845년 경에 간행된 것으로 보이는 『동계집』이다. 이 책은 방손 趙基永의 遺事, 1845년에 쓴 李秉夏의 행장, 柳致明의 서문, 趙基祿의 발문 등이 실려 있는데, 도합 5권 3책으로 된 목판본이다. 이 책의 권1-3에는 1편의 부와 433제의 시가 실려 있고, 권4에는 疏(1), 書(11), 序(3), 記(2), 祭文(9), 行狀(1)이, 권5는 부록으로 만사와 묘지명 등이 실려 있다.

## 2. 물을 주목하는 이유

물이 없으면 우리는 잠시라도 살 수가 없다. 인간의 존재를 가능케 하는 것이 물과 공기와 음식인데, 물은 그 가운데서도 핵심이다. 우리는 여기서 중국 고전에 나오는 '항해沆瀣'라는 용어를 주목한다. 이것은 북방의 한밤중 기운이 어떤 모습을 갖춘 것으로, 물을 의미하기 때문이다. 즉 물은 순수를 의미하는 한밤중에 생성되는 기氣의 외현태外現態이다. 이 때문에 조식曺植은 <원천부原泉賦>에서 물을 들어 "곡신과 같이 영원히 죽지 않으니, 실로 기모의 항해와 같다."[12]라고 할 수 있었다. 이처럼 물은 기의 어머니이자, 모든 생명체의 근원으로 인식되었으며, 우주만물의 운동과 조화를 가능케 하는 존재로 여겨졌다.

고대 그리스의 철학자 탈레스는 물을 만물의 근원으로 보았다. 널리 알려진 사실이다. 그는 이것으로 생명과 우주현상의 근본에 대하여 탐색하고자 했다. 유가와 도가로 대표되는 동양철학에서도 물은 중요하게 인식되었다. 유가는 물의 동적動的인 측면을 주목하고 여기서 영원성을 읽어 내었다. 공자가 지혜로운 사람은 물을 좋아하며, 동적이며, 즐길 줄 안다고 한 것에서 이러한 사실을 알 수 있다. 이에 대하여 주자는 지혜로운 사람에 대해, "사리에 통달하여 두루 막힘이 없어 물과 유사한 점이 있는 까닭에 물을 좋아한다."라고 풀이하였다. 맹자 역시 다음과 같이 물에 대하여 남다른 생각을 갖고 있었다.

> 서자徐子가, "공자께서 자주 '물이여! 물이여!' 하며 탄식하였는데 물에서 어떤 뜻을 취한 것입니까?"라고 물었다. 이에 맹자는, "근원이 있는 물은 끊임

12 曺植, 『南冥集』 권1, <原泉賦>, "同不死於谷神, 實氣母之沆瀣."

없이 솟아나서 밤낮을 쉬지 않고, 구덩이를 채운 뒤에 나아가서 사방의 바다까지 흘러들어 간다. 근본이 있는 자는 역시 이와 같으니, 이 뜻을 취한 것이다." 라고 하였다.

『맹자』「이루장구」 하에 나오는 말이다. 일찍이 공자는 『논어』에서 "가는 것이 이와 같구나! 밤낮으로 그치지 않는구나![逝者, 如斯夫! 不舍晝夜!]"라며 물을 찬미한 적이 있다. 이에 대하여 맹자는 위와 같이 근원이 있기 때문에 그러할 수 있다면서, 이로써 구덩이를 채우고 마침내 사방의 바다로 나아갈 수 있다고 했다. 이것을 사람에 비유하여 학문적 근본을 튼튼히 하라고 했다. 이 근본이 있으면 점점 나아가 마침내 지극한 경지에 이르게 된다는 것이다. 우리는 여기서 유가들의 물 인식이 근원성과 영원성에 기반해 있다는 것을 알게 된다.

물은 모든 사물의 근원이기 때문에 그 본질을 변화시키지 않으면서도 다양한 모습으로 존재한다. 땅 밑에서는 지하수로 흐르고, 땅 위에서는 수많은 모습으로 존재한다. 그리고 공중에서는 수증기로 올라가 구름이 되어 떠다니다가 다시 비가 되어 내리기도 한다. 지상의 물은 그 존재 양상에 따라 흐르는 물[流水]과 멈추어선 물[止水]로 구분된다. 유속에 따라 폭포, 개울, 강으로 나누어지고, 멈춘 정도에 따라 샘, 연못, 호수로 구분된다. 그리고 바다는 이 모두를 종합하여 크게 멈추어 있는 듯하지만 내적으로 강한 유속을 함께 지닌다.

뱀이 마셔 독이 되고, 젖소가 마셔 우유가 되는 것처럼 물은 흡수되는 대상에 따라 전혀 다른 효과를 발생시킨다. 그 대상은 동식물을 가리지 않는데, 수많은 사물에게 생명을 유지할 수 있도록 하는 생명의 원천이기 때문에 가능한 것이다. 이처럼 물은 수많은 사물 속에 근원적인 원리로 존재하므로,

성리학의 주요 개념인 이일분수理一分殊로 이것을 설명할 수도 있다. 즉 물은 개별 사물을 초월해서 그 스스로 존재하기도 하지만, 개별 사물에 내재하여 개별 사물의 존재와 운동을 규정하는 내적 원리로서의 기능한다는 것이다. 이렇게 보면 물은 하나의 이理와 다름없으며 태극과 같은 존재이다.

물은 나아가 인간의 문화 생성을 가능케 한다는 측면에서도 주목된다. 샘에서 물이 흘러 개울을 만들고, 이 개울이 모여 강이 되고, 강이 모여 바다가 된다. 강과 바다를 이루는 물은 여기에 합당한 또 다른 문화를 생성시킨다. 넓은 들판이 강을 따라 생기고, 국제관계 속에서 발생하는 해양문화가 바다를 중심으로 이루어진다. 우리는 여기서 물이 만들어 내는 다양한 문화체계를 이해하게 된다. 그것은 물이 자연 생명력의 근원이지만, 그것을 훨씬 뛰어넘어 인간으로 하여금 다양한 문화를 창출케 한다는 것이다. 문학은 바로 인간이 이 과정에서 생산하는 대표적인 지적 활동이다. 우선 다음의 시조 두 수를 보자.

(가) 靑山은 엇뎨ᄒᆞ야 萬古애 프르르며
流水ᄂᆞᆫ 엇뎨ᄒᆞ야 晝夜애 긋디 아니ᄂᆞᆫ고
우리도 그치디 마라 萬古常靑ᄒᆞ리라[13]

(나) 山은 녯 山이로되 물은 녯 물이 아니로다
晝夜에 흐르거든 녯 물이 이실소냐
人傑도 물과 ᄀᆞᆺ도다 가고아니 오ᄂᆞᆫ또다[14]

13 李滉, <陶山十二曲> 言學 第5曲.
14 李衡祥, 『甁窩歌曲集』 541번 작품.

앞의 시조 (가)는 성리학자 이황의 것이고, 뒤의 시조 (나)는 기녀 황진이의 것이다. 우리는 여기서 같은 물이지만, 이에 관한 상상력이 얼마나 다른지를 바로 확인할 수 있다. 이황은 물이 주야에 그치지 않고 영원히 흐른다고 했고, 황진이는 물은 흘러 돌아오지 않는다고 했다. 이황이 물을 통해 불변하는 도 내지 진리를 인식하며 학문적 탐구를 지속하고자 했고, 황진이는 물을 통해 가변적인 정 내지 사람을 인식하며 사랑이라는 생명활동을 하고자 했다. 불변과 가변, 영원과 순간이 물을 통해 동시에 읽히면서, 이황과 황진이는 이들이 처한 신분적 상황이나 세계관적 지향점을 서로 다르게 표출하였던 것이다.

존재의 근원인 물은 조형도에게서도 상상력의 근원 구실을 했다. 위에서 살핀 시조에서도 드러나듯이 물은 흔히 산과 짝을 이루면서 등장한다. 이는 자연의 다른 이름이며, 호해湖海, 강하江河, 강산江山, 산하山河, 강호江湖 등으로 확대되기도 한다. 산수 속에서 자신의 삶을 영위하였던 조형도 역시 이들 용어를 다양하게 활용하면서 자신의 정서를 나타냈다. "한가한 사람 강호 속에 누워 있노라니, 어조魚鳥와 함께하는 생애 즐거움이 넉넉하네."[15]라고 한 데서 볼 수 있듯이, 강호는 자연이며 그의 삶을 영위하는 공간이었다. 이처럼 조형도는 강호를 중심으로 생활하였으므로, 만남과 사귐, 그리고 이별 등이 이 속에 있었다. 다음 작품을 보자.

十載風塵湖海隔　10년을 풍진 세상에서 살아 호해는 멀어졌는데
相逢何幸此論文　상봉하여 이렇게 글을 논하게 된 것이 얼마나 다행인가
白頭休惜前顏變　지난날의 젊음이 백발로 변했다고 한탄 마시게
青眼猶存舊意懃　반가운 눈빛 오히려 있고 옛 뜻도 은근한 것을

15　趙亨道, 『東溪集』 권1, <登季父斗巖精舍>, "閒人高卧江湖裏, 魚鳥生涯樂有餘."

富貴不來時與命 부귀가 오지 않음은 시운과 운명 때문이요
飢寒難免我同君 기한飢寒을 면하기 어려움은 나와 그대가 같도다
明朝又作南州客 내일 아침 또 남주南州로 가는 길손이 될 터인데
何處愁看渭北雲 어느 곳에서 위북의 구름을 근심으로 보려는가[16]

이 시는 조형도가 한경안에게 준 것으로 유용한 정보를 여럿 포함하고 있다. 풍진風塵과 호해湖海를 대비시키고 있으니 '호해'가 무엇을 의미하는가 하는 것을 바로 알 수 있다. 벼슬살이라는 세속과의 대척적 거리에 있는 자연이 바로 그것이다. 여기서 그는 가난하게 살지만 오랜 친구를 청안靑眼으로 만나 옛 정의를 나누니 즐겁다고 했다. 이처럼 만남을 통한 교유가 호해에서 진행되고, 만남이 있었으므로 이별 역시 없을 수 없었다. 미련에 보이듯이 내일 아침 남쪽 고을로 내려갈 길손이라고 한 것이 그것이다. 호해는 만남과 교유, 그리고 이별이 발생하는 생활공간으로서의 의미를 지니고 있었던 것이다.

생활공간인 호해 속에서 조형도가 물에 특별한 관심을 갖고 이를 중심으로 그의 상상력을 펼치는 것은 지극히 당연한 일이다. 시내에서는 "근심하는 마음을 어느 곳에서 끊었기에, 시냇물이 짧게 혹은 길게 우는가?"[17]라고 하였고, 강가에서는 "강바람 불어와 물결이 일렁이니, 먼 길 떠나는 나그네 나루에 다다라 감히 건너지를 못하네."[18]라고 하였으며, 바다에서는 "주변루籌邊樓 위의 나그네 근심 많은데, 멀고 먼 바다를 한 눈으로 바라봄에 아득하여라."[19]라고 한 것이 그것이다. 이처럼 물은 각기 그 형태를 달리하지만

16 趙亨道, 『東溪集』 권1, <呈韓景顔>
17 趙亨道, 『東溪集』 권3, <鷹巖, 送別文汝由>, "愁腸何處斷, 溪水短長聲?"
18 趙亨道, 『東溪集』 권1, <小有亭渡口>, "江風吹動水紋斜, 遠客臨津不敢過."
19 趙亨道, 『東溪集』 권1, <次左細柳營籌邊樓韻>, "籌邊樓上客愁饒, 海曲迢迢一望遙."

그의 시심을 자극하기에 족하였다. 다음 시에서는 이러한 생각이 더욱 적극적으로 읽힌다.

峭直高峯勢壓樓　우뚝 솟은 봉우리의 기세 누대를 누르고
老槐衰草古城頭　늙은 홰나무 시든 풀은 고성 머리에 있네
江流十里聲來枕　강은 십 리로 흘러 물소리 베갯머리까지 오고
梧落一庭雨打秋　오동잎 뜰에 지는 비 내리는 가을이네
罇酒淹成終日話　두루미에 가득한 술 종일토록 담소하게 하고
壁燈挑盡五更愁　벽의 등잔불 돋우며 오경의 근심을 다하네
支頤不耐歸心切　턱 괴고 앉아 돌아가고픈 간절한 마음 참지 못하여
徙倚朝窻掩弊裘　새벽 창에 기대어 헤진 갖옷을 가린다네[20]

이 작품에 나타나는 물은 시인이 시를 창작하게 하는 동인으로 작용한다. 베갯머리에 들려오는 십 리를 흐르는 물소리, 오동잎에 떨어지는 빗소리가 그것이다. 조형도는 여기서 시심을 일으켜, 낮에는 종일토록 술을 마시며 담소하고, 밤에는 심지를 돋우며 근심한다고 했다. 이처럼 물소리와 빗소리가 쓸쓸한 자아를 드러내는 역할을 하기도 하지만, "꽃다운 풀 지는 해에 이미 봄이 저무는데, 한 줄기 시내의 풍월은 노닐 만하여라. 달성達城에서 못다 한 이별의 뜻, 멀리 긴 둑을 따라 물 위로 오르네."[21]라고 하면서 시내를 노닐 만한 아름다운 경치로 묘사하기도 했다. 나아가 조형도는 소나무 잎 사이에서 이는 바람소리를 통해 물소리를 느끼기도 했다. 다음 작품이 그것이다.

20 趙亨道, 『東溪集』 권1, <鷲山館書懷>

21 趙亨道, 『東溪集』 권1, <栗村川上, 謝金而靜來別>, "芳草斜陽春已暮, 一溪風月可堪遊. 達城未盡相離意, 遠逐長堤上水頭."

家南家北滿靑松　집 남북쪽에 푸른 소나무 가득하여
日夜波濤湧碧峯　밤낮으로 파도가 푸른 봉우리에서 솟아나는 듯하네
當戶聽來滄海近　방문 앞에서 듣노라니 넓은 바다가 가까운 듯
出門看去翠雲濃　문을 열고 나가보니 푸른 구름이 짙네
茯苓根下應成藥　뿌리 밑의 복령은 응당 약이 될 것이나
風雨枝間不受封　가지 사이의 풍우는 봉토를 받지 못하겠지
老子晩年何所癖　늙은이가 만년에 무슨 특별히 좋아하는 게 있어
倚軒長對歲寒容　난간에 기대어 길이 세한의 모습을 마주하는고[22]

위의 작품은 조형도가 송도松濤에 대하여 노래한 것이다. 송도는 '소나무가 바람에 흔들려 물결 소리처럼 나는 소리'를 말한다. 위의 시에서 그는 방문 앞의 소나무 소리를 통해 넓은 바다를 느낀다고 했다. 문을 열고 집을 나서면 푸른 구름이 짙다고 하였는데, 물론 소나무를 비유한 것이다. 구름이 비가 되어 내리니 이 역시 물의 이미지와 결합된다. 소나무와 관련된 이러한 상상력은 "문밖이 동해에 닿은 것도 아닌데, 파도소리를 일삼아 지척이 시끄럽다."[23]라고 하거나, "푸른 소나무 숲을 이루어 작은 난간으로 둘렀으니, 용의 소리 학의 울음으로 물소리가 여울 같네."[24]라는 묘사로 확대되기도 했다. 이처럼 조형도는 소나무를 통해 무수한 물소리를 듣고 있었는데, 이는 그의 시적 감수성이 풍부하면서도 정밀하다는 것을 의미한다. 다음 시는 이를 명시적으로 보여주고 있다.

古樹亭邊人影散　고목 정자 옆으로 사람 그림자 흩어지고

22 趙亨道, 『東溪集』 권2, <看松>
23 趙亨道, 『東溪集』 권3, <松濤>, "不應門外連東海, 底事波濤咫尺喧."
24 趙亨道, 『東溪集』 권3, <松林>, "蒼翠成林遶小欄, 龍吟鶴叫洶如灘."

老篁叢裏鳥聲稀　늙은 대나무 숲속에는 새소리 드물다네
溪山風景年年是　시내와 산의 풍경은 해마다 좋은데
城郭人民歲歲非　성곽의 백성들은 해마다 잘못되어 가네
堪向靜中觀物化　고요한 가운데 사물의 변화를 살피나니
莫敎閒處與人違　한가한 곳에서 사람들과 어긋나지 말지라
相攜覓句兼呼酒　서로 함께 시구를 찾고 또 술을 마시다가
直待前橋帶月歸　앞의 다리에 달뜨길 기다려 돌아가세나[25]

경련에서 '정중관물靜中觀物'을 제시하고 있다. 고요한 가운데서 사물의 변화를 살핀다는 것으로 그의 관물법에 대한 일단을 알 수 있다. 위의 시를 중심으로 보면, 고목 정자 가로 흩어지는 사람들의 그림자, 늙은 대나무 숲속에서 가끔씩 들리는 새소리, 해마다 아름다운 계산의 풍경, 항상 곤핍한 성곽의 백성 등 그의 관물법은 매우 정밀한 것이었다. 그것은 '고수古樹'와 '노황老篁'처럼 수렴적이기도 하고 '계산溪山'이나 '성곽城郭'처럼 확산적이기도 하다. 이러한 정중관물이 시주와 함께 작품화하는 과정을 마지막 두 줄을 통해 보여주었다. 우리가 이 글에서 다루고자 하는 물의 존재 양상 역시 그의 이러한 조형도의 관물법에 의해 제출된 것이라 하겠다.

물이 만물의 근원이듯이 조형도는 이를 시 창작의 핵심적 소재로 삼았다. 이것은 물이 생명의 근원일 뿐만 아니라, 문학적 상상력에도 핵심적으로 기능하고 있다는 것을 의미한다. 이 때문에 시내와 강, 그리고 바다는 그의 시에 있어 주요 소재가 되었으며, 호해 혹은 강호라는 자연의 대치어로 활용되기도 했다. 그리고 물 자체가 시 창작의 동인이 된 경우도 있고, 송도松濤의 경우처럼 다른 사물을 통해 물소리를 느끼며 상상력은 더욱 확대되어 가기도

25　趙亨道, 『東溪集』 권1, <石亭, 與從弟季重共賦>

했다. 조형도 시에 나타나는 이러한 현상은 그가 자연 속에서 사물의 변화를 정밀하게 관찰하기 때문에 가능한 것이었는데, 이를 그는 '정중관물'이라는 용어로 요약하기도 했다.

## 3. 조형도 시와 물의 존재 양상

조기영趙基永은 조형도의 <유사>를 기록하면서, 그에게 산수를 지나치게 좋아하는 산수벽山水癖이 있었다고 했다.[26] 이 같은 표현은 조선조 선비들의 문집에 일반적으로 나타나는 현상이기는 하나, 조형도에게는 남다른 면이 있었다. 특히 물이 그러한데, 그 스스로가 '동계東溪' 혹은 '청계도사淸溪道士'라 자호하였던 사실에서도 확인이 가능하다. 그는 시내가 가진 맑고 고아한 정취를 특별히 사랑하였고, 이러한 정취를 시를 통해 표출하였다. 본 장에서는 이러한 사정을 염두에 두면서 조형도의 시에 나타난 물의 존재 양상을 '미려한 정경 속의 물', '풍류와 함께 하는 물', '성찰적 도구로서의 물', '역사 현실과 결합된 물'로 나누어 살펴보기로 한다. 이를 통해 조형도 시세계의 다양한 측면을 이해할 수 있을 것이다.

### 1) 미려한 정경 속의 물

조형도는 자연과 문학은 밀접한 관계 하에 있다고 생각했다. "지세地勢가 웅장하니 시율詩律도 장엄하고, 흥취가 빼어나니 술잔도 깊어지네. 한없는

26 趙基永, <遺事>(『東溪集』 권5), "性癖於山水, 所居有大遯方丈之勝, 鶴翁旅老之來遊吟弄者, 殆無虛歲."

명승을 찾는 취미, 궁구하고 탐구하자니 해가 지려고 하네."[27]라고 한 데서 이를 명시적으로 보여주고 있다. 조형도는 여기서 '지세地勢의 웅장함'과 '시율詩律의 장엄함'을 인과론적으로 이해하고 있다. 더욱 나아가 빼어난 흥취와 통쾌한 음주, 명승의 탐구와 석양의 안타까움을 차례대로 제시하면서 자연과 문학, 그리고 이를 통한 시인의 감흥이 자연스럽게 결합되도록 했다. 여기서 등장하는 물은 결국 조형도가 그의 서정적 자아를 표출하는 대표적인 소재가 된다.

조형도의 시에는 물[시내]이 있는 풍경이 다량 제시되어 있다. 물은 산과 함께 자연을 대표하니, 물은 그에게 있어 자연을 표상하는 대표적인 소재였다. 그는 비가 갠 뒤 동계 가를 걸으며 시를 지은 적이 있다. 비 온 뒤 동계의 풍경은 더욱 아름다웠기 때문일 터인데, "흙비 갠 후에 밝은 해 나타나고, 구름 걷히고 나서 푸른 산을 마주하네. 소나무 문밖으로 지팡이 끌며 나가, 버드나무 서 있는 물가에서 물고기를 보노라."[28]라고 한 것이 그것이다. 느긋하고 조용히 사는 자신의 행복한 삶을 적실하게 드러냈다고 하겠다. 다음의 시도 같은 맥락에서 읽힌다.

(가) 斷巖平豁洞天開　깎아지른 바위 아래로 넓은 동천 열리고
山四屛圍水二廻　사방으로 에워싼 산에 두 줄기의 물이 감도네
欲訪桃源眞境界　무릉도원 참 경계를 찾으려고 하거든
許敎人逐泛花來　사람들에게 떠내려오는 꽃을 따라오도록 하게[29]

27 趙亨道, 『東溪集』 권1, <蒼石李叔平埈自立巖來訪, 因與閔順源, 申汝涉及舍弟景行遊方臺>, "地雄詩律壯, 興逸酒杯深. 無限名區趣, 窮探至日沈."

28 趙亨道, 『東溪集』 권2, <雨後步出東溪>, "霾收見白日, 雲捲對靑山. 攜杖松門外, 觀魚柳渚間."

29 趙亨道, 『東溪集』 권1, <次雙溪亭開字韻>

(나) 槐樹亭前數丈壇 회화나무 정자 앞에 몇 길 되는 높은 단
主人閑結屋三間 주인은 한가로이 세 칸의 집을 지었네
沙明水碧南溪曲 밝은 모래 푸른 물 남쪽 시내 굽이에
夜月斜陽最好觀 달밤과 저녁놀이 가장 좋은 풍경이라네[30]

작품 (가)는 <차쌍계정개자운次雙溪亭開字韻> 6수 가운데 한 수이고, 작품 (나)는 정호연鄭浩然의 정사에 쓴 <제정양직호연정사題鄭養直浩然精舍>이다. 둘 다 정자에 쓴 제영시이다. 정자가 으레 그러하듯이 시내와 함께하는 아름다운 풍경을 동반한다. 쌍계정에서 조형도는 두 갈래로 나뉘는 시내를 바라보면서 무릉도원을 떠올렸다. '도원진경계桃源眞境界'라 한 것이 그것이다. 이 진경에서 누리는 즐거움을 다른 사람들과 함께 하고자 하였는데, 이 때문에 떠내려 오는 꽃을 따라오게 하였다. 그리고 정호연의 정사에서는 물과 함께 하는 자연경관을 더욱 직설적으로 표현하였다. '최호관最好觀'이라 한 것이 그것이다.

조형도는 물을 동반한 풍경을 특별히 사랑하였기 때문에, 그의 시세계에는 이에 대한 아름다움이 섬세하게 그려질 수 있었다. 벗들과 보현사普賢寺에서 노닐면서 "푸른 나무와 누런 매화가 시냇가에서 새롭네."[31]라고 하였고, 동화사桐華寺에서는 "시냇가의 푸른 소나무는 바람을 따라 연주한다."[32]라고 하였으며, 풍수당風樹堂에서는 "쏟아지는 맑은 강 갈아낸 듯 맑다."[33]라고 한 것이 모두 그것이다. 이들 시에서 그는 시내나 강이 주변의 자연경관과 어울려 아름다움을 연출하고 있다는 것을 적실히 보였다. 여기서 더욱 나아가

30 趙亨道, 『東溪集』 권1, <題鄭養直浩然精舍>
31 趙亨道, 『東溪集』 권2, <與鄭君吉養直伯珍, 遊普賢寺>, "招提行逕政逢春, 綠樹黃梅澗水新."
32 趙亨道, 『東溪集』 권3, <桐華寺>, "水外蒼松風奏曲, 雲邊翠壁繡開鬟."
33 趙亨道, 『東溪集』 권3, <次李叔平寄風樹堂韻>, "瀉練澄江磨洗淨, 黛空層壁畫圖工."

아름다운 자연을 보면서 특정한 사람을 떠올리기도 했다. 다음 시를 보자.

(가) 渡口舟橫直　　나루터에는 배들이 가로 세로로 매였고
山頭舍後前　　산머리의 집들은 앞뒤로 있다네
沈鷗輕白浪　　물에 잠긴 갈매기는 흰 물결이 가볍고
飛鷰沒靑天　　나는 제비는 푸른 하늘로 사라진다네
眼闊三江外　　눈길은 삼강 밖으로 트여 있는데
神通七島邊　　마음은 칠도七島 가로 통하네
忘憂人在否　　근심을 잊은 망우당은 어디 계시는가
消息問長年　　소식을 물은 지 여러 해나 되었다네[34]

(나) 明月樓前水　　명월루 앞의 물
悠悠過達城　　유유히 달성을 지나가네
相思人不見　　서로 그리워하는 이는 보이지 않고
歸鴈兩三聲　　돌아가는 기러기 울음만 두세 소리 들리네.[35]

작품 (가)는 망우당忘憂堂 곽재우郭再祐(1552-1617)를 생각하면서 지은 <진두망망우정津頭望忘憂亭>이고, 작품 (나)는 경암敬庵 오여벌吳汝撥(1579-1635)을 생각하면서 지은 <억오영양경허憶吳永陽景虛>이다. 이들 시에는 모두 물과 관련된 아름다운 경치가 나타난다. 즉 나루터에 매여 있는 배와 강물에 자맥질하는 갈매기, 명월루 앞을 유유히 흐르는 강 등이 그것이다. 이러한 정경 속에서 작가의 마음속에 떠올랐던 인물이 바로 곽재우와 오여벌이었다. 곽재우는 임란이 일어났을 때 그의 막하에 들어가 전공을 세운 적이 있었으며, 오여벌

34 趙亨道, 『東溪集』 권1, <津頭望忘憂亭>
35 趙亨道, 『東溪集』 권1, <憶吳永陽景虛>

은 오운의 둘째 아들로 조형도의 처남이었다. 이처럼 아름다운 정경을 만나면 그와 관련된 사람들이 떠올랐는데, 이러한 감정이 막연한 그리움으로 확대되기도 했다.

光陰如箭又春三　세월이 화살 같아 다시 봄을 만났으니
峽裏羇懷自不堪　골짜기에 부친 회포 견디기 어려워라
溪路有梅香欲老　시냇가에 매화 있어 그 향기 사라지려 하는데
一枝何日寄江南　어느 때 한 가지 꺾어 강남으로 부치리[36]

제목이 <우음>이니 어떤 목적을 갖고 지은 것이 아니다. 위의 시에 의하면 새로 봄을 맞아 시내를 거닐게 되었고, 이때 시냇가에 핀 매화를 발견하게 된다. 시인은 그 매화 한 가지를 꺾어 강남에 있는 누군가에게 꺾어서 부치고 싶다고 했다. 이처럼 미려한 정경 속에서 물을 만나면 막연한 그리움으로 확장되어 시인의 감성은 더욱 풍부해져 갔던 것이다. 미려한 정경 속의 물은 조형도에게 있어 그리움을 증폭시키는 역할을 했던 것으로 보인다.

조형도의 시에는 물을 포함하고 있는 아름다운 풍경이 수없이 나타난다. 이것은 그의 서정시인적 면모를 보여주는 것이기도 하다. 그리고 단순히 아름다움의 묘사로만 그치는 것이 아니라, 그 미려한 정경과 함께 곽재우나 오여벌과 같은 특정인을 떠올리기도 하고, 막연한 어떤 사람에 대한 그리움으로 확장되기도 했다. 이는 강호 내지 호해 등으로 표현되는 자연이 그의 일상과 맞물려 있기 때문이다. 강호는 다양한 사람들과 만나고 헤어지면서 사연을 만들어 내는 곳이므로, 이러한 사연에 대한 기억이 결국 아름다운 공간과 결부되면서 그리움의 정서로 표출될 수 있었던 것이다.

36 趙亨道, 『東溪集』 권1, <偶吟>

## 2) 풍류와 함께 하는 물

물은 영원히 흐르기도 하고 흘러 돌아오지 않기도 한다. 대부분의 성리학자들은 물의 영원성에 주목한다. 이것은 앞서 제시한 이황의 시조에서도 본 바다. 그러나 조형도는 달랐다. 물이 흘러가서 돌아오지 않는 순간성에 더욱 많은 관심을 보이고 있기 때문이다.[37] 쌍계정에서 '누대의 풍류는 물을 따라 가버렸다[累代風流隨逝水, <次雙溪亭開字韻>]'라고 하거나, 영호루에서는 '고금의 역사는 찬 물결처럼 흘러갔다[今古寒波逝, <過映湖樓舊墟>]라고 한 것이 모두 그러한 것이다. 이처럼 흘러 돌아오지 않는 시간을 발견한 조형도는 시주詩酒로 풍류를 즐기며 그 쓸쓸함을 달래고자 했다. 그의 작가적 면모가 가장 부각되는 부분이라 하겠다. 우선 다음 자료를 주목하자.

> 역촌驛村과 십 리가량 떨어진 위쪽에 한 골짜기가 양쪽으로 열려 있었다. 작은 냇물이 그 중간을 흐르는데 반석 하나가 있어 5~6명 정도는 앉을 수 있었다. 드디어 말에서 내려 옷을 벗고 손발을 씻은 뒤 술병과 술잔을 들고 반석 위에 안주를 벌여 놓았다. 혹은 자작自酌하고 혹은 권하면서 각자 몇 잔씩을 마시니 정신이 상쾌하고 의기가 나는 듯하여, 갑자기 자신이 속세에서 왔다는 것을 깨닫지 못하였다. …… 시내를 따라 내려오면서 노래하고 화답하며, 앉았다가 눕기도 하였으며, 또한 마시고 읊으며 혹은 벼랑에 쓰고 혹은 돌에 쓰니 모두 약간의 시편이 되었다.[38]

37 문학은 철학과 달리 물의 영원성보다 순간성을 주목한다. 정우락, 「한국문학에 나타난 물 이미지의 이항대립과 그 의미」, 『퇴계학과 유교문화』 48, 경북대 퇴계연구소, 2011, 87쪽 참조.

38 趙亨道, 『東溪集』 권4, <五仙洞記>, "去驛十里而上有一峽門雙開, 小溪中注, 而得一磐石可坐五六人, 遂解鞍脫衣, 盥手濯足, 引壺觴而排殽果于石, 或自酌, 或傳飮各數器, 而神魂爽塏, 意氣飄越, 忽不覺此身來自塵埃中也. …… 沿溪上下, 行歌胥答, 爰坐爰臥, 且酌且詠, 或題于崖, 或書于石, 總若干篇."

<오선동기五仙洞記>의 일부이다. 1615년 이준李埈(1560-1635)이 영천으로부터 조형도의 아우인 조준도趙遵道(1576-1665)의 방호정을 찾아왔는데, 조형도와 신즙申楫(1580-1639), 권익權翊(?-?) 등과 함께 청송의 자하동을 유람하게 되었다. 위의 글은 당시에 적은 기록이다. 이들은 이곳을 오선동五仙洞이라 명명하고 서로 신선의 이름을 짓고 부르며 즐거워하였다. 즉 이준은 상산일호商山一皓, 신즙은 청부도인靑鳧道人, 권익은 청부우인靑鳧羽人, 조준도는 송악서하松岳棲霞라 하였고, 조형도는 청계도사靑溪道士라 하였던 것이다. 그리고 먹을 갈아 벼랑에 썼는데, 먹은 신즙이 갈았고, 사다리를 놓고 쓴 사람은 조준도였다. 이처럼 조형도는 자연 속에서 일어나는 고도한 흥취로 풍류를 즐겼다. 시주가 이러한 풍류를 더욱 증폭시키는 역할을 했음은 물론이다.

조형도의 시에는 풍류라는 말이 많이 등장한다. "예전 풍류의 일 모두 허사로다[疇昔風流事已空, <鐵城感懷>]", "산양의 태수는 예전의 풍류일세[山陽太守舊風流, <贈梁上舍渭南>]", "형승은 천고에 빼어나고, 풍류는 온 고을에서 즐기네[形勝雄千古 風流說一州, <登南原廣寒樓>]"라고 하는 등의 허다한 시구가 그것이다. 이 때문에 신즙은 조형도의 만사에서 "덕이 높은 우리 고을의 어른, 풍류는 높아 보통 사람보다 빼어났었네[有美吾鄕老 風流迥出凡, <輓東溪趙公>]"라며 안타까워할 수 있었다. 다음 두 시는 조형도가 자연과 더불어 즐겼던 풍류를 압축적으로 보여준다.

(가) 探勝期酬昔所聞　승경 찾아 술 마시자던 약속 예전에 하였더니
盍簪今見意慇懃　회동하여 오늘 보니 마음이 은근하네[39]
他時宿賞三兄弟　지난날의 유람은 삼형제가 하였는데

39 합잠의 '簪'은 모임이요 또 빠름이니, 곧 合하여 좇는다는 것으로 '뜻 맞는 이들이 서로들 달려와 회동하는 것'을 말한다.

此日風流四使君　오늘의 풍류는 네 사군과 함께라네
罇酒若波情自倒　두루미의 술, 물결 같아 정이 저절로 기울어지고
韶光如箭日將曛　세월이 화살 같아 해가 장차 지려고 하는구나
莫牽世務催相別　세상사에 이끌려 서로의 이별 재촉하지 마시게
舟子重來路不分　뱃사공 거듭 오니 길은 나누어지지 않았다네[40]

(나) 吾兄弟與知心友　나의 형제 그리고 마음을 아는 벗들과 함께
攜上先人昔日臺　선인이 오르셨던 옛날의 대에 올랐네
一世風流何處在　한 세대의 풍류 지금은 어디에 있나
百年雲物至今來　백 년의 경물이 지금까지 전해지는데[41]
天工好送銀燈出　하느님이 보내주는 달님이 나오시니
坐客休嫌玉斝催　앉은 손님들은 술잔 재촉하는 것을 싫어하지 마오
勝景政宜詩句拾　빼어난 경치는 시 짓기에 합당하나
不才羞我等閑廻　등한히 돌아가는 재주 없는 내가 부끄럽구나[42]

앞의 작품은 허항許恒, 조한빈曺漢賓, 성력成櫟, 도경유都慶俞 등과 함께 동계정에서 읊은 것이고, 뒤의 작품은 형제들과 함께 선인의 정자인 망운정에 올라 지은 것이다. 여기서 공통적으로 나타나는 것은 물이 있는 빼어난 경치, 사람들과 함께하는 즐거움, 그리고 시와 술의 등장이다. 바로 이 지점에서 그는 풍류를 제시하고 있다. 앞의 작품에서 "오늘의 풍류는 네 명의 사군使君과 함께하네"라고 하였고, 뒤의 작품에서는 "한 세대의 풍류 지금은 어디에

40 趙亨道, 『東溪集』 권2, <與許侯恒·義興倅曺漢賓·新寧倅成櫟·前朔寧倅都慶俞, 共話溪亭>
41 『春秋左氏傳』 僖公 5년 정월 신해일 초하루 기사에, "희공이 마침내 망루에 올라 하늘을 바라보며 운물을 기록하게 하였으니, 이는 예에 맞는 일이었다[遂登觀臺以望, 以書雲物, 禮也.]"라는 기록이 보인다.
42 趙亨道, 『東溪集』 권2, <會望雲亭遺墟有感>

있나"라고 한 것이 그것이다. 특히 산수 속에서 시주詩酒와 함께 하는 그의 풍류는 특별한 측면이 있었다. 다음 작품을 보자.

鷹巖山下水流深　응암산 아래 시냇물이 깊게 흐르나니
築土成臺幾俯臨　흙을 쌓아 대를 만들어 몇 번이나 굽어보았던고
酒倒斜陽無限景　술잔을 잡고 석양의 무한한 경치를 바라보노라니
鳥傳春意月明心　봄 뜻과 밝은 달의 마음을 새들이 전해주네[43]

시냇가에 대를 쌓아 놓고 그 위에서 술을 마시며 석양을 즐기는 조형도의 모습이 완연하다. 물과 술과 시가 함께 하는 풍류의 세계를 적극적으로 나타냈다고 하겠다. 이러한 조형도의 자연감상법은 <용당야화龍堂野話>라는 작품에서도 잘 드러난다. 이 작품을 보면 30여 명이 용당에 모여 시주를 즐겼는데, 여기서 그는 시냇가 버드나무에다 휘장을 쳐서 바람을 막고 북해의 술두루미가 만경창파를 들이마셨다면서 시주와 함께하는 도도한 풍류를 마음껏 펼쳤다. "동해의 성 가에서 사람들은 술을 마시고, 서쪽 숲 정자 위에서 손님들이 시를 읊조리네[東海城邊人佩酒, 西林亭上客吟詩. <次吳景虛韻>]"라고 하거나, "비 내린 남쪽 시내의 물소리는 시축을 더하고, 달 밝은 동쪽 바다에 술집이 우뚝하네[雨鳴南澗添詩軸, 月滿東溟聳酒樓. <贈別季重兼呈檜山伯>]"라고 한 허다한 시구도 같은 맥락에서 읽힌다.

조형도가 시내나 강가에서 벗들과 함께 시주를 즐겼던 풍류 경계는 그의 작가적 면모를 유감없이 보여주는 대표적인 사례가 된다. 아름다운 강호 속에 살면서, 여러 벗들과 함께 소요하고 음주하면서 즐겼던 풍류의 세계는 고단한 현실세계로부터의 탈출구 역할을 하였을 것이다. 조형도는 이 과정에

43 趙亨道, 『東溪集』 권3, <龍潭>

서 주체할 수 없는 흥취를 시문학 작품에 고스란히 담고자 하였다. 여기서 우리는 조형도의 문학적 취향과 작가적 면모를 가장 잘 이해할 수 있게 된다. 그것은 자연과 흥, 흥과 술, 술과 시가 서로 맞물리면서 그의 시세계에 낭만주의적 색채를 부여하기는 것이기도 했다.

### 3) 성찰적 도구로서의 물

학자들에게 있어 물은 대표적인 성찰의 도구로 작용한다. 이것은 물이 거울처럼 자신을 비춰 주는 역할을 하기 때문이다. 성찰은 함양과 함께 성리학에서 심성 수양의 중요한 방법론 가운데 하나다. 함양이 심성의 본원을 배양하고자 하는 것이라면, 성찰은 일의 상황에 따라 마음속에서 이理를 살펴 터득하는 것이다. 따라서 성찰은 함양의 공부이고, 함양은 성찰의 전제이다. 조선의 수많은 성리학자들은 거의 모두가 이 개념으로 수양하고 실천했다 해도 과언이 아니다. 이러한 입장에서 조형도의 시를 읽으면, 그의 성리학자적 면모가 보인다. 물은 이를 위한 새로운 소재이며 대표적인 소재이다.

조형도는 무과에 급제한 무인일 뿐만 아니라 성리학적 저술이 거의 없다는 측면에서 이와 관련된 문학적 표출은 제한적일 수밖에 없다. 그러나 그의 시문학을 일별해 보면 이에 대한 고심의 흔적이 다수 발견된다. 그는 요순의 심법이 공자와 송조의 선현들을 거쳐 조선으로 전해진다고 믿었다. 조선의 많은 성리학자들은 물속에 비치는 천고의 달빛을 통해 이를 인식하고 있었는데, 조형도 역시 마찬가지였다. 일찍이 그는 <자경自警>이라는 작품에서 이에 대한 생각을 구체화시킨 바 있다. 다음 작품이 그것이다.

惟精故惟一　　　오직 정밀하고 오직 한결같이 하여

| | |
|---|---|
| 堯舜執其中 | 요순이 그 가운데를 잡으라 하였네 |
| 存養皆天理 | 존양이 모두 천리요 |
| 誠敬是聖工 | 성경은 성인의 공부라네 |
| 四端發處備 | 사단은 발하는 곳이 갖추어져 있어 |
| 萬化靜時通 | 수많은 변화는 고요할 때 통한다네 |
| 魯叟傳濂洛 | 공자의 학문이 염락에 전해지니 |
| 千秋水月籠 | 물속에 비친 천추의 달빛으로 빛나네[44] |

위작 논란이 있지만 성리학자들은 요순의 심법이 『서경書經』「대우모大禹謨」에 나오는 "인심유위人心惟危 도심유미道心惟微 유정유일惟精惟一 윤집궐중允執厥中"이라는 16자에 있다고 믿었다. 주자 등 송유宋儒가 이것을 '요堯 → 순舜 → 우禹' 세 성인이 마음에서 마음으로 전했던 심법心法으로 제시한 뒤, 성리학자들은 이를 개인의 수양과 치국治國의 원리로 삼아 거듭 암송하며 기회 있을 때마다 강조하였다. 조형도 역시 수련에서 보이듯이 요순의 심법을 제시하였고, 함련에서는 존양存養과 성경誠敬 등 수양론의 주요 용어를 떠올렸다. 그리고 미련에서는 공자와 염락 제현들을 생각하며 물속에 비친 천추의 달빛을 노래했다. 이러한 생각은 다음과 같은 작품을 가능케 하였다.

| | |
|---|---|
| 一夜天寒重 | 하룻밤에 날씨가 몹시 추워 |
| 三更凍始新 | 한밤중부터 얼기 시작하였네 |
| 月來光不定 | 달빛 내려왔지만 빛은 일정하지 않고 |
| 風動浪無鱗 | 바람이 불어도 물결은 일렁이지 않네 |
| 欲聽源收響 | 근원의 물소리 듣고자 한다면 |

44 趙亨道, 『東溪集』 권3, <自警>

當看鏡照人　　마땅히 거울에 사람을 비춰 보아야 하리
臨深曾有戒　　깊은 연못에 다다른 듯한다는 경계 있었고
履薄敢忘身　　얇은 얼음 밟는 듯한다는 것을 어찌 잊으리[45]

작은 연못이 추위로 인해 갑자기 얼었다. 이에 촉발되어 지은 작품이 위의 <지빙池冰>이다. 한밤부터 얼기 시작한 사정, 얼음이 얼어 달빛이 일정하게 비치지 않고 바람이 불어도 물결이 일렁이지 않는 정경 등을 먼저 제시했다. 이후 '근원의 물소리'를 말하였는데, 이는 맹자가 "물을 보는 데는 방법이 있으니, 반드시 물결을 보아야 한다."[46]라는 말을 염두에 둔 것이다. 그 근원은 본성 회복의 의미와 결부되어 있으므로 거울로 비춰 성찰하라고 했다. 그 성찰은 바로 마음을 잡는 것, 즉 조심操心과 다름없기 때문에, 자연히 미련에서 "깊은 못가에 서 있는 듯, 얇은 얼음을 밟는 듯"[47]이라며 마무리했다. 우리는 여기서 조형도 수양론의 진지성과 치열성을 발견하게 된다. 그는 더욱 나아가 아래와 같이 마음의 본체에 관심을 두기도 했다.

半畝方塘活水回　　반 이랑 되는 모난 연못에 활수가 돌아드니
月明波靜鏡全開　　밝은 달 고요한 물결이 거울로 온전히 펼쳐진 듯
游魚莫道無千里　　노니는 물고기는 천리가 없다고 말하지 말라
點額從來起一雷　　실패는 하나의 우레로부터 일어나는 것을[48]

조형도는 망운정 주위의 풍경 여섯 곳을 지정하여 각기 시를 짓는데, 위의

45　趙亨道, 『東溪集』 권3, <池冰>
46　『孟子』, 「盡心章句上」, "觀水有術, 必觀其瀾."
47　『詩經』, 「小雅」, "如臨深淵, 如履薄氷."
48　趙亨道, 『東溪集』 권3, <望雲亭雜詠·小池>

작품은 그 첫째인 <소지小池>로 주자의 <관서유감>을 생각하며 쓴 것이다. 주자는 여기서 인간의 마음을 방당으로 설정하여 '천광운영天光雲影'으로 표상된 천리유행의 이치를 노래하고자 했다.[49] 앞의 두 구절이 바로 이를 용사한 것이다. 조형도는 이러한 수양은 자연 속에서의 안분安分으로 가능하다고 믿고 있었다. 즉 황하 상류에 있는 용문龍門의 급류를 뛰어오르는 고기만 용이 된다는 고사를 인식하면서, 작은 연못이라 천리가 없다고 하지 말라고 했다. 용문으로 나아가다 결국은 '점액'하고 만다는 것이다. 점액은 용이 되지 못하고 용문으로 뛰어오르다 오히려 머리에 상처를 남긴다는 고사를 인용한 것이니, 그의 생각이 어디에 있는가 하는 것을 알 수 있다.

성리학자들의 수양론은 '알인욕遏人欲 존천리存天理'로 요약되는데, 그 역시 이에 투철하였다. 모당慕堂 손처눌孫處訥(1553-1634)에게 시를 지어 주며, "사흘 동안 옥동의 놀이를 뒤따르며, 욕심을 흐르는 물에 모두 부친다네."[50]라고 하거나, 여러 벗들과 오선동에서 노닐면서 "시냇가 고운 풀은 푸르기가 요 같은데, 즐거이 시내에 다다라 티끌을 다 씻는다."[51]라고 하였다. 그리고 간송澗松 조임도趙任道(1585-1664)에게 "번뇌를 씻으려 느릿한 걸음으로 노니나니, 푸른 물결 밝은 곳에 티끌을 씻어 다 없애네."[52]라고 한 것이 모두 그것이다. 조형도가 물의 세척 기능을 인식하면서 성찰을 통한 수양론적 의지를 굳게 하고 있었던 사정을 알게 하는 부분이다.

성리학자들은 흔히 물을 성찰적 도구로 인식하였다. 이것은 두 가지 이유에서였다. 하나는 물이 사물을 비추는 역할을 하기 때문이다. 특히 지수止水

49 이에 대해서는, 정우락, 『남명문학의 철학적 접근』, 박이정, 1998, 95-96쪽에서 자세하게 다루었다.

50 趙亨道, 『東溪集』 권1, <次慕堂孫幾道韻>, "三日追隨玉洞遊, 盡將塵土付溪流."

51 趙亨道, 『東溪集』 권1, <遊五仙洞, 題石共賦>, "澗邊瑤草綠如茵, 爲愛臨流洗客塵."

52 趙亨道, 『東溪集』 권3, <贈從弟致遠任道>, "爲滌煩襟晚步遊, 碧波明處洗塵休."

인 연못이 그 역할을 담당하였으므로 작가들은 연못을 즐겨 마음에 비유하였다. 다른 하나는 물에 세척의 기능이 있기 때문이다. 속세의 티끌을 씻어내고 본성을 회복하자는 생각을 물로써 하였던 것이다. 조형도가 성리설에 대한 언설을 남긴 것은 없지만 수양론적 시각에서 자연을 바라보았기 때문에 가능하였다. 이러한 사실은 조형도가 성리학에도 깊은 관심을 갖고 있었다는 것을 방증하는 것이라 해도 좋을 것이다.

### 4) 역사현실과 결합된 물

조형도는 역사현실에 대단히 민감하게 반응했다. 임란이 발발하자 곧바로 동생 지악芝嶽 조동도趙東道(1578-1668)와 함께 곽재우의 진영으로 달려가 보국을 위해 노력한 것에서 이러한 사실이 잘 나타난다. 이것은 그가 자신의 영달이나 안위를 위하여 역사현실을 등지지 않고 시사時事를 급무로 삼았다는 것을 의미한다. 그가 무과에 지원한 것도 같은 이유에서였다. <유사>에 의하면, 갑오년(1594, 선조 27)에 조정에서 문무 인재를 뽑을 때 조형도는 "선비가 이 나라에 나서 나라의 운명이 이와 같이 어려운 때에 어찌 어리석게도 시사를 모르고 구습만을 지켜 군부君父의 위태함을 구하지 않겠는가.[53]"라고 하면서 무과에 응시하여 바로 합격하였다고 한다.[54] 우리는 여기서 시사에 대한 조형도의 대응이 얼마나 기민하였던가 하는 부분을 알게 된다.

---

53 趙基永, <遺事>(『東溪集』 권5), "士生王國, 國步如此, 豈可守株而不急君父之難乎!"

54 <유사>를 쓴 趙基永은 여기에 대하여 "이 소식을 듣고 어떤 이는 장하게 여겼으나, 공의 文學을 아는 사람은 모두 애석하게 생각했다."라고 적고 있다. 여기서 말하는 '문학'은 '학문'을 의미한다. 당시의 많은 사람들은 조형도가 문과에 합격하여 문신이 되거나, 그렇지 않으면 초야에서 큰 학자가 될 것을 기대하였다. 그러나 조형도는 이를 버리고 급무인 時事를 더욱 중요하게 생각하여 무신이 되어 나라를 구하는 데 앞장섰다.

무과에 급제한 조형도는 혹은 사양하고 혹은 나아가면서 다양한 관직생활을 수행한다. 이 과정에서 포착되는 그의 대표적인 마음이 '우국憂國'이다. 조형도는 왜와 청의 침입에 대하여 다 같이 분개하였다. 특히 청나라는 조선에 대한 강한 위협을 가져다준 존재이면서, 동시에 중원의 문명을 파괴시키는 존재라 생각했다. 조형도는 정월 초하루를 맞아 <원일분제元日憤題>라는 시를 지은 적이 있었는데, 여기서 그는 청노淸虜가 보낸 글에 몹시 패악한 말이 있다고 하면서, "이천伊川의 땅이 백 년이 못 가 오랑캐가 되겠구나"[55]라며 길이 탄식한 것이 그것이다. 조선과 중국을 함께 걱정하고 있었던 것이다. 조형도의 우국심은 다음 작품에 적실히 드러난다.

(가) 佳期自與春期逝　좋은 시절은 스스로 봄과 함께 지나가고
洞裏蕭條好事空　골짜기는 쓸쓸하여 좋은 일이 없구나
吾弟抱憂吾亦病　나의 아우 근심 안고 있고 나 또한 병이 들어
何時抛卻對罇同　어느 때 다 버리고 술동이나 마주할까

(나) 憂人憂與樂人樂　남의 근심을 걱정하고 남의 기쁨을 즐거워하니
憂日常多樂日無　근심할 날 항상 많고 즐거운 날은 거의 없네
况此身憂憂在國　하물며 이 몸의 근심은 나라를 위한 근심이라
何時可樂忘憂虞　언제나 근심 잊고 즐겨나 볼까[56]

위의 작품은 늦은 봄을 맞이하여 지은 <모춘暮春>이라는 시 두 수이다.

---

55 趙亨道, 『東溪集』 권3, <元日憤題>, "新年天意慶方希, 遼左猶聞未解圍. 胡虜有書言甚悖, 廟堂無策事全非. 阻冰豈是爲天塹, 跨海應難暢帝威. 不待伊川百歲至, 柰看人物左衿歸." 조형도는 이 시에서 오랑캐가 보낸 편지에 패악한 말이 있다면서 위협을 느꼈고, 성리학의 본원을 의미하는 程頤의 고향인 伊川이 오랑캐로 변할 것이라며 문명의 위기를 느끼고 있다.

56 趙亨道, 『東溪集』 권2, <暮春>

이 두 작품에서 우리는 근심으로 가득한 조형도를 만날 수 있다. (가)에서는 이유를 알 수 없지만 동생 때문에 근심이 많다고 했고, 그 역시 병으로 근심한다고 했다. (나)에서는 (가)의 근심과 병의 이유를 밝히고 있다. 그것은 다른 사람의 근심을 근심하기 때문인데, 그 근심과 병이 또한 우국에서 기인한 것이라 밝히고 있다. 이는 실천적 생애를 살았던 조형도의 마음이 잘 드러나 있는 부분이라 하겠다. 우리는 여기서 나라로 향해 있는 그의 마음을 구체적으로 이해하게 된다. 그렇다면 이러한 마음이 물과 어떻게 결합될 수 있는가. 다음 작품을 보자.

| | |
|---|---|
| 五更風雨伏波營 | 오경의 비바람 들이치는 복파伏波장군의 병영, |
| 多少悽然遠客情 | 멀리서 온 나그네 처량한 마음이 얼마던고? |
| 明滅枕邊殘燭影 | 베갯머리 남은 촛불은 밝다가 어두워지고 |
| 斷連城外晩潮聲 | 성 밖의 늦은 조수 소리 끊길 듯 이어지네 |
| 將軍銳意安南顧 | 장군의 날쌘 의지는 남쪽 지방을 편히 하리니 |
| 聖主勤思急北征 | 임금께서 항상 생각하는 것은 빠른 북벌이라네 |
| 廊廟此時多勝筭 | 조정에선 이때 승산이 많을 것이니 |
| 應將充國守金城 | 충국처럼 응당 금성을 지키시리[57] |

이 작품은 동계東溪 이운룡李雲龍(1562-1610)에게 준 시이다.[58] 조형도는 우선 이운룡의 병영을 동한의 복파장군 마원馬援의 병영에 비겼다. 그러나 그 병영에는 풍우가 몰아치고, 성 밖에서 조수소리가 끊어질 듯 이어지는 것을 본다.

---

57 趙亨道, 『東溪集』 권1, <贈李統相雲龍>

58 이운룡은 임진왜란 최초의 승전인 옥포해전에 참여하여 선봉장으로서 혁혁한 공을 세운 인물이다. 전쟁이 끝나고 그는 내직으로는 도총부부총관·비변사당상관을 지냈고, 외직으로는 삼도수군통제사에 임명되어 국가의 중요 군직에 복무하면서 많은 공적을 남긴 인물이다.

이를 통해 자연스럽게 왜병을 근심하게 된다. 그러나 이운룡이 있어 남쪽지방을 안정시킨다고 하면서 그를 한나라의 노충신 조충국趙充國[59]에 다시 비겨 찬양하였다. 이처럼 현실과 닿아 있는 자리에 물이 있었으며, 물소리를 통해 우국의 정서를 표출하였던 것이다. 사정의 이러함은 그의 시문학에 물이 얼마나 다양하게 활용되고 있는가 하는 것을 보여주기에 충분하다. 다음 작품도 같은 맥락에서 읽힌다.

(가) 散寶千金重　보배를 흩는 것이 천금보다 무겁지만
捐身一羽輕　몸을 버리는 것을 하나의 가벼운 깃털처럼 하였네
手中揮尺劒　손으로는 일 척의 검을 잡고 휘두르고
江上起長城　강 위로는 긴 성을 일으키네
西奮忠君膽　서쪽으론 임금에게 충성하는 마음을 뿜어내고
南馳壯國聲　남쪽으론 나라를 굳게 하는 명성을 드날리네
故都行返駕　옛 도읍으로 행차를 되돌리게 하였으니
小醜不難平　작은 왜적이 평정되는 것이 어렵지 않겠네[60]

(나) 草纖花殘欲暮春　풀 무성하고 꽃 시든 늦은 봄 즈음에
沙明水碧不飛塵　흰 모래 푸른 물에 티끌도 일지 않네
誰知十載干戈裏　누가 알았으리, 10년간의 전쟁 속에
依舊風光更看新　옛날 같은 풍경이 다시 새로울 줄을[61]

앞의 작품은 전쟁이 발발하자 곽재우에게 지어서 바친 <증망우당贈忘憂堂>

59 趙充國은 한나라의 무장이다. 『漢書』 권69에 의하면 그는 70세가 넘은 나이로 兵事를 직접 처리하면서 뛰어난 계책을 올려 많은 전공을 세웠다고 한다.

60 趙亨道, 『東溪集』 권1, <贈忘憂堂>

61 趙亨道, 『東溪集』 권1, <陪外舅竹牖吳先生澐, 閔上舍根孝遊方臺>

이다. 임란이 일어나자 조형도는 그의 진영에 들어가 적극적으로 의병활동을 수행했다. 여기서 그는 곽재우를 들어 강 위로 긴 성을 일으켰다고 하였는데, 왜적에 대한 방어를 이렇게 표현한 것이다. 임란이라는 특수 상황에 기인한 것이기는 하겠지만, 당시 그의 물 인식은 나라를 지켜야 한다는 역사현실과 맞물려 나타나고 있었던 것이다. 뒤의 작품은 전쟁이 끝나고 지은 것인데, 고요한 물을 통해 전쟁 전의 평화로운 정경을 회상하고 있다. 이때의 정경은 회복 내지 복구의 의미를 지니고 있어 이 역시 역사현실과 결합되어 있는 것이라 하겠다.

조형도는 당면한 역사현실을 주목하였으므로 무과에 급제하여 무장이 되었다. 이것은 애민정신에 입각한 지식인의 사회적 책무에 기인한 것일 터이다. 우리의 주제인 물과 관련해서 볼 때, 끊겼다 이어지는 물소리를 통해 왜적을 근심하기도 하고, 낙동강을 막아 내던 곽재우를 들어 강 위에서 긴 성을 일으켰다고 했다. 물론 물의 존재 양상이 다르고, 이에 대한 감정의 방향이 다를 수 있지만, 물을 통해 역사현실을 인식하고 있다는 것은 조형도 시세계 일부가 이를 향해 있다는 것을 의미한다. 우리는 여기서 물에서 역사현실을 발견하고, 이를 통해 조형도의 우국심이 더욱 견고해진다는 것을 간파하게 된다.

## 4. 강호락과 묘당우 사이

조선조 사대부의 생활은 자연과 현실 사이에 놓여 있었다. 이것은 그들의 출처관과 맞물려 있기 때문이다. 선비들은 이 출처관에 따라 출사하기도 하고 퇴처하기도 했다. 출사는 정치현실로 나아가는 것이고 퇴처는 자연 속으로 은거하는 것이다. 조형도 역시 마찬가지였다. <증전군보贈全君輔>라는 시에서 '진퇴를 사세에 따라 했다.'[62]라는 발언에서도 이 부분을 충분히 감지하게 된다. 출사와 퇴처 과정에서 형성된 것이 바로 자연 사랑인 '강호락江湖樂'과 나라 사랑인 '묘당우廟堂憂'다. 그는 당대의 특수한 역사적 상황 속에서 퇴처를 통해 강호락을 즐기기도 하고, 무장으로 현실에 참여하며 묘당우의 나라 사랑 또한 강력하게 실천하였다.

앞에서 살펴보았듯이 조형도 시문학에 나타난 물의 존재 양상은 넷으로 나눌 수 있다. 미려한 정경 속의 물, 풍류와 함께 하는 물, 성찰적 도구로서의 물, 역사현실과 결합된 물 등이 그것이다. 첫 번째가 조형도의 서정적인 측면이 강조된 물이라면, 두 번째는 유흥적인 측면이 강조된 물이다. 그리고 세 번째가 성리학적 측면이 고려된 물이라면, 네 번째는 무장의 측면이 강조된 물이다. 이처럼 물은 조형도의 다양한 모습을 알 수 있게 하는 대표적인 소재로 활용되었고, 작품에 보이는 네 가지 존재 양상은 이를 가장 명시적으로 보여준다.

강호락과 묘당우라는 관점에서 조형도의 시를 관찰할 수도 있다. 즉 미려한 정경 속의 물, 풍류와 함께 하는 물, 성찰적 도구로서의 물, 이 셋이 강호락의 측면에서 창작된 작품이라면, 마지막의 역사현실과 결합된 물은 묘당우의 측면이 창작된 작품이다. 한시가 정서를 형상하는데 특장이 있는 장르이므로 조형도의 시문학에는 역사현실과 결합된 작품이 비교적 적게 나타날 수밖에 없다. 이처럼 그의 시정신은 강호락과 묘당우 사이에서 어떤 지점을 형성하고 있다고 하겠는데, 다음 작품은 이를 가장 명시적으로 보여준다.

62 趙亨道, 『東溪集』 권3, <贈全君輔>, "進退隨儕旅, 天時及畝疇."

男子存心幾日休　사나이 품은 마음 언제나 다할 건가
江湖之樂廟堂憂　강호의 즐거움과 묘당의 근심이라네
卽今新歲天涯去　오늘 새로운 해는 하늘 가로 가버리고
依舊故人城下留　여전한 옛 친구가 성 아래 머물렀네
政好一罇青滿眼　한 두루미의 좋은 술에 반가운 기색 가득하나
那堪萬事白添頭　수많은 일에 흰머리만 더하는구나
逢場且莫他鄕說　만나는 곳에서 타향의 말 하지 마소
說到徒增客思悠　말을 듣게 되면 나그네의 시름만 더해간다오[63]

위의 시 수련에서 조형도는 남자로서 품은 마음이 '강호락'과 '묘당우'에 있다고 했다. 이것은 자연 속에 퇴처해 있을 때는 산수의 즐거움을 누리고, 조정으로 출사하였을 때는 나라를 걱정하면서 자신의 포부를 펼치는 것을 말한다. 조선조 선비들의 이상이 바로 여기에 있었고 조형도 역시 마찬가지였다. 그가 61세 되던 해인 1627년(인조 5)에 정묘호란丁卯胡亂이 일어났다. 당시 조정에서는 그를 괴산군수에 제수를 하였는데, 조형도는 이를 몹시 부끄럽게 여겨 사직 상소를 올린다. 괴산은 조령 옆에 있는 벽지였기 때문에 오히려 난을 피해 숨기에 적당한 곳이었기 때문이다. 다음은 사직소의 일부이다.

신은 본디 일개의 한천寒賤한 무관으로 작위가 2품의 반열에 있어 품계가 낮은 다른 무신에 비할 바가 아닙니다. …… 하물며 신이 새로 제수 받은 고을은 조령의 곁에 치우쳐 있습니다. 신이 비록 늙었으나 오히려 힘을 다해 스스로 힘써야 하거늘 어찌 감히 산골짜기의 고을에 편하게 있으면서 이처럼 위급한 때를 당하여 한 번 목숨을 바치지 않겠습니까?[64]

---

63　趙亨道,『東溪集』 권3, <彦陽訪權善初, 次壁上韻>

64　趙亨道,『東溪集』 권4, <辭槐山郡守疏>, "臣本介胄之一寒賤也. 爵列二品, 非他秩卑武臣之比.

1627년 1월 청나라가 침입하였고, 조정에서는 영장營將 제도를 만들어 조형도를 진주와 상주 등지의 영장으로 추천하였다. 그러나 그는 부임하지 않았고, 다시 괴산군수에 제수되었지만 위에서 제시한 것과 같은 이유로 부임하지 않았다. 이후 조정에서 그의 사직을 윤허하지 않자 7월에 잠시 부임하였다가 돌아왔다. 이에 대하여 류치명柳致明(1777-1861)은 <동계조공유집서東溪趙公遺集序>에서, "반드시 칼날을 무릅쓰고 죽음으로 싸워서 장한 뜻으로 능히 행할 수 있었지만 조정에서 허락하지 않았다. 마침내 병으로 고향에 돌아가 친붕과 더불어 풍월을 읊으면서 자적自適하였다."[65]라고 적고 있다.

조형도는 무관으로 군수와 영장 등의 직책을 맡아 수행하기도 하였지만, 그의 생각은 물이 있는 자연에서 자적하는 것이었다. 이 때문에 <억청학憶靑鶴>에서 "달이 있으나 뉘와 함께 감상하며, 시가 없어 마음을 싣지 못하겠네. 궁벽과 통달은 몸 밖으로 버렸고, 헐뜯음과 명예도 세상에서 가벼웠네. 애오라지 즐기나니 맑은 시내 굽이, 고기 잡고 나무하며 나의 생을 보내리."[66]라고 할 수 있었다. '궁통窮通'과 '훼예毁譽'에서 벗어나 자연 속에서 한가로운 삶을 사는 것이 그의 진실된 꿈이었지만, 현실이 그를 그렇게 내버려 두지 않았던 것이다. 이 때문에 왜란이나 호란 등 나라가 위기에 봉착하였을 때, 그는 자신의 직분에 투철하고자 했다. 즉 '강호락'과 '묘당우'를 동시에 추구하였던 것이다. 다음 작품도 같은 맥락에서 읽힌다.

---

…… 況臣新除之郡, 僻在鳥嶺之傍, 臣雖年老, 猶可以筋力自勉, 何敢自便於山郡, 不一效命於當此危急之秋乎?"

65 柳致明, 『定齋集』 권22, <東溪趙公遺集序>, "必其有以推鋒爭死, 克壯厥猷者, 而朝廷莫之許也. 遂乃移病還山, 樂與親朋風詠以自適."

66 趙亨道, 『東溪集』 권1, <憶靑鶴>, "有月誰同賞, 無詩不遣情. 窮通身外謝, 毁譽世間輕. 聊樂靑溪曲, 漁樵老此生."

莫道身纔七尺長　몸이 겨우 일곱 척이라 말하지 마소
自欣心有萬夫優　자흔심은 모든 사내보다 낫다네
屠蠻擬報龍蛇恥　왜적 무찔러 임란 치욕 갚고자 했고
滅虜安望虎燕侯　청로 토멸한 것이 어찌 높은 벼슬을 바라서리오
赤兎櫪間思汗血　적토마가 마구간에서 땀과 피 흘리는 것 생각하고
蒼鷹架上戀横秋　송골매는 횃대에서 가을 하늘을 그리워하네
如今會値河清日　지금같이 황하가 맑은 날을 만났으니
合臥林泉百不求　임천에 누워 아무것도 구하지 않으리.[67]

조형도는 이 작품에서 먼저 자신의 강한 자의식을 드러냈다. 어떤 사람보다 높은 '자흔심自欣心'이 바로 그것이다. 이러한 자의식을 바탕으로 하여 왜군과 청군이 침입하였을 때 이를 막기 위해 혼신을 다했고, 이것이 치욕을 갚고자 한 것일 뿐 높은 벼슬을 바라고 그렇게 한 일은 아니라 했다. 이 시의 경련을 특별히 주목할 필요가 있다. 마구간에서 한혈汗血을 흘리고 있는 적토마와 가을 하늘을 그리워하고 있는 송골매로 스스로를 비유하고 있기 때문이다. 이는 그의 능력에 비해 세상에서 제대로 쓰이지 못하고 있다는 생각에 기인한 것이다. 이로써 그는 자연에 귀의하고자 했던 것이다.

조형도가 물이 있는 미려한 풍경을 좋아하면서 강호락과 묘당우를 함께 하고자 한 것은 47세에 어머니 허씨의 상기를 마친 후 동계정을 세운 데서 잘 나타난다. 동계정이 동계 가에 지은 것이니 당연히 그의 노래는 물이 중심이 되지 않을 수 없었다. "한 줄기 맑은 시내는 성의 동쪽이 가까운데, 몇 개의 서까래가 굽이굽이 흐르는 시내에 안겨 있구나."[68]라 한 것이 그것이다.

67 趙亨道, 『東溪集』 권1, <雪夜書懷>
68 趙亨道, 『東溪集』 권2, <東溪亭>, "一練清溪近郭東, 數椽來抱曲流中."

동계東溪나 청계淸溪 등 조형도의 아호에서도 볼 수 있듯이, 물은 그의 의식 전반에서 매우 중요한 역할을 하였던 것이다. 이를 바탕으로 그는 강호락과 묘당우의 문학적 정서를 표출하였다. 조종도는 동계정에서 '사친思親'과 '연군戀君'을 내세우며 다음과 같은 작품을 창작했다.

欲孝如今更孰因　지금 효도를 하려 한들 누구에게 할 것인가
我生於世一窮人　내가 이 세상에 나서 일개 궁인窮人이 되고 말았구나
手攀桑梓思何及　손으로 고향을 어루만지나 생각이 어디를 미치며
目接羹牆慕益新　눈으로 옛 모습 뵙고자 하니 그리움만 더욱 사무친다
盤上縱優曾酒肉　소반 위에 비록 증자처럼 주육이 많지만
堂中柰欠老昏晨　마루 위에서 노래자처럼 문안할 수 없으니 어찌리
茫茫九地無消息　망망한 저승에선 소식도 없지만
寸草空懷六十春　보잘것없는 마음으로 공연히 부모님을 그리워하네.[69]

生三死一地天經　세 번 나고 한 번 죽는 것은 천지간의 법칙
衣祿絲毫聖賜榮　입고 먹는 것 하나같이 임금께서 주신 은총이라네
鬢白已緣時亂瘼　어지러운 때를 만나 귀밑머리가 이미 희어졌으나
心丹寧間爵卑輕　높고 낮은 벼슬에 따라 성심이 어찌 달라지리
自同衆宿環辰拱　모든 별이 둥글게 늘어서 북극성을 향하듯 하고
政似孤葵向日傾　외로운 해바라기가 해를 따라 기울어지는 것 같네
瞻戀老懷何處見　연모하는 오랜 회포 어느 곳에서나 볼 수 있으리
此軒終始有平生　처음부터 끝까지 이 집에서 평생을 지내리[70]

69 趙亨道, 『東溪集』 권2, <思親堂>
70 趙亨道, 『東溪集』 권2, <戀君軒>

앞의 시는 동계정에 쓴 <사친당>이다. 고향에서 어버이를 모시고 사는 것은 '강호락' 가운데 으뜸이다. 그러나 10세에 양부, 33세에 생부가 돌아가셨고, 44세에는 생모 권씨, 45세에는 양모 허씨가 세상을 떠났다. 이제 그의 네 분 부모 가운데 한 분도 계시지 않으니 사무치는 그리움이 없을 수 없었고, 그 마음을 위의 '사친당'이라는 시에 담았다. 한때는 선고가 쓴 일기를 펼쳐보면서 '평생 동안 남긴 사적 기록이 없었는데, 이제 와 받들어 살펴보니 눈물이 옷깃을 가득 적시네.'[71]라고 한 바도 있다. 그의 출중한 효심을 함께 읽을 수 있는 대목이다.

뒤의 시는 동계정에 쓴 <연군헌>이다. 그가 강호 속에 살고 있었지만 마음은 언제나 '묘당우'로 가득했다. 이 때문에 나라가 위기에 봉착했을 때는 몸을 사리지 않고 달려갔으며, 그의 사망 원인인 등창도 지천遲川 최명길崔鳴吉(1586-1647)이 청나라 진영에 왕래하면서 강화를 모색한다는 말을 들은 후 극도의 고민과 분개 때문에 생긴 것이라고 <행장>이나 <유사> 등에서는 전한다. 그는 이처럼 초야에 있으면서도 항상 정세에 민감하였다. 63세 때 북쪽 오랑캐가 맹약을 저버리고 조선을 침략하려고 하자 시를 써서 분개하였으며, 67세 때에는 다시 금나라가 제왕을 참칭하고 사신을 보내 협박한다는 말을 듣고, 또 분노하였다. 그의 '묘당우'는 이렇게 강렬한 것이었다. 그러나 그의 강한 묘당우도 강호락과 일정한 긴장 관계 속에서 구조화되어 있었는데, 이러한 사정이 다음 시에 잘 요약되어 있다.

曾擬功名骨　　일찍이 장래의 공명골에 비겼더니
今成老大男　　오늘 늙은 사내가 되어버렸네
韋郎詩晚學　　위응물은 시를 늦게 배워 대성했고

71 趙亨道, 『東溪集』 권2, <披閱先考日錄有感>, "行年事蹟記無餘, 奉玩如今淚滿裾."

| | |
|---|---|
| 鄭叟酒窮耽 | 정천은 술을 궁한 뒤에 즐겼다네 |
| 天遠心懸北 | 하늘은 멀어 마음은 언제나 북쪽에 매달려 있었고 |
| 書遲鴈絶南 | 서신은 더디어 소식은 남쪽으로 끊겼다네 |
| 松簷凉有地 | 소나무 처마가 시원한 곳에 있었으니 |
| 終日著眠酣 | 종일토록 단잠을 즐길 수 있다네.[72] |

<우제偶題>라는 작품이다. 젊은 시절에는 무장으로 공명을 바랐고, 당나라의 시인 위응물韋應物(737-792)처럼 시를 늦게 배웠으며, 삼국시대 오나라 사람 정천鄭泉처럼 술을 즐겼다고 했다.[73] 이러한 사정이 수련과 함련에 두루 나타나 있다. 조형도는 이처럼 시주의 강호락을 즐겼지만, 그의 생각은 북쪽에 매달려 있고, 북쪽에서 오는 소식이 남쪽으로 끊긴다고 했다. 경련에서 이런 사정을 제시했다. 그의 묘당우가 어떤 것인지를 확인할 수 있는 대목이다. 따라서 사친과 연군을 중심으로 형성된 그의 시정신은 강호락과 묘당우 사이에서 마침내 강호락으로 귀결되고 있다는 것을 확인할 수 있다.

위에서 보듯이 조형도의 시정신은 강호락과 묘당우 사이에서 형성되어 있었다. 임진왜란과 정묘·병자호란을 겪으면서 의병 또는 무장으로 나아가 전공을 세우게 된 것은 묘당우에 의한 것이며, 강호자연 속에서 부모님을 모시고 살면서 시주의 청한淸閑을 즐기고자 한 것은 강호락에 바탕한 것이다. 강호락과 묘당우가 하나의 자연 속에서 이루어진다는 측면을 주목할 때, 이 둘은 긴장관계에 놓일 수밖에 없다. 방향이 다른 두 지향이기 때문이다. 그러

---

72 趙亨道, 『東溪集』 권2, <偶題>

73 오나라 사람 鄭泉은 술을 좋아했던 사람으로 유명하다. 그는 죽을 때 친구들에게 다음과 같이 유언했다고 한다. "내가 죽거든 자네들은 부디 내 시체를 질그릇 만드는 굴 곁에 묻어주게. 백 년 후에 백골이 삭아서 흙이 되면 누가 알겠는가? 그 흙을 파다가 술병을 만들기라도 한다면 나의 소원이 성취되는 것이 아니겠는가?"

나 조형도의 시정신이 이 둘의 갈등관계에 놓인 것은 아니다. 강호락 속의 묘당우로 이것은 구조화되고 있기 때문이다.

## 5. 맺음말

조형도는 무장이었지만 문학적 재능 역시 뛰어나 433제나 되는 작품을 남긴다. 이 글에서는 그의 시세계를 탐구하기 위하여 소재로 동원된 '물'을 특별히 주목하였는데, 여기에는 나름대로 이유가 있다. 하나는 조형도가 정중관물靜中觀物의 태도를 갖고 물을 시의 핵심적 소재로 활용하면서 자신의 다양한 시정신을 이를 통해 표출하고 있기 때문이고, 다른 하나는 연구의 방법론적 측면에서 물이라는 대표 소재에 집중함으로써 그의 시세계를 효과적으로 파악할 수 있기 때문이다.

조형도 시문학에 나타난 물의 존재 양상은 대체로 넷으로 나눌 수 있다. 미려한 정경 속의 물, 풍류와 함께 하는 물, 성찰적 도구로서의 물, 역사현실과 결합된 물 등이 그것이다. 첫 번째가 작가의 서정적인 측면과 밀착된 물이라면, 두 번째는 유흥적인 측면을 강조한 물이다. 그리고 세 번째가 성리학적 측면이 고려된 물이라면, 네 번째는 무장武將으로서의 현실주의적 측면이 고려된 물이다. 이처럼 물은 조형도의 다양한 모습을 알게 하는 대표적인 소재였고, 시작품의 존재 양상은 이를 가장 명시적으로 보여준다.

조형도의 시정신은 강호락과 묘당우 사이에서 구조화되었다. 아름다운 강호에서 생활하면서 시주를 즐기거나 자연을 통해 성리학적 심성 이해를 한 부분은 강호락에 근거한 것이며, 임진왜란과 정묘·병자호란을 겪으면서 의병 또는 무장으로서 나아가 전공을 세운 것은 묘당우에 근거한 것이다. 그의 생애사를 보면, 역사현실 속에서 무장으로 직무에 충실하다가 강호 속에서 자적自適한 것으로 요약된다. 그러나 동계정에 '사친연군'이라는 현판을 써서 붙인 것에서도 알 수 있듯이 충효를 기반으로 하여 강호락과 묘당우를 공유하였다. 이것은 조형도의 시정신이 역사현실과 강호자연이 일정한 긴장관계를 가지면서도 강호락 속의 묘당우로 구조화되어 있었던 것을 의미한다.

이상의 논의로 조형도의 시세계를 모두 이해한 것은 물론 아니다. 대체적인 경향을 물을 중심으로 해서 살핀 것에 지나지 않는다. 이것은 조형도 연구가 앞으로 더욱 심층적인 방향으로 진행되어야 한다는 말이기도 하다. 그 가운데 하나가 그의 풍류정신에 대한 탐구이다. 조형도의 시에는 술이 특별히 많이 등장한다. 강호에서 일으키는 흥의 세계가 술을 통해 더욱 증폭되었고, 이러한 과정에서 수다한 시문학 작품이 생산되었다. 그러므로 이 술이 어떤 역할을 하는지, 이를 포함한 그의 풍류세계는 어떠한 방향으로 귀착되고 있는지를 탐구해 볼 필요가 있다. 술의 힘을 빌리지 않으면 해결되지 않는 현실이 있을 수 있기 때문이다.

또한 강호락과 묘당우 사이에서 형성된 조형도 시정신의 근원을 밝히는 일도 과제 중에 하나이다. 그는 여러 곳에서 충효를 강조하였는데, "남자의 한 몸은 충성과 효도뿐(<西廳, 次金衛將韻>)", "남자의 평생은 충성과 효도뿐(<送蔣同樞君佐赴關西體府中營>)"이라고 한 것 등에서 확인 가능하다. 조형도는 충효가 인仁과 예禮를 바탕으로 한 실천 덕목이라 생각했다. '인'은 자신이 반드시 법으로 여겨야 할 것이고, '예'는 또한 마땅히 실천해야 할 것이라고 한 것이 그것이다. 이를 염두에 두면서 인예와 충효가 어떤 관계 속에 있으며, 이것이 강호락과 묘당우의 어떤 핵심적 근거가 되는가 하는 문제도 여전히 풀어야 할 숙제로 남아 있다.

이 연구는 조형도 연구의 선단을 열었다는 측면에서 일정한 의의가 있다.

그러나 위에서 제시한 두 가지의 심화 연구는 물론이고, 그가 살았던 시대의 다른 문인들과의 비교 연구, 산문에 대한 연구, 시문학의 수사학적 접근, 장소성에 대한 문화론적 연구 등 그에 대한 탐구는 더욱 폭넓게 이루어져야 한다. 이를 위한 기초 작업으로 문집의 번역 작업 등도 함께 진행되어야 한다. 이런 일련의 작업들이 이루어질 때, 무장이면서도 탁월한 시세계를 갖고 있었던 조형도 연구는 본궤도에 오를 것이다.

# 제2부 물과 구곡문화

명나라 서표연徐表然의 『무이산명승도회武夷山名勝圖繪』 중 <무이구곡총도>

물과 문화는 어떻게 접목될 수 있는가. 이것은 음식문화나 종교문화 등으로 다양화할 수 있겠으나, 여기서는 주자학의 유입에 따라 우리나라에서 독특하게 형성된 구곡문화九曲文化를 중심으로 살핀다. 이를 위하여 주자 무이구곡武夷九曲의 한국적 전개를 총론적 차원에서 먼저 다루고, 이어 구곡문화의 근원이라 할 수 있는 주자시 <관서유감觀書有感>의 문학적 수용과 문화적 응용을 탐구한다. 여기서 더욱 나아가 한국에서 구곡동천九曲洞天이 가장 발달되어 있는 백두대간 속리산권의 구곡문화를 중심으로 영남의 구곡문화로 확대한다. 이 과정에서 구곡문화의 세계유산적 가치도 함께 생각하게 될 것이다. 마지막으로는 구곡문화가 대도시 주변에는 어떻게 설정되어 있는지를, 대구지역을 중심으로 살펴본다. 이를 통해 우리는 구곡문화의 다양한 발달상을 이해하게 될 것이다.

# 제1장 무이구곡의 한국적 전개와 의미

## 1. 성리학적 이념과 자연

우리는 지금 지극히 위험한 시대에 살고 있다.[1] 기계론적 세계관에 입각한 근대의 과학문명이 인류의 삶을 매우 편리하게 하였지만, 이에 비례하여 많은 그늘도 생겨나게 되었기 때문이다. 그 그늘은 개인은 물론이고 가정과 사회를 넘어 전지구적인 것으로 확장되고 있다. 과도한 경쟁으로 인한 스트레스 등 정신적인 장애, 가족간 불화 등으로 인한 가정의 해체, 진보와 보수의 갈등이라는 정치적 이념의 대립, 학교폭력, 환경오염 등 이루 말할 수 없는 위기가 모두 그러한 것이다. 현대의 위기적 국면이 이러하므로 우리 시대 사람들의 자기 행복지수는 지극히 낮은 편이다.

근대는 속도를 바탕으로 하는 직선적 사유를 강조한다. 직선적 사유에서 곡선적 사유로 전환하자는 것은 과학·산업·문명 등 근대적 이기의 이면에서 발생한 다양한 병리현상을 보다 적극적으로 극복하자는 측면에서 제시된 것이다. 직선[直]에서 곡선[曲]으로의 방향전환은, 속도보다 여유를, 질러가기

---

1 이 글은 필자의, 「주자 무이구곡의 한국적 전개와 구곡원림의 인문학적 의미」(『자연에서 찾은 이상향 구곡문화』, 울산대곡박물관, 2010)를 수정·보완한 것이다.

보다 돌아가기를 주목한다. 전통이 가지는 우수한 문화적 인자를 재발견하고 이것을 중심으로 미래 비전을 모색하자는 의도이다.[2] 근대를 극복해야 하는 시대적 과제가 우리 앞에 놓여 있다고 볼 때, '직直에서 곡曲으로의 전환'은 바로 시대적 요청이라 할 수 있을 것이다. 여기서 주목되는 것이 바로 우리의 주제인 구곡문화九曲文化이다.

조선의 선비들은 성리학적 이념으로 무장을 하고 있었다. 성성재惺惺齋 등과 같이 성리학적 글귀를 성리서性理書에서 찾아 편액을 달거나 아호로 삼았고, 구곡산九曲山과 이천伊川 등과 같이 성리학 및 중국 성리학자들의 탄생지와 관련된 지명을 중심으로 산천의 이름을 취하기도 했다. 어떤 경우는 이미 있어오던 불교적 명칭을 성리학적 용어로 고쳐 붙이면서 이 땅에서 성리학적 이상세계를 이룩하고자 하기도 했다.

비해당匪懈堂처럼 장재張載(1020-1077)가 서명西銘에서 『시경』의 글귀를 수용하여 성품을 기르고자 했던 것을 본따 집의 이름을 짓거나, 세심정洗心亭과 같이 『대학』의 경문을 주자가 풀이하는 과정에서 특별히 주목한 대목을 들어 정자의 이름으로 삼기도 했다. 여기서 훨씬 나아가 주거공간 자체에 성리학적 이념을 적용시키기도 했다. 김수증金壽增(1624-1701)이 자신의 은거지 곡운谷雲에 삼일정三一亭을 세우고 다음과 같이 설명한 경우는 그 대표적인 예가 된다.

> 총계봉 아래에 있는 물가, 거기에 바위가 우뚝 솟아 요엄류정聊淹留亭과 마주하고 있어 작은 정자를 지을 만하다. 다만 바위가 앞면은 넓고 뒷면은 좁아

2 직선과 곡선을 바탕으로 한 근대/탈근대 담론은, 정우락, 「朝鮮中期 江岸地域의 文學活動과 그 성격-낙동강 중류지역을 중심으로 한 하나의 시론-」(『韓國學論集』 40, 啓明大學校 韓國學硏究院, 2010)에서 이루어졌다.

> 네 개의 기둥을 둘 수가 없어, 마침내 기둥을 셋으로 하여 가운데에는 짧은 들보를 얹고 들보의 세 면에 큰 서까래 셋을 꽂아 들보 셋과 교차하는 곳으로 더해지게 하였다. 들보 밑동에는 태극도를 그리고 그 곁에는 팔괘를 배열하였다. 큰 서까래 세 개에는 팔분체八分體로 음양陰陽과 강유剛柔, 그리고 인의仁義 등의 글자를 쓰고 세 기둥은 각각 여덟 면으로 만들어 24면이 되게 한 다음, 24절기와 12벽괘辟卦를 배열하였으며 또한 12율律과 12지支를 써넣었다. 이렇게 하고는 드디어 삼일정이라 이름하였다.[3]

김수증은 이처럼 자신의 집에만 성리학적 의미를 부여하는 데 만족하지 않았다. 삼일정 아래에 있는 10칸쯤 되는 큰 바위에 주자의 각조산閣皁山 고사를 모방하여 하도河圖와 낙서洛書, 선후천팔괘도先後天八卦圖와 태극도太極圖 등을 돌에 새기고 이를 인문석人文石이라 하고는, 전서로 '하락희문인문석河洛羲文人文石'이라는 일곱 자를 다시 새겼다. 즉 김수증은 성리학적 소우주를 자신의 주거공간에 설정하고 그 공간을 하나의 성리학적 이상세계를 만들고자 하였던 것이다. 삶 자체를 이념화하였던 것이다.

김수증의 이 같은 행동은 유별난 것이 아니다. 그의 선후배들도 대체로 이러한 문화를 향유하며 삶을 영위하였기 때문이다. 이황李滉(1501-1570)이 도산서당陶山書堂을 건립하면서 주위에 명명하였던 각종 용어들은 물론이고, 조식曺植(1501-1572)의 후예들이 뇌룡사雷龍舍를 중건하면서 조식이 그린 <신명사도神明舍圖>를 설계도 삼아 집을 짓거나, 박태보朴泰輔(1654-1689)가 하도와 낙서를 응용하여 집을 포함한 정원을 설계한 것 등이 모두 그러하다.

---

3 金壽增, 『谷雲集』 권5, <答兪命健>, "叢桂峯下水邊, 巖石斗起, 與聊淹留亭相對, 可作小亭, 而巖面前廣後狹, 不容四柱, 遂排三柱, 中懸短梁, 梁之三面, 揷三衡椽, 加於三棟之交, 梁根畫太極圖, 旁列八卦, 三衡椽分書陰陽剛柔仁義字, 字作八分, 三棟通畫六十四卦, 三柱各作八面, 凡二十四面, 排作二十四節氣, 又排十二辟卦, 又書十二律十二支, 遂名之曰三一亭."

성리학적 이념이 자신의 은일 공간을 중심으로 가장 폭넓게 적용된 것이 구곡원림九曲園林의 조성과 그 경영이다. 이로 보면, 구곡원림은 당호堂號나 정호亭號, 집과 그 주변에 적용시키던 성리학적 이념을 인근의 산수로 확대하였던 것이다. 이에 따른 구곡원림의 경영과 이에 따른 구곡시가九曲詩歌의 창작은 주자학의 성쇠와 그 궤를 같이하는데, 조선 말기까지 이 문화는 지속되었다. 이를 통해 조선시대의 선비들은 그들의 이상세계를 꿈꾸어 왔다고 하겠다. 이 글은 바로 이러한 사실을 염두에 두면서 주자 무이구곡의 한국적 전개와 구곡원림의 인문학적 가치를 해명하는 데 초점을 둔다.

## 2. 주자학과 무이구곡

고려 말 주자 성리학이 수입되면서 이 땅은 주자학적 논리로 세계를 이해하고 주자학적 논리에 따라 행동을 규제하게 되었다. 이단異端이나 난적亂賊도 주자학의 근본주의적 입장에서, 여타의 학문을 배격하며 자학문自學問을 보호하고자 하는 의도로 활용했던 용어였다. 세상에 나아가 벼슬하는 논리도 주자학에서 찾았으며, 자연에 물러나 학문을 탐구하는 것도 주자학에서 찾았다. 이에 대한 역사적 공과는 여기서 다룰 문제가 아니지만, 조선시대는 주자학으로 시작하여 주자학으로 마감하였다고 해도 과언이 아니다.

주자학은 우주론이나 존재론, 인식론이나 수양론 등에 이르기까지 조선의 지성사를 지배하였다. 이 가운데 수양론은 성인이 되는 논리를 제공하고 있다는 측면에서 조선의 선비들이 가장 중시한 것이었다. 주자는 이를 경사상敬思想으로 체계화하여 4개 조목으로 구체화하였다. 소위 경敬의 4개 조목이 바로 그것인데, 정이程頤(1033-1107)의 주일무적主一無適과 정제엄숙整齊嚴肅, 윤돈尹焞(1061-1132)의 기심수렴其心收斂, 사량좌謝良佐(1050-1103)의 상성성법常惺惺法이 그것이다. 4개 조목은 그 표현에 다소 차이가 있으나 주자는 하나의 의미, '경'으로 귀납시켜 이해할 수 있도록 했다.

경사상이 작품으로 구체화 될 때, 그 상상력의 궁극은 정靜과 동動의 문제로 체계화된다. 즉 '동動→정靜→동動'이라는 시간성에 의하여 정靜 속의 동動이라는, 차원을 달리하는 공간을 지향하고 있기 때문이다. 이 같은 '정중동靜中動'의 논리는 변화와 불변의 문제와 함께 주자 수양론에서의 심心에 대한 활간活看을 가장 적극적으로 보여준다. 구체적인 작품은 이에 대한 인식체계이자 창작원리가 내적으로 작동하면서 확대·적용된 것이라 하지 않을 수 없다. 이 때문에 성리학은 활법活法, 활수活水, 활경活敬, 활발活潑 등의 용어를 즐겨 활용하는 활학活學이라 할만하다.

우리는 여기서 주자의 <관서유감觀書有感>을 주목할 필요가 있다. 이 작품은 두 수로 되어 있는데 첫째 수에서, "반 이랑의 모난 연못이 한 거울로 열리니, 하늘빛 구름 그림자가 함께 배회를 하네. 묻나니 어떻게 하여 이같이 맑을 수 있는가? 원두에서 살아 있는 물이 흘러오고 있기 때문이지."[4]라고 하였다. 여기서 말한 '반 이랑의 모난 연못'은 인간의 마음을 나타낸 것이다. 그 마음이 맑은 거울처럼 열린다고 하면서 수렴 상태의 내면풍경을 그렸다. '하늘빛 구름 그림자'는 천리天理의 표상이다. 이것이 못에서 배회를 한다고 했으니 이는 마음속에 깃든 천리의 유행으로 이해할 수 있다. 수렴收斂이 가져다주는 정적인 이미지에 배회라는 동적 이미지를 추가하여 '정중동'의 새로운 이미지를 창조하고 있는 것이다. 즉 인식공간에 대한 차원 변화가

---

朱熹, 『晦庵集』 권2, <觀書有感>, "半畝方塘一鑑開, 天光雲影共徘徊. 問渠那得淸如許, 爲有源頭活水來." 이 시의 문학적 수용과 문화적 응용에 대해서는 장을 달리해서 자세하게 논의하기로 한다.

일어난 것이다.

동과 정은 서로 긴장관계를 갖고 공존한다. 정이 극도에 달해 동을 상쇄시키거나 동이 극도에 달해 정을 상쇄시키지는 않는다. 즉 정은 동 때문에 존재할 수 있으며 동은 정 때문에 성립될 수 있다는 것이다. 이러한 정동의 관계성 속에서 주자는 전구에 보이는 것처럼 맑음을 자각했다. 그리고 그 맑음을 지속시킬 수 있는 이유는 결구의 '원두'에 있다고 했다. 원두에서 활수活水가 끊임없이 솟아오르기 때문이다. 훗날 정구鄭逑(1543-1620)가 "원두에는 형언 못할 묘리 있어, 이를 놓아두고 다른 세계 찾을 건가"[5]라고 한 것도 모두 이 때문이었다. 원두가 본성을 뜻하는 것이니 본성을 길러 지속적인 맑음을 유지하자는 것이었다. 이렇게 할 때 비로소 천리가 깃들 수 있다는 생각을 주자는 위의 작품으로 요약했던 것이다.

주자의 <관서유감>이 거주지에 조성된 방당方塘을 중심으로 창작한 것이라면, 이를 원림園林의 차원으로 확대한 것이 바로 <무이도가武夷櫂歌>, 즉 무이구곡시武夷九曲詩이다. 무이구곡은 주자가 은거했던 무이산 계류를 따라 9.5km의 거리에 펼쳐져 있다. 시냇가에는 36봉우리와 37암석이 절경을 이루고 있는데, 주자는 그 사이로 흐르는 물길을 따라 아홉 굽이를 설정하고 각 굽이마다 7언절구 한 수씩을 지었다. 제1곡은 승진동升眞洞, 제2곡은 옥녀봉玉女峯, 제3곡은 선기암仙機岩, 제4곡은 금계동金雞洞, 제5곡은 무이정사武夷精舍, 제6곡은 선장봉仙掌峯, 제7곡은 석당사石唐寺, 제8곡은 고루암鼓樓岩, 제9곡은 신촌시新村市이다. 주자의 무이구곡은 여기에 서시를 더해 도합 10수로 이루어져 있다. 다음이 바로 그것이다.

---

鄭逑, 『寒岡集』 권1, <仰和朱夫子武夷九曲詩韻>, "源頭自有難言妙, 捨此何須問別天."

武夷山上有仙靈　무이산 위에 선령이 있나니
山下寒流曲曲淸　산 아래의 차가운 시내는 굽이굽이 맑다네
欲識箇中奇絶處　그 가운데 빼어난 곳을 알고자 하는데
櫂歌閑聽兩三聲　뱃노래 두세 소리가 한가롭게 들리네

一曲溪邊上釣船　일곡이라 시냇가에서 고깃배에 오르니
幔亭峰影蘸晴川　만정봉 그림자가 맑은 시내에 드리워지네
虹橋一斷無消息　홍교 한 번 끊어지자 소식도 없고
萬壑千巖鎖翠煙　수많은 골과 바위가 푸른 안개에 잠기네

二曲亭亭玉女峰　이곡이라 우뚝한 옥녀봉이여
插花臨水爲誰容　꽃을 꽂고 물가에 있으니 누굴 위한 단장인가
道人不復陽臺夢　도인은 다시 양대의 꿈꾸지 않는데
興入前山翠幾重　흥에 겨워 앞산으로 들어가니 푸르름이 몇 겹이드뇨

三曲君看架壑船　삼곡이라 그대 가학선을 보았는가
不知停棹幾何年　알지 못하겠네, 노 젓기를 멈춘 지 몇 해나 되는 줄을
桑田海水今如許　뽕나무 밭이 바다로 변한 것이 지금 몇 해던가
泡沫風燈敢自憐　물거품과 바람 앞의 등불 같은 인생 스스로 가련하네

四曲東西兩石巖　사곡이라 동서로 두 바위가 우뚝한데
巖花垂露碧㲯毿　바위에는 이슬 맺힌 꽃이 어지러이 피어있네
金鷄叫罷無人見　금계의 울음소리 그치고 보이는 사람도 없는데
月滿空山水滿潭　달은 빈산에 가득하고 물은 연못에 가득하네

五曲山高雲氣深　오곡이라 산은 높고 구름 기운은 깊은데

長時烟雨暗平林　오랫동안 내린 안개비에 평림이 어둑하네
林間有客無人識　숲 속에 객이 있으나 아는 사람은 없고
欸乃聲中萬古心　어기영차 뱃노래 소리 속에 만고심만 깊어지네

六曲蒼屛繞碧灣　육곡이라 창병이 푸른 물굽이를 둘러 있고
茅茨終日掩柴關　띠 집은 종일토록 사립문이 닫혀있네
客來倚棹巖花落　객이 와서 노를 젓자 바위의 꽃은 떨어지지만
猿鳥不驚春意閑　원숭이와 새는 놀라지 않고 봄뜻만 한가롭네

七曲移船上碧灘　칠곡이라 배를 저어 푸른 여울에 오르며
隱屛仙掌更回看　대은병과 선장봉을 다시 돌아본다네
却憐昨夜峰頭雨　어여쁠손, 어젯밤 바위 위에 내린 비가
添得飛泉幾道寒　폭포에 더해지니 얼마나 더 차가울까

八曲風烟勢欲開　팔곡이라 바람과 안개가 개고자 하는데
鼓樓巖下水縈洄　고루암 아래의 물은 휘휘 감도는구나
莫言此處無佳景　이곳에 멋진 경치 없다고 하지 말라
自是游人不上來　이로부터 노니는 사람 올라오지 않을지니

九曲將窮眼豁然　구곡이라 막 다하는 곳에서 눈이 확 트여
桑麻雨露見平川　뽕나무와 삼밭에 비와 이슬 내리는 평천이 보이네
漁郎更覓桃源路　어부는 다시 도화원 가는 길을 찾지만
除是人間別有天　이곳이 바로 인간세상의 별천지라네[6]

---

6　朱熹, 『晦庵集』 권9, <淳熙甲辰中春精舍閑居戲作武夷櫂歌十首呈諸同遊相與一笑>

위의 10수는 주자의 <무이도가>로 우리나라 성리학자들이 구곡가 계열의 시적 기원으로 삼았던 작품이다. 이 작품은 앞서 든 <관서유감>으로 수렴되기도 하고, <관서유감>이 펼쳐져 <무이도가>가 되기도 한다. 거슬러 오르며 시를 짓기 때문에 수양론적인 본성 회복의 의미가 근본적으로 내재되어 있을 뿐만 아니라, 수의 극을 의미하는 9곡에 이르러[7] '장궁將窮' 이후의 '활연豁然'을 보여 '넓은 공간→좁은 공간→넓은 공간'을 계기적으로 보여준다. 또한 역대로 논란이 있어왔지만 현실세계에서 이상세계를 구해야 한다는 하학이상달下學而上達의 공부법을 제시하는 것이기도 하다.

주자는 무이산에 무이정사武夷精舍를 건립하고 <무이도가> 10수를 지어 이른바 구곡문화의 시원을 이루었다. "동주東周에서 공자가 나왔고 남송南宋에는 주자가 있으니, 중국의 옛 문화는 태산泰山과 무이武夷"[8]라는 널리 알려진 채상사蔡尙思(1905-2008) 교수의 말에서도 알 수 있듯이, 우리는 공자의 도맥이 주자에게 계승된 것으로 생각했다. 주자가 공자의 원시유학에 형이상학적 이론체계를 부여하면서 성리학을 완성시켰다는 점을 높인 것이다. 그의 학문은 중국은 물론이고 조선사회에 지대한 영향을 미쳤음은 주지의 사실이다. 계류를 거슬러 오르며 지은 그의 <무이도가>를 성리학적 수양론의 정수가 담긴 것으로 판단하고 수많은 조선의 선비들은 이를 중심으로 구곡문화를 구축하며 주자가 걸던 길을 따라 걷고자 했다.

---

7 주자가 9의 의미를 설명한 바 없지만, 성리학자들은 『주역』 건괘 제5효의 '九五'에서 그 의미를 찾았다. 이에 대한 견해는 洪良浩(1724-1802)가 <牛耳洞九曲記>에서 밝힌 바 있다.

8 蔡尙思, "東周出孔丘, 南宋有朱熹, 中國古文化, 泰山與武夷." 『源頭活水-朱熹思想與當前公民道德』(海潮撮影藝術出版社, 2003)에서 재인용.

## 3. 무이구곡의 한국적 전개

주자는 50세(1179년)에 남강군지사南康軍知事로서 백록동서원白鹿洞書院을 중건하였고, 54세(1182년)에는 무이정사武夷精舍를 무이구곡 제5곡에 짓고 <무이정사잡영병서武夷精舍雜詠幷序>를 썼다. 그는 이 서문에서 정사 주변의 경치를 아름답게 묘사해 놓았다. 주자 당시에도 무이산은 판화본으로 제작될 만큼 인기가 있었으며, 원대 이후에도 명나라의 서표연徐表然이 『무이산명승도회武夷山名勝圖繪』와 『무이산지략武夷山志略』을 찬집하거나 동기창董其昌(1555-1636)이나 석도石濤(1642-1724) 등도 무이산에 관심을 보이며 산도山圖를 그렸다.

고려말 주자 성리학의 전래와 더불어 무이산과 무이구곡에 대해 자세하게 기록해 놓은 『무이지武夷志』 등이 유입되고, 이에 따라 조선의 선비들은 자연스럽게 주자의 무이정사 건립과 이에 따른 정사의 잡영병서 및 주자의 <무이도가>를 읽게 된다. 여기서 더욱 나아가 주자와 같이 그 자신의 정사를 짓고 구곡을 경영하며 주자를 배우고자 했다. 주자의 <무이도가>에 대한 차운시는 물론이고, 정사 건립과 무이도 제작 등은 지극히 자연스러운 일이었다. 정구鄭逑(1543-1560)가 쓴 다음 글은 이를 이해하는 중요한 단서를 제공한다.

> 나에겐 예전부터 구곡도가 있었는데 이 선생[퇴계 이황]이 발문을 쓰신 것으로 이정존李靜存(李湛)이 소장한 중국본의 모사품이었다. 정말이지 이른바 시야에 가득 들어온 구름과 안개가 정묘精妙의 극을 다하여, 마치 귓전에까지 들리는 듯 황홀하였다. 또 중국본 속에 무이산의 총도總圖와 서원도書院圖를 발견하였는데, 지난번 화산花山(안동)에 있을 때 우연히 화가를 만나 이를 본떠 아울러 『무이지』 속에 그려서 넣게 하고 거기에 이 선생의 발문을 붙였다.[9]

9 鄭逑, 『寒岡集』 권9, <書武夷志附退溪李先生跋李仲久家藏武夷九曲圖後>, "余舊有九曲圖, 卽

이어지는 글에서 정구는 "한가로울 때마다 한 번씩 열람하고 있노라면 내 몸이 외진 조선 땅, 그것도 400여 년 뒤에 살고 있다는 현실을 까맣게 잊곤 한다. 그러니 400년 전 그 당시 매일 주 선생을 모시고 도를 강론하면서 무이구곡에서 노래 부르며 생활했던 사람들은 그 기상과 흥미가 과연 어떠하였겠는가?"[10]라고 하면서 주자의 강학에 동참하지 못한 것을 못내 안타까워하였다. 많고 적음의 차이가 있기는 하나 정구의 이 같은 생각은 조선의 성리학자들에게 주로 나타나던 의식의 일면이었다.

주자학이 유입되면서 조선의 선비들은 주자의 무이구곡을 다양한 방식으로 수용하였다. 구곡비평을 시행하며 주자의 <무이도가>를 제대로 이해하기 위하여 노력하기도 하고, 차운 구곡시를 지어 주자의 생각을 따르고자 하기도 했으며, 구곡원림九曲園林을 조성하며 주자처럼 살기를 희망하기도 했다. 이뿐만 아니라 중국에서 수입된 구곡도九曲圖를 모사하여 무이산을 상상하기도 하고, 그 자신 혹은 선조가 설정한 구곡을 기념하며 자신의 새로운 구곡을 만들어가기도 했다. 이 과정에서 자연스럽게 조선의 구곡문화가 구축되었던 것이다. 이같이 다양한 방향에서 주자의 무이구곡과 <무이도가>는 수용·전개되었는데, 이를 몇 가지로 나누어 살펴보기로 한다.

첫째, 조선시대 선비들은 주자의 <무이도가>를 개방적으로 이해하고 해석했다.[11] 조선조 선비들은 <무이도가>를 대체로 세 가지 방향에서 이해했다.

---

李先生題跋李靜存所藏唐本之摹寫者也. 信乎所謂滿目雲烟, 精妙曲盡, 怳若耳邊之有聞矣. 又於唐本冊子中, 得總圖與書院圖, 頃在花山, 偶値畫手, 竝令模入志中, 係以李先生跋文."

10 鄭逑, 『寒岡集』 권9, <書武夷志附退溪李先生跋李仲久家藏武夷九曲圖後>, "每於閑中時一翫閱, 不覺此身之落在東偏, 四百有餘年之下, 不知當日日侍講道而歌詠周旋於其間者, 其氣像意味, 又復何如也邪?"

11 이 부분은 이민홍, 『증보 사림파문학의 연구』(월인, 2000), 김문기·강정서, 『경북의 구곡문화』(경상북도·경북대학교 퇴계연구소, 2008)에 자세하다. 한편, 최석기는 조선시대 「무이도가」의 수용관점은 比로 볼 것인가, 興으로 볼 것인가에 있다고 하면서 因物起興과 托興寓

하나는 '입도차제入道次第'로 이 시를 도道에 들어가는 순서를 읊은 노래로 이해하는 것이고, 다른 하나는 '인물기흥因物起興'으로 아름다운 자연에 대한 순수한 서경을 읊은 노래로 이해하는 것이다. 그리고 나머지 하나는 '탁흥우의托興寓意'로 자연을 노래한 서경시인 동시에 도로 들어가는 차례를 제시한 노래라는 절충적 이해이다. 이것은 주자학을 어떻게 이해하는가 하는 점과 맞물려 일련의 논점이 형성되었으며 이로써 우리의 학술사는 더욱 풍성할 수 있었다.

먼저 주자의 <무이도가>를 '입도차제'로 이해한 대표적인 인물로는 김인후金麟厚(1510-1560)와 이익李瀷(1681-1763) 등을 들 수 있다. 이들은 주자가 9곡에서 제시한 상마우로桑麻雨露가 모두 중화中和라고 하는 한편 이를 통해 일용日用과 인륜人倫의 가치를 발견할 수 있다고 보았다. 다음으로 '인물기흥'으로 이해한 인물은 기대승奇大升(1527-1572)과 박해규朴海奎(1823-1892) 등을 들 수 있는데, 이들은 경물을 묘사하여 흥취를 일으키는 것을 천기天機에 부합되는 좋은 시로 보고 주자의 <무이도가>를 이 같은 방향에서 이해하고자 했다. 마지막으로 '탁흥우의'로 이해한 것은 이황을 비롯한 이상정李象靖(1710-1781) 등 퇴계학파가 대표적이다. 이들은 경물을 형용하면서도 이것을 음영하는 사이에 조도적造道的 의미를 얻을 수 있다고 생각했던 것이다.

둘째, 주자의 <무이도가>는 조선조 선비들에게 다양한 시가를 창작하게 했다. 한시의 경우, 주자의 <무이도가>에 대한 화차운시和次韻詩를 중심으로 나타났다. 박하담朴河淡(1479-1560)의 <운문구곡>을 비롯해서 이른바 이황의 <도산구곡>이나 정구의 <무흘구곡> 등 수많은 작품들이 있다. 특기할 만한

---

意로 양분하는 것이 타당하다고 했다. 인물기흥으로 본 대표적인 인물은 기대승이고, 탁흥우의로 본 대표적인 인물은 김인후·조익이라는 것이다. 최석기, 「「武夷櫂歌」 수용양상과 陶山九曲詩의 성향」, 『퇴계학논총』 23, 퇴계학부산연구원, 2014 참조.

것으로는 시운이나 시 형식이 주자의 것에서 훨씬 벗어나지만 주자의 의식을 계승하고 있는 것도 존재한다는 것이다. 예컨대 이상정李象靖(1711-1781)의 <고산칠곡高山七曲>은 9곡이 7곡으로 줄어들지만 주자의 <무이도가>를 연상하게 하며, 장복추張福樞(1815-1900)의 <묵방십영墨坊十詠>은 제목을 달리하지만 시적 전개가 주자의 <무이도가>와 거의 일치한다.

구곡가 계열의 시가는 한시에만 국한되지 않았다. 이황과 달리 이이李珥(1536-1584)가 연작시조 형태의 <고산구곡가高山九曲歌>를 남기면서 국문으로 된 구곡가九曲歌가 기호학파를 중심으로 본격화되었다. 이 같은 시가 형태는 권섭權燮(1671-1759)의 <황강구곡가黃江九曲歌> 등으로 이어졌다. 여기서 더욱 나아가 가사체로 창작되기도 하였는데 류중교柳重敎(1832-1893)의 <옥계구곡가玉溪九曲歌>와 이도복李道復(1862-1938)의 <이산구곡가駬山九曲歌>, 그리고 작자 미상의 <운산구곡지로가雲山九曲指路歌>는 그 대표적이다. 근대계몽기에는 「대한매일신보」 등을 통해 작품이 발표되기도 했다. 문재목文在穆의 <화구곡가和九曲歌>나 박양원朴陽園의 <화구곡도가和九曲棹歌> 등이 그것이다.

셋째, 조선의 선비들은 주자와 마찬가지로 구곡원림을 경영하며 주자를 따르고자 했다. 한덕련韓德鍊(1881-1956)처럼 구곡원림을 조성하지 않고 단순히 <근차회암선생무이구곡운謹次晦菴先生武夷九曲韻>과 같은 시를 남기기도 하였지만, 많은 선비들은 그들이 은거하고 있는 향촌을 중심으로 구곡원림을 조성·경영하였다. 또한 영남학파에서 많이 나타나듯이, 이황 <도산구곡>의 경우와 마찬가지로 그 스스로는 직접 구곡을 설정하여 경영하지 않았다 하더라도 이이순李頤淳(1754-1832)이나 이야순李野淳(1755-1831) 등과 같은 후대의 사람들이 이황의 본지를 생각하며 구곡의 구체적인 지점을 비정하며 선조를 주자처럼 숭앙하기도 했다.

현재 조사된 우리나라의 구곡원림은 167개소에 이르고 전국에 망라되어 있다. 경상북도 69개소, 충청북도 35개소, 경상남도 12개소, 대구광역시 8개소 등으로 보고되고 있다. 이 가운데 실존이 확인되는 구곡은 도합 77개소이다.[12] 그러나 이것은 잠정적인 숫자에 불과하므로 그 숫자는 더욱 늘어날 것이다. 흥미로운 사실은 경상도와 충청도에 구곡원림이 집중적으로 조성되어 있다는 점이다. 이 가운데서도 경상도가 더욱 많은 것은 낙동강과 그 지류라는 자연지리적인 환경과 함께 퇴계학의 발전이라는 인문학적 요인이 중요하게 작동한 것으로 보인다.

넷째, 조선의 선비들은 무이구곡도는 물론이고 조선의 구곡도를 다양하게 그리며 구곡문화를 만들어갔다.[13] 『무이지』와 <무이도가>를 주자학 수용의 중요한 단계로 인식했던 조선의 선비들은 한편으로 주자의 무이구곡을 그림으로 그려 도체道體가 내재된 무이산을 상상으로나마 만나고자 했고, 다른 한편으로는 주자의 정사 경영을 전범으로 삼아 직접 정사를 짓고 구곡을 경영하면서 그것을 그림으로 그려 기념하고자 했다. 중국의 경우 무이도가 실경기유도實景紀遊圖의 성격이 강하지만, 우리나라에서는 도학적 색채가 농후한 쪽으로 성격이 조정되었다. 이는 무이산을 동경하면서도 직접 답사해보지 못한 조선의 성리학자로서는 지극히 당연한 결과라 할 것이다.

현재 국내에는 영남대학교박물관에 소장된 <이중구가장 무이구곡도李仲久家藏武夷九曲圖>와 <단경왕후 온릉봉릉도감 계병 무이구곡도端敬王后溫陵封陵都監契屛武夷九曲圖> 및 정구가 증보하여 엮은 『무이지』를 비롯한 다양한 무이구

12 한국에 설정된 구곡의 수와 지역별 분포는 최영현의 「韓國 九曲園林의 分布와 設曲 特性에 關한 硏究」(우석대학교 박사학위논문, 2020)를 참조할 수 있다. 이 조사에서 빠진 합천의 朝陽九曲(朴在龍), 상주의 愚山九曲(鄭象履), 김천의 滿月潭十曲(미상), 강원의 蓬壺九曲(趙鎭宅) 등을 추가했다.

13 조선시대 구곡도의 수용과 전개에 대한 전반적인 사항은, 윤진영의 「조선시대 구곡도 연구」(한국정신문화연구원 한국학대학원, 1997)와 「조선시대 구곡도의 수용과 전개」(『미술사학연구』 217·218, 한국미술사학회, 1998) 등에서 검토되었다.

곡도와 조선형 구곡도가 전한다. 조선의 구곡도는 17세기 후반에 와서 출현한 것으로 보이는데, 정구의 무흘정사를 중건하고 그것을 기념하여 김상진金尙眞(1705-?)이 그린 <무흘구곡도武屹九曲圖>와 이원조李源祚(1792-1871)의 포천구곡을 그림으로 그린 <포천구곡도布川九曲圖> 등의 남인계 구곡도가 있기는 하지만, 대체로 서인 노론계 문인들을 중심으로 조선의 구곡도가 그려졌다. 그 대표적인 것이 <고산구곡도高山九曲圖>, <곡운구곡도谷雲九曲圖>, <황강구곡도黃江九曲圖>, <화양구곡도華陽九曲圖> 등이다. 이들 그림에 대한 제작은 선현에 대한 추모는 물론이고 학맥을 잇는 상징물로 생각되면서 적극성을 띠게 되었다.

중국보다 더 주자적이었던 조선의 경우 구곡문화는 우리나라의 성리학적 문화 현상 가운데 중요한 특색을 이루며 성장하였다. 주자의 <무이도가>를 차운하는 것은 물론이고 이것을 조선의 실정에 맞게 다양한 형태로 변용시켜 작품화했다. 시조나 가사의 형식으로 지은 구곡가 계열이 나타났던 것은 그 좋은 예가 된다. 이뿐만 아니라 우리 자연 경관의 특수성을 고려하면서 많은 구곡도가 등장하였는데, 때로는 지역이나 학맥에 따라 구곡문화의 모습이 다소의 차이를 보이기도 한다. 그러나 이들은 자신이 경영하는 구곡원림을 중심으로 도체를 파악하며 주자주의를 강화시켜 나갔다는 측면에서는 동일성을 확보하고 있었다.

## 4. 구곡원림의 인문학적 의미

조선시대의 사림파 선비들은 주자 성리학으로 자신의 의식체계를 확립한 도道 위주의 문학관을 지니고 있었다. '이도위문以道爲文', '문이재도文以載道', '재도지기載道之器' 등의 허다한 용어들은 모두 이를 반영한 것이다. 형식면에서 사장위주詞章爲主의 부화함을 반대하고 박실樸實함을 추구하였으며, 내용면에서는 윤리도덕을 근본으로 삼아야 한다는 도덕주의를 내세웠다. 이 같은 생각에 입각하여 조선의 선비들은 주자의 무이구곡武夷九曲과 <무이도가武夷櫂歌>를 수용하여 구곡원림을 경영하면서 우리의 산수를 하나의 도체로 파악하는 데까지 나아갔다. 이것은 마치 신라인들이 우리나라를 불국토佛國土로 인식했던 것과 같은 이치이다. 이제 이들이 지닌 인문학적 의미를 몇 가지로 나누어 관찰해 보기로 한다.

첫째, 동양적 이상세계를 성리학적 논리에 따라 추구하고 있다는 점이다. 동아시아의 경우 이상세계는 다양한 형태로 나타나지만, 하나의 공통적인 특징을 지닌다. 즉 넓은 현실공간을 벗어나 점점 좁은 공간으로 진입하다가 다시 넓은 공간이 나타나는데, 마지막에 제시되는 넓은 공간이 바로 이상세계다. 이러한 '광廣-협狹-광廣'의 구조는 현실과 초월, 차원이 달라진 현실이 계기적으로 결합되면서 그 현실은 우리가 살고 있는 현실이 아닌 초월이 내포된 현실로 성격이 변화되었음을 보여준다. 이 때문에 성호 이익은 9곡을 설명하면서, '도의 극처는 일용日用과 인륜人倫의 사이에서 벗어나지 않는 것이니 상마桑麻의 일상업日常業과 같은 것이다'라고 할 수 있었다.

<이중구가장 무이구곡도李仲久家藏武夷九曲圖>(영남대학교박물관)

성리학이 도가나 불가의 이론과 경쟁하면서 성립되었듯이 구곡문화에서도 그 흔적이 나타난다. 즉 구곡시에 나타나는 어부를 통해 도화원을 찾는 방식은 도잠陶潛(365-427)이 쓴 <도화원기桃花源記>에 근거한 것이며, 9곡으로 설정한 트인 공간의 신촌시新村市는 어부가 작은 동굴 속으로 들어가 찾아낸 이상세계와 다름없다. 불가의 경우, 12세기 중엽 중국 송나라 때 확암선사廓庵禪師가 그렸다는 십우도十牛圖에는 인간의 본성을 깨쳐가는 과정이 묘사되어 있다. 그 가운데 제10도는 <입전수수도入廛垂手圖>로 각자覺者가 중생들이 모여 사는 트인 공간으로 다시 내려오는 그림이다. 이처럼 유불도의 상호 교섭 현상이 활발히 일어나지만, 성리학의 경우 일상생활과 도덕을 강조한다는 측면에서 특징을 지닌다.

둘째, 유가 수양론의 핵심이 드러난다는 점이다. 주자는 <관서유감>과 <무이도가> 등의 작품을 통해 본성을 회복하려는 뜻을 보다 적극적으로 펼쳤다. 특히 <무이도가>는 물을 거슬러 올라가며 지었다는 것을 주목할 만하다. 이는 원두源頭를 찾아 본성을 회복하자는 기본적인 뜻이 담겨져 있기 때문이다. 죽계구곡竹溪九曲과 같이 아래로 내려가면서 설정한 한국화된 구곡원림이 없지는 않으나 대부분의 구곡원림은 물을 거슬러 올라가며 설정되어 있다. 즉 조선의 선비들은 물을 거슬러 오르며 인욕으로 훼손된 자아를 회복하여 천리와 함께 노닐며 본성을 회복하려고 하였던 것이다.

유가 수양론은 수렴을 통한 각성이 기본 골격이다. 이로 볼 때, 구곡가 계열의 시가에서 마지막 작품인 '구곡'을 제대로 살펴보는 것은 매우 중요하다. 여기에는 원두라는 용어가 직접 제시되는 경우도 있으며, 천리유행天理流

行의 각성상태가 나타나기 때문이다. 김철수金喆銖(1822-1887)가 "구곡의 원두는 돌의 형세 이지러지지만, 이황의 취한대翠寒臺 오래되었으나 오히려 의연하네"라고 한 것이나, 채헌蔡憲(1715-1795)이 "관란대觀瀾臺 나린 물은 주야晝夜로 양양洋洋ᄒᆞ니"라고 한 것도 이러한 맥락에서 제시한 것이다.

셋째, 구곡원림의 조성과 경영에는 자연과 인간이 소통하는 생태주의적 요소가 깊이 내재되어 있다는 점이다. 생태주의는 인간과 문명의 오만을 비판한다. 따라서 생태주의자는 인간이 자행하는 자연파괴와 환경오염의 바탕에 인간이 자신을 자연과 분리시켜 자연을 정복하려는 생각이 깔려있다고 지적한다. 때문에 그들은 인간과 자연, 혹은 인간과 인간의 관계가 지배와 복종의 관계에 있다는 생각을 거부한다. 조화적 질서 속에서 서로의 삶이 하나의 유기체로 구성되어 있다고 보고 자신과 함께 상대를 존중한다. 이러한 관점에서 볼 때, 구곡원림의 조성과 그 경영에는 자연과 인간을 서로 존중하는 조선조 선비들의 생각이 존재한다는 것을 알 수 있다.

구곡시가는 음영성정吟詠性情의 대표적인 예다. 성리학자들이 추구하는 진정한 문학은 오로지 덕행과 학문에 의한 내적인 자기완성에 있었다. 이 때문에 자연을 통해 인간의 마음을 노래할 수 있었던 것이다. 바로 이 점에서 구곡원림의 조성과 구곡시가의 창작, 이를 통해 보여주는 성리학자들의 세계관은 생태주의가 내포되어 있다. 주체인 인간과 객체인 자연이 상호 공생관계를 유지하며 소통하고 있기 때문이다. 인간이 자연물을 통해 하늘[天]을 인식하는 방식이야말로 생태주의의 기본구도가 아닐 수 없으며, 원림을 통한 주거에 대한 인식 역시 이와 맞물린다. 따라서 구곡원림에 의한 구곡시가는 생태주의 문학으로서의 가능성을 충분히 열어놓고 있다고 하겠다.

오늘날 우리는 근대를 극복해야 하는 시대적 과제를 안고 있다. 이 같은 측면에서 고속도로가 상징하는 근대적 직直의 세계관을 극복하는데 있어 구곡문화가 상징하는 전근대적 곡曲의 세계관이 주목된다. 여기에는 자연과 인간의 화해를 의미하는 평화의 메시지가 깊이 내재되어 있기 때문이다. 구곡문화는 이를 담보할 수 있다는 측면에서 미래의 문화가 될 수 있다. 따라서 아직 발굴하지 못한 구곡은 꾸준히 발굴해 나가야 할 것이며, 보존할 만한 자연 경관이 있으면 이 또한 9곡으로 지정하여 인간과 자연이 공존하는 새로운 문화를 만들어 가야 할 것이다. 바로 여기서 구곡문화는 과거가 아닌 현재, 관념이 아닌 일상의 길을 열게 된다.

# 제2장 주자 시의 문학적 수용과 문화적 응용

## 1. 머리말

인간의 자연에 대한 관점은 다양하다.[1] 기계론적 자연관은 인간과 자연을 분리시켜 자연을 역학법칙에 따라 움직이는 기계로 보는 관점(데카르트의 경우)이고, 인간중심주의적 자연관은 자연의 자립성 및 생명성을 부정하고 자연을 인간의 이용대상으로 파악하는 관점(피히테의 경우)이다. 그리고 유기체적 자연관은 인간과 자연을 하나의 살아 있는 주체이자 유기체로 파악하는 관점(셸링의 경우)이다. 이 가운데 유기체적 관점은 동양적 자연관의 근간을 이루며, 자연과 인간이 근원적으로 다른 것이 아니라고 전제하고, 기계론적 자연관과 인간중심주의적 자연관을 극복하고자 하는 것이 그 핵심이다.

자연은 원래 험준한 산과 범람하는 홍수에서 보듯이 두려움의 존재였다. 이 때문에 인간에게 있어 자연은 외경畏敬의 대상이었고 공포의 대상이었다. 명산과 대천에 대한 제사는 바로 이러한 심리적 환경 속에서 생성된 것이리라. 『예기禮記』 「왕제王制」에, "천자는 천하의 명산대천에 제사를 지내는 데

1 이 글은 필자의, 「주자 시의 문학적 수용과 문화적 응용-<觀書有感>을 중심으로-」(『퇴계학과유교문화』 57, 경북대학교 퇴계연구소, 2015)를 수정·보완한 것이다.

오악五嶽은 삼공이 주관하게 하며, 사독四瀆은 제후가 주관케 한다. 제후는 영지 안에 있는 명산대천에 제사지낸다."[2]라고 한 것도 같은 맥락에서 이해된다. 자연에 대한 공포를 다스리고 외경하는 것이야말로, 치국의 근본이 된다는 것을 알았기 때문이다.

자연을 통한 동양의 미의식은 크게 두 가지로 나눌 수 있다. 창신暢神과 비덕比德이 그것이다. '창신'의 미의식은 종병宗炳(375-443)의 <화산수서畵山水序>에서 제시된 것으로, 자연에 의해 발생하는 맑고 화창한 마음을 의미한다. 이것은 정신의 해방을 뜻하는 것으로 생각이 세속적인 것에 얽매임이 없이 활달해져서, 복잡한 인간세계를 초월하여 대자유의 심상을 체험하게 한다. 따라서 노장적 신선사상과 쉽게 결합되기도 한다. 바로 이러한 측면에서 동양적 예술관은 이 '창신'의 미의식과 깊은 맥이 닿아 있다고 하겠다.

'비덕'은 『시경』의 육의六儀, 즉 풍風·아雅·송頌·부賦·비比·흥興 가운데 하나인 '비'에서 출발한다. '비'는 상징작용이 내재된 비유다. 이것은 인간이 사물을 활용하여 자신이 설명하고자 하는 것을 생생하게 드러낼 때 사용한다. 이로 보아 비덕은 인간이 추구하는 도덕적 가치와 정서를 자연물을 통해 비유적으로 드러내는 기법이라 하겠다. 이 때문에 지우摯虞는 <문장유별론文章流別論>에서 '비는 유사한 것으로 비유한 것을 말한다.'[3]라고 하였고, 종영鍾嶸은 <시품서詩品序>에서 '외물로 말미암아 자신의 정지를 비유해 내는 것이 비이다.'[4]라고 하였다.

우리의 주제는 '자연-인간-심성'의 상관관계 속에서 설정된다. 이 때문에 기본적으로 '비덕'의 미의식에 밀착되어 있다. 비덕은 자연과 인간이 '성性'으

2 『禮記』「王制」, "天子祭天下名山大川, 五嶽視三公, 四瀆視諸候, 諸侯祭名山大川之在其地."

3 摯虞, <文章流別論>, "比者, 喩類之言也."

4 鍾嶸, <詩品序>, "因物喩之, 比也."

로 어떻게 결합될 수 있는가 하는 문제에 대하여 많은 관심을 가진다. 즉 자연과 인간을 하나의 유기체로 파악하면서 자연이 지닌 물성物性과 인간이 지닌 인성人性을 통일적 구도 속에서 이해하자는 것이다. 이렇게 하여 마침내 도달하는 경계는 자연과 인간의 합일을 의미하는 '천인합일天人合一' 그것이다. 널리 알려진 다음 자료를 보자.

> 지혜로운 사람은 물을 좋아하고, 어진 사람은 산을 좋아한다. 지혜로운 사람은 움직이고 어진 사람은 고요하다. 지혜로운 사람은 즐거워하고, 어진 사람은 오래 산다.[5]

> 요樂는 기뻐하여 좋아하는 것이다. 지혜로운 사람은 사리事理에 통달하여 두루 흘러 정체하지 않아 물과 비슷한 것이 있는 까닭에 물을 좋아하고, 어진 사람은 의리義理에 편안해서 후중厚重하여 옮기지 않아 산과 비슷한 까닭에 산을 좋아한다. 동動과 정靜은 본체로써 말한 것이고, 요樂와 수壽는 효과로써 말한 것이다. 움직이되 막힘이 없으므로 즐거워하고, 고요하되 떳떳함이 있으므로 오래 산다.[6]

『논어』「옹야」에 보이는 공자의 인지仁知에 대한 발언이다. '인지'는 사람이 갖추어야 할 가장 중요한 덕목인데 이것을 '산수'에 비유하고 있으니 '비덕'이 된다. 무엇 때문에 지혜로운 사람은 물을 좋아하고, 어진 사람은 산을 좋아하는가? 이에 대한 해석은 분분하지만, 조선시대의 선비들은 주자의 해석에 의거하여 이해해 왔다. 주자는 그 이유를 지혜로운 사람은 사물의 이치

5 『論語』「雍也」, "知者樂水, 仁者樂山, 知者動, 仁者靜, 知者樂, 仁者壽."

6 『論語』「雍也」, 朱子註, "樂, 喜好也. 知者, 達於事理而周流無滯, 有似於水, 故樂水, 仁者, 安於義理而厚重不遷, 有似於山, 故樂山. 動靜以體言, 樂壽以效言也. 動而不括故樂, 靜而有常故壽."

에 통달해 있으므로 두루 흘러 정체하지 않고, 어진 사람은 의리에 편안하여 두텁고 무겁기 때문이라고 했다.

본 논의는 '비덕'에 입각하여 성리학자들이 자연을 통해 심성을 어떻게 형상화하고 있는가 하는 점에 주목한다. 심성은 인간이 지닌 본성을 의미한다. 성리학자들은 이 본성을 제대로 설명할 길이 없어 비덕의 방법을 사용했다. 따라서 여기에 기반하여, 자연과 심성의 관계를 나타내는 주자의 대표적인 시 <관서유감觀書有感>을 제시하고, 이것이 조선에 들어와 문학작품에 어떻게 수용되고, 문화에는 어떻게 반영되는가 하는 부분을 구체적으로 따질 것이다.

주자의 <관서유감>에 대해서는 일찍이 정동화[7]와 이구의[8]가 주목한 바 있다. 이들은 도학적 시세계의 한 국면을 이 시를 중심으로 밝히고, 한국적 수용 양상에 대해서도 관심을 가졌다. 그러나 앞의 논의는 <관서유감>의 창작배경과 시의 의미를 밝히는 것에 치중하여 논의가 사변적으로 흘렀고, 뒤의 논의는 한국적 수용의 양상에 착목하였으나 문화적인 측면을 간과하였다. 이 글에서는 이 점을 인식하면서 주자 시 <관서유감>의 한국적 수용과 문화적 응용에 대하여 구체적으로 논의하고자 한다. 이 과정에서 자연스럽게, 조선조 선비들이 벌인 자연과 인간 사이에서 심성론적 교융交融[9]을 구체적으로 확인하게 될 것이다.

---

7 정동화, 「도학적 시세계의 한 국면 -주자의 <관서유감>과 그 한국적 수용에 대하여-」, 『민족문화』 22, 민족문화추진회, 1999.

8 이구의, 「주자 <관서유감>시의 한국적 수용」, 『동아인문』 27, 동아인문학회, 2014.

9 이 용어는 두 개체가 서로 '교섭'하여 '융합'하는 것을 말한다. 자연과 인간이라는 서로 다른 개체가 상호 교섭하여 天人合一을 이룩하고, 마침내 이 둘이 융합되어 天人無間을 실현하는 것이다. 이 글의 교융은 바로 이런 의미로 쓰인다.

## 2. 주자의 <관서유감>

우리나라에 성리학이 유입되면서 주자서가 들어와 조선의 독서계를 장악해나갔다. 주자는 "이理는 하늘의 본체이고 명命은 이의 작용이다. 성性은 사람이 하늘에게 받은 것이고, 정情은 본성의 작용이다."[10]라고 하였다. 이것은 저 유명한 『중용』 1장의 '천명지위성天命之謂性'을 풀이한 것이다. 하늘의 본체가 '리'로 작용하여 사람의 마음에 부여되면 '성'이 된다. 이 '성'의 작용이 '정'인데, 이 때문에 선악이 갈라지게 되며, 심통성정心統性情의 말이 성립될 수 있다. 성이 마음이 드러나지 않은 상태라면, 정은 이미 움직여 드러난 상태이다. 주자는 마음과 성정性情의 관계를 이렇게 이해하고 있었던 것이다.

주자는 독서를 매우 중시했다. 독서를 통해 성정을 이해할 수 있다고 믿었기 때문이다. 그는 책 읽는 행위를 단순한 취미나 교양 쌓기가 아니라 천하의 이치를 깨우치는 '격물치지格物致知'의 한 방법이라고 생각했다. 이 때문에 그는 "독서는 격물의 한 가지 일이다. 지금 모름지기 단락에 따라 자세하게 이리저리 음미하고 이리저리 반복하여 하루 혹은 이틀 동안 단지 한 단락만을 본다면 이 한 단락은 바로 나의 것이 된다."[11]라고 할 수 있었던 것이다. 그는 독서를 통해 천하의 도리를 알고자 했다. 아래에 제시하는 <관서유감觀書有感> 역시 이러한 생각에 바탕하여 창작한 것인데, 이는 조선조 선비들에게 가장 많은 영향을 미친 작품이다.

半畝方塘一鑑開　반 이랑의 모난 못이 한 거울로 열리니

---

10　朱熹, 『朱子語類』 권5, "理者, 天之體, 命者, 理之用. 性是人之所受, 情是性之用."

11　朱熹, 『朱子語類』 권10, "讀書是格物一事, 今且須逐段子細玩味, 反來覆去, 或一日, 或兩日, 只看一段, 則這一段便是我底."

天光雲影共徘徊 하늘빛 구름 그림자가 함께 배회를 하네
問渠那得淸如許 묻나니 어떻게 하여 이 같이 맑을 수 있는가
爲有源頭活水來 원두에서 살아 있는 물이 흘러오고 있기 때문이지[12]

주자는 37세 때 책을 읽다가 느낌이 있어 두 수의 시를 짓는다.[13] 위의 작품은 그 가운데 하나이다. 이를 문면 그대로 읽어보기로 하자. 조그마한 네모난 연못이 거울처럼 깨끗한데, 여기에 햇빛이 번쩍이고 구름 그림자가 떠다닌다. 이에 주자는 연못을 향해 질문을 던진다. "어떻게 하여 너는 이렇게 맑을 수가 있는가?"라고. 이 물음에 대하여 연못은 대답한다. "원두에서 활수活水가 끊임없이 흘러들기 때문이다."라고 말이다. 주자가 묻고 연못이 대답하였으니 문답법을 사용했고, 연못이 대답한다고 했으니 활유법도 활용되었다. 그러나 이렇게 읽고 말면 주자의 본의를 놓치고 만다. 일찍이 김취려金就礪가 스승 이황에게 이 시의 뜻을 물은 적이 있다. 이황은 다음과 같이 답했다.

대개 방당方塘은 하나의 거울처럼 허명虛明하기 때문에 하늘빛과 구름 그림자의 배회에 응하여 만상이 도피할 수 없음을 말한 것이니 인심이 허령불매虛靈不昧하여 고요히 느끼는 것이 끝이 없어 응용이 무궁한 것을 비유한 것이다. 그리고 그 신묘함에 감탄하여 묻기를, '방당이 어찌하여 그처럼 맑을 수 있느냐?'라고 하니, '원두로부터 흐르는 물이 끊임없이 흘러오고 있기 때문일 뿐'이라 한다. 이것은 인심이 어찌 그처럼 신명할 수 있는가 하면, 하늘에서 타고난

12 朱熹, 『晦庵集』 권2, <讀書有感>

13 주자 <관서유감>의 나머지 한 수는 "昨夜江邊春水生, 艨衝巨艦一毛輕. 向來枉費推移力, 此日中流自在行."이다. 이 작품 역시 차운시가 창작되는 등 다양한 관심을 보이기는 하지만 본문에서 제시한 시에는 미치지 못한다. 따라서 이 글에서는 논의를 분명하게 하기 위하여 본문의 시로 한정해서 다룬다.

지극한 이치가 다하지 않기 때문임을 비유한 것이다.[14]

퇴계학단에서 주자의 <관서유감>은 비상한 관심의 대상이 되었다. 이덕홍李德弘(1541-1596)의 질문에 대해서도 주자 시 <관서유감>의 기구는 '마음 전체가 말갛게 비고 밝은 그 기상을 말한 것이요', 승구는 '고요하면서도 사물에 감응하여 남김없이 사물마다 다 비춘다는 뜻이며', 전구는 '어떻게 이렇게 맑은 본체를 가지게 되었는가를 말한 것이요', 결구는 '천명天命의 본연本然을 밝힌 것이다.'[15]라고 하고 있기 때문이다. 여기에서 우리는 자연과 인간의 심성론적 교융을 감지하게 된다. 이황의 위와 같은 답변에 대하여 훗날 신정모申正模는 이것을 읽고 그동안의 의혹을 풀고 "책 가운데 나오는 수많은 일과 수많은 변화가 비록 끝이 없다고 하지만, 요체는 모두 내 마음이 갖추고 있는 이치에서 벗어나지 않는다."라고 한 바 있다. 학자적 군왕 정조正祖 또한 <관서유감>에 대하여 다음과 같이 언급한 바 있다.

> 〈관서유감〉은 크게는 도체道體의 전체를 말하고, 작게는 이치의 은미함을 밝힌 것이다. 〈기호적계寄胡籍溪〉는 천고의 심법을 주자가 이미 본받고 나서 또 모든 시냇물에 비치는 밝은 달처럼 사람마다 제각기 그 덕을 밝히기를 기대함으로써, 그러한 무거운 책임을 자신이 맡고 있음을 보인 것이다.[16]

---

14 李滉, 『退溪集』 권29, <答金而精>, "蓋謂方塘一鑑虛明, 能應光影徘徊, 萬象無逃, 以諭人心虛靈不昧, 寂感無邊, 應用不窮也. 因歎其妙而問, 方塘何以能如許淸澈乎? 以有從頭活水源源而來故耳, 以諭人心何以能如許神明乎? 以有降衷至理源源不已故耳."

15 申正模, 『二恥齋集』 권3, <敬書退溪先生解釋朱夫子觀書有感詩後>, "如是看則書中之萬事萬變, 雖曰不窮, 而要皆不外乎吾心所具之理."

16 正祖, 『弘齋全書』 권182, <雅誦序>, "觀書有感者, 大而極乎道體之全, 而細而析夫理窟之微也. 寄胡籍溪者, 千古心法, 夫子旣儀刑之, 而又將萬川之明月, 要與人各明其德, 以示任道自重之義也."

정조는 주자의 시를 특별히 좋아했다. 그는 주자의 시를 읽으면, "모든 찌꺼기가 다 녹아 없어지고 혈맥이 확 트이며, 평이하고 정직하고 자애롭고 신실한 마음이 무럭무럭 자라나는 반면 뒤틀리고 괴벽하고 태만한 생각은 일지 않아 가까이는 부모를 섬길 수 있고, 멀리는 임금을 섬길 수도 있다."[17] 라고 하였다. 그는 이러한 생각에 기반하여 주자의 <관서유감>이 '도체의 전체'와 '이치의 은미함'을 모두 밝힌 것이라 했다. 그리고 수많은 시냇물에 비치는 밝은 달의 비유를 들어 개별자[수많은 시냇물] 속에 포함되어 있는 보편자[밝은 달]처럼 개별자 인간 누구에게나 도체가 흐르고 있음을 보였다. 이제 이러한 정보에 바탕하여 이 시의 본의에 조금 더 가까이 가보기로 한다. 이를 위하여 다음 사항을 고려할 필요가 있다.

첫째, 네모난 책[方冊]의 형태를 주목하고 있다는 사실이다. 이 작품의 제목은 <관서유감>이다. 책을 읽다가 느낌이 있어 이 시를 지었다는 말이다. 주자가 가장 먼저 주목한 것은 책의 네모난 형태이다. 네모난 이 책이 '하늘 빛'과 '구름 그림자'라고 하는 '천리'로 가득하다고 했다. 성현의 말씀 속에 내재되어 있는 인간의 심성의 본질을 이렇게 말한 것이다. 그는 일찍이 "사람이 배우는 것은 본래 마음에서 얻어 몸에 체득하고자 하는 것이다. 그러나 책을 읽지 않으면 마음에서 얻는 것이 무엇인지를 알지 못한다."[18]라고 했다. 독서는 결국 마음에서 얻고 몸에 체득하기 위한 것이다. 그것은 다름 아닌 천리에 대한 인식과 그 실천이었던 것이다.

둘째, 책의 형태와 마음을 결합시키고 있다는 사실이다. 마음의 다른 말이

---

17 正祖, 『弘齋全書』 권182, <雅誦序>, "消融査滓, 動盪血脈, 易直子諒之心油然生, 而非辟惰慢之志無以作, 邇之可以事父, 遠之可以事君."

18 張洪, 『朱子讀書法』 권3, "人之為學, 固是欲得之於心, 體之於身, 但不讀書, 則不知心之所得者何事."

방촌方寸이다. 고인은 마음이 사방 한 치 되는 작은 넓이를 가졌다고 인식하고 이 용어를 만들어 사용하였다.[19] "대개 방촌方寸 속에서 성정性情을 통괄하여 허령虛靈이라는 체體와 지각知覺이라는 용用을 가지고서 고요히 움직이지 않다가 감응하면 천하의 이치에 통하여 일신一身을 주재하고 온갖 변화에 수작酬酢하는 것이 마음이다."[20]라고 할 때의 그 방촌이 바로 마음이다. 주자 역시 마음을 방촌으로 인식하고 네모난 책의 형태와 방촌을 결합시킨다. 이 때문에 1구에서 보듯이 '방당方塘'이라 하였던 것이다. 방당이 바로 방촌이기 때문이다.

셋째, 마음을 작은 연못에 비유하고 있다는 사실이다. 마음을 연못에 비유하고 있으니 '비덕'을 활용하고 있다는 것을 바로 알 수 있다. 성리학들은 마음을 허령불매虛靈不昧로 이해해 왔다. 그 실체와 작용이 텅 비어있으면서 영묘靈妙하여 어둡지 않다는 것이다. 이 때문에 위의 시에서처럼 연못이나 거울에 즐겨 비유하였던 것이다. 이 둘은 거의 비슷한 성질을 가진 것으로 어떤 사물이라도 비추어주지만 그것을 담아서 머물게 하지 않기 때문이다. 주자는 여기서 나아가 연못 위에 하늘빛과 구름 그림자가 배회한다고 했다. 조그마한 연못에 하늘빛과 구름 그림자가 배회하듯이, 인간의 마음속에 천리가 유행流行하고 있음을 이렇게 보인 것이다.

넷째, 수양론에 입각해서 마음을 이해하고 있다는 사실이다. 위의 시에서

---

19 이에 대한 이의가 있기도 했다. 예컨대, 이황이 <天命圖>를 고칠 때 마음을 둥근 모양으로 그려 넣자 金謹恭이 "그렇지 않다. 옛사람은 마음을 方寸之地라 하였으니 마땅히 네모난 모양으로 그려야 한다."라고 하였다. 이에 이황은 그의 잘못을 강력히 변론하였는데, 이에 대하여 기대승은 醫書에도 '심장의 모양은 피지 않은 연꽃과 같다.'라고 하였으니 마음의 형체는 둥근 것이 분명하다고 하였다면서 마음을 方寸이라 말한 것은 그 이유를 알지 못하겠다고 하였다.

20 李玄逸, 『葛庵集』 권18, <權學士士範疑義>, "蓋統性情於方寸之間, 而有虛靈之體知覺之用, 寂然不動, 感而遂通, 主宰乎一身, 酬酢乎萬變者心也."

이야기한 '원두'는 물이 샘솟은 근원을, '활수'는 살아 있는 물, 즉 맑은 물을 의미한다. 원두에서 활수가 지속적으로 흘러오기 때문에 연못의 물이 항상 맑을 수 있고, 연못의 물이 맑기 때문에 하늘빛 구름 그림자가 배회할 수 있다는 것이다. 이것은 인간의 마음속에서 양심의 싹이 항상 움트기 때문에 그 마음에 천리가 유행할 수 있다는 것을 비덕으로 말한 것과 다름없다. 결국 원두에서 양심이 지속적으로 움트게 되는데, 이것을 함양하여 확충시켜나가면 마음이 천리로 가득 차게 된다는 긍정적 비전을 제시한 것이라 하겠다.

주자는 <관서유감>이라는 짧은 시를 통해 성리학적 수양론을 매우 효과적으로 제시하였다. 허령불매한 마음에 천리가 깃들어 있다는 것을 네모난 작은 연못에 하늘빛과 구름 그림자가 배회한다며 비덕으로 노래하였던 것이다. 수많은 개별자 속에 존재하는 보편자 천리를 말한 것이라 하겠다. 또한 심이 성정을 통섭한다고 볼 때, 미발未發의 심체心體를 '성性-활수'에, 이발已發의 심용心用을 '정情-방당'에 대응시키면서 도학적 의미를 문학적 양식을 통해 표출하였다. 조선의 수많은 선비들은 주자의 이 시를 읽고 그들의 시문에 다양한 방법으로 수용하였으며, 일상의 문화로 승화시키기도 했다. 이를 구체적으로 살펴보는 것이 다음 장의 과제다.

## 3. <관서유감>의 문학적 수용

주자의 <관서유감>은 어떻게 시문 속에 수용되고 있을까? 이것은 크게 네 가지로 나누어서 관찰할 수 있다. 첫째는 주자의 시를 차운하는 경우이고, 둘째, 이 시의 내용 혹은 용어의 일부를 용사用事하는 경우, 셋째, 이 시의 주요 용어를 작품의 제목으로 하는 경우, 넷째, 가전체假傳體 문학 등에서 작품의 주요 소재로 등장시키는 경우가 그것이다. 조선조 성리학자들 치고 주자의 <관서유감>을 알지 못하는 사람은 없었고, 따라서 이와 관련된 문학 작품을 다양하게 남길 수 있었다. 이것은 주자의 이 작품이 성리학적 심성론을 매우 효과적으로 형상화하고 있기 때문이다. 이제 몇 가지의 예를 통해 문학 속에 담긴 심성, 즉 마음을 살펴보도록 하자.

첫째, 주자의 <관서유감>을 차운하는 경우이다. 주자는 상평성 '회灰'운 가운데 '개開', '회徊', '래來'를 운자로 사용하여 이 작품을 지었다. 대부분 '경차敬次'의 형태로 되어 있는 이들 차운시는 주자에 대한 존경심과 함께, 성리학에 대한 심성론적 지식을 기반으로 하고 있다. 차운시를 지을 때 <관서유감> 두 수 모두를 대상으로 하는 경우도 있고, 어느 한 수를 대상으로 하고 있는 경우도 있다. 그 가운데 이만부李萬敷(1664-1732)와 이진상李震相(1818-1886)의 경우를 보자.

(가) 浚鑿方塘一鑑開　준설하여 연못을 파니 거울 하나 열리고
天光雲影更徘徊　하늘빛 구름 그림자가 다시 배회하네
問渠那復清如許　묻노니 저 물은 어찌 다시 그렇게 맑은가
猶有源頭活水來　오히려 원류에서 활수가 내려오기 때문이네[21]

(나) 萬疊雲山一路開　첩첩의 구름 낀 산속에 한 가닥 길 열리는데
碧桃花下鶴徘徊　푸른 도화 아래로 학이 배회를 하누나
清溪曲曲多奇絶　맑은 시내 굽이굽이 빼어난 경치 많아서

21 李萬敷, 『息山集』 권2, <余嘗取朱先生詩語, 名魯谷堂顔曰天雲者, 以前有小塘, 光影可鑑故也. 谷之圮也, 塘爲沙石所塡, 離迸十許年, 任其荒廢矣. 今夏還棲舊庄, 只有天雲小堂, 而無天雲之實. 遂復浚鑿廢塘, 注水而臨之, 光影始依舊相涵, 自念吾胷中萬象森然之體, 若爲物欲所蔽, 則與塘之塡沙石, 何以異哉. 於浚塘而驗吾心之尤, 不可不治也. 於是, 取先生詩, 每句換一兩字, 揭壁以自省焉.>

正是遊人向上來　바로 노니는 사람이 위를 향해 오는 것이라네[22]

앞의 시는 이만부의 작품이다. 그는 자신의 서재 노곡당魯谷堂에 '천운天雲'이라 편액하고 주자의 <관서유감>시의 매 구마다 한두 글자를 바꾸어 서재에 걸어두고 성찰하였다. 뒤의 시는 이진상의 것이다. 이 작품은 뒤에 논의할 구곡시九曲詩와 기본적으로 발상을 같이한다.[23] 구름 낀 첩첩의 산 속으로 나 있는 한 가닥의 길은 이상향을 향해 들어가는 좁은 길이다. 그리고 그 길은 도화가 푸르게 피어있고 학이 배회하는 곳이다. 도가적 상상력이 많이 개입되어 있는바, 성리학에 내포되어 있는 도가적 요소를 이해할 수 있는 부분이기도 하다. 이진상은 이 시를 통해 도화원이라는 도가적 이상향을 추구하는 듯하지만, 기실 이것으로 성리학적 천인합일의 경계를 나타내고자 했다. 이것이 바로 유가적 이상이기 때문이다.[24]

둘째, 주자의 <관서유감>을 용사하는 경우이다. 조선의 선비들은 이 시에 나타나는 용어를 다양하게 용사하였다. '반무', '방당', '일감', '천광', '운영', '원두', '활수' 등이 특별히 많이 활용되던 용어이다. 'ᄒᆞᄂᆞᆯ며 어약연비魚躍鳶飛 운영천광雲影天光이아 어늬 그지 잇슬고'[25]라고 하거나, '하늘이 한 거울 열어 화정을 두르고 있는데, 화려한 배 서서히 끌어 부평초를 헤쳐 가네.'[26]라고

22 李震相, 『寒洲集』 권3, <次朱子觀書有感>

23 제3구의 語辭는 더욱 구곡시와 흡사하다. '곡곡', '기절', '유인' 등은 모두 주자는 무이구곡에 나오는 용어들이기 때문이다. 주자 <무이도가> 서시에 '山下寒流曲曲淸'와 '欲識箇中奇絶處', 8곡의 '自是遊人不上來'가 그것이다.

24 이 밖에도 주자의 <관서유감>을 차운한 시는 다양하다. 權韠이 "櫻桃坡下井新開, 汲取煎茶日幾回. 未將不食爲心惻, 但愛源頭活水來."(『石洲集』 권7, <病中聞夜雨, 有懷草堂, 因敍平生>)라고 하거나, 都聖兪가 "盥讀遺詩意便開, 函筵當日宛徘徊. 淸宵試向林塘月, 恬淡無風鏡面來."(『養直集』 권1, <讀晦菴詩, 敬次觀書有感>)라 한 것 등이 모두 그것이다.

25 李滉, <陶山十二曲>, '言學·其六'.

26 徐居正, 『四佳集』 권18, <應製月山大君風月亭詩用前韻>, "天開一鑑繞華亭, 畫舫徐牽劈盡萍."

하거나, '연잎 마른 반 이랑의 방당은 고요하고, 국화 시든 한 뜰은 호젓하여라'[27]라고 하는 등 허다한 구절이 모두 그것이다.[28] 아래 자료 역시 주자 시 <관서유감>을 용사한 것이지만, 군신이 이 시에 공감하고 있다는 측면에서 특별하다.

時平舐墨笑韜鈐　태평할 때 필묵 잡고 병서兵書를 비웃더니
世亂戎機跼士林　난세에 전쟁 나자 사림들은 몸 둘 바 모르누나
半畝方塘便面筆　부채에 써서 내리신 반무방당의 시구
至今誰識聖人心　지금 누가 임금님의 마음을 알아볼까[29]

이 작품은 이식李植(1584-1647)의 <휴아배출우호당우제携兒輩出寓湖堂偶題> 네 수 가운데 마지막 수이다. 이 시에는 "평시에 독서당에서는 대부분 마음이 풀어진 채 연유宴遊만 즐겼을 뿐, 학문에 매진해야 할 도리에 대해서는 극진히 하지를 못하였다. 이에 선묘宣廟께서 언젠가 부채에다 '반무방당半畝方塘'의 절구 한 수를 친히 쓰셔서 서당에 내린 뒤 각자 사전謝箋을 올리도록 하였는데, 이때 참판參判 이정립李廷立이 과차科次에서 으뜸을 차지했었다."[30]라는 주석도 달아 두었다. 이를 통해 우리는 주자의 <관서유감>이 조정에까지

27 李廷龜, 『月沙集』 권1, <博川官舍, 暫秣馬, 主倅不在, 適遇洪仲瑞少話而別, 用板上韻, 贈仲瑞>, "枯荷半塘靜, 衰菊一庭深."

28 金馹孫은 <涵虛亭記>(『濯纓集』 권3)에서, '내 늙고 병들었으니 어찌하면 한 번 水檻에 기대어 배화하는 천광운영을 구경하며 그 맑은 물을 굽어보고 활수의 원천을 찾을 수 있을까?'라고 했고, 李楨은 <蓮潭辭>(『龜巖集』 권1)에서 "潭之水兮千丈, 鏡面平兮綠淨. 雲影兮徘徊, 擎芙蓉兮萬柄."라 하였으며, 鄭澈은 <蓮池>(『松江別集』 권1)에서 "活水鏡樣澄, 方池纔丈許"라 했고, 朴仁老는 가사작품 <獨樂堂>에서 "百尺 澄潭에 天光雲影이 얼희여 잠겨시니"라고 하는 등 허다한 시문에서 주자 시 <관서유감>이 용사되고 있다.

29 李植, 『澤堂集』 권6, <携兒輩出寓湖堂, 偶題四絶>

30 李植, 『澤堂集』 권6, <携兒輩出寓湖堂, 偶題四絶>, "平時, 書堂多縱宴遊, 不盡藏修之道, 宣廟嘗以扇面, 手書半畝方塘一絶下書堂, 使各進謝箋, 李參判廷立科次居首."

널리 활용되면서 구체적인 작품으로 어떻게 제작되고 있는가 하는 부분까지 알게 된다.

셋째, 주자 <관서유감>의 주요 용어를 작품의 제목으로 수용하는 경우이다. 우선 <관서유감> 자체를 제목으로 하는 작품을 들 수 있을 것이다. 최립崔岦,[31] 김융金隆,[32] 김진수金進洙[33]의 <관서유감>이 모두 그러한 것이다. 그러나 주제적 측면에서 주자의 그것을 모두 따랐다고 할 수 없어 그 영향관계를 일률적으로 말할 수는 없다. 주자 <관서유감>에 나타나는 용어를 구체적인 제목에 활용한 경우는 주자 시의 주제 방향과 동일할 수밖에 없다. 기대승奇大升의 <천광운영대天光雲影臺>라는 근체시, 류희춘柳希春의 <방당方塘>이라는 고시, 오건吳健의 <활수活水>라는 제목의 부賦가 그 대표적이다. 여기서는 <활수>의 일부를 들어보기로 한다.

環胸海之灑落　가슴속에 가득한 상쾌한 기운
一方塘之開鏡　하나의 모난 연못 거울같이 열었네
潛本體之虛靈　본체의 텅 비고 신령함에 침잠하여
渾溥博於丹田　단전에 넓고 깊은 덕이 혼연하다네
絶渣滓之點汚　찌꺼기의 그 더러움을 끊어버리고
涵太虛之浩然　태허太虛의 넓고 큰 기상을 함양한다네
澹光風於波面　시원한 바람 수면에서 조용하고
照秋月於淸漣　가을 달은 맑은 물결에 비친다네
烱雲影之寒回　깨끗한 구름 그림자는 찬 연못에 배회하고
淡天光之軒豁　담박한 하늘빛은 넓게 툭 트였네

31 崔岦,『簡易集』 권6, <觀書有感>
32 金隆,『勿巖集』 권1, <觀書有感>
33 金進洙,『蓮坡詩抄』 권下, <觀書有感>

| | |
|---|---|
| 妙徹上而徹下 | 오묘함이 위를 뚫고 아래로 이어져 |
| 極清瑩而光明 | 지극히 맑으면서 밝다네 |
| 知靜深之有本 | 고요하고 깊음은 본원이 있다는 것을 아노니 |
| 豈厥流之自清 | 어찌 그 흐름이 저절로 맑아지랴 |
| 凝一脉於源頭 | 한 줄기 물이 원두에서 샘솟아 |
| 釀純灝之潑潑 | 성대하게 흐르는 물결을 이루네[34] |

이 작품은 제목뿐만 아니라 구체적인 내용에 있어서도 주자의 <관서유감>을 따랐다. '활수活水', '방당方塘', '개경開鏡', '천광天光', '운영雲影', '원두源頭' 등의 용어가 모두 그것이다. 오건은 여기서 쇄락한 마음을 '방당'과 결합시키고 있다. '마음의 찌꺼기'라고 표현된 인욕을 버리고, '태허의 넓고 큼을 함양한다'고 하면서 천리를 보존하고자 했다. 그 효과도 제시하였다. 맑은 잔물결에 비치는 가을 달, 넓게 트인 하늘빛, 지극히 맑고도 밝은 것 등이 그것이다. 사물의 근원이자 심성의 궁극처인 원두의 활발성活潑性을 제시하면서 그 경계는 극치를 보였다. 심성의 함양과 천인합일의 묘리를 이렇게 나타낸 것이다.

넷째, 천군계 가전문학의 주요 소재로 등장하는 경우이다. 천군계 가전은 '천군天君', 즉 마음을 의인화한 교술문학이다. 이들 작품에서는 천군을 왕으로 삼고 그 아래 사단칠정四端七情 등을 의인화한 신하를 설정하여 인욕을 막고 천리를 보존하는 문제를 주로 다루었다. 여기에는 심법心法의 논리가 깊이 게재되어 있다. 대표적인 작품으로는 김우옹金宇顒의 <천군전天君傳>을 효시로 하여 임제林悌의 <수성지愁城誌>, 정태제鄭泰齊의 <천군연의天君演義>, 이옥李鈺의 <남령전南靈傳> 등을 들 수 있다. 이 가운데 <남령전> 일부를 들어

34 吳健, 『德溪集』 권1, <活水>

보면 다음과 같다.

천군天君이 나라를 다스린 지 32년 여름 유월에 큰 장맛비가 내려 달이 넘도록 그치지를 않았다. 이에 영대靈臺 땅의 도적 추심秋心이 군사를 일으켜 반란을 꾀하여 격현鬲縣·제주齊州 등지를 잇달아 함락시키니 방당方塘을 지킬 수가 없게 되었다. 천군이 몇 겹이나 에워싸여 그 해심垓心에서 곤경에 처하게 되자, 모든 장수들을 불러들여 구원하도록 명하였다.[35]

<남령전>은 담배를 의인화한 '남령'을 주인공으로 하여, 근심을 없애는 데는 담배가 가장 효과적이라 주장하고 있다. 위에서 보듯이 근심을 의인화한 도적 '추심'이 마음을 의인화한 '천군'의 나라를 침입한다. 이때 천군은 마음의 본체에 해당하는 '방당'을 지킬 수 없게 되어 장수 남령을 초빙하여 추심을 물리치고, 천군의 나라는 마침내 다시 평화를 찾게 되었다는 것이다. 이처럼 '방당'은 천군계 가전체 문학에서도 두루 등장한다. 예컨대, 임제林悌가 <수성지愁城誌>에서 천군이 다스리는 마음의 나라에 문제가 발생하여 천군이 '반무당半畝塘' 가에서 여러 신하들에게 조서를 내리고 연호도 '복초復初'로 고쳤다는 것이 그것이다. '방당'이 모두 마음의 본체를 의미하기 때문에 가능한 것이다.

조선조 선비들은 성리학적 심성론을 중심으로 사유하고 생활했다. 이 때문에 그들의 문학작품에는 주자의 <관서유감>이 다양하게 수용될 수 있었다. 수용의 범위는 운문과 산문을 가리지 않았고, 기법적 측면으로도 차운과 용사는 물론이고 작품의 제목까지 주자 시를 염두에 두면서 설정하였다. 여

35 李玉, 『梅花外史』, <南靈傳>, "天君御國之三十二年, 夏六月, 大霖雨, 踰月不止. 於是, 靈臺賊秋心, 起兵作亂, 連陷鬲縣齊州等地, 方塘失守, 圍天君數重, 困於垓心, 徵諸將入援."

기서 우리는 자연 속에서 심성의 근원을 찾아내고, 이것으로 자연과 일체를 이루며 천리를 확보하고자 했던 그들의 노력을 충분히 읽게 된다. 선비들의 문학작품에 나타나는 <관서유감>의 다양한 수용은 바로 그 노력의 치열성을 의미하는 것이 아닐 수 없다.

## 4. <관서유감>의 문화적 응용

중국의 복건성福建省에 있는 무이산, 그 자락에 위치한 숭안崇安 오부리五夫里는 주자가 어릴 때 살던 곳이다. 주자의 처가도 이곳에 있었는데, 그는 이곳에서 농민들을 구휼하는 사창제도를 처음 시작했고, 이것이 확대되어 전국적으로 보급되었다. 현재 오부리에는 주자고거朱子故居가 있다. 당호는 스승 유자휘劉子翬의 말에 의거하여 회당晦堂이라 하였고, 좌우의 협실은 『주역·곤』 「문언」에 입각하여 경재敬齋와 의재義齋라 하였다. 이러한 사실이 주자 스스로가 쓴 <명당실기明堂室記>에 자세하다.

주자고거 앞에는 주자의 <관서유감>에 근거하여 네모난 연못을 파놓고, 그 속에 주묵朱墨으로 활원活源이라 새겨 놓았다. 네모난 못은 물론 '방당方塘'에 의거한 것이고, '활원'은 주자의 시 '원두활수源頭活水'에서 따온 것이다. 주자고거 앞 방당의 물은 조금 위쪽에 위치한 산기슭에서 끌어들였다. '원두활수래源頭活水來'를 염두에 둔 조성이다. 산기슭의 작은 연못인 원두에는 영천靈泉이라 새겨두었다. 마음을 '허령虛靈'으로 표현하니, 주자가 <관서유감>을 통해 제시하려고 하는 수양론적 의미가 내포되어 있음은 물론이다.

조선의 선비들 역시 주자의 <관서유감>에 따라 집안이나 서원에 연못을 조성할 경우 방당을 팠다. 예컨대 이황이 풍기군수를 사직하고 고향으로 내려와 못을 파고 '광영당光影塘'이라 하거나, 이진상李震相이 헌호軒號를 '일감一鑑'이라 하고 방당을 파서 계곡의 물을 끌어들인 것이나, 정여창을 봉향하고 있는 남계서원濫溪書院에서 방당을 파고 연을 심은 것 등이 모두 그것이다. 이러한 허다한 예는 주자의 <관서유감>이 우리나라의 정원을 바꾸어놓았다는 것을 의미한다. 성리학적 수양론에 입각하여, 정원을 만들어 가꾸어가자는 것이었다. 이응희李應喜가 동지東池를 조성하고 다음과 같은 시를 쓴 것도 같은 맥락에서 이해된다.

> 磎上方塘塘上壇　시냇가엔 네모난 연못 연못가의 단
> 幽人閑占別區寬　유인이 한가로이 넉넉한 별천지 차지했구나
> 千絲弱柳牽風細　천 가닥 실버들은 바람에 하늘대고
> 百尺長松翳日寒　백 척의 높은 솔은 햇살 가려 차가워라
> 永夕高懷猶覓句　긴 밤에도 고아한 회포는 여전히 시구 찾고
> 老年深趣在觀瀾　노년에 깊은 취미는 물결 구경에 있어라
> 欲看此地眞奇狀　이곳의 기이한 형상 보고 싶으면
> 須向西山仰衆巒　서산 쪽으로 봉우리들을 보아야 하리[36]

이 시의 수련에서 보듯이 이응희는 시냇가에 '방당'을 조성하였다. 특히 경련에서 방당에서의 시작詩作 활동과 함께 물결을 제시하고 있어 주목할 필요가 있다. 맹자는 "물을 보는 데는 방법이 있으니 반드시 그 물결을 보아야 한다."[37]라고 하였다. 『맹자』 「진심盡心」장이 출전인 이 구절은 물결이 세찬 물은 그 원천源泉이 깊듯이 성인의 학문도 그 근원이 깊다는 것을 의미

36 李應喜, 『玉潭遺稿』, <東池>
37 『孟子』, 「盡心章句」上, "觀水有術, 必觀其瀾."

한다. 이렇게 보면 수련에서 제시한 '방당'의 근원이 깊을 때, 경련에서 제시하고 있듯이 물결이 세찰 수 있다는 것이다. 물결을 통해 근원을 감지하고, 근원을 통해 물결을 이해하는 쌍방향의 간법看法을 제시하며, 연못을 조성하여 생활문화 속에서 자연스럽게 드러나도록 했다.

자연에 대한 명명의식에도 주자의 <관서유감>은 활용되었다. 김안국金安國이 <팔이정팔영八怡亭八詠>의 하나로 <반무청감半畝淸鑑>을 노래한 것이나, 이황이 도산서당 앞의 대를 천광운영대天光雲影臺라 명명한 것은 그 대표적이다. 특히 이황은 영지산靈芝山의 동쪽 기슭 도산陶山에 서당을 짓고 문생을 길렀다. 그는 <도산기>를 써서 도산서당의 건립배경과 과정, 도산 주변의 풍경과 이에 따른 감흥들을 기록했다. 그리고 대표적인 명소에 7언시 18수를 남기고, 오언시 26수를 따로 지었다. 18수 가운데 하나가 <천광운영대>다. 이황이 지은 것과 기대승의 차운시를 들면 다음과 같다.

(가) 活水天雲鑑影光　거울 같은 활수에 하늘빛 구름 그림자 비추니
觀書深喩在方塘　책을 보다가 깊은 깨달음이 네모난 연못에 있었네
我今得在淸潭上　나도 지금 맑은 못 위에서 뜻을 얻으니
恰似當年感歎長　주자의 당년에 감탄하던 것과 흡사하네[38]

(나) 滄波凝湛寫天光　창파는 맑게 어려 하늘빛 비쳤으니
何似當年半畝塘　당년의 반무 방당과 어떠하뇨
固是靜深含萬象　진실로 고요하고 깊어 만상을 함축하니
誰知溥博發源長　넓고 넓어 발원이 긴 것을 뉘라서 알리오[39]

38 李滉, 『退溪集』 권3, <天光雲影臺>
39 奇大升, 『高峯集』 권1, <天光雲影臺>

<천광운영대>는 일명 천운대天雲臺로 불리기도 했다.[40] 앞의 시 (가)는 스승 이황의 작품이고, 뒤의 시 (나)는 제자 기대승의 작품이다. 이 두 작품에서 볼 수 있듯이 주자의 <관서유감>이 다양하게 활용되고 있다. 제목부터 '천광운영'이니 <관서유감> 승구의 '천광운영공배회天光雲影共徘徊'에서 따온 것이다. 시의 내용도, 앞의 시에서는 '활수活水'·'천운天雲'·'감鑑'·'영광影光'·'관서觀書'·'방당方塘'이, 뒤의 시에서는 '천광天光'·'반무半畝'·'원源'이 모두 같은 주자 시에서 용사한 것이다. 그리고 무엇보다 이황은 맑은 못 위에서 뜻을 얻었다고 했고, 기대승은 못이 고요하고 깊어 만상을 함축하고 있다고 했다. 자연과 인간의 합일경계를 이렇게 드러낸 것이다. 즉 이들은 하늘을 온전히 품은 인간 심성의 모습을 나타내고자 했던 것이다.

선비들은 자연물뿐 아니라 인공물의 이름도 <관서유감>에 근거해 짓기를 즐겼다. 앞서 말한 이진상의 '일감헌一鑑軒'은 물론이고, 경북 군위군 한밤마을 소재의 활원정活源亭, 강원도 강릉시 소재의 활래정活來亭 등이 모두 그것이다. 이 가운데 활래정의 경우를 들어본다. 활래정은 경포호 가의 선교장仙橋庄에 위치한다. 영조 때 이내번李乃蕃이 처음 지었고, 그 뒤 순조 때 이후李垕가 1815년 열화당을 짓고 1816년 활래정을 지으면서 저택을 일신했다. 활래정에 대한 기문은 조인영趙寅永이 썼다. 그는 이 글에서, '선교장 옆에 둑을 쌓아 물을 가두어 전당련錢塘蓮을 심고 그 위에 정자를 지어 주자의 시구 활수래活水來의 뜻을 위해 '활래活來'라고 하였다.'[41]는 주인의 뜻을 전하며 다음과 같이 말하고 있다.

40 송시열 역시 '天雲臺'를 <靈芝洞八詠>(『宋子大全』 권2) 가운데 하나로 설정, 주자의 <관서유감>을 염두에 두면서 "半畝方塘上, 何人小作臺. 天雲涵活水, 還自武夷來."라는 시를 지었다.

41 趙寅永, 『雲石遺稿』 권10, <活來亭記>, "今年秋, 伯兼來言, 於庄左築堤而貯水, 以錢塘蓮種之, 置亭其上, 取晦翁詩活水來之義, 扁曰活來."

> 회옹晦翁(주희)은 마음을 물에 비유하였는데 물은 진실로 비어있는 거울이다. 지금 그대는 진실로 이 같은 맑고 잔잔한 물결만을 활수라 하는가. 물이라 이름 붙인 것은 모두 활물活物이다. 샘물은 흘러 쉬지 않고, 우물은 길어내도 마르지 않고, 커다란 강과 바다처럼 온갖 모양을 갖춘 물결도 살아 있지 못하면 물결이라 할 수 없는 것이다.[42]

주자의 생각에 따라 마음과 물과 거울은 '허명虛明'한 것을 본질로 보았다. 텅 비어 있기 때문에 수많은 사물들을 받아들일 수 있고, 밝기 때문에 세계를 비춰볼 수 있다. 조인영은 이 글에서 물을 '활물活物'이라 하고 있다. 그 자신이 살아 있으므로 샘물은 쉬지 않고 흐르고, 우물물을 길어내도 마르지 않는다고 했다. 이 때문에 수많은 사물을 살릴 수 있음을 보인 것이다. 마음도 본질적으로 활물이지만, 활물이 되지 못할 수 있는 것은 외물外物에 더러워지기 때문이라 했다. 그 구체적인 예를 이어서 들기도 했는데, 벼슬하는 사람이 총애를 잃을까 근심하고, 보통 사람이 이익을 좇아다니는 것 등이 그것이라 했다.[43] 이 때문에 사람과 하늘은 멀어지고 만다고 생각했던 것이다.

조선의 선비들이 정원을 만들며 방당을 파기도 하고, 주자의 심성론을 가져와 사물을 명명하기도 하며, 건축물에도 심성론적 용어를 활용하여 편액을 하기도 했다. 이것은 모두 이들의 문화 속에 심성을 담기 위한 노력의 일환이었다. 심성이 담긴 문화는 자연과 인간 사이에 발생하는 일체의 거리를 배제한다. 여기에서 자연히 자연과 인간의 심성론적 교융이 일어난다. 이러한

42 趙寅永, 『雲石遺稿』 권10, <活來亭記>, "盖晦翁以心而喩諸水, 水固虛境也. 今子眞以是淸澈淪漣者, 爲活水乎? 且以水名者, 皆活物也. 泉流而不息, 井用而不竭, 江海之大, 波浪萬狀, 不活不足爲水."

43 趙寅永, 『雲石遺稿』 권10, <活來亭記>, "人之心, 本無有不活, 而患不能活者, 由其有外物累之也, 仕宦者, 憂寵辱, 庶民循利, 士無以爲衣食之奉, 舟車之資."

생각은 조선시대 선비문화에 두루 나타나는바, 회화도 예외가 아니었다. 강희안姜希顔의 <고사관수도高士觀水圖>나 김명국金明國의 <의목관수도倚木觀水圖> 등에서 이것은 확인된다. 선비가 느긋하게 물을 바라보면서 마음에 하늘을 담아내려고 한 노력들, 이러한 문화가 선비문화 속에 깊숙이 내재되어 있었던 것이다.

## 5. 문학과 문화의 교융

주자의 <관서유감>이 거주지에 조성된 방당方塘을 중심으로 창작된 것이라면, 이를 원림園林의 차원으로 확대한 것이 바로 무이구곡武夷九曲이다. 주자는 복건성에 소재한 무이산 계류를 따라 구곡을 설정하고 <무이도가武夷櫂歌>, 즉 무이구곡시武夷九曲詩를 지었던 것이다. <관서유감>이 원두를 강조하며 천리가 유행하는 심성의 근원을 제시한 것이라면, <무이도가>는 물을 거슬러 오르며 그 원두를 찾아가는 구조로 되어 있다. 무이구곡은 그가 은거했던 무이산 계류를 따라 9.5km의 거리에 펼쳐져 있다. 시냇가에는 36봉우리와 37암석이 절경을 이루고 있는데, 주자는 그 사이로 흐르는 물길을 따라 아홉 굽이를 설정하고 각 굽이마다 칠언절구 한 수씩을 지었다.

구곡가계 시가가 지닌 문학과 문화의 교융은 성주와 김천에 걸쳐있는 무흘구곡을 중심으로 간략하게 살펴보기로 한다. 무흘구곡은 정구鄭逑가 무흘武屹을 경영하면서 주자의 <무이도가>를 차운하고, 나아가 <앙화주부자무이구곡시운십수仰和朱夫子武夷九曲詩韻十首>를 창작하면서 비로소 시작된다. 이 작품은 표면적으로는 주자의 무이구곡을 상상하며 차운한 듯하지만, 무흘구곡 실경에 더욱 밀착되어 있어서 후인들은 아예 정구의 무흘구곡이라 부르며 적극적으로 차운하였다. 정구는 이 시의 <서시>에서 흐르는 물을 보면서 '만고에 길이 흐르는 도덕의 소리여!'[44]라 하였다. 비덕의 미의식에 입각하여 자연에 도덕을 투사하고 있다. 자연에서 심성의 소리를 듣고 있었던 것이다. 그의 작품 가운데 제1곡과 제9곡은 다음과 같다.

(가) 一曲灘頭泛釣船 일곡이라 여울 어귀에 낚싯배를 띄우니
風絲繚繞夕陽川 석양빛 시내 위에 실 같은 바람 감도네
誰知捐盡人間念 뉘 알리오, 인간세상의 잡념 다 버리고
唯執檀欒拂晩煙 박달나무 삿대 잡고 저문 안개 휘젓는 줄을[45]

(나) 九曲回頭更喟然 구곡이라 머리 돌려 다시 탄식하노니
我心非爲好山川 이내 마음 산천만 좋아함이 아니라네
源頭自有難言妙 샘의 근원에는 절로 형언 못할 묘리 있어
捨此何須問別天 이를 버려두고 어찌 별천지를 찾으리[46]

주자의 무이구곡은 제1곡에서 제9곡으로 거슬러 오른다. 우리나라의 경우 죽계구곡처럼 물을 따라 내려오면서 설정되어 있는 곳도 있지만 거의 주자와 같은 방식으로 구곡을 설정하고 구곡시를 짓는다. 정구의 경우도 마찬가지이다. 제1곡시에서 정구는 인간세상에서 발생하는 잡념을 모두 버리고 자연과 합일하고자 했다. 이러한 생각으로 물을 거슬러 올라 제9곡을 만나게 되는데, 여기서 정구는 <관서유감>의 '원두源頭'를 제시하고 있다. 그리고 이곳에 말

44 鄭逑, 『寒岡集』 권1, <仰和朱夫子武夷九曲詩韻>, "天下山誰最著靈, 人間無似此幽淸. 紫陽況復曾棲息, 萬古長流道德聲."

45 鄭逑, 『寒岡集』 권1, <仰和朱夫子武夷九曲詩韻>

46 鄭逑, 『寒岡集』 권1, <仰和朱夫子武夷九曲詩韻>

로써 형언할 수 없는 묘리가 있다면서 별천지가 바로 여기라 했다. 샘의 근원이 있는 별천지라 하였으니, 자연 속에서 심성의 본원을 발견한 것이다.

무흘구곡은 다양한 사람에 의해 차운되었다. 정동박鄭東璞(1732-1792)은 그 대표적인 인물인데, 그는 김상진金尙眞(1705-?)에게 부탁하여 <무이구곡도武屹九曲圖>를 그리게 하고, 각 곡마다 두 수의 시를 지었다. 무흘구곡 차운시는 정교鄭墧의 <경차선조문목공무흘구곡운십절敬次先祖文穆公武屹九曲韻十絶>와 정관영鄭觀永의 <영무흘구곡시십수詠武屹九曲詩十首>, 그리고 최학길崔鶴吉의 <경차무흘구곡운敬次武屹九曲韻>으로 이어진다. 이들은 모두 제1곡 봉비암鳳飛巖에서 제9곡 용추龍湫로 거슬러 오르며 구곡시를 지었다. 근년에는 대만대 문행복文幸福 교수가 차운시를 짓기도 했다. <독무흘구곡도첩서감보옥讀武屹九曲圖帖抒感步玉>[47]이 그것이다. 이 가운데 제1곡과 제9곡은 다음과 같다.

(가) 一曲飛巖傍釣船 일곡이라 봉비암 가에 낚싯배 있으니
碧螺峰映碧流川 푸른 소라 같은 봉우리 푸른 시내에 비치네
人間那得清幽境 인간세상에서 어떡하면 맑고 그윽한 경치를 얻을 수 있나
滌淨塵埃嘯晚煙 티끌을 깨끗이 씻고 저녁연기 속에서 휘파람 부네

(나) 九曲窮攀愛自然 구곡이라 막히는 곳에서 자연스러움을 사랑하노니
登峰極目妙山川 봉우리에 올라 눈을 들어 오묘한 산천을 본다네
活源汩汩龍湫水 활원이 넘실대는 용추의 물은
涵映靈光洞澈天 신령스러운 빛 머금어 하늘까지 비추어 환하네

47 이 시는 1995년 대만대 문행복 교수가 무흘구곡을 탐방하면서 김상진의 <무흘구곡도>와 정구의 구곡시를 보고 차운한 것이다.

무흘구곡 제9곡 용추龍湫

위의 작품 제1곡에서 문행복은 정구의 제1곡시를 떠올리며 봉비암鳳飛巖의 낚싯배와 인간세상에서 일어나는 잡념을 끊고 자연 속에서 소요逍遙하고자 했다. 그리고 제9곡시에서는 '활원活源'을 제시하였다. 이것은 정구가 제9곡시에서 제시한 '원두源頭'와 마찬가지로 주자 시 <관서유감>의 '원두활수源頭活水' 바로 그것이다. 이것은 심성본체의 신령스러움을, 물이 신비한 근원을 통해 끊임없이 흘러드는 것에 비유한 것이다. 이로써 인간과 자연 사이에는 어떠한 간극도 발생하지 않는, 이른바 천인합일天人合一의 경계를 이룩할 수 있었다. 나아가 문행복은 무흘구곡 전체에 대하여 다음과 같은 시로 요약하기도 했다.

陟彼寒岡眺鳳飛　저 한강대에 올라 봉비암을 바라보고,
立巖鶴舞共斜暉　입암과 무학정은 함께 햇빛이 비끼어 있네.
懸流玉洞高人去　세차게 흐르는 옥류동 고인은 떠나갔고,
捨印銀灘濁世遺　사인암 은빛 여울 탁한 세상 버렸다네.
滿月清潭涵桂影　만월담 맑은 연못에 계수나무 그림자 드리워져 있고,
臥龍鉅璞隱天機　와룡암 큰 바위는 천기를 숨겼도다.
最憐白瀑難言妙　가장 사랑스러운 구폭은 말하기 어려운 묘함이 있고,
九曲名山賢者依　구곡 명산에는 현자가 깃들어 있네.[48]

이 작품은 1995년 문행복이 무흘구곡과 회연서원을 답사하고 느낀 바를 시를 지어 필자에게 준 것이다. 이 작품에는 무흘구곡 모두가 등장한다. 제1곡 봉비암, 제2곡 한강대, 제3곡 무학정, 제4곡 입암, 제5곡 사인암, 제6곡 옥류동, 제7곡 만월담, 제8곡 와룡암, 제9곡 용추[일명 구폭]가 모두 그것이다.

48 文幸福, <寒岡第十五代裔孫, 鄭羽洛先生, 宴游武屹九曲暨檜淵書院>

이 가운데 제9곡에 대해서는 '말하기 어려운 묘함이 있다.'고 했다. 정구가 제9곡에서 '샘의 근원에는 절로 형언 못할 묘리 있'다고 한 것을 의식한 결과이다. 이 때문에 그는 현자賢者, 즉 정구를 떠올리며 구곡 명산과 현자의 상관성을 밀도있게 노래하였던 것이다.

조선조 선비들은 지속적으로 문학과 문화를 융합시키고자 했다. 이러한 측면에서 주자의 <관서유감>을 염두에 두면서 가장 적극적으로 문학과 문화를 융합시키기 위한 노력은 구곡문화를 통해 이루어졌다. 구곡시를 창작하며 구곡원림을 경영하는 것으로 구체화되었던 것이다. 현재 알려진 구곡원림은 150곳을 상회하고 있어, 주자학이 조선에 광범하게 뿌리내렸던 사실을 묵시적으로 보여준다. 여기에는 자연과 인간이 합일되고, 문학과 문화가 융합되고 있어 조선의 선비들의 심성론적 자연관을 가장 극명하게 보여주는 대표적인 사례가 된다고 하지 않을 수 없다.

## 6. 맺음말

이 글은 대표적인 도학시 주자의 <관서유감>이 조선조 선비들의 문학과 문화에 어떻게 수용되고 전개되었는지를 살핀 것이다. 이 과정에서 우리는 자연이 인간에게 전하는 심성의 소리와 함께 자연과 인간이 심성론적으로 교융되는 사실을 충분히 감지할 수 있었다. 성리학자들은 우주 만물에 천리가 깃들어 있다고 생각했다. 이것은 인간뿐만 아니라 자연에도 천리가 깃들어 있다는 생각을 가능케 한다. 인간과 자연은 본체론적 측면에서 조금도 차이가 없으므로 합일을 이룩할 수 있다고 믿었다. 자연이 전하는 심성의 소리는 바로 이러한 경계에서 체득할 수 있었던 것이다.

성리학자들은 마음을 거울과 연못에 비유하기를 즐겼다. 주자 시 <관서유감>은 이러한 사실을 극명하게 보여준다. 주자는 이 작품에서, 네모난 책[방책方冊]과 네모난 연못[방당方塘]과 네모난 마음[방촌方寸]을 결합시키면서 마음속에 천리가 유행하고 있음을 보였다. 맑은 연못에 떠도는 하늘빛과 구름 그림자, 즉 천광운영天光雲影으로 이것을 제시하였다. 비유를 통해 성리학적 이치를 제시하는 비덕比德의 미의식이 작동된 것이다. 주자는 여기서 천리의 보존은 활수活水가 끊임없이 흘러오고 있기 때문이라 했다. 여기에는 주자의 인간에 대한 신뢰와 비전이 함께 제시되어 있기도 하다.

주자의 <관서유감>은 성리학의 전래와 함께 조선시대 선비들의 문학에 다양하게 수용되었다. 성리서를 읽으며 이와 관련된 글쓰기를 시도하였던 그들로서는 지극히 당연한 결과였다. 구체적 방법으로는 <관서유감>에 대한 차운시 짓기, 이 시에서 용사用事 하기, 이 시의 주요 개념을 제목으로 하여 작품 창작하기, 천군계 가전체 문학의 주요 소재로 활용하기 등을 들 수 있다. 여기서 우리는 조선조 선비들이 주자의 <관서유감>을 그들의 창작 활동에 얼마나 적극적으로 활용하였던가 하는 점을 확인하게 된다.

주자의 <관서유감>은 문화적 측면에서 수용되기도 했다. 우선 정원을 조성하는 데 있어 방당을 파는 경우이다. 이황과 이진상 등이 정원을 조성하며 방당을 파고 계곡의 물을 끌어들인 것이나, 정여창을 봉향한 남계서원에 방당을 파고 연꽃을 심은 것 등이 모두 여기에 해당한다. 그리고 자연물과 인공물에 <관서유감>과 관련된 이름을 붙이기도 했다. 이황이 명명한 안동의 천광운영대, 이후가 명명한 강릉의 활래정, 이진상이 명명한 성주의 일감헌 등이 모두 그것이다.

주자의 <관서유감>이 문학과 문화의 융합으로 나타났던 것은 구곡시를 통해 확인할 수 있다. 조선의 선비들이 주자의 무이구곡을 모방해서 구곡원림을 경영하지만, 주자의 경영방식에서 훨씬 벗어나기도 했다. 그러나 몇 가지의 경우를 제외하면 대체로 물을 거슬러 오르며 샘의 근원인 원두를 찾는 주자의 방식을 따르고 있다. 현재 우리나라에 전해지는 구곡은 100곳을 상회한다. 선비들은 구곡원림九曲園林을 경영하면서 정사精舍를 짓고 주자의 구곡시를 차운하였다. 이러한 문학과 문화의 융합은 조선시대 선비문화의 한 특징을 이루었으며, 이를 통해 자연과 인간의 합일을 적극적으로 성취하고자 했던 것이다.

인간과 인간의 소통은 물론이고 인간과 자연의 소통이 사라진 오늘날, 우리는 주자의 <관서유감>과 이에 열광하였던 조선조 선비들을 다시 생각하지 않을 수 없다. 이들은 우주에 편만해 있는 수많은 개별자 속에 존재하는 보편자를 인식하고, 그것을 천리라 생각하며 일체감을 갖고자 했다. 이러한 노력들이 문학과 문화 속에 끊임없이 확대되고 재생산되었다. 그러나 이 글에서 확인한 주자의 <관서유감>에 대한 한국적 수용양상은 하나의 단면이 아닐 수 없다. 조선조 선비들은 이보다 훨씬 광범하게 심성론을 기반으로 소통과 융합의 인문정신을 구현하고자 했다. 이에 대한 구체적 논의가 우리 앞에 놓인 새로운 과제일 것이다.

# 제3장 속리산권 구곡동천의 인문학적 가치

## 1. 머리말

오늘날 우리는 지극히 편리한 시대에 살고 있다.[1] 그러나 매우 위험하고 지표가 없는 시대에 살고 있는 것도 사실이다. 과학기술이 만들어낸 수많은 편리성, 예컨대 컴퓨터·내비게이션·스마트폰 등 문명의 이기利器를 사용하며 전혀 불편함 없이 살고 있지만, 사회적 폭력이라든가 자아상실 등 각종의 병리현상에 시달리고 있다는 것이다. 물질적 가치가 정신적 가치를 압도하고 지배하는 데서 발생한 사태이다.

우리는 여기서 인문학문을 다시 생각하지 않을 수 없다. 문학과 사학, 그리고 철학을 기반으로 하는 이것은 동서를 막론하고 전통사회에서는 교육의 핵심이었다. 그러나 농경사회가 산업사회로, 산업사회가 정보사회로 바뀜에 따라 인문학은 점차 소외되었다. 이에 대한 문제를 심각하게 인식한 일련의 인문학자들은 '인문학의 위기'를 내세우며 사회적 문제로 환기시켜 나가기도 했다. 인문학은 그 가치적 측면에서 인간으로 존재하는 우리 자신의 가치

1 이 글은 필자의, 「백두대간 속리산권 구곡동천 문화의 인문학적 가치와 의미」(『남명학』 18, 남명학연구원, 2013)를 수정·보완한 것이다.

와 맞닿아 있기 때문이다.

인문학은 물질문명에 대한 가치 있는 용도를 결정하는 데 있어서도 중요한 역할을 한다. 즉 이것은 바깥으로 잘 드러나지 않지만 물질문명에 대한 용도의 방향을 결정하고, 그것에 대한 쓰임이 공공의 이익을 위해 봉사하게 한다. 이것은 우리 몸의 척추 역할을 하는 배의 용골龍骨[2]이 수면 속에 깊게 묻혀 있지만, 이것으로 배의 무게 중심을 잡아 갑판 위에 많은 물건을 싣게 하고, 또한 우리가 원하는 방향으로 항해할 수 있게 하는 것과 같은 이치이다.

구곡동천九曲洞天 문화는 '구곡'과 '동천'에 대한 문화를 종합적으로 말한 것이다. '구곡'은 특정한 주체 인물이 자신의 유학적 지향에 따라 아홉 굽이 계곡에 이름을 설정하고 구곡시를 통해 자신의 정신세계를 투영한 장소이며, '동천'은 주체 인물이 특정한 장소에 정자를 짓기도 하지만 보다 넓은 의미의 개별 경관을 지칭한 것이다.[3] 우리의 전통명승은 이들 구곡과 동천을 중심으로 형성되었으며, 이를 통해 선비들은 품격 있는 문화를 구성할 수 있었다. 즉 명승에 이름을 부여하는가 하면, 정자를 지어 자연과 인간이 상호 소통하게 했다. 이를 통해 조선시대의 선비들은 자신의 답답한 마음을 풀어내기도 하고, 그들의 지향세계를 비유적으로 나타내기도 했으며, 마침내 자연과 인간이 합일되는 지점을 찾아내 고도화高度化된 심상을 형상하기도 했다.[4] 따라

2 배 밑바닥의 중심선을 따라 선수에서 선미까지를 꿰뚫은 부재로, 마치 우리 몸의 척추와 같은 중요한 역할을 한다.

3 김덕현, 「전통명승 동천구곡의 유형과 사례」, 『전통명승 동천구곡의 유형과 활성화 방향』, 문화재청, 2008. 이 글에서 김덕현은 전통명승을 동천과 구곡으로 나누고, 동천은 '溪亭風流', '高臺望水', '絶壁泛舟', '飛瀑隔塵', '巖峰高節'로, 구곡은 '曲流尋游', '谿谷刻字'로 그 유형을 다시 구분하였다.

4 최석기, 「전통명승의 인문학적 의미」, 『전통명승 동천구곡의 유형과 활성화 방향』, 문화재청, 2008. 이 논의에서 최석기는 전통명승에 대한 동아시아의 전통적 심미관을 '蕩滌胸襟'과 '淸新灑落'의 暢神, '仁智之樂'과 '天人合一'의 比德으로 들었다. 특히 한국의 전통명승에는 이에 더하여 '大明義理 정신'도 함께 구현되어 있다고 했다.

서 구곡동천 문화는 동아시아적 유교문화전통이 자연공간과 인문환경을 융합하면서 이룩해 낸 독특한 전통문화유산이라 할 수 있을 것이다.

이 글은 백두대간白頭大幹 속리산권에 해당하는 문경과 상주 일대를 중심으로 구곡동천 문화의 인문학적 가치와 의미를 다루기 위한 것이다. 고지도 가운데 1682년(숙종 8)에 제작된 것으로 보이는 『동여비고東輿備攷』 <경상도좌우주군총도慶尙道左右州郡摠圖>[5]를 보면, 백두산에서 뻗어 내리는 백두대간의 흐름이 뚜렷하다. 백두산에서 시작한 산줄기가 아래로 내려오다가 비백산鼻白山에서 서쪽으로 방향을 틀어 백적산白赤山으로 흐르고, 다시 남쪽으로 내려와 금강산金剛山, 오대산五臺山, 태백산太白山 쪽으로 뻗어 내려온다.

태백산까지 내려온 산맥은 두 갈래로 나뉜다. 그 품 안이 바로 영남지역이다. 한 줄기는 곧장 아래로 뻗어 내리고, 다른 한 줄기는 서쪽으로 흐르다 속리산에서 방향을 아래로 바꾼다. 태백산에서 아래쪽으로 바로 뻗어 내리는 줄기는 영양의 일월산日月山, 진보의 용두산龍頭山, 경주와 언양의 금오산金鰲山, 양산의 원적산圓寂山을 이룬다. 서쪽으로 흐르는 산줄기는 봉화의 문수산文殊山과 청량산淸凉山, 풍기의 소백산小白山과 죽령竹嶺, 문경의 주흘산主屹山과 조령鳥嶺, 함창의 구봉산九峯山과 속리산俗離山으로 흐르다 방향을 아래로 바꾸어 지례의 황악산黃岳山, 거창의 덕유산德裕山, 안음의 지우산智雨山으로 내려오다가, 함양과 하동의 지리산智異山에서 우뚝 멈추어 선다.[6]

5 『東輿備考』는 경북대 도서관에 소장되어 있으며, 1998년 경북대학교 출판부에서 원본의 느낌이 그대로 살아날 수 있도록 영인하여 배포한 바 있다.

6 정우락, 「조선시대 '문화공간-영남'에 대한 한문학적 독해」, 『어문론총』 57, 한국문학언어학회, 2012 참조.

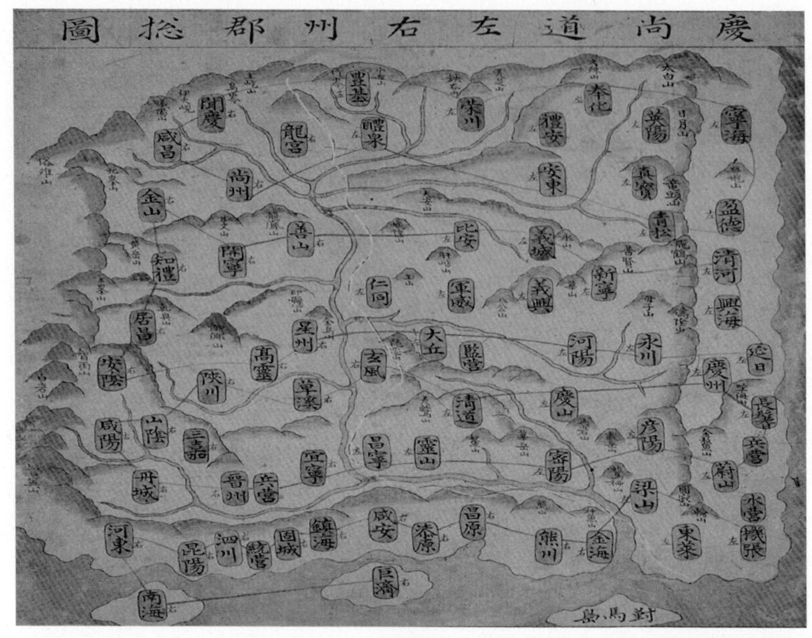

『동여비고』 <경상도좌우주군총도>(경북대학교도서관)

이 가운데 속리산은 백두대간이 태백산에서 두 갈래로 나뉘어 서쪽으로 흐르다가, 다시 남쪽으로 방향을 트는 지점에 놓인다. 이 산은 충청북도 보은군·괴산군과 경상북도 상주시에 걸쳐있는 산인데, 우리가 다루고자 하는 문경지역 역시 이 산의 문화권 속에 포함된다. 『세종실록지리지』 「보은현」조에 속리산을 '명산'으로 특기하였고, 『신증동국여지승람新增東國輿地勝覽』 「보은현」조에는 다음과 같이 기록해 두고 있다.

고을 동쪽 44리에 있다. 봉우리 아홉이 뾰족하게 일어섰기 때문에 구봉산九峯山이라고도 한다. 신라 때는 속리악俗離岳이라고 일컫고 중사中祀에 올렸다. 산마루에 문장대文藏臺가 있는데, 층이 쌓인 것이 천연으로 이루어져 높게 공중에 솟았고, 그 높이가 몇 길인지를 알지 못한다. 그 넓이는 사람 3천 명이

> 앉을 만하고, 대臺 위에 구덩이가 가마솥 만한 것이 있어 그 속에서 물이 흘러 나와서 가물어도 줄지 않고 비가 와도 더 불어나지 않는다. 이것이 세 줄기로 나뉘어서 반공半空으로 쏟아져 내리는데, 한 줄기는 동쪽으로 흘러 낙동강이 되고, 한 줄기는 남쪽으로 흘러 금강錦江이 되고, 또 한 줄기는 서쪽으로 흐르다가 북으로 가서 달천達川이 되어 김천金遷으로 들어간다.[7]

위의 자료를 통해 우리는 속리산이 신라시대부터 '속리악'이라 일컬어지며 '중사'를 모셨던 사정을 알 수 있다. 『문헌비고文獻備考』에도 "산세가 웅대하며 기묘한 석봉石峯들이 구름 위로 솟아 마치 옥부용玉芙蓉같이 보이므로 속칭 소금강산이라 한다."고 기록하고 있어, 속리산은 한국을 대표하는 명산임을 알 수 있다. 이 산의 정상에는 문장대가 있고 거기서 흘러내리는 물줄기가 셋인데 이것이 아름다운 동천을 이루며 금강과 낙동강, 그리고 달천으로 흘러든다. 동천을 중심으로 자연스럽게 전통명승이 이루어지고, 선비들이 깃들면서 구곡동천 문화를 만들어 갔던 것이다.

속리산권 가운데 영남의 대표적인 지역이 문경과 상주다. 이 지역은 지리적으로 경상도와 충청도가 맞물려 있는 곳이기 때문에 기호학과 영남학이 서로 소통하고 있는 대표적인 곳이기도 하다. 이 때문에 낙동강 연안지역의 학문을 의미하는 이른바 강안학江岸學적 측면에서도 매우 중요한 지역으로 다루고 있는바,[8] 이 지역의 구곡동천 문화가 인문학적으로 어떤 가치와 의미

---

7 『신증동국여지승람』 권16, 「충청도·보은현」조.

8 강안학은 낙동강 연안의 유학을 지칭하는 것인바, 회통성·독창성·실용성을 이 학문의 주요 특징으로 본다. 이 가운데 회통성은 좌우로 퇴계학과 남명학의 회통, 상하로 기호학과 영남학의 회통으로 실현된다. 이에 대해서는 정우락, 「강안학과 고령 유학에 대한 시론」(『퇴계학과 한국문화』 43, 경북대 퇴계연구소, 2008), 정우락, 「조선중기 강안지역의 문학활동과 그 성격-낙동강 중류지역을 중심으로 한 하나의 시론」(『한국학논집』 40, 계명대 한국학연구원, 2010)에서 다루었다. 장윤수가 대구권 성리학의 특징을 '회통·자득·실천의 학풍'으로 요약한 것도 같은 맥락에서 이해된다. 장윤수, 『대구권 성리학의 지형도』, 심산, 2021 참조.

를 지니고 있는지를 살펴보는 것은 매우 중요하다. 이 글에서는 구곡동천 문화의 현황을 먼저 살피고, 이어 이 문화가 가진 가치와 의미를 따지고, 나아가 구곡동천 문화가 지닌 미래 전망을 제시하기로 한다.

## 2. 속리산권 구곡동천 문화의 개관

인간은 누구나 시간과 공간 속에서 산다. 이 때문에 인간과 시간과 공간, 즉 '삼간三間'은 상호 밀접한 관련성 속에 성장하고 변화해 왔다. 조선시대로 한정해 보면, 인간은 비슷한 모습을 지니고 있지만, 시간과 공간에 따라 사상을 달리한다. 즉 시간은 변화하는 것이지만 인간과 공간에 의해 다르게 인식되고, 공간은 고정되어 있지만 인간과 시간에 의해 그 의미가 달라지기도 한다는 것이다. 특히 인간은 시간에 순응할 수밖에 없는 존재이지만, 공간에 대해서는 때로 순응하고 때로 극복하며 인간은 그들의 생활을 영위해간다.

이 글은 문경과 상주지역으로 공간을 고정시키고, 전통시대, 특히 조선시대라는 시간과 선비라는 인간이 여기서 어떤 문화를 만들어 갔는가 하는 것에 초점을 둔다. 그러나 인간이 선비에 한정되지 않고, 시간 역시 조선시대로 제한되지 않으므로, 그 가치와 의미는 인문학적 측면에서 인류의 보편적 문제와 맞닿아 있다. 앞에서도 잠시 언급한 대로, 오늘날 우리가 근대의 다양한 병리현상을 겪으며 살고 있다는 것을 인정한다면, 이 방면의 연구를 통해 어떤 유의미한 미래적 요소를 구상할 수도 있다. 이러한 측면에서 우리의 논의는 '과거가 미래'라는 역설 위에 놓여 있음을 발견하게 된다.

조선시대라는 시간, 문경과 상주라는 공간, 이 속에서 선비라는 인간은 어떤 인문학적 자료를 남겼던가. 구곡과 동천이라는 공간에 한정을 시켜 보더라도, 자료는 말로 된 것도 있고 글로 된 것도 있다. 글로 된 것은 다시 한글로 된 것도 있고 한자로 된 것도 있다. 이것이 구비문학, 국문문학, 한문문학으로 나누어 연구되어 온 것은 오늘날과 같은 분과학문 체계 속에서 지극히 당연한 일이다. 본 논의에서는 주로 한문으로 되어 있는 자료를 중심으로 소개한다. 이것이 자료의 주류를 이루기 때문이다.[9]

| 구곡동천명 | 작자 | 작품명 | 비고 |
|---|---|---|---|
| 仙遊九曲洞天(東仙遊洞, 內仙遊洞) | 南漢朝(1744-1809) | 仙遊七曲, 仙遊洞用朱子雲谷第一絶韻, 入仙遊洞志懷 | 문경시 가은읍 완장리 일대, 기호학자 김창협 등은 선유동을 외선유동이라 함 |
| | 丁泰鎭(1876-1956) | 仙遊九曲, 內仙遊洞 | 남한조의 7곡에다 1곡 옥하대와 3곡 활청대를 추가함, 2곡에서 9곡까지 바위에 구곡명이 각자되어 있음 |
| | 鄭經世(1563-1633) | 題東仙遊洞盤石 | |
| | 金昌協(1651-1708) | 自松面向外仙游洞, 外仙游洞, 華陽諸勝記 | |
| | 金昌翕(1653-1722) | 外仙游洞 | |
| | 吳瑗(1700-1740) | 外僊遊洞 | |
| | 鄭宗魯(1738-1816) | 仙遊洞, 仙遊洞卽景次雲谷第二絶韻·又疊, 仙遊洞次宗伯韻 | |
| | 李萬敷(1664-1732) | 仙遊洞記 | |
| | 宋秉璿(1836-1905) | 遊華陽諸名勝記, 鶴泉亭記 | |

9 여기서 소개하는 자료는 경상대 최석기 교수가 2012년 경상북도에서 발주한 『백두대간 속리산권 구곡문화지구 세계유산 등재추진을 위한 타당성 조사 및 기본구상』(연구책임자, 김덕현)의 일환으로 수집한 것이다.

10 원제는 <龍遊洞石形之詭怪, 南宗伯以爲非龍遊所致, 乃造化自然, 作辨破詩累十句以示我, 其言

| 구곡동천명 | 작자 | 작품명 | 비고 |
|---|---|---|---|
| 陽山寺洞天<br>(白雲洞) | 鄭象觀<br>(1776-1820) | 蓬壺第一史 | 문경시 가은읍 원북리 일대 |
| | 金侹<br>(1670-1737) | 入陽山洞 | |
| | 金昌協<br>(1651-1708) | 華陽諸勝記 | 陽山寺(鳳巖寺), 白雲臺, 夜遊巖 포함, 백운대와 야유암은 각자가 있음 |
| | 宋秉璿<br>(1836-1905) | 遊華陽諸名勝記 | 陽山寺(鳳巖寺), 白雲臺, 夜遊巖 포함 |
| | 權橃<br>(1478-1548) | 戊寅日記 | 陽山寺 |
| | 趙又新<br>(1583-?) | 題陽山寺 | 陽山寺 |
| | 趙根<br>(1631-1690) | 桐溪漫錄 | 陽山寺 |
| | 鄭澔<br>(1648-1736) | 遊陽山寺示同行諸君子 | 陽山寺 |
| | 鄭宗魯<br>(1738-1816) | 陽山洞口口占次朱子雲谷雜詠第一絶韻, 陽山寺 | 陽山寺 |
| | 南漢朝<br>(1744-1809) | 陽山寺 | 陽山寺 |
| | 洪翰周<br>(1789-1868) | 陽山寺二十韻, 陽山寺 | 陽山寺 |
| | 申聖夏<br>(1665-1736) | 登陽山寺鐘樓 | 陽山寺 |
| | 鄭希良<br>(1469-?) | 詩題曦陽山白臺 | 白雲臺 |
| | 金時觀<br>(1677-1740) | 聞慶白雲臺 | 白雲臺 |
| | 鄭宗魯<br>(1738-1816) | 白雲臺 | 白雲臺 |
| | 南漢朝<br>(1744-1809) | 白雲臺 | 白雲臺 |
| | 鄭澔 | 夜遊巖 | 夜遊巖 |

| 구곡동천명 | 작자 | 작품명 | 비고 |
|---|---|---|---|
| | (1648-1736) | | |
| | 金柾<br>(1670-1737) | 題夜遊巖 | 夜遊巖 |
| | 沈錥<br>(1685-1753) | 夜遊巖 | 夜遊巖 |
| | 鄭宗魯<br>(1738-1816) | 夜遊巖 | 夜遊巖 |
| | 南漢朝<br>(1744-1809) | 夜遊巖 | 夜遊巖 |
| 華陰洞天<br>(疎野洞) | 李萬敷<br>(1664-1732) | 華陰洞記 | 문경시 농암면 궁기리 일대 |
| 鳥嶺龍潭瀑布 | 尹祥<br>(1373-1455) | 龍潭瀑布 | |
| | 徐居正<br>(1420-1488) | 龍潭瀑布 | |
| | 魚變甲<br>(1380-1434) | | 『동국여지승람』에 실린 용추 시 |
| | 金宗直<br>(1431-1492) | 龍潭瀑布 | |
| | 洪貴達<br>(1438-1504) | 龍潭瀑布 | |
| | 權五福<br>(1467-1498) | 聞慶龍潭瀑布 | |
| | 洪彦忠<br>(1473-1508) | 過鳥嶺龍潭 | |
| | 李荇<br>(1478-1534) | 龍潭 | |
| | 高用厚<br>(1577-1652) | 過鳥嶺龍湫 | |
| | 鄭象觀<br>(1776-1820) | 鳥嶺龍湫 | |
| 石門九曲 | 蔡瀗<br>(1715-1795) | 石門亭九曲棹歌, 石門九曲次武夷櫂歌韻, 石門亭歌, 石 | 문경시 산양면-산북면 일대, <石門亭九曲棹歌>와 <石門亭歌>는 한글로 된 가 |

| 구곡동천명 | 작자 | 작품명 | 비고 |
|---|---|---|---|
| | | 門亭二十景 | 사작품임 |
| | 權相一(1679-1760) | 尊道書窩記 | 석문구곡 제1곡이 弄淸臺이고, 이 대의 처음 이름은 尊道書窩 |
| | 蔡鴻鐸(?-?) | 舟岩亭記 | 석문구곡 제2곡 위에 위치 |
| | 鄭象觀(1776-1820) | 友巖亭記 | 석문구곡 제3곡 위에 위치 |
| 山陽九曲 | 蔡濾(1715-1795) | 山陽九曲次武夷櫂歌韻 | 문경시 산양면-산북면 일대 |
| 花枝九曲(身北九曲) | 權燮(1671-1759) | 身北九曲次武夷櫂歌韻, 花枝莊記, 花枝九曲記 | 문경읍 일대 |
| 淸臺九曲 | 權相一(1679-1760) | 淸臺九曲詩 | 문경시 산양면과 산북면-예천군 용궁면 일대 |
| 雙龍九曲洞天 | 閔禹植(1885-1973) | 雙龍九曲, 書雙龍九曲詩後, 四友亭記 | 문경시 농암면 내서리, 상주시 화북면 용유리 |
| | 金昌協(1651-1708) | 華陽諸勝記·龍湫 | |
| | 南漢朝(1744-1809) | 雙龍 | |
| | 鄭琢(1526-1605) | 題雙龍寺洞游錄 | 雙龍寺 |
| | 金昌協(1651-1708) | 華陽諸勝記 | 甁泉 |
| | 金顯益(1678-1717) | 入甁泉宋道能權敬仲定性來會 | 甁泉 |
| | 宋文欽(1710-1752) | 甁泉記略 | 甁泉 |
| | 鄭象觀(1776-1820) | 蓬壺第一史 | 甁泉 |
| | 李肯翊(1736-1806) | 山川形勝·甁泉 | 甁泉 |
| | 宋秉璿(1836-1905) | 遊華陽諸名勝記 | 甁泉 |

| 구곡동천명 | 작자 | 작품명 | 비고 |
|---|---|---|---|
| 龍遊·牛腹洞天 | 李萬敷 (1664-1732) | 龍遊洞記 | 상주시 화북면 용유리, 장암리, 상오리, 龍遊洞天 |
| | 李敏求 (1589-1670) | 下龍游洞 | 龍遊洞天 |
| | 金昌協 (1651-1708) | 龍遊洞 | 龍遊洞天 |
| | 鄭宗魯 (1738-1816) | 龍遊洞石形之…[10] | 龍遊洞天 |
| | 南漢朝 (1744-1809) | 龍遊洞, 龍遊洞盤石 | 龍遊洞天 |
| | 李瀷 (1681-1763) | 龍遊洞 | 龍遊洞天 |
| | 丁若鏞 (1762-1836) | 牛腹洞歌 | 牛腹洞天 |
| | 李圭景 (1788-1854) | 牛腹洞辨證說, 牛腹洞眞假辨證說, 牛腹洞圖記辨證說, | 牛腹洞天 |
| | 無名氏 | 牛腹洞記 | 牛腹洞天, 『華東勝覽』 소재 |
| | 金得研 (1555-1637) | 壯岩洞記 | 壯岩洞 |
| 淵嶽九曲 | 康應哲 (1562-1635) | 淵嶽九曲記 | 상주시 청리면 지천동 일대 |
| 愚山洞天 | 鄭經世 (1563-1633) | 愚谷雜詠二十絶, 愚巖說, 愚山誌 | 상주시 외서면 우산리 |

백두대간 속리산권 구곡동천은 문경과 상주지역을 중심으로 볼 때, 선유구곡[문경시 가은읍 완장리]에서 양산사 동천[문경시 가은읍 봉암사]에 이르는 구간, 용추[문경시 농암면]에서 용유동[문경시 농암면]을 거쳐 우복동[상주시 화북면 장암리]에 이르는 구간으로 나눌 수 있다. 그리고 범위를 더욱 넓히면 상주시 청리면

固不爲無見, 而余意天地間物理無所不有, 亦難以一槩論, 故反其意, 又作此詩奉寄>(『立齋集』 권2)이다.

과 외서면의 연악구곡과 우산동천도 연계시켜 살펴볼 수 있을 것이다. 이러한 구곡동천에 조선조의 수많은 문인들이 찾아와 승경을 문학작품으로 형상화하기도 하고, 건축물을 짓거나 구곡을 설정하고 경영하면서 독특한 그들의 문화를 만들어 갔다.

일찍이 당나라의 시인 유우석劉禹錫(772-842)은 <누실명陋室銘>에서 '산은 높은 데 있는 것이 아니라 신선이 살면 이름이 나게 되고, 물은 깊은 데 있는 것이 아니라 용이 깃들면 신령스럽게 된다.'[11]라고 한 바 있다. 이것은 못난 자연이라도 명사를 만나 교감이 이루어짐으로써 비로소 명승이 될 수 있다는 것이다. 하물며 속리산처럼 경치가 수려하고 기암괴석이 즐비한 자연에 있어서이겠는가.

우리 국토는 거의 모든 지역이 문화의 생성공간이라 해도 과언이 아니다. 위에서 조사한 문경과 상주 일대의 구곡동천 자료는 그 일부에 지나지 않는다. 이곳은 모두 전통명승이라 할 만한 곳인바, 계류를 따라 아름다운 경관이 펼쳐져 있다. 이곳에서 전통시대 우리의 선비들은 그들의 답답한 심정을 해소하기도 하고, 사물 속에서 이치를 발견하고 그것과 합일되는 기쁨을 누리고자 하기도 했다. 그리고 이 명승에서 그들의 이상향을 찾거나 사물에 이름을 부여하며 새로운 문화공간을 창조하기도 했다.

위의 자료에서 보듯이 문경과 상주의 속리산 문화권에는 중요한 구곡과 동천이 공존한다. 동천 속에는 봉峰·대臺·담潭·폭瀑 등이 있어 선비들의 유상대상이 되었고, 때로는 구곡이 설정되어 성리학적 사유가 거기에 투사되기도 했다. 이들 구곡은 문경과 상주지역에 집중적으로 나타나고 있는바, 이것은 그 산수의 수려함을 말하는 것과 동시에 이 지역을 중심으로 성리학에 대한

11 劉禹錫, <陋室銘>, "山不在高, 有仙則名. 水不在深, 有龍則靈."

강한 자장이 형성되어 있었다는 것을 의미한다. 이곳 출신인 정경세鄭經世(1563-1633) 역시 구곡문화에 특별한 관심을 갖고 <무이지후武夷志後>를 쓴 적이 있다. 그 일부는 이렇다.

> 내가 주회옹朱晦翁이 쓴 〈무이정사기武夷精舍記〉와 〈도가십수棹歌十首〉를 읽어 보고는 일찍이 상상하면서 그려 보지 않은 적이 없으며, 직접 그곳에 가서 지팡이를 짚고 거닐어 볼 길이 없는 것을 한탄하였다. 그러다가 지금 마침 이 고을을 맡아 다스리면서 서행보徐行甫에게서 『무이지武夷志』를 얻어 공무를 보는 여가에 여러 차례 읽어 보았다. 그러자 서른여섯 개의 산봉우리와 아홉 굽이의 시냇물이 좌우로 굽이쳐 흐르는 기이한 형세와 볼만한 장관을 직접 가서 눈으로 보는 것만 같았다. 그러니 어찌 유쾌하지 않겠는가. 이에 드디어 한 본을 등사하였다. 그러고는 또 〈구곡총도九曲摠圖〉 한 폭을 얻어 화공畫工을 불러 모사模寫하게 해 책의 앞머리에 붙였으며, 이어 퇴도退陶 선생이 회옹晦翁의 도가棹歌에 화답한 절구絶句 열 수를 책 끝에다가 붙였다. 뒷날 관직에서 물러나 고향으로 돌아가기를 기다려서 고요한 가운데 이를 읊조리고 노래한다면 어찌 더욱더 맛과 정취가 있지 않겠는가.[12]

이 글은 정경세가 1607년(선조 40)에 대구부사로 있으면서 쓴 것이다. 당시 서사원徐思遠(1550-1615)에게서 『무이지』를 얻어 이것을 등사하고, 다시 화공에게 <구곡총도>를 모사하게 한다. 우리는 여기서 그의 무이산을 중심으로 한 구곡문화에 대한 관심을 알게 된다. 나아가 그는 고향 상주로 돌아가 자연

12 鄭經世, 『愚伏集』 권15, <書武夷志後>, "余讀晦翁武夷精舍記及棹歌十首, 未嘗不神遊目想, 恨無由鞋杖於其間也. 今適分符此邑, 得武夷志於徐君行甫處, 公餘披閱之甚熟, 則三十六峯, 九曲溪流, 沿洄左右, 奇形異觀, 殆若身歷而目擊之, 豈不快哉! 遂爲之謄寫一本, 又得九曲摠圖一幅, 倩工摸寫, 置之卷首, 仍付退陶先生和棹歌十絶于卷末, 俟他日官滿歸山, 靜中諷詠, 則豈不尤有味趣也耶!"

속에서 이를 체득하고자 했다. 문경과 상주 일대에서 경영된 구곡은 모두 이러한 관심이 내적으로 작동한 결과라 하지 않을 수 없다. 자연에 의거한 작품 창작은 물론이고, 바위에 글자를 새기고, 건물을 지어 일련의 구곡동천 문화를 만들어 갔던 이 지역 선비들의 활동은 우리 시대에도 새롭게 주목받아 마땅하다.

## 3. 속리산권 구곡동천 문화의 가치

구곡을 경영하거나 동천에 집을 짓고 산수지락을 누린 선비들은 누구나 성리학적 질서 속에서 자신의 도학적 이상세계를 추구하고자 했다고 할 수 있다. 구곡동천이라는 용어가 구곡을 보다 넓은 맥락 속에 이해하고자 하는 데서 성립된 것이라면, 여기에는 구곡을 설정하고, 한문이나 한글로 구곡시가나 가사를 창작하고, 정사 등 건축물을 세우고, 건축물에 따른 상량문이나 기문 혹은 다양한 잡영雜詠 등 문학작품을 짓고, 구곡도九曲圖를 그려 기념하고, 구곡 관련 지지地誌를 엮는 등 각종의 문화를 포괄한다. 문화가 자연과 구별되는 인간 고유의 존재 양식이며, 통합적 인식체계 속에서 성립된 것이라는 측면을 염두에 두면서, 문경과 상주 지역 구곡동천 문화의 가치를 생각해 보기로 한다.

첫째, 구곡문화의 정수와 변형을 선명하게 이해할 수 있다는 점이다. 속리산권은 낙동강이 처음 시작하는 지점에 놓여 있다. 상락上洛의 동쪽을 흐르는 강이 낙동강으로, 『세종실록지리지』에서는 낙동강의 근원에 대하여 "그 근원은 셋인데, 하나는 봉화현 북쪽 태백산 황지에서 나오고, 하나는 문경현 북쪽 초점에서 나오고, 하나는 순흥 소백산에서 나와 물이 합쳐져 상주에 이르러 낙동강이 된다."[13]라고 적고 있다. 문경의 초점 역시 낙동강의 원두로 인식되어 왔던 것을 인식할 때, 원두를 찾아 설정되는 구곡문화가 이 지역에서 강한 자장을 형성하였던 것은 어쩌면 당연한 사실이다. 문경과 상주지역의 구곡원림을 정리해 보면 다음과 같다.[14]

| 시군 | 구곡명 | 구곡 명칭 | 구곡 시가 | 설정자, 경영자 | 소재지 |
|---|---|---|---|---|---|
| 문경시 | 仙遊七曲 | 1.靈槎石-2.洗心臺-3.觀瀾潭-4.濯淸臺-5.詠歸巖-6.鸞笙瀨-7.玉舃臺 | - | 南漢祖 (1744-1809) | 가은면 |
| | 仙遊七曲 | 1.七友臺-2.網花潭-3.白石灘-4.臥龍潭-5.洪流川-6.月波臺-7.七里溪 | - | 미 상 | 가은면 |
| | 仙遊九曲 | 1.玉霞臺-2.靈槎石-3.活淸潭-4.洗心臺-5.觀瀾潭-6.濯淸臺-7.詠歸巖-8.鸞笙瀨-9.玉舃臺 | 仙遊九曲 | 丁泰鎭 (1876-1956) | 가은면 |
| | 雙龍九曲 | 1.入門-2.志道-3.于淵-4.戾天臺-5.放化洞-6.安道石-7.樂耕臺-8.廣明巖-9.紅流洞 | 雙龍九曲 | 閔禹植 (1885-1973) | 농암면 |
| | 花枝九曲 | 1.馬浦-2.聲校-3.廣水院-4.古要城-5.花枝洞-6.山門溪-7.葛坪-8.觀音院-9.大院 | 身北九曲次武夷櫂歌韻 | 權 燮 (1671-1759) | 문경읍 |
| | 淸臺九曲 | 1.愚巖-2.碧亭-3.竹林-4.佳巖-5.淸臺-6.溝棧-7.觀巖-8.筏巖-9.穌湖 | 淸臺九曲詩 | 權相一 (1679-1760) | 산양면-영순면 |
| | 石門九曲 | 1.弄淸臺-2.舟巖-3.友巖臺-4.壁立岩-5.九龍坂-6.潘亭-7.廣灘-8.鵝川-9.石門亭 | 石門亭九曲棹歌, 石門九曲次武夷棹歌韻 | 蔡 濾 (1715-1795) | 산양면-산북면 |
| | 山陽九曲 | 1.滄洲-2.尊道峯-3.蒼屛-4.兄弟巖-5.巖臺-6.桑洲-7.近品山-8.九龍坂-9.潘亭 | 山陽九曲次武夷棹歌韻 | 蔡 濾 (1715-1795) | 산양면-산북면 |
| 상주 | 淵嶽九曲 | 1.濯纓潭-2.使君坮-3.楓岩-4.詠歸亭-5.東岩-6.楸遊岩-7.南岩-8.鱉岩-9.龍湫 | - | 康應哲 (1562-1635) | 청리면 |

13 『世宗實錄』「地理志·慶尙道」, "大川三, 一曰洛東江, 其源有三, 一出奉化縣北太白山黃池, 一出聞慶縣北草岾, 一出順興小白山, 合流至尙州爲洛東江."

14 아래 표는 김문기·강정서, 『경북의 구곡문화 II』, 경상북도·경북대학교 퇴계연구소, 2012. '부록' 가운데 문경시와 상주시 부분을 적출한 것이다. 남한조의 <仙遊七曲>을 보태고 이 글의 취지에 맞게 가감한 부분도 있다.

| 시군 | 구곡명 | 구곡 명칭 | 구곡 시가 | 설정자, 경영자 | 소재지 |
|---|---|---|---|---|---|
| 시 | 愚山九曲 | 1.水回洞-2.畫圖巖-3.靑山村-4.花潋-5.船巖-6.垂綸石-7.溪亭-8.愚巖-9.御風臺 | | 鄭象履 (1774-1848) | 외서면 |

지금까지 알려진 문경의 구곡은 칠곡을 포함해서 모두 여덟 곳이다. 안동 지역 열 세 곳, 영주와 봉화가 여덟 곳으로 설정된 것을 감안할 때, 이들 몇 지역과 함께 왕성한 구곡문화가 향유되고 있었다는 것을 바로 알 수 있다. 문경의 구곡 가운데 쌍룡구곡은 문경시 농암면 내서리에서 상주시 화북면 용유리에 걸쳐 있는 것을 감안하더라도 문경이 상주에 비해 수적인 면에서 월등하다. 그리고 선유칠곡 두 편이 있어 하나는 남한조南漢朝(1744-1809)가 경영한 것이고 다른 하나는 칠우정七愚亭을 지은 사람들이 하나씩 지정한 것으로 근세의 것이다.[15]

문경과 상주 지역의 구곡 가운데 선유구곡이 보존의 상태도 양호하고 각 곡의 지점에 대한 고증도 명확하며 2곡에서 9곡까지 각자도 분명하게 남아 있다. 이러한 점에서 선유구곡은 이 지역의 구곡문화 가운데 대표적인 곳이라 할 수 있을 것이다.[16] 선유동은 내외로 나누어져 있는데, 김창협이나 송병선 등 기호의 학자들은 문경의 선유동을 외선유동이라 했고, 정종로나 남한조 등 영남의 학자들은 이곳을 내선유동이라 했다.[17] 이로 보면, 기호와 영남

15 김문기·안태현, 「문경지방의 구곡원림과 구곡시가 연구」, 『퇴계학과 한국문화』 35, 경북대학교 퇴계연구소, 2004, 246-247쪽 참조. 이 글에 의하면 七愚亭은 1927년 愚字를 가진 문경출신의 7인이 세운 정자라 한다.

16 석문구곡·산양구곡·쌍룡구곡은 원림의 정확한 고증이 어렵고, 화지구곡은 저수지 축조로 인해 심각하게 훼손되었다. 그리고 청대구곡은 구곡의 설정이 일반적이지 않으며, 산양구곡과 연악구곡은 구곡시가 남아 있지 않으며 원림의 구체적 고증도 어렵다.

17 정태진 역시 문경의 선유동을 찾아 <내선유동>이라는 작품을 남기는데, 그는 여기서 "십년을 꿈꾸다가 이렇게 한 번 찾아오니[十載經營此一遊], 선유동문 깊숙한 곳 홍취가 끝이

지역의 학자들은 자기네 쪽을 내선유동으로 했던 것으로 보인다. 정종로鄭宗魯(1738-1816)의 다음 시는 이러한 측면에서 새롭게 읽힌다.

天作靈仙窟　　하늘이 만든 영선굴
分置內外谷　　내외의 골짜기에 나누어져 있네
萬物皆有對　　만물은 모두 상대가 있나니
名區宜不獨　　명승도 마땅히 홀로만은 아니라네[18]

정종로의 <내외선유동內外仙遊洞>이라는 시다. 남한조가 선유동에 은거하면서 1794년(정조 18) 4월에 정종로를 초청하여 양산陽山으로부터, 내외선유동, 화양동의 파곶[巴串][19]과 용유동龍遊洞 등을 유람한 적이 있었다.[20] 이때 정종로는 위의 시를 지어 선유동이 내외로 짝을 이루고 있다는 것을 말하며 명승은 홀로 있지만은 않다고 했다.[21] 남한조가 이 내선유동에서 선유칠곡仙遊七曲을 지정하였는데, 훗날 정태진이 여기에 두 곡, 즉 제1곡 옥하대玉霞臺와 제3곡 활청담活淸潭을 추가하여 구곡을 만들었다.

문경과 상주지역의 구곡은 구곡문화의 변형을 보여주고 있기도 하여 흥미롭다. 그 대표적인 것이 권상일權相一(1679-1760)의 청대구곡과 민우식閔禹植

---

없네[洞門深處興悠悠].”라고 하였다.

18 鄭宗魯, 『立齋集』 권2, <內外仙遊洞>

19 화양동구곡의 제9곡에 해당한다. 화양동 구곡은 擎天壁, 雲影潭, 泣弓巖, 金沙潭, 凌雲臺, 瞻星臺, 臥龍巖, 鶴巢臺, 巴串이다.

20 당시 정종로의 아들 鄭象觀과 남한조의 동생 南漢宗도 동행하였다. 정상관은 이때의 유람을 <蓬壺第一史>에 갈무리해 두었다.

21 정종로는 <聞聞喜山水多絶勝, 欲一遊賞久矣. 甲寅淸和, 友人南宗伯邀我共遊於其別庄仙遊洞, 振袂入杜陵, 聯鑣作行, 宗伯之弟朝伯, 余之季兒象觀偕焉. 自陽山歷內外仙洞及巴串龍遊諸勝, 只得若干首, 方欲追賦其景物, 而恨無起余者, 適會文瑞來到, 遂與共賦>(『입재집』 권2)를 짓고 관련 시 16수를 남긴다. 남한조의 시에 7곡의 명칭이 제시되어 있다.

(1885-1973)의 쌍룡구곡이다. 청대구곡은 문경시 산양면과 산북면, 예천군 용궁면에 걸쳐 있다. 그러나 이 구곡은 상류에 제1곡을 하류에 제9곡을 설정하고 있어, 주희朱熹(1130-1200)의 <무이도가武夷櫂歌>와 이것을 본받은 조선시대의 일반적인 구곡이 하류에 제1곡을 상류에 제9곡을 설정하는 것과는 정반대로 되어 있다.[22] 권상일은 자신의 은거지인 금천 가에 농청대弄淸臺를 지극히 사랑하여 자주 찾았는데, 이곳을 5곡으로 삼아 상하 구곡을 설정하고 경영하였던 것이다.

민우식이 경영한 쌍룡구곡은 북쪽의 비치재와 남쪽의 도장산 사이의 협곡으로 문경시 농암면 내서리에서 상주시 화북면 용유리에 걸쳐 있다. 이 역시 다른 구곡과 구별되는 특이한 점이 있다. 두 시내에 아홉 곡이 나누어 설정되어 있기 때문이다. 이것은 용유동에서 내려오는 쌍룡천과 내서리 다락골에서 내려오는 내서천이 우연于淵에서 모여 하나가 되기 때문이다. 따라서 제1곡에서 제6곡까지는 쌍룡천에, 제7곡에서 제9곡까지는 내서천에 설정하였던 것이다. 이 역시 구곡문화에 있어 중요한 변형으로 특기할 만하다.[23]

정경세의 후손이 설정한 우산구곡愚山九曲은 선조 정경세의 우산이십경愚山二十景을 기반으로 하고 있다는 측면에서 흥미롭다. 우산[우복산]은 속리산의 한 지맥이 동남으로 뻗어 화령을 지나 형성된 산이다. 정경세가 38세(1600, 선조33) 되던 해에 이곳에 자리를 잡고, 빼어난 경치 스무 곳을 설정해 시를 짓는다. 이에 그의 후손 정도응鄭道應(1618-1667), 정종로鄭宗魯(1738-1816), 정상리鄭象履(1774-1848) 등이 정경세의 시에 차운하는 등으로 선조를 추모하는 한편,

22 이러한 예는 영주의 竹溪九曲도 마찬가지이다. 이 구곡은 죽계천을 따라 위쪽에 제1곡 翠寒臺를, 아래쪽에 제9곡 中峰合流를 설정하고 있다.

23 상주의 愚山九曲 역시 주목할 만하다. 이 구곡은 鄭象履(1774-1848)가 설정한 것인데, 선조인 정경세의 우산동천 20경을 구곡으로 재구성한 것이다. 여기에 대해서는 이 책의 제3부 제5장 '강안학의 지역별 전개'에서 재론한다.

산수의 아름다움을 노래하며 하나의 문화를 만들었다. 이 과정에서 자연스럽게 우산구곡이 성립되었던 것이다. 이 구곡은 집경시가 구곡시로 재구성되었다는 측면에서 특별하다.

둘째, 구곡동천 속에서 펼친 다양한 선비문화를 알 수 있다는 점이다. 전통시대의 자연은 일정한 방식에 의해 문화공간화 된다. 대체로 사물에 대한 명명命名을 통한 자연 공간에 유가적 이념 부여하기, 누정 등 인공 공간을 중심으로 집경集景 구성하기, 성리학적 이념에 입각한 와유臥遊와 성찰省察의 자료 만들기, 선현에 대한 추모와 놀이문화 계승하기, 일회적인 사실을 다양한 방법으로 기념하기 등이 그것이다. 이 가운데 몇 가지만 들어본다.

명명命名을 통해 자연 공간에 유가적 이념을 부여하는 것은 구곡문화의 핵심 가운데 하나이다. 그러나 이것은 구곡을 훨씬 벗어나 존재한다. 우산동천에 은거하였던 상주의 정경세는 <우암설愚巖說>을 써서, “내가 우복산愚伏山의 서쪽 기슭에 터를 잡아서 살게 되었는데, 그 주위에 있는 정자와 누대와 웅덩이와 골짜기로부터 바윗돌에 이르기까지 기이하고 빼어난 것은 어느 하나 이름이 없는 것이 없었다. 다만 집의 동북쪽 모퉁이에 커다란 돌 하나가 깊은 물가에 임하여 있으면서 그 높이가 너댓 길이나 되었는데도 아직 이름이 없었다.”[24]라고 하면서 그 못생긴 바위를 ‘우암’이라 한다고 했다.

성리학적 이념에 입각한 와유臥遊와 성찰省察의 자료 만들기는 기행문 작성을 통해 주로 이루어졌다. 송시열宋時烈(1607-1689)은 <유대야산기遊大冶山記>를 지어 “대야산은 선유동의 주산이며, 화양동의 조종祖宗이 되는 산으로, 화양동에서 15리 정도로 가깝다.”[25]며 “인간 세상에서 보면 이 화양동도 선경

24 鄭經世, 『愚伏集』 권14, <愚巖說>, “余, 旣卜居于愚伏之西麓, 其傍之亭臺潭洞以至巖石之奇秀者, 莫不有名焉. 直舍之東北隅, 有石臨深, 高可四五丈, 獨未有以名之也.”

25 宋時烈, 『宋子大全』 권142, <遊大冶山記>, “大冶是仙遊洞主山, 而亦華陽之祖宗, 去華陽十五里

이라 할 수 있겠지만, 대야산 비로봉과 비교해 보면 또한 이 화양동은 진세塵世의 형상이다."[26]라고 하면서 문경시 가은읍 완장리에 있는 대야산을 더없는 선경으로 칭송하였다. 이 밖에도 김창협의 <화양제승기>, 송병선의 <무인일기> 등 허다한 작품에 문경과 상주 일대의 전통명승이 소개되고 있는바, 이들은 이로써 다른 날 와유와 성찰의 자료로 삼고자 했다.

선현에 대한 추모와 문화 계승하기는 매우 다양한 방법으로 시행되었는데, 시회詩會도 그 가운데 하나였다. 상주의 연악산에 개최하였던 연악문회淵嶽文會는 그 대표적이다. 연악산은 상주시 청리면에 있으며 상주향교의 안산이다. 여기에 강응철康應哲(1562-1635)이 경영한 연악구곡이 있었고, 김언건金彦健(1511-1571) 등 6인을 제향하는 연악서원도 있었다. 연악문회는 연악서원에서 이루어졌는데, "연악에서 창수唱酬한 것이 1571년(선조 4)부터 1704년(숙종 30)까지 188년간이었다."[27]라고 하는 기록에서 알 수 있듯이 그 연원이 오래된 것이었다. 이때 상산사호 가운데 한 사람이었던 김범金範이 참여하였고, 이후 김충金冲·강복성康復誠·정호선丁好善·김지남金止南·손만웅孫萬雄 등이 김범의 시에 대하여 차운을 남겼다. 이 문회는 1800년대까지 지속된 것으로 확인되는바, 선현에 대한 추모와 시회문화의 계승의지가 그 이면에 있었다.

요컨대, 문경과 상주지역 일대의 구곡동천 문화 가운데 핵심적인 가치는 대체로 두 가지로 나누어 이해할 수 있다. 구곡문화의 정수와 변형을 확연하게 이해할 수 있다는 점, 구곡동천 속에서 펼친 다양한 선비문화를 알 수 있다는 점이 그것이다. 이것은 속리산이 낙동강의 근원이 되기도 하며, 또한

---

而近也."

26 宋時烈, 『宋子大全』 권142, <遊大冶山記>, "則此華陽者可謂仙境, 而視毗盧則又是塵世趣象也."

27 姜世揆, <淵岳書院先輩酬唱錄跋>, "淵岳之有唱酬, 自正德丁丑, 至肅廟甲申, 上下百八十八年之間."

깊은 동천으로 빼어난 경치를 지니고 있기 때문에 가능한 것이라 하겠다. 이 밖에도 우복동천牛腹洞天을 중심으로 복지동천의 이상향이 추구되었다는 점을 들 수 있다. 이에 대해서는 이 책의 제5장 「강안학의 지역별 전개」 가운데 상주지역을 다루면서 자세하게 논의하기로 한다.

## 4. 속리산권 구곡동천 문화의 의미

조선시대의 사림파 선비들은 주자 성리학으로 무장하고 있었다. 이들은 학문을 장구지학章句之學과 훈고지학訓詁之學, 그리고 위기지학爲己之學으로 나누고, 오직 '위기지학'을 해야 한다고 했다. '장구지학'은 글재주를 바탕으로 수식을 일삼는 것이니 비판의 대상이었고, '훈고지학' 역시 사전적 지식을 많이 아는 것이니 학문의 바탕을 이루기도 하지만 추구할 바가 아니라 했다. '위기지학'이야말로 자기 성찰을 기반으로 군자가 추구해야 하는 바른 학문으로 보았던 것이다. 주자의 무이구곡과 <무이도가>를 수용하면서 우리의 산수를 하나의 도체로 파악한 것도 바로 '위기지학'의 일환이었다. 이것이 가지는 인문학적 의미를 몇 가지로 나누어 관찰해 보자.

첫째, 문경·상주 지역의 구곡동천 문화에는 일상과 이상의 통합지점이 확인된다. 성리학자들에게서 도道의 극처는 일용日用과 인륜人倫의 사이에서 벗어나는 것이 아니었다. 일상생활 속에서 진리를 추구한다는 사상학事上學을 강조한 이유이기도 하다. 이 때문에 이들은 주자가 <무이도가> 제9곡에서 언급한 '구곡이라 막 다하는 곳에서 눈이 확 트여, 뽕나무와 삼밭에 비와 이슬 내리는 평천이 보이네[九曲將窮眼豁然, 桑麻雨露見平川]'라고 한 것을 특별히 주목하였다. 즉, '상마桑麻의 일상업日常業'으로 다가왔던 것이다. 극처에서 만난

이 '일상업', 이들에게서는 커다란 깨달음이 아닐 수 없었다. 다음 두 시를 보자.

(가) 九曲將終山亦窮　구곡이 장차 다하고 산 또한 다하는 곳
武夷村在岸邊東　무이촌이 언덕가 동쪽에 있구나
淵源水接乎郊近　원두의 물은 들판 가까이로 이어지는데
清遠亭留古壁空　청원정에는 고벽이 빈채로 남아 있네[28]

(나) 九曲紅流別有洞　구곡이라 홍류동에 별천지 동천이 있어
桃花春水謝塵鬨　복사꽃 봄 물 속에 떠오니 세상 싸움 이르지 않네
始焉出峀終知環　구름은 묏부리서 나오고 새는 저녁에 돌아오는데
獸有麒麟鳥有鳳　짐승에는 기린이 있고 새에는 봉황이 있다네[29]

앞의 시 (가)는 권상일權相一(1679-1760)의 <청대구곡> 가운데 제9곡인 <소호곡>이고, 뒤의 시 (나)는 민우식閔禹植(1885-1973)의 <쌍룡구곡시> 가운데 제9곡인 <홍류동>이다. 이 두 시는 모두 별천지의 이상공간이며, 이것이 동시에 일상공간임을 제시하고 있다. 그곳은 산이 다하는 자리에 새롭게 열리는 세상이며, 복사꽃이 봄 물 속에 떠오는 공간이며, 또한 무이촌처럼 확 트인 넓은 공간이다. 권상일은 청원정이 있는 곳이 그러한 곳이라 했고, 민우식은 홍류동이 그러한 곳이라 했다. 이 같은 별천지 혹은 이상공간은 복사꽃 등에서 볼 수 있듯이 소재적 측면에서 도가적 분위기도 연출한다. 도연명의 <도화원기>에 근원하고 있기 때문인바, 물론 상주의 우복동牛腹洞도 인식을 같이

28　權相一, 『清臺集』 권3, <清臺九曲詩>
29　閔禹植, 『華雲遺稿』 권1, <雙龍九曲詩·九曲紅流洞>

한다.

둘째, 영남학과 기호학이 상호 회통하는 지점을 확인할 수 있다는 점이다. 속리산이 경상도와 충청도에 걸쳐 있고, 문경의 조령은 이 둘의 경계와 소통의 의미를 동시에 지닌다. 기호와 영남지역을 경계 짓지만 이를 통해 기호와 영남을 넘나들기도 했다. 영남대로가 '한양-죽산-충주-조령-문경-상주-구미-인동-대구-청도-밀양-양산-동래'로 설정된 것에서 이것을 확인할 수 있다. 조령이 두 지역 사이에 있으므로 이를 넘나드는 사람들은 여기에서 남다른 감정이 있었고, 따라서 많은 문학작품을 창작할 수 있었다. 한 조사에 의하면 조선전기 윤상尹祥(1373-1455)에서 일제강점기 송기식宋基植(1878-1949)까지 조령을 대상으로 해서 작품을 남긴 작가가 150명이 넘는다.[30] 이 가운데 영남사람과 기호사람의 시 한 수씩을 소개하면 다음과 같다.

(가) 天涯乘興費幽吟　하늘가에서 흥을 실어 그윽이 읊조리나니
秋盡江頭別意深　늦가을 강 머리에서 이별의 뜻도 깊다네
匹馬十年南北路　필마로 10년 동안 남북으로 다니니
三杯千里去留心　이별주 마시고 천리를 가도 마음은 머물러 있네
蕭蕭落葉龍湫畔　가을 잎은 용추 가로 쓸쓸히 떨어지고
慘慘寒雲鳥嶺陰　찬 구름은 조령 그늘진 곳에서 슬프다네
懷抱此行殊鬱結　회포는 이번 행차에 특별히 많으니
夢魂頻繞舊園林　꿈속에서나마 고향 산천을 자주 배회한다네[31]

(나) 鳥道千盤嶺　조령 길 천 굽이 서린 고개
龍湫萬丈淵　용추는 만 길의 깊은 못이라네

30 최은주, 「문경새재의 시적 공간과 의미」, 경북대 석사학위논문, 2012 참조.
31 李彦迪, 『晦齋集』 권1, <到鳥嶺寄舍弟>

宿雲衣帶下　　구름은 옷깃 아래서 자고
朝旭頂巾前　　아침 해는 갓 앞에서 떠오른다네[32]

(가)는 이언적李彦迪(1491-1553)의 <도조령기사제到鳥嶺寄舍弟>이고, (나)는 신흠申欽(1566-1628)의 아들 신익전申翊全(1605-1660)의 <조령이수鳥嶺二首> 중 첫 번째 작품이다. 시대를 서로 달리하지만, 영남사람 이언적은 고향을 떠나 서울로 올라가면서, 기호사람 신익전은 서울을 떠나 영남으로 내려오면서 조령을 넘게 되었다. 이때 이들은 그 감회를 위와 같이 나타내었던 것이다. 영남의 선비들이 과거를 보러 올라가고, 기호의 선비들이 관리가 되어 내려오던 것을 생각하면, 조령은 이 두 지역이 서로 회통하던 상징적 공간이었다는 것을 미루어 짐작할 수 있다.

영남학과 기호학의 회통은 속리산 기슭의 동서선유동에서 주로 이루어졌다. 충청도 괴산의 서선유동은 영남의 선비들이 유람하며 시문을 남겼고, 경상도 문경의 동선유동은 기호의 선비들이 유람하며 시문을 남겼다. 물론 이들은 각기 자신이 살고 있던 지역의 선유동을 선유동 혹은 내선유동이라고 하면서 더욱 많이 유람하며 시문을 남기지만, 산 너머의 외선유동도 함께 찾았다. 이러한 사정은 다음의 자료에서 확인할 수 있다.

(가) 외선유동도 문경 땅에 있는데, 화양동과의 거리는 50여 리이다. 이 또한 한덩어리의 바위가 골짜기를 이루었는데, 물이 바위 속에서 흘러나온다. 움푹 패인 곳은 물이 영롱하여 맑고 빼어남을 사랑할 만하였다. 규모는 내선유동과 비슷하지만, 기이하고 웅장한 점은 그에 미치지 못하니, 내선유동에 비하면 자제 항렬이 된다.[33]

32　申翊全, 『東江集』 권8, <鳥嶺二首>

(나) 矗立蒼玉屛　　치솟은 절벽 푸른 옥의 병풍
璀瓚水晶谷　　찬란한 수정같은 맑은 계곡이라네
奔流瀉其間　　세찬 물줄기가 그 사이에서 쏟아지니
奇壯三洞獨　　기이하고 장엄함이 삼동 중 으뜸일세[34]

(가)는 기호지역 문인인 김창협金昌協(1651-1708)이 쓴 <화양제승기華陽諸勝記>의 일부이다. 그는 문경의 선유동을 유람하고 이와 같이 기행문을 남겼던 것이다. 이 밖에도 <자송면향외선유동自松面向外仙遊洞>, <외선유동外仙遊洞> 등의 시를 남겼으며, 송병선宋秉璿(1836-1905) 등 기호의 다른 문인 역시 <유화양제명승기遊華陽諸名勝記>나 <학천정기鶴泉亭記> 등을 지어 영남 선유동에 대한 많은 관심을 드러낸다. 그런데 앞의 자료에서 주목할 만한 것은 김창협이 외선유동의 맑고 빼어남을 사랑할 만하기는 하지만 기이하고 장엄함의 측면에서는 내선유동에 비해 조금 모자란다며, 차별의식을 갖고 있다는 점이다. 이 같은 차별의식은 17세기 이후 기호학과 영남학이 분화되면서 이루어진 것으로 보아 특기할 만하다.[35]

(나)는 영남지역의 문인 남한조南漢朝(1744-1809)가 쓴 <외선유동>이라는 시다. 여기서 외선유동이라 함은 경상도에 있는 선유동이 내선유동이기 때문이다. 그는 문경의 선유동에 들어가 옥하정을 짓고 학문을 연마하면서 충북 괴산의 선유동을 방문하여 위와 같은 시를 지었던 것이다. 이 선유동 역시 영남의 많은 문인들이 찾아 아름다운 경치를 찬미하였는데, 이황李滉

33　金昌協, 『農巖集』 권23, <華陽諸勝記>, "外仙游洞, 亦聞慶地, 距華陽五十餘里, 亦全石爲洞, 水由石中行, 嵌空玲瓏, 淸絶可愛. 規模似內仙游, 而奇壯不及, 當爲子弟行矣."

34　南漢朝, 『損齋集』 권1, <外仙遊洞>

35　16세기까지 화양동과 동서 선유동을 합하여 '선유팔경'이라며 같은 선유동으로 인식하였다. 그러나 17세기 이후 학파가 분화되면서 선유동이 동서로 나누어지고, 또한 화양동과 선유동으로 나누어졌다.

(1501-1570), 구봉령具鳳齡(1526-1586), 이준李埈(1560-1635), 정경세鄭經世(1563-1633), 정태진丁泰鎭(1876-1956) 등이 대표적이다. 특히 정태진은 <외선유구경外仙遊九景>을 짓는 등 각별한 관심을 보이기도 했다.

셋째, 자연과 인간, 그리고 건축물과 문학이 조화를 이루며 일련의 문화를 구성하고 있다. 구곡과 동천은 우리나라의 대표적인 전통명승이다. 이 같은 명승이 으레 그렇듯이 이곳에 명인이 숨어들어 정자를 짓고, 자연과 건축과 인간의 관계를 생각하며 다양한 문학작품을 창작하였고, 이로써 고도한 심미의식을 형상하였다. 그리고 이를 그림으로 그려 와유의 자료로 삼기도 한다. 문경과 상주 지역의 구곡동천 문화 역시 마찬가지다. 여기에도 자연과 문학과 건축이 일체감을 이루며 일련의 문화를 만들고 있기 때문이다. 우선 다음 자료를 보자.

기미년 가을, 비로소 재료를 모아서 건축을 시작하여 다음 해 늦은 봄에 공사를 마쳤으니, 뒤쪽은 실室이고 앞쪽은 헌軒인데 합하여 세 칸이다. 재齋는 졸수拙修라 하고 헌軒은 한계寒溪라 하였는데 총괄해서 이름을 존도서와尊道書窩라 하였다. 그 가운데 거처하고 도서를 좌우에 비치하여 정신과 심성을 기르니, 대개 장차 이곳에서 늙어 죽을 수 있거늘 세상의 어떤 즐거움이 이보다 나을 수 있는지를 모르겠다. 졸수재가 높아 달이 가장 많이 들어오는 데는 때로 작은 구름이 모두 사라지면 날씨가 맑고 밝아 달빛이 집에 가득히 비친다. 일어나 멀리 바라보면 시내의 여울이 훤히 밝고 들판이 멀리 트이며 동남쪽의 이어진 산들이 안개와 이내 속에 은연히 비친다. 아득한 가운데 깨닫지 못하는 사이에 기쁘고도 상쾌하며 경치와 마음이 합하는지라 그 즐거움을 말로써 형용하여 다른 사람에게 알릴 수 없다.[36]

36 權相一, 『淸臺集』 권11, <尊道書窩記>, "己未秋, 始鳩材營建, 翌年暮春訖功, 而後室前軒合三間. 齋曰拙修, 軒曰寒溪, 總而名之曰, 尊道書窩. 日寢處於其中, 左圖右書, 頤神養性, 蓋將終老於此,

위의 글은 권상일이 쓴 <존도서와기尊道書窩記>의 일부이다. 그는 이황의 사숙제자로 청대구곡을 경영하였다. 청대구곡이 물을 거슬러 오르며 지정되지 않았다는 점에서 주자의 무이구곡이나 조선의 여타 구곡과 다르지만, 제5곡에 정사를 지은 것은 주자와 동일하다. 권상일은 제5곡을 농청대[37]로 설정하였는데, 여기에 '존도서와'라는 집을 지었던 것이다. 건축연대는 1739년(영조 15)이다. 기문도 썼는데, 마을의 이름을 모방하여 '존存'을 '존尊'으로 고쳐 정자의 이름을 삼았는데 '존덕성尊德性'과 '도문학道問學'을 위함이었다. 이러한 사실은 위의 자료에서도 충분히 제시되어 있는바, 구곡 속에 지은 그의 존도서와가 무엇을 표방하고 있는지를 바로 알 수 있게 한다.[38] 민우식의 <사우정기四友亭記>도 같은 방향에서 읽힌다.

> 문경 남쪽 60리 지점에 한 언덕이 있는데 쌍룡雙龍이라 한다. 화산華山이 그 북쪽에 있고 영수潁水가 그 동쪽에 흐른다. 함께 덕을 볼 만한 기이한 경관과 특이한 흥취가 특별히 없다. 그러나 지상에는 고산유수高山流水가 있고, 하늘에는 청풍명월淸風明月을 함께할 따름이니, 진실로 은자가 노닐고 군자가 살기에 합당하다. …… 불초한 내가 선친께서 뜻을 이루지 못한 것을 두려워하여, 지난 계해년 가을에 정자 몇 칸을 짓고, 내가 손수 사우정四友亭과 고산유수高山流水·청풍명월淸風明月을 써서 걸었다. 그리고 구곡과 쌍계수석과 사우산림四友

而不知世間何樂可以勝於此也. 齋高得月最多, 有時纖雲掃盡, 天氣清朗, 月光流滿於一室, 起而遠望, 則川灘虛明, 原野遼廓, 東南列峀, 隱暎於煙嵐杳茫之中, 不覺欣然灑然, 景與意會, 其樂不可以形於言而告於人也."

37 농청재는 경상북도 문경시 산양면 존도1리 346번지에 있다.

38 그는 여기서 나아가 이 정자의 주변을 새롭게 명명하며 35수가 되는 시를 지어 기리기도 했다. 이에 대하여 <존도서와기>에서 "이 집이 아직 이루어지지 않았는데, 이미 이 집을 위하여 사물과 경치를 좇아서 각각 이름을 지었는데 시를 지은 것이 무릇 35수였다. 그리고 魚潭을 觀魚로 고치고, 龜巖을 望楸로 고쳤으니 대체로 그 땅으로 인하여 나온 것이다."라고 하였다. 이를 통해 우리는 자연이 어떻게 문화화 되는가 하는 점을 바로 알 수 있게 된다.

山林을 명명하여 바위에 새겼다.[39]

사우정의 사우는 '산山'과 '물[水]', 그리고 '바람[風]'과 '달[月]'이다. 민우식은 앞의 둘은 지상에 있고 뒤의 둘은 하늘에 있다고 하면서, 그의 선고 민영석閔泳奭(1868-1920)이 경술국치를 맞아 이곳 쌍룡에 찾아들어 흉금을 토로하였다고 한다. 이에 선고의 뜻을 이루기 위하여 사우정을 짓고 관련 글귀를 돌에 새긴다고도 했다. 현재 사우정은 쌍룡구곡의 제3곡 우연于淵에 위치한다. 정자의 좌우로 위의 자료에서 보이는 '고산유수高山流水', '청풍명월淸風明月' 등의 글귀를 바위에 새겨 추모의 뜻을 보이면서도, 구곡시를 지어 천리유행天理流行의 묘리를 드러냈다. 이로써 자연과 인간, 건축과 문학이 어떻게 조화를 이루며 문화적 의미로 다시 태어나는지를 보여주었다.

이 밖에도 구곡동천 문화는 자연과 인간이 소통하는 생태주의적 요소가 깊이 내재되어 있다. 생태주의는 인간과 문명의 오만을 비판한다. 따라서 생태주의자는 인간이 자행하는 자연파괴와 환경오염의 바탕에 인간이 자신을 자연과 분리시켜 자연을 정복하려는 생각이 깔려 있다고 지적한다. 때문에 그들은 인간과 자연, 혹은 인간과 인간의 관계가 지배와 복종의 관계에 있다는 생각을 거부한다. 조화적 질서 속에서 서로의 삶이 하나의 유기체로 구성되어 있다고 보고 자신과 함께 상대를 존중한다. 이러한 관점에서 볼 때, 특히 구곡의 조성과 그 경영에는 인간이 자연을 존중하고 그 속에서 이치를 발견해 가던 모습을 확인할 수 있어 중요하다.

백두대간 속리산권에 위치하고 있는 문경과 상주, 특히 문경지역에는 구곡동천 문화가 집중해 있다. 이에 대한 의미는 여러 가지로 제시할 수 있을

39 閔禹植, 『華雲遺稿』 권1, <四友亭記>

것이나, 일상과 이상의 통합지점이 나타난다는 점, 영남학과 기호학이 상호 회통하는 지점을 확인할 수 있다는 점, 자연과 인간 혹은 건축물과 문학이 조화를 이루며 일련의 문화를 구성하고 있다는 점 등은 그 대표적이다. 여기에는 물론 구곡동천 문화가 지닌 일반적인 것도 있고, 문경과 상주 지역 구곡동천만 갖는 특수한 것도 있다. 이 같은 일반성과 특수성은 성리학적 일반성과 지역적 특수성에 기인하는 것인바, 모두가 오늘날 우리 시대에 있어 유의미한 것으로 활용 가능한 것들이다. 이에 대한 진지한 접근이 현재 우리 앞에 놓인 중대한 과제라 하지 않을 수 없다.

## 5. 맺음말

오늘날 우리가 살고 있는 시대는 문명사적 위기로 인해 근대성이 끊임없이 도전받고 있다. 따라서 근대를 이끈 기계적 세계관에 대하여 일정한 비판을 가하면서, 유기체적 세계관에 입각한 전근대의 가치를 재인식하자며 사고의 전환을 요청받기도 한다. 이로써 미래 비전을 제시할 수 있기 때문이라 한다. 근대성은 부분을 강조하는 기계적 세계관을 근거로 인간의 주체성을 극대화하는 방향으로 전개되어 갔다. 근대의 이러한 부분을 비판적으로 검토하고, 이를 극복하는 논리를 전체의 질서 속에서 인간을 이해하고자 하는 유기체적 세계관에서 찾자는 것이었다. 전근대에 대한 가치의 재인식은 이로써 가능해질 수 있다는 것이다.

전근대적 가치의 핵심이 구곡동천 문화에 있다고 해도 과언이 아니다. 유기체적 세계관은 세계를 하나의 생명체로 인식하는 것에 기반한다. 생명체는 시공간적으로 연속되어 있어 분리가 되지 않으며, 부분과 부분이 서로 의존하고 있으며, 또한 부분과 전체의 동시성과 함께 위계 구조를 지닌다.[40] 이로 볼 때, 자연과 인간이 하나의 전체로서 공존하고 상생하며, 인간이 자연과 상호 소통하면서 합일의 서정을 만들어낸다. 이러한 합일의 서정은 구곡동천 문화와 그 자연의식에 깊이 내장되어 있는 천인합일과 다름없다. 예컨대 다음 자료를 보자.

(가) 玲瓏百畝玉　　영롱한 백 이랑의 옥 같은 바위
濯以淸淸泉　　맑디맑은 샘물로 깨끗이 씻었다네
坐到山將暮　　앉아서 산이 장차 저물녘이 되었는데도
不知日似年　　하루가 일 년 같은 줄 알지 못했네
幽花爲映拂　　그윽한 꽃은 예쁜 자태로
古壁相新鮮　　오래된 벽에 싱그럽게 피어있네
長嘯倚藜杖　　길게 휘파람 불며 청려장 짚고 있노라니
林風來爽然　　숲속의 바람 상쾌하게 불어오네[41]

(나) 白石瀉白水　　흰 바위 흰 물결을 쏟아내
瀅澈白雲谷　　맑디맑은 백운 계곡 만들었네
此心亦虛白　　이 마음 또한 텅 비고 희니
同爾惟我獨　　너와 함께할 이는 오직 나뿐이리[42]

(가)는 오원吳瑗(1700-1740)이 문경의 선유동을 읊은 <외선유동>이다. 그는 이재李縡(1680-1746)의 문인으로 그의 어머니가 김창협의 딸이다. 즉 오원은

40 이상익, 『유가사회철학연구』, 심산, 2001, 19-20쪽 참조.
41 吳瑗, 『月谷集』 권1, <外僊遊洞>
42 鄭宗魯, 『立齋集』 권2, <白雲臺>

기호의 선비로서 문경의 선유동을 유람하면서 천인합일의 심상을 적극적으로 드러내고 있었던 것이다. 옥 같은 바위 곁을 흐르는 맑디맑은 물, 이러한 청정한 공간에서 마음을 씻으며 시간의 통제를 잊어버린다. 함련에서 보인 저물녘이 오는 줄도 모르고 앉아서 하루를 일 년과 동일시 한 것에서 이를 확인할 수 있다. 자연과 완전히 화합된 상태였던 것이다. 우리는 여기서 자연과 인간 사이에서 어떠한 간극도 발견할 수가 없게 된다.

(나)는 정종로鄭宗魯(1738-1816)가 쓴 <백운대>이다. 그는 내외선유동 등 기호와 영남을 드나들며 승경에 대하여 노래하였는데, 희양산 기슭을 유람하면서 지었다. 여기서 보듯이 흰 바위, 흰 물결, 이를 통해 만들어진 백운곡白雲谷을 제시하며 '백'으로 통일된 자연을 노래했다. 그리고 인간을 떠올리고, 자신의 마음 역시 '허백虛白'으로 표현하며, '너와 함께할 이는 오직 나 뿐'이라며 자연과 인간의 합일적 서정을 적극 표출하였다. 우리는 여기서 정종로가 가진 유기체적 세계관 내지 자연과 인간의 합일 심태心態를 읽게 된다.

공존과 상생은 속리산권 구곡동천 문화가 보여주는 가장 중요한 미래적 요소이다. 자연을 통해서 인간은 답답한 마음을 풀기도 하고[창신暢神], 인간이 가진 도덕적 이상을 자연에 비유[비덕比德]하기도 한다. 이러한 측면에서 문경의 선유동은 우리 시대에 있어 매우 중요한 메시지를 전한다. 속리산 불한령不寒嶺을 중심으로 영남지역과 기호지역이 같은 이름의 선유동을 갖고 화합 내지 통합적 의미로 극대화할 수 있기 때문이다. 이에 대하여 정경세鄭經世(1563-1633)는 다음과 같이 지적한 바 있다.

(가) 兩仙遊洞好相隣　두 선유동 사이좋게 서로 이웃했나니
只隔中間一嶺雲　다만 중간에 한 고개의 구름만이 떠가네
莫把名區評甲乙　명승지를 두고 우열을 가리지 말라

天將水石與平分 하늘이 시내와 돌을 공평이 나눈 것을

(나) 불한령不寒嶺 동쪽은 문경聞慶 땅이고 서쪽은 청주淸州 땅이다. 두 곳에 모두 수석이 아름다운 곳이 있어서 함께 선유동仙遊洞이라고 부른다. 서로 간의 거리는 겨우 이십 리 남짓으로, 유람하는 자들이 서로 자신들이 있는 곳이 더 좋다고 하여 어느 곳이 더 좋다고 정할 수가 없다.[43]

당시의 사람들은 영남 문경의 선유동과 충청 괴산의 선유동을 즐겨 비교하였다. 앞에서 보았듯이 김창협과 송병선 역시 이러한 태도를 갖고 있었다. 그러나 정경세는 선유동 사이에 있는 불한령에 구름만 흘러갈 뿐 선유동은 사이좋게 이웃하고 있다고 했다. 하늘이 산수를 공평하게 나누어준 것이니 명승지를 두고 우열을 가리지 말라고 하였다. 이것은 선유동이라는 자연을 두고 이야기 한 것이지만, 정경세는 이를 통해 기호와 영남의 정신적 통합을 이룩하려고 했을 것임이 분명하다. 그 스스로는 당대의 대표적인 노론이었던 송준길宋浚吉(1606-1672)을 사위로 맞이하지 않았던가. 이 같은 통합의 회통의식이 속리산 문화권, 특히 문경과 상주 지역에 있었다. 미래적 가치를 두고 볼 때, 대통합의 회통성은 분열과 갈등의 시대를 사는 우리 사회에 있어 매우 긴요한 요소가 아닐 수 없다. 그렇다면 이를 위해 우리는 무엇을 할 수 있는가.

첫째, 속리산권 구곡동천이 지닌 인문학적 가치와 의미를 생각하면서 세계유산으로 등재하는 일이다. 세계유산은 탁월한 보편적 가치를 지닌 문화유산·자연유산·문화와 자연의 복합형 유산으로 구분된다. 이로 볼 때 구곡동

43 鄭經世, 『愚伏集』 권2, <題東仙遊洞盤石>, "不寒嶺以東爲聞慶地, 以西爲淸州地, 兩處皆有水石之勝, 而俱名仙遊洞, 相去僅二十里, 遊賞者互有左右, 卒莫能定也."

천은 탈근대 담론에서 제시하는 전근대적 가치의 핵심이 있을 뿐만 아니라 전통시대의 동양적 이상세계 또한 제시되어 있다. 자연과 인간이 상호 소통하는 지점 역시 확인할 수 있다. 특히 문경지역의 구곡동천은 이러한 요소를 다수 확보하고 있어 등재를 위한 요건을 충분히 갖추었다고 본다.

무엇보다 이 지역의 구곡동천 문화는 한 지역에서 다양한 형태의 문화를 갖추고 있어 특별한 주목을 요한다. 구곡문화의 경우 중국에는 무이구곡이 거의 유일한 상태다. 한국의 경우에는 주자학의 전래와 발전에서 보여주는 것처럼 다양한 변화와 발전을 보인다. 이러한 측면에 문경과 상주 일대는 그 표본이 되기에 충분하다. 주자 무이구곡을 본받은 것도 있지만, 이에 대한 경영과 작시는 다른 방향으로 전개되기도 했기 때문이다. 이것은 성리학의 한국적 전개과정과 일정한 관련성을 갖는다. 세계유산 등재는 동아시아의 정신사 속에서 한국적인 것을 이해하는 데 있어서도 매우 의미있는 일이라 할 것이다.

둘째, 구곡동천 문화에 대한 조사와 연구는 문경과 상주는 물론이고 영남을 넘어 한국 전역으로 확대되어 마땅하다. 백두대간 속리산권 동천구곡 문화가 여러 측면에서 긴요하기는 하지만, 이 문화가 이 지역의 전유물이 아니다. 이 때문에 영남지역은 물론이고 한국 전역으로 확대되어야 한다. 날이 갈수록 개발이라는 미명 하에 자연이 파괴되어 가고 또한 오염되어 가는 오늘날, 이에 대한 확대 조사와 연구는 시급한 일이라 하지 않을 수 없다. 관련 기록 자료를 수집하여 자료집을 만들고 이를 토대로 번역하는 일이 잇따라야 할 것이다.

동아시아 구곡문화의 경우, 현재 우리나라에서 그 정수가 남아 있다고 해도 과언이 아니다. 조선에서 가장 이른 시기인 15세기에 박귀원朴龜元(1442-1506)이 고야구곡古射九曲(밀양)을, 박하담朴河淡(1479-1560)이 운문구곡雲門九曲(청도)을 조성한 이래, 현재 명칭이 확인된 곳만 하더라도 170곳을 거의 육박하는 것으로 보고되고 있다. 이러한 이학유적理學遺迹은 세계에서 보기 드문 현상이라 하지 않을 수 없다. 조선의 선비들은 이를 통해 도학적 이상세계를 꿈꾸었으며, 자기 정체성을 확인하며 자연과 인간에 대한 탐구를 지속하였던 것이다.

셋째, 구곡동천 문화를 중심으로 문화관광을 개발하여 대중들의 문화적 향유가 가능할 수 있도록 하는 것이 마땅하다. 오늘날 우리 시대의 분위기 가운데 하나는, 이론적 지식에서 문화적 향유에로의 전환일 것이다. 이론적 지식은 학문적 체계를 바탕으로 기억하고 사유하며 이에 따라 판단할 수 있게 한다. 그러나 문화는 인간에 의해 획득된 능력과 관습의 복합적 총체이다. 따라서 문화는 행위를 특별히 강조하면서, 이 행위들이 갖는 총체적인 의미에 더 많은 가치를 부여한다. 이는 이론적 지식이 공허한 관념의 창고에 적재되는 것을 비판하는 입장에서 일상생활의 보편적 의미를 새롭게 인식하려는 것이다. 이 때문에 자연에 대한 문화론적인 접근은 일상의 활동 공간에서 향유할 수 있게 한다.

우리가 살고 있는 공간은 어디나 동천이 있고, 가까이에 또한 구곡이 있다. 이를 염두에 둔다면 이에 대한 문화를 새롭게 구성하며 향유할 수 있어야 한다. 이것은 구곡문화에 대한 이해를 훨씬 뛰어넘어 생활 속에서 즐기는 방식으로 전개되어야 한다. 선유동과 우복동천은 많은 전설을 확보하고 있어 이를 중심으로 스토리텔링도 구성할 수 있어야 한다. 또한 선비들이 물을 거슬러 올라가며 구곡을 설정하고, 기행문을 쓰고 구곡도를 그리며 와유臥遊나 좌완坐玩을 하려고 하였던 사실을 주목하면서 당대적 문화를 재현할 필요도 있다. 구곡문화 공간이 이학적理學的 요소가 짙게 밴 승경을 중심으로 형성되어 있다는 것을 감안할 때, 우리의 문화관광은 그 품격을 더욱 높일 수 있을 것임에 틀림이 없다.

구곡동천 문화는 자연과 인간의 통합성을 지향하면서도 품격있는 일상문화를 새롭게 구성할 수 있게 한다. 명승을 통해 이들이 설정되어 있을 뿐만 아니라, 문학과 건축학, 회화와 지리학을 아우르게 한다. 따라서 이 문화는 분과학문이 지닌 한계를 인식하면서 학제적 접근을 요구한다. 이것은 분과학문 내적인 학문적 벽을 허물고 학문과 생활이라는 이원성을 통합하면서, 우주를 하나의 유기체로 인식할 수 있게 한다. 바로 이러한 측면에서 구곡동천 문화에 대한 접근은 지역적 구체성과 전국적 종합성을 동시에 성취하면서, 아울러 세계성을 확보하는 방향으로 진행되어야 할 것으로 본다.

# 제4장 경북지역의 대표적 구곡 문화

## 1. 머리말

근대의 직선문화가 갖는 피로감을 전근대의 곡선문화로 치유할 수 없을까? 이러한 문제의식을 지니게 되면 자연스럽게 전근대의 구곡문화를 떠올리게 된다. 단순하게 떠올리는 것이 아니라 재발견하기도 한다. 잊혀진 과거의 것으로 현재의 것을 극복해 미래에 어떤 비전을 제시하는 것이니, 그 과거는 자연스럽게 오래된 미래가 된다. 구곡문화가 갖는 다양한 이미지, 예컨대, 자연과 인간의 심성론적 소통, 개울을 중심으로 설정된 산수의 아름다움, 청량하게 들려오는 물소리 등은 세속적 피로감을 풀어주는 동시에, 어떤 새로운 각성을 선사하기도 한다. 구곡문화는 또한 조선시대 선비들을 중심으로 형성되었으니, 이들의 진지한 삶에 대한 태도도 감지할 수 있다.

조선의 선비들은 주자의 무이구곡을 다양한 방식으로 수용하였다. 구곡비평을 시행하며 주자의 <무이도가>를 제대로 이해하기 위하여 노력하기도 하고, 구곡시가를 지어 주자의 생각을 따르고자 하기도 했으며, 구곡원림을 조성하며 주자처럼 살기를 희망하기도 했다. 뿐만 아니라 구곡도를 그려 무이산을 상상하거나 그 자신 혹은 선조가 설정한 구곡을 기념하며 구곡을 조선화하기도 했다. 이 같은 한국의 구곡문화는 중국의 그것에 비해 훨씬 다양하고 풍부한 것이었다. 이것은 주자학의 한국적 토착화가 한국의 자연 및 사상적 환경에 따라 매우 다양하게 전개되어왔다는 것을 의미한다.

지금까지 구체적인 장소가 확인되는 한국의 구곡은 77개소이며, 그 이름만 전하는 것을 포함하면 167개소나 된다. 영남지역이 중심으로 전국에 산재해 있다. 이러한 사실은 구곡문화가 한국문화를 구성하는 매우 중요한 요소라는 것을 의미한다. 한국의 구곡 가운데서도 경상북도는 그 질과 양의 측면에서 여타의 시도를 압도한다. 이는 유교문화가 이 지역에서 가장 성숙되어 있음을 말하며, 현재까지 이 문화가 가장 많이 살아 있다는 것을 의미한다. 따라서 구곡문화를 중심으로 위기에 봉착한 현대의 다양한 병리현상을 극복하는 데 있어 어떤 메시지를 발견할 수도 있다.

그동안 구곡문화에 대한 관심은 지속적으로 나타났고, 연구사까지 제출되어 있는 상황이다.[1] 학계의 이러한 움직임에 발맞추어 지역의 문화원을 중심으로 지방자치단체에서도 이것의 활용방안을 꾸준히 모색하고 있으며, 2006년에는 경상대연구팀을 중심으로 전국적 범위에서 전통명승 동천구곡이 조사된 바 있고,[2] 이 연구팀에서는 이를 더욱 심화하고 발전시켜 백두대간 속리산권 문경-상주간 구곡문화 지구에 대한 세계유산 등재추진을 위한 기본구상을 보고한 바 있으며,[3] 구체적으로는 경상북도 차원에서 구곡문화의 세계유산 등재추진을 위한 타당성 조사와 기본구상을 제출한 바 있다.[4] 이 글은

1 이종호, 「구곡연구의 성과와 전망」, 『한국사상과 문화』 50, 한국사상문화학회, 2009 ; 「한국 구곡문화 연구의 현황과 과제」, 『안동학연구』 10, 한국국학진흥원, 2011.

2 『2006 전통명승 동천구곡 조사보고서』(연구책임자 김덕현), 문화재청, 2007.

3 『백두대간 속리산권 문경-상주구간 구곡문화지구 세계유산 등재추진을 위한 타당성 조사와 기본구상』(연구책임자 김덕현), 경상북도·상주시·문경시·경상대연구팀, 2012.12.

4 『백두대간 경북권 구곡문화지구 세계유산 등재 추진을 위한 타당성 조사 및 기본구상』(연구책임자 기근도), 경상북도·경상대학교연구팀, 2013.9.

이러한 연구성과를 적극 수용하는 입장에 있다.

본 논의는 한국의 구곡원림이 어떤 양상으로 존재하며, 이 가운데 세계유산 등재를 위한 경북의 대표 구곡은 무엇인가를 구체적으로 밝힌 것이다. 이를 위하여 먼저 한국의 구곡원림을 분류할 것이다. 이것은 주자의 그것을 그대로 따르는 것과 그렇지 않은 것으로 대별되고, 그렇지 않은 것은 또한 다양한 방식의 독자성을 지닐 것으로 예상된다. 다음으로 세계 유산적 가치가 있는 경북의 대표적 구곡을 몇 가지 기준에 의거하여 추출하게 될 것이다. 이렇게 추출된 몇 개의 구곡을 자세하게 분석하여 그 실상을 드러낼 것이다. 마지막으로는 앞의 논의를 바탕으로 경북 구곡문화의 문화사적 의미를 제시할 것이다. 이로써 경북의 구곡문화가 갖는 의미는 더욱 분명해질 것으로 본다.

## 2. 구곡원림의 양상과 변이

구곡시가 주자의 구곡시를 그대로 차운한 경우가 정격이라 한다면, 여러 가지로 형태로 변화된 것은 변격이라 할 것이다. 구곡시가 그러하듯 구곡원림 역시 정격형과 변격형이 있다. 주자는 무이산에 흐르는 물길을 거슬러 오르며 아홉 굽이를 설정하고 명명하였다. 제1곡은 승진동升眞洞, 제2곡은 옥녀봉玉女峯, 제3곡은 선기암仙機岩, 제4곡은 금계동金雞洞, 제5곡은 무이정사武夷精舍, 제6곡은 선장봉仙掌峯, 제7곡은 석당사石唐寺, 제8곡은 고루암鼓樓岩, 제9곡은 신촌시新村市이다. 이러한 주자의 구곡원림을 원형 그대로 수용한 정격형이 발생하게 되고, 이것을 모방하되 전혀 다른 측면에서 곡을 설정하여 경영한 변격형이 발생하게 된다. 본 장에서는 이러한 사정을 살펴보고자 한다.

### 1) 정격형 구곡원림

한국의 구곡은 물을 거슬러 올라가면서 설정된 정격형이 가장 많다. 지금까지 알려진 우리나라 최초의 구곡원림은 박귀원朴龜元(1442-1506)의 <고야구곡姑射九曲>이다.[5] 이 구곡은 밀양시 단장면 고례리에 설정된 것이다. 박귀원의 행장에, "산수가 맑고 빼어나며 굽이도는 지형이 아홉 굽이인 것이 주부자가 은거한 곳과 닮은 점이 있기 때문에 <도가櫂歌> 한 편을 차운하여 그 뜻을 깃들게 했다."라고 밝혀 놓고 있듯이, 그는 벼슬의 뜻을 접고 고향 주변에 주자의 무이구곡을 모방하여 <고야구곡>을 경영하였던 것이다. 밀양은 김종직金宗直(1431-1429)이라는 사림의 종장이 살았던 곳이고 그와의 교유과정에서 자연스럽게 구곡문화가 형성되었다는 것을 알 수 있다. 이것은 다시 사림파의 성향이 농후한 청도지역에 조성된 박하담朴河淡(1479-1560)의 <운문구곡雲門九曲>으로 이어지게 된다. 김종직의 작품에도 구곡원림의 정격형이 제시되어 있어 주목할 필요가 있다.

九曲飛流激怒雷　아홉 굽이 흐르는 물이 우레처럼 부딪치니
落紅無數逐波來　떨어진 꽃 수없이 물결 따라 내려오누나
半生不識桃源路　반평생 동안에 도원의 길을 몰랐으니
今日應遭物色猜　오늘에 응당 물색의 시기함을 만나리라[6]

김종직은 이 시에서 홍류동의 원두 지역을 제9곡으로 인식하고, 반평생을 도원桃源의 길을 찾았다고 했다. 이러한 발상은 구곡시가 어부의 도화원 찾기

---

5　이에 대해서는 김문기, 「朴龜元의 姑射九曲 園林과 姑射九曲詩」(『퇴계학과 유교문화』 52, 경북대 퇴계연구소, 2013)에서 다루었다.

6　金宗直, 『佔畢齋集』 권14, <紅流洞>

방식으로 되어 있는 도잠陶潛(365-427)의 <도화원기桃花源記>에 근거한다. 우리는 여기서 구곡문화가 유가의 도가 수용과정에서 나타난 것이면서, 동시에 성리학자들이 추구한 새로운 방식의 이상구현이었다는 사실을 알게 된다. 즉 주자는 도원을 염두에 두고 물을 거슬러 오르면서 성리학적 구곡을 설정한 것으로 보이며, 이것을 조선의 주자학자들이 적극 수용했다는 것이다. 이 속에는 물론 주자의 무이정사처럼 자신이 강학처가 있었다. 다음은 우리나라 구곡문화의 대종을 이루는 정격형 구곡인데, 몇 가지 사례만 들어본다.

| 시군 | 구곡원림명 | 설정·경영자 | 구곡의 각곡별 명칭 |
|---|---|---|---|
| 경기 양평 | 蘗溪九曲 | 이항로 (1792-1868) | 외수입(제1곡), 내수입(제2곡), 형지터(제3곡), 용소(제4곡), 별소(제5곡), 분설담(제6곡), 석문(제7곡), 속야천(제8곡), 일주(제9곡) |
| 강원 화천 | 谷雲九曲 | 김수증 (1624-1701) | 방화계(제1곡), 청옥협(제2곡), 신녀협(제3곡), 백운담(제4곡), 명옥뢰(제5곡), 와룡담(제6곡), 명월계(제7곡), 융의연(제8곡), 첩석대(제9곡) |
| 충북 옥천 | 栗原九曲 | 조헌 (1544-1592) | 금천(제1곡), 장현봉(제2곡), 임정(제3곡), 창병(제4곡), 동남곡(제5곡), 석문(제6곡), 은병(제7곡), 환산성(제8곡), 삼봉(제9곡) |
| 충남 예산 | 伽倻九曲 | 윤봉구 (1681-1767) | 관어대(제1곡), 옥병계(제2곡), 습운천(제3곡), 석문담(제4곡), 영화담(제5곡), 탁석천(제6곡), 와룡담(제7곡), 고운벽(제8곡), 옥량폭(제9곡) |
| 전북 남원 | 龍湖九曲 | 미상 | 송력동(제1곡), 옥룡추(제2곡), 학서암(제3곡), 서암(제4곡), 유선대(제5곡), 지주대(제6곡), 비폭동(제7곡), 경천벽(제8곡) 교룡담(제9곡) |
| 전남 곡성 | 淸流九曲 | 정순태 (?-1916) 조병순 (1876-1921) | 쇄연문(제1곡), 무태동천(제2곡), 대천벽(제3곡), 단심대(제4곡), 요요대(제5곡), 대은병(제6곡), 모원대(제7곡), 해동무이(제8곡), 소도원(제9곡) |
| 경북 봉화 | 春陽九曲 | 이한응 (1778-1864) | 어은(제1곡), 사미정(제2곡), 풍대(제3곡), 연지(제4곡), 창애(제5곡), 쌍호(제6곡), 서담(제7곡), 한수정(제8곡), 도연서원(제9곡) |

| 시군 | 구곡원림명 | 설정·경영자 | 구곡의 각곡별 명칭 |
|---|---|---|---|
| 경남 산청 | 德山九曲 | 하범운 (1792-1858) | 수홍교(제1곡), 옥녀봉(제2곡), 농월담(제3곡), 낙화담(제4곡), 난가암(제5곡), 광풍헌(제6곡), 제월대(제7곡), 고루암(제8곡), 와룡폭(제9곡) |
| 부산 | 長田九曲 | 오기영 (1837-1917) | 미상 |
| 대구 | 聾淵九曲 | 최효술 (1786-1870) | 백석(제1곡), 영귀대(제2곡), 고연(제3곡), 농연(제4곡), 압로주(제5곡), 정락대(제6곡), 긍림대(제7곡), 귀암(제8곡), 용문(제9곡) |

위의 표에서 열거한 구곡은 지역별로 하나씩 제시한 것일 뿐 대표성을 지니고 있는 것은 아니다. 물을 거슬러 올라가면서 설정된 정격형이라는 공통점만 있다. 그러나 여기에는 '벽계구곡'처럼 그 명칭과 장소가 분명한 것도 있고, '율원구곡'처럼 이 분야에 애정을 가진 연구자가 시의 내용과 자연경관을 결합시켜 추론한 것도 있으며,[7] '장전구곡'처럼 여전히 미상인 채로 남아 있는 것도 있다. '가야구곡'에서 보이는 것처럼, 이들 구곡은 여러 사람들이 오랜 시간을 갖고 그 문화를 숙성시켜 온 곳도 있으며,[8] '덕산구곡'처럼 위로는 주자와 지역 현인을, 옆으로는 도산구곡을 의식하면서 설정된 것도 있어[9] 문화적 의미에서 한결같지는 않다.

7 이상주, 「趙憲의 栗原九曲과 栗原九曲詩」, 『중원문화연구』 10, 충북대 중원문화연구소, 2006.

8 '가야구곡'은 윤봉구가 구곡시를 지으면서 출발하였는데, 이 구곡의 명칭 가운데 옥병계, 석문담, 와룡담은 김진규(1658-1716)가 명명하고 손수 八分體로 써서 암석 표면에 새겨두기도 하였으며, 나머지 육곡은 아우 윤봉오(1688-1769)와 함께 玉溪 아래 복거한 후에 명명한 것이다. 이로써 구곡문화는 협동과정을 거친다는 것을 알 수 있다.

9 하범운의 '덕산구곡'은 정식이 설정한 '무이구곡'을 기반으로 설정한 것인데, 그 명칭도 제5곡과 제6곡이 약간 다를 뿐 동일하다. 또한 이 덕산구곡은 이야순의 요청을 받고 도산구곡시와 옥산구곡시를 의식하면서 창작한 것이다. 이에 대한 연구는 최석기, 「河範運의 三山九曲詩 창작배경과 德山九曲詩의 의미」(『남명학연구』 42, 경상대 남명학연구소, 2014)에서 이루어졌다.

## 2) 변격형 구곡원림

한국에 조성된 수많은 구곡원림이 모두 정격형을 유지하고 있는 것은 아니다. 이것은 주자학이 한국에 전래되어 주자 성리학의 어떤 부분을 더욱 주목하는가 하는 것에 따라 다양한 해석이 발생한 경우와 같은 이치이다. 기호학파와 영남학파 사이에 있었던 이기논쟁은 그 대표적이다. 이러한 논쟁은 주자학의 한국적 발전을 가져왔다는 측면에서 매우 중요한 의미를 지닌다. 주자학의 해석과정에서 발생했던 이러한 경향은 주자학의 한국적 토착화를 보여주는 유력한 사례가 되기 때문이다. 사정의 이러함은 구곡원림의 설정에 있어서도 마찬가지이다. 다양한 변격형이 그것인데, 이 부분을 몇 가지로 나누어 관찰해 보기로 하자.

첫째, 물을 따라 내려오면서 구곡이 설정된 경우이다. 물을 거슬러 오른다는 것은 매우 중요한 의미를 지닌다. 도잠의 <도화원기>에서 보이듯이 도화가 떠내려 온 곳을 거슬러 올라가 만나는 이상공간일 수 있기 때문이다. 주자는 이것을 적극적으로 받아들여 작품화했다. 그러나 작품에서는 이것과 전혀 다르게 성리학적 본성회복의 의미가 잠복 될 수 있게 했다. 물을 거슬러 올라간다는 것은 심성을 회복한다는 것을 가장 상징적으로 보여주는 것이기 때문이다. 조선의 선비들 역시 이에 따라 구곡을 설정하고 구곡시를 지었다. 그러나 이들의 성리학적 상상력은 여기에 함몰되지 않고 보다 자유로운 공간 상상력을 확보하고 있었다. 그 가운데 하나가 계류를 따라 내려가면서 구곡을 설정하며 주자의 <구곡도가>에 대한 차운시를 짓는 것이었다. 대표적인 작품은 다음과 같다.

* 청대구곡(권상일) : 제1곡 우암愚巖, 제2곡 벽정碧亭, 제3곡 죽림竹林, 제4

곡 가암佳巖, 제5곡 청대淸臺, 제6곡 구잔溝棧, 제7곡 관암觀巖, 제8곡 벌암筏巖, 제9곡 소호穌湖

* 죽계구곡(미상·신필하) : 제1곡 취한대翠寒臺, 제2곡 금성반석金城盤石, 제3곡 백자담柏子潭, 제4곡 이화동梨花洞, 제5곡 목욕담沐浴潭, 제6곡 청련동애靑蓮東崖, 제7곡 용추폭포龍湫瀑布, 제8곡 금당반석金堂盤石, 제9곡 중봉합류中峯合流

* 우이구곡(홍양호) : 제1곡 만경폭萬景瀑, 제2곡 적취병積翠屛, 제3곡 찬운봉攢雲峰, 제4곡 진의강振衣崗, 제5곡 세묵지洗墨池, 제6곡 월영담月影潭, 제7곡 탁영암濯纓巖, 제8곡 수재정水哉亭, 제9곡 재간정在澗亭

* 연하구곡(노성도) : 제1곡 탑암塔巖, 제2곡 뇌정암雷庭巖, 제3곡 형제암兄弟巖, 제4곡 전탄箋灘, 제5곡 사기암詞起巖, 제6곡 무담武潭, 제7곡 귀암龜巖, 제8곡 사담沙潭, 제9곡 병암屛巖

* 와룡산구곡(신성섭) : 제1곡 사수泗水, 제2곡 송도松濤, 제3곡 해랑海浪, 제4곡 용두龍頭, 제5곡 학림鶴林, 제6곡 계월溪月, 제7곡 백석탄白石灘, 제8곡 선사仙槎, 제9곡 청천晴川

* 운선구곡(오대익) : 제 1곡 대은담大隱潭, 제2곡 황정동黃庭洞, 제3곡 수운정水雲亭, 제4곡 연단굴煉丹窟, 제5곡 도광벽道光壁, 제6곡 사선대四仙臺, 제7곡 사인암舍人岩, 제8곡 선화동仙花洞, 제9곡 운선동雲仙洞

청대구곡淸臺九曲은 문경시와 예천군을 관통하는 금천에 설정된 원림으로 권상일權相一(1679-1760)이 경영한 것인데, 위쪽이 제1곡, 아래쪽이 제9곡으로 설정되어 있어 정격형과는 정반대다. 죽계구곡竹溪九曲은 영주시 순흥면 배점리 죽계천에 설정된 원림으로 누가 경영한 것인지 분명치 않다. 그러나 순흥부사 신필하申弼夏(1715-1715)가 위쪽을 제1곡, 아래쪽을 제9곡으로 보아 이를 돌에 새김으로써 하나의 특징을 이루게 했다. 홍양호洪良浩(1724-1802)가 벼슬을 접고 지금의 서울시 강북구 우이동으로 들어가 설정한 우이구곡牛耳九曲과 노성도盧性度(1819-1893)가 충북 괴산군 연하동천에 설정한 연하구곡煙霞九曲, 신성섭申聖燮(1882-1959)이 대구의 금호강을 따라 설정한 와룡산구곡臥龍山九曲, 오대익吳大益(1729-1803)이 충북 단양의 남조천을 따라 설정한 운선구곡雲仙九曲 역시 역방향이다.[10] 구곡설정의 한국적 토착화 과정을 보여주는 대표적 사례라 할 것이다.

둘째, 구곡을 두 줄기의 계류를 활용하여 설정한 경우이다. 구곡원림을 단선으로 만들기도 하고 복선으로 만들기도 한다. 무이구곡이 그러하듯 구곡의 정격형은 하나의 계류를 단선적으로 선택해서 설정한다. 물줄기를 거슬러 오르며 원두에 이르는 길을 가장 쉽고 분명하게 제시할 수 있기 때문이다. 기호지역과 영남지역을 가리지 않고 우리가 알고 있는 거의 대부분의 구곡은 이 기본형을 지킨다. 이른 시기 밀양에 설정한 박귀원朴龜元(1442-1506)의 고야구곡古射九曲과 청도에 설정한 박하담朴河淡(1479-1560)의 운문구곡雲門九曲으로부터 조선말기까지 지속적으로 조성된 구곡원림은 거의 단선이었다. 그러나 민우식閔禹植(1885-1973)이 문경에 설정한 쌍룡구곡雙龍九曲은 그렇지 않다. 구체적인 명칭은 다음과 같다.

> 제1곡 입문入門, 제2곡 지도석志道石, 제3곡 우연于淵, 제4곡 여천대戾天臺, 제5곡 방화동放化洞, 제6곡 안도석安道石, 제7곡 낙경대樂耕臺, 제8곡 광명암廣明巖, 제9곡 홍류동紅流洞

위는 민우식이 문경시 농암면 쌍룡계곡에 설정한 원림구곡이다. 이 구곡은 두 계곡에 걸쳐 설정되어 있다는 점에서 여타의 구곡과 현저히 다르다.

---

10 『선성지』에는 예안구곡 또는 예안십사곡이 있어 이 역시 상류로부터 물길을 따라 내려오며 설정되었다고 한다.

쌍룡계곡은 도장산 기슭의 농암천과 내서천으로 이루어지는데, 이 두 줄기 물의 합수지점에서 약간 아래쪽에 설정된 것이 제1곡 '입문'이다. 이렇게 제1곡을 설정한 후 제2곡에서 제6곡까지는 오른쪽의 농암천에, 제7곡에서 제9곡까지는 왼쪽의 내서천에 설정하고 있다. 쌍룡은 계곡 둘을 용으로 표현한 것인데, 민우식은 입문을 '입도문入道門'으로 생각하며 입도차제入道次第의 논리에 따라 이 계곡에서 진리의 세계를 구현하고자 하였다. 민우식이 자신의 은거처인 쌍룡계곡의 환경을 충분히 활용하면서, 성리학적 이념을 실천하고자 했던 결과라 하겠다.

셋째, 구곡을 오곡 혹은 칠곡으로 축소하거나 십삼곡으로 확대하여 설정한 경우이다.[11] 구곡에서의 숫자 9는 양수陽數의 끝으로 궁극을 의미한다. 이 때문에 『초사楚辭』 「구변九辨」에서는 "구는 양의 수이면서 도의 근본이다."[12] 라고 할 수 있었다. 구곡으로 거슬러 올라가는 것은 자연스럽게 도학의 궁극적 원리를 체현한다는 의미로 확장될 수 있다. 주자가 이에 따라 무이산에 아홉 굽이를 설정하여 <무이도가>를 지었듯이 우리나라 선비들도 '아홉' 굽이를 설정하여 구곡을 경영하였다. 그러나 아홉 굽이의 설정이 한결같지는 않았다. 오곡이나 칠곡으로 줄어들기도 하고, 십삼곡으로 늘어나기도 하기 때문이다. 다음의 경우를 보자.

* 태화오곡(김창흡) : 제1곡 삼부연三釜淵, 제2곡 비룡뢰飛龍瀨, 제3곡 낙성

---

11 구곡은 거의 홀수로 되어 있지만 계류를 따라 짝수로 되어 있는 경우도 있다. 都錫珪의 <西湖屛十曲>, 張福樞의 <墨坊十詠>, 梁在慶의 <雙鳳十二曲>, 姜龍夏의 <華山十二曲>, 李萬輿의 <禮安十四曲> 등이 그것이다.

12 『楚辭』「九辨」, "九者, 陽之數, 道之綱紀也." 초나라의 문화전통 가운데 '九'에 대한 숭상이 뚜렷하다. 굴원의 <九歌>에서 이를 알 수 있으며, 무이산 역시 옛 초나라를 중심으로 한 월나라의 문화전통 속에 있었다. 주자의 '구곡' 역시 이러한 전통 속에서 형성된 것으로 보인다.

기落星器, 제4곡 한류석寒流石, 옥녀담玉女潭

* 고산칠곡(이상정) : 제1곡 늠연교凜然橋, 제2곡 세심정洗心亭, 제3곡 유연대悠然臺, 제4곡 고산정사高山精舍, 제5곡 심춘대尋春臺, 제6곡 무금정舞禁亭, 제7곡 무릉리武陵里

* 무도칠곡(장위항) : 제1곡 무도곡茂島曲, 제2곡 어호곡漁戶曲, 제3곡 송평곡松坪曲, 제4곡 화둔곡花屯曲, 제5곡 주산곡酒山曲, 제6곡 등산곡登山曲, 제7곡 미담곡薇潭曲

* 선유칠곡(남한조) : 제1곡 영사석靈槎石, 제2곡 세심대洗心臺, 제3곡 관란담觀瀾潭, 제4곡 탁청대濯淸臺, 제5곡 영귀암詠歸巖, 제6곡 난생뢰鸞笙瀨, 제7곡 옥석대玉舃臺

* 남산십삼곡(미상) : 제1곡 여기추女妓湫, 제2곡 녹수문鹿脩門, 제3곡 음용지飮龍池, 제4곡 백석뢰白石瀨, 제5곡 질양석叱羊石, 제6곡 운금천雲錦川, 제7곡 취암醉岩, 제8곡 연주단聯珠湍, 제9곡 산수정山水亭, 제10곡 만옥대萬玉臺, 제11곡 유하담流霞潭, 제12곡 낙안봉落雁峰, 제13곡 금사계金沙溪

이들 작품은 제목에서 바로 나타나듯이 모두 구곡의 변형이다. 강원도의 태화오곡太華五曲은 김창흡金昌翕(1653-1722)이, 안동의 고산칠곡高山七曲은 이상정李象靖(1711-1781)이, 영주의 무도칠곡茂島七曲은 장위항張緯恒(1678-1747)이, 문경의 선유칠곡仙遊七曲은 남한조南漢朝(1744-1809)가 경영한 것이고, 청도의 남산십삼곡南山十三曲은 그 경영자를 알 수 없다. 선유칠곡은 정태진丁泰鎭(1876-1956)에 의해 다시 구곡으로 발전하고 있어 흥미롭다. 이상에서 예로 든 선비들은 구곡은 곡의 수가 줄어들기도 하고 늘어나기도 한다. 이것은 아마도 정사 주변의 환경이 이렇게 형상화될 수 없었던 특수성을 고려한 것이 아닐까 한다. 이 역시 무이구곡의 한국적 변용임은 물론이다.

넷째, 구곡 안에 또 다른 구곡이 설정되어 있는 경우이다. 즉 곡내곡曲內曲

의 문화공간이 만들어진 것이다. 성주와 김천에 걸쳐 설정되어 있는 무흘구곡武屹九曲의 문화는, 기실 용추龍湫 위에 있었던 내원암內院庵부터 비설교 아래 있었던 만월담滿月潭에 이르는 만월담滿月潭十曲에서 시작된다. 이에 대한 기록이 권섭의 <유가야산기遊伽倻山記>에 자세하다. 이것이 발전하여 규모를 전혀 달리하여 1784년(정조 8)에 지금의 무흘구곡이 완성되었다. 여기에는 정구의 구곡에 대한 심의心意가 작동한 것으로 보인다.

무흘구곡이 조성된 이후 그 속에 다시 구곡이 만들어졌다. 정동박鄭東璞(1732-1792)의 쌍계구곡雙溪九曲과 이원조李源祚(1792-1871)의 포천구곡布川九曲이 그것이다. 쌍계구곡은 정동박이 쌍계사 근처에 양한정養閒亭을 짓고 선조 정구의 구곡시를 염두에 두면서 설정한 것이다. 장소는 무흘구곡과 거의 일치하지만 무학정의 '선암', 입암의 '환선도', 용추의 '완폭정' 등 무흘구곡 주변의 문화경관에 관심을 갖고 있는 것이 특징이다. 이원조의 포천구곡은 무흘구곡 제2곡과 제3곡 사이의 화죽천에 설정되어 있다. 이 가운데 포천구곡의 구체적인 명칭은 다음과 같다.

> 제1곡 법림교法林橋, 제2곡 조연槽淵, 제3곡 구로동九老洞, 제4곡 포천布川, 제5곡 당폭堂瀑, 제6곡 사연沙淵, 제7곡 석탑동石塔洞, 제8곡 반선대盤旋臺, 제9곡 홍개동洪開洞

이원조는 성주군 가천면 화죽천 상류에 만귀정晩歸亭을 짓고 포천구곡을 경영하였다. 그는 여기서 나아가 <포천산수기布川山水記>를 써서 이에 대한 명칭과 함께 특징을 자세하게 기술하고, <포천구곡차무이도가십수布川九曲次武夷櫂歌十首>를 짓는다. 이원조는 명예를 다투고 이익을 노리는 계책을 꾸미지 않기 위하여 이곳에 들어왔다는 입동의 이유도 스스로 밝히고 있다. 그의

<포천구곡시>는 '포천'이라는 구체적 지명을 언급하고 있으니, 18세기 이후 정동박 등이 지역의 산수 실경에 의거하여 구곡시를 짓는 방식을 계승한 것이다. 이처럼 무흘구곡 안에 다시 쌍계구곡과 포천구곡이 설정됨으로써, 무흘구곡은 '곡내곡'이라는 독특한 문화공간을 형성할 수 있었다.

다섯째, 계류가 아닌 산길을 따라 구곡을 설정한 경우이다. 이것은 변격형 구곡 가운데 가장 변화가 심한 것이라 하겠는데, 이이李珥(1536-1584)의 아우인 이우李瑀(1542-1609)의 7대손인 이관빈李寬彬(1759-미상)에 의해 창작된 <황남별곡黃南別曲>을 통해 제시되어 있다. 황남은 경상북도 김천의 황학산黃鶴山 남쪽을 의미하는데, 이관빈은 황학산의 길을 따라 오르며 아홉 굽이 승경을 차례로 읊었다. 이와 함께 전체 151구 중에서 127구가 일치하거나 유사한 윤영섭尹永燮(1774-?)의 <황산별곡黃山別曲>[13]을 들 수 있다. 흥미로운 부분은, <황산별곡>의 작자 윤영섭은 '이황-정구'의 학통을 계승한 남인이고 <황남별곡>의 작자 이관빈은 '이이-송시열'의 학통을 계승한 노론이라는 점에서 동방도학의 계통은 이 작품에서 달리한다.[14] 그러나 구곡 부분은 두 작품이 일치하는데, 구체적인 명칭은 다음과 같다.

---

13 최근 <黃山別曲>은 尹永燮(1774-?)의 작으로 밝혀졌다. 조유영, 「조선 후기 영남지역 가사에 나타난 道統구현 양상과 그 의미」, 『한국언어문학』 103, 한국언어문학회, 2017 참조. 조춘호 본 <황산별곡이라>에서, "아마도 강순셩벽 윤영셥은 이 산슈에 집을 짓고 포금셔 휴금셔ᄒᆞ여 고명사아 ᄒᆞ오리라"라고 한 데 근거한 것이다.

14 <황남별곡>에서는 공자 이래로 주희에 이르는 중국 도학의 선례를 들면서 퇴계 이황·회재 이언적·율곡 이이·우암 송시열에 이르는 동방 도학의 인물들을 제시하고 있다. 반면에 <황산별곡>에서는 중국의 도학 계통에 대한 서술이 <황남별곡>과 동일하지만, 동방 도학의 전통에 대한 서술은 차이가 난다. <황산별곡>에서는 동방 도학의 전통을 포은 정몽주에서 한훤당 김굉필과 일두 정여창으로, 여기에서 다시 조광조와 이황으로 고쳐 잡고 있다. 자연히 <황남별곡>에서 동방 도학의 반열에 올랐던 이이와 송시열은 <황산별곡>에서는 아예 제외된다. 이에 대한 구체적인 논의는 구사회, 「<황산별곡>의 작자 의도와 문예적 검토」(『한국언어문학』 59, 한국언어문학회, 2006)에서 자세히 다루었다.

제1곡 모성암慕聖岩, 제2곡 문도동聞道洞, 제3곡 저익촌沮溺村, 제4곡 귀영곡歸詠曲, 제5곡 백어리伯魚里, 제6곡 안연대顔淵坮, 제7곡 자하령子夏嶺, 제8곡 공자동孔子洞, 제9곡 주공동周公洞

'모성암'에서는 주자의 '입도차제入道次第'를 연상하면서 진리의 세계로 들어간다고 했고, '문도동'에서는 '조문도석사가의朝聞道夕死可矣'라는 공자의 말씀을 떠올렸으며, '익저동'에서는 장저와 걸익의 고사, '영귀곡'에서는 증점의 '풍호무우영이귀風乎舞雩詠而歸'를, '백어리'에서는 공자에 대한 백어의 '추이과정趨而過庭'과 '학시례學詩禮'의 고사를 상기하였다. 그리고 '안연대'에서는 안연의 단표누항簞瓢陋巷을, '자하령'에서는 서하 교수로 있으면서 학교를 일으켜서 제자를 양성했던 자하를 본받고자 했고, '공자동'에서는 태고의 순풍을 간직한 이인里仁을 떠올렸으며, 마지막으로 '주공동'에서는 "주공이자周公二字 뫼셔다가 벽상에 높이 걸고 내 나이 늘었으나 꿈에 다시 뵈올리라."라고 하면서 공자와 같이 평생토록 주공을 사모하며 살고 싶어 했다. 우리는 여기서 구곡과 관련된 조선 선비들의 상상력의 행방이 어떻게 설정되고 있었던가 하는 부분을 알게 된다.

### 3) 복합형 구곡원림

복합형 구곡원림은 정격형과 변격형이 동시에 나타나는 경우이다. 우리는 여기서 이 땅에서 구곡문화를 마음껏 구가하고자 했던 한 선비를 만나게 된다. 장위항張緯恒(1678-1747)이 바로 그이다. 그는 자가 천응天應이고 호가 와은臥隱인데 과거에 합격하여 사헌부감찰司憲府監察과 자인현감慈仁縣監 등을 지내기도 하였으나, 주로 영주의 내성천 가의 와운곡臥雲谷에 초가를 짓고 은거하면서 평생토록 학문을 연마한 인물이다. 와운곡은 주자가 은거했던 운곡과 닮아서 그가 특별히 좋아하였다고 하며, 따라서 그의 집 이름도 주자의 글에서 취하고, 드디어 내성천 가에서 운포구곡雲浦九曲을 설정해 경영하였던 것이다. 그는 먼저 주자의 무이구곡을 모방하여 물을 거슬러 오르며 구곡을 설정하고 구곡시도 짓는다. 다음 자료를 보자.

두 물줄기[봉황산 문수산 계류를 말함]가 마평馬坪에서 처음 만나 서남쪽으로 30리를 흘러서 운곡雲谷에 들어간다. 운곡 왼쪽 3,4리에서 물이 산을 만나 굽이도는 곳이 넷이니, 지포곡芝浦曲, 동저곡東渚曲, 금탄곡錦灘曲, 귀만곡龜灣曲이고, 운곡 오른쪽 또한 3,4리에서 물이 산을 만나 굽이도는 곳이 넷이니 전담곡箭潭曲, 용추곡龍湫曲, 송사곡松沙曲, 우천곡愚川曲이다. 내가 사는 곳이 한가운데 있는데, 앞으로 수롱암水籠巖을 마주하며 제5곡이 되니 이를 운포곡雲浦曲이라 한다.[15]

장위항은 제5곡에 자신의 은거지인 와운곡臥雲谷에 숙야재夙夜齋와 역락헌亦樂軒을 지었다. 이것은 주자가 무이구곡 제5곡에 무이정사를 건립한 것과 같다. 이렇게 설정한 제5곡을 중심으로 왼쪽으로 네 굽이, 오른쪽으로 네 굽이를 설정하여 아홉 굽이를 완성한 다음, <와운유거기臥雲幽居記>를 짓고, 또 주자의 <운곡시> 38수 및 <구곡도가> 10수를 차운하여 시를 지었다. 그는 물을 거슬러 올라가며 구곡을 설정하는 것에 대해, "굽이의 차례는 부자夫子시가 아래에서 위로 거슬러 오르는 듯하기 때문에 여기서도 또한 우천에서 시작하여 지포에서 마쳤다."[16]라고 기록하고 있다. 이처럼 그는 주자의 무이

15 張緯恒, 『臥隱集』 권2, <雲浦九曲, 謹次朱夫子武夷櫂歌韻, 幷小序>
16 張緯恒, 『臥隱集』 권2, <雲浦九曲, 謹次朱夫子武夷櫂歌韻, 幷小序>

구곡을 모방하여 구곡을 설정했다는 것을 분명히 보여주었던 것이다. 그러나 여기서 그치지 않았다. 물을 따라 내려가면서 다시 구곡을 짓고 있기 때문이다. 다음 자료를 보자.

> 내가 구곡도가를 짓고 나니 시객이 이를 보고 말하기를, "그대는 회암 주자의 구곡시가 과연 아래에서 위로 거슬러 오르며 이와 같은 차례를 배열하였다는 사실을 어떻게 알았는가?"라고 하였다. 내가 말하기를, "지금 부자의 구곡기와 도가시를 가지고 살펴보면 아래에서 위로 거슬러 올랐다는 사실이 매우 분명하다. 그러나 지금 내가 말하는 구곡은 다만 물이 산을 만나 굽어, 기이한 경관을 만드는 것일 따름이고 진실로 폭포가 높은 곳에서 아래로 떨어지는 것은 없다. 또 사는 곳이 한가운데 자리한 굽이이고 왼쪽 네 곳, 오른쪽 네 곳이 굽이굽이 평평히 흐르며 거리가 같으니 물길을 따라서 도가를 지어도 무방하다."라고 하였다. 객이 짓기를 재촉하여 마침내 다시 물길을 따라서 구곡을 지으니 지포에서 시작하여 우천에서 마쳤다.[17]

장위항은 위와 같이 시객을 내세워 자신이 물을 거슬러 올라가며 구곡시를 짓는 이유와 다시 물을 따라 내려가면서 구곡시를 짓는 이유에 대하여 설명하고 있다. 거슬러 오르며 짓는 것은 주자의 구곡 설정 방식에 보다 밀착시키기 위함인데, 그 근거를 주자의 <구곡기九曲記>와 <도가시櫂歌詩>에서 찾았다. 그러나 자신이 설정한 구곡은 한국적 자연경관 속에서 충분히 변형될 수 있다는 것도 보였다. 즉 좌우로 물굽이가 넷이어서 물길을 따라 내려가면서 구곡을 설정하는 것도 무방하다는 것이다. 이렇게 해서 실제로 운포구곡을 역방향으로 짓기도 하였는데, <운포구곡 근차주부자무이도가운 복차雲浦

17 張緯恒, 『臥隱集』 권2, <雲浦九曲, 謹次朱夫子武夷櫂歌韻, 覆次>

九曲謹次朱夫子武夷櫂歌韻覆次>라는 작품이 그것이다. 여기서 '복차'라는 용어는 중요하다. 뒤집어 차운한다는 의미를 갖고 있기 때문이다. 이처럼 장위항은 구곡원림을 바로 경영하기도 하고, 거꾸로 경영하기도 했던 것이다. 이렇게 해서 설정된 두 방향의 운포구곡은 다음과 같다.

(가) 제1곡 우천곡愚川曲, 제2곡 송사곡松沙曲, 제3곡 용추곡龍湫曲, 제4곡 전담곡箭潭曲, 제5곡 운포곡雲浦曲, 제6곡 귀만곡龜灣曲, 제7곡 금탄곡錦灘曲, 제8곡 동저곡東渚曲, 제9곡 지포곡芝浦曲

(나) 제1곡 지포곡芝浦曲, 제2곡 동저곡東渚曲, 제3곡 금탄곡錦灘曲, 제4곡 귀만곡龜灣曲, 제5곡 운포곡雲浦曲, 제6곡 전담곡箭潭曲, 제7곡 용추곡龍湫曲, 제8곡 송사곡松沙曲, 제9곡 우천곡愚川曲

위에서 보듯이 (가)와 (나)는 정반대이다. (가)는 물을 거슬러 오르며, (나)는 물을 따라 내려가면서 구곡원림이 설정되었기 때문이다. 그러나 장위항의 구곡실험은 여기에서 그치지 않았다. 영주시 문수면 우천愚川 가에 따로 무도칠곡茂島七曲곡을 설정하고 있기 때문이다. 이 무도칠곡은 문수면 수도리의 무섬마을에서 시작해서, 문수면 조제 2리인 학사정에서 끝난다. 앞서 언급한 바 있는 '제1곡 무도곡茂島曲 → 제2곡 어호곡漁戶曲 → 제3곡 송평곡松坪曲 → 제4곡 화둔곡花屯曲 → 제5곡 주산곡酒山曲 → 제6곡 등산곡登山曲 → 제7곡 미담곡薇潭曲'이 그것이다. 이처럼 장위항은 운포에 은거하면서 그 주변의 굽이가 아홉이면 구곡을, 일곱이면 칠곡을 설정하면서, 일상적인 자연을 특별한 문화공간으로 창출해나가고 있었던 것이다.

이 같은 복합형 구곡은 수양론적 입장에서 보면 매우 흥미로운 지점을 발생시킨다. 『심경부주心經附註』에서 보이듯이 적자지심赤子之心은 순일하기만 할 뿐 지혜가 원만하지 못하다.[18] 이 때문에 원두에서 출발한 깨끗한 물은 아래로 흐르며 혼탁해지고 만다. 이러한 상황을 인식하면서 성리학자들은 거슬러 올라 심성을 회복하고자 한다. 이것은 순일한 마음인 적자지심을 유지하면서도 대인지심大人之心과 성인지심聖人之心을 이룩하기 위함이다. 의도적으로 하면 대인지심이고, 자연스럽게 하면 성인지심이다. 이처럼 복합형 구곡에는 계곡을 따라 내려가면서도 적자지심을 유지하는 것과, 계곡을 거슬러 오르며 대인지심과 성인지심을 추구하는 것이 동시에 나타난다. 여기에 대하여 더욱 깊은 논의를 진척시킬 필요가 있다.

## 3. 경북의 대표적 구곡원림

이익李瀷(1681-1763)이 그렇게 말하고 있듯이, 이황과 조식이 영남을 좌우로 나누어 학파를 거느리고 있을 때, 우리 조선의 문명은 절정에 도달하였다. 이 발언은 구곡의 분포상황에서도 잘 나타난다. 전국의 구곡을 조사해 보면, 영남이 그 질과 양의 측면에서 전국을 압도하고 있기 때문이다. 영남 가운데서도 경북이 훨씬 풍부하다. 이것은 조선후기로 내려오면서 퇴계학파가 영남학파를 대표하게 되며 그 진원지가 이곳에 있기 때문이다. 이를 바탕으로 구곡문화 역시 풍부하게 남아 있을 수 있었다. 경북의 대표적인 구곡을 추출하기 위해서 우리는 먼저 이 지역의 구곡 일람표를 만들어 볼 필요가 있다.[19]

18 程敏政, 『心經附註』 권2, 「赤子之心章」 참조. 적자지심은 아직 인욕에 빠지지 않은 양심이고, 대인지심은 의리가 충분히 갖추어진 본심이다. 전자가 순일하여 거짓이 없다고 한 것은 인욕에 빠지지 않았기 때문이며, 후자가 순일하여 거짓이 없다는 것은 그 의리로 확충되었기 때문이다. 따라서 전자는 자연스럽지만 훼손되기 쉽고, 후자는 학문으로 확충해 본성을 회복한 것을 말한다. 이것이 자연스럽게 되면 대인을 넘어 마침내 성인의 경계에 접어든다.

| 순번 | 시군 | 구곡명(관련 인물) | 구곡 수 |
|---|---|---|---|
| 1 | 안동시 | 도산구곡(이야순 등), 퇴계구곡(이종휴·이가순), 예안구곡(미상), 하회구곡(류건춘), 임하구곡(김진), 와계구곡(김성흠), 고산칠곡(이상정), 백담구곡(구봉령·권굉), 남계구곡(이재찬), 절강구곡(류휘문), 갈산구곡(김희주), 소선동구곡(미상), 예안십사곡(이만여) | 13 |
| 2 | 영주시 | 죽계구곡(미상·신필하), 소백구곡(이가순), 초암구곡(미상), 운포구곡(장위항), 무도구곡(장위항), 무도칠곡(장위항), 동계구곡(김동진), 초계구곡(김두석) | 8 |
| 3 | 문경시 | 선유칠곡(남한조), 선유구곡(정태진), 쌍룡구곡(민우식), 화지구국(권섭), 청대구곡(권상일), 석문구곡(채헌), 산양구곡(채헌), 병천구곡(송요좌) | 8 |
| 4 | 봉화군 | 오계구곡(김정), 대명산구곡(강필효), 법계구곡(강필효), 춘양구곡(이한응), 광진구곡(김태종), 물야구곡(정영), 황계구곡(김준호), 오전구곡(김운락) | 8 |
| 5 | 경주시 | 옥산구곡(이가순), 양동구곡(이정엄), 석강구곡(한문건), 용담구곡(최옥), 지연육곡(남경희) | 5 |
| 6 | 김천시 | 황남구곡(이관빈·윤영섭), 옥류동[남산]구곡(미상), 도봉구곡(이현문), 공자동구곡(여석홍), 만월담십곡(미상) | 5 |
| 7 | 성주군 | 무흘구곡(정동박), 쌍계구곡(정동박), 포천구곡(이원조), 묵방십곡(장복추) | 4 |
| 8 | 영천시 | 횡계구곡(정만양·정규양), 성고구곡(이형상), 성고칠곡(이형상) | 3 |
| 9 | 예천군 | 수락대구곡(송상천·권방), 은산구곡(미상) | 2 |
| 10 | 고령군 | 낙강구곡(박리곤), 도진구곡(박리곤) | 2 |
| 11 | 청도군 | 운문구곡(박하담), 오대구곡(이중경) | 2 |
| 12 | 영양군 | 일월산구곡(이제만), 곡강구곡(금소술) | 2 |
| 13 | 포항시 | 덕계구곡(이헌속), 덕연구곡(미상) | 2 |
| 15 | 상주시 | 연악구곡(강응철), 우산구곡(정상리 등) | 2 |
| 14 | 경산시 | 남산십삼곡(미상) | 1 |
| 16 | 청송군 | 곡지정사구곡(신필흠) | 1 |
| 17 | 칠곡군 | 명연구곡(류달해) | 1 |
| 계 | | | 69 |

19 이 일람표는 김문기·강정서의 『경북의 구곡문화Ⅱ』, 경상북도·경북대학교 퇴계연구소, 2012. '[부록] 경북의 구곡 일람표'와 최영현의 「韓國 九曲園林의 分布와 設曲 特性에 關한 硏究」(우석대학교 박사학위논문, 2020)을 참조해서 보태고 뺐다.

### 1) 선정 기준

현재까지 확인되는 경북의 구곡은 도합 69개소이다. 이 가운데 안동시의 임하구곡, 영주시의 초암구곡, 예천군의 은산구곡처럼 구곡이 누구에 의해 설정되었는지 알 수 없는 곳도 있지만, 대체로 설정하고 경영한 사람이 누구인지를 확인할 수 있다. 그리고 도산구곡, 퇴계구곡, 옥산구곡을 이가순이 설정 경영하고, 낙강구곡과 도진구곡을 박리곤이 설정 경영한 것에서 볼 수 있듯이 한 사람이 여러 곳을 경영하는 경우도 있고, 남한조의 선유칠곡이나 정태진의 선유구곡처럼 칠곡이 구곡으로 발전한 것도 있으며, 우산구곡처럼 집경시가 구곡으로 재구성된 것도 있다. 또한 무흘구곡처럼 하나의 구곡을 여러 사람들이 참여하여 지역의 독특한 문화를 만들기도 한다. 이를 염두에 두면서 세계유산 등재를 위한 경북의 대표 구곡을 선정하는 것이 무엇보다 긴요하다 하겠는데, 여기에는 마땅한 기준이 있어야 할 듯하다. 몇 가지를 들어보기로 하자.

첫째, 구곡경관의 미려성과 보존성이다. 구곡원림이 분포한 곳을 조사해 보면 기반암이 대부분 화강암으로 이루어져 있다. 화강암은 서로 크기가 다른 조암 광물들이 괴상으로 조직되어 있어 매우 단단하다. 이와 같은 물리화학적 특성을 지닌 암석이 지각 변동 과정에서 융기하여 지표에 노출되면서 수직 혹은 수평적 균열이 탁월하게 발달한다. 대부분의 구곡원림이 산지 정상부로부터 급사면 계곡에 이르기까지 화강암 암반이 노출된 곳에 분포하여 아름다운 자연 경관을 이룬다.[20] 이처럼 한국의 전통명승은 미려한 산수미를 갖추고 있는데, 구곡원림은 바로 이러한 곳에 설정되어 있다. 그러나 근대화

---

20 구곡원림의 자연지리적 특성은, 『2006 전통명승 동천구곡 조사보고서』(연구책임자 김덕현, 문화재청, 2007)를 참조하기 바란다.

과정에서 구곡원림은 훼손된 곳이 많다. 바로 이러한 측면에서 구곡원림의 보존성 검토는 세계유산 등재를 따지는 중요한 근거가 될 수 있다.

둘째, 구곡시 및 관련문헌의 풍부성이다. 구곡문화는 구곡원림을 경영하면서 구곡시가를 창작하는 것이 기본이다. 여기에서 나아가 구곡도를 그려 완상하기도 한다. 이러한 측면에서 구곡과 관련된 다양한 문헌들이 존재하기 마련이다. 우선 구곡을 설정하고 경영한 인물의 문집을 기초로 하여, 주자의 <무이도가>에 대한 차운시, 주변경관에 대한 산문적 기술, 구곡을 유람한 사람들의 다양한 시문, 정사건립과 관련된 문건, 구곡원림과 관련된 지지地誌, 구곡도 제작에 따른 다양한 기록 등이 대체로 그러한 것이다. 그러나 이러한 관련 문헌이 일률적이지는 않다. 자료가 다양하고 많다는 것은 구곡을 중심으로 다양한 문화가 생성되었다는 것을 의미한다. 이 때문에 구곡 관련 문헌의 풍부성은 문화적 전통의 특출한 증거가 되기에 충분하다고 할 것이다.

셋째, 인물의 위상 및 경영사상의 체계성이다. 이황의 도산서당이나 정구의 무흘정사에서 볼 수 있듯이 구곡은 저명한 학자들을 중심으로 그 기반이 마련되며, 후인들은 이들을 숭모하거나 학문을 계승하는 측면에서 구곡을 조성한다. 도산구곡과 퇴계구곡, 무흘구곡, 우산구곡, 고산칠곡 등에서 볼 수 있듯이 여기에는 퇴계학의 계승 경향이 뚜렷하다. 선유구곡을 경영한 정태진丁泰鎭의 경우 20세기 초에 독립운동으로 옥고를 치르고 선유동에 은거하면서 구곡을 경영하였으니 민족의지가 뚜렷하다. 특히 이들 구곡 경영자의 은거에는 중국에서 유입된 성리사상이 풍부하게 내포되어 있어 인류의 가치가 교류된 명확한 증거라 하지 않을 수 없다.

넷째, 구곡도의 유무도 중요한 선정기준이 된다. 조선조 선비들은 무이구곡도를 완상하면서 주자를 흠모하기도 하였지만, 구곡 주변의 산수를 그려 와유臥遊의 자료로 삼기도 했다. 일찍이 이황이 관직을 사양하고 귀향하자,

명종明宗은 화공을 시켜 <도산도陶山圖>를 그리게 했다. 명종의 선례는 영조와 정조에게로 계승되었으며, 17세기부터는 일반 사대부들에 의하여 <도산도>가 제작되기도 했다.[21] 구곡도의 그림 가운데 경북에서 가장 완벽하게 남아 있는 것은 무흘정사와 무흘구곡을 그린 <무흘구곡도>이다. 이 그림은 김상진金尙眞(1705-?)이 정구의 후손 정동박의 부탁으로 그린 실경산수화이며, 보존 상태도 매우 양호하다. 이 밖에도 고산칠곡을 그린 <고산칠곡도高山七曲圖>, 포천구곡을 그린 <포천구곡도布川九曲圖>가 있다. 이러한 구곡도 제작은 구곡문화의 발전을 의미하는 중요한 증좌가 된다.

다섯째, 정사 건립과 각자刻字 등 구곡문화의 우수성이다. 주자가 무이구곡 제5곡에 무이정사를 지었듯이, 경북의 구곡에도 정사가 건립되었다. 춘양구곡의 사미정四未亭과 한수정寒水亭, 도산구곡의 도산서당, 무흘구곡의 무흘정사, 우산구곡의 계정, 포천구곡의 만귀정, 죽계구곡의 취한대 등 허다한 정사가 그것이다. 이뿐만 아니라 구곡에는 각자문화도 발달해 있다. '일곡一曲' '이곡二曲'으로 표현되기도 하고, 선유구곡의 '영귀암詠歸巖'처럼 곡의 구체적인 이름을 암석에 새기기도 했다. 각자문화는 여기서 훨씬 벗어나 주자의 시는 물론이고 구곡 관련 인물이 창작한 시나 구곡 이외의 성리학과 관련된 용어를 암석에 새기기도 하고, 유람자의 성명을 새겨 기념하기도 했다. 구곡원림의 이러한 측면은 인류 역사의 중요 단계를 보여준다는 점에서 특별히 주목할 만하다.

---

21 <陶山圖>는 약 10종이 현존하는데 이황을 추존하고 그 학통을 계승하고자 하는 목적으로 그려진 것과 유람 명승지로서 도산을 감상하고자 하는 것으로 대별된다.

## 2) 경북의 대표 구곡

경상북도와 경상대 연구팀에서는 '백두대간 경북권 구곡문화지구 세계유산 등재추진을 위한 타당성 조사 및 기본구상'(2013)에 대한 보고서를 제출한 바 있다. 여기에는 구곡 문화유산 등재 추진 방향과 전략도 자세하게 제시되어 있다. 이 과정에서 이미 경북의 대표적인 구곡 넷이 선정되어 있다. 성주의 무흘구곡, 문경의 선유구곡, 안동의 고산칠곡, 안동의 도산구곡이 그것이다. 이 선정이 위에서 제시한 다섯 가지 기준에 의거한 것은 아니라 하더라도, 선정의 결과는 매우 타당한 것으로 여겨진다. 이 글에서는 이 결과를 적극적으로 수용하면서 위에서 제시한 다섯 가지 기준을 적용하여 이들 구곡을 새롭게 이해해 보고자 한다.

### (1) 도산구곡

- 소재지 : 안동시 도산면 서부리~봉화군 명석면 관장리
- 설정자 : 이야순李野淳(1755-1831) 등
- 구곡명 : 제1곡 운암사雲巖寺, 제2곡 월천月川, 제3곡 오담鼇潭, 제4곡 분천汾川, 제5곡 탁영담濯纓潭, 제6곡 천사川沙, 제7곡 단사丹砂, 제8곡 고산孤山, 제9곡 청량淸凉
- 선정근거

| 기준 | 내용 |
|---|---|
| ① 구곡경관의 미려성과 보존성 | • 태백산지와 안동분지의 경계에 걸친 낙동강 상류에 입지<br>• 화강암 구릉대의 넓은 골짜기<br>• 수직절벽이 탁월한 협곡<br>• 일부 수몰(제1곡~제5곡이 안동호에 수몰) |
| | • 이이순, 이야순, 조술도, 금시술 등의 구곡시와 함께 풍부한 문헌이 있음, |

| 기준 | 내용 |
|---|---|
| ② 구곡시 및 관련문헌의 풍부성 | 이야순은 2차에 걸쳐 구곡을 설정함<br>• 李滉, <陶山雜詠幷記><br>•『吾家山誌』 凡例<br>• 李野淳 : <陶山九曲><br>• 趙述道 : <李健之次武夷九曲韻, 又作陶山九曲詩, 要余和之, 次韻却寄><br>• 李頤淳 : <遊陶山九曲, 敬次武夷權歌韻十首><br>• 李鼎基 : <陶山九曲, 敬次武夷九曲韻><br>• 李宗休 : <瀨石主人李健之次武夷九曲韻, 仍歌玉山退溪陶山九曲, 要余追和, 忘拙步呈><br>• 申鼎周 : <陶山九曲><br>• 李家淳 : <陶山九曲><br>• 柳炳文 : <陶山九曲, 用武夷櫂歌韻和呈李健之><br>• 琴詩述 : <謹次廣瀨李丈陶山九曲韻><br>• 李蓍秀 : <謹次陶山九曲歌><br>• 河範運 : <謹步武夷櫂歌韻, 作三山九曲, 奉呈瀨亭參奉李丈野淳案下, 以備吾嶺故事, 竝小序><br>• 柳致皥 : <次瀨石亭二九曲韻><br>• 崔東翼 : <擬陶山九曲, 用武夷櫂歌韻> |
| ③ 인물의 위상 및 경영사상의 체계성 | • 19세기 초에 이이순, 이야순 등이 선조 이황을 존모하는 마음으로 설정<br>• 이황이 도산서당을 짓고 주변의 산수를 명명하며 도산을 경영한 이후, 수많은 사람들이 도산서원 및 도산구곡을 심방함<br>• 도산구곡은 장소가 동일하지 않아 명승에 대한 인식이 상이하게 나타남<br>• 후대의 도산구곡은 거의 이야순이 수정한 것을 차운함 |
| ④ 구곡도의 유무 | • '陶山九曲圖'는 존재하지 않음<br>• 10종의 <陶山圖>가 현존함. 李文純公陶山圖(金昌錫), 陶山圖(姜世晃), 陶山書院圖(鄭敾), 陶山書院圖(李澄) 등 |
| ⑤ 정사와 각자 등 구곡문화의 우수성 | • 月川書堂, 陶山書院, 聾巖宗宅, 孤山亭<br>• 聾巖, 汾川, 亭臺舊庄, 天淵臺, 石磵臺 |

도산구곡은 이황을 모신 도산서원을 중심으로 형성되어 있다는 측면에서 중요하다. 영남학파는 바로 퇴계학파를 의미하니, 이곳이 바로 영남학파의 진원지이기 때문이다. 이 때문에 미려한 산수경관을 갖추고 있는 이곳에 대한 자료는 풍부할 수밖에 없다. 특히 이황이 도산서당을 경영한 뜻과 그 주위

의 사물에 성리학적 명명을 함으로써 이곳은 하나의 성리학적 이상공간으로 성장할 수 있었다. 이황 사후 도산은 영남의 남인南人 학자들뿐만 아니라 당색을 초월하여 조선의 선비들이 성지를 순례하듯 이곳을 찾았다. 즉 조선 제일의 심방처가 되었던 것이다.

도산구곡은 보존성의 측면에서 제1곡에서 제5곡이 수몰되고, 도산서원 위쪽도 제방 축조 등으로 인한 일부 구간의 변화가 있는 것이 사실이다. 그러나 이황의 시에 묘사된 옛 모습이 많이 보존되어 있다는 측면이 주목된다. 최근에는 안동시에서 이 구간을 '퇴계선생 오솔길' 혹은 '예던길'이란 이름으로 이황의 시문을 새긴 안내석案內石을 설치하여 유람객을 맞고 있다. 수몰된 제1곡에서 제5곡까지는 안동호 위로 옛 지점을 새롭게 설정하는 것이 마땅하고, 제6곡 천사곡부터 제9곡 청량곡까지 약 4~5km에 이르는 구간은 옛 사람들처럼 도보로 구곡을 유람할 수 있다. 이러한 이원 체계로 도산구곡을 새롭게 정비할 필요가 있을 것이다.

### (2) 무흘구곡

- 소재지 : 성주군 수륜면 신정리~김천시 증산면 수도리
- 설정자 : 정동박鄭東璞(1732-1792)
- 구곡명 : 제1곡 봉비암鳳飛巖, 제2곡 한강대寒岡臺, 제3곡 무학정舞鶴亭, 제4곡 입암立巖, 제5곡 사인암捨印巖, 제6곡 옥류동玉流洞, 제7곡 만월담滿月潭, 제8곡 와룡암臥龍巖, 제9곡 용추龍湫

• 선정근거

| 기준 | 내용 |
|---|---|
| ① 구곡경관의 미려성과 보존성 | • 길고 뚜렷한 산지 곡류하천에 입지<br>• 생태적 안정성이 탁월한 가야산 북사면의 산지 경관<br>• 다양한 지형요소로 이루어진 하천 경관<br>• 대체로 양호함(제5곡 사인암이 도로공사로 훼손되어 일부만 남아 있음) |
| ② 구곡시 및 관련문헌의 풍부성 | • 무흘구곡 차운시, 장서각 서운암 관련 문헌, 기타 기행문 등 문헌 풍부<br>• 鄭逑, <仰和朱夫子武夷九曲詩韻十首>, <書武夷志附退溪李先生跋李仲久家藏武夷九曲圖後><br>• 權燮, <遊伽倻山記><br>• 鄭東璞, <武屹九曲韻><br>• 鄭墧, <敬次先祖文穆公武屹九曲韻十絶><br>• 鄭觀永, <詠武屹九曲詩十首><br>• 崔鶴吉, <敬次武屹九曲韻><br>• 文幸福, <讀武屹九曲圖帖抒感步玉><br>• 崔益重, <次鄭戚光遠雙溪九曲韻十二首><br>• 權燮, <遊伽倻山記><br>• 李萬運, <武屹精舍藏書閣移建記><br>• 鄭煒, <武屹藏書閣上梁文><br>• 成涉, <遊武屹山>, <再遊武屹>, <立巖記>, <武屹藏書記><br>• 宋履錫, <書武屹書閣抄錄後><br>• 盧相稷, <武屹精舍重建上樑文><br>• 鄭宗鎬, <武屹精舍記> |
| ③ 인물의 위상 및 경영사상의 체계성 | • 무흘구곡이 설정되기 전 무흘정사 주변에 滿月潭十曲이 존재하고 있었음<br>• 18세기 후반에 정동박이 선조 정구를 존모하는 마음으로 설정<br>• 정구가 무흘정사를 짓고 주변의 산수를 명명하며 무흘을 경영한 이후, 이에 대한 수많은 사람들이 이곳을 찾아 시문을 남김<br>• 무흘구곡은 정구의 무흘 경영과 관련된 것으로, 후인들이 정구의 心意를 찾아 설정한 것으로 보임 |
| ④ 구곡도의 유무 | • 金尙眞의 武屹九曲圖(1784)가 현존하고 있음<br>• 경북의 구곡도 가운데 가장 자세하고 완벽한 상태로 보존되고 있음 |
| ⑤ 정사와 각자 등 구곡문화의 우수성 | • 구곡과 관련된 "鳳飛巖", "寒岡臺", "立巖", "玉流洞", "愁送臺", "臥龍巖", "飛雪橋", "觀瀾臺", "臼瀑" 등의 각자가 뚜렷하게 남아 있음<br>• 정구의 <효기우음>, <회연우음> 등의 한시가 바위에 새겨져 있음 |

무흘구곡은 정구의 무흘정사를 중심으로 형성된 것이기 때문에 퇴계학의

계승이라는 1차적인 의미가 있을 뿐만 아니라, 총 길이가 약 35.7km에 달하여 세계에서 가장 긴 구곡원림이다.[22] 그리고 여기에는 산중도서관 '서운암棲雲庵'이 있어 조선의 많은 선비들이 독서를 위해 심방한 곳이기도 하다. 이곳의 장서목록을 정리하여 정조에게 올린 바 있기도 하다. 이 때문에 문헌이 풍부하게 남아 있고, 김상진이 그린 <무흘구곡도>는 실경을 자세히 그려놓고 있어 현재 남아 있는 자연경관과 대비해 볼 수 있어 흥미롭다. 설곡자設曲者 미상의 만월담십곡과 정동박의 쌍계구곡, 그리고 이원조의 포천구곡도 이 무흘구곡 안에서 생성되고 있어 구곡문화의 새로운 발전이라는 측면에서도 주목할 만하다.

무흘구곡은 제5곡 사인암이 도로공사로 심하게 훼손되기는 하였으나, 여타의 것은 거의 원형 그대로 보존되어 있다. 특히 성주군과 김천시에서 무흘구곡 경관가도 사업을 진행하고 있어, 이 사업이 완성되면 무흘구곡은 새로운 시대를 맞을 것으로 본다. 사업 과정에서 사인암, 만월담, 와룡암이 정확히 비정되고, 구곡 주변이 원형을 보존하는 차원에서 새롭게 가꾸어지기 때문이다. 무흘구곡은 단위 면적이 넓어 그 속에 많은 경景을 함유하고 있기도 하다. 제1곡 봉비암 일대에 정관영鄭觀永이 설정한 청천사미晴川四美를 비롯한 58경이 그것이다.[23] 이들은 무흘구곡과 밀접한 관련이 있다는 측면에서 함께 살펴볼 필요가 있다.

22 구곡문화의 원형을 이룬 무이구곡은 9.5km이며, 강원도 화천에 조성된 김수증의 곡운구곡은 약 10km이다.

23 58경은 鄭觀永의 <晴川四美>, 鄭來錫의 <夙夜齋十景>, 張福樞의 <墨坊十詠>, 呂孝思의 <可隱洞天八吟>, 大山碧庵의 <青巖寺八景>, 崔鳞의 <武屹精舍八詠>, 成涉의 <武屹精舍十景> 등이다. 자세한 것은 정우락의 「조선시대 선비들의 풍류방식과 문화공간 만들기」(『조선시대의 선비』, 경북정체성포럼, 2015)를 참조할 수 있다.

### (3) 고산칠곡

• 소재지 : 경북 안동시 남후면 미천 일대

• 설정자 : 이상정李象靖(1711-1781)

• 구곡명 : 제1곡 늠연교凜然橋, 제2곡 세심대洗心臺, 제3곡 유연대悠然臺, 제4곡 고산정사高山精舍, 제5곡 심춘대尋春臺, 제6곡 무금정無禁亭, 제7곡 무릉리武陵里[24]

• 선정근거

| 기준 | 내용 |
|---|---|
| ① 구곡경관의 미려성과 보존성 | • 미천 하류에 입지<br>• 퇴적암 수직 절벽으로 소와 여울이 어우러진 경관<br>• 일부가 유원지로 사용됨(제6곡 무금정이 유원지로 이용됨) |
| ② 구곡시 및 관련문헌의 풍부성 | • 고산정사 주변의 자연 형세에 맞게 칠곡으로 설정함<br>• 李象靖, <高山雜詠幷記>, <謹步高山七曲韻><br>• 朴世煥, <敬次高山七曲韻> |
| ③ 인물의 위상 및 경영사상의 체계성 | • 이상정 : 퇴계 이황-학봉 김성일-경당 장흥효-갈암 이현일-밀암 이재로 이어지는 퇴계학의 계승자<br>• 이황의 도산서당 경영철학을 이어받음<br>• <高山雜詠倂記>에 그의 경영사상이 잘 나타남 |
| ④ 구곡도의 유무 | • <고산칠곡도>와 고산칠곡 개념도가 있음 |
| ⑤ 정사와 각자 등 구곡문화의 우수성 | • 고산정사를 처음 짓고 靜春軒, 凝菴, 樂齋 등으로 명명함<br>• 구곡이 한국의 지형과 환경에 맞게 조정되고 있다는 것을 보여주고 있음 |

고산칠곡은 조선 영조대의 유학자 대산 이상정이 설정하고 경영한 것이다. '무이구곡', '도산구곡', '고산칠곡'은 모두 퇴적암으로 형성된 지질 지형이라

24 이상정이 각 곡의 명칭을 붙이지는 않았으나 각 곡에 따라 핵심적인 지점을 들어 명칭을 부여한 것이다.

는 공통점을 가진다. 안동 단층대와 평행하여 흐르는 낙동강과 그 지류를 따라서 대규모의 수직 절벽이 발달하였는데, 이 때문에 고산칠곡은 미려한 자연경관을 만들어낸다. 이상정이 퇴계학통을 잇는다는 측면에서도 중요하지만, 한국의 경관에 맞게 구곡이 토착화되는 과정을 보여주고 있어 주목할 만하다. 앞에서 이미 서술한 바 있는 장위항張緯恒이 영주에 설정한 무도칠곡茂島七曲이나 남한조南漢朝의 선유칠곡仙遊七曲의 경우도 마찬가지인데, 고산칠곡은 이들과 같은 계열이 속한다.

고산칠곡의 경우 도산구곡이나 무흘구곡에 비해 자료가 풍부하지 못하고, 안동-대구 간 국도가 제3곡 유연대의 가장자리를 지나가고 있어 경관이 다소 훼손된 측면이 있다. 그러나 주자의 <무이정사잡영병서武夷精舍雜詠幷序>, 이황의 <도산잡영병기陶山雜詠幷記>와 같이 이상정 역시 <고산잡영병기高山雜詠幷記>를 지어 '주희-이황-이상정'으로 이어지는 도통의식이 잘 드러난다. 이뿐만 아니라 '고산칠곡총도'와 '고산칠곡개념도' 역시 남아 있어 한국의 구곡문화를 이해하는 데 있어 특별한 자료를 제공한다.

### (4) 선유구곡

- 소재지 : 경북 문경시 가은읍 완장리
- 설정자 : 남한조南漢朝(1744-1809), 정태진丁泰鎭(1876-1956)[25]
- 구곡명 : 제1곡 옥하대玉霞臺, 제2곡 영사석靈槎石, 제3곡 활청담活淸潭, 제4곡 세심대洗心臺, 제5곡 관란담觀瀾潭, 제6곡 탁청대濯淸臺, 제7곡 영귀암詠歸岩, 제8곡 난생뢰鸞笙瀨, 제9곡 옥석대玉舃臺

25 20세기 초에 독립운동으로 옥고를 치르고 돌아온 丁泰鎭이 남한조의 선유칠곡 위에 제1곡 '玉霞臺'와 제3곡 '活淸潭'을 추가하여 선유구곡을 완성시켰다.

• 선정근거

| 기준 | 내용 |
|---|---|
| ① 구곡경관의 미려성과 보존성 | • 선유동 계곡의 기반암을 이루는 화강암 암반에는 수직·수평 절리가 밀도 있게 발달<br>• 수평 절리인 '판상 절리(sheeting joint)'의 발달이 탁월<br>• 보존 상태 양호함 |
| ② 구곡시 및 관련문헌의 풍부성 | <선유칠곡>과 <선유구곡> 있음, 관련 문헌 풍부<br>• 南漢朝 : <仙遊七曲>, <仙遊洞用朱子雲谷第一絶韻>, <入仙遊洞志懷><br>• 丁泰鎭 : <仙遊九曲>, <內仙遊洞><br>• 鄭經世 : <題東仙遊洞盤石><br>• 金昌協 : <自松面向外仙游洞>, <外仙游洞>, <華陽諸勝記><br>• 金昌翕 : <外仙游洞><br>• 吳　瑗 : <外僊遊洞><br>• 鄭宗魯 : <仙遊洞>, <仙遊洞卽景次雲谷第二絶韻·又疊>, <仙遊洞次宗伯韻><br>• 李萬敷 : <仙遊洞記><br>• 宋秉璿 : <遊華陽諸名勝記>, <鶴泉亭記> |
| ③ 인물의 위상 및 경영사상의 체계성 | • <선유칠곡>을 지은 남한조가 관란담 위에 옥하정을 짓고 강학, <雲谷雜詠>의 운자인 '谷'자와 '獨'자를 따서 시를 지음<br>• 남한조의 친구 정종로가 다시 차운시를 지음<br>• 선유동에는 崔致遠을 비롯해서, 鄭經世, 李縡, 南漢朝, 申弼貞 등이 즐겨 찾아 자취를 남김 |
| ④ 구곡도의 유무 | • '선유구곡도' 없음 |
| ⑤ 정사와 각자 등 구곡문화의 우수성 | • 玉霞亭址, 鶴泉亭, 七愚亭<br>• 제1곡을 제외한 제2곡에서 '靈槎石'에서 제9곡 '玉舃臺'까지 바위에 구곡명이 선명하게 각자되어 있음<br>• 학천정 주위에 "山高水長", "南近興巖", "西接華陽" 등의 각자가 있음 |

선유구곡의 최대 장점은 구곡이 거의 완벽하게 보존되어 있다는 점이다. 구곡에 대한 각자도 제1곡 '옥하대'를 제외하면 모두 갖추고 있다. 바로 이점에서 '문화적 전통, 또는 현존하거나 소멸된 문명과 관계되면서 독보적이거나 적어도 특출한 증거를 지니고 있는 것'이라는 세계유산 등재기준에 합당하다. 이 밖에도 선유구곡은 기호 선비와 영남 선비가 문화적으로 상호 회통

하는 지점이 있다는 측면에서 중요하다. 이곳에 대한 시문을 남기고 있는 영남지역 선비로는 정경세鄭經世, 이준李埈, 이만부李萬敷, 남한조南漢朝, 정종로鄭宗魯, 정태진丁泰鎭 등을 들 수 있고, 기호지역 선비로는 김창협金昌協, 김창흡金昌翕, 이재李縡, 송명흠宋明欽, 송병선宋秉璿 등을 들 수 있다.

선유구곡은 구곡도가 없고, 정태진이 근대의 인물이라는 단점이 있기는 하나 구곡문화가 근대까지 꾸준히 지속되고 있었다는 것을 보여주는 중요한 증좌가 된다. 이뿐만 아니라 선유구곡은 인근에 양산사동천陽山寺洞天을 아울러 끼고 있어, 선유동 유람의 특별한 흥미를 가질 수 있게 한다. 위로는 최치원과 관련이 있어 스토리텔링의 구성에 매우 유리한 조건을 갖추고 있기도 하다. 선유구곡은 '선유'라는 명칭에서 알 수 있듯이 신선이 노닐 수 있을 정도로 아름다운 경관을 가진 곳이다. 평평한 암반이 끝없이 펼쳐지고 그 위로 수정처럼 맑은 물이 수천 년 동안 흘러 길이 물길을 이룬다. 이러한 측면에서 선유구곡은 현대인들에게 치유와 휴양을 위한 최적지이기도 하다.

## 4. 대표 구곡의 문화사적 의미

조선의 선비들은 주자 성리학으로 이념을 무장하고 있었다. 성리학적 이념에 의거하여 자신이 사는 곳을 중심으로 구곡원림九曲園林을 조성하여 경영하기도 했다. 그 방법은 매우 다양하였다. 주자의 방식에 따라 물을 거슬러 오르며 9곡으로 설정하는 것이 일반적이지만, 물을 따라 내려오기도 하고, 두 계곡을 아우르기도 한다. 곡의 수에 있어서도 <태화오곡太華五曲>이나 <고산칠곡高山七曲>처럼 5곡이나 7곡으로 줄어들기도 하고, <남산십삼곡南山十三曲>처럼 13곡으로 늘어나기도 한다. 이것은 지역의 형세에 따른 것이라 하겠는데, 바로 주자학의 한국화를 가장 적실히 보여준 것이라 하지 않을 수 없다.

한국의 구곡문화는 팔경문화와 맞물리면서 더욱 새로워진다. 여기에는 음양론이 게재되기 마련이다. 9라는 숫자는 양수이고 기수奇數이며, 8이라는 숫자는 음수이고 우수偶數이다. 이처럼 음양이 맞물리면서 곡 안에 곡이 다시 설정되는 곡내곡曲內曲의 문화가 생성되고, 곡중경曲中景의 문화가 새롭게 창조되면서 조선의 산천은 놀라운 문화공간으로 재탄생한다. 9곡이 지닌 긴수작緊酬酢의 이념성과 8곡이 지닌 한수작閑酬酢의 흥취성도 동시에 발견된다.[26] 여기서 더욱 나아가 구곡도九曲圖나 각자刻字라는 예술문화, 시 창작이라는 시회문화, 정사精舍라는 건축문화, 여행과 놀이라는 풍류문화, 계회契會라는 공동체문화가 맞물리면서 구곡문화는 더욱 풍부해진다. 구곡원림의 경영과 이에 따른 구곡시가九曲詩歌의 창작은 주자학의 성쇠와 그 궤를 같이 하는데, 이러한 구곡 문화는 조선 말기까지 지속되었다. 이를 염두에 두면서 경북의 대표 구곡이 갖는 문화사적 의미를 몇 가지로 나누어 제시해보기로 한다.

첫째, 자연과 인간의 성리학적 소통을 가장 적극적으로 보여준다는 점이다. 여기에는 물론 자연과 인간이 소통하는 생태주의적 요소가 깊이 내재되어 있다. 생태주의는 인간과 문명의 오만을 비판한다. 따라서 생태주의자는 인간이 자행하는 자연파괴와 환경오염의 바탕에 인간이 자신을 자연과 분리시켜 자연을 정복하려는 생각이 깔려 있다고 지적한다. 때문에 그들은 인간과 자연, 혹은 인간과 인간의 관계가 지배와 복종의 관계에 있다는 생각을 거부한다. 조화적 질서 속에서 서로의 삶이 하나의 유기체로 구성되어 있다

26 긴수작과 한수작에 대해서는 정우락의 「조선시대 선비들의 풍류방식과 문화공간 만들기」(『영남퇴계학논집』 15, 영남퇴계학연구원, 2014)와 김종구의 「망우당 곽재우의 한시를 통해 본 閒酬酢의 情趣와 그 의미」(『영남학』 74, 경북대학교 영남문화연구원, 2020) 등을 통해 이해할 수 있다.

고 보고 자신과 함께 상대를 존중한다. 이러한 관점에서 볼 때, 구곡원림의 조성과 그 경영에는 자연과 인간을 서로 존중하는 경북 선비들의 생각이 깊게 배어 있다.

이가순李家淳(1768-1844)은 도산구곡 제9곡 '청량곡'에서 "비로소 극처는 사다리로 오르기 어려운 줄 아노니, 열두 봉우리 모두 하늘 높이 솟았기 때문이라네."[27]라고 하였고, 이상정은 고산칠곡도 제7곡 일대를 무릉촌武陵村으로 표기하였다. 우리는 여기서 자연 속에서 도체道體를 찾고, 현실 속에서 이상[天]을 찾고자 했던 조선의 성리학자들을 만나게 된다. 인간이 자연물을 통해 하늘을 인식하는 방식이야말로 생태주의의 기본구도가 아닐 수 없는데, 원림을 통한 구곡경영은 이러한 구도와 맞물려 있다. 따라서 구곡원림과 구곡시가는 생태 문학으로서의 가능성을 충분히 열어놓고 있다고 하겠다.

둘째, 명승과 문학, 예술과 건축이 조화 속에서 일체감을 이루고 있다는 점이다. 구곡문화는 주자의 무이구곡에 근거한다. 여기에는 무이산이라는 천하의 명승과 <무이도가>라는 구곡시 및 수다한 잡영雜詠이 존재한다. 이뿐만 아니라 제5곡에 세워진 무이정사라는 건축물과 함께, 이를 그림으로 그린 구곡도가 존재한다. 자연과 인간이 문학과 예술과 건축을 통해 구곡문화가 완성되고, 그 궁극에 성리학적 지향점이 있다고 볼 때, 구곡원림은 성리학자들이 자신의 이념을 자연을 통해 발양하는 대표적인 문화형태가 된다. 바로 이러한 측면에서 구곡문화는 인류에게 있어 특별하다고 하지 않을 수 없다.

주자학이 조선에 유입되면서 경북에도 구곡문화가 형성되었고, 현재까지 알려진 경북의 구곡은 앞에서 제시한 바대로 69개소가 존재한다. 이 가운데 도산구곡, 무흘구곡, 고산칠곡, 선유구곡은 한결같이 명승을 거느리고 있다.

27 李家淳, 『霞溪集』 권3, <陶山九曲·九曲詩>, "始知極處梯難上, 十二峯巒盡挿天."

이곳에서 주자의 <무이도가>에 대한 차운시를 짓고, 그 차운시에 다시 차운시를 지으면서 우리 선비들은 자연을 시로 형상하였다. 그리고 아름다운 경관을 그림에 담는 예술적 노력도 있었다. <도산도>, <무흘구곡도>, <고산칠곡도> 등이 모두 그러한 것이다. 건축물은 정사나 서당의 형태로 되어 있는데, 도산서당, 무흘정사, 고산정사, 학천정, 칠우정 등이 모두 그것이다. 구곡문화는 바로 이러한 어울림의 미학을 핵심으로 하고 있었던 것이다.

셋째, 구곡원림의 한국적 수용과 변이가 다양하게 나타나고 있다는 점이다. 주자학이 한국에 수용되면서 이 역시 한국적 학문풍토 속에서 분개되었다. 이 때문에 기호지역과 영남지역의 주자학 이해방법이 다를 수 있었고, 같은 스승 아래 배운 학자일지라도 다른 생각을 가질 수 있었다. 이와 마찬가지로 구곡원림의 설정방법에서 변격형이 다양하게 나타났다. 물을 따라 내려가며 구곡이 설정되기도 하고, 두 계곡이 함께 하나의 구곡으로 설정되기도 하고, 계류가 아닌 길을 따라 구곡이 설정되기도 하고, 구곡 속에 다시 구곡이 생성되기도 하고, 때로는 구곡이 오곡이나 칠곡으로 축소되기도 하고 십삼곡으로 확대되기도 했다. 이러한 변용은 지역의 선비들이 자신이 은거하고 있는 산수에 맞게 고안해낸 것일 터이다.

경북의 대표적인 구곡 넷 가운데 도산구곡은 정격형에 해당한다. 물을 거슬러 오르며 설정되고 이에 따른 구곡시가 창작되고 있기 때문이다. 무흘구곡은 도산구곡과 성격을 약간 달리한다. 쌍계구곡이 무흘구곡과 거의 함께 존재하기 때문이다. 이 쌍계구곡은 구곡시도 주자의 운을 따르지 않는다. 그리고 고산칠곡은 구곡이 칠곡으로 축소되어 나타나며, 선유구곡 역시 선유칠곡에서 발전한 것이다. 우리는 여기서 한국의 구곡문화는 주자의 그것을 수용하되 매우 자유롭다는 것을 알게 된다. 이것은 조선시대의 선비문화가 고착적이거나 경화된 것이 아니라는 사실을 증명하는 좋은 예이기도 하다.

넷째, 문화적 적층성으로 인한 한국문화의 협동적 생성을 보여준다는 점이다. 한국의 구곡문화는 설정자 한 사람의 전유물이 아니다. 구곡문화가 중심을 이루면서도 시간을 따라 내려오면서 다양한 문화가 거기에 유입되기도 하고, 구곡문화가 새로운 방향으로 변화되기도 한다. 이것은 구곡원림을 중심으로 한 문화가 한국문화의 협동적 생성을 보여준다는 것을 의미한다. 즉 여러 사람들이 화차운을 하고, 정사를 지으면 거기에 따른 제영을 짓기도 한다. 또한 각자문화에서 볼 수 있듯이 구곡 관련 각자를 남기되 그것이 일률적이지 않으며, 그 주변에 다른 승경이 있으면 공간을 공유하면서 함께 존재한다는 것이다. 우리는 여기서 구곡문화의 공존 논리도 발견하게 된다.

도산구곡과 무흘구곡에서 보듯이 이황과 정구를 숭모하는 입장에서 여러 사람들이 이곳에서 문화를 만들어갔다. 시간이 흐르면서 축적적 변화가 생기기도 하고, 적층성으로 인한 풍부한 시문자료가 확보되어 문화생성에 대한 협동성을 보여준다. 도산구곡이나 무흘구곡, 고산칠곡이나 선유구곡에 대한 수많은 화차운시는 말할 것도 없고, 정사건립과 이에 따른 제영, 곡내에서 발생하는 집경시集景詩의 창작, 도산서원 광명실과 무흘정사 서운암이 갖는 독서문화 등 문화적 복합성이 잘 나타난다. 각자문화의 경우에도 시간대를 달리해서 새겨지는 것이 대부분이며 글씨체 역시 일률적이지 않다. 이러한 문화적 복합성이 경북의 독특한 구곡문화를 만들어갔던 것이다.

다섯째, 휴양과 치유의 문화공간을 만들어 낼 수 있다는 점이다. 오늘날 우리는 근대가 안겨준 피로감에 휩싸인 채로 살아가고 있다. 이때 절실히 요청되는 것이 바로 곡선과 느림과 녹색과 자연 등이 가져다주는 휴양과 치유이다. 조선시대 선비들은 구곡공간 속에서 구곡문화를 영위하면서 성리학적 세계를 구가하였다. 자연과 인간의 간극이 없어지는 곳에서 겸손과 이치를 터득하고, 인간이 나아가야 할 길을 찾았다. 현대인들에게서 가장 부족한 부분이 바로 이러한 점이다. 이 때문에 개인의 지표상실은 말할 것도 없고, 가정이나 사회로 위기의식은 확산되어 갈 수밖에 없었고, 이것은 환경문제와 결부되면서 전지구적 위기로 치닫고 있다고 해도 과언이 아니다.

휴양과 치유의 문화공간으로 개발될 수 있는 것은 다양하겠지만, 그 가운데 대표적인 것이 구곡문화이다. 이 때문에 우리는 도산구곡을 바탕으로 '예던길'을 조성해 이황을 따라 걷고자 하고, 무흘구곡을 중심으로 경관가도를 만들어 휴양처로 삼고자 한다. 고산칠곡에 유원지가 조성되어 있거나, 선유구곡을 중심으로 '달빛사랑여행'을 기획해서 걷는 것도 같은 이치이다. 문화원이나 지방자치단체에서 시행하는 이러한 행사도 충분한 의미가 있다. 그러나 이 같은 노력이 전시성 축제에 그쳐서는 안 된다. 근원적인 의미에서의 휴양과 치유에 맞닿아 있지 않으면, 그것은 자본의 논리에 함몰되는 또 다른 병폐를 초래할 수 있기 때문이다. 바로 이러한 측면에서 구곡문화는 새롭게 인식되어 마땅하다.

오늘날 우리는 근대를 극복해야 하는 시대적 과제를 안고 있다. 이 같은 측면에서 고속도로가 상징하는 근대적 직直의 세계관을 극복하는데 있어 구곡문화가 상징하는 전근대적 곡曲의 세계관을 다시 돌아볼 필요가 있다. 여기에는 자연과 인간의 화해를 의미하는 평화의 메시지가 깊이 내재되어 있기 때문이다. 구곡문화는 이를 담보할 수 있다는 측면에서 미래의 문화가 될 수 있다. 따라서 아직 발굴하지 못한 구곡은 꾸준히 발굴해 나가야 할 것이며, 보존할 만한 자연 경관이 있으면 이 또한 구곡으로 새롭게 지정하여 인간과 자연이 공존하는 새로운 문화를 만들어 가야 할 것이다. 바로 여기서 구곡문화가 과거가 아닌 현재의 일상에서 살아 숨 쉴 수 있는 길이 열리게 된다.

## 5. 맺음말

주자학에 열광하였던 조선조 선비들은 그들 역시 주자와 같은 삶을 살고자 했다. 이 과정에서 구곡문화가 탄생하게 되었으며, 한국적 상황에 맞게 변형이 일어났다. 즉 정격형이 주자처럼 물을 거슬러 올라가며 설정된 데 비해, 한국의 구곡은 이 정격형을 유지하면서도 다양한 변격을 창출하였다. 죽계구곡처럼 내려가면서 구곡을 설정하기도 하고, 쌍룡구곡처럼 두 줄기를 하나의 구곡으로 수용하기도 하고, 무흘구곡처럼 구곡 안에 다른 구곡이 생성되기도 하고, 고산칠곡처럼 구곡이 칠곡으로 축소되기도 하고, 황남구곡처럼 계류가 아닌 산길을 따라 설정되기도 했던 것이다. 이러한 변격형은 구곡의 토착화 과정에서 나타났던 것으로 지역의 자연지리적 상황과 밀착되어 있다고 하겠다.

경북의 대표적인 구곡원림으로는 안동의 도산구곡, 성주의 무흘구곡, 안동의 고산칠곡, 문경의 선유구곡을 선정할 수 있다. 선정기준은 ① 구곡경관의 미려성과 보존성, ② 구곡시 및 관련문헌의 풍부성, ③ 인물의 위상 및 경영사상의 체계성, ④ 구곡도의 유무, ⑤ 정사와 각자 등 구곡문화의 우수성 등을 들 수 있다. 선정된 경북의 네 구곡이 이들 기준을 모두 만족시키는 것은 아니지만, 지역적 안배와 문화적 특수성을 고려할 때 그 타당성이 충분히 인정된다. 도산구곡은 퇴계학이라는 강력한 자장의 진원지에 설정된 것이라는 점, 무흘구곡은 그 속에 산중도서관이 있었을 뿐만 아니라 세계에서 가장 긴 구곡이라는 점, 고산칠곡은 퇴계학을 이어받으면서도 지형에 맞게 변화하는 한국적 변용을 보여준다는 점, 선유구곡은 구곡 각자 등이 가장 잘 보존된 구곡이라는 점 등도 고려되었다.

그렇다면 경북의 대표적 구곡이 지닌 문화사적 의미는 어떤 것이 있을까? ① 자연과 인간의 성리학적 소통을 가장 적극적으로 보여준다는 점, ② 명승과 문학, 예술과 건축이 조화 속에서 일체감을 이루고 있다는 점, ③ 구곡원림의 한국적 수용과 변이가 다양하게 나타나고 있다는 점, ④ 문화적 적층성으로 인한 한국문화의 협동적 생성을 보여준다는 점, ⑤ 휴양과 치유의 문화공간을 만들어 낼 수 있다는 점 등이 그것이다. 여기서 제시된 몇 가지가 물론 경북의 구곡만이 가진 특징이라고는 할 수 없다. 그러나 경북이 구곡을 가장 많이 보유하고 있고, 모든 변격형이 이곳을 통해 검토될 수 있으므로 한국 구곡문화의 대표성을 지닌다고 할 수 있다. 이 때문에 경북의 구곡문화에 대한 탐구는 한국 전체의 구곡을 말하는 것이라 해도 과언이 아니다.

이제 본 논의에 따른 앞으로의 과제를 몇 가지로 나누어 제시해보기로 한다. 첫째, 세계유산 등재추진을 위한 구체적 실천으로 나아가는 일이다. 경북의 대표구곡을 중심으로 한 등재추진의 방향과 전략은 이미 마련된 상태이다.[28] 앞서 예로든 경북의 구곡 가운데 대표성과 고유성을 갖춘 구곡은 국제기념물유적협의회(ICOMOS) 세계문화유산 등재 평가 기준 가운데 상당부분이 밀착되어 있다. 이에 따라 경북 구곡문화유산의 진정성을 확보하고, 다른 시도의 구곡유산과의 비교 조사연구를 위한 협력 사업을 추진하는 것이 특별히 요청된다. 이러한 등재의 방향성을 잡고 구체적인 전략을 갖추어 실천하는 것이 세계유산 등재를 위해서 반드시 필요할 것으로 본다.[29]

둘째, 구곡연구의 본격화를 위한 토대구축과 한국형 구곡의 문화적 의미

28 『백두대간 경북권 구곡문화지구 세계유산 등재추진을 위한 타당성 조사 및 기본구상』(연구책임자 : 기근도), 경상북도·경상대학교연구팀, 2013.9. 이 보고서에서는 "현재 한국에서 세계유산 등재를 추진하고 있는 「한국의 서원문화유산」 등 각 시도의 기존 추진 사업을 고려하여, 본 구곡유산의 등재 추진은 아래 세계유산 등재 추진 로드맵의 1단계에서 2단계 진입을 추구할 필요가 있다."라고 하면서 세계유산 등재추진 로드맵을 제시한 바 있다.

29 경상대 연구팀에서는 세계유산 등재전략으로, ① 경북권 구곡의 고유성과 대표성 확보와 조사연구, ② 연관사업과의 결합 및 경관 보존 관리조치, ③ 세계유산 등재 추진으로 유교문화를 대표하는 세계적 탐방길 지향 등을 들었다.

를 밝히는 일이다. 한국의 구곡문화에 대한 관심이 관련 학계와 지방자치단체에서 꾸준히 일어나고 있으나 아직 본격화되었다고 할 수는 없다. 구곡의 규모를 대체로 짐작하고 있기는 하지만, 그것조차 정확하게 제시된 경우가 없는 실정이다. 이를 인식하면서 구곡과 관련된 문헌을 포괄적으로 수집하고 이를 질서화하는 작업이 우선되어야 할 것이다. 여기서 나아가 구곡문화의 한국적 토착화에 따른 일련의 문화적 의미를 밝히는 일도 수반되어야 한다. 특히 구곡문화의 한국적 토착화와 이에 따른 변격형 구곡의 발생은 한국의 문화사와 사상사를 이해하는 데 있어 중요한 역할을 할 수 있을 것이다.

셋째, 경북의 대표 구곡에 대한 체계적 이해와 그 특징에 대한 탐구이다. 경북은 한국 유학의 발전과정을 고스란히 안고 있으며, 또한 가장 높은 봉우리를 형성하고 있다. 사림파의 성장과 퇴계학은 경북의 구곡문화에도 잘 나타난다. 일찍이 김종직이 '구곡九曲'과 '도원桃源'이라는 시어를 사용하여 <홍류동>을 노래한 바 있으며, 밀양의 박귀원朴龜元과 청도의 박하담朴河淡은 이러한 문화풍토 속에서 고야구곡과 운문구곡을 경영한다. 이렇게 출발한 구곡문화는 이황의 시대에 들어 더욱 정밀하게 되었으며, 퇴계학파의 자장 속에 있는 영남 일원에서는 이 문화를 더욱 발전시켰다. 이 과정에서 도산구곡, 무흘구곡, 고산칠곡, 선유구곡 등이 나타날 수 있었던 것이다. 그러나 이 구곡에 대한 보다 심층적이고 체계적인 이해가 뒤따라야 한다. 이로써 경북의 구곡이 지닌 세계유산적 가치는 더욱 분명해질 것이기 때문이다.

넷째, 세계유산 등재를 위한 한국의 대표 구곡을 선정하는 일이다. 경북은 구곡문화의 본산이라고는 하나, 다른 지역 역시 많은 선비들이 구곡문화를 향유하였다. 이러한 점에서 속리산 북쪽의 화양동 계곡에 송시열宋時烈(1607-1689)이 경영한 화양구곡華陽九曲[30]과, 강원도 화천군 사내면의 용담리와 삼일리 등에 김수증金壽增(1624-1701)이 경영한 곡운구곡谷雲九曲[31]을 주목할 필요가 있다. 이들 구곡은 앞서 제시한 다섯 가지 기준이 모두 부합될 뿐만 아니라, 경북의 대표 구곡 넷과 함께 한국을 대표하는 구곡으로 보아 손색이 없기 때문이다. 이러한 점을 고려하면서 한국의 구곡 전체를 조사대상으로 삼아 세계유산 등재를 위한 본격적인 기획을 할 필요가 있을 것이다.

다섯째, 구곡문화와 함께 하는 휴양과 치유를 위한 프로그램을 개발하는 일이다. 앞서 제시한 대로 도산구곡의 예던길이나, 무흘구곡의 경관가도, 선유구곡의 달빛여행 등 문화원이나 지방자치단체에서 이 방면에 대하여 관심을 갖고 있는 것이 사실이다. 그러나 구곡문화의 본질인 자연과 인간의 화해라는 보다 근원적인 측면에서의 프로그램은 아직 개발되지 못했다. 이러한 점을 충분히 인식하면서 구곡별로 제대로 된 안내판을 설치하는 일, 이에 대한 인문학 프로그램을 만드는 일, 답사와 체험을 통해 구곡문화를 향유하는 일 등 다양한 작업들이 아직 남아 있다. 이를 위한 협의체나 연구소의 설립 등도 적극적으로 검토해야 할 것이다.

조선조 선비들은 자연을 이용의 대상으로 생각하지 않았다. 자연 속에서 이치를 발견하고, 그 이치를 통해 인간이 가야 하는 길을 발견하고자 했다. 여기에 바로 자연과 인간이 하나라고 하는 천인합일天人合一 사상이 담지 될 수 있었다. 그러나 근대주의적 세계관은 자연과 인간을 갈라놓았다. 자연을 물질적 가치로 생각하고 이를 이용해서 인간의 편리를 도모하고자 했기 때문이다. 오늘날 이에 따른 문제가 심각하다. 이를 인식하면서 보다 적극적으로 선인들이 자연 속에서 추구했던 구곡문화를 살려낼 필요가 있다. 이 작업이 어쩌면 우리 시대에 있어 가장 시급한 것인지도 모를 일이다.

---

30 화양구곡의 각 곡별 명칭은, "제1곡 擎天壁, 제2곡 雲影潭, 제3곡 泣弓巖, 제4곡 金沙潭, 제5곡 瞻星臺, 제6곡 凌雲臺, 제7곡 臥龍巖, 제8곡 鶴巢臺, 제9곡 把串"이다.

31 곡운구곡의 각 곡별 명칭은, "제1곡 傍花溪, 제2곡 靑玉峽, 제3곡 神女峽, 제4곡 白雲潭, 제5곡 鳴玉瀨, 제6곡 臥龍潭, 제7곡 明月溪, 제8곡 隆義淵, 제9곡 疊石臺"이다.

# 제5장 대구지역의 구곡문화와 그 특징

## 1. 머리말

대구예술문화회관 경내에는 '상동 지석묘'가 전시되어 있다.[1] 그 안내문에 의하면 수성들판에 수십 기가 신천을 따라 군락을 이루면서 분포하고 있었는데, 그 일부를 이곳으로 옮겨다 놓은 것이라 한다. 그런데 이 지석묘에 "도가암棹歌巖"이라는 세 글자가 뚜렷하고, 그 옆에 작은 글씨로 "을축춘乙丑春"이라 새겨져 있다. 조선시대에 누군가에 의해 이것이 새져졌을 터인데, 새긴 연대는 구체적으로 알 수 없다. 그러나 우리는 이를 통해 대구지역의 선비들이 주자의 <무이도가>를 얼마나 사랑하였으며, 지역 공간에 이것을 구현하기 위해 얼마나 노력해왔는지를 알 수 있다.

이 글은 대구지역의 구곡문화를 개관하고 이에 대한 특징을 논의하기 위한 것이다. 인문지리학을 거론하지 않더라도 자연환경과 인문은 밀접한 상호작용을 한다고 할 수 있다. 이것은 환경결정론의 일부이기도 하다. 이 이론은 자연환경, 이를테면 기후나 지형 등 인간이 성장하는 물리적 주변 환경이

1 이 글은 필자의, 「대구지역의 구곡문화와 그 특징」(『한민족어문학』 77, 한민족어문학회, 2017)을 수정·보완한 것이다.

문화형성에 주요한 인소因素가 된다는 주장이다. 이 때문에 역사 전통이나 기타 사회 경제적 요인들에 의해 사회가 발전한다는 점을 부정하는 극단론을 펼치기도 한다.

환경결정론의 반대편에 존재하는 것이 자유의지론이다. 이것은 운명론이나 숙명론 등과 대극점에 위치한 비결정론으로, 인간의 자유의지를 매우 신뢰한다. 자유의지론은 인간이 이성적인 사고를 통해 자아를 형성하며, 이 때문에 같은 상황을 인간 개인이 지니고 있는 내적 의지에 의해 서로 다른 시각으로 인식하게 된다고 파악한다. 이러한 주장은 인간이 지닌 능력과 잠재성을 신뢰하는 측면에서 이루어진다.

환경결정론과 자유의지론이 인간을 이해하는 데 있어 모두 유효하지만 양극단에 서는 것은 위험하다. 이성을 가진 인간은 내적 의지를 지니고 있으면서도, 자연지리적 환경이나 자신이 태어나고 자란 곳의 인문환경에 영향을 받지 않을 수 없기 때문이다. 즉 인간은 자신이 거느리고 있는 제반 환경을 때로는 극복하고, 때로는 적응하면서 문화를 형성하는 것이다.

대구의 구곡문화는 환경결정론과 자유의지론을 염두에 두면서 논의되어야 마땅하다. 대구는 동쪽으로는 경상북도 경산시, 서쪽으로는 경상북도 성주군과 고령군, 남쪽으로는 경상북도 청도군과 경상남도 창녕군, 북쪽으로는 경상북도 칠곡군과 군위군 및 영천시와 접하고 있다. 분지적 지형으로, 북부 산지는 거대한 팔공산괴八公山塊를, 남부 산지는 비슬산괴琵瑟山塊와 용지산괴龍池山塊를 이루고 있다. 이러한 남부와 북부의 산지 사이에 낙동강이 흐르고, 그 지류인 금호강琴湖江, 신천新川, 팔거천八渠川 등이 여기에 유입된다.

조선의 선비들이 구곡문화를 만들어 가는 과정에서 여러 가지 특징이 나타나기도 했다. 첫째, 주자의 <무이도가>에 대한 이해를 개방적으로 하고 있었다. 주자의 <무이도가>를 '입도차제入道次第'나 '인물기흥因物起興' 등 다양한 시각으로 이해하였다는 것이다. 둘째, 한시 형태는 물론이고 시조나 가사 등 국문시가로 창작하는 등 문학적 변용을 수행하기도 했다. 셋째, 주자와 마찬가지로 구곡원림을 경영하면서도 그 경영방식은 한국적 지형에 맞게 신축성이 있었다. 넷째, 조선의 선비들은 무이구곡도는 물론이고, 조선의 구곡도를 그리며 구곡문화를 다양하게 발전시켜 나갔다.[2]

대구는 팔공산과 비슬산 등 거대한 산악을 주위에 두고 있기 때문에, 그 인근에는 자연스럽게 계곡이 발달해 있다. 그리고 동서로는 퇴계학과 남명학이 서로 만나고, 남북으로는 기호학과 영남학이 회통하는 강안학적 요소를 지니고 있었다. 또한 17세기 전반에 이르러 퇴계학과 남명학을 발전적으로 계승한 정구鄭逑(1543-1620)를 비롯하여 서사원徐思遠(1550-1615) 등 다량의 지역 선비들이 배출되면서, 대구는 유교문화를 새롭게 만들어갔다.

이보다 앞서 대구지역에는 조선초기부터 상경종사上京從仕 하면서 대표적인 훈구파가 되었던 서거정徐居正(1420-1488)이 있었고, 사림파로서는 김종직金宗直(1431-1492) 학단이 밀양이나 달성 등 인근에서 활약하고 있었다. 또한 대구지역 내에서는 이황의 학통을 잇는 전경창全慶昌(1532-1585)이 일련의 제자를 거느리고 강학활동을 하면서 대구 성리학의 발판을 닦아가고 있었다. 이러한 기반 하에 한강학寒岡學이 접속되면서 대구의 유학은 새로운 활로를 찾을 수 있었다. 한강은 그 스스로가 구곡문화에 지대한 관심을 갖고 있었다.

정구는 일찍이 이담李湛(1510-1575)이 소장하고 있었던 중국본의 모사품인 <구곡도>를 갖고 있었는데, 이 그림에는 이황의 발문이 붙어 있었다. 그는 안동부사 재임시절인 1607년에 그곳의 화가를 만나 『무이지』를 새롭게 편집하거나 책머리에 <구곡도>를 그려 넣고, <구곡도> 말미에 실려 있었던 이황

2　정우락, 「주자 무이구곡의 한국적 전개와 구곡원림의 인문학적 의미」, 『한국의 구곡문화』, 울산대곡박물관, 2010.

의 발문 역시 실었다. 이를 통해 구곡문화에 대한 정구의 관심을 충분히 알 수 있는데, 그 역시 <앙화주부자무이구곡시운仰和朱夫子武夷九曲詩韻> 10수를 창작하여 무흘에 대한 구곡적 심의를 드러내기도 했다.[3] 우리는 여기서 이황과 정구를 거치면서 발생한 구곡문화에 대한 관심이 대구지역 구곡문화 형성에 중요한 배경이 되었다는 것을 알게 된다.

영남의 구곡문화는 그 규모의 측면에서 전국을 압도한다. 이 가운데 대구지역의 구곡문화는 보고서의 형식으로 조사되고 연구된 바 있다. 보고서는 김문기 교수의 『대구의 구곡문화』에서 이루어졌고,[4] 연구는 백운용 선생의 「대구지역 구곡과 한강 정구」에 의해 이루어졌다.[5] 이들 연구에 의하면 대구의 구곡은 동구의 농연구곡聾淵九曲과 달성군의 운림雲林·수남守南·와룡산臥龍山 구곡 등 네 곳이 존재하며, 대체로 퇴계학통을 잇는 정구와 직간접적으로 관련을 맺고 있고, 입도차제의 재도적 경향을 지니면서 대구지역에 고루 분포되어 있다고 한다.

이 글은 김문기 교수의 조사보고서를 적극 활용하면서 대구의 구곡문화를 새롭게 개관하고 그 특징을 밝히고자 한다. <문암구곡門巖九曲> 등 새로 발굴된 구곡이 있을 뿐만 아니라, 보고서에서 다루지 않은 여타의 작품 역시 구곡문화사라는 범주 속에 충분히 편입시킬 수 있기 때문이다. 이로써 한국의 구곡문화 전체 속에서 대구의 구곡문화를 이해할 수 있을 것이다. 이 과정에서 대구지역의 구곡문화가 갖는 의의나 위상이 자연스럽게 드러날 것으로 본다.

---

3 정우락, 「한강 정구의 무흘 경영과 무흘구곡 정착과정」, 『한국학논집』 48, 계명대 한국학연구원, 2012 참조.

4 김문기, 『대구의 구곡문화』, 대구광역시·경북대학교 퇴계연구소, 2014. 이 책에는 부록으로 <聾淵書堂記> 등 구곡 관련 자료를 실어놓고 있어 대구지역 구곡문화를 이해하는 데 많은 도움을 준다.

5 백운용, 「대구지역 九曲과 한강 정구」, 『퇴계학과 유교문화』 58, 경북대 퇴계연구소, 2016.

## 2. 대구지역 구곡원림의 개관

대구는 북쪽의 팔공산, 남쪽의 비슬산과 대덕산, 서쪽의 와룡산에 둘러싸인 분지이다. 그 사이로 신천이 대구의 남에서 북으로 흘러 금호강에 합류한다. 영천을 지나온 금호강은 대구의 동촌 부근에서 문암천門巖川과 만나 다시 신천을 합류한 후, 대구광역시 달서구 파호동에서 낙동강 본류로 흘러든다. 구곡문화가 산과 물을 중심으로 형성된다는 측면에서 대구는 이러한 문화를 생성할 수 있는 여건이 충분히 조성되어 있다 하겠다. 특히 대구는 낙동강과 금호강을 끼고 있어, 이 지역 선비들이 이를 구곡문화 형성에 적극 활용하였을 것이라 예상할 수 있다.

대구지역의 구곡문화는 팔공산과 비슬산 및 최정산, 그리고 와룡산 자락에 분포되어 있다. 현재의 행정구역으로는 대구시 동구와 달성군 일대에 해당한다. 그리고 금호강과 낙동강이 이 지역을 관통해 흐르고 있어, 대구지역에서는 이를 충분히 활용하면서 구곡문화가 전개된다. 이것은 구곡문화가 일반적으로 개울을 중심으로 형성되어 있는 것과 달리, 대구의 지리적 환경뿐만 아니라 정구와 서사원이 이들 강을 기반으로 활동하고 있었기 때문에 가능한 것이었다. 이를 염두에 두면서 현재까지 확인되는 대구지역의 구곡을 정리하면 다음과 같다.

| 순번 | 구곡명 | 설정자 | 구곡의 세부 명칭[6] | 소재지 |
|---|---|---|---|---|
| 1 | 西湖屏十曲 | 都錫珪<br>(1773-1837) | 浮江亭-伊洛書堂-仙槎-伊江書院-可止巖-東山-臥龍山-銀杏亭-觀魚臺-泗水濱 | 금호강 하류 일대 : 다사읍 - 사수동 |
| 2 | 聾淵九曲 | 崔孝述<br>(1786-1870) | 白石-詠歸臺-鼓淵-聾淵-狎鷺洲-靜樂臺-兢臨臺-龜巖-龍門 | 용수천 상류 일대 : 신무동 - 용수동 |
| 3 | 雲林九曲 | 禹成圭 | 龍山-魚臺-松亭-梧谷-江亭-淵齋-仙槎-鳳 | 낙동강 중류, 금호강 |

| 순번 | 구곡명 | 설정자 | 구곡의 세부 명칭[6] | 소재지 |
|---|---|---|---|---|
| | | (1830-1905) | 巖-泗陽書堂 | 하류 일대 : 사문진교 - 사수동 |
| 4 | 門巖九曲 | 蔡準道 (1834-1904) | 畫巖-鵂巖-東山-毅訥-水永谷-道山-鼉頭-門巖-春嶝 | 동화천 상류 일대 : 연경동 - 미대동 |
| 5 | 臥龍山九曲 | 申聖燮 (1882-1959) | 泗水-松濤-海浪-龍頭-鶴林-溪月-白石灘-仙槎-晴川 | 금호강 하류 일대 : 사수동 - 이곡동 |
| 6 | 居然七曲 | 蔡晃源 (1883-1971) | 寒泉-高厓-杏亭-鵜鶘峰-丹山-典坪-東山 | 신천 상류 일대 : 가창면 냉천리 - 단산리 |
| 7 | 守南九曲 | 미상 | 寒泉-興德-鵜鶘山-玉女峰-金谷-三山-鹿門-紫陽-白鹿 | 신천 상류 일대 : 가창면 냉천리 - 우록리 |

위의 조사에서 보듯이 대구지역의 구곡은 넓게 보아 일곱 곳이고, 좁게 보아 다섯 곳이다. 도석규의 <서호병십곡西湖屛十曲>과 채황원의 <거연칠곡居然七曲>을 넓은 범위의 대구 구곡에 포함시킨 것은 구곡의 변격형으로 보아 무방하기 때문이다.[7] 이를 고려하면 <서호병십곡>과 <거연칠곡>은 10곡과 7곡이라는 결격 사유가 있음에도 불구하고, 조선시대 선비들의 일반적인 문화공간 만들기에 입각해 볼 때 구곡문화에 충분히 포함시켜 다룰 수 있다.

대구의 구곡문화는 현재의 행정구역으로 보면 동구와 달성군에 집중되어 있지만, 구곡문화의 핵심 배경인 산천을 중심에 두고 보면 셋으로 나누어진

6 구곡의 세부 명칭은 작자가 직접 제정한 것도 있고, 김문기 교수가 보고서를 작성하면서 작품의 내용을 고려해 만든 것도 있다. 여기서의 세부 명칭은 김문기 교수의 것을 그대로 따르기로 한다.

7 조선조 선비들은 선을 중심으로 구곡의 문화공간을 만들고, 점을 중심으로 集景의 문화공간을 만들었다. 선은 주로 물길로 이루어진다. 이에 대해서는 정우락, 「조선시대 선비들의 풍류방식과 문화공간 만들기」, 『퇴계학논집』 15, 영남퇴계학연구원, 2014에서 자세하게 다루었다.

다. 북쪽의 팔공산을 배경으로 조성된 구곡은 용수천 일대의 <농연구곡>과 동화천 일대의 <문암구곡>을 들 수 있고, 남쪽의 비슬산 내지 최정산을 배경으로 조성된 구곡은 신천 상류의 <거연칠곡>과 <수남구곡>을 들 수 있다. 그리고 서쪽의 와룡산 일대의 낙동강 및 금호강을 중심으로 조성된 구곡으로는 <서호병십곡>, <운림구곡>, <와룡산구곡>을 들 수 있다. 이렇게 설정된 일곱 곳의 구곡을 개략적으로 살펴보면 다음과 같다.

첫째, 도석규의 <서호병십곡>에 대해서다. 이 작품은 작자에 대한 논란이 있기는 하나,[8] 작품이 분명히 존재하기 때문에 우선 소개해 두기로 한다. 잠정적이기는 하나 작자로 알려져 있는 도석규는 자가 우서禹瑞 혹은 회언會彦, 호가 서호西湖 혹은 금남錦南으로 관향이 성주星州이다. 류심춘柳尋春(1762-1834)의 문하에 들어가 공부하였으며, 37세(1809년, 순조 9)에 증광시增廣試에서 2등을 하여 성균진사成均進士가 되었다. 그는 『가례편고家禮便考』, 『해동군원록海東群源錄』 등을 편찬編纂하였으며, 읍지에도 그의 행의行誼가 전해진다.

서호는 '서쪽 금호강'으로 낙동강과의 합류 지점에 이르면 넓어지는 모습이 호수 같기 때문에 이름을 이렇게 붙였다.[9] 이 작품은 서시가 없이 10곡으

8 작자 문제는 최원관, 「다사향토사연구회(http://cafe.daum.net/dasahistory)」에서 제기되었다. 이에 의하면, <서호병십곡>이 도석규의 문집인 『錦南集』에 수록되지 않은 점, 성주도씨 용호문중에서 발간한 『서재춘추』에 <서호병십곡>의 작자가 명시되지 않은 점, <서호병십곡> 제1곡의 기사와 어긋나는 점, 도석규 생존 시 부강정 터에는 河洛亭이 건립되어 있었던 점 등을 들어 도석규가 작자일 수 없다고 했다. 이뿐만 아니라 제4곡 伊江書院에서는 "우리 선조께서 당년에 진리를 얻으셨네[吾祖當年見得眞]."라고 하고 있다. 이강서원이 서사원을 제향한 서원이며 '吾祖'라고 하고 있는 사실을 염두에 둔다면, 작자가 서사원의 후손이라는 사실을 배제하기 어렵다. 그러나 이 글에서는 잠정적이기는 하나 <서호병십곡>을 도씨 문중에서 『서재춘추』에서 소개하고 있는 점, 병풍으로 소장하고 있는 점 등을 감안하여 구체적인 작자가 밝혀질 때까지 기존의 설을 따르기로 한다.

9 서호는 중국 항주의 서호를 연상하며 작명한 것은 물론이다. 한강 마포 일대를 서호라고 한 것도 같은 이치이다. 서호의 한국적 수용에 대해서는 김동준, 「한국한문학사에 표상된

로 되어 있으니 9곡의 변격형이라 하겠다. 제1곡은 낙동강과 금호강의 합류 지점에 있었던 부강정浮江亭이고, 제10곡은 정구의 만년 강학처인 사수빈泗水濱이다. 도석규는 여기서 윤대승尹大承(1553-?)과 이지화李之華(1588-1666)(1곡), 정구와 서사원(2곡), 최치원(3곡), 도성유 등 팔군자(6곡),[10] 제갈량(7곡), 정구(9곡), 정구(10곡) 등을 떠올렸다. 특히 정구에 대한 생각이 2곡, 9곡, 10곡에 두루 나타나 작자의 지향점이 어디에 있는지를 바로 알 수 있게 했다.

둘째, 최효술의 <농연구곡>에 대해서다. 작자 최효술의 자는 치선穉善, 호는 지헌止軒으로 관향이 경주慶州이다. 정구의 제자인 최동집崔東集(1586-1661)의 후손으로, 이상정李象靖(1711-1781)의 벗인 최흥원崔興遠(1705-1786)은 그의 5대 손이다. 최효술은 최흥원의 증손으로 외할아버지 정종로의 문하에서 수학하였으며, 1860년(철종 11) 장릉참봉莊陵參奉에 임명되고, 그 뒤 돈녕부도정敦寧府都正을 거쳐 부호군副護軍에 이르렀다. 그는 시문도 두루 남기고 성리학에도 조예가 깊었다. 이러한 학문적 경향은 동국문종 최치원을 통해 내려오는 문학적 전통과 '이황-정구-최동집-최흥원'으로 전해지는 이학적 전통을 통섭한 결과라 하겠다.

<농연구곡>은 최동집으로부터 유래한다. 최동집이 농연 가에 집을 짓고 은거한 이래, 최흥원이 1755년 농연정을 건립하고 이를 중심으로 <농연구곡>을 설정한 것으로 보이기 때문이다.[11] 그러나 그의 구곡시 존재여부는 알 수가 없다. 이후 증손 최효술이 구체적인 <농연구곡> 시를 창작한다. 그러나 이 <농연구곡>은 물을 거슬러 오르며 구곡을 설정하고 있어 경영의 측면에

---

중국 서호의 전개와 그 지평」, 『한국고전연구』 28, 한국고전연구학회, 2013에 자세하다.

10 도씨 문중에서는 8군자가 "養直堂 都聖兪, 鋤齋 都汝兪, 洛陰 都慶兪, 翠厓 都應兪, 止巖 都愼修, 撝軒 都愼與, 竹軒 都愼徵, 石川 都爾望"을 의미한다고 했다.

11 『百弗庵先生言行錄』 권1 「年譜」, "聾淵亭成 : 亭凡三架四楹, 東二間爲齋, 曰洗心, 西一間爲軒, 曰濯淸, 合而扁之, 曰聾淵書堂, 以待學者之羣居, 沿溪上下, 得澄淵九曲, 隨處題品, 以誌其勝."

서는 주자를 따르고 있지만, 서시가 없을 뿐만 아니라 주자의 <무이도가> 시운을 따르지 않아 문학적 측면에서는 훨씬 개방적이다. 이러한 사정으로 인해 이 <농연구곡>은 이운정李運楨(1819-1893)에 의해 서시와 함께 주자의 시운을 따르며 정격화 되는 과정을 밟게 된다.[12]

셋째, 우성규의 <운림구곡>에 대해서다. 우성규의 자는 성석聖錫, 호는 경재景齋 또는 경도재景陶齋로 관향이 단양丹陽이다. 그는 우배선禹拜善(1569-1621)의 후손으로 달성達城에서 태어나 서울로 올라가 명류名流들과 두루 사귀면서 학문을 닦았다. 내직으로는 선공감역繕工監役과 감조관監造官 등을 역임하였고, 외직으로는 현풍·영덕·예안의 현감, 임천·단양의 군수, 영월·칠곡의 부사를 지냈다. '도산을 경모한다'고 표방한 그의 호에서 볼 수 있듯이 우성규는 이황을 존신하였으며, 만년에는 '인산정사仁山精舍'를 짓고 강학하였다. 송병선과 최익현 등 노론의 후예들과도 폭넓은 교유를 했다.

<운림구곡>은 사문진 나루의 용산에서 시작하여 정구의 만년 강학지인 사양정사에서 마무리된다. 사문진은 화원에서 고령의 다산을 건너다니는 나루인데, 금호강 일대에 설정한 구곡 가운데 가장 길어 약 16km에 해당한다. 우성규는 이 작품의 서시에서 "하늘이 운림을 보호해서 참으로 신령스럽다."[13] 라고 하면서 '운림'을 특기하고 있다. 운림은 바로 웃갖[上枝]을 의미하는데, 여기에 정구와 이윤우, 그리고 이원경李遠慶을 제향한 사양서당이 소재하므로, 그가 물을 거슬러 오르며 만나고자 했던 사람이 누구인지 바로 알게 된다. 이 운림구곡은 이원석李元奭에 의해 <운림구곡차무이도가운雲林九曲次武夷櫂歌韻>이라는 작품으로 차운되기도 했다.

---

12 이운정의 <謹次聾淵亭九曲韻>은 최효술의 시운과 전혀 다르다. 이 점에서 <농연정구곡>이라는 다른 작품이 존재하였던 것으로 보이지만, 현재로선 누구의 작품인지를 알 수가 없다.

13 禹成圭, 『景陶齋集』 권2, <用武夷櫂歌韻賦雲林九曲>, "天護雲林儘異靈, 山明曲曲水澄淸."

넷째, 채준도의 <문암구곡>에 대해서다. 채준도의 자는 윤경允卿, 호는 석문石門인데, 본관은 인천仁川이다. 달성達城에서 태어나 최효술崔孝述의 문하에서 수업하면서 자연스럽게 구곡문화를 접할 수 있었다. 그는 평생 동안 『주자전서朱子全書』를 애독하였다고 하며, 만년에 팔공산 염문암拈門巖 산수를 사랑하여 백거이白居易(772-846)의 향산고사를 모방하여 동지同志들과 향산구로회香山九老會를 조직하고 도의를 강마하였다고 한다. 여기에 참여한 아홉 명은 채준도를 비롯한 최운경崔雲慶, 채정식蔡正植, 도윤곤都允坤, 곽종태郭鍾泰, 최완술崔完述, 곽치일郭致一, 서우곤徐宇坤, 서영곤徐泳坤이다.

<문암구곡>은 연경서원이 있었던 제1곡 화암에서 시작하여 문암천이라 불렸던 지금의 동화천을 거슬러 올라가, 대구시 동구 미대 마을의 안산에 위치하는 문암門巖을 거쳐 제9곡 용등에 이른다. 연경서원에 이황을 비롯하여 정구, 정경세가 제향되었다는 사실을 고려할 때, 여기에 기반한 도학이 결국 자신이 은거하고 있는 문암에 이른다고 생각하였을 것이다. 이 작품은 주자 <무이도가>의 체제를 그대로 따르고 있으며, 같은 향산구로 가운데 한 사람이었던 서영곤徐永坤(1831-1913)이 화운을 하여 <화채윤경준도문암구곡운和蔡允卿準道門巖九曲韻>을 남기기도 했다.

다섯째, 신성섭의 <와룡산구곡>에 대해서다. 신성섭의 자는 명숙明淑, 호는 학암鶴菴이다. 관향은 평산平山으로 고려의 개국공신 신숭겸申崇謙의 후손이다. 송준필宋浚弼(1869-1943)의 문하에서 수학하였으며, 『대학』을 통해 득력하였다고 한다. 그는 용모가 중후하고 덕성이 밝았으며, 풍채가 준수하고 기국이 광대하였다고 한다. 일제강점기를 거치면서 '금수의 발길이 나라를 어지럽히지만 강토를 지킬 수가 없어 두문불출한다'고 하면서, 동지들과 산수에 뜻을 두고 거기에 침잠했다. 만년에는 후학을 양성하고 집안의 자제들을 훈육하는 데 힘을 기울였다.

<와룡산구곡>은 제1곡이 '사양'으로 정구가 강학하던 사양정사가 있는 곳이며, 제9곡이 '청천'으로 와룡산의 끝자락에 해당한다. 이 구곡은 물을 거슬러 올라가는 것이 아니라 물줄기를 따라 내려가면서 설정되어 있다는 측면에서 대표적인 대구의 대표적인 변격형 구곡이라 하겠다. 그는 서시에서 "와룡산 위에 선령이 살고 있어, 그 아래로 금호강이 굽이굽이 맑구나."[14]라고 하여, 특히 와룡산의 신령스러움을 드러냈다. 일곡에서 '원두源頭'를 제시하면서 정구를 도체로 삼아 이것이 후세에 계승되기를 희망하였다. 우리는 여기서 그가 순류를 따라 구곡을 설정한 이유를 비로소 알 수 있다.

여섯째, 채황원의 <거연칠곡>에 대해서다. 채황원은 자가 사중士重, 호가 시헌時軒으로 관향이 인천仁川이다. 그는 가학을 통해 공부했는데, 원래 선조 때부터 세거하던 팔공산 미대美岱에 살았지만 중년에 동구 내동으로 이주하여 야산정사冶山精舍를 짓고 그곳에서 강학을 시작했다. '야산'이라 칭한 것은 정사를 세운 곳이 예전에 야로冶爐였기 때문이라 하였는데, 이를 통해 은일의 뜻을 보이고자 했다. 채황원의 시대가 일제강점기와 6.25동란을 거치는 민족 시련기였다는 것을 감안할 때, 그의 지취가 어디에 있었는지를 이해할 수 있다.

<거연칠곡>은 가창의 냉천에 살았던 벗 전동식全東植(1891-1975)이 세운 정자인 거연정居然亭을 중심으로 설정되었다. 달성군 가창면 냉천 1리 소재의 제1곡 한천으로부터 시작하여 가창면 단산리의 전평들을 지나 제7곡 동산에 이른다. 7곡으로 줄어들고 오언절구로 창작되어 있다는 점에서 변격형 구곡이다. 그러나 제1곡에서 주자의 '한천정사'를 용사하며 원류를 생각하였고, 제7곡에서 "칠곡이라 동산 아래, 시내를 건너서 땅이 특별하게 열리네."[15]라

14 申聖燮, 『鶴菴集』 권1, <臥龍山九曲歌>, "臥龍山上住仙靈, 下有琴湖曲曲清."
15 蔡晃源, 『時軒集』 권1, <題居然亭>, "七曲東山下, 隔溪地別開."

고 하며 주자 <무이도가> 제9곡의 의상을 빌려왔다. 따라서 이 작품은 주자의 <무이도가>를 의식하며 창작된 것임을 알 수 있다.

일곱째, 작자 미상의 <수남구곡>에 대해서다. 수남구곡은 『달성군지』(1992, 달성군지편찬위원회)에 처음 나타난다.[16] 현재로서는 설정자를 알 수 없을 뿐만 아니라 작품도 전하지 않는다. 구전을 통해 내려오던 것을 군지의 편찬위원회에서 수용한 것이 아닌가 한다. 연구의 범위를 조선시대로 한정하면 심각한 결격 사유가 아닐 수 없다. 그러나 <거연칠곡>이나 <와룡산구곡>도 최근세의 것이며, 오히려 이를 통해 주자의 구곡문화를 현대적으로 계승하려는 지역 선비의 의지가 돋보인다는 측면에서 중요한 의의를 확보하고 있다. <수남구곡>이 설정되어 있는 우록리 일대는 지명 자체가 주자학을 담보한 것이 많아 이 지역에 구곡문화가 깊이 들어와 있었던 것은 분명해 보인다.

<수남구곡>은 행정리(제2곡 홍덕) 은행나무 아래에 행단杏壇을 건립하고 시회詩會를 열 때, 가창의 다른 이름인 수남 일대가 주자의 무이구곡과 닮았다고 해서 설정한 것이라 한다. 제1곡 '한천'도 주자의 '한천정사寒泉精舍'에서 딴 것이고, 인근에 있었던 '운곡雲谷'도 주자가 회암초당晦庵草堂을 짓고 강학한 운곡에서 따온 것이다. 이 때문에 서찬규徐贊奎(1825-1905)는 "무릇 여기 몇 곳은 모두 깊이 은거하면서 벼슬에 나아가지 않고 선비가 소요하며 영원히 떠나 알리지 않을 만한 곳이니 한천寒泉과 운곡雲谷이 그것이다. 두 곳의 이름이 옛날과 부합되니 그 또한 우연한 것이 아니다."[17]라고 할 수 있었다. 이 밖에도 제4곡 '옥녀봉', 제8곡 '자양', 제9곡 '백록'은 모두 주자와 깊은 관련이 있는 지명들이다. 이로 보아 <수남구곡>은 거의 주자학으로 무장한 곳이

16 달성군지편찬위원회, 『달성군지』, 달성군, 1992.

17 徐贊奎, 『臨齋集』 권13, <歸隱洞記>, "凡此數地, 皆深藏不市之士, 所可盤桓而永矢不告者, 而寒泉也, 雲谷也, 兩地名之符契於古, 其亦不偶然者."

라 하겠다.

이상에서 우리는 대구지역 구곡원림을 개관하였다. 엄밀한 의미에서 대구의 구곡원림은 모두 넷이지만, 구곡원림이 선을 중심으로 이루어져 있다는 점을 고려한다면 일곱 곳이 된다. 팔공산에는 용수천과 동화천 상류에 조성된 <농연구곡>과 <문암구곡>이 있고, 비슬산 및 최정산에는 신천 상류에 조성된 <거연칠곡>과 <수남구곡>이 있다. 그리고 대구에는 낙동강과 금호강이 지나가고 있어, 이 두 강의 합수지점을 기반으로 하여 <서호병십곡>, <와룡산구곡>, <운림구곡>이 조성되었다.[18] 이처럼 대구의 구곡원림은 낙동강과 금호강에 기반을 둔 것과 팔공산과 비슬산에 기반을 둔 것으로 양분되어 있다. 이는 대구의 자연지리적 환경을 적극적으로 수용한 결과라 할 것이다.

## 3. 대구지역 구곡문화의 특징

주자는 1183년 무이구곡의 제5곡에 무이정사武夷精舍를 짓고 <무이정사잡영武夷精舍雜詠>을 썼으며, 이듬해 무이구곡武夷九曲을 설정한다. <무이도가>는 복건성福建省 무이산武夷山 계곡의 아홉 굽이[九曲] 경치를 읊은 것이다. 여기서 주자는 무이산 계류를 거슬러 오르며 9곡을 설정하고 이에 따라 서시를 포함하여 아홉 수의 칠언절구를 지었다. 또한 『무이지』를 지어 무이구곡 주변의 문화를 수렴하고자 했고, <무이구곡도>를 그려 무이산과 무이구곡의 아름다움을 시각화하기도 했다.

18 이 밖에도 최정산 계곡을 기반으로 설정된 <最頂九曲>이 있다. 이 구곡은 최정산 기슭의 정대 앞을 흐르는 계곡에 설정된 것으로 현재로서는 작자와 시가의 구체상을 알 수가 없다. 지속적인 관심을 갖고 찾아보아야 할 일이다.

주자학이 유입되면서 조선의 주자 성리학은 이것을 제대로 이해하는 단계를 넘어서 다양하게 토착화해가는 과정을 밟는다. 계승과 변용이라는 논리를 적용시키면서 조선의 구곡문화를 만들어간 것이다. '계승'은 주자와 마찬가지로 계류를 거슬러 오르며 아홉 굽이를 설정한 후, 서시를 포함하여 10수의 구곡시를 칠언절구로 창작하는 것이다. 이를 우리는 정격형이라 할 수 있을 것이다. 이 정격형은 경영 방식이나 문학 창작의 측면에서 주자의 <무이도가>를 그대로 모방한다.

'변용'은 크게 둘로 나누어 이해할 수 있다. 첫째, 경영 방식의 측면에서, (1) 내려가며 설정하기도 하고, (2) 두 계곡에 함께 설정하기도 하며, (3) 곡의 수를 줄이거나 늘이기도 한다. 둘째, 문학 창작의 측면에서, (1) 칠언절구로 짓되 주자의 시운을 따르지 않거나, (2) 오언절구나 국문시가 등 다른 시체詩體를 사용하거나, (3) 서시 없이 아홉 수로만 창작하는 것을 말한다. 이를 우리는 변격형이라 할 수 있을 것이다. 주자의 <무이도가>와 많은 부분이 달라졌기 때문이다.

대구의 구곡문화 역시 정격형과 변격형이 동시에 나타난다. 정격형은 우성규의 <운림구곡>[19]과 채준도의 <문암구곡>이다. 이는 모두 경영 방식의 측면에서 물을 거슬러 올라가며 아홉 굽이를 설정하였고, 문학 창작의 측면에서도 서시를 포함한 10수의 칠언절구로 되어 있을 뿐만 아니라, 시운 역시 주자 <무이도가>와 동일하다. 이들은 주자의 세계관을 그대로 따르고자 했던 인물이라 할 수 있다. 이처럼 대구의 선비들은 주자학적 구심력을 확보하

19 <운림구곡>이 경영이나 작시의 방식은 정격형이지만, 구곡에 대한 명명은 집경시의 형태를 따르고 있어 특이하다. 즉 제9곡인 泗陽書堂을 제외하면, 龍山朝霞, 魚臺春水, 松亭晩風, 梧谷霽月, 江亭石楫, 淵齋釣磯, 鶴舞春雲, 鳳巖朝陽 등 '지명+풍치'의 명명 방식을 취하고 있기 때문이다.

고 있었던 것이다. 이러한 계승의 측면을 염두에 두면서 대구 구곡문화의 특징을 몇 가지로 나누어 살펴보기로 하자.

첫째, 정구를 종사宗師로 모시고자 하는 성격이 뚜렷하다는 점이다. 일찍이 정구는 무흘정사를 짓고, 『무이지』를 개편하면서 주자의 <무이도가>에 대한 차운시를 남기는 등 구곡문화에 많은 관심을 기울였다. 그는 70세가 되던 해에 노곡蘆谷으로 이주하고, 72세에 사빈泗濱으로 거주지를 다시 옮겼다. 이 당시 대구의 선비들은 그의 문하에 출입하면서 활발하게 강학활동을 하였다. 여기에 대구의 선비 최동집崔東集도 있었다. 그는 명나라가 망하자 팔공산 부인동에 농연정을 짓고 산수를 소요하게 된다. 여기에 근거하여 그의 후손들, 특히 최동집의 5대손 최흥원은 농연정을 중건하면서 정자 주변에 구곡을 설정해 이름을 짓고, 증손 최효술은 <농연구곡>이라는 작품을 창작하며 선조의 구곡문화를 계승해갔다.

정구가 사수동에서 강학활동을 전개하였기 때문에, 대구지역 선비들은 정구 자체가 대구 유학의 원두 역할을 한다고 생각했다. 우성규는 <운림구곡> 제9곡 '사양서당'에서 "강옹岡翁과 담로潭老의 향기 남은 이 땅에는, 밝고 밝은 하나의 이치가 고요 속에 빛나네."[20]라고 하였다. 여기서 '강옹'은 정구이고 '담로'는 그의 제자 이윤우다. 그리고 신성섭은 <와룡산구곡>의 제1곡 '사수'에서 "일곡이라 원두에서 한 배에 오르니, 쌍쌍의 해오라기 긴 내에 내려앉네."[21]라 하면서 정구를 '원두'로 인식하였다.

도석규의 <서호병십곡>에서는 정구가 더욱 다양하게 제시된다. 제2곡 '이락정'에서는 "이곡이라 배가 이락정에 이르니, 모한당慕寒堂과 미락재彌樂齋가 단청을 하였네."[22]라 하면서 정구와 그의 제자 서사원을 떠올리고, 정구가

20 禹成圭, 『景陶齋集』 권2, <用武夷櫂歌韻賦雲林九曲>, "岡翁潭老遺芬地, 一理昭昭靜裏天."
21 申聖燮, 『鶴菴集』 권1, <臥龍山九曲歌>, "一曲源頭上一船, 雙雙飛鷺下長川."

소요하던 제9곡 '관어대'에서는 그를 그리워하면서 "물고기를 보며 관어의 이치를 깨닫지 못하니, 선생이 가신 뒤에 찾은 것이 가장 한스럽네."[23]라고 하였다. 그리고 제10곡 '사수빈'에서는 "솔개 날고 물고기 뛰는 활발한 경계에 천기가 안정되니, 완연히 그 가운데 성을 아는 사람 있었다네."[24]라고 하면서 정구를 천리와 합치시켰다. 이 밖에도 채준도는 <문암구곡>에서 제1곡을 '화암'에서 시작하고 있는데, 연경서원은 바로 정구가 제향되고 있던 곳이었다.

둘째, 대구의 구곡문화는 도학사상을 특별히 강조하고 있다는 점이다. 구곡문화의 수용 자체가 도학과 관련이 있지만, 낙동강과 금호강이 있는 대구 지역은 이러한 경향이 더욱 뚜렷하다. 지역 선비들은 낙동강을 중국의 낙수洛水로, 금호강을 중국의 이천伊川으로 생각하고 있었다. 이곳은 정호程顥나 정이程頤 등 송대 성리학자들과 관련된 지명이니, 대구의 선비들은 이를 통해 도통을 상상할 수 있었다. 대구의 대표적인 도학자 정구와 서사원을 추모하기 위해 건립한 이락서당伊洛書堂을 구곡의 주요 지점으로 선택한 것도 모두 그러한 이유에서였다.

서찬규徐贊奎(1825-1905)는 상화대 앞에서 뱃놀이를 하며 시를 지은 적이 있다. 그는 여기서, "이수伊水와 낙강洛江이 사수泗洙와 접하고 있으니, 자나 깨나 선현을 그리워한다네. 예전에 도를 닦고 유상하던 곳, 천년토록 그 이름 향기롭구나."[25]라고 하였다. 사수가 곡부에 있는 물 이름이니 공자의 학문을 의미하고, 대구 사수동에 정구가 사양정사를 지어놓고 강학했다는 점에서 유학의 근원인 공자를 연상시킬 수 있었다. 이 때문에 <서호병십곡>, <운림구곡>,

22 都錫珪, 『鋤齋春秋』, <西湖屛十曲>, "二曲船臨伊洛亭, 慕寒彌樂畵丹青."

23 都錫珪, 『鋤齋春秋』, <西湖屛十曲>, "觀魚不達觀魚理, 最恨先生去後來."

24 都錫珪, 『鋤齋春秋』, <西湖屛十曲>, "翔鱗活潑天機定, 宛在中央知性人."

25 徐贊奎, 『臨齋集』 권1, <與禹聖錫成圭李器汝種杞諸人, 舟遊洛江賞花臺, 會者八十餘人, 武夷九曲詩分韻, 得荒字.>, "伊洛接泗洙, 寤寐遊羹墻. 前修遊賞地, 千載姓名香."

<와룡산구곡>에서는 사수가 이락으로 흐르거나, 이락에서 사수로 그 연원을 찾아 거슬러 오르게 하였던 것이다. 모두 도학의 연원을 찾기 위함이었다.

셋째, 대구의 구곡문화는 근세에 주로 이루어졌다는 점이다. 작자 논란이 있는 <서호병십곡>을 제외한다면, 최흥원이 설정한 '농연구곡'이 대구 최초의 구곡이다. 그러나 최흥원은 구곡에 대한 명명을 했을 뿐 작품을 남기지 않았으므로, 증손 최효술이 <농연구곡>이라는 작품을 지어 이를 현실화한다. 우성규의 <운림구곡>, 채준도의 <문암구곡>, 신성섭의 <와룡산구곡>, 채황원의 <거연칠곡>은 19세기 말 혹은 20세기 중후반기에 창작된 것이니 최근의 일이다. 이러한 측면에서 대구의 구곡문화는 근세에 주로 형성되었고, <수남구곡>이 실재하였다고 하더라도 근세의 일일 것이다.

그렇다면 대구지역의 구곡문화가 주로 근세에 이루어진 까닭은 무엇일까? 이것은 한말 혹은 국권상실기를 맞아 주자학을 계승하고자 하는 의지가 강했던 것과 일정한 관련이 있어 보인다. 유학전통을 강조하면서 이로써 국난을 극복하고자 했던 유가 지식인이 이 지역에 많이 포진하고 있었기 때문이다. 특히 신성섭은 <와룡산구곡>에서 물을 따라 내려가며 구곡을 설정하여 경영 방식의 측면에서는 변격형이지만 문학 창작의 측면에서는 정격형이다. 이것은 주자학적 선비정신이 물결의 흐름처럼 후대로 계승되기를 바라는 마음과 주자학적 구심력을 강고히 유지하고자 하는 마음이 경영 방식과 문학 창작의 측면에서 상이하게 구현된 것이라 하겠다.

넷째, 대구의 구곡문화는 변격형이 훨씬 우세하다는 점이다. 우선 물을 따라 내려가는 경우를 들 수 있다. 신성섭의 <와룡산구곡>이 그것이다. 이 작품은 서시를 포함하여 10수의 작품으로 구성되어 있으며, 주자의 시운을 밟고 있지만 물을 따라 내려가면서 구곡이 설정되어 있다. 제1곡인 북구 사수동의 '사수泗水'는 물의 근원이자 진리의 근원인 원두에 해당하고, 제9곡인

다사읍 매곡리의 '청천晴川'은 주자가 <무이도가> 제1곡에서 제시하였던 '청천' 바로 그것이다. 주자와는 정반대의 입장에서 와룡산 구곡을 경영하면서도, 그 지향점은 동일하게 하였다.

대구의 구곡은 7곡으로 줄어들기도 하고, 10곡으로 늘어나기도 한다. 7곡으로 줄어든 것은 채황원의 <거연칠곡>이고 10곡으로 늘어난 것은 도석규의 <서호병십곡>이다. 조선조 선비들이 문화공간을 만들 때 선을 중심으로 구곡을 설정하였던바, 곡의 수는 유동적이었다. 남한조南漢朝(1744-1809)가 경영한 문경의 <선유칠곡仙遊七曲>과 이상정李象靖(1711-1781)이 경영한 안동 소호리의 <고산칠곡高山七曲>, 장위항張緯恒(1678-1747)이 경영한 영주 문수면의 <무도칠곡茂島七曲> 등에서 이를 확인할 수 있다.

문학적 측면에서도 변격형은 다수 발견된다. 우선 최효술의 <농연구곡>은 칠언절구의 형태를 취하고 있지만 서시가 없고 주자 <무이도가>의 시운도 따르지 않았다. 이는 방산 이운정에 의해 다시 정격형 구곡으로 정비된다. 도석규의 <서호병십곡>도 칠언절구로 되어 있지만 서시가 없을 뿐만 아니라 주자의 <무이도가>와는 전혀 다른 방식으로 창작되었다. 가장 파격을 이루는 것은 <거연칠곡>이다. '한천' 등 지명은 주자학에 입각해 있지만, 오언절구의 형식을 취하고 있기 때문이다. 이처럼 대구의 구곡문화는 문학적 측면에서 대단히 자유롭게 전개되고 있었던 것이다.

다섯째, 대구의 구곡문화는 복합형도 나타난다는 점이다. 복합형은 구곡 내에 구곡이 다시 조성된 '곡내곡曲內曲'의 구조를 우선 들 수 있다. 정격형 구곡인 우성규의 <운림구곡>은 사문진에서 출발하여 사수동에 이르는 구간이다. 지점을 조금 달리하지만, 이 구곡 안에 도석규의 <서호병십곡>과 신성섭의 <와룡산구곡>이 존재한다. '사수빈', '사양서당', '사수'처럼 용어는 약간씩 달리하지만, 이들은 모두 정구의 만년 강학지인 사수동을 중심으로 하여, '이강서원'과 '선사', '이락서당'과 '연재', '부강정'과 '강정' 등 동일한 지역이 거듭 나타나며 곡내곡의 복합형 구곡문화를 형성하였다.

개별 구곡에 따른 집경시를 제시하는 '곡중경曲中景'의 구조를 갖추기도 했다. 조선조 선비들은 선을 중심으로 구곡을 경영하기도 했지만, 점을 중심으로 한 집경시를 즐겨 창작하였다. 이 둘이 맞물리면서 복합형 구곡문화가 생성된다. <농연구곡>의 경우 최주진崔周鎭이 농연정을 중심으로 <농연십경聾淵十景>을 짓고, <운림구곡>의 경우 용산을 중심으로 우하교禹夏敎가 <상화대십경常花臺十景>을 창작했다. 이것은 서거정의 <달성십경>, 신성섭의 <대구팔경>, 서석보徐錫輔의 <고산서당팔경> 등과 맞물리면서 대구의 문화경관을 더욱 다채롭게 하였다.

여섯째, 대구지역의 구곡문화에도 7곡에서 9곡으로 성장하는 확장성을 보인다는 점이다. 7곡이 9곡으로 확장되는 현상은 구곡문화에서 흔한 일이 아니다. 그러나 예가 없는 것도 아니다. 예컨대, 정태진丁泰鎭(1876-1956)이 남한조의 <선유동칠곡>에서 제1곡 옥하대玉霞臺와 9곡 옥석대玉舃臺를 더하여 <선유동구곡>으로 확장하거나, 장위항張緯恒(1678-1747)이 <무도칠곡茂島七曲>을 지은 후 이를 다시 <무도구곡茂島九曲>으로 확장한 것이 그것이다.

대구지역에는 7곡에서 9곡으로 확장된 곳이 있다. 방향이 약간 다르기는 하지만, <거연칠곡>이 <수남구곡>으로 확장된 경우를 들 수 있다. 이 둘은 제1곡이 달성군 가창면 냉천 1리 소재의 '한천'이라는 점에서 시작을 같이한다. 그러나 거연칠곡은 단산리 쪽으로, 수남구곡은 우록리 쪽으로 조성되어 둘은 서로 방향을 달리한다. <수남구곡>은 7곡이 9곡으로 확대된다는 측면에서는 <무도구곡>, <선유동구곡>과 같지만 제3곡 '척령산'부터 방향을 달리한다는 측면에서 특이하다. 구곡으로의 확장은 김충선金忠善(1571-1642)을 제향한 녹동서원과 그 주변의 유교문화 경관이 주자의 뜻에 더욱 부합된다고 믿었기 때문이다.

이상의 논의를 통해 우리는 대구지역 구곡문화에 나타난 가장 큰 특징은 개방성에 있다는 것을 알 수 있다. 이 때문에 대구의 구곡문화는 주자를 그대로 따르고자 하는 정격형보다 이것을 창조적으로 변용하는 변격형이 더욱 많을 수밖에 없었다. 그러나 도학주의에 입각한 구심력 역시 확보하고 있어 최근까지 구곡을 조성하는 등 구곡문화의 현대적 계승의식도 강하다. 이러한 현상은 전통을 유지하되 여기에 유연한 자세를 취하려 했던 대구지역 선비들의 성향과 맞물려 있다. 이 지역이 지리적으로 낙동강 연안에 위치하여, 좌우를 넘나들고 상하를 오르내리면서 독특한 문화를 만들어갔기 때문에 가능했던 것으로 보인다. 우리는 여기서 대구 사람들이 지니고 있는 지역성의 한 단면을 본다.

## 4. 맺음말

본 연구는 대구의 구곡문화를 개관하고, 이를 바탕으로 그 특징을 탐구하기 위해 기획된 것이다. 대구지역의 구곡문화는 팔공산과 비슬산 및 최정산, 그리고 와룡산 자락에 분포되어 있다. 현재의 행정구역으로는 대구시 동구와 달성군 일대에 해당한다. 그리고 금호강과 낙동강이 이 지역을 관통하며 흐르고 있어, 이를 기반으로 하여 대구의 구곡문화가 전개되기도 했다. 구곡문화가 일반적으로 개울을 중심으로 형성되어 있는 것과 달리, 대구의 지리적 환경은 강을 중심으로 하고, 정구과 서사원이 이들 강을 기반으로 활동하고 있었기 때문이다.

기존의 연구에 의하면 대구지역의 구곡은 최효술의 <농연구곡>, 신성섭의

<와룡산구곡>, 우성규의 <운림구곡>, 작자 미상의 <수남구곡> 등 네 곳이다. 그러나 본 연구에서는 대구지역의 구곡을 도합 일곱 곳으로 본다. 채준도의 <문암구곡>이 이 글을 통해 새롭게 발굴되었으며, 기존에 논의에서 다루지 않았던 채황원의 <거연칠곡>과 도석규의 <서호병십곡>도 여기에 포함시켜 다루었기 때문이다. 이들 구곡 역시 구곡문화사 속에서 충분히 구곡으로 인정될 수 있다고 판단하였던 것이다.

일곱 곳에서 생성된 대구지역의 구곡문화는 몇 가지 특징이 있다. 정구를 종사宗師로 모시고자 하는 성격이 뚜렷하다는 점, 도학사상을 특별히 강조하고 있다는 점, 근세에 주로 이루어졌다는 점, 정격형보다 변격형이 훨씬 우세하다는 점, 구곡 내에 구곡이 다시 조성된 '곡내곡曲內曲'과 개별 구곡을 중심으로 경관을 다시 제시하는 '곡중경曲中景'이 등장한다는 점, 7곡에서 9곡으로 성장하는 확장성을 보여주고 있다는 점 등이 그것이다. 이러한 현상은 대구지역의 구곡문화가 전통을 계승하면서도 여기에 매우 유연한 자세를 취하고 있기 때문에 가능한 것이었다.

이제 대구 구곡문화와 관련하여 몇 가지 남은 문제를 검토해보기로 하자. 첫째, 대구지역 한강학파의 구곡문화에 대한 인식과 관심이 요청된다. 대구지역의 구곡문화가 한강학파와 밀접한 관련이 있기 때문이다. 일찍이 정구는 서사원에게 편지하여 『무이지武夷志』 보기를 바라기도 하고, 서사원은 정구에게 『무이지』를 베껴 올리기도 한다. 나아가 서사선徐思選의 경우는, <무이구곡도>라는 장편시를 지어, "나 또한 이를 얻어 당중堂中에 걸어두니, 산수 사랑으로 든 깊은 병이 문득 낫는 줄 알겠구나. 한 번 탄식하고 또 탄식하고 세 번을 탄식하나니, 당시에 친히 따르지 못함이 한스럽구나."[26]라 하였다.

26 徐思選, 『東皐集』 권3, <武夷九曲圖>, "我亦得之垂堂中, 頓覺山水膏肓醫. 一歎又歎三歎息, 當年恨不親追隨."

이러한 일련의 사정을 통해 우리는 한강학파가 지녔던 구곡문화에 대한 관심의 일단을 이해할 수 있게 된다.

둘째, 자료의 발굴과 정확한 이해가 절실하게 요청된다. 대구의 구곡은 지금까지 발굴된 일곱 곳 외에도 더욱 풍부하게 존재했을 가능성이 있다. 그 가운데 하나가 앞서 언급된 <최정구곡最頂九曲>이다. 정대 앞으로 지나는 용계천에 설정된 것으로 보이는 이 구곡은, 신천의 상류이기는 하나 <거연칠곡>이나 <수남구곡>과는 방향을 전혀 달리하고 있다. 또한 <수남구곡>과 <서호병십곡>의 작자 문제도 해결해야 할 과제이다. 이 글에서 이 둘을 적극적으로 다루기는 했으나, 아직까지 작자문제가 해결되지 않은 상태이다.

셋째, 정확한 세부 명칭을 제시할 수 있어야 한다. 채준도의 <문암구곡>은 '화암畵巖-휴암鵂巖-동산東山-의눌毅訥-수영곡水永谷-도산道山-잠두蠶頭-문암門巖-용등舂嶝'으로 구곡의 세부 명칭이 구체화되어 있다. 이 작품은 작자 자신이 이를 제시하고 있어 이의가 없지만, 여타의 작품은 사정이 그렇지 못한 경우가 있다. 예컨대, 최효술의 <농연구곡>과 신성섭의 <와룡산구곡> 등은 구곡에 대한 세부 명칭이 구체적으로 제시되어 있지 않다. 물론 채황원의 <거연칠곡>처럼 "일곡한천수一曲寒泉水", "오곡단산리五曲丹山裏" 등 작품 속에서 그 명칭이 명시화 되어 있는 부분이 있기도 하지만, 그렇지 못한 경우도 존재한다는 것이다.

넷째, 구곡에 대한 장소 비정도 꾸준히 이루어져야 한다. 한국의 구곡문화에서 이 부분에 대한 해결은 간단하지가 않다. 가장 확실한 장소 비정은 각자刻字의 존재 여부이다. 예컨대, 성주 <무흘구곡>의 '입암立巖'이나 문경 <선유동구곡>의 '옥석대玉舃臺'와 같이 각자가 존재할 경우 장소 비정에는 문제가 없다. 그러나 대구의 구곡은 <거연칠곡>의 제1곡 '한천寒泉'의 경우를 제외하면, 작품의 내용에 가장 합당한 장소를 연구자가 스스로 찾아 나서지 않을 수 없는 실정이다. 오늘날과 같이 지형의 변화가 많이 이루어진 경우, 사정은 더욱 어렵다. 이러한 점을 고려하여 이 방면에 지속적인 관심을 가져야 할 것이다.

다섯째, 보존과 개발에도 특별한 관심을 기울여야 할 것이다. 한국의 구곡문화는 역사적, 인문학적 가치가 매우 높다. 주자의 무이구곡이 한국으로 유입되면서 수많은 한국형 구곡문화가 발생했다. 이것은 문화전파의 측면에서도 관심을 가져야 할 주제이다. 특히 구곡문화는 서원, 정사 등과 함께 선비문화를 이해하는 독특한 복합문화유산이다. 바로 이러한 관점에서 대구의 구곡문화도 발굴, 보존, 개발되어야 할 것이다. 보존과 개발은 모순적인 관계를 지닌다고 할 수 있다. 이를 염두에 두면서 이 문화에 대한 깊은 이해와 현대적 활용성을 끊임없이 고민해야 할 것으로 본다.

영남은 타 지역에 비해 전통문화가 많이 남아 있는 지역이다. 이 때문에 학계나 지방자치단체에서 구곡문화와 종가문화 등에 꾸준한 관심을 갖고 있는 것도 사실이다. 그러나 이에 대한 체계성을 확보하고 있다고 할 수는 없다. 이러한 사정을 고려하면서, 근대의 직선문화에서 탈근대의 곡선문화를 요청받고 있는 오늘날, 대구지역에서도 구곡문화에 대한 관심을 본격적이면서 체계적으로 가질 필요가 있다. 이는 전통문화자원의 가치 창출이라는 측면에서도 주목받아 마땅한 것이라 하겠다.

# 제3부 강안학과 낙강 문화

상주 경천대에서 본 낙동강

강안학江岸學은 강 연안에 형성된 학문을 의미한다. 개울이 지닌 구심적 폐쇄성과 바다가 지닌 원심적 개방성과는 달리 강은 이 둘이 지닌 장점을 동시에 가진다. 이 때문에 강은 차안과 피안을 형성하여, 서로 다르기 때문에 경쟁하고 서로 다르기 때문에 협동한다. 아울러 서로 같기 때문에 경쟁하고, 서로 같기 때문에 협동하기도 한다. 여기서 발생하는 것이 문화적 역동성인데, 이것은 세계의 강안지역에 두루 나타나는 보편적인 현상이기도 하다. 이 책에서는 강안학의 역동적 측면을 영남의 젖줄인 낙동강을 중심에 두고 살핀다. 강안학이란 무엇인가를 원론적인 측면에서 먼저 다루고, 상주·김천·성주·칠곡·고령 지역에서 이에 대한 구체적인 실상을 확인해보기로 한다. 이 과정에서 회통성, 실용성, 독창성이 강안학의 특징이라는 사실도 자연스럽게 이해하게 된다.

# 제1장 강안학이란 무엇인가

## 1. 탈근대 담론과 강의 문화

오늘날 우리 학계에서는 탈근대 담론이 꾸준히 진행되고 있다.[1] 이 담론은 20세기 중반 이후 본격화되었던 근대화 내지 산업화가 전통주의적 삶의 터전을 잃게 하였고, 이에 따라 인간성이 상실되었으며 나아가 인간이 소외되었다는 문제제기와 더불어 시작된 것이다. 이 같은 문제의식에 기반한 학문적 실천은 다각도로 이루어지고 있으나 주목할 만한 성과를 이룩하지 못하고 있는 것도 사실이다. 근대학문으로서의 인문학문이나 사회학문이 현실을 냉철하게 파악하고, 이에 입각하여 바람직한 미래 비전을 제시하지 못하고 있는 한계 상황과 그 맥락을 같이한다.

탈근대 담론의 제기는 생활사 연구로 구체화되기도 했다.[2] 여기서 보여주

1 '탈근대 담론'은 정우락의 「조선시대 '문화공간-영남'의 한문학적 독해」(『어문론총』 57, 한국문학언어학회, 2012)에서 간략하게 이루어졌고, 여기서 더욱 나아가 '글로벌시대와 극근대'의 문제를 문화어문학적 측면에서 다룬 논의가 정우락의 「글로벌시대, 문화어문학의 기본구상과 방법론 재정비」(『한국문학과 예술』 39, 한국문학과예술연구소, 2021)에서 이루어지기도 했다.

2 이러한 입장에서 경북대학교 영남문화연구원에서는 「영남지역 고문서 아카이브 구축과 계층별 생활사 연구」(2007년도 인문한국지원사업)를 수행한 바 있다.

는 함축적 키워드는 일상과 미시, 그리고 문화이다. 이 방법론에서는 제도사 중심의 거대담론이 가져다주는 공허함을 배격하고 생동하는 삶의 구체적 모습을 다양하게 포착해 그것이 가지는 전체적 의미를 따진다. 따라서 여기서는 공적인 측면보다 사적인 측면이 강조되며, 사물에 대한 분석적인 서술보다 그 사물과 관련된 이야기체 서술을 선호한다. 우리는 여기서 탈근대 담론과 관련한 다음의 몇 가지 전환 국면을 염두에 둘 필요가 있다.

첫째, 기계적 세계관에서 유기체적 세계관에로의 전환이다. 기계에 의해 구축된 근대는 그것의 위기로 말미암아 그 근대성은 끊임없이 도전받고 있다. 따라서 유기체적 세계관에 입각한 전근대의 가치를 재인식하며, 오히려 이것으로 미래 비전을 제시하자는 논의가 이루어지기도 했다. 근대성은 부분을 강조하는 기계적 세계관을 근거로 성립되어 인간의 주체성을 극대화하는 방향으로 전개되어 갔다. 근대의 이러한 부분을 비판적으로 검토하고, 이것을 극복하는 논리를 전체의 질서 속에서 인간을 이해하고자 했던 유기체적 세계관에서 다시 찾자는 움직임이 일어났다. 전근대에 대한 가치의 재인식은 이로써 가능해질 수 있다.

둘째, 직선적 사유에서 곡선적 사유에로의 전환이다. 근대는 속도를 기반으로 하는 직선적 사유를 강조한다. 직선적 사유에서 곡선적 사유로 전환하자는 것은 과학과 산업, 그리고 문명 등으로 일컬어지는 근대적 사유의 다양한 병리현상을 보다 적극적으로 극복하자는 측면에서 제시된 것이다. 직선[直]에서 곡선[曲]으로의 방향전환은 속도보다 여유를, 질러가기보다 돌아가기를 주목한다. 직선적 사유가 갖는 폭력성과 파괴성을 비판하는 과정에서, 전통이 보유하고 있는 우수한 문화적 인자를 재발견하고 이것을 중심으로 미래 비전을 모색하자는 의도에서 제출된 것이다.[3]

셋째, 거시사에서 미시사에로의 전환이다. 거시사는 주류나 중앙을 중심으로 서술하며, 사건이나 인물 그 자체보다는 역사적 구조나 과정에 주목한다. 따라서 여기에서는 어떤 왕이 집권하고 있었을 때의 제도적 측면을 부각시켜 전체를 포괄적으로 다루게 된다. 이에 비해 미시사는 비주류나 지방을 중심으로 한 생활사적 측면을 부각시킨다.[4] 1970년대 중반 이후 논의된 미국의 신문화사나 프랑스의 심성사, 독일의 일상사도 이러한 문제의식 하에 출발한 것이다. 이 연구방법은 기존의 연구에서 거의 소외되어 왔던 고문서나 일기 등에 새로운 의미 부여를 가능케 했다.

넷째, 분과학문에서 융합학문에로의 전환이다. 근대의 기계적 세계관은 부분의 선차성에 입각하여 전체보다 부분을 특별히 강조한다. 이로 인해 분과학문은 전문성이라는 기치 아래 자기 영역을 분명히 확보하며 고도로 발전해 왔다. 그러나 이것은 분과학문끼리의 소통 부재라는 부정적 측면을 동시에 안고 있었던바, 이를 타개하기 위하여 오늘날 다양한 방법론이 모색되고 있다. 학제적 연구, 융합학문, 컨소시엄 등이 대체로 그러한 것이다. 예컨대, 문학이라는 분과학문을 중시하면서도, 철학이나 역사 등의 인접 학문은 물론이고, 음악이나 회화 등도 함께 고려하면서 분과학문이 지닌 한계를 극복하자는 것이다.

다섯째, 이론적 지식에서 문화적 향유에로의 전환이다. 이론적 지식은 학문적 체계를 바탕으로 기억하고 사유하며 이에 따라 판단할 수 있게 한다. 그러나 문화는 인간에 의해 획득된 능력과 관습의 복합적 총체이다. 따라서

---

3 직선과 곡선을 바탕으로 한 근대 및 탈근대 담론은, 정우락, 「조선중기 강안지역의 문학활동과 그 성격-낙동강 중류지역을 중심으로 한 하나의 시론-」(『한국학논집』 40, 계명대학교 한국학연구원, 2010)에서 이루어졌다.

4 새로운 생활사 연구인 신문화사는 문화가 위에서 아래로 단순하게 흐르는 것이 아니라 자체의 생명력을 지니면서 살아 있다는 입장에 서서 연구한다. 사회의 구체적 단면에 집중하지만 그 단면이 전체를 향할 수 있는 총괄적인 의미를 도출해내기 위해 노력한다. 이것은 문화가 복합적이면서도 그 내부는 상호 연계성을 갖고 있다는 생각을 신뢰하기 때문이다.

문화는 행위를 특별히 강조하면서, 이 행위들이 갖는 총체적인 의미에 더 많은 가치를 부여한다. 이는 한편으로 공허한 관념의 창고에 적재되는 이론적 지식을 비판하면서, 다른 한편으로 일상생활의 보편적 가치를 새롭게 인식하고자 하는 데서 발생한다. 이 때문에 문학에 대한 문화론적인 접근은 작품을 끊임없이 일상의 활동 공간에서 향유할 수 있게 한다. 이로써 문학은 자연스럽게 실용주의적 노선을 확보하게 된다.

여기서 우리는 두 번째로 제시한 직선과 곡선을 다시 주목한다. 직선은 우리에게 질러가는 방법을 가르쳐주었다. '질러가기'는 속도라는 선물을 안겨 주며 보다 많은 것을 보다 빨리 획득할 수 있게 했다. 근대화는 바로 이러한 직선적 사유에 기반한 산물로서 철로나 고속도로가 그 상징적 존재이다. 그러나 이 같은 속도지상주의는 반드시 폭력성을 동반하기 마련이다. 철로나 고속도로를 보라. 산이 가로막으면 그 산을 뚫고 지나가고, 강이 끊어 놓으면 그 강심江心에 콘크리트 다리를 박아 건너가지 않는가. 이처럼 직선은 우리에게 빠른 발전을 가져다주었지만 동시에 자연을 파괴하며 심각한 공해를 동반하는 재앙을 안겨주기도 했다.

직선의 빠른 속도에 비해 곡선은 느리고 답답하다. 곡선은 우리에게 끊임없이 돌아가는 방법을 가르쳐 주기 때문이다. '돌아가기'는 '빨리빨리'로 대표되는 한국적 정서에 도무지 맞지 않는 것 같기도 하다. 그러나 곡선은 우리에게 커다란 시사점을 제공한다. 느림의 미학이 바로 그것이다. 곡선적 사유에 대한 상징적 존재가 바로 강이다. 강은 철로나 고속도로와 달리 산이 있으면 돌아가고, 차안此岸과 피안彼岸을 뱃길로 이으며 상이한 문화를 실어 나른다. 직선이 속도로 인해 자신의 앞만을 볼 수밖에 없는데 비해, 곡선은 느리기 때문에 이웃과 주변을 돌아보게 한다. 따라서 곡선은 평화를 지향한다.

지난 한 세기 동안 우리 사회는 실로 혁명적인 변화를 겪었다. 그 혁명적 변화는 직선과 고속도로가 만들어낸 것이며, 그것의 극단이라 할 수 있는 가상공간 상의 직선적 소통까지 가능하게 되었다. 그러나 그 가상공간 상의 소통은 긍정적 요소도 많지만, 오히려 자신의 편파적 주장에 그치게 됨으로써 심각한 소통 부재의 사태를 초래하기도 한다. 이 지점에서 우리는 진정한 소통을 모색하지 않으면 안 된다. 이를 위한 하나의 대안이 한국인의 감성적 체질에 부합하는 새로운 차원의 소통이다. 여기서 우리는 곡선과 강이 가져다주는 상상력을 다시 생각하게 된다.

우리의 과제에서는 영남의 강인 낙동강과 이에 따른 문화 내지 문학에 특별히 주목하고자 한다. 이것은 지금까지 낙동강을 중심으로 하여 좌우로 나누어 보던 영남학의 시각을 반성하자는 측면에서 제기된 문제이다. 즉 강좌와 강우, 그 사이인 강안江岸이 지닌 공간 상상력을 검토하자는 것이다. '사이'는 시간과 공간이 지닌 거리나 간격을 의미하기도 하지만, 사물과 사물, 사람과 사물, 사람과 사람의 관계 혹은 그 방식을 의미하기도 한다.[5] 사이는 중간을 뜻하면서 동시에 하나의 총체를 의미한다. 따라서 낙동강 연안 공간은 강좌와 강우의 중간이면서 동시에 영남 전체를 아우르고 있다는 측면에서 새롭게 주목할 필요가 있다.

곡선적 사고에는 전근대를 돌아보며 근대를 넘어서는 새로운 길이 제시될 수 있으므로 여기에는 문명사적 의미가 깃들어 있다. 지난 수십 년간 시도해 왔던 근대과학을 극복하려는 뚜렷한 학문적 흐름은 네 가지로 요약된다. 첫째는 동물적 본성으로 돌아가야 한다는 환원주의적 통섭이고, 둘째는 복잡계 이론 등을 통한 학제적 융합이며, 셋째는 하나의 지식을 중심으로 한 여타의 학문에 대한 수렴이고, 넷째는 당대에 얻거나 만들어진 개념적 도구들로 역

5 '사이'를 하이데거의 예술론과 결부시켜 이해한 것으로는, 김동규, 『하이데거의 사이-예술론』(그린비, 2009)이 있다.

사적 문제에 따른 대안을 구하는 것이다.[6] 여기서 우리는 통섭과 융합, 그리고 수렴이 당대적 안목으로 구상되고 있는 하나의 학문방법 상의 논리체계로 읽을 수 있음을 이해하게 된다. 강을 중심으로 한 곡선적 사고는 바로 이 같은 문제의식에서 출발한 것이다.

## 2. 낙동강 700리설과 강안학

영남은 '영지남嶺之南' 혹은 '대령지남大嶺之南' 등으로 표현되듯이 조령鳥嶺과 죽령竹嶺의 남쪽 지역으로 태백산맥과 소백산맥 사이에서 고립적 형태로 존재한다. 즉 북쪽으로는 태백·소백산맥에 가로막혀 그 너머의 한강 유역권과 경계를 이루고, 동쪽으로는 태백산맥에 가로막혀 그 너머의 동해안권을 형성한다. 서쪽으로는 소백산맥이 가로막아 금강 및 영산강 유역권과 경계를 이루며, 남쪽으로는 남해와 경계를 이루며 남해안권을 형성한다. 흐르는 산맥 가운데 낮은 곳을 골라 죽령竹嶺과 조령鳥嶺 등의 고개가 생겨 남북의 소통로 역할을 하기도 하지만, 험준한 산맥으로 둘러싸인 자연환경으로 영남은 고립될 수밖에 없었다.[7]

영남지역이 외부로 고립되어 있다면 그 내부는 어떠한가. 태백산맥과 소백산맥의 지맥이 가운데로 흘러 선산의 금오산과 성주와 합천의 가야산, 군위와 의흥의 팔공산, 대구와 현풍의 비슬산 등 높고 낮은 산들을 만들어 영남지역의 내적 분화를 이루기도 하지만, 낙동강을 중심으로 일체감을 형성한

6 노진철, 「불확실성 시대의 과학하기」, 『인문학 콜로키움 3 : "21세기 학문을 묻다"』 발표자료집, 경북대 인문대, 2010 참조.

7 낙동강 유역의 지리적 기초에 대해서는 金宅圭 외, 『洛東江流域史硏究』, 修書院, 1996, 33-92쪽 참조.

다. 이익李瀷(1579-1624)은 낙동강이 지닌 이러한 지리적 일체감 때문에 영남지역은 이익 당대까지 오륜五倫이 살아 있었으며, 유현儒賢이 대대로 일어나 성교聲敎를 이룰 수 있었고, 또한 신라가 천년을 유지할 수 있었다고 했다.[8] 사방의 크고 작은 하천이 모두 낙동강으로 흘러들어가는 산천의 형세를 주목한 것이다. 15세기에 편찬한 『세종실록지리지』와 19세기에 편찬한 『임하필기』에는 낙동강을 이렇게 소개하고 있다.

(가) 큰 내는 셋인데, 첫째가 낙동강이다. 그 근원이 셋으로, 하나는 봉화현 북쪽 태백산 황지黃池에서 나오고, 하나는 문경현 북쪽 초점草岾에서 나오고, 하나는 순흥의 소백산에서 나와서, 물이 합하여 상주에 이르러 낙동강이 된다. 선산에서 여차니진餘次尼津, 인동에서 칠진漆津, 성주에서 동안진東安津, 가리현에서 무계진茂溪津이 되고, 초계에 이르러 합천의 남강南江 물과 합하여 감물창진甘勿倉津이 되고, 영산에 이르러 또 진주 남강南江의 물과 합하여 기음강岐音江이 되며, 칠원에서는 우질포亐叱浦(웃포)가, 창원에서는 주물연진主勿淵津이 되어 김해에 이르고, 밀양 응천凝川을 지나 뇌진磊津이 되고, 양산에서 가야진伽倻津이 되고, 황산강黃山江이 되어, 남쪽으로 바다에 들어간다.[9]

(나) 낙동강은 그 근원이 안동의 태백산 황지黃池에서 발원하여, 산을 뚫고 흐르기 때문에 그 이름을 천천穿川이라고도 한다. 천연대天淵臺를 경유하여 탁영담濯纓潭이 되고 다시 가야천伽倻川을 지나 박진朴津이 되어 진강晉江과 만난다. 그런 다음 호포狐浦를 지나 월당진月堂津이 되어 다시 흩어져서 삼차하三叉

8 李瀷, 『星湖僿說』 經史篇, 「嶺南五倫」 참조.

9 『世宗實錄地理志』「慶尙道」, "大川三, 一曰洛東江, 其源有三, 一出奉化縣北太伯山 黃池, 一出聞慶縣 北草岾, 一出順興 小白山, 合流至尙州爲洛東江. 善山爲餘次尼津, 仁同爲漆津, 星州爲東安津, 加利縣爲茂溪津, 至草溪, 合陜川 南江之流爲甘勿倉津, 至靈山, 又合晋州 南江之流, 爲岐音江, 漆原爲亐叱浦, 昌原爲主勿淵津, 至金海過密陽 凝川爲磊津, 梁山爲伽倻津, 爲黃山江, 南入于海."

> 河가 된다. 금호강은 그 근원이 청송의 보현산에서 나와서 하빈의 고현古縣을 경유하여 서쪽에서 낙동강과 서로 만나며, 황둔강黃芚江은 그 근원이 무주의 덕유산 불영봉佛影峯에서 나와서, 합천에 이르러 징심천澄心川을 지나서 진천鎭川으로 들어갔다가 현창玄倉에 이르러 낙동강과 만난다. 그리하여 태백산과 소백산, 조령과 죽령의 이남과 속리산, 황악산, 대덕산, 덕유산, 장안산, 지리산 이동과 고초산, 백암산, 취서산, 구룡산, 원적산 이서의 모든 산의 물이 이 강으로 흘러든다.[10]

(가)는 『세종실록지리지』에서 소개한 낙동강이다. 여기서는 영남의 대천을 낙동강, 남강, 황강으로 들고 이 가운데 낙동강을 첫째로 꼽았다. 이에 의하면 낙동강의 근원은 태백산의 황지, 문경 북쪽의 초점, 소백산 등 세 곳에 있으며, 이들 근원에서 흘러온 물이 상주에 이르러 낙동강이 된다고 했다. 우리는 여기서 상주에서 비로소 '낙동강'이라는 이름을 얻게 된다는 것을 알게 된다. 상주의 고호가 '낙양洛陽' 혹은 '상락上洛'이었으니 낙동강은 이곳의 동쪽을 흐르는 강이라는 뜻이다. 이렇게 보면 낙동강은 상주가 그 기점이며 길이는 700리가 된다.[11] 낙동강은 하류로 내려가면서 지역에 따라 다양한 진을 형성하였다. 인동의 '칠진', 창원의 '주물연진' 등 허다한 진이 그것이다. 낙동강의 하류는 황산강이라는 다른 이름으로 불리기도 했다.

(나)는 이유원李裕元(1814-1888)이 『임하필기』에서 소개한 낙동강이다. 여기

10 李裕元, 『林下筆記』 권13, <水之宗十二>, "洛東江, 源出安東太白山之黃池, 穿山而流, 故名穿川, 徑天淵臺爲濯纓潭, 過伽倻川爲朴津, 與晉江會, 過狐浦爲月堂津, 播爲三叉河. 琴湖江, 源出靑松之普賢山, 徑河濱古縣, 西與洛東江會. 黃芚江, 源出茂朱德裕山之佛影峰, 至陜川, 過澄心川, 入鎭川, 至玄倉, 與洛東江會. 大小白·鳥竹嶺以南. 俗離·黃嶽·大德·德裕·長安·智異以東, 高草·白巖·鷲棲·九龍·圓寂以西, 諸山之水, 入此."

11 낙동강이 상주의 낙동에서 시작한다고 생각했으므로 오랫동안 낙동강 700리로 회자되었고, 상주시 사벌면 퇴강리 낙동강 둑에는 '낙동강 칠백리 이곳에서 시작되다'라는 표석이 세워지게 되었다.

서 그는 낙동강의 근원을 『세종실록지리지』에서 셋으로 제시한 것과 달리 태백산 황지로 단일화하고 있다. 『택리지』나 『연려실기술』 등 조선후기 인문지리서에도 이러한 생각이 넓게 퍼져 있었다. 이 때문에 낙동강의 발원지를 황지로 보는 것은 역사적인 의미나 상징성이 크다고 하겠다. 황지를 낙동강의 기점으로 보면 그 길이는 1300리가 된다.[12] 이유원이 언급하고 있듯이 낙동강은 금호강과 황둔강 등을 흡수하여 바다로 흐르는데, 태백산·소백산·조령과 죽령 이남以南, 속리산·황악산·대덕산·장안산·지리산 이동以東, 고초산·백암산·취서산·구룡산·원적산 이서以西의 물이 모두 낙동강으로 유입되어 큰 강을 이루어 바다로 흘러간다.

그러나 낙동강을 중심으로 영남을 좌우로 나눌 때는 낙동강 700리설이 기준이 된다.[13] 이 때문에 상주를 중심으로 하여 위로 올라가 풍기와 문경을 상한선으로 하고, 아래로 내려가 김해와 동래를 하한선으로 하여, 그 이동을 영남좌도 혹은 강좌지역이라 하고 이서를 영남우도 혹은 강우지역이라 하였다. 이처럼 낙동강을 중심으로 한 영남에 대한 이분법적 이해는 오랫동안 지속되었다. 영남에 대한 이러한 좌우 구분법이 일반화되었기 때문에, 『동여

12 낙동강의 발원지는 태백산 너들샘이다. 황지에 모여드는 물줄기를 거슬러 오르면 강원도 태백시 화전동에서 정선군 고한읍으로 넘어가는 곳에 싸리재를 만나게 된다. 싸리재를 중심으로 저쪽 너머에는 한강의 발원지가 있고, 이쪽 너머에는 낙동강의 발원지 너들샘이 있다. 흔히 낙동강은 황지에서 시작된다고 보았는데, 여기서 시작하면 낙동강은 1,300리가 된다. 현재 황지에는 '洛東江 千三百里 예서부터 시작되다'라는 커다란 표석이 세워져 있다. 金宗直은 <洛東謠>(『佔畢齋集』 권5)에서 "황지의 근원 겨우 잔에 넘쳤는데, 바로 흘러 여기에 와서 넓기도 하네. 하나의 물이 60주를 좌우로 갈라, 몇 군데 나루터에 배들이 이어졌던고?"라고 하였다.

13 역대로 낙동강은 상주의 낙동에서 이름을 얻었기 때문에 낙동강을 700리라고 여겼다. 김정구 등이 부른 <낙동강 칠백리>와 <낙동강 칠백리길>이라는 유행가가 있는가 하면, 염동근의 시에 가락을 붙인 가곡 <낙동강 칠백리 가람은>(1993)도 있으며, 이강천이 감독을 맡고 최무룡·김지미·김진규 등이 출연한 <낙동강 칠백리>(1963)라는 영화도 있다. 이처럼 낙동강은 대중에게서 700리라 여겨져 왔던 것이다.

비고東輿備攷』 <경상도좌우주군총도慶尙道左右州郡摠圖>[14]에는 낙동강을 중심으로 영남을 좌우로 표시할 수 있었다. 그렇다면 상주까지 오면서 그 강은 어떻게 불렸을까? 다음 자료를 보자.

(가) 태백산의 황지黃池는 산을 뚫고 남쪽으로 나와서 봉화에 이르러 매토천買吐川이 되며, 예안에 이르러 나화석천羅火石川과 손량천損良川이 된다. 또 남쪽으로 흘러 부진浮津이 되며, 안동 동쪽에 이르러 요촌탄蓼村灘, 물야탄勿也灘, 대항진大項津이 된다. 영양·진보·청송의 여러 냇물이 모두 합하여 서쪽으로 흘러 용궁龍宮의 비룡산祕龍山 밑에 이르러 하풍진河豐津이 된다. 풍기·순흥順興·봉화·영천의 물은 합하여 예천의 사천沙川이 되고, 문경聞慶·용연龍淵·견탄犬灘의 물은 남쪽의 함창咸昌 곶천串川에 와서 합친다. 상주 북쪽에 이르러 송라탄松蘿灘이 되며, 상주 북쪽 동북 35리에 이르러 낙동강이 되며, 의성·의흥義興 여러 냇물은 군위·비안比安을 거쳐 와서 합쳐진다.[15]

(나) 낙천洛川의 물은 황지에서 발원하여 남쪽으로 흘러서 장인봉 아래에까지 이른다. 돌아 흐르는 물줄기는 골짜기 입구를 지나 콸콸거리는 물소리와 함께 울퉁불퉁한 흰 자갈이 많은 지대를 거쳐 축융봉의 서쪽에 이르고, 두 봉우리가 벽처럼 서서 서로 마주하며 문을 만드니 고산孤山이라 한다. 물이 이곳에 이르면 더욱 넓어지는데, 그 바깥은 넓은 들판과 백사장이 펼쳐진다.

14 『東輿備攷』(경북대학교 출판부 영인, 1998), 이 지도에 의하면, 右道의 문경, 용궁, 상주, 선산, 성주, 고령, 초계, 의령, 함안, 칠원, 창원, 웅천, 김해, 그리고 左道의 풍기, 예천, 인동, 대구, 창녕, 영산, 밀양, 양산, 동래 사이에 줄을 그어 좌도와 우도를 경계 짓고 있다. 이는 낙동강을 경계로 그 연안지역에 위치하고 있어 강안학의 구체적인 대상이 된다.

15 李肯翊, 『燃藜室記述·別集』 권16, <地理典故>, "太白山黃池, 穿山南出, 至奉化爲買吐川, 至禮安爲羅火石川, 爲損良川. 又南爲浮津, 至安東東爲蓼村灘, 爲勿也灘, 爲大項津. 英陽眞寶青松諸川來合, 西至龍宮龍飛山下, 爲河豐津. 豐基·順興·奉化·榮川之水, 合爲禮泉沙川來合, 聞慶·龍淵·犬灘之水, 南爲咸昌串川來合. 至尙州北, 爲松蘿灘, 州東北三十五里爲洛東江, 義城·義興諸川, 經軍威·比安來合."

> 꺾어져서 서쪽으로 흘러 5리를 가면 단사협에 이른다. 또 서쪽으로 흘러 세 번 굴절하여 도산의 상덕사의 아래에 이르러 탁영담이 된다.[16]

(가)는 이긍익이 <지리전고地理典故>에서 상주 북쪽 동북 35리에 이르러 낙동강이 되기까지 어떤 이름으로 불리었는지 자세히 적고 있다. 즉, 황지에서 아래로 내려오면서 매토천買吐川, 나화석천羅火石川, 손량천損良川, 부진浮津, 요촌탄蓼村灘, 물야탄勿也灘, 대항진大項津, 하풍진河豐津, 사천沙川, 곶천串川, 송라탄松蘿灘이라는 이름을 가졌다는 것이다. 그리고 성해응의 기록 (나)에서 보듯이 낙천洛川으로 불렸던 사실도 알게 된다. 이익이 <유청량산기>에서, "날이 어두워지자 마을 사람에게 관솔불로 앞길을 인도하게 하여 낙천洛川을 건너고 밤이 깊어서야 비로소 산에 도착했는데, 하늘빛이 이미 너무 깜깜해져서 고생스레 길을 찾느라 골짝이 어떻게 생겼는지도 전혀 알지 못하였다."[17]라고 하고 있는데, 이 역사 청량산 아래쪽으로 흘러 탁영담에 이르는 시내를 말한 것이다. 일찍이 이황도 <도산잡영陶山雜詠>을 지을 때 그 서문을 써서, "산 뒤에 있는 물을 퇴계라 하고, 산 남쪽에 있는 것을 낙천이라 한다. 퇴계는 산 북쪽을 돌아 산 동쪽에서 낙천으로 들고, 낙천은 동취병에서 나와 서쪽으로 산기슭 아래에 이르러 넓어지고 깊어진다. 여기서 몇 리를 거슬러 올라가면 물이 깊어 배가 다닐 만한데, 금 같은 모래와 옥 같은 조약돌이 맑게 빛나며 검푸르고 차디차다. 여기가 이른바 탁영담이다."[18]라고 한 바

---

16 成海應, 『研經齋全集』 권51, <淸凉山>, "洛川之水, 發源於黃池, 南流至丈人峯下. 洄流過谷口, 多巉嵒白礫, 湍瀨溘溘, 至祝融峯西, 兩峯壁立, 相對爲門曰孤山. 水至此益漫, 其外平蕪白沙, 折而西流, 五里至丹砂峽, 又西流三屈折而至陶山尙德祠下爲濯纓潭."

17 李瀷, 『星湖全集』 권53, <遊淸凉山記>, "昏黑使郵氓以松明導前, 涉洛川, 夜深始到山, 天色已黯黯, 艱難覓路, 殊不知洞壑之爲如何也."

18 李滉, 『退溪集』 권3, <陶山雜詠·幷記>, "水在山後曰退溪, 在山南曰洛川, 溪循山北, 而入洛川於山之東, 川自東屛而西趨, 至山之趾, 則演漾泓渟, 沿泝數里間, 深可行舟, 金沙玉礫, 淸瑩紺寒,

있었다.

영남을 좌우로 나누어 이해하는 것은 영남지역을 양분하여 그 이질성을 파악하는 데 매우 효과적이다. 역사학자 이수건李樹健이 이황과 조식을 영남학파의 양대 산맥으로 보고, 이를 비교하면서 이 두 지역의 차별성을 언급한 것은 그 대표적인 예가 된다. 그는 좌우지역이 갖는 지역의 역사적 특징이나 자연환경 및 속상俗尙에 이르기까지 대립되어 있다고 보고, 이에 입각하여 이황과 조식의 학문을 이해하고자 했다. 즉 강좌가 진한에서 신라로 발전한 지역이며 고려와 조선시대를 통해 중앙정부와 관권에 대한 반항 사례가 거의 없는데 비해, 강우는 변한에서 가야 및 신라에 병합된 지역으로 역대 정권 및 관권에 대한 저항 및 반항사례가 빈발하였다는 것이다. 이것이 결국 이황과 조식의 사상에 일정한 영향을 미쳤을 것이라는 추론이다.[19]

낙동강을 경계로 한 좌우 구분법은 퇴계학파와 남명학파를 중심으로 한 영남학파의 사상적 특성을 파악하는 데 매우 효과적이다. 그러나 낙동강 연안지역은 대립적 시각으로만 이해할 수 없는 부분이 있다. 이 같은 문제를 해결하기 위해 제출된 것이 '문화적 접경론'에 입각한 강안학江岸學이다. 강안학은 낙동강의 연안지역이 갖고 있는 지리적 사상적 특수성을 고려하여 낙동강 중류 그 연안 지역이 주요 대상이 된다.[20] 이 지역은 기호학과 영남학 및 퇴계학과 남명학이 소통하는 회통성會通性, 박학博學에 바탕 한 실천정신을 지닌 실용성實用性, 세계에 대한 새로운 인식을 지닌 독창성獨創性이 그 주요

---

卽所謂濯纓潭也."

19 '영남학파의 2대산맥 : 퇴계와 남명의 비교'에 대해서는, 李樹健, 『嶺南學派의 形成과 展開』, 一潮閣, 1995, 329-330쪽 참조.

20 강안학의 범위는 낙동강 본류가 시작하며 '낙동강'이라는 이름을 획득한 지역인 상주를 중심으로 위로는 풍기와 문경, 아래로는 부산과 김해까지 확대 적용될 수 있다. 이 지역이 모두 낙동강의 연안지역이며, 강좌와 강우지역과는 다른 문화적 특성을 지닌다.

특성으로 파악된다.[21]

낙동강은 강의 좌안과 우안의 '경계'이면서 동시에 좌우를 '소통'시킨다. 지금까지 '경계'에 초점을 두고 영남을 이해했다면, 강안학은 '경계'의 측면과 '소통'의 측면을 동시에 주목하면서 영남학을 새롭게 이해하자는 제안이다. 조운漕運의 발달로 상선商船과 염선鹽船이 오르내리고, 관인과 사신도 그들의 업무를 수행하기 위하여 주로 낙동강을 이용하였다. 문인들이라고 해서 다르지 않다. 이이李珥(1536-1584)는 장인 노경린盧慶麟(1516-1568)이 성주목사로 재직할 당시 강안지역인 성주에 와서 머물면서 <유가야산부遊伽倻山賦>를 지었고, 김상헌金尙憲(1570-1652)과 이식李植(1584-1647) 등 기호의 많은 문인들도 낙동강을 소재로 한 작품을 남겼다.[22] 낙동강 뱃길을 이용하였음은 물론이다.

강안지역의 영남 문인들 역시 기호지역과 적극적으로 소통해갔다. 류성룡柳成龍(1542-1607)의 제자로 남인인 정경세鄭經世(1563-1633)는 노론인 송준길宋浚吉(1606-1672)을 사위로 맞았고, 영남의 학자 황기로黃耆老(1521-1567)는 기호의 학자 이우李瑀(1542-1609)를 사위로 맞이한 것과 같이 강안지역에서는 혈연적 소통도 이루어졌다. 이처럼 지역을 넘나드는 공간적 소통은 자연스럽게 문학적 소통을 가능케 했다. 시를 주고받는 것은 물론이고 묘도문자墓道文字 등을 서로 쓰면서 소통 문화를 만들어갔던 것이다.

낙동강을 중심으로 한 좌우의 학문적 사상적 소통도 활발하게 이루어졌다.

---

21 정우락, 「강안학과 고령 유학에 대한 시론」, 『퇴계학과 한국문화』 43, 경북대 퇴계연구소, 2008. 이 논의에서 촉발되어 지역적 범위에 있어 다소 차이가 있기는 하나, 조선시대 낙동강 중류지역의 유학을 의미하는 '洛中學'이라는 용어로 구체화되기도 했다. 낙중학에 대해서는 홍원식의 「영남 유학과 '낙중학'」(『한국학논집』 40, 계명대 한국학연구소, 2010)을 참조할 수 있다.

22 李植이 강안지역에 위치한 도동서원과 자계서원에 대하여, "嶺洛東南美, 宗工夙炳靈. 千秋雲水白, 一代簡編靑. 舊俗存祠院, 危時想典刑. 紛紛衿佩者, 誰復嗣遺馨.(『澤堂集』 권2, <兩書院>)라고 노래하면서, 김굉필과 김일손의 학문을 극찬한 것도 같은 경우에 해당한다.

영남학의 양대산맥을 이룬 강좌의 이황과 강우의 조식을 주목하는 것은 매우 유용하다. 좌우가 구분되는 동시에 사상적 성격도 상당한 차별성을 지니고 있기 때문이다. 이를 전제로 강안지역의 학자들을 볼 때, 퇴계학과 남명학 모두를 수용한 학자들이 적지 않았다. 고령의 오운吳澐(1540-1617), 성주의 김우옹金宇顒(1540-1603)과 정구鄭逑(1543-1620) 등이 그 대표적이다. 이들은 '산해당山海堂에 오르고 퇴도실退陶室로 들어갔다(오운의 경우)',[23] '퇴도退陶의 바른 맥을 종신토록 사모하였고, 산해山海의 높은 기풍을 각별히 흠모하였다(김우옹의 경우)',[24] '산해당山海堂 안에서 스승을 모시었고, 천연대天淵臺 위에서 양춘의 봄을 끌어왔다(정구의 경우)'[25]라고 평가받으면서, 퇴계학과 남명학의 회통성을 보였던 것이다.

영남은 사방이 산악과 바다로 가로막혀 고립되어 있지만, 그 안에 낙동강이 'ㄷ'자로 흐르며 영남의 열읍을 지나간다. 낙동강은 본류가 시작되는 상주를 중심으로 볼 때 그 물이 한 방울도 다른 지역으로 빠져나가지 않는데, 이러한 지리적 특성을 갖고 영남은 지역의 독특한 문화를 형성해 갔다. 기호지역의 문화가 조령이나 죽령을 넘어 강물을 따라 빠른 속도로 지역 내로 유입되었고, 그 영향은 내륙에 비해 강안지역이 훨씬 강하였다. 아울러 강안지역은 퇴계학이나 남명학의 거점인 안동과 진주 사이에 위치하고 있어 이 지역의 선비들은 퇴남학을 회통하고자 하는 성격 또한 지니고 있었다. 회통이 소통을 기반으로 하고 있다는 측면에서 낙동강은 새롭게 주목받아 마땅하다.

23 趙亨道, 『竹牖集·附錄』 上, <士林祭文>, "升山海堂, 入退陶室."
24 鄭逑, 『寒岡集』 권1, <挽金東岡>, "退陶正脈終身慕, 山海高風特地欽."
25 鄭經世, 『愚伏集』 권2, <鄭寒岡挽詞>, "山海堂中侍燕申, 天淵臺上挹陽春."

## 3. 강안지역에 대한 인식

낙동강은 영남지역에서 행정단위를 넘어서는 총체적 의미를 지닌다. 그 유역의 면적은 여러 도에 걸쳐있는 한강보다 약간 뒤지는 23,895㎢이지만, 길이는 525km로 남한에서 제일이다. 이 강은 순흥의 소백산, 문경의 곶갑천, 청송의 보현산 등 세 갈래의 물을 받아, 상주에서 비로소 낙동강 본류가 되는데, 본류는 영남지역만을 관통하고 있어 이 지역의 역사와 문화는 낙동강을 중심으로 이루어졌다고 해도 과언이 아니다. 우선 다음 자료를 통해 낙동강이라는 이름의 연원과 그 흐름을 간단히 살펴보자.

(가) 낙수洛水의 물은 태백산 황지黃池에서 나와 급하게 수백 리를 흘러 상락上洛의 동쪽에 이르러서야 그 세력이 점점 커진다. 물의 이름을 낙동이라 한 것은 이 때문이다.[26]

(나) 경상도의 낙동강은 근원이 태백산에서 나와서 동쪽으로 꺾어져 서쪽으로 흐르다가 다시 꺾어져 남쪽으로 흘러서 한 도의 중간을 그었으며, 또 동쪽으로 꺾어져 남쪽으로 흘러서 바다로 들어간다. …… 태백산 황지는 산을 뚫고 남쪽으로 나와서 봉화에 이르러 매토천이 되며 …… 상주 북쪽에 이르러 송라탄이 되며 주의 동북 35리에 이르러 낙동강이 되고, 의성과 의흥의 여러 냇물은 군위와 비안을 거쳐 와서 합쳐진다. …… 남쪽으로 양산의 동원진이 되며, 또 남쪽으로는 세 갈래 물이 되어서 김해부 남쪽 취량에 이르러 바다로 들어간다.[27]

---

26 李俊, <洛江泛月詩序>(『壬戌泛月錄』 장4), "洛水, 出太白之黃池, 奔流數百里, 至上洛之東, 而其勢漸大, 水之名洛東, 以是也."

27 李肯翊, 『燃藜室記述』 권16. 「地理典故」, "慶尙道洛東江, 源出太白山, 東折西流, 又折而南流, 畫一道之中, 又東折南流而入海 …… 至尙州北, 爲松蘿灘, 州東北三十五里爲洛東江, 義城義興

앞의 것은 이준李埈(1560-1635)이 <낙강범월시서洛江泛月詩序>에서 언급한 것이다. 여기에 의하면 낙동강은 상주에서 시작한다는 것을 알 수 있다. 상주는 예로부터 상락上洛, 상산商山, 낙양洛陽 등으로 불려왔는데[28] 낙동강은 바로 '상락의 동쪽을 흐르는 강'이라는 뜻에서 유래되었던 것이다. 우리가 흔히 낙동강 700리라고 할 때는 바로 상주의 낙동에서 시작한 길이이다. 뒤의 것은 이긍익李肯翊(1736-1806)이 <지리전고>에서 언급한 것으로 낙동강의 흐름을 대체적으로 알게 한다. 낙동강의 발원지는 태백산의 황지이며, 여기서 흘러내린 물줄기가 남하하다가 안동 부근에 이르러 반변천 등을 만나면서 방향을 서쪽으로 바꾸고, 점촌 부근에서 내성천을 합하며 다시 남쪽으로 흐른다. 이 강이 마산과 진해의 산지에 막혀 다시 동쪽으로 방향을 바꾸어 마침내 부산의 서쪽에 이르러 바다로 흘러든다. 대체로 영남의 열읍列邑을 'ㄷ'자로 흐르며 지나간다.

낙동강은 영남문화를 이해하는 데 있어 가장 중요한 요소가 된다. 여기에는 이 지역 사람들의 삶이 포괄적으로 녹아 있기 때문이다. 수운水運을 통해 각종 물품들이 교역되면서 이와 관련된 저층의 문화를 만들었고, 주변의 승경을 통해 선비들은 또한 그들의 독특한 문화를 성취하였다. 수많은 농요나 탈놀이가 발달해 있을 뿐만 아니라 시회詩會를 통한 선유문화 등도 다양하게 발달했다. 하회탈놀이나 이준 등의 <낙강범월시洛江泛月詩>,[29] 권응인權應仁

諸川, 經軍威比安來合 …… 又南爲梁山東院津, 又南爲三分水一 至金海府南鷲梁入海."

28 『新增東國輿地勝覽』 권28 尙州牧條에 의하면, 상주는 이 밖에도 '上州·沙梁伐·沙伐·陀阿·歸德軍' 등으로 불리기도 한다고 했다. 그리고 이중환은 『擇里志』 「慶尙道」조에서 '상주는 일명 洛陽이며, 조령 밑에서 있는 하나의 큰 도회로서 산이 웅장하고 들이 넓다'라고 기술한 바 있다.

29 낙동강에 배를 띄우고 개최한 낙강시회는 李埈 등에 의해 주도되었으며, 시회는 1607년부터 1778년까지 171년 동안 총 8회 시행되었다. 이때 지은 시를 누적해서 기록한 것이 『壬戌泛月錄』이다. 이에 대해서는 權泰乙, 「洛江詩會研究」(『尙州文化研究』 2, 상주문화연구소,

(1521-?) 등의 <낙강동주록洛江同舟錄>, 이른바 낙강 7현의 <범주낙강분운泛舟洛江分韻>,[30] 정장鄭樟(1569-1614) 등의 <추차낙강운追次洛江韻>, 서사원徐思遠(1550-1615) 등의 <금호강동주록琴湖江同舟錄> 등은 모두 이 과정에서 생성된 것이었다. 이처럼 낙동강은 영남인들에게 중요한 기능을 하였으며, 여기서 나아가 낙동강과 그 연안을 중심으로 영남인의 강한 자부심이 드러나기도 했다. 다음 자료를 검토해 보자.

(가) 만력 정사(1617년) 7월 20일 맑음. 닭이 세 번 울자 한강선생이 견여肩輿로 출발하였는데 먼동이 틀 무렵 지암枝巖 앞에 도착하여 배에 올랐다. 채몽연蔡夢硯·곽영희郭永禧·이천봉李天封·이언영李彦英·이윤우李潤雨·배상룡裵尙龍·이명룡李命龍·류무룡柳武龍·이난귀李蘭貴·이학李壆·정천주鄭天澍 등이 따랐다. 달성백 이박李煿이 배에 들어와 인사하고 내려갔다. 박충윤朴忠胤·이문우李文雨·도성유都聖兪·이육李稑·이종李綜·이륜李倫·김절金㔬·이흥우李興雨·이도창李道昌 등이 뱃머리에서 인사하였다. 배는 도동서원의 것이었다.[31]

(나) 내가 들으니, 중하中夏의 절의를 사모하는 자들이 지주중류砥柱中流라는 네 글자를 백이·숙제의 사당 아래 흐르는 물가에 우뚝이 솟아 있는 돌에 크게 새겼다 한다. 우리 동방의 절의를 사모하는 자들이 또 그 네 글자를 모사하여 선생의 묘소 아래인 낙동강의 강안에 비석을 세우고 이것을 새겨 걸었다. 이는

1992)에 상세하다. 권태을은 최근 이를 번역해서 『洛江泛月詩』(아세아문화사, 2007)를 발간한 바 있다.

30 李起春(玉山, 1541-1597) 등 7인이 참여하였으며, 1589년(선조 22) 5월에 이루어졌다. 당시의 分韻은 '萬頃蒼波欲暮天'이었다. 이에 대해서는 장을 달리해서 다룬다.

31 鄭在夔, <蓬山浴行錄>, "萬曆丁巳七月二十一, 晴. 鷄三鳴, 寒岡先生, 以肩輿發行, 昧爽至枝巖前, 乘船. 蔡夢硯·郭永禧·李天封·李彦英·李潤雨·裵尙龍·李命龍·柳武龍·李蘭貴·李壆·鄭天澍等從. 達城伯李煿, 入船拜辭而下. 朴忠胤·李文雨·都聖兪·李稑·李綜·李倫·金㔬·李興雨·李道昌等拜辭于船頭, 船則道東院船也."

진실로 천하의 큰 한계를 세우고 만세의 강상을 보전한 것이 중하에는 백이이고 우리 동방에는 선생이기 때문이다.[32]

(가)는 정구의 후손 정재기鄭在夔(1851-1919)가 편찬한 <봉산욕행록蓬山浴行錄>[33]의 첫머리이다. 이 책은 정구가 75세 되던 해 풍비風痺를 치료하기 위하여 낙동강 수로를 이용하여 1617년 윤7월 20일에서 9월 5일까지 45일간 동래온천을 다녀온 것에 대한 기록이다. 이에 의하면 수많은 사람들이 정구가 가는 길에 마중하기도 하고 배웅하기도 한다. 거기에는 제자들은 물론이고 관직을 갖고 있는 사람이나 일반 선비들도 무수히 많았다. 모여든 사람들은 단순히 노학자의 요양길을 보기 위한 구경꾼이 아니었다. 우리는 여기서 자연히 낙동강 연안을 중심으로 형성된 한강학파를 짐작하게 된다. 한강학파는 장현광 및 그의 제자들과 함께 한려학파寒旅學派를 성립시킨다. 강안지역에는 이 학파가 퇴계학파 및 남명학파와는 다른 모습으로 형성되어 있었던 것이다.

(나)는 정구의 제자 장현광張顯光(1554-1637)이 쓴 <야은선생문집발冶隱先生文集跋>의 일부이다. 장현광은 이 글에서 길재吉再(1353-1419)의 절의정신을 제시하며 강안지역의 선비정신을 드높였다. 그는 길재의 정신을 '지주중류'에 비유하였는데, 낙동강이 없었다면 있을 수 없는 비유이다. 이뿐만 아니다. 그는 노경임盧景任의 제문을 쓰면서, '군은 낙동강 언덕에 작은 정자를 지으니, 내 원당의 우거와 서로 마주하였다.'[34]면서 강안에 세운 정자를 특기하기도 했

32 張顯光, 『旅軒集』 권10, <冶隱先生文集跋>, "聞中夏之慕節義者, 刻砥柱中流四大字於夷齊廟之下抗流之石, 而又吾東之慕節義者, 摹其四字, 立碣刻揭于先生墓下洛江之岸. 則誠以立天下之大閑, 存萬世之綱常者, 中夏而伯夷, 我東而先生也."

33 이 책은 정구의 제자 이윤우의 기록과 밀양 사람 노극홍의 집에 있던 초고를 정구의 후손 정재기가 세밀하게 대조·검토하여 1913년에 편찬한 것이다.

다. 장현광이 이처럼 강안에 특별한 관심을 갖고 있었지만, 영남의 강좌와 강우지역의 중간 점이지대를 인식한 것은 물론 아니었다. 그러나 길재에게서 흘러내리는 강안지역의 정신사를 염두에 둔 것은 틀림이 없다.

정구가 낙동강을 따라 욕행의 길을 나서자 수많은 사람들이 모여들었고, 장현광이 낙동강 연안에 길재를 기리는 비석이 서자 절의정신을 생각하면서 강안지역의 정신사를 부각시켰다. 정구와 장현광을 중심으로 한 한려학파는 이처럼 낙동강과 그 연안을 중심으로 형성되어 영남사상사에서 중요한 역할을 담당하게 되었던 것이다. 그러나 퇴계학파 및 남명학파와 변별되는 강안지역의 특수성을 자각한 것은 근대학문 이후의 일이다. 이 문제는 이동영李東英(1933-2007)에 의해 처음 제기되었다. 다음과 같은 그의 언급에 주목하기로 한다.

> 영남을 상하로 구분할 경우 상도를 영좌라 하고, 하도를 영우라 하면 기왕의 명칭이요, 그래서 좌우로 구획한 연후에 학맥과 문화환경으로 볼 때 영좌우의 중간지역이 한 특성을 가지고 있음을 간과할 수 없다. 그렇다고 그의 명칭을 '영중'이란 것으로도 마땅하지 않고 그래서 이 완충적 접맥구역의 특성을 감안하여 강안江岸이라 명명하였다.[35]

이동영은 낙동강을 중심으로 하여 왼쪽의 영좌시가嶺左詩歌, 오른쪽의 영우시가嶺右詩歌, 그리고 시조문학상 뚜렷이 변별되는 그 사이의 완충지역을 새롭게 설정하여 강안시가江岸詩歌라 하며 조선조의 영남시가를 이해하였다. 성주와 고령, 칠곡 등 강안지역이 지닌 특수한 국면을 뚜렷이 인식하였기

34 張顯光, 『旅軒集』 권11, <祭盧甥景任文>, "君構洛江岸之小亭, 與吾元堂之寓相對矣."
35 李東英, 『朝鮮朝 嶺南詩歌의 硏究』, 釜山大學校出版部, 1984, 308쪽.

때문이다. 영남의 시가문학을 연구하는 과정에서 제출된 것이긴 하지만, 강안에 대한 새로운 인식은 영남학을 이해하는 데 있어 일보 진전한 것이라 하지 않을 수 없다. 최근 강안지역에 대한 사상사적 자각이 새롭게 일어나기도 했다. 우선 박병련의 다음 언급을 주목할 필요가 있다.

> 일반적으로 영남을 낙동강을 중심으로 강좌, 강우로 나누고, 학파도 강좌를 퇴계학파, 강우를 남명학파로 보는데, 여기서 필자가 강안지역이라 칭하고자 하는 것은 한강 정구, 여헌 장현광 등 소위 문목연원文穆淵源 또는 한려학파寒旅學派라는 독특한 분위기를 갖고 있는 지역을 지칭하고자 하는 것이다. 이 지역은 영남이 강좌, 강우로 대별되면서 상대적으로 주목받지 못한 지역이지만 퇴계와 남명 모두를 수용하면서 독특한 학풍을 형성하기도 한 지역이다. 구체적으로는 성주, 고령, 현풍, 창녕, 영산, 의령, 함안, 밀양, 청도, 김해, 창원지역을 지칭하고자 하는 것이다. 이 지역은 초기에는 남명학파의 핵심지역이었으나, '광해군 복립모의'사건에 연루되어 세력이 와해되었다. 이 사건 이후 이 지역에서는 한강을 매개로 범 퇴계학파로 흡수되었으나 여러 가지 미묘한 특징들을 나타내고 있는 지역이다.[36]

박병련은 1631년(인조 9년) 2월에 있었던 '광해군 복립모의'사건을 통해 남명학파의 존재양상을 살피는 과정에서 강안지역을 특별히 주목하였다. 이는 퇴계학파와 남명학파의 중간 점이지대에 위치한 한려학파(문목연원)가 지니는 위상을 분명히 설정한 것이며, 이동영이 막연하게 구상하였던 '학맥과 문화환경'을 영남학파의 사상사적 맥락에서 읽으려 한 데서 커다란 진전을 보였다. 그는 이에서 더욱 나아가 강안지역 범 남명학파의 혈연적 연대와 학문적

36 朴丙鍊, 「'光海君 復立謀議' 事件으로 본 江岸地域 南冥學派, 『南冥學硏究論叢』 11, 南冥學硏究院, 2002, 230쪽.

연대를 구체적 사례를 통해 점검해 봄으로써, 당시 남명학파의 사회적 토대를 살피기도 했다.[37] 박병련의 이 같은 논의는 강안지역의 남명학파를 정치사상사적 시각에서 주목한 것이지만, 강안지역에 대한 연구의 시각을 새롭게 열어주었다는 측면에서 의의가 크다고 하지 않을 수 없다.[38]

강안지역은 정우락에 의해 특별히 주목받기도 했다.[39] 그는 성주 출신인 김담수金聃壽(1535-1603)의 전쟁체험과 그것의 문학적 대응을 살피면서 강안지역을 주목하고, 이 지역은 유학사상사적 측면에서 강우의 남명학과 강좌의 퇴계학을 통섭한 측면과 함께 현실대응에 민감하면서도 성리학적 사유를 동시에 추구하는 특징적 국면이 있다[40]고 했다. 여기서 나아가 밀양 출신인 노상직盧相稷(1855-1931)의 학문적 특징을 살피면서 강안학이 지닌 영남적 보편성과 강안적 특수성을 함께 떠올리고 지역적 범위와 함께 학문적 특성을 한강연원寒岡淵源의 실용주의에 입각하여 논의하기도 했다.[41] 이는 강안학이 하나의 학문으로 성립될 수 있는 가능성을 보였다는 측면에서 일정한 의의가 있다.

설석규 역시 이 대열에 동참하였다. 그는 강안학의 학파적 성격에 주목하고 특히 김담수를 중심으로 강안학파의 실학적 풍모를 찾으려 하였다.[42] 이

37 朴丙鍊, 「南冥學派와 嶺南 江岸地域 士林의 혈연적 연대」, 『南冥學報』 4, 南冥學會, 2005.

38 이 밖에도 밀양·창녕·청도·김해·함안·의령·성주·칠곡 등을 강안지역으로 설정하여 이 지역 향촌지배층의 형성과 변화를 살핀 논의가 있다. 박병련 외, 『남명학파와 영남우도의 사림』, 예문서원, 2004.

39 정우락, 「강안학과 고령 유학에 대한 시론」, 『퇴계학과 한국문화』 43, 경북대 퇴계연구소, 2008 참조. 이 밖에도 정우락은 「강안학, 하나의 영남학을 위하여」(경북대신문, 2008년 4월 7일자)에서 강안학을 통해 새롭게 영남읽기를 강조한 바 있다.

40 鄭羽洛, 「西溪 金聃壽의 戰爭體驗과 그 文學的 對應」, 『嶺南學』 10, 嶺南文化硏究院, 2006, 378쪽.

41 鄭羽洛, 「嶺南儒學의 傳統에서 본 小訥 盧相稷 學問의 實踐的 局面들」, 『南冥學硏究』 24, 南冥學硏究所, 2007.

42 薛錫圭, 「江岸學派의 실학적 풍모를 지킨 徵士-西溪 金聃壽」, 『선비문화』 12, 남명학연구원,

같은 구상은 강안지역 학문의 특수성을 인정하는 것이어서 시사하는 바가 크다. 그는 강안지역 사림들에 의해 강좌와 강우지역 사림들이 지니는 내부적 갈등을 극복할 수 있었고, 숱한 정치적 기복에도 불구하고 생명력을 유지하였다면서 제대로 부각되지 못한 이들의 존재에 대한 인식을 촉구하고 나섰다. 이에서 더욱 나아가 장현광의 '경위설'을 통해 영남학의 통합적 논리구조를 유추하기도 했다.[43]

이상과 같이 낙동강 연안지역을 '강안'이라 명명하면서 영남학을 새롭게 읽고자 하는 노력은 꾸준히 있어왔다. 이 지역의 시가문학적 특성을 살피면서 제출된 '강안'이라는 용어는 낙동강 연안을 중심으로 영남의 유학사상사를 이해하는 데로 확대 적용되었다. 즉 강좌의 퇴계학파와 강우의 남명학파로 양분되던 영남학을 강안지역의 한려학파를 다시 설정하여 소통과 화합의 영남학을 구축하자는 것이었다. '강안지역 → 강안학 → 강안학파'로 심화되어 가던 이 같은 인식은 이 분야 연구의 가능성을 새롭게 타진했다는 측면에서 시사하는 바 크다.

## 4. 강안학의 개념과 범위

강을 중심으로 한 21세기형의 이론을 개발하기 위해서는 특별한 장치가 필요하다. 그 하나가 용어개발이다. 이러한 문제의식 하에 개발된 것이'강안학江岸學'이라는 용어인데, 이 용어를 중심으로 강을 둘러싸고 있는 문화체계를 새롭게 이해할 필요가 있다. 강안학에는 광의의 개념이 있을 수 있고 협의

2007.

43 薛錫圭, 「旅軒學과 江岸學」, 『旅軒學報』 15, 旅軒學硏究會, 2008.

의 개념이 있을 수 있다. 광의의 개념은 다시 미시시피강 유역 등을 포괄하는 세계적 차원과 한강 유역 등을 포괄하는 한국적 차원으로 나눌 수 있고, 협의의 개념은 다시 낙동강 전체를 의미하는 영남적 차원과 낙동강의 중류를 중심으로 한 낙중적洛中的 차원으로 나눌 수 있다. 이를 염두에 두면서 강안학이라는 용어를 생각해 보자.

첫째, '강江'에 대해서다. 강이 지닌 역사문화적 의미는 지대하다. 세계 4대 문명이 모두 큰 강을 끼고 발생한 것을 염두에 두지 않더라도 강이 인류에게 부여되는 의미는 생명의 젖줄 이상이라 해도 과언이 아니다. 우리나라의 4대 강인 한강, 낙동강, 금강, 영산강 등도 마찬가지여서 이들 강 유역을 중심으로 우리의 민족문화는 형성되어왔다. 즉 우리 민족의 일상성과 역사성은 이들 강의 연안을 중심으로 생성·발달해 왔다는 것이다. 강이 우리 국토의 중심부를 관통하면서 생활에 필요한 다양한 물류가 수송되는가 하면, 전쟁 등 민족적 위난 역시 이들 강을 오르내리며 전개되었다는 측면에서 더욱 그러하다. 결국 강에 대한 이해는 우리 민족에 대한 삶의 이해와 결합될 수 있다는 것이다.

영남의 강인 낙동강 역시 영남의 문화를 형성하는 구심적 기능을 하였다. 특히 낙동강이 지닌 일체감을 염두에 둘 필요가 있다. 영남의 정체성은 낙동강을 중심으로 이해할 수 있기 때문이다. 한강이나 금강 등에서 볼 수 있는 것처럼 하나의 강이 여러 도를 거치면서 흐르고 있는 것이 아니라 모든 작은 강들이 낙동강으로 흘러 바다로 들어간다. 이 강을 통해 물자를 교환하고 지식과 문화를 공유하면서 영남의 공동체 문화를 만들어 갔다. 유교적 측면에서 볼 때, 성리학의 수입과 발달 역시 이 강을 중심으로 전개되었으며, 만인소나 의병들의 활동에서 보여주는 것처럼 통일된 영남의 가치관을 형성하는 데도 낙동강은 일정한 역할을 했을 것으로 보인다.

둘째, '안岸'에 대해서다. 안은 연안을 의미하므로 낙동강 연안이 된다. 오늘날의 행정구역으로 볼 때, 상류의 태백·봉화·안동·예천·문경지역, 중류의 상주·의성·구미·김천·칠곡·성주·대구·고령·합천지역, 하류의 창녕·영산·의령·함안·밀양·창원·양산·김해·부산지역이 여기에 해당한다. 이들 지역은 편의상 상류의 안동권, 중류의 대구권, 하류의 부산권으로 나눌 수 있을 것이다. 안동권은 낙동강이 처음으로 시작되는 지점이라는 측면에서, 대구권은 낙동강의 본류가 형성되며 '낙동'이라는 이름을 얻은 곳이라는 측면에서 중요하다. 그리고 부산권은 낙동강이 끝나는 지역이며 해양문화와 결합되어 있다는 측면에서 의의를 지닌다.

낙동강 연안이 다양한 지역을 거느리고 있지만 이들 지역을 모두 강안학에서 수용할 수는 없다. 우리는 여기서 퇴계학파와 남명학파를 중심으로 한 영남유학을 새로운 관점에서 이해하자는 측면에서 이 용어가 생성되었다는 사실을 염두에 둘 필요가 있다. 퇴계학파는 영남 좌도로 낙동강 상류에서, 남명학파는 영남 우도로 낙동강 하류에서 주로 활동하였다. 이 두 학파가 서로 만나면서 새로운 유교문화를 만들어 갔던 사실을 고려할 때 낙동강 중류지역을 주목할 필요가 있고, 여기에는 정구와 장현광을 종장으로 하는 한려학파寒旅學派의 중요 거점이었다는 사실을 상기할 필요가 있다. 이렇게 볼 때, 낙동강의 본류가 시작하는 상주지역을 강안학의 상한선으로, 정구가 강학활동을 했던 관해정觀海亭이 있는 창원을 그 하한선으로 할 수 있을 것이다.[44] 따라서 강안학의 낙동강 중류 지역을 중심으로 한 하류 일부를 의미하

44 이렇게 보면 강안학의 지역적 범위는 낙동강 중류의 대구권과 하류의 일부인 창녕-창원이 된다. 창원을 하한선으로 하는 것은 정구의 강학지가 있는 곳이기도 하지만, 이황 역시 종자형 조효연의 세거지가 있어 인근 김해지역의 남명학과 공존관계를 유지하는 곳이다. 그러나 이러한 범위 설정은 절대적인 것이 아니며, 탄력적으로 적용되어야 할 것이다.

는 상주에서 창원까지로 한정한다.

셋째, '학學'에 대해서다. 학은 학문을 의미하니 그 영역이 실로 다양하다. 문사철文史哲이 그것일 수도 있고, 유불선儒彿仙이 그것일 수도 있으며 근대 이후의 학문도 포괄할 수 있다. 그러니까 낙동강 연안에서 향유된 모든 학문을 수용할 수가 있다는 것이다. 그러나 이처럼 광의로 학문을 이해할 수 없으므로 강안학은 우선 '유학'으로 한정하기로 한다. 이렇게 보면 강안학은 낙동강 연안의 유학을 중심에 두고, 다른 학문과의 관계 속에서 이 지역의 유학사상이 어떠한 특징을 지니며, 영남학 내지 한국학에 강안학이 어떤 기능을 하는가 하는 문제를 심도 있게 따지는 것이 주요 임무가 된다.

낙동강 연안지역, 즉 강안지역은 남명학파와 퇴계학파가 강을 사이에 두고 갈등하고 대립할 때는 그 정체성을 의심받기도 했다. 지역적 특성상 정구와 김우옹, 오운과 김면 등과 같이 이황과 조식을 공동의 스승으로 삼은 문인들이 많았기 때문이다. 그러나 일체감과 통일성을 강조하는 측면에서 이들을 보면 영남 유학을 하나로 통합하는 역할을 한다. 즉 퇴계학과 남명학을 포괄적으로 수용하면서 발전적인 면모를 지니고 성장한다는 것이다. 사정의 이러함을 염두에 둔다면 강안지역의 유학사상은 영남학에 있어 하나의 통합논리를 만들 수 있어 중요하다.

우리는 여기서 다시 시간적 범위를 적용하지 않을 수 없다. 이 용어가 지닌 편의성과 특수성을 인식하자는 것이다. 낙동강 연안지역의 학문적 중요성에 대한 자각은 영남을 강좌의 퇴계학파와 강우의 남명학파로 나누어 이해하는 일반론을 반성하면서 그 중간과 중류지역을 새롭게 설정하면서부터 시작되었다. 이로 볼 때 이황과 조식 이후, 즉 16세기 이후로 강안학의 시간적 범위를 한정하는 것이 바람직하다. 물론 강안학의 역사성을 따질 때는 역사·문화적 환경을 고려하면서 시대를 오르내릴 수밖에 없다. 즉 16세기를 상한

선으로 두면서도 시간적 범위를 탄력적으로 적용할 수 있다는 것이다.

낙중적 차원의 강안학은 '16세기 이후 낙동강 중류지역을 중심으로 한 유학사상'으로 개념과 범위가 설정될 수 있다. 이때 낙동강 중류지역이라 함은 낙동강의 하류 일부 지역을 포함한 상주에서 창원에 걸쳐 있는 지역을 의미한다. 따라서 낙중적 차원의 강안학은 16세기 이후라는 시간적 범위, 상주에서 창원에 이르는 공간적 범위, 유학사상이라는 학문적 범위를 포괄한 개념이다. 낙동강은 영남뿐만이 아니라 한국의 역사와 문화를 이해하는 데 있어 매우 중요하다. 신라와 가야의 경계이자 통합의 역할을 했고, 이후 삼국이 통일신라를 만들어내는 데 있어 주역을 담당한 한 통일의 무대이기도 하기 때문이다. 바로 이 점에서 강안학은 훨씬 큰 문화담론을 만들 수 있는 길을 열기도 한다.

## 5. 강안학의 전반적 특징과 구도

영남 유학적 측면에서 낙동강 연안지역은 특별히 중요하다. 낙동강 중류 일대에서는 일찍이 조선 초에 정몽주鄭夢周(1338-1392)를 이은 길재吉再(1353-1419)가 사림의 씨앗을 뿌린 곳이며, 그것이 싹터 나머지 낙동강 일대로 퍼져 나가고 다시 온 조선으로 퍼져 '유교 조선'을 만들었기 때문이다. 이렇게 낙동강 중류 일대에서는 일찍이 유교의 씨앗이 뿌려졌으며, 조선 중엽에 이르러 마침내 정구鄭逑(1543-1620)와 장현광張顯光(1554-1637)의 이른바 '한려학파寒旅學派'가 출현하였고, 조선말에 이르러서는 당대 '최대, 최고'의 면모를 지닌 이진상李震相(1818-1886)의 '한주학파寒洲學派'가 출현하였다.[45] 이러한 사실은 조선유학사상 낙동강의 학문적 기능이 간단치 않다는 것을 방증하는 것이라 하겠다. 이를 염두에 두면서 앞에서 든 강안학의 특징을 몇 가지로 나누어 살펴보기로 한다.

첫째, 회통성에 대해서다. 낙동강 연안은 영남의 내륙에 비해 타문화의 흡수력이 훨씬 빠르다. 이것은 낙동강 물길을 통해 이질적인 문화가 신속하게 전파 향유될 수 있었기 때문이다. 사정이 이러하므로 기호지방의 학문이 상주나 칠곡, 대구 등에서 영남학과 융합되면서 나타날 수 있었다. 이른바 기령학畿嶺學의 회통이 이루어지고 있었던 것이다.[46] 이뿐만 아니라 강안지역에 사는 선비들을 중심으로 이황과 조식을 함께 스승으로 모시면서 퇴남학退南學을 통섭하기도 했다. 즉 남북으로는 기령학을 동서로는 퇴남학을 아우르는 회통성이 강안학에는 존재하고 있었다는 것이다.

먼저 기령학의 회통성에 대해서다. 강안지역은 영남의 내륙에 비해 기호지방과의 연맥성이 강하다. 조령은 경북 문경시와 충북 연풍군의 경계에 해당하는데, 낙동강에서 배를 타고 올라갈 때 서울로 가는 가장 빠른 길이며, 서울에서 경상도관찰사들이 부임하는 가장 빠른 길이기도 하다. 이 때문에 조령을 경계로 한 기호학과 영남학의 회통이 영남의 다른 지역에 비해 낙동강의 본류가 시작하는 상주지역이 가장 빠를 수밖에 없다. 이 지역은 안동의 퇴계학적 자장 속에 있으면서도 그 힘이 많이 약화되었고 동시에 고개 너머의 기호학을 받아들이면서 회통적 강안학을 만들어갔던 것이다. 여기서 나아가 강의 운반기능과 관련하여, 기호학이 물길을 따라 가장 빠르게 그 연안지

45 홍원식, 「영남 유학과 '낙중학'」, 『한국학논집』 40, 계명대 한국학연구소, 2010 참조.

46 '畿嶺學'이라는 용어는 安朋彦(育泉齋, 1904-1976)에 의해 사용된 바 있다. 盧相稷(小訥, 1855-1931)의 묘갈명을 쓰면서 '盖先生, 鎔冶畿嶺之學於一爐, 而會通之'라 한 것이 그것이다. 근기 남인과 영남 남인의 학문을 중심으로 말한 것인데, 曹兢燮(深齋, 1873-1933)도 이황 이후의 학문을 두 파로 나누고, '有嶺畿之二派, 嶺學精嚴, 常主於守經反約, 畿學宏博, 多急於應用救時,'라 한 바 있다. 이 글에서는 이를 더욱 확대하여 기호학과 영남학의 회통적 측면을 '기령학'이라는 용어로 포괄하여 제시한다.

역으로 전파·착근되었다. 영남지역 송시열宋時烈(1607-1689)의 문인을 분석해 보면 이 사실은 어렵지 않게 납득된다. 정치적 고려가 있었던 것도 사실이지만, 영남지역에 거주하는 송시열의 문인 53명 가운데 44명[47]이 강안지역에 살았기 때문이다.

퇴계학을 바탕에 두면서도 기호학을 적극적으로 받아들였던 대표적인 영남인은 류성룡의 제자 정경세鄭經世(1563-1633)이다. 그는 예학과 인식론적 측면에서는 퇴계학을 계승하면서도 이기설理氣說에 있어서는 이황의 호발설互發說을 반대하는 입장에 섰던 것으로 알려져 있다. 여기서 나아가 송시열과 함께 서인의 종장으로 성장하는 송준길宋浚吉(1606-1672)을 사위로 맞기도 한다. 이 때문에 영남지역 양반가에서는 정경세가 송준길을 사위로 삼은 것과 관련하여 이야기가 두루 전한다. 대체로 두 편으로 이루어져 있는데, 하나는 무엇 때문에 송준길을 사위로 맞았는가 하는 것이고, 다른 하나는 송준길이 우복의 딸을 어떻게 생각했는가 하는 것이다. 이것은 아마도 이들의 혼인이 여러모로 특별하였기 때문에 생겨났을 것으로 보인다. 설화가 근거를 가진 허구라 볼 때, 이 역시 허구이기는 하되 근거를 명확히 가진 것으로 볼 수 있다.[48]

다음은 퇴남학의 회통성에 대해서다. 강안지역은 영남학 내부에서 퇴계학과 남명학이 회통되고 있다는 측면에서 주목을 요한다. 퇴계학파는 낙동강의

---

47 44인의 명단은 다음과 같다. 성주(6명) : 李碩堅·李碩剛·李命鐸·李命鉦·李重夏·李重華, 상주(3명) : 成虎英·成晩徵·申爟, 함창(3명) : 蔡錫疇·蔡河徵·蔡之沔, 선산(7명) : 李增華·李志奭·李東魯·沈若漢·李志遂·沈瀜·李志洵, 대구(13명) : 李克泰·李克念·李克和·羅世鳳·徐惟遠·全克欽·全克明·全克初·全克敏·許誠·孫尙祖·朴振仁·朴紹遠, 삼가(4명) : 權錞·權鑑·權鍰·鄭友益, 하양(1명) : 宋得楠, 청도(3명) : 芮碩薰·朴之賢·朴太古, 인동(2명) : 張瑠·張榮達, 경산(1명) : 韓弘翊, 의령(1명) : 權宇亨.

48 이에 대해서는, 정우락, 『영남을 넘어, 상주 우복 정경세 종가』, 예문서원, 2013, 120-121쪽 참조.

상류 좌측을 중심으로 활동하였고, 남명학파는 낙동강의 하류 우측을 중심으로 활동하였다. 이 과정에서 퇴계학파는 남진을, 남명학파는 북진을 모색하게 되었고, 중간 점이지대인 낙동강 중류의 강안지역에서 이황과 조식을 함께 스승으로 모신 선비들을 중심으로 강의 좌우를 절충하고 통합하고자 했다. 한려학파가 대표적이라 하겠는데, 이 학파는 강을 사이에 두고 대립한 영남의 좌우를 하나로 통합하기 위하여 노력하였으며, 선악이나 군자·소인 등으로 구분하는 이분법적 사고가 지닌 문제를 심각하게 인식했기 때문이다.

예컨대 성주지역을 중심으로 보면 이러한 현상이 더욱 뚜렷하다. 이곳은 퇴계학과 남명학의 회통성이 가장 잘 나타나는 지역이다. 황준량黃俊良(1517-1563) 등 이황의 제자와 오건吳健(1521-1574) 등 조식의 제자들이 이곳을 중심으로 만나면서 학문을 논했고, 정구와 김우옹 같이 이황과 조식 문하를 함께 드나드는 문인들도 많았다. 이황에게 직접 배우지는 않지만 이 지역 출신으로 조식의 제자인 김담수金聃壽(1535-1603) 역시 전쟁을 맞아 예안지방으로 피신하면서 이황의 제자들과 교유하게 되고, 이 과정에서 퇴계학에도 심취한다. 즉 퇴남학의 회통적 성향을 보인다는 것이다. 이 가운데서도 퇴남학의 회통성이 가장 두드러진 사람은 정구이다. 그는 이황과 조식의 문하에 출입하면서 거경궁리居敬窮理를 중심으로 공부하면서도 읍지邑誌와 인물지人物誌를 편찬하는 등 치용적致用的 학문을 중시하였다. 여기서 퇴남학에 대한 한강학의 강한 회통성을 엿볼 수 있다.[49]

둘째, 실용성에 대해서다. 강안학의 또 다른 특징 가운데 하나로 실용성을 들 수 있다. 민중의 삶이 강을 무대로 형성되면서 수로를 통해 물류가 운반되

---

49 함안의 趙任道(澗松堂, 1585-1664) 역시 강안지역에서 퇴남학을 회통하고 융화하기 위하여 노력하였다. 이에 대해서는 許捲洙, 「南冥·退溪 兩學派의 融和를 위해 노력한 澗松 趙任道」(『남명학연구』 11, 경상대 남명학연구소, 2001)에 자세하다.

고 사람들은 또 이를 통해 여행하기도 했다. 즉 영남인들은 나루나 강, 그리고 강안을 배경으로 하여 그들의 일상을 전개하였던 것이다. 강이 이처럼 생민의 현실과 밀착되어 있기 때문에 강안지역에서 삶을 영위하고 있는 사람들은 그의 사상기반에 실용성이 빠르게 자리 잡을 수밖에 없었을 것으로 보인다. 이 같은 실용성이 생활현장에 적용되면서 실천력을 확보하게 된다. 소극적으로는 쇄소응대灑掃應對 등의 일상성으로, 적극적으로는 의병을 일으켜 국난을 극복하는 실천성으로 나타났다.

강안학에 보이는 실용주의적 태도는 실학적 측면과 밀착되어 있음은 물론이다. 실학이 실용성을 담보한 학문이기 때문이다. 실학은 어느 시대나 있기 마련이고, 당대인들 역시 그렇게 생각해 왔다. 성리학이 허무적멸지교虛無寂滅之敎의 노불학老佛學을 비판하면서 스스로를 실학이라 한 것에서 이를 충분히 알 수 있다.[50] 그러나 성리학이 관념 일변도로 흐르면서 현실 응전력에 문제가 생기자 조선후기에는 이것을 비판하는 측면에서 학문적 문제의식을 현실에 둔 실학이 거듭 강조되었다. 이 같은 실용과 실천을 담지한 학문경향이 강안지역 사람들에게 충실히 반영되었던 것이다.

강안지역의 실용주의적 태도는 구체적으로 박학풍을 통해서 나타난다. 강의 상류에서 보이는 성리학적 순수성보다 학문에 대한 개방적 입장에 선 현실주의적 측면을 강조한다. 성주지역의 정구가 현실에 소용되는 다양한 서적을 찬술한 것은 그 좋은 예가 된다. 그는 『가례집람보주家禮輯覽補註』와 『오선생예설분류五先生禮說分類』와 같은 예서禮書, 『심경발휘心經發揮』나 『중

50 예컨대, 朱熹(晦庵, 1130-1200)가 『중용』을 소개하면서 '이 책이 처음에는 한 이치를 말하였고, 가운데에서는 흩어져 만사가 되었고, 끝에는 다시 합하여 한 이치가 되었다. 이것을 풀어놓으면 우주에 가득차고 거두어들이면 물러가 은밀한 데 감추어져서 그 맛이 무궁하니 모두 實學이다.'라고 한 것이 그것이다.

화집설中和集說』과 같은 심학서, 『창산지昌山志』나 『함주지咸州志』와 같은 지지地志, 『고문회수古文會粹』나 『주자시분류朱子詩分類』와 같은 문학서, 『역대기년歷代紀年』이나 『치란제요治亂提要』와 같은 역사서, 『의안집방醫眼集方』이나 『광사속집廣嗣續集』과 같은 의서 등 전방위적인 박학풍의 학문경향을 보였던 것이다.[51] 여기서 나아가 1611년 성주의 서문밖에 의국을 설립하여 임란 이후 주민들의 건강을 보살피기도 했다.

고령지역의 오운도 마찬가지이다. 그는 『주자문록朱子文錄』을 만들어 주자학이 지닌 경세적인 면을 주목하였다. 즉 『주자대전』을 읽는 가운데, 주희의 봉사封事와 주차奏箚 등의 글에서 '애군'과 '우국'의 뜻이 절실하니 이를 인출하여 경연에서 진강하자는 것이었다. 여기서 더욱 나아가 사학방면에 지대한 관심을 보이기도 했다. 그 결과 기전체와 편년체를 절충한 『동사찬요東史纂要』를 저술할 수 있었다. 이 책은 사람들에게 중국역사가 아닌 우리역사를 알게 하며, 옛일을 통해 현재의 일을 알게 하고, 선악의 구분과 권선징악을 보여 당시 사서들의 문제점을 시정하기 위하여 편집되었다.

강안지역 선비들의 실천정신은 임진왜란이라는 민족사적 위난을 맞아 더욱 빛을 발하였다. 오운의 경우 곽재우郭再祐(1552-1617)를 도와 군량과 전마를 조달하고, 김성일金誠一(1538-1593)이 초유사로 부임해 왔을 때, 그를 도와 임무를 제대로 수행할 수 있도록 한다.[52] 곽율郭赳(1531-1593)·조종도趙宗道(1537-1597) 등과 명나라 군대를 지원하는 일에 대하여 논의하기도 했다.[53] 또한 박이장朴

51 權文海(草澗, 1534-1591)의 경우 이 글에서 설정한 협의의 범위에서는 제외되지만 예천 역시 상주와 밀착되어 있는 강안지역이다. 주지하듯이 그의 『대동운부군옥』은 임진왜란 이전 우리나라와 관련된 것을 방대하게 수집한 백과사전으로 박학풍을 가장 잘 나타낸 저작물이다. 강안학의 주요 특징 가운데 하나인 실용성이 담보되어 있음은 물론이다.

52 吳澐, 「竹牖集」 권3, <與金鶴峯書> 참조. 여기서 오운은 김성일에게 편지하여 삼가현에 초유사의 지휘소를 두는 것이 좋겠다고 했다. 삼가가 경상도의 중간쯤 되기 때문이다.

53 鄭慶雲, 『孤臺日錄』 1593년(癸巳), 2월 15일조, "吳判校澐·郭草溪赳·趙丹城宗道·金學瑞廷

而章(1547-1622)과 김면金沔(1541-1593) 등은 합천과 고령지역에서 의병을 일으켜 국난극복에 일익을 담당하였다. 특히 김면은 고령에 거주하고 있었던 박정번朴廷璠, 김회金澮, 박정완朴廷琓, 김응성金應聖, 정이례鄭以禮, 이승李承, 이홍우李弘宇 등과 함께 많은 무공을 세웠다.

셋째, 독창성에 대해서다. 강안지역을 중심으로 사림파가 형성되고 발달되었다. 16세기를 거치면서 강을 좌우로 하여 이황과 조식을 중심으로 학파가 형성되었으며 이에 따라 양 학파는 공존과 경쟁관계를 동시에 유지하였다. 이황과 조식이 표면적으로는 '신교神交'로 인정하면서도 이면적으로는 상호간의 긴장을 늦추지 않았다. 이 같은 긴장과 경쟁은 그 문하생들 사이에서 갈등의 관계로 발전하기도 했다. 이에 대한 문제를 제기하면서 성주지역의 정구는 퇴계학파와 남명학파를 넘나들며 소통과 화합을 지향하였고 이는 강안학의 중요한 특성인 회통성에 근거한 것이었다. 또한 강안지역에는 실용학풍이 있어 『읍지』 등의 지방사나 민족사에 대한 관심과 실천으로 나타나기도 했다.

강안학은 회통성이나 실용성에서 더욱 나아가 세계에 대한 새로운 인식을 이 지역에서 적극적으로 추구하고 있어 특기할 만하다. 이는 강안학이 기령학과 퇴남학을 회통하면서도 독자성을 확보하는 쪽으로 이 지역의 학문방향을 설정하고 있기 때문에 가능한 것이다. 퇴계학과 남명학을 회통하면서 실용주의적 측면을 보강한 정구의 학문이 김해의 허전을 거쳐 밀양의 노상직에게 전수되는 것도 이 지역 학문경향의 중요한 부면이지만, 상주·선산·성주지역에서 독특한 이론을 개발하여 강안학의 독창성을 유감없이 발휘한 것은 이 지역의 유학적 특성에서 빼놓을 수 없는 부분이다. 노수신盧守愼(1515-1590)

龍·成正字安義, 共會于郡, 以議天兵支待之事." 1593년(癸巳), 5월 6일조, "吳判校澐·趙縣監宗道, 出通文于列邑, 以迎餉天兵故也."

과 장현광張顯光(1554-1637), 그리고 이진상李震相(1818-1886)이 바로 그들이다.

선산의 장현광은 노수신의 이기일물설理氣一物說과 인심도심체용설人心道心體用說을 지지하는 입장에 있었다. 그의 이기경위설理氣經緯說은 바로 이것을 토대로 해서 마련된 것이라 해도 과언이 아니다. 장현광의 학문적 경향은 『조선왕조실록』에서도 이황과는 일정한 거리가 있는 것으로 기록하고 있다. 효종 1년 5월 1일에 경상도의 진사 신석형申碩亨 등 40여 인이 연명으로 상소를 한 바 있다. 여기에 의하면 장현광은 『주역』에 조예가 깊어 사류들로부터 오랫동안 추앙을 받아왔으며, 그가 지은 경위지설經緯之說은 이기理氣를 종횡으로 극론한 것으로 모두 이황과 다른 입장을 취하고 이이와 부합되는 내용이 있다는 것이었다.[54]

장현광이 도일원론道一元論에 바탕을 둔 이기경위설理氣經緯說을 강조하자 영남의 퇴계학파는 이를 비판하지 않을 수 없었다. 그 대표적인 학자가 류원지柳元之(1598-1678), 이구李榘(1613-1654), 이현일李玄逸(1627-1704) 등이다.[55] 이들은 장현광의 이기설이 이이의 기발일도설과 다르지 않다고 보고, 퇴계설을 옹호하는 입장에서 강력히 비판하였던 것이다. 그동안의 논의에 따르면, 이理와 기氣의 통일성을 강조하는 장현광의 이기경위설은 영남학파의 중요한 일원이면서도 이기의 차별성에 주목하는 이황의 그것과 일정한 거리가 있는 것이었다. 이 같은 측면에서 장현광은 강안지역에서 독창적인 학설을 전개했다고 할 수 있을 것이다.

성주의 이진상은 '이기일도설理發一途說'과 '심즉리설心則理說'로 이 지역의

54 『朝鮮王朝實錄』 孝宗 1年 5月 1日(癸丑)條 참조.

55 이들에 대한 전반적인 논의는 금장태, 「졸재 유원지의 경학과 성리설」(『퇴계학파와 리철학의 전개』, 서울대학교출판부, 2000), 설석규, 「활재 이구의 이기심성론 변설과 정치적 입장」(『조선시대사학보』 4, 조선시대사학회, 1998), 유권종, 「갈암의 여헌 성리설 비판 고찰」(『한국유교사상연구』 27, 한국유교학회, 2006)에서 이루어졌다.

일원론적 전통을 계승하면서 동시에 강안학의 독창성을 극대화시켰다. 이 같은 그의 논리는 이황의 심합리기설心合理氣說을 주리적 측면에서 더욱 강화시킨 것이다. 박옥璞玉의 비유에서도 나타나듯이 그는 돌[기] 속에 있는 옥[리]이 박옥의 본래면목이라 생각하고, '차라리 월형을 받을지언정 옥을 옥이라고 하지 않을 수 없다'라고 하면서 이理의 의미를 강조하였다. 특히 그는 이의 주재성에 주목한다. '주재하는 것은 이理'이고 '작용하는 것은 기氣'[56]라고 한 언명에서 이를 분명히 확인할 수 있다.

마음의 주재성을 이理로써 설명하려고 했던 이진상의 '심즉리설'에 대하여 퇴계학파는 비판하지 않을 수 없었다. 1897년 『한주문집』이 도산서원에 전해졌을 때 이진상의 이학理學을 위학僞學으로 몰아 환송하고, 1902년 박해령朴海齡 등은 이진상의 학문을 이단으로 보고 상주향교에서 『한주문집』을 불태우기까지 하였다. 그리고 이황의 후손 이만인李晩寅(1834-1897)은 논리를 갖추어 적극 비판하고 나섰다. 즉 이발理發만 있고 기발氣發이 없다는 것은 이이가 기발氣發만 있고 이발理發은 없다고 말한 것을 반대하려고 하다가 지나침을 면치 못했다는 것이다.[57] 이것이 오해에서 비롯되었다고는 하지만, 노수신이나 장현광이 그러했듯이 이황 근본주의자들에게는 하나의 이단이었던 것이다. 이것은 동시에 강안학의 주요 특징이기도 하다.[58]

---

56 李震相, 『寒洲全書』 권40, <答郭鳴遠疑問>, "太一將分, 理生氣, 衆萬交運, 理乘氣. 主宰在理, 作用在氣."

57 이와 관련한 논의는 홍원식의 「한주의 성리설과 계승」(『한주 이진상 연구』, 역락, 2006)을 참조할 수 있다.

58 강안학에 보이는 독창성은 류성룡의 제자인 정경세와 그의 학단에서도 드러난다. 그들은 남명학에 대하여 비판적 시각을 지니고 있었으며, 동시에 안동·예안권의 월천·학봉학맥에 대해서도 독자적 자세를 견지하고 있었다. 조식에 대해서는 『참동계』와 『음부경』에 대한 탐독과 정몽주 인식을 비판하였고, 안동·예안권의 학자들과는 달리 李爾瞻(觀松, 1560-1623)에 대한 주벌 상소에는 반대하는 입장을 보였다. 이에 대한 구체적인 논의는, 김학수, 「17세기 嶺南學派 연구」, 한국학중앙연구원 박사학위논문, 2007, 190-214쪽에서 이

강안지역을 중심으로 한국의 성리학이 유입되었고 이후 사림파가 성장하였다. 길재나 김숙자와 김종직, 그리고 김굉필이 강안 지역에 거점을 마련하고 활동하였다는 사실은 이를 증명하기에 족하다. 이 지역은 길재에 의해 사림파의 원두가 마련되고, 김숙자를 통해 초기 사림이 뿌리 내리기 시작했고, 그의 아들 김종직을 통해 영남사림파 착근着根하면서 중요한 학단을 형성한다. 달성 출신인 김종직의 제자 김굉필에 의해 도학이 성립되기도 한다. 이로 보아 강안학은 영남 사림파가 성정하는 과정에서 기호학과 영남학, 혹은 퇴계학과 남명학의 회통성, 박학에 바탕 한 실천정신을 지닌 실용성, 세계에 대한 새로운 인식이 담보된 독창성을 그 특성으로 하면서 강좌나 강우 지역과는 다른 정신사적 맥락을 갖고 있었던 것이다. 이를 구도화 하면 다음과 같다.

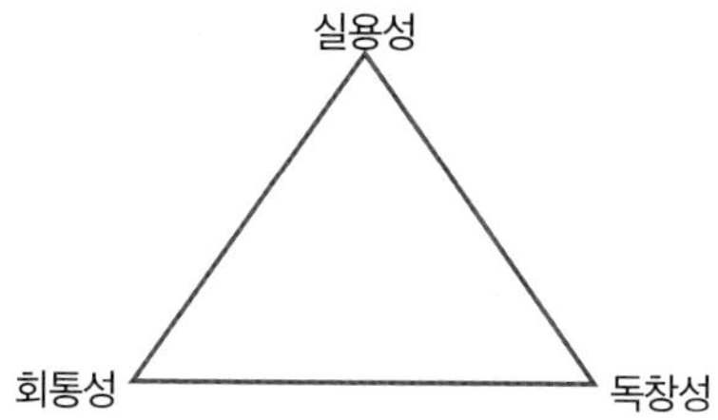


회통성은 개방과 소통을, 독창성은 개성과 창조를, 실용성은 일상과 실천을 지향하는 강안학의 주요 성격들이다. 강안학은 이것이 배타적 관계로 존재하는 것이 아니라 유기성을 지니며 구도화되어 있었던 것으로 보인다. 즉 표면적으로는 회통성과 독창성은 상호 대극점에 위치하고, 다시 실용성이 설정되어 있어 상호 배척하고 있는 것처럼 보이지만, 회통성이 독창성을 간섭하지 않고, 독창성 역시 회통성을 방해하지 않는다. 회통성이 모호한 성격으로, 독

---

루어졌다.

창성이 상대에 대한 비판적 자세로 나타날 때도 없지 않으나, 강안학은 회통을 통해 창조적 세계를, 그 독창성에 입각하여 오히려 소통과 화합을 가능케 한다.[59] 그리고 이것은 강과 그 연안의 기능에 따라 실용성으로 귀결된다.

강안지역의 유학적 전망 또한 이 같은 논의의 연장선상에서 모색할 수 있다. 이는 유학이 미래의 학문일 수 있다는 가정 하에 성립될 수 있음은 물론이다. 전망은 두 가지 방향에서 모색할 수 있다. 하나는 강안학의 특수성을 고려하면서 이 지역 유학의 전망을 모색하는 것이고, 다른 하나는 영남 유학, 나아가 한국 유학의 보편성을 고려하면서 방향을 분명히 하자는 것이다. 전자가 강안학의 특수성에 입각한 경우라면, 후자는 한국 유학의 보편성에 입각한 경우이다. 모든 사물의 존재방식이 그러하듯이 영남 유학 역시 한국 강안학의 보편성 속에 있으면서도 영남 유학의 특수성을 동시에 지니고 있기 때문이다.

우리는 여기서 앞서 제시한 바 있는 조선후기의 실학자 이익李瀷의 말을 다시 떠올리지 않을 수 없다. 그는 사방의 물이 낙동강으로 흘러들고 있듯이 영남의 인심은 하나로 통일되어 있다고 생각했다. 이 통일된 인심 속에서 오륜五倫을 확인했다. 우리 사회가 안고 있는 당면문제 가운데 중요한 하나는 사회적 갈등의 심화일 것이다. 갈등이 어제 오늘의 일은 아니라고 하더라고 강의 좌우를 아우를 수 있는 강안지역은 시대적 요청에 부응하는 인문학적 노력을 게을리하지 말아야 한다. 그 구체적인 방안에 대해서는 앞으로 깊이 있게 생각해 봐야 할 문제이지만, 지역적 혹은 사상적 측면에서 매우 유리한 조건을 갖고 있는 것만은 틀림이 없다.

---

59 성주지역 정구의 경우 퇴계학과 남명학을 보완하고 절충하는 입장이 강한 데 비해, 상주지역 정경세의 경우 남명학을 비판하면서 퇴계학과도 일정한 거리를 두었기 때문에 독창적 면모가 강하다. 강안학은 이 두 성향을 갈등의 관계가 아니라 상생의 관계로 담아내고 있었다.

# 제2장 강안지역의 문학활동과 그 성격

## 1. 머리말

오늘날 우리는 인터넷 토론방과 블로그 등을 통한 커뮤니티의 시대를 살고 있다.[1] 인터넷은 전방위적 소통을 가능케 하였지만 익명성으로 인한 구속력 약화로 오히려 소통이 부재한 상황에 놓이기도 한다. 소통과잉으로 인한 소통부재라는 기현상을 목도하게 되었다는 것이다. 소통의 부재는 총체적 위기상황을 몰고 오기도 한다. 정치에 대한 깊은 불신과 각종 시위로 인한 폭력의 난무, 살인과 자살 등으로 점철되는 우리 시대의 자화상을 보면 쉽게 알 수 있다.

여기서 우리는 직선과 곡선을 다시 생각하게 된다. 직선은 우리에게 질러가는 방법을 가르쳐주었다. '질러가기'는 속도라는 선물을 안겨 주며 보다 많은 것을 보다 빨리 획득할 수 있게 했다. 근대화는 바로 이러한 직선적 사유에 기반한 산물로서 고속도로는 그 상징적 존재가 된다. 그러나 이 같은 속도지상주의는 반드시 폭력성을 동반하기 마련이다. 고속도로를 보라. 산이

---

1 이 글은 필자의, 「조선중기 강안지역의 문학활동과 그 성격-낙동강 중류지역을 중심으로 한 하나의 시론」(『한국학논집』 40, 계명대 한국학연구원, 2010)을 수정·보완한 것이다.

가로막으면 그 산을 뚫고 지나가고, 강이 끊어 놓으면 그 강심江心에 콘크리트 다리를 박아 건너가지 않는가. 이처럼 직선은 우리에게 빠른 발전을 가져다주었지만 동시에 자연을 파괴하며 심각한 공해를 동반하는 재앙을 안겨주기도 했다.

직선의 빠른 속도에 비해 곡선은 느리고 답답하다. 곡선은 우리에게 끊임없이 돌아가는 방법을 가르쳐 주기 때문이다. '돌아가기'는 '빨리빨리'로 대표되는 한국적 정서에 도무지 맞지 않는 것 같기도 하다. 그러나 곡선은 우리에게 커다란 시사점을 제공한다. 느림의 미학이 바로 그것이다. 곡선적 사유에 대한 상징적 존재가 바로 강이다. 강은 고속도로와 달리 산이 있으면 돌아가고, 차안此岸과 피안彼岸을 뱃길로 잇는다. 직선이 속도로 인해 자신의 앞만을 볼 수밖에 없는데 비해, 곡선은 느리기 때문에 이웃과 주변을 돌아보게 한다. 따라서 곡선은 평화를 지향한다.

지난 한 세기 동안 우리 사회는 실로 혁명적인 변화를 겪었다. 그 혁명적 변화는 직선과 고속도로가 만들어낸 것이며, 그것의 극단이라 할 수 있는 가상공간 상의 직선적 소통까지 가능하게 되었다. 그러나 그 가상공간 상의 소통은 긍정적 요소도 많지만, 오히려 자신의 편파적 주장에 그치게 됨으로써 심각한 사태를 초래하기도 한다. 이 지점에서 우리는 진정한 소통을 모색하지 않으면 안 된다. 이를 위한 하나의 대안이 한국인의 감성적 체질에 부합하는 새로운 차원의 소통이다. 여기서 우리는 곡선과 강이 가져다주는 상상력을 다시 생각하게 된다.

우리의 과제에서는 영남의 강인 낙동강과 이에 따른 문학에 특별히 주목하고자 한다. 이것은 지금까지 낙동강을 중심으로 하여 좌우로 나누어 보던 영남학의 시각을 반성하자는 측면에서 제기된 문제이다. 즉 강좌와 강우, 그 사이인 강안江岸이 지닌 공간 상상력을 검토하자는 것이다. '사이'는 시간과 공간이 지닌 거리나 간격을 의미하기도 하지만, 사물과 사물, 사람과 사물, 사람과 사람의 관계 혹은 그 방식을 의미하기도 한다.

사이는 중간을 뜻하면서 동시에 하나의 총체이다. 따라서 영남의 강안 공간은 강좌와 강우의 중간이면서 동시에 영남 전체를 아우르고 있다는 측면에서 새롭게 주목할 필요가 있다.

곡선적 사고에는 전근대를 돌아보며 근대를 넘어서는 새로운 길이 제시될 수 있으므로 여기에는 문명사적 의미가 깃들어 있다. 지난 수십 년간 시도해 왔던 근대과학을 극복하려는 뚜렷한 학문적 흐름은 네 가지로 요약된다. 첫째는 동물적 본성으로 돌아가야 한다는 환원주의적 통섭이고, 둘째는 복잡계 이론 등을 통한 학제적 융합이며, 셋째는 하나의 지식을 중심으로 한 여타의 학문에 대한 수렴이고, 넷째는 당대에 얻거나 만들어진 개념적 도구들로 역사적 문제에 따른 대안을 구하는 것이다. 여기서 우리는 통섭과 융합, 그리고 수렴이 당대적 안목으로 구상되고 있는 하나의 학문방법 상의 논리체계를 읽을 수 있다. 강을 중심으로 한 곡선적 사고는 바로 이 같은 문제의식에서 출발한 것이다.

이 글이 시론으로 구상되고 기술된다고 볼 때, 이에 대한 문제의식은 과거 혹은 전통 속에 적재되어 있는 사실의 확인에만 머무르지 않는다. 낙동강 좌우, 그 사이에서 영남의 문학을 총체적으로 읽고자 하는 시도에서 이를 확인할 수 있다. 이 같은 생각을 갖고 이 글은 먼저 강의 공간 상상력에 주목하여 영남을 읽는 새로운 시각을 제시한다. 강안학江岸學이 바로 그것이다. 다음으로 낙동강 중류지역의 문학을 하나의 '행위' 중심으로 다루고, 여기서 발생하는 다양한 문학작품의 성격을 구명한다. 이로써 우리는 강안학의 하위 체계 안에 포섭되는 강안문학의 대체적 성격을 파악하게 될 것이다. 그러나 본 논의는 하나의 시론에 불과하다. 이 때문에 앞으로의 연구과제를 마지막에 제시하여 그 가능성을 새롭게 타진하고 모색하기로 한다.

## 2. 영남을 읽는 새로운 시각

지금까지 우리는 낙동강을 중심으로 영남을 좌우로 나누어 읽어 왔다. 영남 우도(강우지역)는 변한 지역에서 가야 및 신라에 병합된 곳으로 역대의 왕권이나 관권에 저항하는 사례가 허다하였다. 이에 비해 영남 좌도(강좌지역)는 진한 지역에서 신라로 발전한 곳으로 고려 태조에 밀착하면서 역대로 중앙정부와 관권에 대한 반항사례를 찾아보기가 어렵다. 그리고 지역의 자연환경과 사람들이 숭상하는 것도 각기 달랐다. 우도가 토질이 비옥하고 육해산물이 풍부하였으며 귀貴보다 부富를 지향하는데 비해, 좌도는 토질이 척박하고 토착성이 강하였으며 부보다 귀를 지향하였다.[2] 이 같은 영남 읽기는 좌우의 변별적 자질을 충분히 드러내는 데 일정한 봉사를 하였다. 그러나 이 같은 대립적 시각을 극복하자는 측면에서 낙동강과 그 연안 지역을 주목한다. 영남을 새롭게 읽을 수 있는 길이 이로써 열리기 때문이다.

### 1) 개울과 바다, 그리고 강의 상상력

낙동강의 '좌'와 '상', '우'와 '하'는 서로 밀착되어 있다. 특히 16세기에 들면서 이황李滉(1501-1570)과 조식曺植(1501-1572)이라는 대유大儒가 굴기하면서 지역의 특성을 반영하는 학파를 조성하게 된다. 퇴계학파와 남명학파가 그것이다. 퇴계학파가 안동을 중심으로 형성되어 현실을 안정적으로 인식하고

2 李樹健, 『嶺南學派의 形成과 展開』, 一潮閣, 1995, 327-330쪽 참조.

진리에 대한 학문적 천착을 위해 노력했다면, 남명학파는 진주를 중심으로 형성되어 현실을 비판적으로 인식하고 모순된 현실을 극복하기 위해 노력했다. 그러나 영남 사람들은 강의 상하를 오르내리며 삶을 영위하였고, 좌우를 넘나들며 보다 큰 그들의 문화를 만들어 갔다. 바로 이 지점에서 영남을 읽는 새로운 방법론이 요구된다.

우리는 여기서 게임의 순서를 정할 때 흔히 사용하는 '가위'와 '바위', 그리고 '보'를 생각할 필요가 있다. 세계관을 설명하는 데 유용하기 때문이다. 가위·바위·보에 '닫히다'와 '열리다'를 결합시켜보면 아주 특별해진다. 바위는 닫혀있으며, 보는 열려 있고, 가위는 닫혀있으면서 동시에 열려 있다. 바위는 닫혀있으니 답답하지만 의지가 굳어 보이고, 보는 열려 있으니 경쾌하지만 가벼워 보인다. 그리고 가위는 바위와 보의 중간쯤에서 균형을 잘 잡고 있는 듯하지만 자신의 본래 모습이 무엇인지를 의심하게 한다.

바위의 세계관에 주로 작용되는 힘은 구심력求心力이다. 이 때문에 우리가 사는 이 세계를 어떤 구심적 질서를 갖고 통일적 시각에 의거하여 파악하고자 한다. 이 세계관에서는 전통과 과거를 중시한다. 즉 구심력에 입각하여 과거로 거슬러 오르고자 하고, 내면으로 깊이 침잠하고자 한다. 종적인 질서를 중시하므로 여기에는 전통이 있고, 선조가 있고, 핏줄이 있으며, 뿌리가 있고, 또한 집단이 있다. 이 세계관을 지니게 되면 자기 정체성을 확립하는 데 도움이 되나 지독한 보수로 흐르기 쉬운 약점이 있는 것도 사실이다.

보의 세계관에 주로 작용되는 힘은 원심력遠心力이다. 이 때문에 세계를 어떤 원심적 자유논리에 입각하여 파악하고자 한다. 이 세계관에서는 창조와 미래를 중시한다. 즉 원심력에 입각하여 미래로 나아가고자 한다. 횡적인 자유를 중시하므로 여기에는 창조가 있고, 세계가 있으며, 가지와 잎이 있고, 또한 개체가 있다. 이 세계관을 지니게 되면 창의적 발상을 하며 국제적 안목을 기르는데 도움이 되나 개인주의와 경박성의 강화로 인한 사회적 분열과 자아 상실의 현상이 발생하기 쉬운 약점이 있다.

그렇다면 가위의 세계관은 어떠한가? 이 세계관에는 구심력과 원심력이 동시에 작용한다. 이 때문에 구심적 질서와 원심적 자유를 함께 유지하고자 한다. 과거를 존중하면서 미래에 대한 비전을 잃지 않고, 전통은 오히려 미래를 여는 힘이 된다. 근거 있는 새로움이 이로써 가능한데, 구심력과 원심력이 상호 소통하기 때문에 그럴 수 있다. 이 세계관에 입각할 때, 자유는 질서로 인해 방향성을 잃지 않으며, 질서는 자유로 인해 경화되지 않는다. 그러나 가위적 세계관은 양극단에 대한 중도적 자세를 지니기 때문에 자기 정체성을 꾸준히 의심받기도 한다.

바위와 보, 그리고 가위가 연역해 내는 상이한 세계관은 개울과 바다, 그리고 강의 상상력으로 뻗어갈 수 있다. 즉 개울은 바위의 세계관을 가지며, 물이 처음 샘솟는 원두 가까이 있으니 순수의 미덕을 지니며, 바다는 보의 세계관을 가지며 강이 끝나는 자리에서 모든 물이 집적되는 곳이니 종합의 미덕을 지닌다는 것이다. 이에 비해 강은 가위의 세계관을 가지며 개울과 바다 사이에서 강과 바다의 양극단을 조절하는 중용의 미덕을 지닌다. 이 같은 '바위-개울', '보-바다', '가위-강'의 상상력은 각각 정체성 확보와 개방적 사유, 그리고 조화의 세계를 이룩하기도 하지만 이와 관련된 단점을 수반하는 것도 사실이다.

개울과 바다, 그리고 강으로 연역할 수 있는 상상력을 영남에 밀착시켜보자. 여기서 우리는 자연스럽게 16세기 이후 영남학파의 양대 산맥으로 일컬어져 왔던 이황과 조식을 떠올리게 된다. 이들의 호를 주목해 보자. 이황의 호 퇴계退溪는 개울로 물러난다고 했으니 '개울'을, 조식의 호 남명南冥은 남쪽 바다를 소요하고자 했으니 '바다'를 지향한다. 개울에는 수양론적 궁극점이 있다. 물이 샘솟는 원두源頭가 있기 때문이다. 이황은 원두 가까이, 즉 개울로 물러나 천리가 유행하는 도체를 체득하고자 했다. 이에 비해 조식은 대붕과 같은 거대 자아를 지니고 절대자유를 상징하는 남쪽 바다에서 소요하고자 했다. 그러니 이황은 강의 상류에서 '개울'과 같은 맑은 순수로, 조식은 하류에서 '바다'와 같은 광대한 자유로 각각 자신의 정신 경계를 구가하였던 것이다.

이황과 조식은 모두 경상도 지역에서 1501년에 태어났으니 닭띠로 동갑이다. 닭이 어둠을 몰아내고 밝음을 불러오듯이 이들은 모두 한국 정신사에 문명의 빛을 던졌다. 훨씬 후대의 일이기는 하나 이들은 산청의 배산서당 도동사에 나란히 배향되어 '퇴계退溪 이자李子'와 '남명南冥 조자曺子'로 극존칭되었으며, 실학자 성호星湖 이익李瀷(1681-1763)은 이황과 조식이 학단을 열고 인의仁義로써 제자를 가르칠 때를 들어 '우리 문명의 극치는 여기서 이루어졌도다!'라고 외칠 수 있었다.

낙동강을 경계로 하여 '좌상'과 '우하'를 구분하여 영남을 이해하는 방식이 오랫동안 지속되었고 일정한 성과를 거둔 것도 사실이다. 인조반정 이후 사정이 달라지기는 하나, 좌상의 퇴계학파와 우하의 남명학파는 동서붕당 때에는 동인으로 결집하지만, 다시 남북으로 분리되어 오랫동안 갈등하였다. 이 과정에서 그 사이에 있던 강안지역의 문인들은 끊임없이 그들의 정체에 대하여 의심을 받기도 했다. 그러나 영남 사람들은 강의 상하를 오르내리며 삶을 영위하였고, 좌우를 넘나들며 보다 큰 그들의 문화를 만들어 갔다는 사실을 외면하면 안 된다.

낙동강은 소통과 통합의 강이다. 16세기에는 워낙 걸출한 두 학자가 낙동강을 사이에 두고 있었으므로 '경계'를 의미하는 강이었지만 그 이후에는 사정이 다르다. 낙동강 연안 및 중류 지역에 거점을 마련하고 이황과 조식을 함께 스승으로 모시면서도 이들의 학문을 발전적으로 계승한 일군의 학자들이 존재했기 때문이다. 정구鄭逑(1543-1620), 김우옹金宇顒(1540-1603), 오운吳澐(1540-1617), 김면金沔(1541-1593) 등은 그 대표적 인물이다.

낙동강 중류를 중심에 두면서 퇴계학파와 남명학파가 소통하는 지점에 정구와 한강학파가 있다. 이 학파의 한 줄기는 장현광張顯光(1554-1637)을 통해 영남 이학理學의 전통을 새롭게 구축하였고, 다른 한 줄기는 허목許穆(1595-1682)을 통해 근기실학계열로 발전해 나간다. 또한 낙동강의 본류가 시작하는 상주권을 중심으로 정경세鄭經世(1563-1633)가 이황의 학풍과 상당한 차별성을 보이며 기호학통을 계승하였던 노수신盧守愼(1515-1590)의 계보를 수용하면서 일정한 학단을 형성하였다. 강안 지역은 바로 이 같은 측면에서 영남학은 물론이고 한국학을 이해하는 데 있어도 주목하지 않을 수 없다.

길재吉再(1353-1419)가 금오산 기슭에 은거하면서 강안지역에 독자적인 사림파의 도맥을 형성하였고, 그 맥이 김숙자金叔滋(1389-1456)와 김종직金宗直(1431-1492)을 거쳐 대구 달성의 김굉필金宏弼(1454-1504)에게 전해진다. 강을 따라 흘러왔던 도맥은 이황과 조식의 시대인 16세기에 들어 강좌의 안동과 강우의 진주 등 내륙으로 들어갔다가, 이들을 함께 스승으로 모셨던 정구鄭逑(1543-1620)에 의해 다시 강안 지역으로 돌아오게 된다. 그리고 그 학파에 의해 이학과 실학 전통으로 분화되어 조선 후기 사상사를 더욱 다채롭게 하였다. 문학사적 측면에서도 사상사의 흐름과 연대하면서 영남의 강안지역은 강이 지닌 공간 상상력에 입각하여 낭만 감성과 도학 감성을 공유하였다. 바로 이점에서 강안문학은 지역문학사를 건설하는 하나의 방법론을 제공하기에 충분하다.

## 2) 강안학과 강안문학

강을 중심으로 한 21세기형 이론을 개발하기 위해서는 특별한 장치가 필요하다.[3] 그 하나가 용어개발이다. 여기서 우리는 다양한 문제를 안고 있음에도 불구하고 강과 그 연안의 학문을 의미하는 '강안학江岸學'이라는 용어를 떠올리지 않을 수 없다. 이 용어를 중심으로 강을 둘러싸고 있는 문화체계를 새롭게 이해할 필요가 있다는 것이다. 강안학에는 광의의 개념이 있을 수 있고 협의의 개념도 있을 수 있다. 광의의 개념은 다시 미시시피강 유역 등을 포괄하는 세계적 차원과 한강 유역 등을 포괄하는 한국적 차원으로 나눌 수 있고, 협의의 개념은 다시 낙동강 전체를 의미하는 영남적 차원과 낙동강의 중류를 중심으로 한 낙중적洛中的 차원으로 나눌 수 있다. 이 가운데 가장 좁은 개념이 낙중적 차원의 강안학인데, 본 논의에서는 문제의 본질을 명확히 하기 위하여 이를 주목하고자 한다. 영남학의 특수국면을 고려한 것이다.

강안학이 낙동강을 중심으로 한 학문이기 때문에 우선 '강江' 자체에 주목한다. 낙동강은 영남의 문화를 형성하는 구심적 기능을 해왔으므로, 낙동강이 지닌 일체감을 염두에 둘 필요가 있다. 영남의 정체성은 이를 중심으로 이해할 수 있기 때문이다. 낙동강은 한강이나 금강 등에서 볼 수 있는 것처럼 하나의 강이 여러 도를 거치면서 흐르고 있는 것이 아니라 모든 작은 강들이 이 강으로 흘러 바다로 들어간다. 사람들은 이 강을 통해 물자를 교환하고 지식과 문화를 소통하면서 영남의 공동체 문화를 만들어 갔다. 유학적 측면에서 볼 때, 성리학의 수입과 발달 역시 이 강을 중심으로 전개되었으며, 만인소나 의병들의 활동에서 보여주는 것처럼 통일된 영남의 가치관을 형성

---

3 이하 강안학의 개념에 대해서는 정우락의 「江岸學과 高靈 儒學에 대한 試論」(『퇴계학과 한국문화』 43, 경북대학교 퇴계연구소, 2008)을 참조할 수 있다.

하는 데도 낙동강은 일정한 역할을 했을 것으로 보인다.

낙동강 연안은 오늘날의 행정구역으로 볼 때, 상류의 태백·봉화·안동·예천·문경지역, 중류의 상주·의성·구미·김천·칠곡·성주·대구·고령·합천지역, 하류의 창녕·영산·의령·함안·밀양·창원·양산·김해·부산지역이 여기에 해당한다.[4] 『동여비고東輿備攷』 <경상도좌우주군총도慶尙道左右州郡摠圖>에는 영남의 좌우도를 낙동강이 시작되는 상주를 중심으로 하여 설정하고 있는바, 그 경계선은 위로 풍기와 문경에서 시작하여 아래로 동래와 김해에서 끝이 난다.[5] 강안지역에서 퇴계학파와 남명학파가 경쟁하고 화합하면서 새로운 유교문화를 만들어 갔던 사실을 고려할 때 낙동강 중류지역을 주목할 필요가 있고, 이곳이 또한 한강학파의 주요 거점이었다는 사실을 상기할 필요가 있다. 이렇게 볼 때, 낙동강의 본류가 시작되는 상주지역을 강안학의 상한선으로, 정구가 강학활동을 했던 관해정觀海亭이 있는 창원지역을 그 하한선으로 설정할 수 있을 것이다.[6]

강안문학江岸文學은 강안학의 하위 분류 체계에 속하는 것으로, 낙중적 차

---

4 이들 지역은 편의상 상류의 안동권, 중류의 대구권, 하류의 부산권으로 나눌 수 있을 것이다. 안동권은 낙동강이 처음으로 시작되는 지점이라는 측면에서, 대구권은 낙동강의 본류가 형성되며 '낙동'이라는 이름을 얻은 곳이라는 측면에서 중요하다. 그리고 부산권은 낙동강이 끝나는 지역이며 해양문화와 결합되어 있다는 측면에서 의의를 지닌다.

5 『東輿備攷』「慶尙道左右州郡摠圖」에는 영남의 좌우도를 낙동강이 시작되는 상주를 중심으로 하여 다음과 같이 경계 짓고 있다. 좌도는 풍기, 예천, 비안, 인동, 대구, 현풍, 창녕, 영산, 밀양, 양산, 동래 등이고, 우도는 문경, 용궁, 상주, 선산, 개녕, 성주, 고령, 초계, 의령, 함안, 칠원, 창원, 웅천, 김해 등이다. 현풍의 경우 '우'로 잘못 표기 되어 있다. 이들 지역은 지도상의 구체적인 강안지역으로 강안학의 범위를 탄력적으로 적용할 수 있는 곳이다.

6 이렇게 보면 강안학의 지역적 범위는 낙동강 중류의 대구권과 하류의 일부인 창녕-창원이 된다. 창원을 하한선으로 하는 것은 정구의 강학지가 있는 곳이기도 하지만, 가까이로는 조식의 산해정이 김해에 있어 정구가 이를 생각하고 있었으며, 이황 역시 종자형 조효연을 만나기 위하여 창원을 답사한 적이 있다. 따라서 창원은 퇴계학맥과 남명학맥이 경쟁하면서 공존하는 곳이라 하겠다.

원에서 볼 때 16세기 이후 낙동강 중류지역에서 생산된 문학을 의미한다. 이 지역 문인들의 문학관을 어느 하나로 고정시켜 말할 수는 없다. 오운吳澐(1540-1617)에게서 나타나는 것처럼 성리학적 문학관으로 구심력을 확보하면서도 도잠陶潛, 한유韓愈, 구양수歐陽脩, 소식蘇軾, 두보杜甫, 이백李白 등의 문학 작품을 읽으며 상상력의 폭을 넓혀갔던 것으로 보인다. 한강寒岡 정구鄭逑(1543-1620)가 주희를 표준으로 삼아 그의 글이 평정순실平正醇實하여 부화조려浮華藻麗함을 일삼지 않았다거나,[7] 서계西溪 김담수金聃壽(1535-1603) 문학에 깊숙이 내포되어 있는 두보의 영향 등에서 이를 확인할 수 있다.[8] 특히 여헌旅軒 장현광張顯光(1554-1637)은 <문설文說>을 써서 도학적 원리 구명과 실용적 가치 구현이 문학의 주요 임무임을 일련의 논리를 갖추어 적극적으로 개진하기도 했다.[9]

조선중기 강안지역 문인들은 문학에 대한 도학주의적 입장을 취하면서 다양한 장르의 작품을 남겼다. 오늘날 일반적으로 통용되는 문학의 분류체계에 입각하여 간단하게 그 연구 영역을 살피기로 한다. 한시문학은 강안지역의 주도적 장르이다. 강 위에서 배를 띄우고 시행한 선유시회船遊詩會는 상주지역을 중심으로 꾸준히 이루어졌으며, 그 연안의 승경을 제재로 노래한 작품 또한 부지기수다. 여기서 나아가 강안에 수많은 누정을 건립하고 시회를 열어 작품을 생산하였다. 작가적 측면에서 보면 영남 문인이 중심이 되지만 기호지역이나 호남지역의 문인들도 다수 참여하여, 혹은 관료로서 혹은 여행객으로서 낙동강과 그 연안의 승경을 노래했다.

---

7 申欽, 『象村稿』 권26, <鄭寒岡神道碑銘幷序>, "及乎晩年, 一意講述, 爲文章亦宗晦庵, 不事浮華藻麗爲也."

8 오운, 김담수, 정구 등의 문학인식에 대해서는 정우락의 『남명학파의 문학적 상상력』(역락, 2009)을 참조할 수 있다.

9 張顯光, 『旅軒集』 권6, <文說> 참조.

한문산문 분야 역시 강안지역의 주요 장르다. 선유시회에도 산문이 있을 수 있지만 그것이 중심이 될 수는 없다. 그러나 정구의 봉산욕행을 일기체로 작품화한 <봉산욕행록蓬山浴行錄> 등이 있어 주목할 만하다. 특히 누정문학의 경우는 수많은 누정기를 갖고 있어 낙동강 연안의 산수를 정갈한 필치로 그려낸다. 이뿐만 아니라 길재가 은거한 금오산이나 최치원이 은거한 가야산을 중심으로 한 유산록은 특별한 관심을 가질 필요가 있다. 전자는 강안지역의 절의정신을, 후자는 강안지역의 유선적儒仙的 면모를 보여 이 지역의 문학적 성격을 형성하는 데 있어 중요한 역할을 한 것으로 보인다. 강안문학이 구심력을 유지하면서도 개방적일 수 있는 토대가 되었다는 것이다.

고전문학의 경우, 한글로 된 소설이 영남지역에서 가장 활발하게 유통되었다는 점을 상기할 필요가 있다. 한 연구에 의하면, 강안지역에서 필사지역이 구체적으로 드러나는 경우는 상주 10종, 합천 10종, 성주 9종, 대구 5종이다.[10] 가장 많이 필사된 작품은 <강릉추월전>, <유충렬전>, <조웅전> 등인데 이를 통해 이 지역의 소설 읽기와 그 의미를 가늠해 볼 수 있다. 고전시가의 경우 상주의 채득기蔡得沂(1605-1646)가 경천대를 떠나면서 <천대별곡天臺別曲>이라는 충절의 가사를 지었고, 낙동강 중류지역에서 활발하게 활동하였던 박인로朴仁老(1561-1642)가 <태평사太平詞>와 <누항사陋巷詞> 등 모두 8편의 가사와 <입암이십구곡立岩二十九曲> 등 다수의 시조를 남겨 이 방면에서 두각을 드러냈다. 이 밖에도 선산의 고응척高應陟(1531-1605), 칠곡의 이담명李聃命(1646-1701), 상주의 조우인曺友仁(1561-1625) 등이 있어 조선중기 강안지역의 시가문학에 커다란 공헌을 하였다.

강안지역에서 빼놓을 수 없는 부분이 구비문학이다. 구비문학 가운데 설

10 김재웅, 「영남 지역의 선비 집안과 필사본 고전소설의 유통」, 『선비문화』 11, 남명학연구원, 2007, 55쪽 참조.

화는 대가야 및 금관가야 시조의 어머니라고 전해지는 가야산의 여신 정견모주正見母主 이야기를 비롯해서 수많은 전설과 민담이 있다. 부모의 개가 요구를 끝내 받아들이지 않았던 선산지역의 약가藥哥이야기, 이광정李光靖(1552-1627)이 <임열부향랑전林烈婦薌娘傳>을 통해 전한 구미지역의 향랑이야기 등의 무수한 이야기들이 그것이다. 이들 이야기는 때로 한문학의 주요 소재로 활용되면서 장르 교섭현상을 일으키기도 하는데, 밀양과 고령에서 활동하였던 신유한申維翰(1681-?)의 <산유화가山有花歌>는 그 대표적이다. 이 밖에도 상주의 <공갈못노래>, 대구의 <공산농요>, 구미의 <발갱이들소리> 등의 민요들이 지역적 특징 및 민중의 삶과 결부되면서 강안지역 구비문학을 더욱 풍성하게 하였다.

강안학은 영남적 보편성과 강안적 특수성을 동시에 지니고 있다. 이에 대한 연구는 앞으로 지속되어야겠지만, 강안문학의 경우 낙동강과 그 연안이라는 지리적 특성과 맞물리면서도 영남문학 전체에 대한 소통적 국면을 보여준다. 남명학파와 퇴계학파가 서로 경쟁하고 화합하는 과정에서 역동성을 확보하기도 한다. 문학적인 측면에서 볼 때, 강안문학은 강과 강안 승경을 중심으로 한 한시와 한문산문이 여타의 지역에 비해 활발하게 창작되었다. 그리고 국문으로 된 소설과 시가가 이 지역에서 활발하게 창작 유통되었고, 구비문학 또한 지역성과 맞물리면서 보다 큰 문학세계를 펼쳐갔다. 이를 염두에 두면서 강안문학의 몇 국면을 살펴보는 것이 다음 장의 과제이다.

## 3. 낙동강 중류지역의 문학활동

상주에서 시작하는 낙동강 본류는 그 빼어난 경관으로 인해 많은 문학 창작을 가능케 했다. 그 가운데 가장 먼저 떠오르는 것은 강과 관련된 작품들이다. 수많은 영남의 선비들은 낙동강을 배경으로 하여 강상江上에 배를 띄우고 선유시회를 열어 시집을 만드는 등 강을 중심으로 창작활동을 벌이는 오랜 문화적 전통을 유지해왔다. 그리고 그 기슭에 다양한 누정을 건립하여 풍류를 즐기면서 주변의 아름다운 경관을 노래했고, 인근의 산하를 오르내리며 그 기록을 유산록으로 남겼다. 이같이 낙동강과 그 연안은 문학의 훌륭한 생성공간이었다. 본 장에서는 바로 이 점을 고려하면서, 조선중기 영남 문인들이 그들의 문학 세계를 어떻게 펼쳐갔는가 하는 점을 고찰해 보기로 한다.

### 1) 선유시회 문화의 구축

조선조의 문인들은 풍광이 좋은 자연을 선택하여 뜻이 맞는 사람들끼리 시회詩會를 열고, 그 모임을 기념하기 위하여 화축畵軸이나 시축詩軸 등을 남기기도 했다. 시회에는 연회가 열리기도 하고 이에 따라 풍악이 울리기도 했다. 친목이 모임의 주요 목적이었으며 이를 기념하기 위하여 그림을 그리고 풍악을 울렸으니, 시회는 바로 종합예술의 한 장이라고 해도 과언이 아니다. 시회는 서울은 물론이고 지방에서도 다양하게 개최되었는데, 조선 문인의 문학적 소통은 이로써 가능하였다. 특히 뱃놀이를 통해 시회를 여는 선유시회는 조선중기 강안지역의 문화로 구축되어 특기할 만하다.

김석신의 선유도

심사정의 선유도

영남의 강 낙동강은 그 자체로도 훌륭한 문학 생성공간이었다. 특히 배를 강물에 띄우고 여는 선유시회船遊詩會는 오랫동안 진행되면서 독특한 문화를 만들었다. 문헌에 입각해 보면 이규보李奎報(1168-1241)가 1196년 낙동강에 배를 띄우고 시회를 연 이래 19세기 후반까지 이어졌으니, 낙동강 선유시회는 7백여 년이나 지속되었다고 하겠다.[11] 낙동강 상류에 살았던 이황李滉(1501-1570)의 경우도 선유시회를 특별히 즐겼다. 『퇴계집·연보』에 의하면, "4월 16일 달밤에 탁영담濯纓潭에서 뱃놀이를 하다. 형의 아들 교寯와 손자 안도安道와 문인 이덕홍李德弘이 따랐다. 청풍명월淸風明月 4운으로 각각 시를 지었고, <전적벽부>·<후적벽부>를 읊은 뒤 밤이 깊어서야 돌아왔다.'[12]라고 기술하고 있으니 이황이 소식蘇軾의 풍취를 생각하며 도산서원 앞 탁영담에서 시회를 열었던 저간의 사정을 확인할 수 있다.[13]

이황의 제자이면서 낙동강 중류를 중심으로 강력한 문파를 형성하고 있었던 정구 역시 낙동강을 중심으로 다양한 선유시회를 전개하였다. 그는 1588년(45세) 7월에 함안군수를 그만두고 낙동강을 배로 거슬러 올라와 사우들과 함께 '만경창파욕모천萬頃蒼波欲暮天'을 분운하며 시회를 열었다. 구체적인 장소는 고령의 쌍림면 개산포開山浦에서 사망정四望亭에 이르는 구간이었다. 이때 지리산으로 유람을 가던 이기춘李起春(1541-1597)과 박성朴惺(1549-1607)도 참여하였는데 도합 7인이었다.[14] 당시 정구는 '파波'자[15]와 '욕欲'자[16]의 운을 얻

11 낙동강의 지류까지 포함시켜보면 시회가 오늘날까지 지속되고 있음을 확인할 수 있다. 예컨대, 금호강을 중심으로 형성된 峨洋吟社는 영남사림의 후예들이 해방 직후부터 현재까지 시회를 열어 시집을 발간하는 등 활발하게 작품 활동을 벌이고 있다.

12 『退溪先生年譜』 권2, 61歲條(『韓國文集叢刊』 31, 229쪽), "四月旣望, 泛月濯纓潭, 兄子寯, 孫安道, 門人李德弘從, 以淸風明月, 分韻賦詩, 詠前後赤壁賦, 夜深乃還."

13 이현보, 김륵, 이종악 등도 안동지역에서 뱃놀이를 즐기면서 관련 작품을 남겼다. 안동지역 양반들의 뱃놀이 문화에 대해서는 한양명의 「안동지역 양반 뱃놀이(船遊)의 사례와 그 성격」(『실천민속학연구』 12, 실천민속학회, 2008)을 참조 바란다.

었으며, 선상에서 벗들과 함께 하는 시주詩酒의 정취와 세속을 벗어난 아름다운 경치 등을 노래했다.[17]

정구는 안동부사로 부임하기 직전인 64세 되던 해(1607) 1월 28일 곽재우郭再祐·장현광張顯光·박충후朴忠厚 등과 함께 용화산 아래서 배를 띄워 놀기도 했다.[18] 대산大山 이상정李象靖(1711-1781)은 『기락편방沂洛編芳』의 서문에서 이를 기록하여, '한강선생께서 일찍이 퇴계선생 문하에 유학하시고 물러나와 사상泗上에서 강론하며 가르치시니 성주·인동·함안·영산 사이에 빛나는 군자의 풍모가 많았다. 선생께서 일찍이 여헌旅軒·망우당忘憂堂·광서匡西·간송당澗松堂 제공과 용화산 아래 낙수 위에서 배를 띄우고 노닐었는데, 모인 사람이 모두 35인[19]이었으니 모두 당대의 빼어난 분들이었다.'[20]고 하였다. 이상정은

14 7인은 정구를 비롯한 李弘量(六一軒, 1531-1592), 李弘宇(茅齋, 1535-1594), 金沔(松庵, 1541-1593), 李起春(玉山, 1541-1597), 朴惺(大庵, 1549-1607), 李承(晴暉堂, 1552-1598) 등이다.

15 鄭逑, 『寒岡續集』 권1, <泛舟洛江分韻萬頃蒼波欲暮天得波字>, "平生何事最爲多, 今日船遊亦可歌. 邂逅良朋仍共醉, 斜陽倒影照平波."

16 『洛江分韻』 4쪽. "盡美東南共七賢, 明朝歸去別懷生. 淸江半日暫逃俗, 愧負願留兄所欲." 이 자료는 표제가 '洛江分韻'으로 되어 있으며 도합 49쪽으로 편철된 고문서이다. 정구의 낙강분운을 중심으로 한강학파의 낙동강 관련 사적들이 간찰 및 同舟錄 등과 함께 소개되어 있다. 현전하는 『한강집』에는 정구의 낙강분운으로 '波'자 운 한 수만 전하지만, 이 자료는 문집에 빠져 있는 '欲'자 운도 포함하고 있어 중요한 자료적 가치가 있다. 두 작품 모두 작자가 檜山으로 되어 있는데 바로 정구를 의미한다.

17 정구의 이 낙강 시회는 그의 문인 세대에도 지속되었다. <追次洛江韻>이 그것인데 이것은 李承(晴暉堂, 1552-1598)의 晴暉堂에 소장되어 오던 자료로 『洛江分韻』에 정구 등의 분운 뒤에 실려 있다. 이 시회에 참여한 인물로는 정구의 아들 鄭樟(晩悟齋, 1569-1614)을 비롯해서 李道孜(復齋, 1559-1642), 李道由(滄浪叟, 1566-1649), 李堉(心遠堂, 1572-1637) 등을 들 수 있다.

18 정구가 배를 띄운 직접적인 이유는 20년 전 함안군수 재직 시 비석으로 쓸 수 있는 돌을 도흥강변에 보관해 두었는데 이것을 찾기 위함이었다. 朴尙節은 『沂洛編芳』에서 <龍華山下同泛圖> 8도를 첨부하였는데, 이 그림의 제3도가 <道興搜石>이다. '第三道興步, 嘉號待群賢. 可惜琬琰石, 深藏何處邊.'이라는 題畵詩도 위쪽에 판각되어 함께 전한다. 이와 관련한 자세한 사항은 <龍華山下同泛錄後序>(趙任道, 『澗松集·別集』 권1)를 참조할 수 있다.

19 『낙강분운』의 <龍華山下同泛錄>에 기록된 사람은, 鄭逑, 郭再祐, 張顯光, 朴忠後, 李佶, 成景

정구의 선유가 이황에게서 계승되고 있음을 보인 것이다.

정구는 75세 되던 해(1617) 7월 20일에 지병을 치료하기 위하여 45일간의 동래 온천 여행을 한 적이 있었다. 당시의 기록은 『낙강분운』과 『한강선생봉산욕행록』에 자세하다. 전자에는 <한강선생봉산욕행낙강동주록>에 곽근郭赾 등 10인, <경양대하배景釀臺下陪>에 이후경李厚慶 등 7인, <통도사배선생동화록通度寺陪先生同話錄>에 17인이 등재되어 있고, <선생승주욕봉산주중제자운先生乘舟浴蓬山舟中諸子韻>에 11수, <경양대하범주호운景釀臺下泛舟呼韻> 7수가 실려 있고, 후자에는 고문서 형태로 된 『낙강분운』 등을 자료로 하여 정구의 욕행 일정을 자세하게 기록하고 있다. 당시 정구는 사빈을 출발하여 마수원 나루, 도흥탄, 창원 경양대, 남수정, 삼차강까지는 물길로, 신산서원에서 기장을 거쳐 동래까지는 육로를 이용하였으며, 돌아오는 길은 양산 통도사, 언양, 경주 포석정, 하양, 경산 등을 경유하였다. 당시 수많은 사람들이 정구의 온천행을 맞이하고 배웅하였는데, 이 과정에서 자연스럽게 많은 화차운시를 남겼다.[21]

---

琛, 辛礎, 趙埴, 李道由, 朴震英, 李明�, 李明念, 辛膺, 李明懋, 李明悆, 安侹, 李潚, 盧克弘, 辛邦楫, 趙埗, 李厚慶, 羅翼南, 李道孜, 兪諧, 李明恴, 李時馠, 郭瀞, 李道一, 李蘭貴, 柳武龍, 趙任道, 李道輔, 李瀊, 李忠民 등 34인이다. 『沂洛編芳』에는 崔門柱가 보입되어 도합 35인이다.

20 李象靖, <沂洛編芳序>(『沂洛編芳』 장1), "寒岡先生, 早遊陶山之門, 退而講授於泗水之上, 星仁咸靈之間, 盖彬彬多君子之風焉. 先生嘗與旅軒·忘憂·匡西·澗松堂諸公, 同泛於龍華洛之上, 會者盖三十五人, 皆極一時之選."

21 『한강선생봉산욕행록』은 『낙강분운』과 다소 출입이 있다. 1617년 7월 20일에 상평성 尤韻(秋·遊·頭)의 12수, 7월 23일에 상평성 歌韻(沙·波·多)의 9수가 등재되어 있으나 "諸詩不可盡記"라는 표현에서 알 수 있듯이 훨씬 많은 작품이 있었다는 것을 알 수 있다. 이 밖에도 7월 29일에는 정구와 崔興國 사이의 贈答詩가 소개되어 있는데 『한강집』에는 수록되어 있지 않은 작품이다. 내용은 이렇다. 정구 : "南溪亦有臥龍淵, 梁甫吟來慕古賢. 可惜櫝中藏美玉, 一生榮辱肯何緣." 최흥국 : "鳶飛魚躍自天淵, 一脈眞源屬我賢. 白首還嗟江渭阻, 靑眸相對杳難緣."

낙동강을 중심으로 한 정구의 시회는 그의 문인들에게도 자연스럽게 계승되었다. 대표적인 것이 서사원徐思遠(1550-1615)과 장현광張顯光(1554-1637) 등을 중심으로 한 23명[22]의 문인들이 1601년 3월 23일에 벌인 금호강 시회(<금호동주영琴湖同舟詠>)이다. 서사원이 52세 되던 해 여러 사람들과 뱃놀이를 하게 되었는데, 술이 몇 순배 돌자 장현광의 제의로 이 시회가 이루어졌다.[23] '출재장연중出載長烟重, 귀장편월경歸粧片月輕, 천암원학우千巖猿鶴友, 수절도가성愁絶棹歌聲'이라는 주희의 <무이정사잡영武夷精舍雜詠·어정漁艇>을 시운으로 삼았으며, 서사원은 '출出'자, 장현광은 '장長'자를 운으로 하여 시를 지었다. 서사원은 여기서 나아가 장현광의 '장'자 운을 다시 차운하기도 했다. <차여헌장자운次旅軒長字韻>[24]이 그것이다.

조선중기 낙동강을 배경으로 한 시회는 '상산선유시회商山船遊詩會'가 대표적이다. 이 시회의 작품은 『임술범월록壬戌泛月錄』에 수렴되어 있는데, 상주의 제1경으로 알려진 경천대擎天臺에서 배를 띄워 동남쪽의 도남서원道南書院을 거쳐 관수루觀水樓에 이르는 30여 리의 구간에서 시회가 개최되었고, 1607년부터 1778년까지 171년 동안 총 8회, 1663년부터 1798년까지 135년 동안 총 18회에 걸쳐 진행되었다. 이 선유시회는 대를 이어가면서 연 것으로 일찍이 그 유례를 찾아볼 수 없는 것이다. 이준李埈(1560-1635)을 중심으로 한 선유시회는 낙강시회의 한 전범이 된다는 측면에서 중요하다.[25] 아래 표를 중심으로 17세기의 사정을 간단히 살펴보자.

---

22 23인은 徐思遠, 呂大老, 張顯光, 李天培, 郭大德, 李奎文, 宋後昌, 張乃範, 鄭四震, 李宗文, 鄭鏞, 徐思進, 都聖兪, 鄭錀, 鄭錘, 都汝兪, 徐恒, 鄭鋋, 鄭銖, 徐思選, 李興雨, 朴曾孝, 金克銘 등이다.

23 『낙강분운』에도 이 시회에 대한 기록들이 있다. 여기에는 呂大老의 서문을 비롯한 3편의 서문, 17수의 시작품 실려 있다. 그리고 이 시회는 <琴湖仙査船遊圖>라는 그림으로 그려지기도 하는데, 그림은 趙衡逵가 그리고 서문은 여대로의 것을 실어놓았다.

24 徐思遠, 『樂齋集』 권1, <次旅軒長字韻> 참조.

25 이에 대해서는, 이구의의 「해제」(『역주 낙강범월시』, 아세아문화사, 2007)를 참조바란다.

| 시회 연월일 | 참석자 및 시운 | 선유지 | 시형식 |
|---|---|---|---|
| 1607. 9. | 金庭睦, 趙翊, 李埈, 全湜, 趙溭, 金憓, 黃時幹 | | 聯句 |
| 1622. 7. 16 | 李埈(壬), 趙靖(戌), 李坱(之), 李埈(秋), 康應哲(七), 金憓(月), 金知復(既), 金廷獻(望), 金廷堅(望), 柳袗(蘇), 趙又新(子), 李大圭(與), 韓克禮(客), 金塈(泛), 李元圭(舟), 李文圭(遊), 李身圭(於), 禹處恭(赤), 丘山立(壁), 孫胤業(下), 全湜(淸), 全克恒(徐), 全克恬(來), 趙光璧(水) | 1일 : 道南書院 → 龜巖 → 楓湖 → 簟巖 → 道南書院<br>2일 : 道南書院 → 龍淵(擎天臺) → 伴鷗亭 → 道南書院 | 分韻 |
| 1622. 10. 15. | 李埈(桂), 丘希岌(蘭), 孫胤業(槳), 金譟(空), 李元圭(兮) | 竹巖津 | 分韻 |
| 1657. 7. 16. | 曺挺融, 趙稜 등(窓·腔·雙·缸·江) | 竹巖津 | 次韻 |
| 1682. 7. 16. | 趙稜 등(위와 같음, 1686년 洪昇, 李在寬 등이 다시 차운함) | 竹巖津 | 次韻 |

위는 『임술범월록壬戌泛月錄』 가운데 17세기 부분만 적출한 것이다. 이 가운데 이준을 중심으로 한 1622년 7월 16일의 시회가 대표적이다. 소식이 1082년에 후베이성 적벽강에 배를 띄우고 <적벽부>를 남긴 지 꼭 540년 만의 일로, 이 시회가 가장 본격적으로 이루어졌을 뿐만 아니라, 상주 선유시회의 전범이 되었기 때문이다. 시회에 사용된 시의 형식은 연구聯句, 분운分韻, 차운次韻 등으로 다양하였으며, 죽암진에서 주로 개최되었던 것으로 보인다. 죽암진은 도남서원과 관수루 사이에 있던 나루로 그 일대가 수심이 깊고 경치가 빼어나 상주의 문인들이 이곳을 대표적인 선유시회의 장소로 활용했던 것일 터이다.

이상에서 보았던 것처럼 낙동강은 그 자체가 대표적인 문학 생성공간이었다. 배를 타고 노닐며 시회를 여는 선유시회는 강이 아니면 불가능하다. 바로 이 점에서 선유시회는 강안문학의 주요 문학행위가 된다고 하지 않을 수 없다. 조선중기 낙동강 선유시회의 경우, 정구와 그 학파에 의해 꾸준히 지속되어왔다. 정구의 봉산욕행을 기록한 『한강선생봉산욕행록』에는 시회와 관련한 강안문학의 일경향이 문학활동의 측면에서 자세하게 나타나 있어 흥미롭다. 이뿐만 아니라 류성룡柳成龍(1542-1607)의 고제 이준이 벌인 상주의 임술시회는 낙동강 선유시회의 한 전범이 되어 상주를 중심으로 오랫동안 하나의 문화적 축을 구성하고 있었다는 측면에서 주목을 요한다.

### 2) 강안 승경의 공간 활용

낙동강에는 예천의 내성천乃城川, 문경의 영강穎江, 상주의 병성천屛城川, 김천의 감천甘川, 합천의 황강黃江, 진주의 남강南江 등이 서·북쪽 산악에서 발원하여 흘러들고, 안동의 반변천半邊川, 의성의 위천渭川, 대구의 금호강琴湖江, 밀양의 밀양강密陽江, 양산의 양산천梁山川 등이 동쪽 산악에서 발원하여 흘러든다. 특히 낙동강 중류의 강안지역에는 강이 만들어낸 수많은 승경이 존재한다. 이 때문에 이 지역의 아름다운 자연경관은 물론이고, 강이 내려다보이는 곳에 건립된 누정 또한 문학의 주요 생성공간을 이룬다. 문인들은 누정과 그 주변의 자연경관을 중심으로 작품을 창작하여 8경과 10경 등의 연작시 형태의 집경시集景詩들을 무수히 생산한다. 몇 가지만 보이면 이렇다.

| 순번 | 작자 | 작품명 | 내용 | 출전 |
|---|---|---|---|---|
| 1 | 黃俊良<br>(錦溪, 1517-1563) | <梅鶴亭八景> | 金烏晩翠, 鳳溪暮煙, 寶泉錦莎, 月波風帆, 甘湖採蘋, 片巖釣魚, 長林春雨, 沙島夜月 | 『錦溪集』<br>권2 |
| 2 | 高尙顔<br>(泰村, 1553-1623) | <南石亭八景> | 孤山獨松, 棗淵漁翁, 鶴駕新月, 鳳岫晴嵐, 江浦牧笛, 穎野農歌, 甲岫歸雲, 佛菴懸燈. | 『泰村集』<br>권1 |
| 3 | 李埈<br>(蒼石, 1560-1635) | <蒼石亭八景> | 靑驍古堞, 白鹿遺墟, 龍池小嶼, 西水平沙, 峴山落景, 商嶺浮雲, 長汀翠柳, 曲砌蒼筤. | 『蒼石集』<br>권1 |
| 4 | 金尙憲<br>(淸陰, 1570-1652) | <雩潭十詠> | 會谷春花, 雩潭秋月, 南澗流鶯, 東嶺寒松, 天臺異石, 平沙落雁, 玉柱朝雲, 龜巖暝雨, 箭灘漁火, 圓庵淸磬. | 『淸陰集』<br>권13 |

남석정과 창석정처럼 낙동강의 지류에 위치한 누정도 있지만, 매학정과 무우정은 바로 강이 내려다 보이는 언덕에 자리한다. 강안지역을 중심으로 영남일원에서 활동했던 황준량이나 고상안, 그리고 이준은 위와 같은 누정 집경시를 지었고, 기호지역에서 활동한 김상헌은 채득기의 무우정을 찾아 그 주변의 승경을 노래했다. 이 같은 집경시는 조선후기로 내려오면서 더욱 확장된다. 삼강에 살았던 정필규鄭必奎(1760-1831)의 <삼강팔경三江八景>과 그의 증손자 정하락鄭夏洛(?-?)의 <강촌십팔경江村十八景>[26]을 비롯하여, 소론계의 문장가 이광려李匡呂(1720-1783)의 <매학정팔영梅鶴亭八詠>[27]이 그 대표적이다.

영남의 누정은 다른 지역에 비해 수적인 측면에서 압도적이다. 근대 이전의 누정 상황은 1929년 이병연李秉延(1894-1977)이 편찬한 『조선환여승람朝鮮寰輿勝覽』의 「누정조」를 통해서 자세히 알 수 있다. 이에 의하면 강원도 174개소, 전라도 1,070개소, 충청도 219개소, 제주도 6개소에 비해 경상도는 1,295개소로 여타의 지역에 비해 월등하게 많다. 낙동강 중류를 중심으로 그 공간 영역을 한정시켜 누정을 조사해보면, 이 지역에 얼마나 많은 누정이 건축되었으며 이를 중심으로 문학활동이 또 얼마나 활발하게 이루어졌는가 하는 것을 바로 알 수 있다. 강안지역 가운데 『조선환여승람』에 의거하여 낙동강 본류가 시작하는 상주, 누정이 가장 많은 함안, 강안학의 하한선인 창원지역의 누정을 조사해보면 다음과 같다.

---

26 이에 대해서는 황위주, 「낙동강 연안의 유람과 창작 공간」, 『한문학보』 18, 우리한문학회, 2008에서 구체적으로 확인할 수 있다.

27 李匡呂, 『李參奉集』 권2, <梅鶴亭八詠> 참조.

| 지역명 | 누정수 | 누정명 |
|---|---|---|
| 상주 | 39 | 風詠樓, 觀水樓, 凝神樓, 淸凉閣, 秋月堂, 鄕射堂, 鎭南樓, 太平樓, 泛香亭, 六益亭, 樂志亭, 至樂亭, 曠如亭, 白石亭, 二適亭, 開巖亭, 梅湖亭, 伴鷗亭(2), 溪亭, 觀瀾亭, 懷遠臺, 觀瀾臺 書室(2), 鳳岩書堂, 自天臺, 瓶泉亭, 瓶泉亭, 採其亭, 稼亭, 懶翁亭, 杏亭, 新安書堂, 鳳凰臺, 快哉亭, 山澤齋, 浩然亭, 水月亭 |
| 함안 | 112 | 淸範樓, 東門樓, 南門樓, 北門樓, 鄕射堂, 紫薇亭, 東山亭, 采薇亭, 西山亭, 栗澗亭, 無盡亭, 新亭, 枕流亭, 六松亭, 忠順堂, 聚友亭, 伴鷗亭, 鳳岡書堂, 桐川精舍, 匡蘆別墅, 安仁堂, 合江亭, 樂天亭, 枕洛亭, 杜谷山堂, 舘亭精舍, 防山亭, 履亨齋, 洛東亭, 道峯亭, 茅溪精舍, 隱鳳齋, 四葛亭, 隱齋, 艅陽齋, 洛湖齋, 新溪亭, 紫皐精舍, 茅山亭, 冠亭, 西澗亭, 養和堂, 晩樂齋, 安安齋, 巴厓精舍, 鳳山亭, 鶴山亭, 永慕亭, 脩篁堂, 吾盧, 新新齋, 三新齋, 晩和亭, 廣川亭, 一山亭, 曉山堂, 寒泉齋, 岳陽亭, 淸澗亭, 雲山亭, 竹隱亭, 茂山齋, 考盤亭, 農圃亭, 鶴鳴齋, 川上亭, 儉川齋, 楓泉齋, 西湖亭, 放鶴亭, 尋源亭, 望山亭, 悅乎亭, 慕裕亭, 四豪亭, 院北齋, 霞林齋, 敬思齋, 三峯齋, 追慕齋(2), 鷹巖齋, 追慕亭, 紫陽精舍, 南溪齋, 槐山齋, 岐山齋, 杜陵齋, 追遠齋, 基山齋, 玉山齋, 仁山齋, 逌敬齋, 推本齋, 洛東齋, 永慕齋, 遠慕齋(2), 帆谷齋, 三峯齋, 道東齋, 敬慕齋(2), 无悔齋, 華山齋, 三樂齋, 冬山齋, 蘆山齋, 欽慕齋, 桂山齋, 省楸齋, 慕聖齋 |
| 창원 | 44 | 風化樓, 碧寒樓, 碧虛樓, 將星樓, 鎭東樓, 息波樓, 懷遠樓, 受降樓, 朝宗閣, 檜山舘, 檜山樓, 觀海亭, 悅禮亭, 講武亭, 蒼翠亭, 達川亭, 東山亭, 海槎亭, 尼山亭, 歸老亭, 瞻斗齋, 觀術亭, 葛谷齋, 東昌齋, 詠歸亭, 永慕亭, 追稼齋, 慕巖齋, 小山齋, 逍遙亭, 龍山齋, 兮兮齋, 在乎亭, 樂翠亭, 石龜臺, 盤谷齋, 西臺, 龍山齋, 琴湖齋, 內谷齋, 慕亭, 敦仁閣, 慕本齋, 思令齋 |

위의 표는 『조선환여승람』에 의거한 것이지만 실제 현지를 조사해보면 이보다 훨씬 많은 누정을 확인할 수 있다. 이들 누정은 다양한 문학양식을 거느리고 있다. 누정기문, 상량문, 제영시를 비롯해서 소지小識, 가사歌辭, 주련柱聯, 서序, 공덕문功德文 등이 대체로 그러한 것이다. 그 기능면에서 보아도 유흥상경遊興賞景을 통한 시회詩會를 열기도 하고, 강학과 수양의 공간으로 활용하기도 하며, 종회宗會나 동회洞會, 그리고 계회契會를 열기도 한다. 위에서 조사된 누정은 경관이 좋은 산이나 대, 또는 언덕 위에 위치하고 있는 것도 있지만, 많은 경우가 낙동강 연안이나 지류의 언덕에 건립되어 있어, 낙동강과 그 지류가 만들어낸 자연 승경은 문학의 주요 생성공간이 되었음을

알게 한다. 고령에 소재한 벽송정碧松亭의 경우에서 보듯이 누정은 대체로 유계儒契를 조직하여 계안契案과 기안忌案을 만들어 철저하게 관리하였고, 특별한 일이 있으면 시회를 열어 기념하기도 했다.[28]

낙동강 연안에 있는 수많은 누정 가운데 상주의 경천대 옆에 있는 무우정舞雩亭을 우선 주목할 필요가 있다. 이 정자는 충북 충주 출신의 채득기蔡得沂(1605-1646)가 건립한 것이다. 그는 이 무우정에서 <자천대自天臺>라는 시를 지어 하늘을 떠받치고 있는 백 척의 바위산을 노래하였다. 채득기가 기호지역의 인물이었기 때문에 무우정은 기호지역 문인들이 중심이 되어 기문과 함께 다양한 제영을 남길 수 있었다.[29] 김상헌金尙憲(1570-1652)의 <채씨무우신정기蔡氏舞雩新亭記>에는 황지에서 발원한 낙동강, 그 연안에 수많은 승경이 있으나 무우정이 있는 곳이 제일이라고 하면서 무우정 주변의 경치를 극찬한 바 있다.[30]

무우정에서 물길을 따라 내려가면 도남서원道南書院을 거쳐 관수루觀水樓가 있다. 관수루 역시 무우정과 마찬가지로 낙동강이 만들어낸 절경을 이용하여 강이 훤히 내려다보이는 곳에 건립되었다. 일찍이 김종직은 여기서 <낙동요洛東謠>를 지었고,[31] 그의 제자들이 대거 이 누각에서 작품을 남겼다. 유호인兪

28 고령 碧松亭의 경우 최치원의 시 뿐만 아니라 이인로, 김굉필, 정여창 등 다양한 인물의 시가 전하는데 고령의 문인들을 중심으로 儒契가 조직되어 이를 관리하고 경영하였으나 후기로 오면서 그 범위는 지역성을 훨씬 넘고 있었다. 현재 남아 있는 契案을 근거로 하면 1546년부터 작성되기 시작하여 근래까지 지속되었다. 이 과정에서 『碧松亭相和試帖』 등 시회와 그 결과물을 남기기도 한다.

29 기문을 남긴 사람은 金尙憲(淸陰, 1570-1652), 李植(澤堂, 1584-1647), 崔鳴吉(遲川, 1586-1647) 등이다.

30 金尙憲, 『淸陰集』 권38, <蔡氏雩潭新亭記>, "洛東之江, 發源於黃池, 經八九郡千數百里入于海, 其間環江而屋者, 殆不可數, 人人自以爲得地之勝, 然沂嘗歷觀而周覽之, 若有未盡其奇者, 偶於商山之北, 檜谷之南, 梅湖之下, 得奧區焉."

31 金宗直은 <洛東謠>(『佔畢齋集』 권5)에서 "朝發月波亭, 暮宿觀水樓. 樓下綱船千萬緡, 南民何以堪誅求."라며 관리의 횡포를 고발하고 있다.

好仁(1445-1494)의 <관수루십절觀水樓十絶>[32]과 <차낙강관수루운次洛江觀水樓韻>,[33] 김일손金馹孫(1464-1498)의 <여수헌등관수루與睡軒登觀水樓>와 권오복權五福(1467-1498)의 이에 대한 차운 등이 그것이다. 16세기에는 이해李瀣(1496-1550)가 <등관수루차안공운登觀水樓次安公韻>[34]을, 이황李滉이 <낙동관수루洛東觀水樓>와 <등상주관수루登尙州觀水樓>라는 작품을 지어 관수루가 영남 사림파의 성장에 있어 중요한 의미가 있는 공간이었음을 알게 한다. 이황 이후에는 그의 시를 차운하며 그 정신을 계승하려는 움직임도 이 공간에서 일어났다.

낙동강 중류에는 수많은 누정이 있지만 밀양의 영남루嶺南樓는 빼놓을 수 없다. 이는 김천의 연자루燕子樓, 영천의 명원루明遠樓(朝陽閣) 등과 함께 강안지역의 누정을 대표한다. 이 영남루는 무우정이나 관수루와 달리 관원의 숙박을 담당하던 공루公樓라는 점에서 차이가 있으며, 기능에 따른 작품의 주제 역시 달리한다. 조사된 바에 의하면 영남루의 기문은 13편,[35] 제영은 300여 수가 전한다. 작자의 대다수가 관찰사 등 공무를 수행하는 현직 관원이었기 때문에 강학과 장수의 내용이 훨씬 많은 사루私樓에 비해 충군애민의 정서가 다수 함의되어 있다. 또한 아랑전설의 시적 수용과정을 거치면서 비장한 미의식이 표출되기도 했다.

강은 사행으로 흘러 자연히 강안의 승경을 빚어내었고, 거기에 또한 수많은 누정이 건립되었다. 누정이 모두 낙동강 연안에 건립된 것은 아니라 하더라도 그 언덕에 위치한 것이 대부분이다. 이에 따라 강안 승경은 역대로 많은 문인들의 시심을 자극하기에 부족함이 없었다. 문인들은 한두 수로 누정과

32 兪好仁, 『濡谿集』 권2, <觀水樓十絶>
33 兪好仁, 『濡谿集』 권2, <次洛江觀水樓韻>
34 李瀣, 『溫溪集』 권1, <登觀水樓次安公韻>
35 鄭景柱, 『嶺南樓題詠詩文』, 密陽文化院, 2002 참조.

그 주변을 노래하기도 하지만, 때로는 집경시의 형태로 공간 감성을 조직적으로 드러내기도 하였다. 집경시가 누정 등 어느 한 지역을 중심으로 그 부근의 아름다운 풍경을 시적 대상으로 삼은 연작시를 말한다고 볼 때, 강안의 승경은 영남지역에서 문학을 생성하는 대표적인 공간이라 하지 않을 수 없다. 따라서 유계를 만들어 관리하고 시회를 여는 것은 지극히 당연한 일이었다고 하겠다.

### 3) 유산문화와 가야산 기행

16세기 이후 이황과 조식을 중심으로 학단이 형성되면서 영남학파의 성립을 보게 된다. 이에 따라 이황이 유람하였던 청량산과 조식이 유람하였던 지리산은 그 제자들에 의해 스승의 자취를 따라 밟으며 진리를 구하는 하나의 수도장으로 기능하였고, 이에 따라 많은 유산록이 생산되었다. 현재 전해지는 유산록은 청량산의 경우 1544년 주세붕周世鵬(1495-1554)이 지은 <유청량산遊清凉山>을 비롯하여 60여 편에 이르고, 지리산의 경우는 이육李陸(1438-1498)이 지은 <유지리산록遊智異山錄>을 비롯하여 90여 편에 이른다. 그동안 퇴계학파와 남명학파를 중심으로 영남학을 연구하면서 이 두 산은 거듭 논의되어왔다. 이 과정에서 강안지역의 대표적인 산들은 연구에서 거의 소외당하고 말았다.

강안지역에 있는 산은 감문산甘文山, 비봉산飛鳳山, 성황산城隍山, 가야산伽倻山, 수도산修道山, 오도산吾道山, 금오산金烏山, 황악산黃岳山, 팔공산八公山, 비슬산琵瑟山, 화왕산火旺山, 영축산靈鷲山 등 다양한데, 이 가운데 팔공산과 금오산, 그리고 가야산은 그 대표적이다. 성주목사를 역임한 김우金祐가 지은 남정南亭에 황필黃㻶이 기문을 써서, '푸른 눈썹 같은 공산公山과 연기와 구름이 낀 가야산, 그리고 창·칼 같은 금오산을 궤안 사이에 서로 마주 보게 되어 있었다.'[36]고 한 데서 이러한 사정을 알 수 있다. 이 가운데서도 가야산은 조선조 문인들이 가장 선호하던 유람처였다. 현재 전해지는 50여 편의 유산록이 이를 확인해 준다. 대표적인 가야산 유산록을 작가와 작품명의 순서로 간단히 정리해보면 다음과 같다.

金馹孫(濯纓, 1464-1498), 〈伽倻山海印寺釣賢堂記〉; 鄭逑(寒岡, 1543-1620), 〈遊伽倻山錄〉; 李重茂(枏溪, 1568-1629), 〈伽倻錄〉; 許燉(滄洲, 1586-1632), 〈遊伽倻山記〉; 許穆(眉叟, 1595-1682), 〈伽倻山記〉; 呂文和(稼溪, 1652-1721), 〈遊伽倻山錄〉; 申必清(竹軒, 1647-1710), 〈遊伽倻山錄〉; 鄭栻(明庵, 1664-1719), 〈伽倻山錄〉; 兪拓基(知守齋, 1691-1767), 〈遊伽倻記〉; 李夔(龍山, 1699-1779), 〈遊伽倻山錄〉; 崔興遠(百弗庵, 1705-1786), 〈遊伽倻山錄〉; 金相定(石堂, 1722-1788), 〈遊伽倻山記〉; 金明範(農谷, 1730-1808), 〈伽倻山遊錄記〉; 李萬運(黙軒, 1736-1820), 〈伽倻東遊記〉; 河鎭兌(杏亭, 1737-1800), 〈遊伽倻錄〉; 鄭煒(芝厓, 1740-1811), 〈遊伽倻山記〉; 都禹璟(明庵, 1755-1813), 〈遊伽倻修道山錄〉; 成海應(研經齋, 1760-1839), 〈伽倻山山水記〉; 文正儒(東泉, 1761-1839), 〈伽倻遊記〉; 文海龜(墨山, 1776-1849), 〈遊伽倻山錄〉; 河錫洪(慎庵, 1786-1834), 〈遊伽倻山錄〉; 宋秉璿(淵齋, 1836-1905), 〈伽倻山記〉; 朴瑾郁(思竹, 1839-1917), 〈遊伽倻山錄〉; 李承熙(大溪, 1847-1916), 〈伽倻日記〉; 李圭晙(石谷, 1855-1923), 〈入伽倻山記〉; 魏啓昌(竹軒, 1861-1943), 〈伽倻山記〉; 李萬成(篤山, 1872-1922), 〈遊伽倻山錄〉; 李鍾翼(苦庵, 1886-1951), 〈遊伽倻山記〉

36 『新增東國輿地勝覽』 권28, 慶尚道 星州牧條, "公山之翠黛, 伽倻之烟雲, 金烏之劍戟, 相對乎几案之間."

이 밖에도 가야산 줄기에 해당하는 오도산吾道山을 유람한 후 신호인申顥仁(1762-1832)은 <등오도산기登吾道山記>를 지었고, 윤우학尹禹學(1852-1930)은 <유오도산기遊吾道山記>를 지었다. 그리고 황계폭포를 유람하고 쓴 하수일河受一(1553-1612)과 이수응金粹應(1887-1954)의 <유황계폭포기遊黃溪瀑布記>, 군자계를 유람하고 쓴 문경호文景虎(1556-1619)의 <군자계기君子溪記>, 칠봉산을 유람하고 쓴 김양진金養鎭(1829-1901)의 <유칠봉기遊七峯記>, 해인사 팔만대장경을 답사하고 쓴 이덕무李德懋(1741-1793)의 <기해인사팔만대장경사적記海印寺八萬大藏經事蹟>, 수도산 및 무흘산을 유람하고 쓴 성섭成涉(1718-1788)의 <유무흘산遊武屹山>·<재유무흘再遊武屹>·<입암기立巖記>·<무흘장서기武屹藏書記>와 송병선宋秉璿(1836-1905)의 <수도산기修道山記> 등 허다한 작품이 있다.

현재 남아 있는 가야산 유산록은 18세기 이후의 작품이 대부분이지만 그 연원은 사림파의 성장과 맥락을 같이한다. 김종직이 강안지역에 거점을 마련하고 지리산을 유람하면서 유산록의 전범을 보였고, 또한 지방의 풍속을 개선하며 문명의 기풍을 진작시켰듯이 그의 제자들 역시 이 일에 앞장섰다. 강안지역의 대표적인 산인 가야산은 김종직의 제자 김일손이 유람하면서 <가야산해인사조현당기伽倻山海印寺釣賢堂記>를 남긴다. 그는 스승 김종직이 찾았던 조현당을 찾아 스승의 시뿐만 아니라 동문인 김맹성金孟性(1437-1487), 유호인兪好仁(1445-1494), 표연말表沿沫(1449-1498) 등의 시를 발견하고 기뻐한다. 이를 통해 우리는 가야산을 중심으로 한 사림파의 성장을 읽을 수 있는데,[37] 특히 그는 가야산에 있는 최치원의 유적에 대하여 많은 관심을 보였다. 다음 대목을 보자.

---

37 고령의 벽송정에서도 이를 확인할 수 있다. 이 정자에 대한 최치원을 비롯한 김굉필과 정여창의 제영이 있다. 李敦夏는 <碧松亭儒契序>에서, "邑之西一舍有亭, 曰碧松, 刱在漢五鳳初, 後孤雲·寒暄·一蠹諸先生, 嘗杖屨嘯詠, 暎發情采, 繇是士類咸景仰, 久久存護也."라 하였다.

나는 어릴 때부터 산수벽山水癖이 있었다. 영남을 유람할 때 항상 생각하기를, 최치원崔致遠이 당唐나라에서 돌아와 신라 말에 뜻을 잃고 아름다운 산수를 찾아다닌 곳이 한둘이 아니었는데 그가 세상을 뜬 곳이 바로 가야산이었다는 것이다. 이 산은 경치가 매우 기이하고 뛰어나 신선이 은둔하여 머무르던 곳이다. 최문창의 백세 후에 또한 반드시 고인高人과 도사道士들이 그 산중에서 편안히 살고 있다가 혹 그 이름마저 사라졌을 것이다.[38]

김일손이 가야산을 유람하며 최치원의 삶을 떠올렸듯이 이후의 문인들도 홍류동을 거쳐 해인사에 들어가면서 최치원의 유적인 독서당이나 영정각, 학사대 등에 많은 관심을 갖고, 그 감회를 서술한다. 이를 통해 가야산은 최치원의 유선적 경향과 결부되면서 독해되었다. 김일손에 이어 가야산을 유람한 정구는 장편의 가야산 유산록을 남기며 최치원의 독서당 유적과 제시석題詩石 등을 통해 그에 대한 관심을 지속적으로 나타내면서도 수양론적 의미를 더욱 강화시킨다. 가야산을 주변의 산들과 연대시키며 도학적 의미를 부여하였던 것이다. 다음 자료를 보자.

중이 '흐릿한 산 한 줄기가 아득히 남쪽 하늘을 채우고 있는 것처럼 보이는 것이 지리산입니다.'라고 하였다. 이 산은 정 선생이 이른 시기에 살면서 덕을 쌓고 조 선생이 만년에 은둔하며 높은 뜻을 길러 지키던 곳이다. 남쪽의 제일가는 명산으로 다시 두 현인의 명성을 입어 장차 천지와 함께 전해지게 되었으니, 또한 저 산의 큰 다행이라 하지 않을 수 없다. 저 멀리 아득히 마치 사람이 서 있는 것 같은데 보이지 않고 그 머리만 북쪽 모서리에서 살짝 드러내고

38 金馹孫, 『濯纓集』 권3, <釣賢堂記>, "余自髫齔, 性癖林泉, 壯遊嶺南, 常念崔文昌至自唐, 失意羅季, 其所探歷佳山好水, 不一其所, 而其終也乃伽倻山, 則斯山也, 必有奇勝絶倫, 而仙逸者留焉. 文昌百歲之後, 亦必有高人道士, 棲遲偃仰於其中, 而或泯其名焉."

> 있는 것은 금오산이다. 고려 500년 동안 삼강오륜의 의탁함이 오직 저 산의 가운데 있고, 곧 수양산과 더불어 만대의 먼 장래에까지 그 높이를 함께할 것이니, 오늘 본 것이 또한 우연이 아니라고 하지 않을 수 없다.[39]

이 글은 정구가 가야산 제1봉에 올라서 아득히 보이는 지리산과 금오산에 대하여 기술한 것이다. 지리산은 정여창이 젊었을 때 살면서 덕을 쌓던 곳이고, 조식이 만년에 은둔하며 고상한 뜻을 기르던 곳이라 했다. 그리고 백이숙제伯夷叔齊가 숨어든 수양산처럼 금오산은 길재가 고려에 대한 절의를 지키며 은거하였던 산이었다. 가야산 제1봉에서 떠올린 금오산의 길재, 지리산의 정여창과 조식 등을 통해 정구는 가야산과 그 주변 산들이 지닌 인문환경을 제시하였다. 위의 글에 이어지는 구절에서 팔공산 기슭의 정몽주鄭夢周(1337-1392), 덕유산 기슭의 임훈林薰(1550-1584), 운문산 기슭의 김대유金大有(1479-1551) 등을 떠올린 것도 모두 같은 이치이다.

조선조 문인들이 가야산을 유람하며 최치원을 떠올리는 것은 일종의 상식에 해당한다. 정구의 제자 허목 역시 <가야산기伽倻山記>에서 수도산에 '정씨장서鄭氏藏書'가 있다며 스승 정구를 생각하고, 다시 가야산 바위 벼랑에 최치원이 기거했던 바위가 있다면서 홍류동 계곡에 남아 있는 '학사學士'라는 석각 글씨를 특기했다.[40] 조선 중기의 문인들은 가야산 기행 과정에서 유산록뿐만 아니라 많은 시를 창작하기도 했다. 가야산을 읊은 한시는 위에서 제시한 유산록의 서술과정에서 제시된 것도 있지만 그 범위를 훨씬 벗어나 있는

39 鄭逑, 『寒岡集』 권9, <遊伽倻山錄>, "僧云, 微茫一抹, 杳若補缺於南天者, 智異也. 鄭先生早歲棲息蓄德, 曹先生晚年隱遁養高, 作鎭南方, 爲名山第一, 而復託名於兩賢, 將與天壤同其傳, 亦不可不謂玆山之大幸也. 蒼茫若人存不見, 而微露其鬢於北隅者, 金烏也. 高麗五百年綱常之託, 不謂只在此山之中, 而直與首陽相高於萬世之遠, 今日之見, 亦非偶然也."

40 許穆, 『記言』 권28, <伽倻山記>

것이 대부분이다. 이 시들에서도 최치원은 주요 시적 대상이었다. 다음 두 수가 이에 해당한다.

(가) 亂磴縈回滿屐苔 어지러이 돌계단 휘휘도니 나막신에 이끼가 가득하고
玉簫吹徹鶴徘徊 옥 피리 사무치게 불어 학이 배회를 하는구나
崔仙一去無消息 최고운 신선은 한 번 가서 소식도 없고
黃葉西風月滿臺 서풍만 물든 잎에 불고 달빛은 대에 가득하네[41]

(나) 蒼然暮色來霜藤 창연하게 저문 빛 서리 내린 등나무에 어리는데
新月出林西日下 초승달은 숲에서 나오고 석양은 지는구나
問爾山中老樹精 묻노니 너 산속의 오래된 나무 정령은
今宵應見孤雲過 오늘 밤에 반드시 고운이 지나는 걸 보겠지[42]

(가)는 성주목사를 지낸 황준량黃俊良(1517-1563)의 <가야산차금모재운伽倻山次金慕齋韻>이고, (나)는 이항복李恒福(1556-1618)의 <가야산중작伽倻山中作>이다. 이 두 작품은 모두 최치원을 통해 가야산을 읽으며 도가적 풍모를 드러내고 있다. 이항복이 전하고 있듯이, 속설에 의하면 최치원이 가야산에 들어와 신선이 되었는데, 지금도 혹 그 산속을 왕래한다[43]고 했다. 이 때문에 황준량이 (가)에서처럼 '최선일거무소식崔仙一去無消息'이라고 하지만, 이항복은 속설에 의거하여 혹시 오래된 나무의 정령은 신선 최치원을 볼 수 있지 않을까 하였다. 최치원을 그리는 심정을 이렇게 표현하였던 것이다.

현재, 금오산과 가야산은 강좌 지역의 청량산과 강우 지역의 지리산에 비

41 黃俊良, 『錦溪集』 권1, <伽倻山次金慕齋韻>
42 李恒福, 『白沙集』 권1, <伽倻山中作>
43 李恒福, 『白沙集』 권1, <伽倻山中作>, "俗傳, 崔孤雲入此山爲仙, 今或往來云."

해 그다지 주목을 받지 못하고 있는 실정이다. 그러나 이들 산은 강안지역을 대표하는 것으로 당대의 문인들로부터 끊임없는 사랑을 받아왔다. 특히 가야산은 최치원이 신선이 된 산으로 인식되면서 조선의 문인들은 이 산을 선가풍仙家風으로 독해해 왔다. 그러나 김굉필과 정여창이 이 산기슭의 벽송정에서 제영시를 짓기도 하고, 정구 또한 가야산의 제1봉에서 금오산 하의 길재와 지리산 하의 정여창을 떠올리기도 하였으니 가야산은 도학풍道學風 역시 지니고 있었던 것이다.

## 4. 낙동강 중류지역 문학의 성격

낙동강 본류가 시작되는 중류는 많은 수량이 확보되면서 본격적인 선유시회가 이루어졌고, 그 연안지역에는 강이 만들어낸 승경에 따라 수많은 누정이 건립되면서 이와 관련된 문학활동이 전개되었다. 이뿐만 아니라 강안지역의 대표적인 산인 금오산과 가야산을 중심으로 유산문화가 이루어졌으며, 특히 가야산의 경우는 많은 유산록이 작성되었다. 이 같은 문학활동은 시회나 유산 등 '행위'가 중심이 되었고, 이를 통해 문학이 창작되었다는 측면에서 문학의 실천성을 확보하고 있는 셈이다. 이를 염두에 두면서 조선중기 낙동강 중류지역에서 생산된 문학은 어떤 성격을 지니는가 하는 점을 생각해 보도록 한다.

### 1) 풍류·문예 정신의 구현

조선 중기의 문인들은 풍류정신과 문예정신을 그들의 세계관을 구축하는

데 있어 비본질적인 것이었다. 그러나 이황은 의리에는 정밀한 곳과 조잡한 곳이 있고, 일에는 긴수작緊酬酢과 한수작閑酬酢이 있다고 하면서, 우리의 몸과 마음에 절실한 것을 마땅히 앞세워야 하지만, 그렇다고 한수작을 버려둘 수는 없다고 했다. 여기서 말하는 긴수작이 철학과 같은 고상한 학문을 말한다면, 한수작은 시작과 같은 문예활동을 의미한다. 이 같은 생각은 이황 문학 행위의 정당성을 부여하는 동시에 문학과 도학의 관계를 설정하는 것이어서 중요하다. 도학과 함께 문학활동을 병행하였던 조선중기의 문인들은 대체로 이 같은 생각을 지니고 있었다. 강안지역 문인의 경우, 시회 등을 통해 풍류정신과 문예정신을 보다 적극적으로 폈다는 측면에서 특징적이다. 이것은 이들의 문학적 일경향이 낭만 감성에 맞닿아 있다는 것을 의미한다.

선유시회는 기본적으로 풍류정신과 문예정신을 담보한다. 선유와 풍류, 시회와 문예가 맞물려 있기 때문이다. 일찍이 <낙강범월시서洛江泛月詩序>에서 이준이 1622년(임술) 7월 16일을 맞아 시회를 여는 동기를 언급한 과정에서도 이 정신은 뚜렷이 드러난다. 즉, '소동파가 적벽에서 논 일은 예나 지금이나 부러운 것이어서, 아름다운 경치가 있으면 이를 상상하게 되었다. 이로 인해 동파의 호방한 문장과 걸출한 구절은 강신江神의 도움에 힘입어 무지개 같은 광채와 신기루 같은 색채가 사람의 귀와 눈을 현혹하기에 족하였다. 우리들이 비록 <적벽부> 같은 부를 짓는 재주는 없지만 경치를 만나 정취를 이룬다면 마땅히 옛사람들에게 부끄러울 것이 없을 것이다.'[44]라고 하면서 소식의 풍류를 계승하며 시를 지어 회포를 풀고자 하였던 것이다.

이준의 제의에 따라 인근의 문인 30명이 모였다. 이준은 소식蘇軾이 1082

44 李埈, 『壬戌泛月錄』 장4, <洛江泛月詩序>, "蘇老赤壁之遊, 爲古今所歆羨, 至有丹青而想像者, 是因此老豪詞傑句, 爲江神所助, 虹光蜃彩, 有足以照人耳目也. 吾儕雖非作賦之材, 然觸景成趣, 則宜無媿於古人."

년(임술) 7월 16일에 적벽유赤壁遊를 하였던 것처럼 낙동강에 배를 띄우고 풍류를 즐기면서 시회를 열어 그 감흥을 보존하고자 했다. 이준은 소식을 본받고자 함이 아니라고 애써 변명하고 있지만[45] 임술년 7월 16일을 선택하고 소식의 <적벽부>를 분운하여 창작하였으니, 이들이 근본적으로 갖고 있었던 것은 소동파의 풍류정신을 계승하자는 것이었다. '술戌'자 운을 얻은 검간黔澗 조정趙靖(1552-1636)의 다음과 같은 발언은 이를 더욱 분명하게 한다.

| | |
|---|---|
| 元豊歲壬戌 | 원풍 임술년 |
| 七月十六日 | 칠월 16일 |
| 蘇仙泛赤壁 | 소식이 적벽에 배를 띄웠나니 |
| 勝事誰更軼 | 훌륭한 일 누가 다시 이었던가 |
| 我輩物外人 | 우리들은 세상 밖의 사람이라 |
| 風流皆第一 | 풍류는 모두 제일이라네 |
| 天啓後壬戌 | 천계 후 임술년 |
| 佳會任眞率 | 좋은 모임 진솔하게 가졌다네 |
| 相携至書院 | 서로 손잡고 서원에 이르니 |
| 手中橫健筆 | 손에는 훌륭한 붓이 들려있네[46] |

원풍 임술년(1082)은 소식이 적벽에서 뱃놀이를 한 해이고, 천계 임술년(1622)은 이준 등이 낙동강에서 뱃놀이를 한 해이다. 조정은 여기서 '훌륭한 일을 다시 잇는다'[47]라고 하면서 스스로 '풍류제일風流第一'이라고 하였다. 이

45 李埈, 『壬戌泛月錄』 장4, <洛江泛月詩序>, "將赤壁賦從頭分韻, 次第占之, 非敢效坡作也, 聊以識勝遊."

46 趙靖, 『壬戌泛月錄』 장9, <得戌字>

47 조정은 같은 시에서 '壯遊天幸借, 舊事今可述'이라 하여 소식의 적벽유를 계승하고 있다는 것을 거듭 강조하였다.

어 좋은 글을 지어 문예를 드날릴 수 있도록 붓을 들고 도남서원에 모였다고 하고 있으니, 그들이 사물에 닿아 느끼는 아름다운 흥취를 시로 남길 생각이었던 것이다. 이 시에서는 '소언少焉, '부유蜉蝣', '인생애人生哀' 등의 시어뿐만 아니라 상상력의 방향도 본받고자 하였다. 우리는 여기서 낙동강에 배를 띄우고 선유시회를 열며 소식의 풍류정신과 문예정신을 계승하고자 했던 강안의 문인들을 만날 수 있게 된다.

낙동강 중류지역에서는 누정을 중심으로 한 풍류와 문예 역시 활발하게 이루어졌다. 누정은 다양한 기능을 갖고 있지만 문학의 산실이라는 측면에서 더욱 중요하다. 누정에서 시회를 열어 문학작품을 한꺼번에 다량 생산하기도 하고, 시간대를 달리하여 누정의 원운에 따라 작품을 축적하기도 한다. 또한 한 작가가 주위의 승경을 감상하며 집경시를 짓기도 한다. 여기에는 물론 음주를 곁들이는 것이 대부분이다. 예컨대, 고령에 살았던 허명신許命申(1569-1637)은 누정과 관련하여 다양한 시를 창작하였는데, 그 가운데 박윤朴潤(1517-1572)의 정자인 죽연정竹淵亭과 관련한 다음과 같은 작품을 남겼다.

박첨지 및 여러 벗들과 함께 죽연정에 앉아서 종일토록 술을 마시며 이야기하다가 저물녘에 배를 타고 가서 고사정孤查亭에 오르면서 그물을 쳐서 큰 고기 5-6마리를 잡았다. 달뜨기를 기다려 죽연정으로 내려와서 회를 쳐서 안주로 하여 몹시 취하도록 마시고 운을 불러 시를 지었다.

| | |
|---|---|
| 夕陽休道近黃昏 | 저물녘에 황혼이 가까워졌다고 말하지 말라 |
| 漁艇移來月一痕 | 고깃배를 타노라면 조각달이 따라온다 |
| 今夜相逢須盡醉 | 오늘 밤 서로 만나 모름지기 실컷 취하면 |
| 渚蘭應笑楚醒魂 | 물가의 난초는 응당 웃으며 매질하여 취한 술 깨어주리[48] |

앞의 글은 뒤의 시를 창작하게 된 동기를 적은 것인데 제목을 겸했다. 이에 의하면 허명신이 여러 벗들과 죽연정에서 술을 마시다가 배를 타고 고사정으로 가면서 물고기를 잡고, 다시 죽연정으로 내려와 술을 마시면서 시를 지었다. 우리는 여기서 강을 끼고 있는 정자에서 예상되는 음주와 그 흥취, 이로 인한 문예창작이라는 계기적 행위를 어렵지 않게 이해하게 된다. 누정을 통한 이 같은 풍류와 문예는 원운에 따른 차운시를 지으면서 다양하게 이루어지는데, 1936년 이명걸李明杰이 편찬한 『교남누정시집嶠南樓亭詩集』에는 강안지역의 대표적인 누정과 그 제영시가 제시되어 있어 이를 잘 알게 한다. 이뿐만 아니라 여기저기 흩어져 있는 누정시첩樓亭試帖들은 누정을 둘러싸고 이룩한 강안지역의 풍류정신과 문예정신을 잘 드러내 주는 역할을 한다.

강안지역의 대표적인 산을 유람하면서도 이 지역 문인들의 풍류와 문예는 지속되었다. 문인들의 유산은 일종의 생활이라 하겠는데 임하林下에 정신적 기반을 둔 사림파의 정신을 충실히 계승한 까닭이기도 하다. 또한 유산과정에서 많은 작품을 남기기도 하였다. 산문으로는 유산록이 대표적이고 운문으로는 유산과정에서 느낀 흥감의 세계를 다양한 시를 통해 제시한다. 예컨대 정구의 <유가야산록> 1579년 9월 14일조를 보면 중들이 무릎을 꿇고 시 한 수 받기를 원하였지만, 정구가 이를 거절하며 옛일을 회상하는 대목이 나온다. 다음이 그것이다.

> 나는 지난날 외사촌 이인박李仁博 및 류중엄柳仲淹, 김담수金聃壽, 이정우李廷友 등과 함께 이 산에 올라온 적이 있다. 우물가에 둘러앉아서 무수한 술잔을

---

48 許命申, 『癡齋集』 권1, <與朴僉知及諸益, 坐竹淵亭, 終日杯酒相話, 昏乘舟上孤査, 散網得大魚五六, 待月出下竹淵, 作膾泥醉呼韻>

> 어지러이 들이키고 시를 읊으면서 여러 수의 시를 지어 취필醉筆이 물 흐르는 듯 하였으나, 나만 유독 종일토록 한 구절의 시도 짓지 못해 자못 제군들의 웃음을 샀다. 파할 무렵에야 내가 한 수를 지었는데, 끝 구절에 '천년의 처사 마음을 말없이 느낀다네.'라는 구가 있었다. 제군들이 농담하는 말로 화답하고 서로 웃으며 헤어졌었다. 지금은 18년이나 지났다.[49]

위의 자료에서 우리는 당시 문인들의 유산문화를 이해할 수 있다. 술을 마시며 등람의 감회를 시로 읊조리는 것이 그것이다. '취필醉筆'이 '여류如流' 하다고 했으니 이들의 풍류와 작시를 동시에 알 수 있는 대목이다. 특히 풍류는 여기서 끝나지 않고 악기를 연주하며 노래를 부르는 데로 나아가기도 했다. 예컨대 정시한丁時翰(1625-1707)의 경우 전국의 명산을 두루 유람하면서 여러 계층의 사람을 만나 강론하기도 하지만, 문원건文元健 등이 연주하는 피리 소리와 거문고 소리를 듣거나 준비해 간 술을 마시면서 노래 부르기도 한다. 이에서 보듯이 유산록에 등장하는 시주詩酒와 가영歌詠은 당대 사대부 문화의 보편성에 입각한 것이다. 그러나 강안지역 문인들이 가졌던 일련의 풍류정신과 문예정신은 이 지역의 독특한 문화적 의미로 부각되기에 족한 것이었다.

강안지역 문인들의 작품에 등장하는 이상의 풍류정신이나 문예정신은 이들 문학의 일경향이 낭만 감성과 맞닿아 있다는 것을 의미한다. 선유나 누정, 그리고 유산문화에 이르기까지 술 마시며 시 짓고, 읊조리며 노래하기는 당대의 보편화된 사대부 문화의 일부였던 것으로 보인다. 그러나 낙동강의 승

---

49 鄭逑, 『寒岡集』 권9, <遊伽倻山錄>, "余於昔者隨內兄李汝約仁博, 與柳景范仲淹, 金台叟聃壽, 李而敬廷友, 共登此山, 環井而坐, 亂酌無數, 吟詠唱酬, 篇什累累, 醉筆如流, 余獨不能詩, 終日無一句, 頗爲諸君所嘲, 臨罷, 余有一詩, 末有默契千年處士心之句, 則諸君和以謔語, 相與劇笑而罷, 今者十八年矣."

경을 배경으로 많은 누정이 건립되어 있었던 강안지역의 문인들은 여타의 지역에 비해 이 같은 성향이 훨씬 강했다는 것을 어렵지 않게 짐작할 수 있다. 우리는 여기서 도학으로 한정할 수 없는 강안지역의 개방적 작가의식을 읽게 된다.

### 2) 도학·절의 정신의 계승

낙동강과 그 연안 지역에는 풍류정신과 문예정신에 기반한 낭만 감성만 존재하는 것이 아니다. 한편으로 이 낭만 감성을 표출하면서도 다른 한편으로는 이를 극복하는 방향으로 조정되기 때문이다. 여기서 우리가 주목하고자 하는 것은 바로 낙동강의 '낙洛'이다. 이는 하도낙서河圖洛書의 '낙洛'이며 동시에 염락관민학濂洛關閩學의 '낙洛'일 수 있기 때문이다.[50] 하도와 낙서는 성리학자들의 우주론을 구성하고 염락관민학은 송학宋學 내지 정주학程朱學의 다른 표현이다. 이 때문에 강안지역의 문인들은 주자 성리학에 대한 조선적 동일성과 자부심으로 도학정신과 절의정신 역시 충실히 갖고 있었던 것으로 보인다. 이것은 도학 감성이 작용한 까닭이라고 하겠는데, 문학작품 역시 많은 부분 이와 관련하여 창작되고 있었다.

선유시회의 경우, 강안지역 문인들은 소식의 적벽유赤壁遊를 계승하면서도 이에 만족하지 않고 낙강유洛江遊를 구현하고자 했다.[51] 예컨대, 이준은 '물에 다다라 거북이가 낙서洛書를 업고 나온 일을 생각하고, 포구를 바라보면서 봉황을 부르던 통소소리를 생각한다.'[52]고 하면서, '이 땅은 참으로 문헌과

50 濂溪의 周敦頤, 洛陽의 程顥와 程頤, 關中의 張載, 閩中의 朱熹가 살던 지명에 의거한 것인바 이것은 흔히 宋學 내지 程朱學의 다른 표현으로 사용되었다.

51 낙강유에 대한 의식은 丘希岌의 『壬戌泛月錄』 장46, <得蘭字>에서, "吾儕氣槩邁東坡, 洛江勝遊稱三韓."이라 한 데서 분명히 나타난다.

어진 이가 많은 고장이며 신선이 살던 고을이라 적벽의 거친 비탈과 견줄 바가 아니다. 만약 파옹坡翁으로 하여금 이곳을 한 번 보게 했더라면 위대한 작품을 지어 응당 천하에 빛날 것이니 또한 적벽부를 비길 것도 아니다.'[53]라고 하였다. 적벽에 비해 낙동강 풍치의 우수성을 말한 것이다. 소식은 주희에 의해 일찍부터 신랄하게 비판을 받아왔고,[54] 주자학을 신봉하였던 강안지역의 문인들은 이 같은 주희의 소식 비판에 자유로울 수 없었다. 이 때문에 그들은 낙강유를 통해 소식을 극복하며 도학의 연원을 찾고자 하였다. 다음 자료를 보자.

(가) 아! 성대하도다. 한강은 도산의 정전正傳이오, 낙수는 또한 탁영담의 하류이다. 백 년의 오램을 기다리지 않고 그 바른 글이 이어짐이 문인門人과 훌륭한 제자의 손에서 나와서 낙동강 일대가 곧 도학의 연원이 되게 하였으니 마땅히 그 물을 따라 오르내리는 사이에 조용히 좌우를 돌아보게 되면 무릇 산수를 음미하는 흥취가 지극할 것이다.[55]

(나) 아! 동파를 비록 백세의 선비라고 하나 도학이 그의 문장만 못하고, 황강黃岡을 비록 진짜 봉구蓬丘라고 하나 강남의 한 모퉁이 산수에 지나지 않는다. 어찌 우리 문헌의 고장이며 신선의 고을로서 선정이 이락伊洛의 진원眞源을

52 李埈, 『壬戌泛月錄』 장6, <洛江泛月詩序>, "臨水則究龜書之出, 忘浦則思鳳嘯之吹."

53 李埈, 『壬戌泛月錄』 장6-7, <洛江泛月詩序>, "此實文獻之邦, 神仙之府, 非赤壁荒陬之所可擬. 若使坡公一寓目於此, 其春容大作, 當震耀於天下."

54 주희는 <答汪尙書>(『朱書百選』 권1)에서 소식을 들어 '도학으로 말한다면 큰 근본에 혼미하였고, 사실을 논한다면 權謀를 숭상하여 浮華함을 자랑하고 실질을 망각하였으며, 通達을 귀하게 여기고 名檢을 천시하였다. 이것은 그 천리를 해치고 인심을 어지럽히며 도술을 방해하고 風敎를 피폐시키는 것'이라 하였다.

55 李象靖, 『沂洛編芳』 장1-2, <沂洛編芳序>, "於乎盛哉! 夫寒岡陶山之正傳, 而洛水又濯纓之下流也. 不待百年之久, 而其正聲之續, 出於門人高弟之手, 使洛派一帶, 便爲道學之淵源, 則當其沿洄下上之際, 從容顧眄, 以極夫仁智吟弄之趣者."

거슬러 오르고 덕 높은 선비들은 상산사호의 고풍高風보다 나아 선현의 제사 자리를 주선하고 풍월을 읊조릴만한 승경을 소요하는 것과 같겠는가?[56]

(가)는 이상정이 쓴 <기락편방서沂洛編芳序>의 일부이고, (나)는 조천경趙天經(1695-1776)이 쓴 <낙강범월속유시서洛江泛月續遊詩序>의 일부이다. 이들의 글에 의하면 정구의 용화산하龍華山下의 선유와 조천경 등의 상주 선유는 모두 도학에 근거한 것이라 했다. (나)에서는 이를 구체적으로 밝혀 선현들은 이 선유를 통해 이락伊洛이 진원으로 거슬러 오른다고 했다. 여기에는 주희가 소식을 들어 도학에 일정한 문제가 있는 것으로 판단한 것에 근거하여, 도학을 강조한 이황과 정구 및 당대 강안 문인들의 생각이 반영된 것이라 하겠다. 이것은 낙강의 명칭을 통해 이락의 근원을 새롭게 발견한 것이며, 동시에 도학에 근거한 낙강유를 새롭게 창조한 것이었다. '청淸'자운을 얻은 전식全湜(1562-1642)이 적벽유에 '진락이 있었던가'라며 문제를 제기하고, 풍류風流와 문아文雅를 함께 강조한 것도 같은 맥락에서 이해된다.[57]

강안지역의 누정문학, 그 대부분의 작품은 성리학적 수양론과 결부되어 있다고 해도 과언이 아니다. 누정의 다양한 기능 가운데 유식遊息과 장수藏修는 이 시기 문인에게서 무엇보다 중요한 것이었기 때문이다. 이들은 향촌에서 재지적 기반을 바탕으로 하여 누정을 건립하고 여기서 학문을 토론하며 수양을 통해 합자연의 세계를 추구하였던 것이다. 고령에 살았던 조식의 매부 정사현鄭師賢(1508-1555)이 월담정月潭亭을 지어놓고, '세상의 일은 거문고 석 자에 있고, 생애는 집 두어 칸이 전부라네. 뉘라서 참된 경계의 즐거움을

56 趙天經, 『壬戌泛月錄』 장69, <洛江泛月續遊詩序>, "噫! 東坡雖云百世士, 而道學不如其文章, 黃岡雖云眞蓬丘, 而不過江南之一隅山水也. 豈若吾文獻之邦, 神仙之府. 先正泝伊洛之眞源, 기노질기황之高風, 周旋乎俎豆之地, 逍遙乎風月之區哉?"

57 全湜, 『壬戌泛月錄』 장36, <得淸字> 참조.

알리오, 가을 달이 찬 연못에 비치는 것을.'[58]이라고 하면서 반속적 태도로 천인합일의 진락경계眞樂境界를 표현하였던 것에서 이를 확인할 수 있다.[59] 이 같은 누정을 통한 수양론적 과제들은 강안지역의 대표적인 선비였던 정경세鄭經世(1563-1633)에게서도 그대로 나타난다. 다음을 보자.

| | |
|---|---|
| 拙性乖俗好 | 고졸한 성질은 세속의 좋아함과 어긋나 |
| 潛伏理宜然 | 엎드려 사는 것이 이치에 마땅하네 |
| 考槃此僻境 | 이 궁벽한 곳에 은거해 사니 |
| 洗心聆風泉 | 바람과 냇물 소리를 들으며 마음을 씻네 |
| 煙雲互明媚 | 안개와 구름 서로 어울려 아름답고 |
| 琴書亦靜便 | 거문고와 서책 또한 고요하고 편안하네 |
| 夙願幸無違 | 일찍이 원하던 것 다행히 어긋남이 없으니 |
| 頹齡聊可延 | 늘그막을 애오라지 연장할 수 있겠네[60] |

이 시는 <차기제초당시운次寄題草堂詩韻>[61]의 일부이다. 두보杜甫(712-770)가 완화계浣花溪 가에 초당을 짓고 <기제강외초당寄題江外草堂>이라는 작품을 남겼듯이, 그 역시 우산愚山의 북쪽 계곡에 초당을 짓고 두보의 시를 차운한다고 했다. 정경세는 상주의 우산동천愚山洞天에 은거하면서 '순수한 어리석음[愚]을 온전히 하고 돌아와, 엎드리기[伏]를 깊이 하는 것을 달게 여겨 은밀하게

58 鄭師賢, 『月潭先生實記』 장23, "世事琴三尺, 生涯屋數椽. 誰知眞境樂, 秋月照寒淵."

59 정우락, 『남명문학의 현장』, 경인문화사, 2006, 91-97쪽 참조. 『月潭先生實記』에는 정사현의 원운에 대한 정구의 차운시 "君子樂幽獨, 茅齋八九椽. 袖琴徽軫足, 氷月掛天淵.(『月潭先生實記』 장24)"가 실려 있고, 현재 고령에 소재한 黃山齋에도 이 시가 게판되어 있으나 정구의 『한강집』에는 존재하지 않는다.

60 鄭經世, 『愚伏集』 권1, <次寄題草堂詩韻>

61 제목 자체가 시를 짓게 된 동기를 쓴 것이어서 마지막 구절을 따서 이렇게 붙였다.

숨어지낼 것'[62]이라 하였다. '우복'이라는 자호가 담지하고 있는 세계의 일단을 보인 것이다. 이 같은 생각에 입각하여 초당을 짓고 위의 시를 지었는데, 여기에 기본적으로 작용한 것이 다름 아닌 도학 감성이다. 졸박함을 실천하며 마음을 닦고자 하는 그의 수양론이 깊이 내장되어 있음은 물론이다.

강안지역의 절의정신은 금오산을 통해 가장 잘 드러난다. 그 기슭에 길재가 은거하였기 때문이다. 금오산을 유람하면서 남긴 유산록이 대부분 조선후기에 창작되지만,[63] 조선조의 문인들은 금오산을 지나며 항상 길재의 절의정신을 드높였다. 길재의 절의정신은 노론과 남인을 막론하고 칭송되었는데, 서인계 학자인 윤증尹拯(1629-1714)이 금오산을 지나며 지은 <과금오산유회야은過金烏山有懷冶隱>[64] 등을 통해서 잘 알 수 있다. 선산 사람으로서 길재의 절의정신을 가장 잘 드러낸 사람은 장현광張顯光(1554-1637)이다. 그는 길재에 대하여, '우리 동방의 절의를 논하는 자들은 마침내 야은 선생을 동방의 백이伯夷라고 칭하고 있으니, 오직 백이를 아는 자만이 선생을 알 것이다.'[65]라고 하면서 <야은선생문집발冶隱先生文集跋>을 썼다. 그 일부는 이러하다.

> 내가 들으니, 중하中夏의 절의를 사모하는 자들이 지주중류砥柱中流라는 네 글자를 백이숙제伯夷叔齊의 사당 아래로 흐르는 물가 우뚝이 솟아 있는 돌에 크게 새겼는데, 우리 동방의 절의를 사모하는 자들이 또 이 네 글자를 모사模寫하여 선생의 묘소 아래인 낙동강洛東江의 언덕에 비석碑石을 세우고 이것을

62 鄭經世, 『愚伏集』 권1, <次歸去來辭>, "全純愚而旋返, 甘伏深而潛微."

63 금오산과 관련한 대표적인 유산록은 宋秉璿의 <遊金烏山記>, 許薰의 <遊金烏山記>, 李馥의 <遊金烏山錄>, 張福樞의 <金烏山遊錄> 등이 있다.

64 尹拯, 『明齋遺稿』 권2, <過金烏山有懷冶隱>, "冶隱高風百世垂, 牛山何事強吹疵. 父子一家還二事, 至今猶使後人疑."

65 張顯光, 『旅軒集』 권10, <冶隱先生文集跋>, "然則論吾東節義者, 乃以冶隱先生爲東方之伯夷, 惟知伯夷者, 可以知先生矣."

새겨 걸었다 한다. 이는 진실로 천하의 큰 표준을 세우고 만세의 강상綱常을 보전한 것이 중하에는 백이이고 우리 동방에는 선생이기 때문이다.[66]

위 글은 장현광이 1615년(광해군7) 5월에 쓴 것이다. 이에 의하면 중국에서 백이숙제의 사당 앞 강안에 '지주중류비砥柱中流碑'가 있듯이, 길재의 묘소 아래 낙동강 언덕에 그 비를 모사한 '지주중류비'를 세웠다고 하였다. 이를 통해 길재의 절의정신으로 만세의 강상을 보전할 수 있었다며 칭송하였다. 낙동강 언덕에 세운 지주중류비는 류운룡柳雲龍(1539-1601)이 정구鄭逑(1543-1620)로부터 중국 지주중류비의 묵본墨本을 구하여 동생 류성룡柳成龍(1542-1607)에게 비음기碑陰記를 쓰도록 명하여 1587년(선조 20)에 세운 것이다.[67] 길재와 낙동강이 없었더라면 존재할 수 없었던 것이었다. 장현광은 고향 선현인 길재의 절의정신을 여러 편의 글을 통해 특별히 기리며 강안지역의 야은청풍冶隱淸風을 드날리고자 했다.

강안지역 문인들은 도학 감성을 지니고 도학정신과 절의정신을 그들의 작품에 표현하기도 했다. 선유시회의 경우 소식의 적벽유에 만족하지 않고 이것을 도학적 경계로 끌어 올리면서 낙강유를 제시하였다. 이 같은 경향은 누정이나 유산문화에서도 그대로 적용되는바, 특히 금오산 기슭에 은거했던 길재를 생각하거나 그를 기리기 위해 낙동강 언덕에 지주중류비를 세우면서 구체화시켜 나갔다. 장현광은 여기에 매우 적극적이었다. 도학정신의 한 실

---

66 張顯光, 『旅軒集』 권10, <冶隱先生文集跋>, "聞中夏之慕節義者, 刻砥柱中流四大字於夷齊廟之下抗流之石, 而又吾東之慕節義者, 摹其四字, 立碣刻揭于先生墓下洛江之岸, 則誠以立天下之大閑, 存萬世之綱常者, 中夏而伯夷, 我東而先生也."

67 『謙菴先生年譜』 권1 48세조에, "蘿月峯之東, 有山斗起入江心, 淸爽壯快. 先生欲立石其上, 以頌冶隱風節, 得中原夷齊廟砥柱中流墨本於鄭寒岡逑, 伐石前刻四大字, 使文忠公記其陰, 又以冶隱墓前舊標, 直書冶隱姓諱, 事乖遵尙, 易豎小碣, 刻曰高麗門下注書冶隱吉先生之墓, 爲文以祭之."라 하였다.

현태가 절의라는 것을 염두에 둔다면 이것은 당연한 귀결이라 하지 않을 수 없다.

### 3) 소통을 위한 공간 감성

풍류와 문예, 도학과 절의 등을 주요 개념으로 한 강안문학은 낭만 감성과 도학 감성이 창작의 주요 기제였던 것으로 보인다. 이 둘의 긴장이 해제되어 일탈과 경직으로 흐르는 경우도 없지 않았지만, 조선중기 강안문학의 경우 도학 감성을 중심에 두면서도 낭만 감성을 유지하고 있었던 것으로 보인다. 즉 낙동강에 배를 띄우고 벌인 선유시회에서는 소식이 즐겼던 적벽유의 도가적 풍류와 함께 낙강유의 도학적 풍류가 공존했고, 누정이나 명산을 오르내릴 때도 수양론 일색으로 경직되지 않고 음주와 가영을 즐기면서 문학의 자율성을 확보하였다. 여기서 우리는 강안문학이 지닌 낭만과 도학의 감성적 소통을 찾을 수 있다. 강안이라는 지리적 특수성을 고려한다면 이것은 강안문학에 내재한 가장 중요한 자질 가운데 하나라 하지 않을 수 없다.

조선 영조 때의 학자 신경준申景濬(1712-1781)은 그의 <산수고山水考>에서 '하나의 근본으로부터 만 갈래로 나누어지는 것이 산이라면, 만 가지 갈래가 하나로 합쳐지는 것은 물'이라고 하면서, 8도의 물이 합쳐져 12수水가 되고 12수水가 다시 합하여 하나의 바다가 된다고 하였다.[68] 물이 지닌 소통 내지 회통의 기능을 설명한 것이다. 이보다 앞서 이익李瀷(1681-1763)은 영남의 낙동강을 구체적으로 들어 '영남의 큰물은 낙동강인데, 사방의 크고 작은 하천이

68 申景濬, 『旅菴全書』 권10, <山水考>, "一本而分萬者, 山也, 萬殊而合一者, 水也. 域內之山水, 表以十二, 自白頭山, 分而爲十二山, 十二山, 分而爲八路諸山, 八路諸水, 合而爲十二水, 十二水, 合而爲海流."

모두 모여들어 한 방울의 물도 밖으로 새어 나가는 일이 없다.'라고 하면서, '이것이 바로 여러 인심이 한데 모이게 하는 것'[69]이라 하였다. 각 지역의 수많은 지류들이 낙동강으로 흘러들 듯이 강은 하나의 인문 영남을 만든다는 것을 직관한 것이다.

강안문학의 소통성은 누정이라는 공간에 대한 감성을 통해 잘 나타난다. 서로 다른 성격을 지닌 대상들이 일정한 관계를 맺으며 정서적으로 교섭하는 것이 소통이라면, 누정은 이를 실현시키는 가장 적절한 공간이라 하지 않을 수 없다. 즉 누정에 작용한 강안지역 문인의 감성이 공간의 소통적 의미를 지니고 나타난다는 것이다. 시간대를 달리한 경우가 대부분이지만 영남문인과 기호문인이 한데 어울리고, 퇴계학파는 물론이고 남명학파도 함께 시를 짓는다. 이들은 서로 다른 지역에서 서로 다른 학통을 지니고 있지만 같은 누정에서 같은 사물을 보면서 작품을 창작하였다. 물론 이질성이 드러나는 경우도 있지만 사물을 공유하였으므로 사유의 편폭이 비슷하였다. 낙동강 연안에는 그 승경에 따라 매우 다양한 누정이 건립되어 있지만 여기서는 구미시에 있는 매학정梅鶴亭을 중심으로 일례를 들어보자.

매학정은 경상북도 구미시 고아읍 예강리 낙동강 변에 있는 정자로 초서를 잘 써서 초성草聖으로 일컬어지던 황기로黃耆老(1521-1567)가 1533년에 지은 것이다. 훗날 이 정자를 사위인 옥산玉山 이우李瑀(1542-1609)에게 물려주게 되는데, 바로 기호학파의 종장 이이李珥(1536-1584)의 동생이다. 이우는 어머니 사임당師任堂 신씨申氏와 누이 이매창李梅窓의 영향 아래 예술적 감각을 키워 그 역시 시와 글씨, 그림과 거문고의 사절四絶로 유명했다. 특히 그림은 초충草蟲과 사군자四君子, 포도葡萄를 잘 그렸다고 한다. 이 때문에 정구는 백매원

69 李瀷, 『星湖僿說』 經史篇, <嶺南五倫>, "凡嶺南之大水, 曰洛東, 四圍群川鉅流微淙一齊合同, 無一點外泄, 其水如此, 其山可知. 此爲衆情索聚."

에 이우의 그림을 붙여두고 고상한 아취를 느낄 수 있도록 그에게 그림을 부탁하기도 했다.[70] 이우는 이처럼 영남의 많은 문인들과 사귀게 되었는데, 이로써 매학정은 영남지역 문인들이 노론의 인사들과 교유하며 소통하던 주요 근거지가 되었다. 다음은 16-7세기를 중심으로 매학정과 관련한 글을 남긴 사람들을 간단히 조사한 것이다.

宋純(俛仰亭, 1493-1583), 林億齡(石川, 1496-1569), 李楨(龜巖, 1512-1571), 黃俊良(錦溪, 1517-1563), 李珥(栗谷, 1536-1584), 鄭崑壽(栢谷, 1538-1602), 李瑀(玉山, 1542-1609), 金涌(雲川, 1557-1620), 金瑬(北渚, 1571-1648), 趙任道(澗松, 1585-16640), 鄭斗卿(東溟, 1597-1673), 金得臣(柏谷, 1604-1684), 宋時烈(尤庵, 1607-1689), 李翔(打愚, 1620-1690), 南龍翼(壺谷, 1628-1692), 李敏敍(西河, 1633-1688), 金錫胄(息庵, 1634-1684), 趙持謙(迂齋, 1639-1685), 任埅(水村, 1640-1724), 李畬(睡谷, 1645-1718), 李頤命(疎齋, 1658-1722), 李宜顯(陶谷, 1669-1745)

위의 문인들을 지역별로 보면 송순이나 임억령처럼 호남인이 있는가 하면, 이정과 황준량과 같이 영남인도 있고, 이이나 김용처럼 기호인도 있다. 노론의 영수인 송시열이 있는가 하면, 소론의 중심인물인 조지겸도 있고, 남인계열의 선비 조임도도 있다. 매학정의 소유주가 이우이기 때문에 기호 노론계열의 문인들이 중심이 되지만 그 소재지가 영남이기 때문에 영남의 문인들도 다양하게 이곳을 방문하여 작품을 남긴다. 이처럼 매학정에는 지역이나 정파를 가리지 않고 문인들이 찾아와 낙동강과 그 연안지역의 강안제일명구江岸

70 鄭逑, 『寒岡集』 권5, <與李季獻瑀>, "僕近就倻山之下, 伽水之上, 新築茅棟, 種梅百株, 種竹十叢, 蓄琴蓄書, 以爲幽居之契矣. 儻得高畫梅竹各四五軸, 助我清賞否? 數頃煙波, 數疊雲山與葡萄一兩架, 水草一兩葉, 幷勿惜一寫胸中之奇, 願付之壁間, 醒此昏眸也, 如何如何?"

第一名區로 칭송하거나 차운시를 지으며 공간 감성을 공유하였던 곳이다. 대부분 한두 수의 제영시를 짓지만 황준량은 8수의 집경시를 남기는데 <매학정팔경梅鶴亭八景>[71]이 그것이다.

매학정이 강안의 매우 중요한 문학적 소통공간이었기 때문에 '매학정도梅鶴亭圖'[72]를 그리기도 하고, 150여 년의 매학정 제영시를 모아 『매학정제영록梅鶴亭題詠錄』을 편찬하기도 했다. 제영시 편찬자는 이우의 증손이자 송시열의 사위인 이동명李東溟(1624-1692)이었다. 이 책의 발문은 송시열과 이이명이 썼는데, 이 가운데 이이명은 '혹 자취를 궁황窮荒에 두고 굴원처럼 초췌한 모습으로 상담湘潭을 생각하는 사람도 있고, 혹 몸은 조정에 있지만 강호江湖를 몹시 그리워하는 사람도 있다'고 하면서 지은이의 신분적 다양함을 말하기도 하고, '혹 할아버지와 손자가 연명하기도 하고, 혹 형과 아우가 서로 화답하기도 했다.'면서[73] 혈연적 연대를 갖고 매학정을 제영하기도 했다는 것을 보였다. 이우의 <매학정즉사>와 황준량의 <매학정팔경> 중 일부는 이렇다.

(가) 壺傾籍沙眠　호리병을 모래 벌에 기울여 놓은 듯
繞沙淸灘響　모래톱을 두른 맑은 여울이 울리며 흐르네
孤鶴叫松梢　외로운 학은 소나무 끝에서 울고
夢回江月上　꿈속에선 강 위의 달이 떠오르네
彈琴石榻上　거문고를 돌 위에 앉아 타노라니

71 黃俊良의 <梅鶴亭八景>(『錦溪集』 권2)은 '金烏晚翠', '鳳溪暮煙', '寶泉錦莎', '月波風帆', '甘湖採蘋', '片巖釣魚', '長林春雨', '沙島夜月' 등이다. 집경시는 소론계의 문장가 李匡呂(月巖, 1720-1783)도 남긴다. <梅鶴亭八詠>(『李參奉集』 권2)이 그것으로, '東溟出日', '南嶺霽雪', '江門漁艇', '草塘炊煙', '甑山暮雨', '竹島曉月', '鳥巖眠鷗', '浦臺遠笛' 등이 있다.

72 이 '매학정도'에 畵題詩를 쓴 사람은 李翔으로 「題梅鶴亭圖」(『打愚遺稿』 권1)가 그것이다.

73 李頤命, 『疎齋集』 권10, <梅鶴亭題詠錄跋>, "或跡滯窮荒, 有憔悴湘潭之思者, 或身居廊廟, 有寤寐江湖之想者, 或祖孫聯名, 或兄弟相和."

逸響連松風 빼어난 소리 솔바람으로 이어지네
遽看鶴舞影 문득 학이 춤추는 그림자를 보나니
月出清江東 달이 맑은 강 동쪽에서 솟아오르네[74]

(나) 舟橫洛浦煙 배는 낙동강 안개 속에 떠있고
岸覆楊花雪 강안에는 버들 꽃이 눈처럼 덮여 있네
採蘭歌數聲 난초를 캐며 몇 자락의 노래를 부르노라니
清風起蘋末 맑은 바람이 부들 끝에서 일어나는구나[75]

(다) 露洗秋空淨 이슬이 가을 하늘을 씻어 맑고
沙明夜月奇 모래톱은 달밤에 특별히 밝네
江湖藏不得 강호를 모두 품을 수 없어
清氣入詩脾 맑은 기운이 시의 뱃속으로 들어오네[76]

(가)에서 정자의 주인 이우는 매학정 주변을 몽환적 상상력으로 묘사하고 있다. 호리병 속의 경치, 외로운 학, 꿈속의 달 등이 모두 이를 말하기 위하여 동원된 소재들이다. 이우는 이를 통해 매학정이 비세속적인 공간을 갖고 있다는 것을 보이고자 했다. (나)와 (다)는 황준량의 <매학정팔경> 가운데 제5경인 <감호채빈甘湖採蘋>과 제8경인 <사조야월沙島夜月>이다. 이 역시 앞서 언급한 이우가 설정한 세속을 초탈한 공간 이미지와 다르지 않다. 강상에서 안개 속을 유유히 가로지르는 배, 강안의 눈처럼 하얀 버들 꽃, 이슬로 씻은 가을 하늘, 달밤에 더욱 빛나는 모랫벌 등을 제시하며 '청淸'의 이미지를 극대

74 李瑀, 『玉山詩稿』, <梅鶴亭卽事>
75 黃俊良, 『錦溪集』 권2, <梅鶴亭八景·甘湖採蘋>
76 黃俊良, 『錦溪集』 권2, <梅鶴亭八景·沙島夜月>

화했다. (나)의 '청풍'과 (다)의 '청기'는 이를 직설적으로 말한 것이다. 매학정을 중심으로 한 이 같은 공간에 대한 감성은 기호나 영남지역 할 것 없이 그 인식을 공유하였던 것이다.

강안지역은 기호학과 영남학, 퇴계학과 남명학이 서로 만나면서 소통하는 곳이다. 문학적 측면에서는 풍류정신과 도학정신이 서로 만나면서 낭만 감성과 도학 감성이 소통하고 있었다. 이 같은 생각에 기반하여 강안지역은 영남문인과 기호문인이 서로 차운시를 나누었다. 구미에 있는 이우의 정자 매학정은 그 대표적인 곳이다. 기호지역의 문인들이 중심이 되지만 다수의 영남문인들이 동참하면서 공간 감성을 공유하였던 것이다. 이 같은 성향은 합천의 함벽루나 밀양의 영남루 등에서도 꾸준히 나타나는바, 강안지역의 문학적 소통성은 이 지역의 문학을 이해하는 데 있어 매우 주요한 요소라 하지 않을 수 없다.

## 5. 맺음말

이 글은 낙동강을 중심으로 하여 좌우로 나누어 진행되던 기존의 영남학 연구를 반성하자는 측면에서 출발한 것이다. 즉 낙동강 연안이 지닌 공간 상상력을 조선중기의 문학 연구를 통해 밝혀보자는 것이다. 구심력이 강하게 작동하는 '개울'이나 원심력이 강하게 작동하는 '바다'와 달리, '강'은 이 둘이 상호 소통하면서 특수한 공간 감성을 만들어낸다. 학파적 측면에서는 한강학파寒岡學派가 이 지역을 중심으로 활동하며 강좌지역의 퇴계학파退溪學派와 강우지역의 남명학파南冥學派가 서로 만나 경쟁하고 화합하면서 영남의 제3학파로서 기능하였고, 문학 역시 강안적 특수성을 지니고 있었다.

낙동강을 중심에 두고 볼 때, 강 자체가 문학의 가장 긴요한 생성공간이다. 역대로 시행되어 왔던 낙동강의 선유시회船遊詩會를 계승하며 한강학파가 시회를 통해 문학을 창작하였고, 이에서 나아가 류성룡의 문인인 이준은 상주에서 낙강범월시회洛江泛月詩會를 열어 선유시회의 한 전범을 보여주기도 했다. 강안지역은 낙동강이 오랫동안 흐르며 빚어낸 승경을 거느리고 있어 여기에 수많은 누정이 건립되었고, 시인묵객들은 이 공간을 중심으로 매우 다채로운 상상력을 펼치며 작품활동을 하였으며, 연작시 형태의 집경시를 짓기도 했다. 가야산은 금오산과 함께 강안지역을 대표하는 산인바, 조선중기 문인들은 수많은 유산록을 남기며 때로는 선가풍仙家風으로 때로는 도학풍道學風으로 이 산을 독해하고 있었다.

조선중기 강안지역 문학의 한 줄기는 풍류 내지 문예정신에 입각해 있었다. 선유시회나 누정문학, 그리고 유산록에는 음주와 시작詩作이 빠지지 않았다. 여기는 작용한 것이 바로 낭만 감성이었다. 또한 이 지역 문학의 다른 한 줄기는 도학 내지 절의정신에 입각해 있었다. 소식의 적벽유赤壁遊를 극복해 보자는 입장에서 독자적인 낙강유洛江遊를 가졌고, 누정문학의 장수적藏修的 기능에 따른 수양론적 문학을 극대화하였으며, 또한 길재가 은거한 금오산을 통해 절의정신을 드높이기도 했다. 도학 감성이 강하게 작용한 까닭이다. 그러나 낭만 감성과 도학 감성은 상호 소통하면서 강안지역의 독특한 공간 감성을 만들어 갔다. 이우의 정자인 매학정 등에서 이루어진 영남과 기호, 그리고 호남지역 문사들의 감성적 소통은 그 대표적인 예가 된다.

이 글은 조선중기 낙동강 연안지역의 문학을 이해하기 위한 설계도에 지나지 않는다. 조선중기라는 긴 시간과 강안지역이라는 광범한 공간을 대상으로 연구할 때 발생하는 당연한 귀결이다. 강안학이 16세기 이후에 나타난 영남유학사의 한 특징을 구체적으로 밝히자는 의도에서 마련된 것이라고 볼 때, 강안문학 역시 이 방향에서 지속적으로 탐구되어 마땅하다. 이 때문에 강안문학 연구는 조선전기와 조선후기로 시간을 확장하고, 강좌지역과 강우지역으로 공간을 넓혀갈 때 이 지역의 문학적 특징이 제대로 드러날 것이다. 사실의 이러함을 염두에 두면서 몇 가지 연구방향을 설정하며 이 글을 마무리한다.

첫째, 강안지역의 개별 공간에 따른 연구이다. 낙동강과 그 연안이라 할 때, 우리는 가장 먼저 세 가지 공간을 떠올린다. 낙동강, 낙동강 연안, 낙동강 연안에 존재하는 산이 그것이다. 낙동강에서는 선유문학이, 그 연안에서는 누정문학이, 그 연안의 산에서는 유산문학이 향유되었다. 그러나 학계에서는 지금까지 강안지역의 특수성을 고려하면서 이것을 본격적으로 연구한 바가 없다. 따라서 선유, 누정, 유산문학과 관련한 자료를 널리 수집하고, 이들 개별 공간에 따른 연구를 정면에서 본격화할 필요가 있다. 이를 통해 낙동강과 그 연안을 의미하는 강안지역, 여기서 생산된 문학적 특징을 제대로 이해할 수 있게 될 것이다.

둘째, 강안지역이 지닌 공간 감성에 대한 연구이다. 조선중기 영남지역을 중심으로 볼 때, 지금까지 우리는 성리학이 문인들의 인식을 지배함에 따라 공간은 그들에게 있어 하나의 이념적 도구에 지나지 않는 것으로 이해해 왔다. 이 같은 시각에 부합되는 작가와 작품 또한 적지 않지만, 강안문학의 경우 문학작품이 강안이라는 특수 공간에 의해 자극받아 생성되기 때문에 그 공간이 지닌 감성적 요소를 파악하는 것은 긴요한 일이다. 이 글에서도 간단히 언급되어 있지만 낙동강 연안지역은 영남의 여타 지역에 비해 낭만 감성이 도학 감성과 맞물리는 역동성을 보인다. 이에 대한 정밀한 연구 역시 본격화될 필요가 있다.

셋째, 강안학의 특징과 결부된 강안문학 연구이다. 강좌와 강우지역의 학문과 변별되는 낙동강 중류를 중심으로 한 강안학은 개방과 소통의 회통성, 개성과 창조의 독창성, 일상과 실천의 실용성을 그 특징으로 하는 것으로 보고된 바 있다. 이 같은 성격이 문학에 구체적으로 어떻게 드러나는가 하는 것을 밝히는 것도 중요하다. 이 글에서는 누정을 중심으로 한 소통적 측면을 간단히 살펴보는 데 그쳤지만, 궁극적으로는 강안문학이 어떤 독창성을 지니며 실용성을 확보해 나가고 있는가 하는 쪽으로 연구가 진행되어야 한다. 예컨대, 서얼문학의 경우 조선중기에는 권응인權應仁(1517-?)이 『송계만록松溪漫錄』이라는 시화집을 내며 문학에 각별한 관심을 가졌으며, 조선후기에는 신유한申維翰(1681-1752)과 황오黃五(1816-?)가 등장하여 강안지역에서 탁월한 문학활동을 하였다. 이 같은 일련의 문학적 성과들이 영남문학 안에서 어떤 독창성을 확보하고 있는가 하는 것을 구체적으로 따져보아야 한다는 것이다.

넷째, 강안문학의 지역적 편차에 대한 연구이다. 강안학이 상주를 기점으로 하여 시작된다고 볼 때, 지역적으로 대단히 광범하다. 이에 따라 지역적 편차가 생길 수밖에 없다. 상주지역은 우복학파愚伏學派를 중심으로 기호학파와의 인적 교섭에 따른 학문적 소통이 활발하게 일어나고 있었지만 대체로 퇴계학파에 포함되어 있었고, 성주지역은 한강학파를 중심으로 기호학과 퇴계학 및 남명학이 상호소통하면서 특별한 국면을 만들어냈다. 그리고 합천지역은 정인홍의 몰락으로 인해서 심각한 변화를 경험하기도 하지만 남명학의 영향이 한말까지 지속되던 지역이다. 이 같은 상황에 기반하여 강안지역에서 생성된 문학이 지역별로 어떻게 같고 다른가 하는 문제가 꾸준히 탐토되어야 한다.

다섯째, 강안지역 문학의 장르 변별적 연구이다. 강안지역은 영남의 다른 지역에 비해 낙동강이라는 지리적 특수성을 확보하고 있다. 이에 따라 근대적 분과학문에 입각해서 장르별로 강안문학을 연구하는 것은 기존의 문학연구에 대한 방법론을 발전적으로 수용하는 이점이 있다. 강안학의 범위로 설정된 지역의 구비문학, 한문문학, 국문문학에 대한 자료정리와 함께 그 의미는 무엇인가 하는 것을 따질 수 있을 것이다. 장르 변별적 연구가 일정한 성과로 나타날 때, 이를 문학사적 논리를 세워 통합하면 지역문학사가 된다. 따라서 강안지역의 장르 변별적 연구는 영남지역 문학사 연구에 앞서 수행되어야 할 연구과제이다.

여섯째, 강안문학의 영남문학사적 기능에 대한 연구이다. 지역문학을 한국문학과 견주어 볼 때 한국적 보편성과 함께 지역적 독자성이 존재할 수밖에 없듯이 영남문학 역시 한국문학과 관련해 볼 때 동이점이 발견된다. 지역문학사로서의 영남문학사가 아직 서술되지 않은 상태에서 강안문학이 영남문학사에 기능하는 점을 연구한다는 것은 시기상조적 측면이 없지 않다. 그러나 지금까지의 연구 성과를 검토해 볼 때 영남지역을 문제의 핵심에 두고 다룬 연구가 있어 도움이 된다. 이에 대한 연구 성과를 포괄적으로 수렴하면서 영남문학사를 구축하고, 여기서 강안문학이 어떻게 기능하는가 하는 쪽으로 연구가 진행될 수 있어야 한다.

이 밖에도 강안문학의 구체적인 연구 성과를 바탕으로 문화산업화 전략을 모색하는 일이 있다. 이것은 이론 중심의 문학연구를 문학 생성공간 중심으로 혁신하자는 것이며, 동시에 한국문학 연구의 외연을 대중성 혹은 실용성을 담보하는 쪽으로 확장하자는 것이다. 문학현장 연구를 동반한 문화산업화는 고건축학이나 문화역사지리학 등 여타 학문분야와 학제적 연대를 통하여 진행하는 것이 바람직하다. 오늘날 현대인들이 많은 관심을 두고 있는 문화관광은 이를 통해 보다 체계적으로 수행될 수 있을 것이다. 우리는 여기서 낙동강 자체가 하나의 중요한 연구 텍스트로 부각될 수 있다는 것을 자각하게 된다.

# 제3장 낙동강과 그 연안지역의 공간 감성

## 1. 머리말

오늘날 우리는 직선적 사유에서 곡선적 사유에로의 전환을 요구받고 있다.[1] 직선[直]에서 곡선[曲]에로의 전환은 속도보다 여유를, 질러가기보다 돌아가기를 주목한다는 것을 의미한다. 고속도로가 보여주는 것처럼 질러가기에는 산을 뚫거나 강심에 다릿발을 세우는 것과 같은 폭력과 파괴가 있다. 이에 비해 강이 보여주는 돌아가기에는 평화와 생태가 존재한다. 이 돌아가기에 입각한 사유는 오늘날 우리 사회가 주목하고 있는 '느림'의 미학과 깊은 연관성을 지닌다. 관에서 진행하는 옛길 복원 사업이나 학계 일각에서 이루어지고 있는 구곡문화九曲文化에 대한 관심도 그 맥락을 같이한다.

속도를 지향하는 근대의 저편에 있는 것이 바로 강이다. 강은 산이 가로놓이면 돌아가고, 낮은 곳이 있으면 거기로 흘러 수많은 지천支川을 통합한다. 이러한 겸손과 수용의 미덕이 소통의 기본적인 요소라 한다면, 강을 중심으로 인간이 서로 소통하며 생활을 영위하는 것은 지극히 당연한 일이다. 강은

1 이 글은 필자의, 「낙동강과 그 연안지역의 공간 감성과 문학적 소통」(『한국한문학』 52, 한국학문학회, 2014)을 수정·보완한 것이다.

분명 차안과 피안을 구분하지만, 나루를 통해 좌우가 소통하고, 배를 타고 오르내리며 상하가 소통한다. 이 과정에서 사람들은 정보와 상품을 교환하기도 하고, 이를 훨씬 뛰어넘어 사람과 자연, 내륙과 내륙, 내륙과 해양을 상호 소통시켜 새로운 문화를 창출하기도 한다.

길 역시 소통을 위해 조성된 것이다. 길은 모이기도 하고 흩어지기도 하지만, 강을 따라 만들어지는 것이 예사이다. 조선시대의 공로公路인 영남대로를 보면 이것을 바로 알 수 있다. 영남대로 셋 가운데 중도는 '부산-밀양-청도-대구-인동-선산-상주-조령-음성-이천-광주'를 거쳐 한양에 이르는 열나흘 길이다.[2] 부산에서 조령까지 영남을 통과하는 길은 대체로 낙동강과 연해 있다. 이것은 육로와 수로가 서로 다르지만, 밀접한 관계를 가지면서 소통의 기능을 담당하고 있다는 것을 알게 한다.

영남의 강 낙동강은 좌도와 우도의 문화를 동서로 실어 나르기도 하고, 조령을 넘어 영남과 기호의 문화를 남북으로 실어 나르기도 하지만, 동시에 영남의 좌우를 구분하는 경계선이기도 하다. 경계에 대한 인식은 필연적으로 경쟁과 갈등 관계에 놓이기도 한다. 기호학파와 영남학파, 퇴계학파와 남명학파 사이에 있었던 경쟁과 갈등이 이것을 실증한다. 대왜 관계에 있어서도 사신과 무역상이 강을 오르내리며 소통하기도 하지만, 왜적들이 주 침입로로 낙동강을 활용하면서 심각한 갈등의 현장이 되기도 했다.

낙동강은 영남지역 문학의 주요 생성공간이다. 일찍이 최치원崔致遠(857-?)은 낙동강 하류 지역에 해당하는 황산강黃山江의 임경대臨鏡臺에 올라 강물을 바라보며 노래한 바 있다. "안개 낀 봉우리는 우뚝우뚝하고 강물은 출렁출렁,

2 영남대로 가운데 '좌도'는 '울산-경주-영천-의흥-의성-안동-풍기-죽령-단양'을 거쳐 한양까지 이르는 '열닷새길'이고, '우도'는 '김해-현풍-성주-김천-추풍령-영동-청주-죽산-양재'를 거쳐 한양에 이르는 '열엿새길'이다.

거울 속의 인가人家는 푸른 봉우리를 마주하고 있네. 외로운 돛배는 바람을 안고 어디로 가는고? 날아가던 새는 갑자기 자취마저 없구나."[3]라고 한 것이 그것이다. 최치원은 임경대에 올라 낙동강 주위의 경관과 그 사이로 흐르는 강물, 강물 위를 미끄러지듯 가는 배와 그 위를 나는 새 등으로 낙동강 정경을 묘사했다. 이는 문헌을 통해 발견할 수 있는 낙동강에 대한 최초의 문학적 형상이다.

그동안 낙동강에 대한 문학적 관심은 지극히 제한적으로 이루어져왔다. 낙동강 하구의 서경 한시를 주목한 논의,[4] 김종직을 중심으로 한 낙동강 중류지역의 문학사상을 밝힌 논의,[5] 조선중기 낙동강 중류지역의 문학활동을 다룬 논의,[6] 낙동강 연안의 창작공간 일부에 대한 논의,[7] 상주지역을 중심으로 한 시회에 대한 논의[8] 등이 그것이다. 이들의 논의가 낙동강을 문학 생성공간으로 인식하고 있다는 측면에서 주목할 만하지만, 문학활동을 중심으로 한 소통이 구체적으로 낙동강에서 어떻게 이루어지고 있는가 하는 데까지는 나아가지 못했다.

본 논의에서는 조선시대 낙동강과 그 연안지역이 지닌 문학적 소통을 주목한다.[9] 이를 위하여 먼저 낙동강이 영남에 있어 어떤 문화지리학적 위치에

---

3 崔致遠, 『孤雲集』 권1, <黃山江臨鏡臺>, "煙巒簇簇水溶溶, 鏡裏人家對碧峯. 何處孤帆飽風去? 瞥然飛鳥杳無蹤."

4 金喆凡, 「洛東江 河口의 敍景 漢詩」, 『한국한문학연구』 18, 한국한문학회, 1995.

5 이종호, 「조선초기 낙동강 중류지역 사림의 문학사상 : 점필재 김종직의 문학사상을 중심으로」, 『한국학논집』 40, 계명대 한국학연구소, 2010.

6 정우락, 「조선중기 강안지역의 문학활동과 그 성격 : 낙동강 중류 지역을 중심으로 한 하나의 시론」, 『한국학논집』 40, 계명대 한국학연구소, 2010.

7 황위주, 「낙동강 연안의 유람과 창작 공간」, 『한문학보』 18, 우리한문학회, 2008.

8 權泰乙, 「洛江詩會 研究」, 『尙州文化研究』 2, 尙州産業大 尙州文化研究所, 1992 ; 손유진, 『壬戌泛月錄』에 나타난 空間 認識의 樣相과 意味」, 경북대 석사학위논문, 2011.

9 이 같은 문제의식은 그동안 지리학계나 역사학계에서 낙동강을 영남의 좌우를 나누는 '경계' 일변도로 이해해 온 것에 대한 문학적 문화적 성찰이기도 하다. 이 때문에 이 글에서는

놓여 있는가 하는 부분을 따져서 논의의 기반을 마련한 다음, 낙동강과 그 연안의 주요 문학 공간을 검토할 것이다. 문학적 소통이 문학 행위를 통해 가능하므로 작가들은 낙동강과 그 연안지역에서 어떠한 공간 감성을 지니는가 하는 것은 본 논의의 주된 관심사가 된다. 여기서 나아가 이 글의 최종 목표인 낙동강의 문학적 소통과 이에 대한 성격을 살피게 될 것이다.

이 글은 낙동강과 그 연안지역의 문학을 다루되 소통 부재로 인해 발생하는 문제도 함께 주목한다. 공간 감성을 논의하면서 사회적 측면을 동시에 고려한 것은 바로 이 때문이다. 영남의 문인들은 이 같은 소통 부재에도 민감하게 반응하며 공간에 대한 사회 감성도 아울러 표출하였다. 이는 소통을 위한 일련의 노력과 그 결과를 역으로 보여준 것이라 할 수 있다. 이 글은 이러한 사정을 염두에 두면서 낙동강과 그 연안지역의 공간 감성을 다루되, 본격적인 낙동강 문학 연구를 위한 하나의 단초를 마련하는 데 그친다. 즉, 본 논의가 이 방면에 대한 서론 역할을 수행한다는 것이다.

## 2. 낙강시회와 공간 감성

낙동강과 그 연안지역은 영남의 내외를 막론하고 작가들에게 있어 매우 중요한 문학 생성공간 구실을 하였다. 작가들은 이 공간을 통해 때로는 자연이 제공하는 아름다운 풍경을 낭만적으로 인식하며 문학적으로 형상하기도 하고, 흐르는 물에서 도덕성道德聲을 들으며 성리학에 기반한 도학적 감성을 유감없이 표출하기도 했다. 이뿐만이 아니다. 이 공간에서 서울과 지방, 관료

---

'문화적 접경론'에 입각한 江岸學을 적극적으로 수용한다. 문화적 접경론은 경계와 소통의 의미를 동시에 지닌다.

와 민중 사이에 발생하는 불평등을 감지하면서 사회적 문제를 제기하기도 했다. 본 장에서는 낙동강 자체에 주목하고, 그 강상江上에서 벌인 작가들의 선유시회船遊詩會를 중심으로 살핀다. 이를 통해 낙동강의 공간 감성이 자연스럽게 드러나게 될 것이기 때문이다.

우선 낙동강 시회를 의미하는 낙강시회洛江詩會[10]를 개관할 필요가 있다. 이 시회는 1196년 이규보李奎報(1168-1241)가 상주 견탄犬灘을 중심으로 시작한 이래, 1622년 이준李埈(1560-1635) 등이 시회를 열면서 누대로 계승되어 1862년 류주목柳疇睦(1813-1872)의 낙강시회에 이르렀고, 낙동강 지류인 금호강을 중심으로 한 아양음사峨洋吟社는 지금까지 계속되고 있다.[11] 이로 보면 낙강시회는 700년이 훨씬 넘게 지속된다고 하겠다. 낙동강에 승경이 많으니 선유시회를 여는 것은 지극히 자연스럽다고 할 것인데, 소식蘇軾(1037-1101)의 <적벽부赤壁賦>에 영향을 받아 주로 7월 기망旣望에 개최하였으며, 참가자가 많은 경우 분운 자체를 아예 <적벽부>로 하였다.

조선시대에 들어 낙동강 상류 지역에서는 이현보李賢輔(1467-1555)와 이황李滉(1501-1570)이, 낙동강 본류가 시작되는 상주와 그 인근지역에서는 이준李埈(1560-1635)과 정경세鄭經世(1563-1633) 및 그 후인들이, 대구 인근에서 시작하여 낙동강 중하류 지역에서는 정구鄭逑(1543-1620)를 중심으로 한 한강학단이 선유를 즐기면서 활발한 시회를 개최하였다. 이를 통해 영남의 선비들은 교유의 편폭을 넓혀갔고, 낙동강에 특별한 관심을 가지면서 강에서 촉발된 공간

10 낙동강은 '洛江'으로도 널리 불렸고, 상류에서는 '洛川'으로 불리기도 했다. 시회의 경우, '洛江泛月詩', '洛江分韻' 등 '낙강'이라는 용어로 일반화되어 있었으므로, 이 글에서도 시회는 '낙강'으로 줄여 표현한다.

11 峨洋吟社는 해방 이후에 결성되어 오늘에 이르고 있는데, 처음에는 소식의 적벽유에 근거하여 7월 기망에 선유시회를 열었다. 그러나 지금은 선유시회가 개최되지 않고 淡水會 산하로 이관되어 1년에 네 차례의 한시 백일장이 열린다. 아양음사의 회원들이 세운 금호강변의 아양루는 2001년 9월에 대구시가 아양음사의 회원들로부터 기부를 받아 관리하고 있다.

감성을 작품에 담았다.[12]

지금까지 확인된 낙강시회는 61회이다.[13] 그러나 이것은 일부에 지나지 않는다. 영남 문집 가운데 한시 및 산문의 제목이나 내용 중에 '범주泛舟'나 '범월泛月'이 들어가는 작품이 다수 존재하고 있으며, 고문서 형태로 남은 시권詩卷도 상당수 있기 때문이다. 낙강시회는 이규보나 안축 등 고려시대 신흥사대부로부터, 유호인 등 영남 사림파, 이현보, 이황, 정구, 이준, 정경세, 장현광, 조임도, 배상룡, 정종로, 류주목 등으로 이어지는 영남학파의 인사들이 중심을 이룬다. 이들은 낙동강을 선유하면서 이 공간에 대하여 낭만과 도학, 그리고 사회 감성을 지녔던바, 이를 중심으로 살펴보기로 한다.

첫째, 낭만 감성에 대해서다. 이것은 영남 문인들이 낙동강을 통해 느꼈던 가장 강한 감성이라 할 수 있다. 낙강시회가 7월 기망에 주로 이루어지는 것에서 볼 수 있듯이 이들은 소식蘇軾(1037-1101)의 적벽유를 상상하며 시회를 열었다. 1561년 이황李滉(1501-1570)은 이덕홍李德弘(1541-1596) 등과 더불어 탁영담濯纓潭에 배를 띄워 강물을 거슬러 오르며 소식의 <전적벽부>를 읊조렸고,[14] '청풍명월淸風明月'을 분운하여 시를 짓기도 했다.[15] 여기서 우리는 낙강시회에서 소식의 <적벽부>가 얼마나 중요하게 작용하였는가 하는 것을 알

---

12 낙동강 선유시회는 정우락, 「조선중기 강안지역의 문학활동과 그 성격 : 낙동강 중류 지역을 중심으로 한 하나의 시론」, 『한국학논집』 40, 계명대 한국학연구소, 2010에서 대체적인 면모를 알 수 있다.

13 이 숫자는 權泰乙(1992)이 「洛江詩會 硏究」(『尙州文化硏究』 2, 尙州産業大 尙州文化硏究所, 1992)에서 상주를 중심으로 조사한 시회 51회에, 李賢輔, 李滉, 鄭逑, 徐思遠, 鄭樟, 李埈, 許命申, 趙任道, 裵尙龍, 李頤淳 등이 주동한 시회를 추가한 것이다.

14 李德弘의 전언에 의하면, 당시 이황은 <전적벽부>를 읊조린 후, "蘇公雖不無病痛, 其心之寡欲處, 於苟非吾之所有, 雖一毫而莫取等句, 見之矣. 又嘗謫去. 載棺而行, 其脫然不苟如此.(『艮齋集』 권6, <溪山記善錄>下)"라고 하였다고 한다.

15 이러한 사실은 낙강시회에서 꾸준히 계승되는데, 1622년에 이준 등이 상주 낙강시회를 개최하면서 아예 <전적벽부>를 분운한 것에서도 이러한 사실을 확인할 수 있다.

수 있다. 낙강시회 가운데 낭만 감성이 가장 강하게 작동한 경우는 이현보李賢輔(1467-1555)의 선유일 듯하다. 다음 작품을 보자.

| | |
|---|---|
| 江心廣石名是簟 | 강 가운데 넓은 돌 점석簟石이라 이름 하는데 |
| 不煩肆筵而設席 | 번거롭지 않게 자리를 마련하여 앉았네 |
| 舍舟移登重設酌 | 배에서 내려 올라가 거듭 술자리를 베푸니 |
| 環坐四隅如堂角 | 사방에 삥 둘러앉은 것이 당각 같구나 |
| 興酣巵酒各不辭 | 술기운이 오르니 술잔을 사양하지 않고 |
| 酒盡廚奴招呼急 | 술이 다하니 주노 부르는 소리가 급하구나 |
| 樽前爛熳或自歌 | 술동이 앞은 어지러운데 혹 스스로 노래하고 |
| 侁侁屢舞誰勸促 | 선선히 춤을 추니 누가 권해서인가 |
| 誰是地主誰是民 | 누가 원님이고 누가 백성인가 |
| 區區禮數都抛却 | 구구한 예의는 모두 던져 버렸다네 |
| 或壻扶翁相對舞 | 사위는 장인을 잡고 서로 춤을 추고 |
| 或婢擧觴同酬酢 | 계집종도 술잔을 들어 함께 주고받는다네[16] |

이현보는 분강 위에 애일당愛日堂을 지어놓고 1544년 4월 23일 점석簟石 일대를 선유한다. 이때 지은 시가 <취시가 서시좌상제공醉時歌書示座上諸公>인데 위의 시는 그 일부이다. 당시 예안현감 임내신任鼐臣과 손서孫壻 황준량黃俊良이 함께 하였다. 술과 노래가 어우러지고 옹서翁胥 사이인 이현보와 황준량이 서로 손을 맞잡고 춤을 춘다. 그리고 가비歌婢와 함께 잔을 주고받기도 한다. 이렇게 어울려 노는 풍류 속에는 귀천이 따로 없어 이현보는 '누가 원님이고 누가 백성인가'라고 했다. 낭만 감성이 극대화된 것이다. 뒷날 이황

16 李賢輔, 『聾巖集』 권1, <醉時歌, 書示座上諸公>

과 벌인 점석에서의 선유도 이러한 감성이 크게 작동하여, 나뭇가지로 조그마한 뗏목을 만들어 그 위에 술잔을 올려 아래쪽에 있는 이황에게 보내었고, 이에 대하여 이황이 시를 짓자 그 또한 여기에 차운했다.[17]

둘째, 도학 감성에 대해서다. 낙강시회에서의 도학 감성은 강 이름과 결부되어 있다. 낙동강의 '낙洛'은 하도낙서河圖洛書의 '낙洛'이며 동시에 염락관민濂洛關閩과 이락伊洛의 '낙洛'으로 생각했던 것이다. 이처럼 이 지역 문인들은 낙동강의 지명 자체가 유학의 근원이나 정주학程朱學과 연관되어 있다고 보고, 이에 따라 도맥도 영남의 이황에게까지 이어진다고 생각했다. 이러한 정신사적 흐름 속에 선유를 즐기는 자신들이 있다고 믿었으니 여기에는 그들의 도학적 자부심이 깊이 내장되어 있을 수밖에 없었다. 1622년 7월 기망, 이준은 동지 20여 인과 함께 낙동강에 배를 띄우고 시회를 열어 '추秋'자 운을 얻어 배율 20운을 짓는다. 여기에도 물론 이락을 연원으로 하는 '낙의식洛意識'이 존재한다.

此江本伊洛　　이 강은 본디 이락伊洛이라
人物皆鄒魯　　인물이 모두 추로鄒魯와 같네
竹溪闡文風　　회헌晦軒은 문풍을 천양하고
圃翁志東周　　포은圃隱은 동주東周에 뜻을 두었네
群才泛佔畢　　여러 인재가 점필재佔畢齋를 따랐으니
寒蠹德業優　　한훤寒暄과 일두一蠹가 덕업으로 뛰어났었네
偉哉玉山翁　　위대하도다, 회재晦齋여
瑞世爲天球　　상서로운 세상의 보배로운 구슬이었네
退溪開的源　　퇴계退溪가 연원을 여니

17 李賢輔, 『聾巖集』 권1, <雨餘泛舟遊簟石, 次景浩> 小序 참조.

河海紀細流　　세류가 모여 큰 바다를 이루었네
厓栢與鶴翁　　서애西厓와 학봉鶴峰은
造詣邈寡儔　　조예가 깊어 짝할 이가 드물고
淑氣所扶輿　　맑은 기운이 응결되어
群哲前賢侔　　여러 철인이 전현과 덕을 같이한다네[18]

여기서 보듯이 이준李埈(1560-1635)은 낙동강을 '이락伊洛'의 '낙洛'으로 인식하고 있었다. 이락은 황하黃河의 지류인 이하伊河와 낙하洛河를 지칭하는 것으로 여기에 고향을 둔 정호程顥와 정이程頤의 학문을 의미한다. 이를 계승·발전시킨 사람이 주희이니 이락은 정주학과 다름없다. 이준은 이들의 학문이 죽계에 살았던 안향, 정몽주, 김종직, 김굉필과 정여창, 이언적, 이황, 류성룡과 김성일 등으로 그 맥이 흘러 내려왔다고 했다. 여러 철인이 앞의 현인과 덕을 같이한다고 하면서 면면히 이어지고 있음을 보였다. '물의 흐름'과 '도의 흐름'을 동일시한 것이다. 우리는 여기서 이들의 분명한 도통의식과 함께, 낙동강을 중심으로 도학 감성이 어떻게 형성되고 있었던가 하는 부분을 분명하게 확인하게 된다.[19]

셋째, 사회 감성에 대해서다. 낙동강은 역대로 국경선을 다투던 치열한 전장이기도 했다. 『삼국사기』 <탈해이사금>조에서 '아찬阿湌 길문吉門이 황산진구黃山津口에서 가야병과 싸워 1천여 명의 목을 베었다.'[20]라고 한 대목에

18　李埈 외, 『洛江泛月錄』 15쪽.

19　낙동강 연안에 살았던 지식인들은 이 같은 생각을 일반적으로 가졌던 것으로 보인다. 張顯光(旅軒, 1554-1637) 역시 <不知巖精舍記>(『旅軒集』 권9)에서 "당 아래로 흐르는 강은 바로 낙동강의 하류이다. 伊洛은 송나라 諸賢들이 일어나신 곳인데, 강의 이름이 우연히 그와 같아, 正脈의 흐름이 洙水와 泗水의 연원으로 거슬러 올라가는 것을 생각할 수 있다."라 한 바 있다.

20　金富軾, 『三國史記』 <脫解尼師今>, "阿湌吉門, 與加耶兵, 戰於黃山津口, 獲一千餘級."

서 이러한 사실을 명확히 알 수 있다. 임진왜란 때는 왜군의 주력부대가 낙동강을 거슬러 올라오면서 국토를 유린하기도 하였으니, 작가들에게 있어 낙동강은 현실인식을 예각화하는 공간이기도 했다. 따라서 낙강시회에 참여한 작가들도 험난한 경험을 간직한 낙동강을 떠올리지 않을 수 없었다. 1607년 9월 상주목사 김정목金庭睦(1560-1612) 등이 참여한 낙강시회에 이러한 경향이 두드러진다. 이들은 연구聯句 형식으로 시를 지으면서 '시절은 저무는 가을인데, 산하는 백전百戰 끝에 남아있네.'[21]라고 하였다. 임진왜란이 떠올랐기 때문이다. 이어 시상을 이렇게 전개하였다.

| | |
|---|---|
| 訓謨味芻豢 | 성인의 가르침은 고기를 맛보는 듯하지만 |
| 世事任籧篨 | 세상일은 아첨하는 무리들이 맡고 있네 |
| 洞視今古馬 | 예나 지금이나 훤히 보이는 말을 |
| 肯爲朝暮狙 | 아침 저녁 원숭이라 우긴다네 |
| 昇沈皆命也 | 세력의 성쇠는 모두 운명이거늘 |
| 顚沛始歸歟 | 쓰러지고 넘어진 뒤라야 비로소 돌려놓을 것인가 |
| 舊約尋鷗鷺 | 옛 약속은 갈매기와 해오라기 찾는 것이니 |
| 浮名視土苴 | 헛된 이름이야 거름풀처럼 여긴다네[22] |

이 시는 상주목사 김정목金庭睦과 장령 조익趙翊, 수찬 이준李埈, 도사 전식全湜, 군수 조즙趙濈, 판관 김혜金惠, 진사 황시간黃時幹 등이 도남서원 앞에서 배를 띄우고 지은 연구聯句 중 일부이다. 첫째, 넷째, 다섯째, 여덟째 구는 이준이 지은 것이고, 둘째, 셋째, 여섯째 구는 조익이 지은 것이다. 이 시회의

21 金庭睦 외, 『壬戌泛月錄』 58쪽, "節序三秋暮, 山河百戰餘."
22 金庭睦 외, 『壬戌泛月錄』 59쪽.

구성원들이 관리였으므로 낙강시회에서 이들은 자연스럽게 국가적인 문제를 떠올렸다. 또한 시회를 연 때가 임진왜란이 끝난 지 그리 오래지 않았기 때문일 것이다. 이들은 위의 시에서 자신의 영달을 위해 아부하는 신하, 말을 원숭이라 우기는 무례한 신하들을 지적하면서 늦기 전에 성찰할 것을 촉구하고 있다. 낙동강은 이처럼 나라를 근심하는 주요 공간이 되기도 했던 것이다.

낙동강 강상江上에서 개최되는 낙강시회는 이규보 시대부터 시작하여 19세기 후반까지 지속되었고, 오늘날도 변형된 형태로나마 존재하고 있다. 영남의 문인들은 소식이 적벽에서 그러했던 것처럼 주로 낙동강을 중심으로 낭만 감성을 촉발시켰다. 그러나 다른 한편으로 낙동강이라는 명칭이 부여하는 '낙의식洛意識'을 분명히 하기도 했다. 이러한 의식은 이락伊洛의 정주학을 연원으로 하여 정몽주와 이황 등을 거쳐 영남으로 이어지는 도맥이 선유를 하는 그들에게로 계승되고 있다는 자부심의 결과이기도 했다. 이러한 자부심은 문인들에게 있어 도학 감성이 내적으로 작동한 결과임은 물론이다. 낙강시회에는 사회 감성도 아울러 나타나고 있었다. 낙동강은 임진왜란 등 고난의 경험을 간직하고 있었기 때문이다.

## 3. 강안지역의 공간 감성

낙동강 연안지역의 대표적인 문학 생성공간은 나루와 누정이다. 나루는 수운水運을 통해 각종 물품을 교환하면서 이 지역 사람들의 생활을 가능케 했고, 그 연안에 건립된 누정은 유식遊息과 역참驛站의 역할을 동시에 하면서 낙동강을 이용하는 사람들에게 다양한 편익을 제공했다. 내성천이나 위천, 황강과 금호강 등 낙동강으로 흘러드는 다수의 지류에도 나루가 있었고, 그

천변을 중심으로 수많은 누정이 건립되어 있었다. 이렇게 보면 나루와 누정은 강과 불가분의 관계에 놓인 것이라 하지 않을 수 없다. 낙동강을 다루면서 나루와 그 연안을 먼저 주목하는 이유가 바로 여기에 있다. 일찍이 권근權近(1352-1409)은 <월파정기月波亭記>에서 다음과 같이 언급한 적이 있다.

> 선주善州 동쪽 5리쯤에 여차餘次라는 나루가 있는데, 상주尙州 낙동강이 남쪽으로 흐르는 곳이다. 상주에서 남쪽으로 가는 여행객도 여기에 와서 역참을 정하게 되니 실로 요충지라고 하겠다. 이 나루 동쪽에 자그마한 산이 강가에 솟았는데, 전주全州가 본관인 이문정李文挺 군이 이 고을을 다스리면서 비로소 여기에다 정자를 짓고 월파정月波亭이라 불렀으나, 세월이 오래되어서 이미 없어졌다.[23]

선주는 지금의 선산을 말한다. 이곳에 여차나루가 있어 여행객들이 와서 머무는 교통의 요충지라 하였다. 그리고 그 동쪽 강가에 정자가 있었다고 하면서 나루와 정자를 일련의 상관성 속에서 이해하고 있다. 지금까지 확인되는 낙동강의 대표적인 나루로는 광석, 의천, 하회, 삼강, 하풍, 낙동, 왜관, 강정, 사문진, 개포, 대암, 율지, 박진, 기강, 정암, 도흥, 웃개, 본포, 뒷기미, 삼랑, 작원, 가야진, 물금나루 등을 들 수 있다. 그리고 일제강점기에 편찬한 이병연李秉延(1894-1977)의 『조선환여승람朝鮮寰輿勝覽』에는 영남의 누정이 1295개나 된다. 이들이 모두 낙동강과 연관되어 있는 것은 아니지만 영남지역 누정의 대체적인 양적 규모를 알게 한다.[24] 나루와 누정은 작가들의 감성을

23 權近, 『陽村集』 권13, <月波亭記>, "善州之東五里許有津, 曰餘次, 自尙之洛水而南流者也. 賓客之由尙而之南州者, 亦至是站焉, 實要衝也. 津之東, 有小山臨峙, 昔全人李君文挺爲宰, 始構亭, 號月波, 歲久已廢矣."

24 낙동강 연안에 건립된 누정을 『朝鮮寰輿勝覽』에 의거해 몇 지역을 조사해보면, 낙동강 본류

자극하기에 족한 공간이다. 이 역시 앞서 언급한 낙강시회의 공간 감성과 같이 셋으로 나누어 살펴보기로 한다.

첫째, 낭만 감성에 대해서다. 낙동강 연안에 건립된 누정에도 이 감성이 작동하지 않는 것은 아니나 나루는 특별하다. 모든 나루가 그렇듯이 여기에는 사람들의 만남과 이별이 있었기 때문이다. 예컨대, 정구鄭逑(1543-1620)가 함안군수직을 그만두고 고향으로 돌아올 때 '(나는) 고을 사람들에게 전송하는 것을 허락하지 않았으나 평소에 상종하던 많은 사우士友들이 강가에 나와서 작별하였는데, 술잔을 기울이며 시를 짓기도 하고 혹은 노래를 불러 석별의 정을 나타내기도 하였다.'[25]라고 기술하고 있다. 여기서 강가라고 함은 물론 강가의 나루를 말하는 것일 터인데, 이러한 이별의 장면은 나루에서 흔히 볼 수 있는 것이다. 만남과 이별은 선비 사이에만 있는 것이 아니다. 다음 작품을 보자.

過雨霏霏濕江樹　지나는 비 부슬부슬 강가 나무를 적시고
薄雲洩洩凝晴光　얇은 구름 즐겁게 햇빛 머금고 있네
黃山江深不可渡　황산강이 너무 깊어 건널 수 없는데
回望百里雲茫茫　돌아보니 백 리에 구름만 아득하구나
江頭兒女美無度　강 머리의 예쁜 여자
臨流欲濟行彷徨　물가에 다다라 오가며 건너려하네
鳴鳩乳燕春日暮　우는 비둘기, 어미 제비, 봄날은 저무는데

가 시작하는 곳인 상주는 觀水樓 등 39개소, 의성은 聞韶樓 등 61개소, 선산은 梅鶴亭 등 32개소, 김천은 棲霞樓 등 33개소, 성주는 四望亭 등 45개소, 합천은 涵碧樓 등 96개소, 창녕은 不日樓 등 47개소, 의령은 鼎巖樓 등 70개소, 함안은 合江亭 등 112개소, 창원은 觀海亭 등 44개소에 달한다.

25 鄭逑, 『寒岡集』 권10, <咸州志序>, "不許郡人之相送, 而平日相從士友, 猶多來別於江上, 把酒賦詩, 或詠歌以道其懷."

落花飛絮春風香　떨어지는 꽃과 날리는 버들가지는 춘풍에 향기롭네
招招舟子來何所　불러보노라 뱃사공, 어디서 오는고
掛帆却下魚山莊　돛 달고 곧 어산장을 내려오네
問之與我同去路　물어보니, 그 여자 나와 갈 길이 같아
遂與共坐船中央　드디어 배 복판에 함께 앉았네
也知羅敷自有夫　나부는 스스로 남편 있는 줄 알거늘
怪底笑語何輕狂　웃는 모습과 말씨가 얼마나 경솔한가
藐然不願黃金贈　황금으로 선물 줄 생각은 전혀 없고
目送江岸雙鴛鴦　강 언덕에 한 쌍의 원앙새에 눈길 보내네
君乎艤舟我豈留　그대여 배 대어라, 내 어찌 머무르리
我友政得黃芧岡　내 친구가 정녕 황모강에서 기다리거늘[26]

정포鄭誧(1309-1345)가 지은 <황산가黃山歌>다. 낙동강 하류의 임경대 앞의 나루에서, 정포는 우연히 함께 배를 타게 된 젊은 여성을 만났다. 그 여성은 남편이 있지만 정포에게 추파를 던지며 유혹해 왔고, 이에 정포는 강안의 원앙새를 보며 마음을 다잡았다. 이와는 달리 정포의 위 시에 대하여 차운한 남구만南九萬(1629-1711)은 "내 주머니 속을 더듬었으나 줄 만한 물건 없지만, 강 물결에 노니는 원앙새는 배우지 않으리. 기로岐路에 어찌 떠나가고 머무름 아까워하랴, 채찍을 재촉하며 급히 앞산 등성이를 지나가네."[27]라고 했다. 정포의 고지식함을 은근히 비판한 것이다. 나루는 이처럼 남녀를 중심으로 한 만남과 이별이 가득한 감성 공간이었던 것이다.

둘째, 도학 감성에 대해서다. 도학 감성은 나루보다 주로 강안에 건립된

26　徐居正 등, 『東文選』 권7, <黃山歌>
27　南九萬, 『藥泉集』 권1, <梁山次韻鄭誧黃山歌>, "我探囊中無可贈, 不學江波野鴛鴦. 臨岐何用惜去留, 催鞭忽過前山岡."

누정을 통해서 더욱 효과적으로 표출되었다. 누정에서 조용히 물결을 관찰할 수 있기 때문이다. 강가에 건립된 누정에 한정해서 보면, 누정이 강물을 잘 내려다볼 수 있는 곳에 건립되어 있으며, 물이 마음의 상징체로 인식되어왔기 때문에 가능하다. 앞서 살핀 낙강시회의 도학 감성이 '물의 흐름'을 염두에 둔 '도의 흐름'에 초점이 놓인 것이라면, 누정에서의 도학 감성은 천리天理가 유행流行하는 '마음'을 포착하는 데서 발생한다. 낙동강 연안에는 누정이 여럿 있지만, 상주의 관수루觀水樓는 그 대표적이다. 다음 자료를 보자.

> 저 관수觀水 두 글자의 편명을 보면서 그 뜻을 생각하게 되면, 자기도 모르게 경치와 뜻이 융합되어 거의 도체道體의 보이지 않는 오묘함을 깨닫게 된다. 아! 물이 밤낮으로 그치지 않고 도도히 흘러가는 것은 천도가 계속 가고 와서 스스로 쉬지 않는 것과 같으며, 물이 여러 흐름을 포용하여 깊은 연못을 이루어 지극히 맑은 것은 내 마음속에 만상을 함유하고 있으면서도 담담히 허정虛靜한 것과 같다. 하물며 봄의 물이 처음 흐를 때 돛대가 경쾌하여 노를 밀고 당기는 힘을 들이지 않아도 되니, 이것은 인체仁體가 드러나 자연이 유행하는 큰 활용에 비유할 수 있다. 강의 원천이 심원하고 광대하기 때문에 이로부터 또한 넓게 퍼져 넘실거리게 된다. 4-5백 리를 지나서 바다에 들어가도 그칠 줄을 모르게 되나니, 이것으로 군자의 학문을 증험할 수 있다. 학문의 근본이 성대하기 때문에 그 덕이 날로 나아가되 스스로 궁함이 없을 따름이다.[28]

---

28 權相一, 『淸臺集』 권11, <觀水樓重刱記>, "見夫觀水二字之扁名而思其義, 不覺其景與意會, 而庶幾有悟於道體, 不可見之妙焉. 噫! 水之不舍晝夜而滔滔流去者, 有似乎天道之往過來續, 自無停息也. 水之包容衆流而淵澄洞澈者, 有似乎吾心之中含萬象湛然虛靜也. 况春水初生, 舟檣輕快, 而不費乎推移牽挽之力, 此可以取喩於仁體之呈露, 而大用之自然流行也. 江之發源, 旣遠而大, 故自此而又浩浩焉洋洋焉. 過四五百里注海而不知止焉, 此可以取驗於君子之學, 根本盛大, 故日進其德而自無窮已也."

권상일權相一(1679-1759)이 쓴 <관수루중창기觀水樓重刱記>의 일부이다. 강안에 건립된 관수루는 그 이름 때문에 '성리학적 관수법觀水法'에 의해 이해되어 왔다. 즉 성리학자들은 물의 맑은 점을 취해 마음에 비유하거나, 그치지 않는 점을 취해 학문의 지속성을 강조하거나, 물결을 보면서 도의 근원을 생각하거나, 마침내 바다를 이루는 것을 보면서 학문의 성대함을 즐겨 비유해 왔던 것이다. 권상일 역시 관수루에 올라 물을 보면서 물에는 도체의 오묘한 곳에 있다는 점, 물의 흐름은 천도와 같이 잠시라고 쉬지 않는다는 점, 흐르는 물은 깊은 연못을 이루어 마음의 본체와 같이 허정虛靜한 곳을 만든다는 점, 물이 불어나면 배를 자연스럽게 띄울 수 있듯이 인체仁體도 자연스럽게 유행된다는 점, 물이 흘러 바다를 이루듯 군자의 학문도 무궁하다는 점 등을 두루 제시하였다. 그가 여기서 제시하고자 하는 것은 바로 '마음'이었다. 즉 '관수'는 바로 도학적 '관심觀心'이었던 것이다.

셋째, 사회 감성에 대해서다. 낙동강은 수운의 발달로 어선漁船은 물론이고 상선商船과 객선客船도 줄을 이었다. 『세종실록』에서 "수로로 배가 다닐 만한 때이면, 물가의 각 고을 관선官船이 낙동강洛東江으로부터 올라와 상주尙州의 수산역守山驛에 이르러 육지에 내려, 다시 육로를 따라 초점草岾을 넘어 충주忠州의 금천천金遷川에 이르러 배를 타고 서울로 오게 됩니다."[29]라고 기록한 데서도 낙동강 뱃길의 중요성을 알게 한다. 그러나 낙동강을 이용한 영남의 물자 실어 나르기는, 지역민에게 있어 착취로 인식되기도 했다. 즉 서울과 지방, 관리와 백성이라는 경제적 신분적 불평등을 자각하는 계기가 되었던 것이다. 김종직金宗直(1431-1492)의 <낙동요洛東謠>는 이러한 측면에서 창작되었다.

---

29 『世宗實錄』 世宗5年 癸卯, "若水路可以行船時, 則以水邊各官官船, 從洛東江上來, 至尙州守山驛下陸, 更從陸路, 踰草岾至忠州金遷川, 乘船達于京."

| | |
|---|---|
| 黃池之源纔濫觴 | 황지의 원두 겨우 잔에 넘칠 정도였으나 |
| 奔流到此何湯湯 | 마구 달려와 여기에 이르러 넓기도 하네 |
| 一水中分六十州 | 한 줄기 낙동강이 육십 고을을 나누니 |
| 津渡幾處聯帆檣 | 얼마나 많은 나루에서 돛단배를 이었던가 |
| 海門直下四百里 | 바닷길로 바로 달려 사백 리 물길 |
| 便風分送往來商 | 바람 타고 왕래하는 상선들 분주하네 |
| 朝發月波亭 | 아침에 월파정을 떠나서 |
| 暮宿觀水樓 | 저녁에는 관수루에서 묵는다네 |
| 樓下網船千萬緡 | 누 아래 관선官船에는 천만금이 실렸으니 |
| 南民何以堪誅求 | 남쪽 백성들은 가렴주구를 어이 견디리 |
| 缾罌已罄橡栗空 | 쌀독도 비었고 도토리와 밤도 없는데 |
| 江干歌吹椎肥牛 | 강가엔 풍악 울리며 살찐 소 잡는구나 |
| 皇華使者如流星 | 나라의 사신들은 유성과 같지만 |
| 道傍髑髏誰問名 | 길가의 해골들은 누가 있어 이름을 물을까 |
| 少女風王孫草 | 서풍이여, 왕손초로 불지어다. |
| 遊絲澹澹弄芳渚 | 아지랑이 아물거리며 봄 물가를 희롱하고 |
| 望眼悠悠入飛鳥 | 내 눈 속으로는 유유히 나는 새 들어오네 |
| 故鄕花事轉頭新 | 고향의 꽃소식 조만간 새롭겠지만 |
| 凶年不屬嬉遊人 | 흉년이라 유람하는 사람도 볼 수가 없으리 |
| 倚柱且高歌 | 기둥에 기대어 소리 높여 노래하나니 |
| 忽覺春興慳 | 춘흥이 일어나지 않는 것을 홀연히 알았다네 |
| 白鷗欲笑我 | 갈매기도 나를 비웃으려는 듯 |
| 似忙還似閑 | 바쁜 듯도 하고 한가한 듯도 하구나[30] |

30 金宗直, 『佔畢齋集』 권5, <洛東謠>

이 시에서 보듯이 김종직은 가장 먼저 낙동강의 형세를 주목하고 있다. 황지에서 발원하여 영남 60주를 둘로 나누고 마침내 바다로 흘러든다고 했다. 이렇게 강은 흐르는데 그 강가 나루터에는 돛단배가 수없이 이어지고, 강을 왕래하는 상인이 분주하다고 했다. 여기까지 시상을 전개시킨 김종직은 관수루 아래의 관선官船 위에 실린 천만 량이 남쪽 백성들로부터 가렴주구한 물건이라 했다.[31] 그의 사회 감성이 얼마나 날카로운지를 바로 알 수 있다. 즉 경제적 불평등이라는 모순적 사회 현실을 간파한 것이다. 이러한 모순을 '강가의 풍류'와 '길가의 해골'로 대립화하였다. 이와 같은 상황에서 고향을 떠올렸으니 마음이 아프지 않을 수 없었다. 김종직의 누정을 통한 사회 감성은 낙강시회의 그것에 비해 더욱 강렬한 것이었고, 사림파로서의 사회의식을 분명히 드러낸 것이라 하겠다.

낙동강 연안에는 수많은 나루와 누정이 있었다. 이러한 공간을 통해 느끼는 감성은 앞서 살핀 낙강시회의 그것과는 다른 지점이 있었다. 이것은 작가들이 강상에 배를 띄우고 느끼는 것과 서로 다른 감성적 환경 때문일 것이다. 낭만 감성은 나루를 통해 더욱 적극적으로 나타났는데, 이곳은 사람들이 만나고 헤어지는 대표적인 공간이었기 때문이다. 누정에서는 도학 감성과 함께 사회 감성도 두루 나타났다. 누정 아래로 흐르는 낙동강의 물을 보면서 천리가 유행하는 '마음'을 떠올리기도 하고, 서울로 운반되는 수많은 물품들을 보면서 서울과 지방, 관리와 백성의 심각한 불평등을 자각하기도 했다.

31 尹鉉(1514-1578)은 <嶺南歎>(『菊磵集』 권中)에서 16세기 중엽 영남의 피폐상을 전하며 그 원인을 "병수사 진영장 제멋대로 탐학하는 무리들, 수령들도 자상한 분 아니로다. 한결같이 백성의 고혈만 쥐어짜니, 눈앞의 고통 치료할 자 누구던가[領鎭率貪縱, 長民非慈祥. 同然浚膏血, 誰醫眼前瘡]?"라고 하였다. 윤현은 이러한 사정 역시 조정과의 소통부재에 있다고 보고, "천 리 길 가로막혔는데, 구중궁궐은 어찌도 아득하기만 한가[堂下隔千里, 九重何茫茫]." 라고 하면서 임금이 이러한 사실을 제대로 알아야 한다는 것을 강조하였다.

## 4. 문학적 소통과 그 성격

우리는 앞서 낙동강 위에 배를 띄우고 개최하였던 낙강시회와 강안지역의 나루 및 누정을 중심으로 작가의 공간 감성이 어떻게 작품으로 형상화되었는지를 살펴보았다. 그렇다면 이들 낭만 감성과 도학 감성, 그리고 사회 감성을 기반으로 한 공간 감성이 문학적 소통과 어떻게 연관되어 있는가. 여기서 제시된 세 감성이 구체적으로 무엇과 무엇을 소통시키는 데 작동하며, 소통이 부재한 현실 속에는 또 어떠한 감성이 주로 작동하는가. 본 장은 이러한 문제를 중심으로 논의한다.

낙동강은 분명 좌우를 경계 짓는 역할을 한다. 『세종실록』 세종 26년 7월 28일조에 '낙동강의 동쪽을 경상좌도라 하고, 낙동강의 서쪽을 경상우도'라고 한다면서 좌도에 있는 해평현海平縣과 우도에 있는 약목현若木縣의 소속이 잘못되어 백성들의 어려움과 고통이 심하다며 바로 잡아주기를 바라고 있는 데서도 이를 확인할 수 있다.[32] 효율적인 통치를 위해 좌우를 구분하고 있음에도 불구하고, 위로는 조정에서 관리가 조령을 넘어 뱃길로 영남지역으로 들어오고, 왜와 조선 사이의 사신도 낙동강을 이용하여 오르내렸다. 그리고 좌안과 우안에 있는 수많은 나루터를 이용하여 상선들이 오가며 좌도와 우도의 문화를 소통시켰다. 문학적 소통은 이 과정에서 이루어졌다고 하겠는데, 이를 자연과 인간의 관계 속에서 살펴보기로 한다.

우선, 자연과 인간의 소통을 들 수 있을 것이다. 이것은 낭만 감성과 도학 감성이 주로 작동한 결과다. 도학 감성을 중심에 두면, 유가에게 제시하는 비덕比德의 미의식이 이것을 가능케 했다. 공자가 『논어』에서 요산요수樂山樂

32 『세종실록』 권105, 세종 26년 갑자(1444, 정통 9) 7월 28일조 참조.

水를 통해 인간이 마땅히 지녀야 할 인지仁知를 강조한 이래, 성리학자들은 이를 통해 합자연合自然의 이념을 실현하고자 했다. 우리는 여기서 자연과 인간의 이념적 관념적 소통을 확인할 수 있다. 이러한 소통은 낙동강을 창작 공간으로 한 문학에 두루 나타난다. 1601년 낙재樂齋 서사원徐思遠(1550-1615) 등이 낙동강의 지류인 금호강에서 시회를 열었는데, 당시 정구의 제자 이천배李天培(1558-1604)는 다음과 같은 작품을 지었다.

清流涵麗景　맑은 물결에 고운 경치 담겨 있고
遠峀生雲烟　먼 산 계곡에서 구름 안개 피어나네
柔櫓擊空明　부드러운 노로 달빛 비친 물결을 젓노라니
滿船俱英賢　배에 가득한 이는 모두 어진 선비
搖搖棹復棹　흔들거리며 노를 젓고 또 저으니
點點山連山　점점이 산과 산이 연달아 있네
雲影淨如掃　구름 그림자는 쓸어낸 듯 맑고
天光凝碧漣　하늘빛은 푸른 물결에 비치네
撑篙驗用力　상앗대를 저으며 힘써 나아가노라니
俯仰知淵天　올려보고 내려보니 생기 활발함을 알겠네
豪思若雲湧　호탕한 마음은 구름이 솟아오르는 듯
此身挾飛仙　이 몸은 나는 신선을 옆에 끼었다네[33]

이천배는 금호강 시회에 참여해서 '연烟'자 운을 얻어 위와 같은 작품을 남겼다. 그는 이 시에서 깨끗한 강물 위에 하늘빛 구름 그림자가 유행하고

33 李天培, 『三益齋集』 권1, <萬曆二十九年辛丑暮春之念三日, 與張旅軒德晦, 徐樂齋行甫, 呂鑑湖聖遇, 郭敦夫, 李士彬, 宋仲裕, 張正甫, 鄭君燮, 李學可, 鄭振甫, 徐進甫, 都廷彦二十三人, 船遊於達城琴湖之江, 以朱子詩, 出載長烟重, 歸粧片月輕, 千巖猿鶴友, 愁絶棹歌聲句, 分韻得烟字.>

있음을 보였다. 주자가 <관서유감觀書有感>에서 '천광운영공배회天光雲影共徘徊'라고 한 구절을 용사하여 유행하는 천리를 표현하고자 했다. '부앙지연천俯仰知淵天'의 '연천' 역시 '연비려천鳶飛戾天 어약우연魚躍于淵'의 '연'과 '천'으로 기운이 생동하는 활발발活潑潑의 경계를 나타낸 것이다. 이로써 자연과 인간은 생기로 소통하게 되고 마침내 합일을 이룩한다. 이러한 성리학적 상상력은, 같은 시회에 참여했던 장내범張乃範(1563-1640)의 '탁내연어리度內鳶魚理', 정수鄭錘(1573-1612)의 '도인락연어道人樂鳶魚' 등 허다한 시구에서 반복적으로 등장한다.[34]

다음으로, 인간과 인간의 소통을 들 수 있다. 이 소통의 내적 기제 역시 낭만 감성과 도학 감성에 있다. 인간과 자연의 소통이 일방적이고 관념적이라면, 인간과 인간의 소통은 쌍방적이고 현실적이다. 특히 인간 사이의 소통은 사회를 구성하는 사람들 간의 협력과 협조를 전제로 하기 때문에 전통사회에서는 이를 매우 중시했다. 소통이 부재할 때는 사회 감성도 아울러 발생했다. 이러한 사실을 염두에 두면서 인간 사이의 소통을 시공간적 측면에서 살펴보기로 한다.

첫째, 공간적 소통에 대해서다. 기호지역과의 소통은 매학정梅鶴亭의 경우를 중심으로 보자. 이 정자는 경상북도 구미시 고아읍 예강리 낙동강 변에 위치하고 있으며, 초성草聖으로 칭송되는 황기로가 훗날 그의 사위 이우에게 물려준 것으로 강안제일명구江岸第一名區이다. 이곳을 통해 양 지역의 문인들은 그들의 낭만 및 도학 감성을 적극적으로 형상화하였다. 매학정 관련 작품

34 낙동강을 중심으로 한 자연과 인간의 소통은 이를 훨씬 뛰어넘기도 한다. 金堉(潛谷, 1580-1658)의 경우 낙동강 하류에 위치한 가야진에서 하늘과의 소통을 위한 기우제를 지내기도 하였기 때문이다. 『潛谷續稿』에 보이는 당시의 제문은, "大嶺之南, 沃野千里. 人賴神休, 厚其生理. 如何連歲, 旱乾若是. 百萬開口, 方呼庚癸. 粢盛不備, 惟神之恥. 願享精禋, 一決江水."이다.

을 남긴 문인들을 보면 송순宋純(1493-1583)이나 임억령林億齡(1496-1568)처럼 호남인이 있는가 하면, 이정李楨(1512-1571)과 황준량黃俊良(1517-1563)과 같이 영남인도 있고, 이이李珥(1536-1584)처럼 기호인도 있다. 노론의 영수인 송시열宋時烈(1607-1689)이 있는가 하면, 소론의 중심인물인 조지겸趙持謙(1639-1685)도 있고, 남인 선비 조임도趙任道(1585-1664)도 있다. 매학정을 이우가 소유하였으니 기호 노론계열의 문인들이 중심이 되지만 그 정자의 소재지가 영남이기 때문에 영남의 문인들도 이곳을 방문하여 다양한 작품을 남겼던 것이다. 이로써 매학정은 자연스럽게 강안지역의 대표적인 소통 공간이 될 수 있었다.

낙동강을 중심으로 한 좌우의 소통은 영남의 양대 학파라 할 수 있는 퇴계학파와 남명학파 사이에서 이루어졌다. 앞서 살폈듯이 이 지역에는 이황과 조식을 함께 스승으로 모신 문인들이 많았을 뿐만 아니라 이수진李秀鎭이나 이원경李遠慶 등에게서 볼 수 있듯이 이황을 제향한 도산서원이나 조식을 제향한 덕천서원을 두루 찾아 사모와 그리움의 정서를 극진히 표하기도 했다.[35] 특히 강안의 성주지역은 퇴남학의 회통이 가장 활발하게 이루어지던 지역이다. 이황의 제자 황준량과 조식의 제자 오건이 1560년을 전후로 이 지역에 부임하면서 이러한 성향을 더욱 강하게 보였고, 이로써 정구나 김우옹과 김담수 같은 회통적 성향을 지닌 인물들이 출현할 수 있는 기틀을 마련할 수 있었다.

낙동강의 공간적 소통은 국제적으로 확장되기도 했다. 김종직이 <인동객

35 성주의 읍지인 『성산지』에 의하면 이수진은 임자년(1792)에 陶山書院을 배알하고, 이황이 자연에 묻혀 살았던 즐거움을 두루 보고 돌아와서, "만세토록 전하여도 폐단이 없을 것은 퇴계선생의 학문이로다."라고 하였고, 이원경은 두류산 기슭의 덕천서원을 찾아, "두류산 아래로 높은 선비 찾았더니, 적막한 물가에 띠풀 집 쓸쓸하네. 두어 번 새소리에 맑은 낮 고요한데, 복사꽃 흘러오니 무릉도원 봄이로다[頭流山下訪高人, 茆屋蕭條寂寞濱. 啼鳥聲數淸晝靜, 桃花流水武陵春]."라는 시를 지었다.

사기仁同客舍記>에서 '인동仁同은 낙동강 동편에 있는 영남嶺南 중로中路의 요충지로서 일본·유구·구주九州 세 섬나라의 오랑캐들이 보물을 받들고 중역重譯을 거쳐 조공 오는 자를 조석으로 맞이하고 전송하여 사철 끊이지가 않는 곳'[36]이라고 한 데서 이를 바로 알 수 있다. 김성일金誠一(1538-1593)은 일본으로 사신을 가면서, "묻노라 낙동강 물이여, 어느 때 나의 고향 청하성을 지나왔나? 내 지금 너와 함께 바다로 나가면서, 천릿길을 함께 가니 더욱 정이 드누나."[37]라고 노래하기도 했다. 이처럼 낙동강은 국제적 소통에 따른 낭만 감성을 자극하던 공간이기도 하였다.

둘째, 시간적 소통에 대해서다. 소식의 적벽유赤壁遊는 낙강시회에서 지속적으로 상기되었다. 일방적이기는 하나 이것 역시 시간적 소통에 다름 아니다. 류진柳珍(1582-1635)이 <적벽부赤壁賦>의 '소蘇'자 운을 얻어 '임술년 달은 열엿새, 적벽강에 일찍이 소동파가 배를 띄웠지. 천 년의 아름다운 기회 만나, 한 척의 조각배 평평한 호수에 띄웠네. 옛 사람 비록 못 보아도 멋진 일은 진실로 한 가지라네.'[38]라고 한 데서 이러한 생각을 분명히 읽을 수 있다. 소식의 적벽유를 생각하면서 고인과 소통하고자 했는데, 여기에 낭만 감성이 작동했음은 물론이다.

그러나 낙동강 연안의 선비들은 적벽유의 낭만 감성에만 머무르지 않았다. 낙동강 승경이 적벽에 비해 전혀 모자라지 않을 뿐만 아니라, 이락伊洛의 연원을 거슬러 올라가는 실마리가 여기서 제공된다고 믿었기 때문이다. 바로

36 李德懋, 『青莊館全書』 권69, <琉球使>, "佔俾齋仁同客舍記曰, 仁同, 濱于洛之東涯, 據嶺南中路之要衝, 日本琉球九州三島之夷, 奉琛重譯而至者, 朝迎夕送, 四時不絕."

37 金誠一, 『鶴峰逸稿』 권2, <過梁山龍堂>, "爲問洛東大江水, 幾時過我青霞城. 我今與汝同歸海, 千里相隨應有情."

38 柳珍, 『壬戌泛月錄』 22쪽, <得蘇字, 初賦五言詩, 不滿於意, 更賦七言, 而初作亦不敢隱, 竝附錄于下>, "壬戌月既望, 赤壁曾泛蘇. 千載遇佳期, 一葉凌平湖, 古人雖不見, 勝事眞相符."

도학 감성이 작동한 것이다. 강 이름에 연유한 낙의식洛意識은 위로 이락으로 거슬러 오르고 아래로 그들이 사는 당대까지 이어진다고 생각했다. 이러한 생각에 근거하여 이상정李象靖(1711-1781)은 <기락편방서沂洛編芳序>에서 정구가 함안의 용화산龍華山 아래서 선유한 것을 들어, 정구가 이황의 적전으로 낙동강 일대가 도학의 연원이 되게 했다고 발언할 수 있었다. 조천경趙天經(1695-1776)이 <낙강범월속유시서洛江泛月續遊詩序>에서, 낙동강을 통해 이락伊洛의 진원眞源을 거슬러 오른다고 생각한 것도 같은 맥락에서 이해된다.

시간적 소통은 당대인이 전대인의 문화를 계승하는 것으로 나타나기도 했다. 이황은 1562년 가을에 김성일金誠一(1538-1593) 및 김부륜金富倫(1531-1598) 등과 선유를 계획하였으나 날씨로 인해 실행으로 옮기지 못한 적이 있었다. 이를 생각하며 김성일은 여러 동지들과 낙동강 상류 적벽에서 시회를 열었다. 당시의 사정을 김성일은 "맑고도 깨끗했던 선생의 모습을 다시 뵐 수가 없어, 선생께서 남긴 시편을 거듭해서 읊으며 나도 모르게 눈물이 글썽였다. 이에 드디어 좌우 사람들에게 권하여 모두 그 시운詩韻을 따라서 시를 읊게 했다."[39]라며 <유적벽기遊赤壁記>를 썼다.

낙강시회가 대를 이어 꾸준히 계승되면서 고금의 소통을 가능케 하기도 했다. 1588년 7월에 정구는 함안군수를 그만두고 낙동강 개산포에서 시회를 열어 '만경창파욕모천萬頃蒼波欲暮天'을 분운했다. 이 시회가 그의 문인세대에도 지속되어 정구의 아들 정장鄭樟(1569-1614)을 비롯해서 이도자李道孜(1559-1642), 이도유李道由(1566-1649), 이육李堉(1572-1637) 등이 참여하여 <추차낙강운追次洛江韻>을 지으며 선대의 시회를 이어나갔다. 뿐만 아니라 1622년 7월에 있었던 이준의 낙강시회는 하나의 모범이 되어 꾸준히 계승되었다. 1770년에

39 金誠一, 『鶴峰集』 권5, <遊赤壁記>, "氷壺秋月, 不可復見, 三復遺詞, 不覺感淚潸如也. 遂屬左右, 咸依韻敬賦焉."

조천경趙天經(1695-1776) 등이 낙강시회를 열고, 당시 지은 시를 모아 책으로 엮은 후 서문을 지어 '낙강범월속유시서洛江泛月續遊詩序'라 하였다. '속유續遊' 라는 용어에서 볼 수 있듯이 이들은 선배들의 시회문화를 이어가고자 했던 것이다.

이처럼 낙동강을 중심으로 자연과 인간, 인간과 인간은 상호 소통하였다. 인간 사이의 소통은 그 소통이 공간적으로 이루어지기도 하고 시간적으로 이루어지기도 했다. 경중의 차이는 있을 수 있지만, 낭만 감성과 도학 감성은 소통의 내적 기제 역할을 담당했다. 그러나 사회 감성의 경우는 사정을 달리한다. 이 감성은 주로 소통의 부재에서 발생하기 때문이다. 서울과 지방, 관리와 민중 사이에서 이것은 구체적으로 확인된다. 우리는 여기서 향鄕과 민民의 입장에 서 있었던 초기 영남 사림을 떠올리지 않을 수 없다. 낙동강은 바로 이들의 성장과 밀접한 관련이 있기 때문이다.

조선시대 낙동강 연안에 살았던 선비들은 강한 동류의식을 지니고 있었다. 이들은 영천의 정몽주, 선산의 길재, 밀양의 김종직, 성주의 김맹성, 달성의 김굉필 등으로 이야기되는 사림파의 성장을 깊이 인식하고 있었다. 우리는 여기서 김종직을 다시 주목하지 않을 수 없다. 무오사화가 일어날 수 있었던 결정적인 계기가 되었던 그의 <조의제문弔義帝文>도 낙동강을 배경으로 창작되고 있기 때문이다. 그 서문을 잠시 들어보자.

정축년 10월 일에 내가 밀성密城으로부터 경산京山을 경유하여 답계역踏溪驛에서 자는데, 꿈에 한 신인神人이 칠장복七章服을 입고 헌걸찬 모습으로 와서 스스로 말하기를 "나는 초楚 회왕懷王의 손자 심心인데, 서초패왕西楚霸王 항적項籍에게 죽임을 당해 침강郴江에 빠뜨려졌다."라고 하고는, 언뜻 보이다가 이내 보이지 않았다. 나는 그 꿈을 깨고 나서 깜짝 놀라 말하기를 "회왕은 남초南

> 楚 사람이고, 나는 동이東夷 사람이니, 지역의 거리는 만여 리일 뿐만이 아니요 세대의 선후 또한 천여 년이나 되는데, 꿈자리에서 서로 만나게 되었으니, 이것이 그 얼마나 상서로운 일인가. 또 사서史書를 상고해 보면 강에 던졌다는 말은 없는데, 혹시 항우項羽가 사람을 시켜 비밀히 격살擊殺하여 그 시체를 물에다 던져버렸던가. 이것을 알 수가 없다."라고 하고 마침내 글을 지어 조문하였다.[40]

위에서 언급된 밀성[밀양]과 경산[성주]은 모두 강안지역이다.[41] 김종직은 1457년(27세)에 성주의 답계역踏溪驛에서 자면서 꾼 꿈을 소재로 해서 <조의제문>을 짓는다. 세조의 왕위찬탈을 풍자해서 지은 글로 많이 알려져 있는 이 글은 조선시대 최대의 필화사건이 되었다. 김일손이 이 글을 『성종실록』이 편찬될 때 사초에 싣자, 이를 빌미로 이극돈李克墩과 유자광柳子光 등은 연산군을 충동하여 무오사화를 일으켜 사림파를 제거하고, 이로써 그들의 정치적 입지를 굳히고자 했다. 김종직은 이 때문에 부관참시를 당하게 되고 그의 많은 제자들이 희생된다.

사림파는 지역에 거점을 마련하고 훈구파와 대립하면서 시련 속에서 성장하였다. 낙동강이 사림파의 성장에 밀착되어 있으므로 여기서 느낀 이들의 공간 감성은 사회적일 수밖에 없었다. 이 때문에 김종직은 <낙동요>를 지어 대립적 심상으로 당대의 사회적 모순을 드러낼 수 있었는데, 이것은 소통이

---

40 金宗直, 『佔畢齋集』 附錄, <戊午史禍事蹟>, "丁丑十月日, 余自密城道京山, 宿踏溪驛, 夢有神人, 被七章之服, 頎然而來, 自言楚懷王孫心, 爲西楚伯王項籍所弑, 沉之郴江, 因忽不見, 余覺之, 愕然曰, 懷王, 南楚之人也, 余則東夷之人也, 地之相去, 不翅萬有餘里, 世之先後, 亦千有餘載, 來感于夢寐, 茲何祥也. 考之史, 無投江之語, 豈羽使人密擊, 而投其尸于水歟, 是未可知也, 遂爲文以吊之."

41 김종직은 강안지역에서 나고 활동했다. 그의 아버지 金叔滋(江湖, 1389-1456)는 선산과 성주에서 교수직를 맡았고, 고령에서는 현감직을 수행한 적이 있다. 이때 김종직도 아버지를 따라와서 글을 읽었다.

부재한 시대에 소통을 위한 일련의 노력이라 해야 할 것이다. 이황과 조식을 중심으로 한 영남학파가 성립하였을 때도 사회적 모순에 기반한 사회 감성이 드러나지 않는 바 아니나, 주로 낙동강과 그 연안의 문인들은 도학 감성과 낭만 감성을 작동시키며 문학적 소통을 이룩해갔던 것으로 보인다. 이것은 시간이 지나면서 낙동강 중심의 비판정신이 다소 후퇴되었다는 것을 의미한다.

낙동강은 자연과 인간의 소통은 물론이고, 인간과 인간의 소통도 가능케 했다. 인간 사이의 소통은 공간적으로는 기호와 영남, 영남 내에서는 좌도와 우도의 소통이 이루어졌다. 이 소통은 대왜 관계 속에서 국제적인 것으로 확장되기도 했다. 여기에 중요하게 작동한 공간 감성은 낭만 혹은 도학 감성이었다. 그러나 소통이 부재하는 상황에서는 사회 감성이 발생되기도 했다. 특히 영남 사림파의 성장과 낙동강은 밀접한 연관성이 있다고 하겠는데, 영남 사림파의 영수 김종직은 여기에서 사회적 불평등을 인식하면서 비판정신을 예각화하기도 했다. 이로써 우리는 낙동강이 소통과 불통의 긴장 관계 속에 놓여 있었던 점도 확인하게 된다.

## 5. 맺음말

이 글은 낙동강과 그 연안지역의 공간 감성과 문학적 소통을 다루기 위해 기획된 것이다. 이는 그동안 지리학계나 역사학계에서 낙동강을 '경계' 일변도로 이해해 온 것에 대한 문학적 문화적 성찰이기도 하다. 영남은 서·북의 산악과 동·남의 바다로 가로막혀 있어 고립적 형국을 지닌다. 그 안에 낙동강이 흐르고 있어 일체감을 이루며 영남의 열읍을 지나간다. 이러한 지리적 특성 아래 낙동강이 있어 기호지역의 문화가 조령이나 죽령을 넘어 영남 지역으로 빠르게 유입되는데 중요한 역할을 할 수 있었고, 좌우로는 경계와 소통의 기능을 동시에 수행하면서 영남 좌우의 문화를 실어 날랐다.

낙동강을 중심에 두고 볼 때, 대표적인 문학 생성공간은 강과 나루와 누정이다. 그러나 이 셋은 그 성격과 용도에 있어 본질적으로 다르고, 이에 따라 작가들의 공간 감성도 다소 상이하게 나타났다. 이 세 공간에 낭만 감성이 두루 나타나면서도 흐르는 강에 배를 띄우고 작가들은 '물의 흐름'과 '도의 흐름'을 결부시켰고, 고정된 누정에서는 물을 보면서 '마음'을 관찰하기도 하지만 사회적 부조리를 심각하게 인식하면서 사회 감성을 증폭시키기도 했다. 나루는 만남과 이별을 전제로 한 공간이기 때문에 낭만 감성이 문학 창작의 가장 중요한 기제로 작동했다.

낙동강과 그 연안지역의 문학적 소통은 자연과 인간, 인간과 인간의 소통으로 나눌 수 있고, 후자는 다시 고인古人과의 시간적 소통, 남북 혹은 동서의 공간적 소통으로 나눌 수 있다. 자연과 인간의 소통은 성리학적 이념에 입각하여 일방적 추상적으로 처리되지만, 인간 사이의 소통, 특히 공간적 소통은 쌍방적 구체적으로 성취되었다. 이러한 소통에 작동한 주된 감성은 낭만 감성과 도학 감성이었다. 그러나 김종직을 중심으로 한 영남 사림파의 성장기에는 서울과 지방, 관리와 민중 사이의 불통을 인식하면서 향鄕과 민民의 입장에서 사회 감성이 강하게 표출되기도 했다.

이 글은 낙동강이라는 공간을 중심으로 소통을 논의한 것이지만 그 서론 역할을 자임하는 데 그친다. 이것은 낙동강 문학의 출발점을 의미하며, 동시에 가야 할 길이 아직 멀다는 것을 뜻한다. 속도를 기반으로 한 직선적 사유에서 여유를 담보로 한 곡선적 사유가 부각되고 있는 오늘날, 강과 이에 따른 문학은 새롭게 조명 받아 마땅하다. 강이 외부 세계와의 부단한 접속을 생래적으로 요청받고 있다는 측면에서 더욱 그러하다. 이를 통해 강에 대한 문화적 문학적 재발견이 가능하다 하겠는데, 중요한 논의 대상을 제시하여 앞으로의 과제로 삼는다.

첫째, 본 논의의 세부 항목을 더욱 구체화하고 또한 확장하는 일이다. 이것은 이 글이 낙동강 전체를 문제 삼고 자료를 표본적으로 추출했기 때문에 발생하는 문제이다. 구체화 작업은 관련 자료를 폭넓게 수렴하여 그 의미를 분석하는 일이다. 예컨대, 이규보 시회로부터 시작하는 낙강시회의 경우, 그것을 단일 주제로 하여 깊이 따질 수 있어야 한다는 것이다.[42] 그리고 논의의 확장은 낙동강, 나루, 누정에서 그친 논의가 지류나 계곡으로 거슬러 올라가 이에 따른 문학적 지형도를 새롭게 그릴 수 있어야 한다. 계곡에서 강 쪽으로 공간이 이동되면서 문학적 상상력은 달라질 수 있기 때문이다.

둘째, 낙동강 문학의 영남적 보편성과 지역적 특수성을 함께 따지는 일이다. 낙동강은 기점을 어떻게 잡는가에 따라 논의를 달리하지만, 1300리 전체를 일률적으로 볼 수는 없다. 퇴계학파와 남명학파를 중심으로 좌상左上 지역과 우하右下 지역이 밀착되어 있지만, 이 역시 단일한 시각에서 이야기하기는 곤란하다. 여기서 우리는 낙동강이 시작되는 개울과 수량이 풍부한 본류, 그리고 바다와 만나는 하류를 염두에 두면서 낙동강을 새롭게 관찰할 수 있어야 한다. 그리고 금오산 동쪽 선산·구미지역에 절의의 상징하는 길재吉再와 함께 있어 약가藥哥, 의우義牛, 의구義狗, 향랑香娘 이야기 등, 계열을 같이 하는 이야기에서 볼 수 있듯이 지역적 특수성 역시 고려해서 논의를 전개할 필요가 있다.

셋째, 외부적 관점을 적용하여 낙동강을 문학적 측면에서 논의하는 일이

42 이규보의 南遊詩는 현재 90여 수가 전한다. 이 가운데 상주에 100일 동안 머물면서 지은 시는 <行過洛東江> 등 61수이고, 船遊 중에 지은 시는 <犬灘>을 비롯해서 도합 26수다.

다. 본 논의는 영남 내부에서 내부적 관점에 입각해서 논의를 전개했다. 이것은 영남인의 영남 이야기 혹은 영남에 유입된 외부인의 이야기로 한정될 수밖에 없다. 문화는 외부와 끊임없이 접속되면서 새로움을 창출한다. 이러한 측면을 충분히 고려하면서 외부인의 시선에 포착되는 낙동강과 영남이,[43] 내부적 시선과 어떻게 교차되는가 하는 문제를 집중적으로 따질 때, 낙동강은 단순한 영남의 강에서 벗어나 한국적 측면에서 새롭게 이해할 수 있을 것이다.

넷째, 여타 학문의 성과를 적극적으로 수용하는 일이다. 낙동강이 지니는 문화적 소통성은 다른 학문분야에서도 주목되고 있다. 예컨대, 낙동강 연안에 위치한 창녕 및 현풍지역에서 좌도와 우도의 특징이 융합되면서도 새로운 형태의 토기가 만들어진다는 고고학적 성과가 그러한 것이다.[44] 언어학 가운데 방언학이 거둔 성과도 마찬가지다. 영남 방언이 일정한 방언권을 형성하면서 다양하게 나타나는 가운데, 낙동강을 중심으로 강좌 및 강우와는 다른, 새로운 강안의 등어선等語線(isogloss)을 형성한다는 것이다.[45] 등어선은 어떤 언어적 특징에 주목하여 그러한 특징을 갖는 지역과 그렇지 않은 지역을 구별하는 경계를 나타내는 언어지도상의 선이다. 이러한 연구 성과들은 낙동강과 그 연안의 문학을 이해하는 데 있어서도 중요한 역할을 할 것으로 본다.

다섯째, 문화적 접경론에 입각한 강안학적 측면에서의 논의 역시 요청된

---

43 16세기 중엽 영남지역 민생의 실태를 읊은 尹鉉(菊磵, 1514-1578)의 <嶺南歎>(『菊磵集』 권中)은 그 좋은 실마리가 된다. 이 시는 198句의 장편으로 되어 있으며, 도탄에 빠진 嶺南의 상황을 이곳에서 올라온 길손에게서 듣고 지은 것이다.

44 박천수, 『가야토기, 가야의 역사와 문화』, 진인진, 2010 참조.

45 金德鎬 外, 「慶北方言の知覺方言學に關する研究」, 『言語文化研究』 20, 日本 德島大學總合科學部, 2012가 그것이다. 이 논의는 경북 방언 어휘들의 분포를 통계적으로 분석하여 등어선을 구획한 것이다. 이 가운데 '지도 10(134면)'은 낙동강 연안을 중심으로 새로운 방언권이 나타나고 있음을 보인 것이다.

다. 이 글에서 여러 차례 언급된 것이지만, 강은 '경계'와 '소통'을 동시에 성취한다. 경계는 '경쟁', 소통은 '협동'을 발생시켜, 둘 이상의 문화가 긴장관계를 유지하며 보다 높은 차원의 융합을 이룩하기도 한다. 낙동강의 경우 기호학과 영남학이 남북으로 회통하고, 퇴계학과 남명학이 좌우로 회통하고 있는 것이 확인된다. 그러나 이러한 확인은 새로운 문화 창출에 어떻게 기여하는가 하는 데까지 나아갈 수 있어야 한다. 이러한 사실을 충분히 고려하면서 한강 등 한국적 범위로 강안학적 시각이 확대될 필요가 있다.

문화적 접경론은 두 문화 이상이 경쟁하고 협동하면서 충돌하고 변형되는 역동성에 민감하다. 영남의 경우 정치적 열세에 따른 도학적 완고성이 나타나기도 하지만, 낙동강의 흐름을 따라 새로운 문화가 신속하게 유입되면서 변화해나가기도 했다. 이러한 변화가 자기 정체성을 훼손시키는 것이라며 의심받기도 했지만, 시대성을 확보하면서 당대를 탄력적으로 이해하는 중요한 힘이 되기도 했다. 이러한 현상은 우리 시대에 있어서도 여전히 중요한 문제로 부각되고 있는바, 강을 중심으로 한 문화와 문학은 우리에게 매력적인 주제가 아닐 수 없다.

# 제4장 <봉산욕행록>의 문화론적 독해

## 1. 머리말

한강寒岡 정구鄭逑(1543-1620)의 만년은 불행의 연속이었다.[1] 1612년(70세) 1월에 팔거현八莒縣 노곡蘆谷으로 거처를 옮겼다. 이에 대하여 『한강연보』에는 "선생이 평소에 선영 밑에서 떠나지 않다가 선영이 정인홍의 거주지와 가깝다는 이유로 마침내 단안을 내려 팔거현으로 옮겨 잡았다."라고 기록되어 있다. 1613년(71세) 1월에는 광해군이 은혜를 온전히 하여 영창대군을 살려주어야 한다는 이른바 전은소全恩疏를 올렸으나 가납되지 않았고, 1614년(72세) 1월에는 노곡정사에 불이 나 그동안 저술했던 많은 책들이 거의 잿더미가 되었으며, 같은 해 10월에는 아들 장樟마저 세상을 떠났다. 1615년(73세) 5월에는 중풍이 걸려 오른쪽이 마비되었고, 이해 가을에는 이창록 사건과 관련하여 박이립의 무함을 받았다. 그리고 1620년(78세) 1월에 마침내 사양정사泗陽精舍 지경재持敬齋에서 세상을 떠나고 만다.

1 이 글은 필자의, 「<봉산욕행록>에 대한 문화론적 독해」(『한국고전문학과 문화어문학』, 역락, 2018)를 수정·보완한 것이다.

만년의 불행 속에 찾아온 중풍, 정구는 자신에게 닥친 병마를 치유하기 위하여 무척 노력하였다. 주로 온천욕으로 이를 다스리고자 했다. 이 때문에 1616년(74세) 7월에 영주의 초정에 가서 목욕을 하고 8월에 돌아왔으며, 1617년(75세) 7월에 동래 온천에 가서 목욕을 하고 9월에 돌아왔다. 이러한 온천여행은 그 이후로도 지속되는데, 1619년(77세) 6월과 7월에 각각 동래 온천과 울산 초정으로 온천욕을 떠나 몸을 조리한다. 동래 온천을 중심으로 영주 초정과 울산 초정을 주로 이용하였으며, 전후 네 차례 여행을 떠난 것으로 『연보』는 전한다. 우리가 다루고자 하는 <봉산욕행록>은 1617년(75세) 7월 20일에 사양정사를 떠났다가 동년 9월 4일에 다시 사양정사로 돌아와 하루가 더 지난 9월 5일까지의 기록이다. 이에 대하여 <봉산욕행록>은 다음과 같이 요약하고 있다.

> 선생이 사빈泗濱을 떠난 기간이 45일인데, 배 안에 계셨던 날이 6일이다. 온천욕을 41회 하셨는데, 처음 한 번은 다만 물을 밖으로 길어 와서 씻기만 하셨다. 나무욕조에서 목욕하신 것이 3번이고, 외석탕外石湯에서 목욕하신 것이 16번이며, 내석탕內石湯에서 목욕하신 것이 21번이다. 목욕을 마치자 곧 출발하여 단지 통도사에만 이틀을 머무르고, 9월 초 4일에 비로소 집으로 돌아오셨다. 안색과 기혈이 전보다 다소 나아진 듯하니, 보는 사람들은 모두 온천욕의 효험이라고 했다.[2]

<봉산욕행록>의 마지막 대목이다. 여기서 45일이라 한 것은 사빈을 떠나

2 <蓬山浴行錄> 1617年 9月 5日條, "先生, 離泗濱凡四十五日, 在舟者六日, 浴泉几四十一度, 初一度, 只汲水出外洗滌而已. 浴木湯子者三度, 浴外石井者十六度, 浴內石井者二十一度, 浴畢卽發只留調通度寺兩日, 九月初四日, 始得返家, 而顔色氣血, 稍勝於前日, 見之者, 咸以爲沐浴之效云."

다시 사빈으로 돌아오기까지의 기간이다. 기록은 제자들이 사빈에 돌아와 하룻밤을 더 머물고 그 다음날 정구와 헤어지니 도합 46일이 된다. <봉산욕행록> 말미에 위와 같이 정구가 목욕한 대체를 요약해 적고 이로 인해 안색과 기혈이 다소 나아진 듯하다고 했으니, 치병이라는 여행의 성격을 더욱 분명히 하고 있는 셈이다. 그리고 여행길에서의 숙박, 목욕의 횟수, 목욕 후 돌아올 때의 일정 등을 구체적이고도 상세하게 제시하고 있다. 기록의 정밀성이라는 글쓰기의 특성 또한 간취하게 된다.

치병여행기 <봉산욕행록>은 최근 생활사 연구가 활발해지면서 학자들의 관심영역으로 들어오게 되었다. 이 작품은 일찍이 김학수[3]에 의해 주목되었다. 그는 낙동강 연안지역 선비들이 지닌 집단의식의 일환으로 이 자료를 활용하였으나, 논의가 본격화되지는 않았다. <봉산욕행록>에 대한 본격적 연구는 한영미에 의해 이루어졌다.[4] 그녀는 이 논문에서 정구가 봉산 욕행을 떠난 동인과 그 일정, <봉산욕행록>에 등장하는 인물, <봉산욕행록>의 성격과 의의를 두루 살펴 일정한 성과를 거두었다. 그러나 논의가 다소 평면적이어서 분명한 초점을 찾기가 어렵다.

이 글은 기존의 논의와는 달리 문화론적 측면에서 <봉산욕행록>을 읽고자 한다. 문화론은 문화학의 하위 범주로, 시간과 공간에 따른 차이성을 인정하는 문화에 대한 이론이다. 문화는 동서와 고금에 따라 달리 나타나며, 인간의 의도에 따라 재구성되는 특징이 있다. 즉 음식과 주택, 의복과 신념체계 등이 특정한 시간과 공간에 한정되어있는 것이 아니라, 시간과 공간에 따라 변화하는 측면을 주목한다는 것이다.[5] 이러한 문화론적 보편개념을 인식하면서

3 김학수, 「船遊를 통해 본 洛江 연안지역 선비들의 집단의식-17세기 寒旅學人을 중심으로」, 『영남학』 18, 경북대학교 영남문화연구원, 2010.

4 한영미, 「「蓬山浴行錄」 硏究」, 경북대 한문학과 석사학위논문, 2011.

미시사적, 생활사적 측면에서 <봉산욕행록>을 독해하고자 한다. 이로써 우리는 이 작품이 지니고 있는 다양한 문화 요소를 검출하고, 그 의미를 파악하게 될 것이다.

<봉산욕행록>에 대한 문화론적 이해를 위해 우리는 먼저 정구의 봉산 욕행, 즉 동래 온천으로의 여행과 그 노정을 살피기로 한다. 이에 대해서는 기존의 논의에서도 정리된 바 있지만, 본 논의를 효율적으로 하기 위한 예비적 검토라 하겠다. 이어서 <봉산욕행록>에 나타난 문화 요소를 살핀다. 여행문화와 치병문화가 맞물리는 지점에서 형성된 조선조 선비들의 다양한 문화 양태를 탐구하기 위함이다. 이어서 <봉산욕행록>이 지닌 문화적 의미를 따진다. 앞서 논의한 바를 문화적 측면에서 더욱 심도 있게 이해하기 위한 것이다. 이로써 우리는 좁게는 정구와 한강학파의 문화, 넓게는 조선시대 사대부 문화의 일단을 이해하게 될 것이다.

이 글의 텍스트는 회연서원에서 1912년 3월 회연활판檜淵活板으로 간행한 목활자본 <한강선생봉산욕행록寒岡先生蓬山浴行錄>[6]이다. 이 작품은 정구의 13대손인 정재기鄭在夔(1857-1919)에 의해 편집되었다. 그가 발문을 통해 밝히고 있듯이, 이 작품은 원래 이윤우李潤雨(1569-1634)의 문집인 『석담집石潭集』에 실려 있는 것인데, 밀양 노상직盧相稷(1849-1941)의 집에서 이본을 발견되기도 했다.[7] 이에 정재기는 '두 본을 참고하여 간략한 것은 상세하게 하고, 같은 것은 그대로 취하며, 서로 다른 것도 함께 남긴다.'[8]는 편집 방침에 따라 정본定本

---

5 정우락·백두현, 「문화어문학 : 어문학에 대한 문화론적 혁신」, 『어문론총』 60, 한국문학언어학회, 2014.

6 이하 <寒岡先生蓬山浴行錄>은 <봉산욕행록>으로 줄여서 표기한다.

7 노상직은 이 <봉산욕생록>을 매우 소중히 여겨 그의 자암서당 문생에게 이를 소재로 시를 짓게 하기도 했다. 『紫巖日錄』 권3, 1899년 6월 2일조에서 일과 고시의 제목을 <過蓬山溫井憶萬曆丁巳故事>라 한 것이 그것이다.

8 정재기, <봉산욕행록> 발문, "遂參考兩本, 因略以致詳, 取同而存異, 著爲定本, 付諸活印." <봉

을 만들어 활판으로 인쇄하였다. 정재기가 편집한 <한강선생봉산욕행록>은 최근 이세동에 의해 번역되었다.[9]

## 2. 정구의 봉산 욕행과 그 노정

정구는 제자 이육李堉(1572-1637)에게 편지하여 "나는 집을 떠나 넉 달을 삼수三水에 목욕하여도 5년을 앓던 풍비가 조금도 효험이 없네. 탄식한들 무엇하겠는가? 지금 해정에 도착하여 또 이미 반달이 되었다네. 사람들의 말이 목욕을 많이 하면 좋다고 하므로 지금 온몸을 담가 목욕하기를 여러 번하고, 증세가 어떤가를 징험해 볼 뿐이네."[10]라고 한 바 있다. 이 글은 1619년에 작성된 것이므로 동래東萊, 즉 봉산으로 욕행을 떠난 지 2년 뒤이고 타계하기 1년 전이다. 해정은 창원의 관해정觀海亭을 말한다. 이 글을 통해 우리는 정구의 치병 의지가 얼마가 강하였던가 하는 것을 알게 된다. 그러나 그의 다양한 노력에도 불구하고 병은 차도가 없었으니 운명이라 하겠다. 이 부분과 관련하여 정구의 행장에는 이렇게 기록되어 있다.

> 을묘년(1615, 광해군 7) 여름에 풍질風疾이 갑자기 생겨 오른쪽이 모두 마비되었다. 침과 약도 효험이 없고 여러 번 온천수에 목욕하였으나 차도가 없었으

산욕행록>은 모두 네 종의 이본이 있었던 것으로 보인다. 『石潭集』 소재본 <蓬山浴行錄>, 盧相稷家本 <蓬山浴行錄>, 『光山李氏淵源錄』 소재본 <寒岡先生蓬山浴行時日錄>, 鄭在夔 편정본 <寒岡先生蓬山浴行錄>이 그것이다. '노상직가본'을 제외한 나머지 판본은 현전한다.

9 이세동, 『봉산욕행록-한강선생 동래 온천에 가다』, 성주문화원, 2016. 번역은 이 책을 참고하기로 한다.

10 鄭逑, <與士厚>, 『心遠堂集·寒岡先生往復書』 권4, "僕離家四朔, 浴更三水, 五年風痺, 猶未效一分, 悶歎奈何? 今到海亭, 又已半月矣. 人言多浴爲宜云, 故今方沈浴, 欲待多數, 以驗其如何耳."

> 니, 이는 운명이었다. 선생은 비록 고치기 어려운 병환을 앓고 있었으나 또한 일찍이 인사人事에 대해 마음을 놓지 않았으며 지기志氣와 정신이 평상시보다 줄어들지 않은 듯하였다. 이 어찌 보통 사람으로서 만에 하나 가능할 수 있는 것이겠는가.[11]

장현광張顯光(1554-1637)이 쓴 정구 행장의 일부이다. 여기서 볼 수 있듯이, 정구는 73세인 1615년에 득병하여 이를 낫게 하기 위하여 침과 약, 그리고 온천욕 등 다양한 방법을 동원하게 된다. 그럼에도 효험을 보지 못하였으니 제자이자 질서인 장현광은 이를 '운명'이라 하였던 것이다. 그럼에도 불구하고 정구는 인사에 대하여 마음을 지속적으로 가졌으며, 지기志氣와 정신도 평상시와 다름이 없었다. 이처럼 정구는 중풍에도 불구하고 그의 본업이라 할 수 있는 학자적 삶을 조금도 게을리하지 않았다. 당시 정구가 그의 만년제자들로부터 사양정사에서 시탕侍湯을 받으면서 강학을 게을리하지 않았던 것은 1617년(광해 9) 2월 16일부터 기록된 『사빈서재식기안四濱書齋食記案』에도 잘 나타난다. "비록 강학할 때가 아니라 하더라도 머물러 시탕侍湯를 원하는 사람은 식사를 한다."[12]라는 <재중식기규례齋中食記規例>에 따라 정구의 제자들이 사양정사에서 밥을 먹고 있기 때문이다. 식기안食記案에 제시된 명단과 머물러 식사를 한 날의 횟수를 정리해 보이면 다음과 같다.

---

11 張顯光, <皇明朝鮮國, 故嘉善大夫司憲府大司憲兼世子輔養官, 贈資憲大夫吏曹判書兼知義禁府事寒岡鄭先生行狀>, 『旅軒集』 권13, "乙卯夏, 風疾遽作, 右邊皆痺, 鍼藥不效, 累浴不驗, 蓋數也. 然而先生雖在難醫之疾, 亦未嘗弛心於人事, 而志氣精神, 似不減於平昔, 此豈恒人之所可萬一哉!" 李天封의 <寒岡先生敍述>(『白川集』 권1)에서도 "선생은 늘그막에 風疾을 앓으시어 항상 복약하는 가운데서도 제생들을 모으셔서 하루도 강학을 쉬거나 폐하지 않으셨다."라고 기록되어 있다.

12 『泗濱書齋食記案』, <齋中食記規例>, "一, 雖非講學之時, 願留湯侍之員, 饋之."

*李篈(10),[13] *李潤雨(32), *李天封(7), *李堡(14), *李蘭貴(10), *李心愍(4), *柳武龍(6), *金大澤(8), *李命龍(4), *崔嶦[轀](6), *李配義(8), *郭赾(5), *金棨(68), *李文雨(7), 李新雨(7), 李起雨(4), 李蘭美(2), *李濯(31), 宋時衍(2), *朴宗祐(8), *金軸(2), *李心弘(2), 李時雨(2), *李長立(5), *蔡夢硯(4), *孫處約(3), 黃永淸(2), *李坰(4), *李楷(4), *郭慶興(6), 李稑(7), *李剛(11), *鄭天澍(15), *李厚慶(4), *李道孜(4), *李道昌(5), *孫處訥(1), 楊泗(2), 裵尙志(4), *羅尙輝(7), 洪武臣(4), 成璨(3), *崔恒慶(5), *崔嶙[轔](5), 金佑賢(9), 李培根(9), 李興雨(3), *張以兪(4), 張慶遇(4), 李綜(6), 金宗(3), 朴霔(9), 朴光星(5), 金應先(3), 鄭惟爚(3), 孫宇男(13), *都汝兪(9), 馬成麟(9), *裵尙龍(11), *裵尙虎(11), *李時幹(2), 都永修(3), 尹莘龍(3), *李埥(2), *都聖兪(2), *徐思選(2), 李綸(7),[14] 都大成(27), 金允升(2), 孫沆(3), 孫渫(2), 李宇梁(3), *金善慶(6), 柳泳(2), 李承先(2), *李見龍(2), 鄭本(5), *河淵尙(4), *呂燦(4), 金聲宇(3), *裵尙日(5), *郭楊馨(3), 李時馩(1), 裵元章(0), 全省三(2)

위에서 제시한 85명의 제자들은 정구가 봉산욕행을 떠난 시기를 전후하여 사양정사에서 머물며 강학을 하거나 스승에게 약을 달여 올린 사람들이다. 김절의 경우처럼 많게는 68일을, 배원장의 경우처럼 적게는 식사를 하지 않기도 했다. 위에서 제시한 85명 가운데 밑줄을 친 44명은 정구와 더불어 봉산욕행을 함께 하거나 도중에 스승을 맞이한 사람들이다. 여기서 우리는 정구의 봉산욕행이 이러한 제자들과의 강학 속에서 기획되었다는 것을 알게

13 '*'는 『회연급문록』에 등재되어 있는 문인이고, 괄호 안의 숫자는 이들이 사양정사에서 머물며 식사를 한 날의 수이다. 여기에 있는 모든 이들은 정구의 만년제자에 해당하므로, 『회연급문록』에 빠진 이들은 추가되어 마땅하다.

14 李綸(1597-1671)은 이천봉(1567-1634)의 아들로 자가 經彦, 호가 沙月亭이다. 金光繼의 『梅園日記』 丙辰(1616) 7月 19日일조에 의하면 정구가 李篈, 李天封, 李堡, 李綸 등 척연이 있는 문인들과 함께 艾田[영주 초정]에 가서 목욕을 한다.

된다. 이러한 사실을 염두에 두면서 정구의 봉산 노정을 구체적으로 살펴보자. 이는 대체로 셋으로 나눌 수 있는데, 봉산으로 욕행을 떠나는 하행길, 동래 온천에서의 목욕, 봉산에서 사수로 돌아오는 상행길이 그것이다.

먼저, 봉산으로 욕행을 떠나는 하행길부터 살펴보자. 기간은 1617년 7월 20일부터 7월 26일까지 7일간이다. 마지막 날인 7월 26일을 제외하면 모두 수로를 이용하였다. 출발한 날인 7월 20일은 맑은 날씨였다. 정구는 닭이 세 번 울고 나서 견여를 타고 출발했고, 금호강변의 가지암可止巖으로 추정되는 지암枝巖에서 채몽연蔡夢硯(1561-1638) 등 11명의 제자와 함께 배를 탔다. 배는 도동서원의 것이었는데, 원장 곽근郭赾(1554-?)이 수일 동안 배를 수리하고 꾸민 뒤, 곽경형郭慶馨과 곽양형郭楊馨으로 하여금 물길을 거슬러 올라가 묶어두게 한 것이었다. 이렇게 시작한 뱃길 여행은 다음과 같은 일정으로 진행된다.

① 7월 20일 : 대구[15] 지암 → 부강정 → 고령 원당포 → 노다암 → 덕산 → 달성 쌍산 수문 → 영파정 → 도동서원
② 7월 21일 : 달성 도동서원 → 고령 어목정, 부래정 → 창녕 대암 → 우산촌
③ 7월 22일 : 창녕 우산촌 → 사막 → 마수원 → 의령 기강 → 함안 도흥탄 → 경양대 → 칠원 상포
④ 7월 23일 : 칠원 상포 → 영산 창암정 → 창원 본포
⑤ 7월 24일 : 창원 본포 → 밀양 공명헌 → 남수정 → 미례 → 삼랑포 → 양산 황산
⑥ 7월 25일 : 양산 황산 → 김해 산산 → 삼차강 → 신산서원 → 부산 하룡당
⑦ 7월 26일 : 부산 하룡당 → 기울현 → 온천 욕소

15 지명은 정구 당시와 많은 변화가 있다. 지명은 이해의 편의를 위하여 현재의 것으로 한다.

대구 사빈에서 출발하여, 현풍, 고령, 창녕, 의령, 칠원, 함안, 영산, 창원, 밀양, 양산, 김해를 거쳐 동래로 간다. 거리는 수로 610리와 육로 20리이니, 도합 630리였다. 원당포를 지나면서 신안현감 김중청金中清(1566-1629)의 시에 대해 이언영李彦英(1568-1639) 등 10명이 차운시를 지었고, 창암정에서는 창원부사의 운에 따라 노극홍盧克弘(1553-1625) 등 9명이 차운시를 지었다. 당시 정구의 여행길에는 수많은 사람들이 무리를 이루어 맞이하거나 배웅하였다. 별감 정승경鄭承慶은 급히 노를 저어 와서 노학자 정구에게 예를 다하기도 했다. 때로는 맞이하고 때로는 지나치면서 물길을 따라 그렇게 내려갔다. 도동서원, 창암정, 신산서원에서는 진외증조부 김굉필, 동문 곽재우, 스승 조식을 떠올리며 추모하기도 했다. 당시 하행길에서 만난 노다암을 <봉산욕행록>은 다음과 같이 묘사하고 있다.

> 노다암 위를 바라보니 흰 옷 입은 사람들이 무리를 이루고 있었고, 노다암 아래에는 천막이 높이 쳐져 있었다. 이육이 말했다. "이 사람들은 향소의 사람들인데 선생을 위해 미리 와서 기다리고 있습니다." 다가가서 보니 백사장 위에 천막을 설치하였는데, 과연 향소의 임원들이었고, 여훤呂煊도 와 있었다.[16]

여행 첫날인 1617년 7월 20일의 기록으로, ①의 원당포를 지나며 지금의 고령군 다사면에 있었던 절벽 노다암의 풍경을 묘사한 것이다. 바위 위에는 정구를 뵙기 위한 사람들이 무리를 이루고 있었고, 바위 아래에는 천막이 높게 쳐져 있었다. 유향소에서 나온 선비들이었다. 이들의 정성을 생각하여

16 <蓬山浴行錄> 7月 20日條, "望見老多巖上, 白衣成隊, 巖下供帳高張, 李堉言是鄕所爲先生前期待候云, 及至則設供帳沙上者, 果是鄕所所辦, 而呂煊亦來矣."

정구가 일행과 함께 배를 타고 가까이 가 보았는데, 거기 여훤도 있었다고 했다. 우리는 정구의 행차를 보기 위해서 강안에 늘어선 선비들의 모습과 함께, 기록이 얼마나 세밀하게 이루어지고 있는가 하는 것도 알게 된다. 영파정에서는 날이 어두워 90세의 노인 생원 나세겸羅世謙을 만나지 못하고 지나쳐버린 아쉬움도 있었다.

다음으로 동래 온천에서의 목욕에 관한 일이다. 1617년 7월 26일부터 8월 25일까지이니 도합 30일이다. 도착한 날 저녁에는 큰비가 내렸으며, 이튿날에는 풍우가 크게 일어 내와 도랑이 넘치기도 했다. 당시 동래부사는 제자 황여일黃汝一(1556-1622)이었다. 그는 스승의 치병을 위하여 봄부터 온천을 새롭게 정비하고 숙소를 증축해두었으며, 정구가 사용할 나무욕조까지 만들어 두었다. 이에 대하여 <봉산욕행록>에서는, "동래부사가 지난봄부터 선생이 목욕하러 오신다는 말을 듣고 방 2칸, 마루 1칸의 초가를 지어두었는데 몹시 정갈했다. 지금 따르는 자들이 많다는 말을 듣고 또 가건물 두 칸을 지어 여러 제자들이 손님을 접대하는 곳으로 쓰도록 했으니 그 정성을 알 수 있다."[17]라고 했다. 30일 간의 일정 가운데 중요한 것 몇 가지만 들면 다음과 같다.

① 7월 26일 : 영산 의원 안박安珀의 권유로 침을 맞고, 온천물로 잠시 씻음.
② 7월 27일 : 치통으로 뜸을 뜨고, 이윤우에게 『예의답문禮疑答問』의 큰 제목을 쓰게 함.
③ 7월 28일 : 견여를 타고 온천의 원천을 구경한 후, 목탕木湯에서 목욕.
④ 8월 2일 : 석탕石湯에서 목욕. 곽후태郭後泰가 『한부금낭翰府錦囊』 4책을

17 <蓬山浴行錄> 7月 26日條, "主伯, 去春聞有先生來浴之言, 別築草屋二室一廳, 極其精潔, 今聞從者多來, 又造假家二間, 爲諸弟子容接之所, 可見其誠款也."

올리고, 대제大祭 후 번육膰肉 보내는 일을 문의.

⑤ 8월 3일 : 『오복연혁도五服沿革圖』와 『예의답문禮疑答問』을 강정講定함. 제자들과 함께 약을 달임. 목욕은 쉼.

⑥ 8월 7일 : 조식의 문묘종사와 관련된 일을 살핌. 목욕은 쉼.

⑦ 8월 8일 : 이윤우가 〈오복연혁도〉를 그림, 목욕은 쉼.

⑧ 8월 10일 : 석탕에서 목욕함. 성주 선비 김주 등이 대제 후 번육膰肉을 가져옴.

⑨ 8월 15일 : 아침과 오후에 석탕에서 목욕함. 이윤우가 안질 치료를 위해 초정에 감.

⑩ 8월 25일 : 석탕에서 세 차례 목욕함. 제자들이 수군절도사와 몰운대沒雲臺로 유람 갔다 돌아옴.

정구는 치병을 위해 동래에 갔기 때문에 이 기간이 가장 길다. 정구는 온천물을 퍼서 나무욕조에서 목욕을 하기도 하고, 돌욕조에 들어가 목욕을 하기도 했다. 이때 제자들이 당번을 정해 몸이 불편한 스승을 모시고 욕조에 들어갔다. 온천욕을 하는 것 외에 침을 맞기도 하고, 뜸을 뜨기도 하며, 약을 먹기도 했다. 침과 뜸은 영산 의원 안박安珀이 주로 하였으며, 복약을 위한 약 역시 당번을 정하여 달였다. 치병 과정에서도 수다한 지역의 관리들과 선비들의 영접을 받았으며, 화주火酒 등의 술은 말할 것도 없고 생선·채소·과일 등을 선물로 받기도 했다. 그리고 『오복연혁도五服沿革圖』와 『예의답문禮疑答問』을 강정講定하는 등 학자로서의 본분을 지켰으며, 조식의 문묘종사 일 등 자신에게 주어진 책무를 다했다. 다음은 온천에서의 기록 일부이다.

아침에 선생이 석탕石湯에서 목욕하셨다. 도자와 도일이 모시고 들어가고, 여러 제자들도 모두 목욕했다. 부사가 군관을 보내어 문안하자, 선생이 지응감

> 관支應監官 김응전金應銓을 불러 술을 대접하도록 했다. 읍에 사는 김우정金禹鼎과 문택룡文澤龍이 와서 뵙고 포도 한 그릇을 올렸다. 곽후태郭後泰가 와서 뵈면서『한부금낭翰府錦囊』4책을 올리고, 또 대제大祭를 지낸 뒤에 번육膰肉 보내는 일을 여쭈었다. 수사와 부산첨사 오대남吳大男이 각기 군관을 보내 문안하였다. 선생은 평위산과 생맥산을 합하여 전과 같이 약재를 더 첨가하여 복용하셨다.[18]

13일째 되던 1617년 8월 2일의 기록이다. 이날 날씨는 맑았다. 지기知己인 이석경李碩慶의 아들 이도자李道孜와 이도일李道一이 정구를 석탕에 모시고 들어갔고, 여러 제자들도 함께 목욕을 했다. 오는 사람들은 지응감관을 불러 대접하도록 하고, 김우정 등 읍에 사는 선비들은 정구에게 포도 등 예물을 보냈으며, 곽후태처럼 책을 올리는 사람도 있었다. 대제 후 번육을 보내는 일과 관련한 질문에 답변하기도 하고, 부산첨사 오대남의 문안을 받기도 했다. 정구는 이처럼 목욕을 하면서도 일정을 착실하게 소화해 나갔다. 여기에 평위산과 생맥산에 약재를 넣어 복용하고, 약 달이기를 잘못하는 이육을 꾸중하기도 한다. 목욕과 복약, 접대와 문안 등 매우 다양한 일이 온정 목욕 시에 있었다는 것을 알 수 있다.

마지막으로 봉산에서 사수로 돌아오는 상행길에 대해서다. 1617년 8월 26일부터 9월 4일까지이니 도합 9일간이고, 모두 육로를 이용하였다. 떠나오는 날은 아침부터 비가 왔으며 저녁이 되어서야 개였다. 전별연은 동래부사 황여일이 마련하였다. 이때 정구는 술을 많이 마셔 취하기도 했다. 부사와 작별

18 <蓬山浴行錄> 8月 2日條, "朝先生浴于石湯, 子道·孜道一陪入, 諸弟子皆浴. 府伯遣軍官問安, 先生, 命招支應監官金應銓, 饋酒. 邑居金禹鼎·文澤龍來謁, 進葡萄一器, 郭後泰來謁, 進翰府錦囊四冊, 且稟大祭後致膰事, 水使及釜山僉使吳大男, 各遣軍官, 問安. 先生, 服平胃散合生脈散, 加材如前."

인사를 하고 정구는 10리쯤 가다가 행차를 멈추기까지 했다. 송정에 도착하였을 때는, 동래 사람 박희근朴希根, 박희굉朴希宏 등이 와서 다시 술을 올렸다. 정구는 흥취가 다하기 전에 송정을 떠나 양산에 도착하여 어떤 시골집에 머물렀다. 당시 양산군수와 최흥국崔興國, 신안남辛按南 등의 문안을 받았으나 병환으로 모두 보지 못했다. 상행 일정은 다음과 같다.

① 8월 26일 : 동래 온천 → 송정 → 양산
② 8월 27일 : 양산 → 구황산 → 무풍교 → 통도사
③ 8월 28일 : 통도사
④ 8월 29일 : 통도사
⑤ 8월 30일 : 통도사 → 무풍교 → 언양 → 경주 전동
⑥ 9월 1일 : 경주 전동 → 노곡 천변 → 포석정 → 반월성 → 계림 → 첨성대 → 봉황대 → 선도관
⑦ 9월 2일 : 경주 선도관 → 모량 → 아화역 → 도천
⑧ 9월 3일 : 경주 도천 → 영천 이수 → 임고 → 하양 식송정
⑨ 9월 4일 : 하양 식송정 → 경산 반야촌 → 대구 해안 → 소유정 → 사수

정구의 귀로는 동래 온천에서 출발하여 양산, 경주, 하양, 경산을 거쳐 출발지 사수동으로 돌아오는 것이었는데, 도합 9일이었다. 귀로는 육로였으므로 하행길처럼 강가의 수많은 선비들이 환호하는 가운데 이루어지지는 않았다. 그러나 문생들이 스승을 모시고 돌아오는 길에도 많은 관리와 지역 선비들이 정구를 접대하였다. 통도사와 경주에서는 각각 3일을 머무르면서 병을 다스리거나 유람을 하였다. 통도사에서는 주로 법당이나 관음전 등에 머무르면서 담화를 나누었고, 경주에서는 포석정과 첨성대 등을 유람하였다. 이처럼 정구의 귀로는 바쁜 하행길과는 달리 느긋하였다. 특히 상행길에서 주목

되는 것은 기념을 위한 동화록이나 회고록 등을 남긴다는 점이다. 다음 기록을 보자.

> 최동언崔東彦이 그 장인의 병이 위중한 관계로 먼저 작별하고 돌아갔다. 양산군수가 또 연포탕을 마련했다. 전적 임회林檜가 뒤따라 왔다. 식후에 선생이 견여를 타고 절을 나와 자연을 두루 감상하고 관음전에 올랐다. 도사가 술자리를 마련하여 몇 순배 돌고 나서 각기 '동화록同話錄'을 적었다.[19]

39일째 되는 1617년 8월 28일의 기록이다. 당시 정구 일행은 통도사에 머물렀다. 이때 양산군수 조엽趙曄과 도사 안숙安璹이 산낙지를 각종 채소와 함께 넣어서 끓여 먹는 음식인 연포탕을 마련하고 술을 올렸다. 이 자리에는 전적 임회林檜(1562-1624)도 있었다. 그는 1613년(광해군 5)에 전적이 되었을 때 이이첨의 무고를 받아 양산에 유배를 오게 되었다. 이들과 함께 연회도 열고 자연을 감상하기도 하였는데, 정구는 이를 기념하기 위하여 '동화록'을 작성하도록 했다.[20] 9월 4일 정구는 이후경李厚慶 등의 문생 30여 명과 함께 사수로 돌아와 가묘에 배알한 후 서재로 들어가 쉬었다. 나머지는 지경재持敬齋와 명의재明義齋에 나누어 잤다.

이상에서 보듯이, 정구가 동래 온천으로 떠난 45일 간은 크게 셋으로 나누어진다. 온천으로 떠나는 하행길은 뱃길을 이용하였으므로 강 연안에서 기다리던 많은 사람들과 봉별을 하였고, 동래 온천에서는 지역의 관리나 지역 선비들의 환대를 받으며 목욕과 복약에 전념하며 몸 관리를 하였다. 그리고

---

19 <蓬山浴行錄> 8月 28日條, "崔東彦, 以其妻父郭慶霖, 病重, 故先辭歸. 梁山倅, 又設軟泡. 林典籍檜, 追來飯後, 先生以肩輿, 出寺回賞泉石, 因上觀音殿. 都事爲設酌行杯數巡, 各書同話錄."

20 이에 대해서는 3장 5) 기념문화에서 더욱 자세하게 다루기로 한다.

온천에서 육로로 돌아온 상행길은 세 번이나 동화록을 남기면서 자리를 같이 한 사람들과 기념이 될 수 있도록 했다. 46일째가 되던 9월 5일 아침에는 모두 헤어져야만 했다. 이때 정구는 술을 따르며 배행한 여러 제자들에게 고마움을 표현하였으며, 제자들은 차례대로 스승과 작별하였다. 이 가운데 이윤우는 집이 가까웠기 때문에 가장 늦게 정구와 전별하고 돌아갔다.

## 3. <봉산욕행록>의 문화 요소

인간은 자연 속에 살면서도 그러한 생태적 환경을 거스르며 자신의 영역을 가꾸고 넓혀왔다. 문화는 바로 이러한 측면에서 이해되는 개념이다. 그리고 그 개념은 매우 유동적이다. <봉산욕행록>을 통해 우리는 당대의 많은 문화적 요소를 확인할 수 있다. 인간이 자연적인 것을 거스르거나 가꾸어 가면서 발생시킨 것이 문화이며, 또한 자연의 일부인 인간이 그 자연을 대상으로 일구어 온 성과와 산물이 문화이다. 이렇게 볼 때 문화는 인간에게만 존재하는 것이라 하겠다. <봉산욕행록>이 정구의 치병을 위한 여행일기라고 할 때, 이를 중심으로 한 다양한 문화적 요소를 발견할 수 있다. 여행문화, 치병문화, 접대문화, 기념문화, 추모문화, 강학문화 등이 바로 그것이다. 여기에는 당대 문화의 특수성과 보편성이 함께 개재되어 있다. 본 장은 이를 염두에 두면서 <봉산욕행록>에 나타난 문화 요소들을 살펴보고자 한다.

### 1) 여행문화

<봉산욕행록>은 수로나 육로를 이용해 여행한 것을 적은 기록물이다. 여

행은 유람을 목적으로 자신이 사는 곳을 떠나 객지로 두루 돌아다니는 것을 말한다. 그런데 주인공이 누구이며, 여행의 목적이 무엇인가에 따라 그 내용이 많이 달라진다. <봉산욕행록>의 주인공은 대학자 정구이고, 그가 중풍에 걸렸으며, 이를 개선하기 위하여 여러 제자들과 치병여행을 떠났다는 측면에서 특수한 국면에 놓인다. 노해盧垓가 "신선이 타신 배가 봉래蓬萊로 향해 가니, 영험한 샘물 만나 흰머리 검어질까?"[21]라고 한 것처럼 이들의 여행은 분명한 목적이 있었다. 준비물이나 이동을 위한 도구들이 여기에 맞게 달라질 수밖에 없었기 때문이다. 이를 인식하면서 여행의 주체와 준비물, 여행지에서의 행위 등을 통해 <봉산욕행록>에서의 여행문화를 살펴보기로 한다.

봉산 욕행의 주체는 정구와 그의 제자들이다. 정구의 학자적 위상에 의해 그의 여행은 미리 공지되었고, 이에 따라 현지에서는 정구와 그의 제자들이 묵을 수 있는 숙소를 마련하는 등 준비를 철저하게 하였다. 이렇게 준비된 상태에서 1617년 7월 20일 새벽, 정구와 11인의 제자들은 사수동을 출발하여 봉산으로 목욕 여행을 떠났던 것이다. 11인은 채몽연蔡夢硯, 곽영희郭永禧, 이천봉李天封, 이언영李彦英, 이윤우李潤雨, 배상룡裵尙龍, 이명룡李命龍, 류무룡柳武龍, 이난귀李蘭貴, 이학李壆, 정천주鄭天澍이다. 여행이 진행되면서 이육李堉 등 핵심적인 문인을 포함한 70여 명의 문도들과 함께 동래부사 황여일黃汝一과 경상좌수사 김기명金基命 등 다양한 관리들과 지역 선비들이 등장하여 성황을 이룬다. 목적지 동래 온천에 도착한 정구의 제자들은 스승을 부축하여 욕탕에 들어가거나 약을 달였으며, 직일을 정하여 스승을 정성껏 모시기도 했다.

정구가 여행을 떠나면서 준비한 물건도 여럿 있다. 그가 노령인데다가 중

21 <蓬山浴行錄> 7月 20日條, "仙舟遠向蓬萊去, 會見靈泉換白頭.(盧垓)"

풍까지 걸려 제대로 움직일 수 없었기 때문에 우선 견여肩輿가 필요했다. 제자들과 함께 수로와 육로를 통해 욕행을 떠나야 했으므로 여러 명이 탈 수 있는 배는 물론이고 말과 수레도 있어야 했다. 식사와 숙박에 필요한 여러 재료 및 도구들과 평소에 복용하던 향부자, 백복령, 향유香薷, 평위산平胃散, 생맥산生脈散 등의 약재와 약도 필수품이었다. 이뿐만 아니라 당시 편집하고 있었던 『오복연혁도』와 『예의답문』 등의 서책도 가지고 갔다. 정구는 여행을 떠난 지 14일째 되던 8월 3일, 이 책에 대한 제목을 강정한다. 특히 정구는 여행 중에도 반드시 책을 갖고 다녔다. 이러한 사실은 지난날 가야산을 유람하면서 『근사록近思錄』과 『남악창수집南嶽唱酬集』을 넣어 행장을 꾸렸던 것에서도 확인할 수 있다.

여행 중에는 많은 사람들이 만났다 헤어진다. <봉산욕행록> 역시 여행 과정에서 자연스럽게 발생하는 봉별의 문화를 기록하고 있다. "선생께서 잠깐 배를 멈추고 향소의 사람들을 들어오게 하니, 잠시 동안 술을 따라 올린 뒤에 작별하고 물러갔다.(7월 20일)", "태수가 겨우 거룻배로 따라와서 선생에게 술 몇 잔을 올렸다.(7월 22일)", "선생의 기운이 안정되지 못하여 목욕을 멈추셨다. 부사가 술과 안주를 갖추어 선생에게 잔을 올리고, 따르는 여러 사람들에게도 주었다.(8월 5일)", "선생이 술을 따르게 하여 전별의 예를 행하셨다.(9월 5일)" 등 허다한 기록이 그것이다.

여행에는 유흥이 따르기 마련이다. 이것은 여행이 답답한 일상을 벗어나는 측면이 있기 때문일 터이다. 음주는 워낙 자주 등장하는 것이라 제외하더라도, 아름다운 자연을 감상하거나 가무를 즐기거나 하는 것 등은 주목할 필요가 있다. <봉산욕행록> 7월 23일조에서 정구는 함안군 칠서의 두암대斗巖臺 위에 잠시 앉아 아름다운 강산의 경치를 감상하였고, 7월 24일조에는 밀양 미례彌禮의 산수를 감상하며 감탄하였다. 그리고 8월 28일에는 양산

통도사의 경내를 다니면서 수려한 자연을 찬탄해 마지않기도 했다.

자연을 감상하기도 했지만, 여기서 더욱 나아가 연회를 베풀기도 했다. 경주에서는 부윤 기천沂川 윤효전尹孝全(1563-1619)이 술자리를 열어 피리도 불게 하였으며(9월 1일), 특별히 '황창랑黃倡郎'과 '처용도가處容櫂歌' 등 잡희를 베풀기도 하였으며(9월 2일), 경상좌수사 김기명金基命(1561-1620)은 계집종으로 하여금 가야금을 연주하게 하여(8월 23일) 정구의 흥을 돋우기도 했다. 이처럼 정구는 음주와 함께 자연이 제공하는 경치에 흥을 일으키기도 하고, 사람들이 베푸는 음악을 들으면서 흥취를 즐기기도 하였던 것이다.

사대부들의 여행문화 속에는 항상 작시作詩가 따르기 마련이다. 정구의 봉산 욕행에서도 예외가 아니었다. 이 때문에 이윤우는 "덕성德星이 고루 비춰 산천에 가을 드니, 봄바람 모시고서 멀리 유람 떠난다네."[22]라고 하였고, 김명룡李命龍은 "가을바람 한 줄기 강 위로 불어, 일엽편주 가는 모양 오호五湖로 유람일세."[23]라고 하였다. 그리고 배상룡裵相龍은 "가을 날 목란 배가 낙동강에 떠 있거니, 광풍光風을 모시고서 먼 유람 떠난다네."[24]라는 시를 지었다. 낙동강에 배를 띄워 스승 정구와 함께 먼 여행을 떠나는 것이 이들에게는 또 다른 배움의 즐거움이 되었다. 그 감흥을 서정시에 담기도 했던 것이다.

## 2) 치병문화

생명이 있는 모든 것에는 질병이 따르기 마련이다. 이 때문에 병은 인간 생명의 한 표상이기도 하다. <봉산욕행록>에도 여러 종류의 질병이 등장하

22 <蓬山浴行錄> 7月 20日條, "德星分照海山秋, 共侍春風作遠遊.(李潤雨)"
23 <蓬山浴行錄> 7月 20日條, "江上金風一陣秋, 扁舟行色五湖遊.(李命龍)"
24 <蓬山浴行錄> 7月 20日條, "蘭舟閒泛洛江秋, 忝對光風作遠遊.(裵尙龍)"

는데, 곽란으로 인한 복통과 설사가 가장 많이 나타난다. “밤에 선생께서 두 차례 설사를 하셨고, 이서李舒도 곽란霍亂으로 밤새도록 토하고 설사를 했다.(8월 6일)” 등의 기록이 그것이다. 이때 이들은 평위산平胃散과 생맥산生脈散 등의 가루약을 복용하거나 양위진식탕養胃進食湯 등 탕약을 마시기도 했다. 이 밖에도 치통으로 인한 시침, 눈병으로 인한 세안洗眼, 감기로 인한 불환금정기산不換金正氣散 등을 복용하기도 했다.

<봉산욕행록>은 중풍에 걸린 정구를 위한 치병여행이기 때문에 대체로 여기에 집중하고 있다. 치병을 위해서는 세 가지 처방이 나타난다. 목욕, 복약, 시침이 그것이다. 목욕은 모두 41회를 하였는데, 물을 퍼와 나무욕조에서 하기도 하고, 돌욕조에 들어가서 하기도 했다. 쉬는 날도 있었지만 어떤 날은 아침, 낮, 신시申時 이렇게 세 번을 하기도 했다. 요즘도 그러하지만 온천욕은 혈액순환을 촉진하여 중풍과 통풍에 효과가 있는 것으로 알려져 있었다. 동래 온천은 치병으로 유명하였으므로, <봉산욕행록>에서는 온천을 특별히 묘사하였다. “온천에는 안팎으로 석감石龕이 있는데 세상에 전하기를 신라의 왕이 만든 것이라고 한다. 하나의 석감에는 대여섯 명이 들어갈 수 있었고, 샘물이 위의 돌구멍에서 나오는데 몹시 뜨거워 손발을 함부로 담글 수 없을 정도였다.”[25]라고 한 것이 그것이다. 따라서 당대에는 온천욕이 하나의 치병문화로 자리 잡고 있었음을 확인할 수 있다.

치병을 위해 약을 복용하는 것은 당연한 일이다. 정구는 에너지 대사를 촉진하여 원기元氣를 강화시키고, 조혈造血작용과 혈액순환을 촉진시키기 위한 치풍제治風劑인 강활유풍탕羌活愈風湯을 중심으로 약을 복용하였다. 이 밖에 <봉산욕행록>에는 향부자와 탱자껍질, 백복령, 신곡神曲, 향유香薷 등의

25 <蓬山浴行錄> 7月 26日條, “井有內外石龕, 世傳新羅王所創云. 一龕可容五六人, 泉自上邊石孔出, 其水甚煖, 不可遽沈手足矣.”

약재와 평위산平胃散, 생맥산生脈散, 불환금정기산不換金正氣散 등의 가루약, 강활유풍탕羌活愈風湯, 양위진식탕養胃進食湯 등의 탕약도 등장한다. 이러한 약을 복용하면서 정구는 물론이고 그의 제자들도 스승의 병에 차도가 있기를 간절히 바랐던 것이다. 이육 등이 자청하여 약을 정성껏 달였던 것에서 이러한 사실을 충분히 알 수 있다.

<봉산욕행록>은 복약뿐만 아니라 시침에 대해서도 다양하게 기록해 두었다. 특히 정구의 경우는 침을 맞는 경혈까지 정확하게 기록해 두었다. 8월 7일조에서 "선생이 백회百會, 풍지風池, 견정肩井, 견우肩髃, 곡지曲池, 간사間使, 합곡合谷, 중저中渚, 환도環跳, 풍시風市, 양릉陽陵, 천족泉足, 삼리三理, 절골絶骨, 해계解溪, 대충大沖, 위중委中, 승산承山, 상렴上廉, 하렴下廉, 신맥申脈, 행간行間 등의 혈에 침을 맞으셨다."[26]라고 한 것이 그것이다. 이들 혈을 『동의보감』에 의거해 일별해보면 중풍치료의 효과적인 혈임을 알 수 있다. 정수리의 백회, 귀 뒤의 풍지, 어깨 위의 견정, 팔이 접히는 곳인 곡지, 엄지와 검지 사이의 합곡, 허벅지 바깥쪽의 풍시, 정강이 바깥쪽의 삼리, 발등의 태충 등은 중풍을 다스리는 대표적인 혈이기 때문이다. 시침한 사람은 영산 의원 안박安珀이었다.

이처럼 <봉산욕행록>에는 정구의 치병과 관련된 문화가 적기되어 있다. 이미 살펴보았듯이 목욕, 복약, 시침은 그 가운데 대표적이다. 그리고 음주 역시 치병행위의 일종이었던 것으로 보인다. 주종이 명시적으로 드러나는 것은 아니지만, 술은 접대의 자리에 자주 등장하고 목욕을 하는 기간에도 지속적으로 나타난다. "아침에 선생이 내석탕에서 목욕하고 또 한 번 더 목욕하셨다. 동래부사와 김해부사가 와서 뵙고 잠시 술잔을 올린 뒤 물러갔다.(8월

26 <蓬山浴行錄> 8月 7日條, "先生, 受鍼百會·風池·肩井·肩髃·曲池·間使·合谷·中渚·環跳·風市·陽陵·泉足·三理·絶骨·解溪·大沖·委中·承山·上廉·下廉·申脈·行間等穴."

25일)"[27] 등의 기록이 그것이다. 금주가 특별히 기록되어 있지 않는 것으로 보아 음주 역시 치병행위의 일환으로 인식하였던 것으로 보인다.

### 3) 접대문화

<봉산욕행록>에는 정구를 중심으로 320여 명이 등장하기 때문에 자연스럽게 매우 다양한 접대문화가 나타난다. 제자는 사제관계의 예에 따라, 관리나 지역의 선비들은 대학자에 대한 존현의식에 따라 접대를 베풀었다. 어떤 경우에는 배를 빌리고 임시 숙소를 마련하는 등의 편의를 제공하였고, 또 어떤 경우는 피리를 불고 잡희雜戲를 베풀어 정구의 흥을 돋우기도 했다. 빈객에 대한 예를 극진히 하는 것은 조선조 선비사회에서 매우 자연스러운 현상이었는데, 이것이 당대 학문을 대표하는 정구와 그의 제자들이라는 특수성으로 인해 더욱 증폭된 것으로 보인다.

<봉산욕행록>에 등장하는 접대문화 가운데 가장 빈번한 것은 술과 음식이다. 여행이 만나고 헤어짐을 전제로 한다고 할 때, 이 둘은 필수적이다. <봉산욕행록>에는 "본읍 향교에서 술과 음식을 성대하게 장만하여 선생과 제자들에게 술을 올렸다.(8월 6일)", "연경서원 원장이 서원에서 술과 음식을 마련해 와서 천막에 있는 선비들을 먹였다.(9월 4일)"라는 기록에서 알 수 있듯이, '술'과 '음식'처럼 포괄적으로 제시하기도 하지만, 구체적인 품목을 들기도 했다. 몇 가지를 예로 들면 다음과 같다.

① 7월 29일 : 오전에 수사가 와서 문후하고 해산물과 전복, 광어 등을 올렸다.

---

27 <蓬山浴行錄> 8月 25日條, "朝, 先生, 浴內井, 又再浴, 東萊金海兩倅, 來謁, 暫行杯酌而退."

② 7월 30일 : (동래)부사가 쌀섬과 반찬거리를 따르는 여러 사람들에게 보냈는데 13종류나 되었다.

③ 8월 1일 : 동래부에 사는 교생校生 박대유朴大粤가 와서 뵈면서, 생선과 채소 등을 올렸다. 좌수 박희근朴希根이 와서 뵈면서 포도 한 그릇을 올렸다.

④ 8월 9일 : 상사 최흥국이 햅쌀 한 말을 가져왔다.

⑤ 8월 18일 : 신산서원의 원생 신영의申英義와 안율安慄이 와서 뵙고 사슴 다리를 올렸다.

⑥ 8월 19일 : 별장이 송이버섯을 보냈다.

⑦ 8월 24일 : 동래 향교의 유생 박대유가 유생 이사림李士林을 보내 안부를 묻고 쌀과 생선, 그리고 채소 등을 보냈다.

⑧ 8월 29일 : 양산 선비 최흥국 등 여러 사람들이 술자리를 베풀고, 또 연포탕을 마련해 정성스런 뜻을 보였다.

이처럼 관리나 지역 선비들은 전복과 광어 등의 해산물, 쌀과 반찬, 생선과 채소, 포도, 햅쌀, 사슴 다리, 송이버섯, 연포탕 등 다양한 먹을거리를 바치며 정구와 그 일행을 접대했다. ②, ④, ⑦ 등에서 볼 수 있듯이 동래부사와 양산의 최흥국崔興國, 동래 향교의 박대유 등이 쌀을 보내고, 이 밖에도 "수사가 다시 군관을 보내어 문안하고 또 쌀과 음식들을 보내왔다."[28], "양산군수 조엽이 와서 뵈었는데, 쌀과 음식을 풍성하게 가져왔다. …… 장기현감 신방로辛邦櫓가 쌀과 음식을 실어 보내고 글을 올려 문안했다."[29] 등의 기록에서 보듯이 쌀은 매우 자주 등장한다. 이것은 일군의 사람들이 함께 여행하기

28 <蓬山浴行錄> 7月 26日條, "水使, 再遣軍官問安, 且送米饌等物."

29 <蓬山浴行錄> 8月 6日條, "梁山郡守趙曄來謁, 盛進米饌 …… 長鬐倅辛邦櫓, 載送米饌, 奉書問安."

때문에 이들에게 쌀이 가장 필요했을 터이고, 주로 현지에서 조달한 것으로 보인다.

정구는 접대가 너무 성대할 때는 책망을 하기도 했다. "원장의 음식대접이 극히 성대하자 선생께서 너무 지나치다고 깊이 책망하셨다.(7월 21일)"라는 기록을 통해 이를 확인할 수 있다. 나아가 "부사가 차를 올리고 또 선생과 따르는 자들을 위해 점심을 마련했다. 밥을 다 먹기 전에 부사가 와서 뵙자, 선생께서 대접이 지나치게 융숭하여 사람을 불안하게 한다는 뜻으로 극진하게 사례하고, 또 관가에서 제공하는 물품을 사양했다.(7월 26일)", "선생이 관가에서 제공한 물품들을 사양하여 물리고 관가에서 접대하기 위해 보낸 사람들을 돌려보냈다.(8월 12일)"라고 기록한 것에서 알 수 있듯이 관가에서 보내는 물품과 인원은 대체로 사양하였다.

접대는 정구에게만 이루어진 것은 아니다. "창원의 유생 장익규 등이 선생을 위해 술을 베풀고 따르는 자들에게도 베풀었다.(8월 23일)", "부사가 또 쌀섬과 찬거리를 보내고, 인마를 보내 따르는 자들을 초청하였다. 후경과 윤우가 동래부로 들어가니 부사가 잔치를 베풀어 접대하였다.(8월 12일)"라고 하였듯이, 지역의 선비들과 동래부사 황여일 등은 정구를 따르는 제자들에게도 접대를 소홀히 하지 않았다. 여기서 우리는 정구의 봉산 욕행이 동락同樂의 접대문화를 추구하고 있었던 것을 알게 된다. 그럼에도 불구하고 정구는 접대에 관청이 때로 동원되는 것을 보고 몹시 불편하게 생각했다. 이에 따라 관가에서 제공하는 물품을 사양하거나 일하는 사람을 돌려보냈던 것이다.

### 4) 추모문화

조선시대 선비사회는 추모가 하나의 문화로 정착되어 있었다고 해도 과언이 아니다. 가정에서 지내는 제례는 말할 것도 없고, 향교에서의 석전대제, 서원에서의 춘추 향사 등 사회적으로도 추모문화는 체계적으로 정비되어 있었다. 국기일國忌日을 게시해두고 특별히 추모하기도 했다. 여행 중이라 하여 이러한 추모문화가 제한되는 것은 아니었다. 기일을 만났을 때는 금주와 함께 재계를 하였고, 특정 공간을 방문하거나 지날 때는 그 장소와 연계된 인물을 추모하기도 했다. 이러한 현상은 <봉산욕행록>에도 두루 나타나는 바다.

<봉산욕행록>에는 기일을 만났을 때 재계하는 장면이 두루 등장한다. “김해부사 조계명曺繼明이 와서 뵙고 술을 올리려 하자 선생이 기일인 관계로 사양하였다.”[30]라는 기술 등이 그것이다. 7월 24일은 덕계德溪 오건吳健(1521-1574)의 기일이었다. 당시 정구는 오건을 추모하기 위하여 특별히 조처하였다. <봉산욕행록>에는 “이날이 오덕계吳德溪의 기일이므로 선생께서는 아침에 출발할 때부터 소개素蓋를 세우도록 하셨다. 선생이 어린 시절에 덕계에게 배웠던 까닭이다. 밀양부사가 술자리를 마련하고자 하였으나 사양하였다.”[31]라고 기록해 두고 있다. 즉 정구는 배에 소개를 세워 슬픔을 표시하고 밀양부사가 마련한 술자리도 사양하였던 것이다.

정구는 낙동강 연안에 있는 서원을 들러 추모하기도 했다. 도동서원에 봉향된 김굉필, 신산서원에 모셔진 조식이 바로 그들이다. 김굉필은 그의 진외증조부이자 조선 도학의 개창자이다. 이 때문에 그는 김굉필의 문집인 『경현록』을 새롭게 편찬하였고, 도동서원을 새로 세우기도 했다. 또한 욕행 당시에는 사당에서 알묘하고 묘소에 올라 배알하였다. 이에 대하여 <봉산욕행록> 7월 21일조에는 “날이 밝자 서원에서 동숙한 여러 벗 20여 명이 분향 알묘했

30 <蓬山浴行錄> 8月 24日條, “盆城倅曺繼明, 來謁欲獻酌, 先生, 以忌日辭之.”
31 <蓬山浴行錄> 7月 24日條, “先生, 以吳德溪忌日, 自朝行素蓋, 先生童丱時, 受學於德溪故.”

다. 조반을 드신 후 선생께서 견여를 타고 산을 올라 한훤당 선생의 묘소를 배알한 뒤 배로 내려오셨다."[32]라고 기록하고 있다. 조식이 모셔져 있는 신산서원은 기록이 더욱 자세하다. 들어보면 다음과 같다.

> 선생이 서원으로 들어가 성정당誠正堂에서 쉬시고 따르는 자가 먼저 사당에 들어가 분향 재배하고 나왔다. 조금 뒤 선생께서 부축을 받으며 묘정에 들어가, 부복하고 우러러 배례한 후, 다시 성정당으로 돌아와 쉬셨다. 선생께서 정묘년(1567)에 산해정에서 남명선생을 배알한 이래 51년이 지났는데, 묘실廟室이 바로 산해정 터라고 한다.[33]

<봉산욕행록> 7월 25일조의 기록이다. 정구는 그의 나이 24세 되던 해인 1566년(명종 21) 봄에 조식을 찾아갔는데, 다른 날 조식은 "사군자士君子의 큰 절개는 오직 출처出處를 어떻게 하느냐에 달려 있는데, 너는 출처에 대해 약간 아는 것이 있기에 나는 마음속으로 너를 인정한다."[34]라고 하였다고 한다. 그리고 조식이 일찍이 병석에 누웠을 때 정구가 김우옹金宇顒(1540-1603)과 함께 찾아가 뵈었는데, 이때 조식은 정구의 손을 잡고, "고질병을 앓는 가운데 그대를 마주하고 이야기를 나누니 마치 왕마힐王摩詰의 망천도輞川圖를 감상하는 것처럼 황홀하네."[35]라고 하였다. 아마도 당시 정구는 조식의 이러한 말을 생각하며 신산서원을 찾았을 것이다.

---

32 <蓬山浴行錄> 7月 21日條, "平明, 宿院諸友, 二十餘人, 焚香謁廟, 朝飯後, 先生, 肩輿上山, 展謁墳墓後, 下船."

33 <蓬山浴行錄> 7月 25日條, "先生, 入書院歇于誠正堂, 從者, 先入廟焚香再拜而出. 少頃, 先生, 扶持入廟庭, 俯伏瞻拜後, 還歇于堂. 先生, 以丁卯年來, 拜南冥先生于山海亭, 今五十有一年, 廟室, 正是山海亭之基云."

34 『寒岡年譜』 권1, 24歲條, "南冥異日謂先生曰, 士君子大節, 惟在出處, 汝於出處, 粗有見得, 吾心許之也."

35 『寒岡年譜』 권1, 24歲條, "積痾沈痼之中, 對君說話, 恍若披玩王摩詰輞川圖也."

도동서원이나 신산서원 등 인연 있는 서원을 찾기도 했지만 배를 타고 내려가다 자연스럽게 만나는 유적이 있을 때도 또한 추모하였다. 지금의 경남 창녕군 도천면 우강리[당시에는 영산현] 낙동강변에 있는 창암정滄巖亭이 그것이다. 이에 대하여 <봉산욕행록> 7월 27일조는 "강의 동쪽 언덕에 창암정이 있는데, 바로 작고한 망우당忘憂堂 곽계수郭季綏(곽재우)가 머물러 쉬던 곳이다. 그의 한평생 충의대절이 참으로 훌륭하지만 사람의 일이 이미 변하여, 정자를 바라보니 갑절이나 서글펐다. 이에 술잔을 돌리고 부사가 운자를 불러 시를 지었다."[36]라고 기록하고 있다. 정구가 봉산 욕행을 떠난 해인 1617년 4월 10일에 곽재우가 작고하였으니 슬픔이 더욱 깊었던 것이다.

정구는 배를 타고 내려가면서 어린 시절 그에게 『주역』을 가르쳐 주었던 오건의 기일을 만나 재계하며 술자리를 물렸다. 또한 도동서원을 들러 『경현록』을 지어 조선 도학의 연원이라 추앙해 마지않았던 김굉필을 특별히 추모하였다. 그리고 신산서원에서는 출처대의를 가르쳐준 스승 조식에 대하여 애도의 마음을 표하였다. 창강정을 지날 때는 얼마 전 세상을 떠난 곽재우의 충의대절을 생각하며 추모의 염을 금치 못하였다. 여행 과정에 나타나는 이러한 추모문화는 조선조의 경우 특별한 것이라 할 수는 없다. 다만, 정구의 경우 그 추모대상이 누구였던가 하는 것을 특별히 주목할 필요가 있다.

### 5) 기념문화

봉산으로의 욕행은 정구와 그 제자들이 영남의 남부일대에서 벌인 성사라고 하지 않을 수 없다. 이 때문에 한강학파에서는 특별히 기념할 필요가 있었

36 <蓬山浴行錄> 7月 27日條, "水之東岸, 有亭曰滄巖, 卽故郭忘憂季綏棲息之所也. 其一生忠義大節, 則誠有可尙, 而人事已變, 瞻望臺亭, 倍覺悲涼. 於是, 酒杯團欒, 太守呼韻賦詩."

다. 기념을 위한 방법은 매우 다양하다. <봉산욕행록>을 지어 당시의 일을 빠뜨리지 않고 정확하게 기록하는 것 자체가 중요한 기념행위였다. 이 일은 이윤우가 맡았는데, 그는 정구가 살았던 사양정사와 가장 가까운 곳인 칠곡에 거주하면서 처음부터 끝까지 이 일의 기록을 담당하였다. 또한 여행의 과정에 있었던 시회를 방불케 하는 작시 활동도 중요한 기념행위였다. 이처럼 기록과 문학이 교차되는 과정에서 정구의 봉산 욕행은 당대의 대표적인 미담이 되었던 것이다.

<봉산욕행록>에는 의도된 기념문화가 있었다는 사실을 알게 하는 대표적인 사례가 있다. 이것은 세 차례에 걸쳐 진행된 동화록 혹은 회고록의 형태로 나타났다. 8월 28일 양산 통도사에서의 '동화록', 9월 1일 경주 포석정에서의 '회고록', 9월 3일 영천 이수二水 가에서의 '동화록'이 그것이다. 이는 모두 사양정사로 돌아오는 길인 상행로에서 이루어졌으며, 특정한 시공간을 어떤 사람과 함께 하였던가를 기념하기 위한 것이었다. 오늘날로 말하자면 방명록에 해당한다고 할 수 있다. 이 때문에 이름을 쓰고, 그 아래 관향과 자호字號, 그리고 생년 등도 적어 두었다. 이와 관련하여 <봉산욕행록>에는 다음과 같은 기록이 나타난다.

① 廣陵 安璹(字待而 生壬申 號樂園), 箕城 趙曄(字輝吉 生壬申 號壺隱), 月城 崔興國(字康侯 生庚戌 號南澗), 碧珍 李厚慶(字汝懋 生戊午 號畏齋), 彭城 林檜(字公直 生壬戌 號觀海), 光山 李簳(字以直 生丙寅 號東湖), 京山 李天封(字叔發 生丁卯 號葆軒), 廣陵 李潤雨(字茂伯 生己巳 號石潭), 完山 李堉(字士厚 生壬申 號東皐), 豐川 任以賢(字哲甫 生戊子 號鵶谷), 花山 權鏊(字器之 生己丑 號兄江), 晉山 河弘濟(字汝楫 生戊寅 號西村), 密城 朴敏修(字遜志 生庚寅 號嘯軒), 月城 崔東彦(字敏仲 生甲午 號白沙), 達城 徐强

仁(字克夫 生丙申 號文巖), 光州 盧垓(字子宏 生戊戌 號菊潭), 一直 孫沆(字季浩 生己亥 號月峯)

② 尹孝全 而永, 孫處約 希魯, 韓克孝 行源, 李厚慶 汝懋, 鄭四象 汝燮, 孫宇男 德甫, 李簭 以直, 李天封 叔發, 李潤雨 茂伯, 金得義 汝剛, 李琮 伯翼, 徐思道 達夫, 李堉 士厚, 都汝兪 諧仲, 李宜潛 炳然, 朴暾 明叔, 鄭克後 孝翼, 朴晛 光叔, 郭霅 施遠, 河弘濟 汝楫, 吳姬翰 翼雨, 黃中信 子貞, 李海容 伯謙, 李櫶 衛夫[甫], 李雀 彥[汝]翼, 吳姬幹 貞甫, 李熤 文仲, 任以賢 哲甫, 李汝龍 君見, 朱瀼 混源, 李啓後 啓述, 崔東美 子榮, 權鍙 器之, 朴敏修 遜志, 盧垓 子宏, 崔東尹 子任, 金坱 德厚, 鄭璧 峻哉, 權葑 興瑞, 韓應命 而保, 徐强仁 克夫, 孫沆 季浩, 金世弘 大任, 盧玨 克溫

③ 鄭湛, 朴士愼, 孫處約, 朴點, 成立 卓爾, 李國賓 汝觀, 鄭四象, 孫宇男, 李君賓 仲觀, 李川賓 季觀, 都汝兪, 鄭四勿, 金就礪 試可, 孫興雲 子龍, 鄭經道, 朴暾, 朴晛, 成以直, 朴日+粲 明仲, 黃中信, 李海容 伯謙, 成以諒 汝貞, 曺� 行遠, 鄭顯道 晦夫, 李好榮 景華, 朴文孝 伯順, 孫季昌 勗甫, 孫灆, 李喜榮 伯華, 盧玨, 鄭憲道 遵可, 成以寬 汝栗, 朴敏修, 徐强仁, 孫沆, 鄭弘道 景仲, 權鍙, 權葑, 李啓後, 崔經濟 性任, 李時榮 克華, 李時幹 孟堅, 曺舫 而濟, 田汝翼 隣哉

①은 양산 '통도사동화록'으로 17명, ②는 경주 '포석정회고록'으로 44명, ③은 영천 '이수동화록'으로 44명이다. 세 차례의 동화록을 남기지만, 기술방식은 조금씩 다르다. ①은 가장 자세하게 적은 것이다. 경상도사 안숙安璹과 양산군수 조엽趙曄은 당시 환로에 있었으므로 가장 먼저 적었고, 나머지는 나이순을 따랐다. ②는 경주부윤을 필두로 해서 연경서원 원장 손처약 등을

나이순으로 적어 ①의 방식을 따랐으나, 자만 적어 간략하게 하였다. ③에서는 영천의 도천사람 정담鄭湛(1552-1634)을 가장 먼저 적었다. 당시 이수에 모인 사람이 모두 51인이었는데, 행차를 모신 사람들은 생략하였으며 거듭 나온 사람들의 자도 생략하였다.

동화록이 시공간을 공유한 사람들을 기념하기 위해 적은 것이라면, 회고록은 미래의 어느 날 옛날의 특정한 일을 기억하기 위한 것이다. 이러한 기념은 정구의 명으로 이루어졌다. 9월 1일 '포석정회고록'의 경우, "좌우에서 피리 불기를 청하자 선생이 그만두게 하고 회고록懷古錄을 적게 하셨다."[37]라고 하였다. 그리고 9월 3일 이수동화록의 경우, "이수二水 가에서 점심을 먹었는데 여러 사람들이 천막을 치고 기다리고 있었다. 선생이 이수동화록二水同話錄을 쓰도록 명하셨다."[38]라는 기록을 통해 이를 확인할 수 있다. 이러한 동화록 내지 회고록을 통해 정구는 당시 모인 사람들을 오랫동안 기억하고 싶었던 것이다.

### 6) 강학문화

정구는 이황과 조식의 학문을 집대성하면서 심학과 예학 방면에서 독보적 위상을 갖고 있었다. 이뿐만 아니라, 내직으로는 대사헌, 외직으로는 안동대도호부사까지 두루 역임하였으니 그의 명망은 높을 수밖에 없었다. 이 때문에 그의 문하생들은 정구를 모시고 여행을 떠나는 것에 대하여 무척 자랑스러워하였으며, 320여 명이나 되는 사람들 속에 섞여 정구의 행차에 어떤 역할을 담당하고 싶어 했다. 여기에 직접 참여할 수 없었던 지역의 선비들은

37 <蓬山浴行錄> 9月 1日條, "左右請吹笛, 先生止之, 命書懷古錄."
38 <蓬山浴行錄> 9月 3日條, "晝點于二水邊, 諸人張幕以待, 先生, 命書二水同話錄."

특별한 예를 취하기 위하여 여행 중인 정구에게 대제를 파한 후 번육膰肉을 보내기도 했다.[39]

앞서 언급하였듯이 정구는 봉산 욕행을 하면서 『예의답문禮疑答問』을 편정하기도 하고, 『오복연혁도五服沿革圖』를 강정하기도 했다. 앞의 것은 예를 내용으로 한 정구의 질문과 이황의 답변을 편집한 것이고, 뒤의 것은 5복, 즉 참최斬衰, 자최齊衰, 대공大功, 소공小功, 시마緦麻 등 다섯 가지 상복喪服에 관한 연혁을 그림과 함께 설명한 것이다. 그러니까 정구는 여행 중에 이들 예서를 중심으로 강론을 그치지 않았던 것이다. 이러한 분위기 속에서 7월 30일에 당포만호唐浦萬戶 변시민卞時敏이 『천승千乘』 한 부를 보냈고, 8월 2일에는 동래부의 유생 곽후태郭後泰가 『한부금낭翰府錦囊』 등의 서책을 정구에게 올렸다. 여기서 나아가 <봉산욕행록>은 정구가 깊은 밤까지 강론했던 기록을 제시하고 있다. 다음 기록이 그것이다.

> 황혼이 되어 도천道川의 정담鄭湛 씨의 집에 투숙했다. 정종윤鄭宗胤 자장子長, 손해孫瀣 숙호叔浩, 정홍도鄭弘道 경중景中, 박점朴點 성여聖與, 박문효朴文孝 백순伯順, 정계도鄭繼道 항가行可, 성이직成以直 여방汝方이 와서 뵈었다. 부윤이 선생을 모시고 강론하여 밤이 깊어서야 그쳤다.[40]

1617년 9월 2일의 기록이다. 이날 정구는 영천 북안의 도천리에 살았던 정담의 집에서 묵게 되었다. 정종윤 등 7명이 찾아와 문안하였고, 경주부윤 윤효전尹孝全과 더불어 밤이 깊도록 강론하였다. 특히 윤휴의 아버지 윤효전

39 <봉산욕행록> 8월 10일조에 "성주 선비 金輳 등이 大祭의 罷齋 후 사람을 시켜 선생께 번육을 보냈다."라고 기록되어 있다.

40 <蓬山浴行錄> 9月 2日條, "黃昏, 投宿于道川鄭湛氏之廬, 鄭宗胤子長·孫瀣叔浩·鄭弘道景中·朴點聖與·朴文孝伯順·鄭繼道行可·成以直汝方來謁, 府尹奉先生講論, 夜深而罷."

은 8월 28일 정구가 통도사에 머물 때부터 사람을 보내 문안하는 등 특별한 성의를 보인 사람이다. 9월 1일에는 노곡천변奴谷川邊에 천막을 치고 기다렸고, 포석정에서 정구를 맞아 정구 일행의 경주 유람 일체를 주관하였으며, 영천까지 따라와 작별하였다. 이에 대하여 이윤우는 <봉산욕행록>에서 "부윤이 선생을 대접하는 성의와 공경이 극진하여 몸소 제자의 예를 갖추었다."[41] 라고 적고 있다. 즉, 욕행 과정에서 사제관계를 맺고, 강학 또한 본격적으로 이루어졌던 것이다.

학문적 담론은 자연스럽게 당대의 현안문제로 이어지게 마련이다. 그 가운데 대표적인 것이 조식의 문묘승무 문제였다. 8월 7일의 기록에 의하면, 성주 선비 장덕우張德優가 대제大祭의 입재일入齋日에 사람을 보내 문안하면서, "남명선생 문묘종사의 일로 삼가 유생 이현우李賢佑 등 20여 명이 통문을 보내 이달 20일에 합천향교에 모여 상소문을 만들기로 하였다 한다. 이서李簭와 김지득金知得으로 하여금 상소문을 짓게 하는 일로 사람을 시켜 통문을 보내왔으며 성주에서는 이명룡李命龍이 상경할 것이라 한다."[42]라고 했다.

당시 조식의 문묘종사일로 영남의 유생들은 분주하였다. <봉산욕행록>도 당시 분위기의 일단을 전하고 있다. 9월 2일자에는 "성주 선비 10여 명이

41 <蓬山浴行錄> 9月 1日條, "主尹, 待先生極其誠敬, 親執弟子之禮." 윤효전의 당색은 소북으로 윤휴의 아버지다. 徐敬德의 제자인 閔純에게 배웠는데, 이때 정구와 사승관계를 이루게 된다. 그는 정구가 봉산 욕행을 하던 해인 1617년(광해군 9)에 경주부윤으로 봉직하였으며 재직 중이던 1619년(광해군 11) 임지에서 세상을 떠났다. 정구와 윤효전의 만남은 한강학이 지닌 기호학과 영남학의 회통적 성격을 설명하는 데 있어 중요한 지점을 형성한다. 윤효전의 죽음에 대하여 정구는 "이내 몸은 풍이 들어, 신음한 지 다섯 해라. 찾아가 조문 못하고, 대신 제물 올리며, 속마음을 개진하니, 영령이여 강림하여, 내 말 좀 들어보고, 올린 제물 흠향하소. 아! 애통하여라.(<祭尹慶州文>, 『寒岡集』 권12)"라며 슬퍼하였다.

42 <蓬山浴行錄> 8月 7日條, "以南冥先生從祀文廟事, 三嘉儒生李賢佑等二十餘人, 出文, 今月二十日, 會于陜川鄕校, 仍爲奉疏. 李簭·金知得使之製疏事, 通文專人送來, 新安則李命龍, 當上京云."

상소 모임에 갔다가 아직 정거停擧가 풀리지 않은 관계로 쫓겨나 돌아왔다고 하고, 대구 유생 양수楊洙는 상소의 명단에 참여했다가 상소문의 말이 이현二賢을 침해한다는 것을 늦게 듣고 포기하고 돌아왔다고 한다."[43]라고 기록하고 있다. 조식의 문묘봉사소는 합천향교에서 발의하고, 이서李舒와 김지득金知得으로 하여금 짓도록 했다는 것이다. 하징河憕의 <신안어록>과 용연서원에 소장된 조식의 『연보』 끝부분에도 성격을 약간 달리하지만 관련 기록이 제시되어 있다.[44]

이처럼 <봉산욕행록>은 치병을 위한 여행일기이지만 강학문화 역시 두루 나타난다. 특히 정구는 김굉필의 외손으로서 어릴 때 오건에게 사사하였고, 자라서는 영남의 종장인 이황과 조식으로부터 인의학仁義學을 전수받았으며, 만년에 이르러서는 조선 심학과 예학의 거대한 봉우리를 이루었다. 사정이 이러하므로 그를 중심으로 강학문화가 넓게 형성되는 것은 지극히 당연한 일이었다. 이 때문에 예학 등 학문적인 문제는 물론이고, 당대의 주요 사안에 대한 담론이 자연스럽게 이루어졌을 것으로 보인다. 조식의 문묘종사에 관한 일은 그 가운데 대표적인 것이라 하겠다.

## 4. <봉산욕행록>의 문화적 의미

인간이 자연과의 끊임없는 관련성을 맺으면서 새롭게 창조하는 것이 문화이다. 이때 바깥으로 드러난 문화에는 이면에서 작동하는 어떤 원리가 존재

43 <蓬山浴行錄> 9月 2日條, "新安士子十餘人, 赴疏會, 以未解停, 見出而歸, 大邱儒生楊洙, 參其疏, 而晩聞其上疏語, 頗侵二賢, 故棄歸云."

44 이에 대해서는 이상필의 「滄洲 河憕의 生涯와 南冥學派 내에서의 역할」(『남명학연구』 25, 경상대 남명학연구소, 2008)을 참조할 수 있다.

할 것이고, 이러한 현상에 대한 지향의식도 있게 마련이다. 이면 원리와 지향의식은 결국 작품의 최종적인 의미로 귀결된다. 우리의 주제인 <봉산욕행록>도 마찬가지이다. 여기에는 다양한 문화 요소, 즉 여행, 치병, 접대, 추모, 기념, 강학적 요소가 내함되어 있고, 그 요소는 이면 원리와 지향의식을 동시에 거느리고 있다. 본 장에서는 바로 이러한 점을 염두에 두면서 <봉산욕행록>이 지니는 문화적 의미를 몇 가지로 나누어 살펴보기로 한다.

첫째, <봉산욕행록>에는 존현의식이 두루 나타난다는 점이다. <봉산욕행록>에 나타난 최대의 문화적 의미는 당대 선비들 사이에 널리 존재하고 있었던 존현의식이다. 이는 무엇보다 정구 스스로가 존현을 중시하고 있는 데서 찾을 수 있다. 예학에 특별한 조예가 있었기 때문에 더욱 그러하였을 것이다. 예컨대 도동서원에서의 김굉필, 창암정에서의 곽재우, 신산서원에서의 조식에 대한 추모가 여행과정에서 자연스럽게 드러나고, 오건의 기일을 맞이하여 배에 소개素蓋를 세우고 내려간 것도 모두 이와 관련하여 이해될 수 있다. 이처럼 존현은 사대부의 일상에서 배제시킬 수 없는 매우 중요한 요소라 하겠다.

<봉산욕행록>이 정구의 치병행위에 의해 기술된 것이니, 여기에는 지기知己나 지친이 주요 역할을 담당한다. 영산의 지기 이석경李碩慶은 그의 동생 이후경李厚慶, 아들 이도자李道孜와 이도일李道一 등과 함께 숙소를 마련해 정구를 맞이하거나 직일을 맡았다. 성주에 사는 처질妻姪 이서李舒, 처생질妻甥姪 이천봉李天封 등도 직일을 맡는 등 정구의 최측근에서 욕행을 도왔다. 그리고 창녕에 사는 생질 노극홍盧克弘은 그의 아들 노세후盧世厚 및 손자 노해盧垓와 함께 정구를 극진히 모셨다. 정구의 입장에서 볼 때 이러한 집안사람들이 더욱 편했을 것이기 때문이다. 그럼에도 불구하고 제자를 중심으로 한 지역 선비들과 관리들은 정구에 대한 존념을 다하였다. 다음 기록은 이러한 사실

을 상징적으로 보여준다.

> 배가 마수원馬首院에 이르자 창녕현감 윤민철尹民哲이 백사장에 천막을 치고 기다렸는데 선생이 돌아보지 않으시고 강 가운데로 노를 재촉하여 내려갔다. 태수가 겨우 거룻배로 따라와서 선생에게 술 몇 잔을 올렸다. 창녕 선비 여러 명이 따로 천막을 설치하고 기다렸으나 배가 정박하지 않으므로 들어올 수가 없었다. 노희盧嬉 등 8, 9명이 겨우 태수의 배에 올라 절하며 작별하고 물러갔다.[45]

<봉산욕행록> 1617년 7월 22일의 기록이다. 당시 정구는 지금의 창녕군 유어면에 있었던 마수원 나루를 지나가고 있었다. 간밤에 비가 내리고 풍우가 몰아쳤기 때문에 안개가 심하게 끼었던 것으로 보인다. 정구 일행이 그냥 지나갔다는 것을 알고 창녕현감 윤민철은 급하게 거룻배를 저어 정구가 탄 배를 따라와 술잔을 올린다. 이러한 장면은 <봉산욕행록>에 자주 보이는데, 원당포元堂浦에서의 별감 정승경鄭承慶 등도 같은 경우이다(7월 20일). 뒤따라와서 술잔을 올리기도 하지만, 초계군수 이광윤李光胤과 전 함양군수 이대기李大期처럼 거룻배를 타고 와 맞이하기도 했다(7월 22일). 이러한 일련의 행위에는 존현의식이 깊게 개재되어 있었던 것이다.

둘째, <봉산욕행록>에는 선비들의 기록의식이 특별히 강조된다는 점이다. 조선은 기록문화를 꽃피운 대표적인 나라라고 할 수 있다. 이 때문에 중앙과 지방, 관리와 선비를 막론하고 일기문화가 성행하였다. 『조선왕조실록』이 말해주듯이 국가에서는 사관을 두어 국가적 안목에서 기록을 하기도 했다.

---

45 <蓬山浴行錄> 7月 22日條, "舟至馬首院, 昌寧縣監尹民哲, 設供帳于沙上而待之, 先生, 不顧中流, 促棹而下, 太守僅以小艇, 追及之, 獻數杯于先生. 昌寧士人輩若干人, 別設供帳以待之, 而舟不泊, 不得入. 盧嬉等八九人, 僅得入太守舟, 拜辭而退."

16세기를 기점으로 일기문학은 더욱 발전하였는데, 내용과 형식을 고려하면 종합생활일기, 사환일기, 유배일기, 기행일기, 사행일기, 전쟁일기, 사건 견문일기, 독서 강학일기, 고종 상장례 일기 등 다양하게 분류할 수 있을 것이다.[46] 이러한 기록문화는 단순한 활자 형태를 벗어나 외규장각 의궤 등에서 볼 수 있듯이 다양한 그림이 첨부되기도 한다.

<봉산욕행록> 역시 일기의 형식으로 기록된 작품이다. 이 일기는 정밀성을 특징으로 하고 있다고 해도 과언이 아니다. 정구를 문자를 통해 조금이라도 정확하게 묘사하기 위함일 터인데, 정박한 곳은 물론이고 스쳐 지나가는 지명이나 정자, 그리고 정구에게 내왕한 사람들도 빠뜨리지 않고 기록해 두었다. 하루 동안 이동한 거리, 목욕한 욕조의 형태, 정구의 목욕을 도운 사람들, 목욕의 횟수, 직일을 선 사람들, 모시고 잔 사람, 복용한 약의 종류 등도 꼼꼼히 적었다. 이 가운데 정구의 목욕을 도운 사람을 정리하면 다음과 같다.

| 월일 | 목욕을 도운 사람 | 비고 |
| --- | --- | --- |
| 7월 28일 | 이도자, 노해 | 나무욕조 |
| 7월 29일 | 이도자, 노해 | 나무욕조 |
| 7월 30일 | 이도자, 노해 | 나무욕조 |
| 8월 2일 | 이도자, 이도일 | 돌욕조 |
| 8월 4일 | 이도자, 이도일, 이윤우 | 돌욕조 |
| 8월 6일 | 이도자, 이도일, 이서, 이윤우 | 돌욕조 |
| 8월 9일 | 이도자, 이천봉 | 돌욕조 |
| 8월 10일 | 이도자, 이천봉 | 돌욕조 |
| 8월 14일 | 이도자 | 돌욕조 |
| 8월 15일 | 이윤우, 이육 | 돌욕조 |

46 최은주, 「조선시대 일기 자료의 실상과 가치」, 『대동한문학』 30, 대동한문학회, 2009 참조.

정구가 목욕할 때 누가 모시고 들어갔는가 하는 부분은 빠진 부분도 있지만, 대체로 위와 같이 정리된다. 욕조도 나무욕조와 돌욕조를 구분하였고, 돌욕조도 외석탕(16회)과 내석탕(21회)으로 나누었다. 욕탕에 모시고 들어간 사람은 많게는 4인, 적게는 1인이다. 영산의 지기 이석경의 아들 이도자가 가장 많이 들어갔고, 거의 지친이거나 측근의 제자들이 이 일을 수행하였다. <봉산욕행록>에 나타난 이러한 기록의식은 당대적 문화현상이기도 하지만, 정구의 삶을 소상하게 남기고자 했던 제자 이윤우의 기록의식의 발로라 하지 않을 수 없다. 치병여행이라는 일련의 일들이 정구라는 지명도 있는 학자와 특별히 맞물리면서, 이를 중요한 일로 기록해 두고자 했던 이윤우의 작가의식이 작동한 결과였던 것이다.

셋째, <봉산욕행록>에는 선비들의 문학의식 역시 잘 나타나고 있다는 점이다. 조선시대 선비들은 만나고 헤어질 때는 물론이고, 특별한 일이 있을 때 이를 기념하기 위해서라도 시를 지어 다할 수 없는 마음을 표출하였다. 일상에서 느끼는 곡진한 마음을 서로에게 전하며 그 관계를 돈독히 하고자 하였던 것이다. 만나는 기쁨과 헤어지는 아쉬움을 전하는 봉별시는 말할 것도 없고, 서로의 시에 차운하는 증답시贈答詩는 그 대표적이다. 시회를 열어 여러 사람들이 특정 운자를 활용하여 시를 짓기도 했다. <봉산욕행록>에서도 이러한 선비들 상호 간의 문학의식이 두루 나타나고 있다.

하행길에는 신안현감 김중청金中淸이 병 때문에 정구를 배웅할 수게 되자, 배행하는 제자들에게 시를 부쳐 그 마음을 전했다. 이 시를 받은 여러 선비들이 화답시를 지었고, 정구도 간단한 글을 써서 사례하였다. 출발했던 1617년 7월 20일의 일이었다. 당시 김중청이 보낸 시는, "가을이라 소미성小微星이 정수井宿 자리에서 빛나는데, 공자께서 어찌 바닷가에서 노니는 것을 사양하시리! 날 따르겠다는 자로는 병들어 누웠으니, 부럽구나, 번지樊遲 무리들이 선생을 모시는 것이!"[47]이다. 정구를 공자에 자신을 자로에 비기며 서운해하고 있음을 알 수 있다. 이에 대하여 이언영李彦英, 노세후盧世厚, 이서李舒, 이윤우李潤雨, 노해盧垓, 이명룡李命龍, 이천봉李天封, 이난귀李蘭貴, 배상룡裵尙龍, 이육李堉 등 10명이 화답하며, 이번 여행을 통해 스승 정구의 건강이 회복되기를 기원해 마지않았다.

7월 23일에는 창암정을 지나며 다시 한 차례의 시를 지었다. 이곳은 얼마 전 사망한 망우당의 충의대절을 생각하며 슬퍼한 곳이다. 창원부사 신지제申之悌가 "맑은 강 햇빛이 모래 위에 반짝이고, 저녁 물결 노 저으니 은빛 거품 날리운다. 정장鄭庄의 빈객 자리 외람되이 끼었나니, 신선 타신 뱃놀이가 예전에도 있었던가!"[48]라고 하면서 정구를 신선으로 비유하며 빈객의 자리에 끼인 것을 영광스럽게 생각했다. 이에 노극홍盧克弘, 이윤우李潤雨, 이서李舒, 이천봉李天封, 이후경李厚慶, 이도자李道孜, 노해盧垓, 이육李堉 등 8명이 화답하며 정구와 함께 하는 청흥淸興을 드높였다. 여기서 주목할 부분은 시의 대체적인 내용이 곽재우의 충의대절보다 정구와 함께 하는 여행의 즐거움에 초점이 놓인다는 사실이다.

상행길에는 정구가 직접 시를 지었다. 8월 29일, 날씨는 맑았지만 여러 사람들의 몸이 좋지 않았다. 이천봉은 감기로 고통스러워했고, 이육도 학질로 고생하였다. 정구 역시 감기로 종일토록 신음하였다. 이때 양산 선비 최흥국이 술자리를 베풀고 연포탕을 마련하는 정성을 아끼지 않았다. 이에 정구는 시를 지어 그에게 주었다. "남녘 계곡에도 와룡연이 있으니, <양보음>

47 <蓬山浴行錄> 7月 20日條, "小微光曜井躔秋, 魯叟寧辭海上遊. 從我有由今臥病, 羨他遲輩御驂頭.(金中清)"

48 <蓬山浴行錄> 7月 23日條, "淸江日色動明沙, 銀沫飛空櫓夕波. 猥忝鄭庄賓客地, 仙舟千載較誰多.(申之悌)"

읊조리며 옛 현인 사모하네. 애석하여라! 상자 안에 미옥을 숨겼건만, 일생의 영욕이 무슨 인연이던가!"[49]라고 한 것이 그것이다. 최흥국이 제대로 쓰이지 못한 안타까움을 노래한 것이다. 이에 최흥국은, "하늘엔 솔개 날고 연못엔 고기 뛰고, 한 줄기 바른 연원 우리 선생이로다."[50]라고 하면서 정구를 도맥 속에서 찾고자 했다. 이처럼 <봉산욕행록>은 당대 선비들의 일상에서 깊은 문화로 정착해 있었던 문학의식을 심도 있게 담아내고 있었던 것이다.

넷째, <봉산욕행록>에는 동류의식 역시 강하게 나타나고 있다는 점이다. '동류同類'는 같은 세계관을 가진 사람들이 함께 하는 문화의식을 말한다. 이 때문에 제자들은 스승을 존경하고, 스승은 제자를 아꼈다. 7월 22일 저녁에 잠깐 비가 내리더니 밤이 되자 풍우가 몰아쳤다. 이러한 와중에 노극홍, 이천봉, 이육 등이 배 안에서 자게 되었는데, 정구는 이때 배에서 자는 제자들의 안전을 걱정하며 밤새도록 잠을 이루지 못하였다.[51] 또한 욕행이라는 특수상황에서 윤효전이 제자가 되기도 하고, 그 범위가 지역의 선비들로 확장되면서 한강학파의 세력이 더욱 확대되기도 하였다. <봉산욕행록>에 근거하여 『한강급문록』에 등재되기 위한 단자를 만들었던 상황은 이를 설명하기 위한 좋은 예가 된다.[52]

동류의식에 입각하여 정구가 목욕을 할 때 일군의 제자들도 함께 목욕을

49 <蓬山浴行錄> 8月 29日條, "南溪亦有臥龍淵, 梁甫吟來慕古賢. 可惜櫝中藏美玉, 一生榮辱肯何緣.(鄭逑)"

50 <蓬山浴行錄> 8月 29日條, "鳶飛魚躍自天淵, 一脈眞源屬我賢. 白首還嗟江渭阻, 青眸相對杳難緣.(崔興國)"

51 <蓬山浴行錄> 7月 22日條, "克弘·天封·堉等, 宿于舟中, 是夜風雨大作, 先生思念舟宿不安, 終夜未得安枕."

52 <봉산욕행록>에 나타나는 인물 가운데 『檜淵及門錄』에도 중복해 등장하는 인물은 84명이다. 이에 대한 구체적인 명단은 한영미, 앞의 논문, 66쪽, '「檜淵及門錄」과 「蓬山浴行錄」 중복 수록 인물'에 자세하다.

했고, 침을 맞을 때 그들 역시 침을 맞았다. "아침에 선생이 석탕石湯에서 목욕하셨다. 도자와 도일이 모시고 들어가고, 여러 제자들도 모두 목욕했다.(8월 2일)", "안박이 침을 놓았는데 윤우, 도자, 도일, 육 등도 각기 침을 맞았다. 극홍도 침을 맞고 사사로이 거처하는 집으로 물러가 병을 다스렸다.(8월 7일)" 등의 기록은 모두 이것을 말한다. 정구가 목욕하는 사이 선비들은 다른 곳으로 유람을 떠나기도 했다. "선생이 아침에 내석탕에서 목욕하셨다. 이후경, 이서, 이천봉, 이윤우, 노극홍 등이 수사와 몰운대 유람을 약속하여 부산으로 갔다.(8월 24일)", "노해盧垓, 이무李務 등이 몰운대 유람에 동참하지 못했더니 드디어 이정익李廷翼, 이계윤李繼胤, 박준朴晙, 최형崔逈과 함께 부산으로 달려가 증성甑城에 올라 바다를 구경하고 저녁에 돌아왔다.(8월 24일)" 등의 기록을 통해 이를 확인할 수 있다. 한편 한강학파는 동류의식을 형성하며 자율성을 확보하면서도 엄격성 또한 유지하고 있었다. 이러한 사실은 다음 기록에 잘 나타난다.

> 이육이 어제 탕약을 잘못 달여 혼이 난 관계로 정성을 다해 다시 달이기를 원하자 선생이 허락했다. 약재도 넣지 않고 달이는가 하면 너무 달여서 모두 태워 버리고 와서 머리를 숙이며 사죄하였다. 선생이 후경을 돌아보며 이르시기를, "어제 이미 잘못 달였는데 오늘 또다시 달이기를 허락하였으니 허물이 실로 나에게 있다. 너는 나를 꾸짖도록 하라."라고 하셨다. 육이 황공하여 사죄하자 선생께서 물 7홉을 더 붓고 다시 달이게 하여 드셨다.[53]

8월 3일의 기록이다. 이에 앞서 8월 2일에는 정구가 평위산과 생맥산을

53 <蓬山浴行錄> 8月 3日條, "李堉, 懲於昨日湯藥之失, 願更煎以自效, 先生許之. 臨煎不入引材, 且過煎至於焦盡, 來首謝罪. 先生, 顧謂厚慶曰, 昨已誤煎, 今又許其再煎, 咎實在我, 爾其責我. 堉, 惶恐謝罪, 先生, 命加入水七合, 改煎以服之."

복용하였는데, 이육이 약 달이기를 감독하면서 알맞게 조절하지 못하자 정구로부터 꾸중을 들은 적이 있었다. 이에 이육이 어제 탕약을 잘못 달여 혼이 난 관계로 다시 달이기를 청하자 정구가 이를 허락했다. 그런데 이번에는 약재를 넣지 않고 달이는가 하면 너무 달여 태워 버리기도 하였다. 이때 정구는 허물을 자신에게 돌리고 정확한 방법을 가르쳐 주며 새롭게 달이도록 하였다. 이러한 사제간의 엄격성은 7월 21일의 기록에도 보인다. 당시 공사원公事員으로 정해둔 이천봉이 배 안에서 법도를 어기자, 정구가 큰 잔을 들어 벌주를 마시게 하였던 것이다. 이 역시 자율성 속의 엄격성을 파악할 수 있는 대목이라 하겠다.

<봉산욕행록>에는 다양한 문화적 요소가 있고, 이에 따른 의식이 존재하며 그것은 중요한 문화적 의미로 나타난다. 여행문화가 발달한 조선조 선비사회에서 기록과 문학의식이 교융하면서 독특한 문화를 만들어냈고, 그 결과물로 기행록이 존재할 수 있었다. <봉산욕행록> 또한 그 가운데 하나이다. '정구'의 '욕행'이라는 이례적 사실이 이황과 조식 사후 낙동강 연안을 중심으로 형성되어 있었던 한강학파의 활동 등과 맞물리면서, 존현의식과 동류의식을 더욱 부각시킨 것이다. <봉산욕행록>에 나타나는 이러한 문화적 의미는 정구를 중심으로 한 지역 선비사회의 한 단면을 보여준다는 측면에서 주목할 필요가 있다.

## 5. 맺음말

이 글은 <봉산욕행록>를 문화론적 시각으로 읽기 위해 기획된 것이다. 문화론은 인간의 생활을 복합적으로 이해하는 데 용이하다. 이러한 측면에서 우리는 <봉산욕행록>을 통해 정구와 그의 시대를 다층적으로 이해할 수 있게 된다. 이 작품은 75세의 대학자 정구가 중풍을 치료하기 위해 동래 온천을 다녀온 46일 간의 기록이다. 1617년 7월 20일에서 9월 5일까지 여행이 진행되었고, 하행길은 7일로 주로 뱃길을 이용하였으며 강 연안에서 수많은 사람들이 마중과 배웅을 거듭하였다. 김해에서 온천까지는 육로를 이용하였으며, 동래 온천에서는 30일 동안 머물며 목욕과 복약, 시침 등으로 병을 다스렸다. 상행길은 9일로 육로를 이용하였는데, 통도사, 포석정, 이수 등에서는 세 차례의 동화록을 남기며 동석한 사람들을 잊지 않고자 했다.

<봉산욕행록>이 정구의 치병을 위한 여행일기라고 할 때, 이를 중심으로 한 다양한 문화적 요소를 발견할 수 있다. 여행문화, 치병문화, 접대문화, 기념문화, 추모문화, 강학문화 등이 바로 그것이다. 이를 통해 우리는 당대 선비들의 여행과 접대, 기념과 추모, 강학 등을 폭넓게 관찰할 수 있다. 이것은 정구의 치병여행이라는 이례적 사실이 당대의 문화적 보편 문맥과 맞물리면서 일어난 현상이다. 이뿐만 아니라 여기에는 존현의식, 기록의식, 문학의식, 동류의식 등도 문화적 의미로 작동하였다. 그러나 <봉산욕행록>의 문화론적 독해가 여기서 그치고 말 수는 없다. 이를 바탕으로 논의가 더욱 확산될 때, 이 작품은 활학活學으로서의 의미를 지니게 된다. 이러한 측면에서 몇 가지를 제언하기로 한다.

첫째, 강에 대한 문화적 인식을 새롭게 할 필요가 있다. 강은 좌안과 우안을 구분하는 경계적 의미를 지니기도 하지만, 동시에 두 연안을 잇는 소통적 의미도 내포한다. 낙동강의 경우도 예외가 아니다. 따라서 <봉산욕행록>이 강안을 중심으로 이야기가 구성되고 있다는 측면을 고려할 필요가 있다. 이황과 조식 사후에 낙동강 연안 지역에서 이 둘을 아우르며 정구가 강력한 문파를 형성하고 있었다고 할 때, 320여 명이 등장하는 <봉산욕행록>은 특별

한 의미를 지닌다. 낙동강 연안, 즉 낙안洛岸은 강이 만들어낸 수려한 경관을 배경으로 누정 등 문화공간이 조성되어 있었다. 이러한 문화공간을 배경으로 문화활동이 이루어졌다고 볼 때, 강은 문화론적 측면에서 특별하다. 이를 인식하면서 <봉산욕행록>을 새롭게 조명할 필요가 있을 것이다.

둘째, <봉산욕행록>에서 흥미소를 끌어내 이를 중심으로 스토리텔링을 할 수 있을 것이다. 거룻배를 띄워 정구에게 술잔을 올리기 위하여 급하게 노를 젓는 일, 맡은 바의 책무를 제대로 수행하지 못하여 벌주를 마시는 일 등 <봉산욕행록>에는 다양한 흥미소가 존재한다. 여러 사람들이 행동을 같이 하기 때문에 특별한 사건이 발생하기도 한다. 예컨대 8월 16일에 정수길鄭受吉과 보생保生 등이 시장에 갔다가 시장의 감독자와 싸워 보생은 심하게 구타를 당했고 수길은 두 손가락을 깨물려서 피가 낭자해 돌아오는 일이 있었다. 이와 관련하여 8월 18일에는 동래부사가 감독관의 말을 믿고 종을 잡아들이고, 8월 19일 종은 풀려나고 부사가 와서 해명하는 일련의 사건이 벌어졌다. 이러한 특수상황을 면밀히 조사하여 당대적 상황에 맞게 스토리텔링을 구성할 수 있을 것이다.

셋째, <봉산욕행록>에는 조선시대 선비들의 한수작閑酬酢이 구체적으로 드러나는바 이에 대한 확장적 탐구가 요청된다. 한수작은 여가와 풍류, 그리고 일상과 맞닿아 있다. 이러한 측면에서 <봉산욕행록>은 매우 중요한 사례를 제공한다. 정구 자신이 낙안洛岸에 형성된 수려한 자연을 감상하기도 하고, 따르는 선비들이 더욱 먼 곳으로 유람을 갔다가 돌아오기도 한다. 이 과정에서 술자리가 열려 피리를 불거나 가야금을 연주하기도 하고, 때로는 '황창랑黃倡郞'과 '처용도가處容櫂歌' 등의 잡희가 베풀어지기도 한다. 작시 행위도 그 연장선상에서 이해할 수 있다. 우리는 여기서 <봉산욕행록>에 정구를 중심으로 한 사대부들의 한수작 문화가 집약되어 있다는 것을 발견하게 된다. 이에 대한 확장적 이해는 조선조 선비들의 여가와 풍류를 더욱 다채롭게 이해하는 중요한 계기가 될 것이다.

넷째, 시공의 제한을 벗어나 <봉산욕행록>의 노정과 연계되어 있는 문헌자료를 폭넓게 수집해서 연구할 필요가 있다. 1617년의 봉산 욕행을 마치고, 정구는 2년 뒤인 1619년 6월과 7월에도 각각 동래 온천과 울산 초정으로 온천욕을 떠난다. 77세의 일이다. 이때 59세의 노계蘆溪 박인로朴仁老(1561-1642)는 울산 초정으로 달려와, <신유추여정한강욕우울산초정辛酉秋與鄭寒岡浴于蔚山椒井>이라는 시조 두 수를 짓는다. 이러한 자료는 개인문집 등에 풍부하게 나타난다. 이 밖에도 함양 용화산을 배경으로 하는 <용화산하동범록龍華山下同泛錄>, 창원의 관해정과 그 주변, 정구가 제향되어 있는 반구서원의 삼현사 등으로 확장하여, 정구와 관련된 보다 풍부한 자료를 수집해 연구할 필요가 있다.

다섯째, <봉산욕행록>을 중심으로 한 문화적 재현 역시 필요할 것이다. 오늘날 우리는 문화산업의 시대에 살고 있다고 해도 과언이 아니다. 지방자치단체에서는 지역의 문화 인소를 발굴하여 현대인들에게 제공한다. 여기에는 과장과 왜곡이 심각하게 존재하는 경우도 있다. 이러한 사실을 염두에 두면서, 대구광역시, 부산광역시, 경상북도, 경상남도가 연대하여 낙동강 중하류를 중심으로 한 정구의 욕행문화를 재구할 필요가 있다. 이는 한편으로 정구 당대의 문화를 이해하면서, 다른 한편으로 오늘날의 강 문화를 새롭게 향유하는 일이 될 것이다. 이러한 당대적 재구와 현대적 향유는 문화가 시대를 초월하여 존재한다는 것을 의미한다는 측면에서 주목된다.

<봉산욕행록>은 정구와 그 학파, 그리고 당대의 문화를 이해하는 데 있어 활용 가치가 매우 높은 자료이다. 젊은 날 가야산을 기행한 후 남긴 <유가야산록>이 정구 자신의 기록이었다면, 이것은 그의 제자 이윤우의 기록이다.

또한 당대의 선비들은 정구가 자연과 인간의 학문적 교융을 통해 화해하고, 공자에게서 출발한 유학이 주자를 거치면서 그에게로 전해졌다고 믿었다. 박인로가 정구를 위해 지은 이른바 <초정가> 두 수에도 이러한 사정이 잘 나타난다. 이것은 정구의 봉산 욕행이 단순한 치병여행이 아니라는 것을 의미한다. 박인로의 시조를 제시하면서 본 논의를 마무리하기로 한다.

神農氏 모른 藥을 이 초정의 숨겨던가
秋陽이 쬐오는듸 물속의 잠겨시니
曾點의 浴沂氣像을 오늘 다시 본덧ᄒᆞ다

紅塵에 쓰지 업셔 斯文을 닐을 삼아
繼往開來ᄒᆞ야 吾道를 발키시니
千載後 晦菴 선생을 다시 본 덧 ᄒᆞ여라[54]

54 朴仁老, 『蘆溪集』 권3, <辛酉秋, 與鄭寒岡浴于蔚山椒井>

# 제5장 강안학의 지역별 전개

## 1. 상주, 복지동천의 이상향

### 1) 강안학과 상주 문화

#### (1) 회통성

상주는 지리적 측면에서 기호학과 영남학이 만나는 곳이다. 관찰사가 오래 거주할 뿐만 아니라 서울과의 긴밀한 연락망을 갖추고 있었기 때문에 특별한 곳이라 하지 않을 수 없다. 일찍이 배상룡裵尙龍(1574-1655)이 <통상주향교문通尙州鄕校文>에서 "생각건대 귀주[상주]는 관찰사께서 오래 머물고 계신 곳일 뿐만 아니라 사행使行이 계속해서 오고 가며 조보朝報도 끊이지 않는 곳입니다."[1]라고 한 것도 모두 이 때문이었다. 여기서 나아가 이 지역 사람 정경세鄭經世(1563-1633)는 송시열宋時烈과 함께 서인의 종장으로 성장하는 송준길宋浚吉을 사위로 맞는다.

영남지역 양반가에서는 정경세가 송준길을 사위로 삼은 것과 관련하여

1 裵尙龍, 『藤庵集』 권4, <通尙州鄕校文>, "想貴州不但監司久駐, 星使絡繹, 朝報不絶."

이야기가 두루 전한다. 대체로 두 편으로 이루어져 있는데, 하나는 무엇 때문에 송준길을 사위로 맞았는가 하는 것이고, 다른 하나는 송준길이 우복의 딸을 어떻게 생각했는가 하는 것이다. 이것은 아마도 이들의 혼인이 여러모로 특별하였기 때문에 생겨났을 것으로 보인다. 설화가 근거를 가진 허구라 볼 때, 이 역시 허구이기는 하되 근거를 명확히 가진 것으로 볼 수 있다. 그중 하나를 들어보기로 한다.

우복이 당시 기호학파의 거장이었던 사계 김장생의 집에 사위를 구하러 갔다. 마침 사계는 없고 그 집에 학동 세 명이 글을 읽고 있었다. 우복이 집에 들어가서 상주에 사는 정 아무개라며 자신이 누구인지를 밝히자 세 명은 각기 행동을 달리했다. 한 사람은 방 안에서 멀뚱거리며 한 번 보더니 인사도 하지 않았다. 또 한 사람은 선생님의 친구가 왔다면서 버선발로 뛰어 내려와 호들갑을 떨며 인사를 했다. 그리고 나머지 한 사람은 앉아서 책을 읽고 있다가 일어나 간단히 목례를 한 후 자신이 하던 일을 그대로 하였다.

사계가 돌아와 우복을 반갑게 맞이하였다. 그리고 우복은 자신이 찾아온 이유에 대하여 말하고, 문하생들 가운데 장래가 촉망되는 사람이 있으면 사위를 삼을 수 있도록 한 명을 추천해 달라고 했다. 이때 사계는, '오늘 본 학생들은 어떻던가.' 하고 물었다. 우복은 자신이 본대로 느낀대로 이야기했다. 즉 한 사람은 거만해보이고, 다른 한 사람은 너무 가벼워 보이고, 나머지 한 사람은 그 가운데쯤 되는 것 같다고 했다. 우복은 여기서 중용에 조금 더 가까운 이를 선택하여 사위로 삼았다. 마지막 사람이 그 사람인데 바로 송준길이다. 방안에 있으면서 본체만체했던 사람은 송시열이고, 버선발로 뛰어나왔던 사람은 이유태였다.[2]

2 정우락, 『영남을 넘어, 상주 우복 정경세 종가』, 예문서원, 2013, 120-121쪽.

이 이야기는 흥미롭다. 정경세가 중용을 소중히 한 사람이며 균형감각이 있는 사람임을 알 수 있게 한다. 적어도 설화를 전하는 언중言衆은 그렇게 생각하고 있었다. 학문적으로 정경세는 기호학과의 회통성을 보인다. 그의 6대손인 정종로鄭宗魯 역시 정경세와 마찬가지로 학문하는 태도에서 당색을 따지지 않았다. 이 때문에 당색과 계파를 초월하여 안정복安鼎福 등 당세의 덕망 있는 선비들을 두루 찾으며 그의 학문세계를 넓혀갈 수 있었다. 흔히 그의 학맥을 이상정李象靖에게 두고 있지만, 정경세에서 정도응鄭道應으로 이어지는 가학 연원을 통해 학문을 전수받고 있어, 어느 하나의 문파로 특정하기는 어렵다.

상주지역의 기령학적 측면은 이 지역의 서인학맥에서도 잘 나타난다. 상주의 창녕성씨 가문은 누대로 서인학맥에 연원을 두고 있었는데, 성람成灠(1556-1620)은 종형인 성호成浩와 함께 서경덕의 문인인 남언경南彦經을 사사하고, 다시 이이李珥와 성혼成渾의 문하에 수학하였다. 특히 성람은 존애원에서 유의儒醫로서 의료시술을 행하기도 하는 등 상주에서 중요한 역할을 했다. 또한 남인계가 주도하여 세운 상주의 대표적인 서원인 도남서원에 성진승成震昇 등의 서인계 인물들이 창설부터 운영에 이르기까지 깊이 참여하고 있었던 점 또한 이러한 회통성 내지 개방성에 근거한다고 하겠다.

상주지역은 퇴남학의 회통성 역시 뚜렷하게 나타난다. 강안지역은 영남학 내부에서 퇴계학과 남명학이 회통되고 있다는 측면에서 주목을 요한다. 퇴계학파는 낙동강의 상류 좌측을 중심으로 활동하였고, 남명학파는 낙동강의 하류 우측을 중심으로 활동하였다. 이 과정에서 퇴계학파는 남진을, 남명학파는 북진을 모색하게 되었고, 중간 점이지대인 낙동강 중류의 강안지역에서 이황과 조식을 함께 스승으로 모신 선비들을 중심으로 강의 좌우를 절충하고 통합하고자 했다. 한려학파가 대표적이라 하겠는데, 이 학파는 강을 사이에 두고 대립한 영남의 좌우를 하나로 통합하기 위하여 노력하였으며, 선악이나 군자·소인 등으로 구분하는 이분법적 사고가 지닌 문제를 심각하게 인식했기 때문이다.

상주지역의 경우, 김담수金聃壽(1535-1603)를 들 수 있다. 그는 원래 성주가 고향으로 조식의 제자였지만, 임진왜란을 맞아 예안지방으로 피신하면서 이황의 제자들과 교유하게 되고, 이 과정에서 퇴계학에도 심취한다. 즉 퇴계학과 남명학의 회통성을 보인다는 것이다. 특히 1598년 겨울에 어머니가 세상을 떠나자 상주 위수의 남쪽 기슭에 안장하고, 3년상을 마치고도 이곳에 남아 산수와 더불어 살았다. 가학으로 시작한 그의 학문은 이문건李文楗(1494-1567)이 성주로 유배를 오자 책을 지고 가서 수학하면서 본격화되었다.[3] 구체적인 성리서를 접한 것은 조식의 제자 오건吳健(1521-1574)과 이황의 제자 황준량黃俊良(1517-1563) 등을 스승으로 모시면서부터였다. 20세 무렵 오건이 성주향교의 교관으로 부임하자 그는 나아가 『심경』과 『근사록』을 배웠고,[4] 25세 무렵 황준량이 성주목사로 부임해 왔을 때는 『중용』과 『대학』 등을 나아가 읽었다.[5] 이처럼 그는 퇴남학을 회통해 나갔던 것이다.

그렇다면 조식의 제자 김담수가 이황의 제가 가운데 어떤 인물과 주로 교유하였던가. 정유재란을 맞아 안동 쪽으로 피신하면서 그 관계는 자연스럽

3 李象靖, <行狀>(『西溪集』 권3), "默齋李公文楗, 嘗謫居州境, 公負笈往從, 李公深可愛敬."

4 『德川師友淵源錄』 金聃壽條에는 "弱冠, 與河台溪溍, 韓鳳岳夢逸, 安時進時進諸公, 就成浮查之門, 篤志力學, 絶意榮途, 晦跡以自守."로 기록되어 김담수가 20세쯤에 조식의 제자 成汝信(浮査, 1546-1632)의 문하에도 나아간 것으로 되어 있다.

5 김담수는 사서와 성리서 외에도 『주역』과 『시경』 등에 잠심한 것으로 보인다. <東皐讀易吟>(『西溪集』 권1)에서 '三絶韋編仰聖傳, 窮尋奧妙質先賢'이라 하고, <次隨遇子送蘭坡韻>(『西溪集』 권1)에서 "世事悠悠渾不省, 羲經閑讀翫陰陽"이라 하여 『주역』에 많은 관심을 보인다. 그리고 <謝雪月堂寄音三首>(『西溪集』 권1)에서는 "韻致淸奇老益成, 翫深三百理心情"이라고 하여 『詩經』을 읽으며 마음을 다스리고 있어 김담수 독서경향의 일단을 알 수 있게 한다.

게 이루어졌다. 조목趙穆(1524-1606), 금난수琴蘭秀(1530-1604), 김부륜金富倫(1531-1598), 금응훈琴應壎(1540-1616) 등을 피란지에서 만나 시문을 주고받으며 학문을 토론하게 되는데, 모두 이황의 고제들이었다. 금난수의 정자인 고산정孤山亭에 시를 쓰기도 하고,[6] 금난수가 멀리서부터 찾아오자 '산옹이 야인의 정자에 찾아오니, 한 번 읍하고 집에 올라 기쁜 모습으로 맞이하네'[7]라 하기도 했다. 이 밖에도 김부륜, 금응훈, 금경琴憬 등과도 시문을 주고받는데, 조목의 경우는 특별했다.

(가) 舊面重逢喜可知　옛 친구 다시 만나 기쁨 가히 알 수 있지만
還嗟兩鬢白絲絲　도리어 귀밑머리가 하얗게 되었음을 탄식한다네
傷心時事渾無賴　시사時事에 마음 상하여 전혀 의지할 곳이 없어
擬向春江共一巵　봄 강으로 나아가 함께 술이나 마실거나[8]

(나) 千愁萬恨有誰知　수많은 근심과 한을 누가 알리오
時事如今似亂絲　지금 같은 시사時事는 어지럽기가 실과 같다네
無路請纓心萬里　종군으로 보국할 길 없고 마음만 만 리를 달리는데
不如携酒屢傾巵　술병 잡고 자주 술잔 기울이는 것만 같지 못하네[9]

앞의 작품은 조목의 원운이다. 김담수는 이 시의 운을 빌려 세 수를 짓는데 뒤의 작품은 그 마지막 수이다. 이 둘은 오랜만에 만나 시사를 걱정하면서 깊은 상심을 토로한다. 그리고 험난한 시국에 대한 유자로서의 한계를 절감

6　金聃壽, 『西溪集』 권1, <孤山亭> 참조.
7　金聃壽, 『西溪集』 권1, <次叢巖韻謝琴惺惺齋聞遠見訪>, "山翁來訪野人亭, 一揖登軒眼更靑. 共醉尊前秋日暮, 柴門相送步苔庭."
8　趙穆, 元韻(『西溪集』 권1)
9　金聃壽, 『西溪集』 권1, <次東皐韻三首> 其三.

하며 술로 스스로를 위로하고자 했다. 이 같은 우의에 입각하여 김담수는 <우음단율정월천偶吟短律呈月川>,[10] <동고독역음東皐讀易吟>,[11] <사동고장思東皐丈>[12] 등을 지어 조목을 그리워한다. 이들 작품에서는 산속에서 조용히 살며 도맥을 탐구하는 조목을 칭송하기도 하고, 『주역』에 잠심하는 조목에게 묘리를 물어보기도 하고, 정은 깊으나 병들어 자주 찾아가지 못하는 것에 대한 안타까움 등을 두루 언급했다. 우리는 여기서 김담수가 조목 등 이황의 제자들과 교유하면서 그들 스승의 학문에 대한 토론도 함께 하였을 것이라는 사실을 어렵지 않게 짐작할 수가 있다.

### (2) 실용성

유학은 기본적으로 생활 속에서의 실용과 실천을 주요 목표로 삼는다. 따라서 여기서 말하는 실용성은 실천성을 전제한 개념이다. 개인적인 수양은 말할 것도 없고, 쇄소응대灑掃應對 등의 일상생활, 혹은 민본사상에 입각한 사회인 방향에서 설정되기도 한다. 이 가운데 실용주의에 입각한 실천정신의 대표적인 예로 우리는 흔히 조식의 경우를 든다. 그는 이황에게 편지를 보내, "근래 학자들을 보건대, 손으로 물 뿌리고 비질하는 예절도 모르면서 입으로 천리天理를 말한다."[13]라고 하면서, 실천을 강조한 바 있기 때문이다. 여기서 말하는 '손으로 물 뿌리고 비질하는 예절'은 사람이 지켜야 할 기본적 예절에 해당한다. 책 속에 보이는 이념에만 함몰될 때 유학에서 제시하는 가장 기본적인 것도 놓치고 말게 된다. 이러한 점에서 우리는 상주의 경우를 주목할

10 金聃壽, 『西溪集』 권1, <偶吟短律呈月川>

11 金聃壽, 『西溪集』 권1, <東皐讀易吟> 여기의 '동고'는 월천 조목의 다른 호이다.

12 金聃壽, 『西溪集』 권1, <思東皐丈>

13 曺植, 『南冥集』 권4, <與退溪書>, "近見學者, 手不知洒掃之節, 而口談天理."

필요가 있다.

이전李埏(1558-1648)과 이준李埈(1560-1635) 형제를 그 예로 보자. 1593년(선조 26) 봄에 이준이 그의 형 이전李埏과 함께 상주의 향병소鄕兵所에 머물고 있을 때 갑자기 왜적이 쳐들어왔다. 당시 이준은 곽란霍亂으로 거의 기동을 못하였는데, 그는 형에게 병으로도 죽을 몸이니 형님이나 피신하여 가문을 보존해 달라고 간청했으나, 형은 끝내 동생을 업고 백화산白華山으로 피해 그의 생명을 유지할 수 있게 했다. 이러한 사실을 바탕으로 그림을 그렸는데, 그것이 바로 <형제급란도兄弟急難圖>이다. 손기양孫起陽은 이를 주목하면서 <형제급란도> 뒤에 그 사실을 다음과 같이 특기하였다.

(가) 임진년의 변란에 왜적이 상산에 침입하였다. 어느 날 적이 갑자기 닥쳤는데 숙평은 병을 앓고 있어서 땅에 넘어졌다. 숙재를 돌아보며, "나는 안되겠습니다. 형은 빨리 도망가서 모면하십시오."라고 했다. 숙재는 말하기를, "옛날에는 죽음을 다툰다고 하였는데, 내가 어찌 차마 너를 버려두고 살겠느냐?"라고 하고는 그 동생을 등에 업고 험한 곳을 달려가 넘었다. 홀연 적병 2명이 산허리에서부터 칼을 휘두르며 앞으로 왔다. 숙재는 하늘을 우러러보며 축원하기를, "하늘이 아시듯이 우리는 죄가 없습니다."라고 하고는 활을 당겨 적을 겨누며 큰소리를 내어 지르니 적이 버리고 가버렸다. 또다시 업고 산꼭대기에 올라 돌아보니 숙평이 처음 넘어졌던 곳에는 흰 칼날이 들판을 뒤덮고 시체가 쌓여 언덕을 이루고 있었다.[14]

(나) 계사년 봄에 나는 복주福州에서 숙평叔平을 만났다. 숙평은 그때 겹겹으

14 孫起陽, 『聱漢集』 권4, <題急難圖後>, "壬辰之亂, 倭冦商山, 一日賊猝至, 而叔平患疾倒地, 顧謂叔載曰我則已矣. 兄亟走免, 叔載曰古有爭死, 吾忍舍汝而生, 遂背負其弟, 走踰絶險. 忽有二賊自山脊揮劒而前, 叔載仰天祝曰天若有知, 我輩無罪, 乃彎弓向賊, 大聲奮呼, 賊舍去. 又負上絶頂, 回視叔平初倒之地, 則白刃蔽野, 積屍已成堆矣."

> 로 상복을 입고 있었는데 울면서 말하기를, "나를 낳은 이는 부모요 나를 살린 것은 형님입니다."라고 하면서 자신을 업고 산에 오르는 일을 자세하게 이야기하기를 마지않았기에 입으로 탄식을 하면서 마음에 새겨두었다. 그 뒤 17년 뒤인 기유년에 숙평叔平이 서울에 벼슬을 살았을 때, 내가 여관에 따라간 적이 있었다. 숙평은 화가에게 〈급란도急難圖〉를 그리게 하고 시문을 쓰게 했다.[15]

위는 <제급난도후>의 일부이다. 위의 숙재는 이전李㙉의 자이고 숙평은 이준李埈의 자이다. 앞의 자료에서는 변란을 만나 이전이 이준을 살려냈던 사실, 뒤의 자료는 앞의 사실을 바탕으로 그림을 그리고 시문을 쓰게 한 일을 적었다. 같은 상주 사람 정경세 역시 이 그림의 뒤에 글을 썼다. 그는 여기서, "내가 이전을 보건대 그 우애의 마음은 겉부터 속까지 털끝만큼도 거짓으로 꾸밈이 없으며, 젊어서부터 늙을 때까지 어느 한순간이라도 끊어진 적이 없었다. 이준이 일찍이 폭허증暴虛症을 앓아 거의 죽었다가 살아나 여러 달 동안 낫지 않고 있었는데, 이전이 밤낮없이 함께 거처하면서 잠시도 곁을 떠나지 않은 채, 때맞추어 음식을 먹이고 약재를 조제하였으며 때맞추어 잠자고 일어나게 해 끝내 완전히 낫게 하는 데에 이르렀는바, 그 지극한 행실이 신명에게 미더움을 받은 것은 하루아침에 된 것이 아니다."[16]라고 하면서 죽음을 불사한 이전의 우애를 크게 기렸다.

정경세와 이준 등이 설립한 존애원存愛院 역시 실용정신의 중요한 표상이다. 존애원은 전국 최초의 사설의료기관이다. 정경세가 이를 설립할 때는 그가 이런저런 병으로 고생할 때였다. 자신의 몸에 닥친 병마로 인해 다른

---

15 孫起陽, 『贅漢集』 권4, <題急難圖後>, "癸巳春, 余與叔平相遇於福州, 叔平時欒然孝服, 泣而言曰生我者父母, 活我者伯氏也, 道其扶負上山之事, 歷歷不已, 固已歎乎口而記于心矣. 後十七年己酉, 叔平官京師, 余從遊于旅邸, 叔平要畫師繪作急難圖, 因以詩文識之."

16 鄭經世, 『愚伏集』 권15, <書急難圖後>

사람의 몸에까지 생각이 간절하게 미쳤는지도 모르겠다. 당시 정경세는 유년기와 청년기를 보낸 청리면 율리에 있을 때였고, 정경세의 생각에 적극 찬동한 사람은 이준李埈과 성람成灠 등이었다. 정경세의 연보 40세 조는 존재원과 관련하여 이렇게 기록해 두고 있다.

> 묘지에 이르기를, "당시에 공은 시골에 머물러 있은 지 2년이나 되었다. 이에 뜻을 같이하는 사람들과 더불어 상의하기를, 유마힐維摩詰은 관직에 있었던 사람이 아닌데도 능히 다른 사람의 몸이 아픈 것을 보기를 자신의 몸이 아픈 것처럼 보았다. 우리들은 모두 남에게 은택을 끼쳐 주려는 뜻을 품고 있는 사람들이다. 그런데 유독 동포들을 구제해 주기를 생각하지 않을 수 있겠는가."라고 하였다. 그리고 드디어 각각 돈을 내어 의국醫局을 설치하고는 그 이잣돈을 가지고 약재藥材를 사서 병에 따라 투약하였으며, 선유先儒가 말한 "마음을 보존하고 남을 사랑한다[存心愛物]."는 말을 취해서 그 의국을 '존애원[처음에는 존애당이라 하였다]'이라고 이름 붙였는데, 그 음덕陰德이 다른 사람에게 미쳐 간 것이 아주 넓고도 컸다."라고 하였다.[17]

묘지의 기록을 인용한 것인데, 설립 동기와 운영 방법, 존애원이라는 이름의 근거 등을 두루 밝히고 있다. 설립 동기는 동포에게 은택을 끼치려는 생각이며, 운영은 각기 돈을 내어 의국을 설치하고 그 이잣돈으로 약재를 사서 투약하는 것이며, 이름의 근거는 정이程頤(1033-1107)의 '존심애물存心愛物'에서 찾았다. 여기서 '존심'은 마음을 잘 보존한다는 것이며, '애물'은 사물을 사랑한다는 것이니 수기修己를 통한 치인治人의 완성을 이 명칭에서 읽을 수 있다.

---

17 『愚伏集』「年譜」40세조, "墓誌云, 時公家食將二稔矣. 乃與同志相議曰, 維摩詰非有位者也, 而能視人之病猶己之病. 吾徒皆有志澤物, 獨不念康濟同胞耶? 遂各出錢設醫局, 取其息貿村料, 隨病投藥, 取先儒存心愛物語, 名其局曰存愛院, 其陰德之及物者廣矣."

존애원은 지역민을 지역민 스스로가 구제하자는 것이 근본적인 취지였다. 지방의 의료환경이 지극히 열악한 상황을 타개하자는 의도가 잠복해 있음은 물론이다. <존애원기>는 이준이 썼는데, 그는 여기에서 이와 관련하여 다음과 같이 쓰고 있다.

> 우리나라 약재는 일 없는 자들을 모아 채취하게 하고, 당재唐材는 쌀과 베를 내어 무역하였다. 약재가 이미 구비되면 이를 출납하는 장소가 없을 수 없어, 이에 창고를 지어 저장하고 손님이 날로 모여 숙박할 곳이 있어야 하니, 이에 당우堂宇를 세워서 수용하였다. 약을 팔아서 기본 자금을 삼고 나머지는 모으고 늘려서 모든 비용과 재요를 구입하는 데 충당하였는데, 누구든지 약을 구하는 자에게 짐짓 얻게 해주니 효과가 순식간에 파급되었다. 이에 정선생의 '존심애물'이란 말을 따서 '존애원'이라 하였다. 대개 다른 사람은 나와 친소親疎가 서로 다르나 모두 천지 사이에 태어나 한 기운을 고르게 받았으니, 마음 가득히 차마 하지 못하는 마음을 미루어 동포를 구제하고 살리는 것이 어찌 사람의 본분을 다하는 것이 아니겠는가. 한 선비가 그 위位는 비록 미미하고 그 시행은 넓지 못하지만 실로 애물愛物하는 마음을 지니고 있다면 반드시 사물을 구제하는 공이 있을 것이다. 이것이 군자가 마음에 지닐 것이며 편액이 취한 뜻이다.[18]

존애원의 운영의 방법과 '존애'라는 이름을 갖게 된 배경을 두루 말하고 있다. 이 글에 의하면 사람의 입장에서 보면 친하고 그렇지 못한 것이 서로

---

18 李埈, 『蒼石集』 권13, <存愛院記>, "鄕藥則募游手而採之, 唐材則出米布以貿之, 材料旣備. 不可無出納之所, 於是, 營庫間以貯之, 賓旅日集, 不可無止泊之處, 於是立堂宇以待之. 賣藥而受直, 存本以取殖, 倉儲充牣, 諸料皆辦, 有求輒應, 獲效如響. 於是, 取程先生存心愛物語, 名之曰存愛院. 蓋人之與己, 親疎雖別, 竝生兩間, 均受一氣, 則推滿腔不忍之心, 以活同胞, 豈非其分內事乎? 一命之士, 其位雖微, 其施雖不溥, 而苟存愛物之心, 則必有濟物之功, 此君子之所以爲心, 而扁額之所以取義也."

다르지만 하늘의 입장에서 보면 모두 같은 사람이다. 이러한 측면에서 나에게 하늘이 부여한 선한 마음을 근본으로 하여 사물을 사랑하는 마음으로 넓혀가야 한다. 이준은 존심애물에 기반한 존애원의 건립취지를 이렇게 정리하고 있었던 것이다. 이준은 정경세를 달관자達官者로 칭하며 "자비는 보살과 같고, 포부는 나라를 경영하고 세상을 구제하는 데 있었다."라고 하며, 존애원 설립을 정경세가 주도하였다고 밝히고 있다. 이처럼 정경세가 존애원 설립을 주도하고 상주의 대표적인 학자 이준과 당시 관에서 물러나 처가인 상주에 머물고 있었던 유의儒醫 성람이 주치의를 맡았으니 일이 제대로 이루어지지 않을 수가 없었다.

### (3) 독창성

독창성의 측면에서 우리는 상주의 노수신盧守愼(1515-1590)을 대표적인 인물로 거론하지 않을 수 없다. 그는 김세필金世弼(1473-1533)과 홍인우洪仁祐(1515-1554) 등과 더불어 우리나라의 초기 양명학자에 해당한다. 특히 그는 나흠순羅欽順이 지은 『곤지기困知記』의 영향을 받아 이기일물설理氣一物說, 인심도심체용설人心道心體用說, 욕망긍정설 등을 대체로 긍정했다. <인심도심변人心道心辨>과 <곤지기발困知記跋> 등을 쓴 것도 그 연장선상에서 이해된다. 특히 <곤지기발>에서 '내가 늦게 『곤지기』를 얻어 보니 그 말이 정대正大하고 정미精微하여 발명하지 못한 것을 많이 발명하여 정주程朱의 문에 커다란 공이 있었다'[19]라고 한 바 있다. 이식李植(1584-1647)에 의하면, 노수신은 당시 선비들에 의해 이황보다 더 큰 기대를 받았던 인물이며, 유배지에서 비로소 나흠순의

19 盧守愼, 『穌齋集』 권7, <困知記跋>, "守愼, 晩得困知記, 見其言正大精微, 多發未發, 大有功於程朱之門."

『곤지기』를 읽으며 사상의 혁신을 꾀했고, 이 책이 지극히 정밀하여 정주학에 조금도 뒤지지 않는다고 생각했다고 한다. 그리고 그 설에 기초하여 <인심도심설>의 주석을 개작하고 또한 『대학장구大學章句』를 개정하였는데 모두가 육구연陸九淵(1139-1193)과 왕수인王守仁(1472-1528)의 학설이었다[20]고 했다. 이와 관련하여 다음 자료를 보자.

元來道與器非隣　원래 도와 기는 서로 분리되어 있는 것은 아니니
可認人心是外塵　인심을 외진이라 할 수가 있겠는가
須就道心爲大本　모름지기 도심이 대본이 되고
用時還見道乘人　마음이 움직일 때는 다시 도심이 인심을 타고 있는 것을 보네[21]

이 시는 <차운하여 정 첨사의 돌아가는 행차에 받들어 올리고, 다시 한 편을 지어 일재의 시자에게 전달하도록 당부하다[次韻, 奉呈鄭僉使廻軒, 復題一篇, 憑達一齋侍者]>이다. 여기서 노수신은 '도道'와 '기器'는 서로 분리되어 존재할 수 없다고 보았다. '이理'와 '기氣'의 경우도 마찬가지다. 이 때문에 승구에서 보듯이 인심은 외진外塵인 사욕과는 거리가 멀게 된다. 여기서 그는 도심이 대본이고 인심은 도심에 타는 것이라고 하면서, 인심은 도심이 발한 것이라는 새로운 규정을 하게 된다. 이것은 노수신 인심도심설의 핵심으로 주자의 인심도심설을 수정한 것이다. 더욱이 <인심도심변人心道心辨>에서는 "도심은 곧 천리가 마음에 갖추어져 있는 것이고, 그 발함은 기로써 하는 까닭에 인심

20 李植, 『澤堂先生別集』 권15, <追錄>, "蘇齋自少厲志苦學, 祖述靜菴, 聲名高於退溪, 及在海中, 雖不廢學, 憂愁之餘, 詩酒遣懷. 始讀羅靜庵困知記, 以爲廣大精微, 不下程朱, 用其說, 改作人心道心傳註, 又改定大學章句, 其言皆陸·王意也."

21 盧守愼, 『穌齋集』 권4, <次韻, 呈鄭僉使廻軒, 復題一篇, 憑達一齋侍者>

이라고 한다. 인심은 곧 중절함과 중절하지 못함이 있기 때문에 불안하다고 했고, 아직 미발일 때는 드러나지 않은 까닭에 은미하다고 했다."[22]라고 하면서, 그는 본성이 미발의 심체에 갖추어진 천리라 보았다. 결국 미발 심체와 본성을 구분한 주자의 견해와 선명한 대비를 이루게 된다.

노수신은 이처럼 양명학을 적극적으로 받아들였기 때문에 노진盧禛(1518-1578)과 김인후金麟厚(1510-1560), 그리고 이황 등에 의해 비판을 받을 수밖에 없었다. 특히 이황은 노수신에게 때로는 편지로 때로는 시로 그의 학문이 순정하지 못한 것에 대하여 비판하였다. 이황은 자신의 이 같은 생각을 제자들에게도 언급한 바도 있다. 이덕홍李德弘(1541-1596)에게 편지를 보내 노수신을 들어 상산象山의 견해를 묵수하여 매우 걱정스럽다[23]고 한 것이 그것이다. 이를 통해 우리는 당대인들이 노수신을 어떤 시각에서 평가하고 있는지를 분명하게 알 수 있고, 최근에 발견된 노수신의 『대학집록大學集錄』이 주희의 격물치지설格物致知說을 부정하는 선유들의 대학설을 모아 편집했던 책[24]이었음을 감안할 때 그의 학문적 주안점이 어디에 귀착되고 있었던가 하는 점을 충분히 이해하게 된다.

그렇다면 그의 학문이 과연 육왕학陸王學으로 편중되어 있는가. 이에 대해서는 여러 가지 논란이 있을 수 있지만, 당시의 학자들이 육왕학과 노장학에 관심을 가지기도 했지만 기본적으로 주자학자였다고 보아야 할 것이다. 이 때문에 나정암을 통렬히 비난했던 이항李恒(1499-1576)은 노수신을 들어 우리 동방의 도통을 전함은 그대에게 달려있다고 했고, 조경趙絅(1586-1669)은 노수

22 盧守愼, 『穌齋先生內集下篇懼塞錄甲』 2, "道心卽天理具於心者, 而其發也以氣, 故謂之人心. 便有中節不中節, 故危, 而其未發則無形, 故微."

23 李德弘, 『艮齋集』 권6, <溪山記善錄>下, "盧蘇齋, 象山之見, 甚爲懼也."

24 이에 대해서는 신향림, 「蘇齋 盧守愼의 공부론에 나타난 陽明學」(『한국사상사학』 24, 한국사상사학회, 2005), 283-285쪽 참조.

신의 문집 뒤에 소재 선생이 일어나 도산을 도우니 진실로 횡거와 두 정자의 관계와 같다고 할 수 있었다. 이러한 평가는 노수신을 이들이 주자학자로 보았기 때문에 가능하다. 이러한 측면에서 최진덕의 다음과 같은 요약적 발언은 귀 기울일 필요가 있다.

> 노수신은 주자학적 본체론의 깊이에 침잠함으로써 양명학과 만난다. 그의 〈인심도심변〉은 주희의 인심도심 해석이 주자학적 본체론과 공부론의 체와 용을 겸비하지 못하고 용의 차원에 그치고 있음을 안타깝게 여겨 16자 전심결을 주자학적으로 완전하게 해석한다. 『중용장구서』에서의 주희의 인심도심 해석보다 더 주자학적인 노수신의 인심도심 해석은 나정암의 그것과 흡사하다. 그런데 노수신은 주자학적 본체론의 깊이에서 하나[一]와 무無를 말하면서 양명학과 만나는 반면, 나정암은 하나와 무를 말하지 않으면서 양명학과는 반대 방향으로 나아간다. 하지만 노수신은 양명학을 하더라도 극단으로 가지는 않는다. 그에겐 강렬한 깨달음의 체험도 없고 광자기상도 없다. 주자학과 양명학은 근본적으로 연속적이지만 주자학이 권력화되던 시절에 양명학적 소신을 피력하기란 쉽지 않기도 했다.[25]

논자는 여기서 노수신을 '주자학이 권력화되던 시절에 양명학적 소신을 피력한 학자'로 인식하고 있다. 이 소신이 바로 독창성에 입각해 해석할 수 있는 여지가 만들어진다. 특히 상주지역은 퇴계학의 자장이 꾸준히 전개되던 지역이다. 류성룡이 1580년 이곳의 목사로 와서 유학을 진흥하기 위해 매진하였고, 여기에 퇴계학이 있었던 것이다. 이를테면 매월 초하룻날 향교에 도착하여 여러 교생들을 모아 놓고 유학의 기본 교육을 실시하는 한편, 현縣

25 최진덕, 「주자학 속에 숨은 양명학 : 노수신의 주자학과 그의 인심도심 해석」, 『한국사상사학』 51, 한국사상사학회, 2015, 95-96쪽.

마다 훈장을 두고 촌락의 자제들을 가르치게 하였던 것이다. 이같이 류성룡이 상주목사로 재직하면서 사제관계로 맺어진 이들은 그 뒤에도 지속적인 교류가 진행되었으며, 두드러진 인물도 여럿 있었다. 정경세를 비롯해서, 이준李俊(1560-1635), 전식全湜(1563-1642), 김홍미金弘微(1557-1605), 조우인曺友仁(1561-1625), 성영成泳(1547-1623), 류진柳袗(1582-1635), 조익趙翊(1556-1631), 고인계高仁繼(1564-1647), 이전李㙉(1558-1648) 등이 그 대표적인 인물이다.[26]

류성룡이 상주 목사로 부임한 것은 노모 봉양을 위함이었다. 이곳이 고향과 가까웠기 때문이다. 그는 이황의 제자답게 양명학에 대한 비판적 시각들 갖고 있었다. 그러나 그의 발언은 그 역시 양명학에 일정한 호감을 갖고 있었던 것으로 파악된다.[27] "경오년과 신미년 사이에 나는 수찬으로서 옥당에 있으면서 육상산의 이론을 좋아하여, 경계될 만한 말을 뽑아 책 한 권을 만들어 출입할 때에 가지고 다녔다. 그리고 매번 주자가 육상산을 공격한 것이 너무 지나치지 않았나 의심을 하기도 했다."[28]라고 한 것이 그것이다. 상주지역에 퇴계학파 류성룡의 학맥이 흐르고 있었던 점을 고려할 때, 그의 이러한 생각은 강안학적 독창성에 어떤 작용을 할 수도 있었을 것이다.

### 2) 복지동천의 이상향 추구

상주지역의 문화적 특성으로 우선 들 수 있는 것은 '선유船遊시회 문화의

26 이에 대한 간단한 정보는, 김호종, 「西厓 柳成龍과 安東·尙州 지역의 退溪學脈」, 『퇴계학과 유교문화』 28, 2000에 제시되어 있다.

27 노수신과 류성룡의 학문적 관계는 정우락의 「소재 노수신과 서애 류성룡의 경세론, 그 실천과 의의」(『영남학』 71, 경북대 영남문화연구원, 2019)를 참조할 수 있다.

28 柳成龍, 『西厓集』 권15, <雜著>, "庚午辛未間, 余以修撰在玉堂, 愛象山之論, 因抄出警語作一冊, 出入自隨, 每疑朱子攻象山, 未免太過."

구축'과 '강안 승경의 문학적 소통'이다.[29] 배를 타고 노닐며 시회를 여는 선유시회는 강이 아니면 불가능하다. 바로 이 점에서 선유시회는 강안문학의 중요한 문학적 행위가 된다. 또한 낙동강에는 예천의 내성천 등 수많은 지천이 있고, 강이 만들어내는 다수의 승경이 있다. 이 지역의 선비들은 이러한 승경에 누정을 짓고 아름다운 자연 경관을 감상하며 무수히 많은 작품을 남겼다. 때로는 8경과 10경 등의 연작시 형태의 집경시集景詩를 남기기도 했다. 낙동강 본류가 시작되는 상주에는 바로 이러한 문화적 현상이 뚜렷하다.

상주의 문화적 특성 가운데 우복동천牛腹洞天을 중심으로 한 복지동천의 이상향을 다시 들 수 있다. 우복동천은 상주시 화북면 용유리, 장암리, 상오리 지역이다. 이곳은 지리산의 청학동과 함께 조선의 대표적인 복지동천으로 인식되었다. 많은 사람들은 도잠陶潛(365-427)의 <도화원기桃花源記>에서 이상향을 발견하고, 이와 유사한 곳을 찾아 나서기도 했는데, 특히 이규경李圭景(1788-1856)은 이에 대하여 다양한 관심을 갖고 우복동과 우복동도牛腹洞圖에 대한 변증설辨證說을 쓴 바 있다. 이 밖에도 정약용丁若鏞(1762-1836)이 <우복동가>를 지어 관심의 일단을 드러냈으며, 무명씨의 <우복동기>도 있어 이에 대한 당대의 관심을 알게 한다. 정약용의 <우복동가>를 중심으로 살펴보자. 아래는 그 일부이다.

| | |
|---|---|
| 俗離之東山似甕 | 속리산 동편에 산이 항아리 같아 |
| 古稱中藏牛腹洞 | 예로부터 그 속에 우복동이 있다고 했네 |
| 峯回礀抱千百曲 | 산봉우리 시냇물이 천 겹 백 겹 둘러싸서 |
| 衽交褶疊無綻縫 | 여민 옷섶 겹친 주름 터진 곳이 없는 듯하네 |
| 飛泉怒瀑恣喧豗 | 나는 시내 성난 폭포 시끄러운데 |

29 여기에 대해서는 앞의 '낙동강 중류 지역의 문학 활동'에서 이미 다루었으므로 생략한다.

壽藤亂刺相牽控　다래넝쿨과 가시나무가 얼기설기 길을 막고 있네
洞門一竇小如管　동문은 대롱 같은 작은 구멍 하나
牛子腹地纔入峒　송아지가 배를 깔아야 겨우 들어갈 수 있다네
始入峭壁猶昏黑　막 들어서면 가파른 절벽이 오히려 어둑하지만
稍深日月舒光色　조금 깊이 들어가면 해와 달이 그 빛을 비추네
平川斷麓互映帶　평평한 시내와 끊어진 산기슭이 서로 비추고
沃土甘泉宜稼穡　기름진 땅과 맑은 물은 농사짓기 적당하네
仇池淺狹那足比　얕고 좁은 구지仇池로 어찌 비교할 수 있으리
漁子徊徨尋不得　어부가 배회해도 찾을 수가 없다네
玄髮翁嗔白髮兒　머리 검은 노인이 백발이 된 자식 꾸짖고
熙熙不老眞壽域　희희낙락 늙지 않는 장수의 고을이라네[30]

사실 정약용은 현실 속의 이상향으로 간주되는 우복동을 부정하기 위하여 <우복동가>를 지었다. 이 시를 이어, "멍청한 선비 그를 두고 마음이 솔깃하여, 지레 가서 두어마지기 밭이라도 차지하려고, 죽장망혜 차림으로 그곳 찾아 훌쩍 떠나, 백 바퀴나 산을 돌다 지치고 쓰러졌다네. 멀쩡한 하늘에서 비바람소리 들리는 듯, 끄떡없는 세상에 전쟁이라도 난 것처럼, 무주구천동 달려가서 산골 찾아 헤매다가, 다행히도 우복동과 서로 연결되었는데, 이 나라가 개국한 지 그 얼마나 오래인가? 종이 위에 누에 깔리듯 인구가 너무 많아, 나무하고 밭 일구고 발 안 닿는 곳 없는데, 묵은 공지가 어디에 있을 것인가? 적이 쳐들어와도 나라 위해 죽어야지, 너희들 처자 데리고 어디로 갈 것인가? 아내가 방아 찧어 나라 세금 바치게 해야지, 아아 세상에 어디 우복동이 있을 것인가?"[31]라고 하고 있기 때문이다.

30 丁若鏞, 『茶山詩文集』 권5, <牛腹洞歌>
31 丁若鏞, 『茶山詩文集』 권5, <牛腹洞歌>, "迂儒一聞心欣然, 徑欲往置二頃田. 竹杖芒屩飄然去,

위의 시에서 보듯이 우복동은 폭포가 있고 다래넝쿨과 가시나무로 가려진 좁은 구멍으로 들어가면, 기름진 토양과 맑은 물로 농사를 지을 수 있는 곳이 나타난다고 했다. 세상 사람들이 그렇게 믿고 전쟁이 나면 그곳으로 피하고자 했던 것이다. 이를 문제 삼아 정약용은 위의 시를 지어 우복동의 존재를 부정하는 한편, 제생에게 글을 써서, “심한 경우는 새처럼 높이 날아가고 짐승처럼 멀리 달아나려고 하여 우복동牛腹洞만 찾고 있는데, 한 번 그 속으로 들어가면 자손들이 노루나 토끼가 되어버리는 것을 전혀 알지 못하고 있다.”[32]라 하기도 했다.

일찍이 도잠은 <도화원기>에서 어부가 찾아간 곳은 산에 나 있는 작은 구멍을 통해서 들어갈 수 있다고 하였는데, 이곳을 따라서 들어가면 개가 짖고 닭이 우는 소리가 들리고, 남녀가 기쁜 표정으로 살고 있는 이상공간이 나타난다고 했다. “숲이 끝난 곳에 수원지水源池가 있고, 자그마한 산도 보였다. 산에 조그마한 굴이 있는데 밝은 빛이 있는 듯하였다. 배에서 내려 동굴 안쪽으로 들어갔다. 굴 입구가 매우 좁아 사람이 간신히 지나갈 수 있었는데, 다시 수십 보 들어가니 넓고 확 트였다. 땅은 넓고 평평했으며, 집들도 잘 정돈되어 있었다. 기름진 땅과 아름다운 연못이 있고 뽕나무와 대나무 등이 있었다. 밭 사이 길은 사방으로 통하고 닭 울고 개 짖는 소리가 도처에서 들렸다. 이곳에서 오가며 농사짓는 것과 남녀가 옷을 입는 것이 모두 바깥세상과 같았다. 노인과 어린아이가 함께 기뻐하고 즐거워했다.”[33]라고 한 것이

繞山百帀僵且顚. 天晴疑聞風雨響, 世晏如見干戈纏. 爭投茂朱覓山谷, 幸與此洞相接連. 三韓開國嗟已久, 如蠶布紙蕃生口. 樵蘇菑墾足跡交, 詎有空山尙鹵莽. 藉使寇來宜死長, 汝曹豈得挈妻子. 且督妻舂納王稅, 嗚呼牛腹之洞世豈有.”

32 丁若鏞, 『茶山詩文集』 권18, <爲茶山諸生贈言>, “甚則欲高翔遠引, 唯牛腹洞是索, 殊不知一入此中, 子孫便成麕兔.”

33 陶潛, 『陶靖節集』 권6, <桃花源記>, “林盡水源, 便得一山, 山有小口, 彷彿若有光, 便舍船, 從口入, 初極狹, 纔通人, 復行數十步, 豁然開朗, 土地平曠, 屋舍儼然, 有良田·美池·桑·竹之屬, 阡陌

그것이다. 우복동 역시 이와 같다고 사람들은 믿었던 것이다. 그렇다면 이규경은 이에 대하여 어떤 생각을 갖고 있었을까? <우복동진가변증설>을 통해 이를 살펴보자.

(가) 우리나라에도 도화원桃花源과 유사한 곳이 있으니, 그 이름이 우복동이다. 그곳에 가서 살기를 바라는 자들은 간절히 원하기를 그만두지 않았다. …… 살펴보건대, 우복동에 관한 전설은 예로부터 전해졌다. 그러므로 내가 젊은 시절에도 그 이야기를 들었다. 박초수朴初壽에게 그 그림을 얻어 보니, 우복동은 삼도三道가 합하는 경계에 있었다. 영남의 상주목과 호서의 청주목을 경계로 하며, 또 영남 문경현과 호서 연풍현을 경계로 하기 때문에 삼도봉이 있다.[34]

(나) 문경 청화산 아래 깊이 막히고 험준하고 궁벽한 곳에 저음동猪音洞이 있다. 사방의 산이 하늘에 닿아 있다. 다만 앞산의 험준한 곳에 겨우 오솔길 하나가 나 있는데, 경사가 급하고 매우 험하여 한 사람만이 통행할 수 있다. 그러므로 소와 말은 통행하지 못한다. 중간에 하나의 큰 동천이 있는데, 사방 10여 리나 된다. 토질이 매우 비옥하다. 전답이 1백여 석을 수확할 정도인데 벼와 보리 등 여러 곡식을 심기에 알맞다. 채소, 뽕나무와 대마, 닥나무와 옻나무, 꿩과 닭, 기름과 꿀 등이 모두 풍족하다. 온갖 과실이 열매를 맺는다. 인가는 60~70호가 된다. 그러나 풍속이 순박하고 예스러우며 환곡도 부역도 없다. 다만 화전세를 낼 뿐이다. 관리가 들어오지 않기 때문에 자유자재로 사니, 이곳은 산골짜기의 보잘것없는 땅이 아니고, 바로 혼란스러운 시대에 살만한

---

交通, 雞犬相聞, 其中往來種作, 男女衣著, 悉如外人, 黃髮垂髫, 並怡然自樂."

34 李圭景, 『五洲衍文長箋散稿』 天地篇, <牛腹洞辨證說>, "我東亦有與桃源相埒者, 其名曰牛腹洞, 有志者, 艷羡不已. …… 按牛腹洞之說, 自昔流傳, 故予少日亦聞之, 得其圖於朴初壽看之, 則洞在三道合界中, 以爲界於嶺南尙州牧, 湖西淸州牧, 又界於嶺南聞慶縣, 湖西延豐縣, 故有三道峯."

곳이다. 그러니 낙토가 아니겠는가. 예로부터 전하는 우복동은 반드시 이 동천일 것이다. 이곳이 비록 진우복동은 아닐지라도 사람이 살만한 곳이다.[35]

이규경은 청학동이나 우복동이 현실에 없다는 생각을 하고, 이를 변증하는 과정에서 전해지는 이야기를 수집하여 제시하였는데, 위는 그 가운데 일부이다. 당시 우복동도가 그려지는 등 이곳을 찾아 나서는 사람들이 많았다. (가)에서 보듯이 우복동은 상주와 청주, 그리고 문경이 합쳐지는 곳에 위치한다고 하였다. 그곳은 혼란스러운 시대에 숨어들어 살만한 곳인바, 모든 것이 넉넉하고 자유롭다고 했는데, (나)가 그것을 말한 것이다. 청화산 아래 저음동천이 설령 진우복동은 아닐지라도 살만한 곳이라 했다. 이를 통해 우리는 전통 시대 사람들이 꿈꾸었던 유토피아가 속리산권에 있었다고 인식되어 왔던 사실을 알 수 있다.

복지동천에 대한 생각이 유가적으로 전변한 것이 바로 구곡문화이다. 성리학이 도가나 불가의 이론과 경쟁하면서 성립되었듯이 구곡가 계열에서도 그 흔적이 나타난다. 즉 어부를 통해 도화원을 찾는 방식의 구곡시가는 도잠이 쓴 <도화원기>에 근거한 것이며, 9곡으로 설정한 트인 공간의 신촌시新村市는 어부가 작은 동굴 속으로 들어가 찾아낸 이상세계와 다름없다. 불가의 경우, 12세기 중엽 중국 송나라 때 확암선사廓庵禪師가 그렸다는 십우도十牛圖에 인간의 본성을 깨쳐가는 과정이 묘사되어 있다. 그 가운데 제10도는 <입전수수도入廛垂手圖>로 각자覺者가 중생들이 모여 사는 트인 공간으로 다시

35 李圭景, 『五洲衍文長箋散稿』 天地篇, <牛腹洞辨證說>, "聞慶青華山下深阻險僻處, 有猪音洞. 四山接天, 只有前山險阻處, 僅有一徑, 傾仄絶險, 容一人跡, 故牛馬不通. 中有一大洞天, 四方十餘里, 土甚饒沃, 田畓百餘石落, 宜禾麥諸穀, 菜蔬·桑麻·楮漆·雉雞·油蜜俱足. 百果成實, 人戶六·七十. 然風俗淳古, 無還無役, 但納火稅, 官吏不入, 故自由自在, 不是山峽凡土, 卽治亂可居之所, 果非樂土歟? 古所傳牛腹者, 必此洞云, 此雖非眞牛腹, 亦可居處也."

내려오는 그림이다. 이처럼 유불도의 상호 교섭현상이 활발히 일어나지만, 성리학의 경우 일상생활과 도덕을 강조한다는 측면에서 특징을 지닌다.

일찍이 상주 출신인 정경세鄭經世(1563-1633) 역시 구곡문화에 특별한 관심을 갖고 <무이지후武夷志後>를 쓴 적이 있다. 그는 여기서, "<구곡총도九曲摠圖> 한 폭을 얻어 화공畫工을 불러 모사模寫하게 해 책의 앞머리에 붙였으며, 이어 퇴도退陶 선생이 회옹晦翁의 도가棹歌에 화답한 절구絶句 열 수를 책 끝에다가 붙였다. 뒷날 관직에서 물러나 고향으로 돌아가기를 기다려서 고요한 가운데 이를 읊조리고 노래한다면 어찌 더욱더 맛과 정취가 있지 않겠는가."[36] 라고 하였다. 문경과 상주 일대에서 경영된 구곡은 모두 이러한 관심이 내적으로 작동한 결과라 하지 않을 수 없다. 자연에 의거한 작품 창작은 물론이고, 바위에 글자를 새기고, 건물을 지어 일련의 구곡동천 문화를 만들어 갔던 이 지역 선비들의 활동은 우리 시대에도 새롭게 주목받아 마땅하다.

상주의 구곡문화는 연악구곡淵嶽九曲이 대표적이다. 이 구곡은 강응철康應哲(1562-1635)이 경영한 것으로 상주군 청리면 지천에 설정하고 경영했던 구곡원림이다. 제1곡은 탁영담濯纓潭, 제2곡은 사군대使君坮, 제3곡은 풍암楓岩, 제4곡은 영귀정詠歸亭, 제5곡은 동암東岩, 제6곡은 추유암秋遊岩, 제7곡은 남암南岩, 제8곡은 별암鱉岩, 제9곡은 용추龍湫다.[37] 연악구곡을 경영했던 강응철은 자가 명보明甫, 호가 남계南溪인데 임진왜란이 일어나자 정기룡鄭起龍(1562-1622)과 뜻을 같이하며 의병을 일으켜 왜적과 싸워 공적을 세웠다. 벼슬로는 찰방을

36 鄭經世, 『愚伏集』 권15, <書武夷志後>, "余讀晦翁武夷精舍記及棹歌十首, 未嘗不神遊目想, 恨無由鞋杖於其間也. 今適分符此邑, 得武夷志於徐君行甫處, 公餘披閱之甚熟, 則三十六峯, 九曲溪流, 沿洄左右, 奇形異觀, 殆若身歷而目擊之, 豈不快哉! 遂爲之謄寫一本, 又得九曲摠圖一幅, 倩工摸寫, 置之卷首, 仍付退陶先生和棹歌十絶于卷末, 俟他日官滿歸山, 靜中諷詠, 則豈不尤有味趣也耶!"

37 연악구곡은 구곡시가 남아 있지 않으며 원림의 구체적 고증도 어렵다.

하였으나, 고향으로 내려와 독서와 저술로 생애를 보냈으며, 사후에는 연악서원淵嶽書院에 제향되었다.

상주에서는 강응철 등 선현에 대한 추모와 문화 계승하기 위하여 시회를 열기도 하였는데, 연악문회淵嶽文會가 그것이다. 연악문회는 연악서원에서 이루어졌는데, "연악에서 창수唱酬한 것이 1571년(선조 4)부터 1704년(숙종 30)까지 188년간이었다."[38]라고 하는 기록에서 알 수 있듯이 그 연원이 오래된 것이었다. 이때 상산사호 가운데 한 사람이었던 김범金範이 참여하였고, 이후 김충金冲·강복성康復誠·정호선丁好善·김지남金止南·손만웅孫萬雄 등이 김범의 시에 대하여 차운을 남겼다. 이 문회는 1800년대까지 지속된 것으로 확인되는바, 선현에 대한 추모와 시회문화의 계승의지가 그 이면에 있었다.

상주에는 우산구곡愚山九曲도 있다. 이 구곡은 정경세의 후손 가운데 누군가가 설정한 것인데, 선조인 정경세의 우산동천 20경을 구곡으로 재구성한 것이다. 우산동천 20경은 <전10경>이 서실書室, 회원대懷遠臺, 오봉당五峯塘, 오로대五老臺, 상봉대翔鳳臺, 오주석鰲柱石, 우화암羽化巖, 어풍대御風臺, 만송주萬松洲, 산영담山影潭이고, <후10경>이 계정溪亭, 수륜석垂綸石, 선암船巖, 화서花漵, 운금석雲錦石, 쌍벽단雙壁壇, 청산촌靑山村, 화도암畫圖巖, 공선봉拱仙峯, 수회동水回洞이다. 이를 정경세의 후손은 제1곡 수회동, 제2곡 화도암, 제3곡 청산촌, 제4곡 화서, 제5곡 선암, 제6곡 수륜석, 제7곡 계정, 제8곡 우암, 제9곡 어풍대로 다시 설정하였던 것이다.

상주 지역 일대의 동천문화 가운데 가장 핵심적인 것은 우복동천牛腹洞天이라는 복지동천의 이상향에 대한 믿음이다. 이것은 민간에서 상주 지역이

38 康世揆, <淵岳書院先輩酬唱錄跋>, "淵岳之有唱酬, 自正德丁丑, 至肅廟甲申, 上下百八十八年之間."

오랫동안 이상향으로 생각되어 왔다는 것을 말한다. 정약용은 <우복동가>를 지어 이것이 지닌 허구성을 폭로하고 있지만, 이와는 별도로 많은 사람들은 이를 통해 위안을 얻고자 했다. 이인로가 찾으려 하다가 실패한 지리산에 있다는 청학동도 같은 맥락에서 이해된다. 인간의 삶이 고단하면 할수록 이러한 복지동천에 대한 믿음은 더욱 강화될 수밖에 없다. 상주 지역의 우복동 역시 이러한 역할을 하였던 것이다. 또한 집경시를 구곡문화로 설정하여 새로운 문화 창출을 하는 것도 흥미롭다. 정경세 후손의 우산구곡이 바로 여기에 해당한다.

## 2. 김천, 사림파의 성장과 좌절

### 1) 강안학과 김천 문화

#### (1) 회통성

김천지역은 낙동강 연안 지역에 위치하고 있기 때문에, 화물을 실은 배나 나그네가 탄 배가 상하로 오르내리고, 나루터를 중심으로 사람들이 좌우로 넘나든다. 이처럼 상하로 오르내리고 좌우로 넘나드는 것은 단순한 오르내림과 넘나듦이 아니다. 이로써 문화가 서로 소통되기 때문이다. 강안지역에 위치한 대부분의 지역처럼 김천도 이러한 현상이 뚜렷하게 감지된다. 김천이 금오산·대덕산·황악산과 감천·직지천이라는 삼산이수三山二水를 거느리면서 동쪽으로 칠곡군·성주군, 서쪽으로 충청북도 영동군, 전라북도 무주군, 남쪽으로 경상남도 거창군, 북쪽으로 상주시·구미시와 접한 강안지역을 접하고 있음은 물론이다.

김천지역은 낙동강 연안지역에 위치하고 있으므로, 기호학과 영남학의 소통이 원활하였다. 서원 향사를 중심으로 살펴보면 이러한 현상이 명확해진다. 즉 김종직·정붕·정경세를 향사하는 덕림서원, 여응귀·여대로를 향사하는 경양서원, 김종직·조위·이약동·최선문·김시창을 향사하는 경렴서원이 있는가 하면, 송시열과 송능상을 향사하는 춘천서원, 이숭원·이숙기·이호민·이숙함·이후백을 향사하는 도동서원이 있다. 덕림서원과 경양서원은 남인의 학자, 춘천서원과 도동서원은 노론의 학자들이 제향되고 있기 때문이다. 그러나 중심이 없는 것은 아니다. 일신서원(이사경, 이색 제향), 섬계서원(김문기 제향), 원계서원(송준필 제향), 하로서원(이약동 제향) 등이 보여주는 것처럼, 남인을 중심으로 한 노론의 수용이라 할 수 있다.

기호학과 영남학이 때로 경쟁적 관계를 갖고 나타나기도 했다. 도통을 두고 주로 발생하였는데, 남인과 노론의 도통경쟁이 그것이다. 이러한 현상은 김천의 황학산을 둘러싸고 비교적 분명하게 나타난다. 황학산에 구곡을 설정하고, 도의 맥이 어떻게 김천으로 흘러들었는가 하는 것으로 구체화되었다. 문학작품을 통해 이 담론은 형성되었는데, 이관빈李寬彬(1759-?)의 <황남별곡黃南別曲>과 윤영섭尹永燮(1774-?)의 <황산별곡黃山別曲>이 그것이다. 이관빈은 호가 곡선谷仙으로 이이李珥(1536-1584)의 동생 이우李瑀(1542-1609)의 7대손이고, 윤영섭은 자가 성로聖老로 선산에 살았던 남인계 학자이다.

황남은 황학산의 남쪽을 의미하고, 황산은 황학산을 줄인 표현이다. '별곡'이라는 명칭에서 알 수 있듯이 이 작품은 가사체로 되어 있다. 이관빈은 황학산의 길을 따라 오르면서 가사를 짓고 여기에 아홉 굽이 승경은 특별히 지정해 구곡을 만들었다. 흥미로운 부분은, <황남별곡>의 작자 이관빈은 '이이-송시열'의 학통을 계승한 노론 학자였고, <황산별곡>의 작자 윤영섭은 '이황-정구'의 학통을 계승한 남인 학자라는 점에서 동방도학의 계통은 이 작품에서 달리한다. 이에 대한 구체적인 사항은 다음과 같다.

(가) 滄洲로 나린물이 靑丘로 도라든이
清凉山 六六峰은 退陶先生 別業이요
紫玉山 奇絶處는 晦齋先生 藏修로다
東方夫子 栗谷先生 石潭溪山 佳麗ᄒᆞᆯ샤
春秋大義 宋夫子는 華陽水石 그지업다[39]

(나) 창쥬로 나려물이 ᄒᆡ동으로 흘너날려
반용당 놉픈고ᄃᆡ 포은션ᄉᆡᆼ 유촉이요
도동산천 바ᄅᆡ보니 한훤선ᄉᆡᆼ 장구지요
남계ᄉᆞᆫ천 ᄎᆞᄌᆞ가니 일두션ᄉᆡᆼ 나시것다
도봉ᄉᆞᆫ수 올나보니 졍암션ᄉᆡᆼ 유상쳐요
자옥산 나려가니 회제선ᄉᆡᆼ 구곡일ᄉᆡ
쳥양ᄉᆞᆫ 들어ᄀᆞ니 육육봉 거록ᄒᆞᆯᄉᆞ
탁영담 ᄒᆞᆫ구비에 단사벽이 만인이요
동셔병 푸른고ᄃᆡ 천광운영 공ᄇᆡ회라
농운정사 ᄎᆞ자가이 퇴계션ᄉᆡᆼ 계신고ᄃᆡ
왈낙시심 좌우제난 슈ᄉᆞ궁ᄌᆞᆼ 의연ᄒᆞ다
무흘로 도라들니 한강션ᄉᆡᆼ 구곡이며
미강풍경 완상ᄒᆞ니 미슈선ᄉᆡᆼ 소요지요
소호산수 조흘시고 ᄃᆡ산선ᄉᆡᆼ 반션쳬ᄉᆡ[40]

(가)에서 보듯이 <황남별곡>은 창주[주자]에서 동방으로 흘러든 물줄기가

39 이관빈, <黃南別曲>
40 조춘호본, <황산별곡이라>

자옥산, 청량산, 석담, 화양으로 흘러든다고 했다. 주자의 도맥이 동방으로 흘러들어 이언적→이황→이이→송시열로 이어진다는 것을 명시적으로 보였다. 이에 비해 (나)는 창주[주자]에서 동방으로 흘러든 물줄기가 반용당[반구대][41], 도동, 남계, 도봉, 자옥산, 청량산, 무흘, 미강, 소호로 흘러든다고 했다. 그러니까 주자의 도맥이 동방으로 흘러들어 정몽주→김굉필→정여창→조광조→이언적→이황→정구→허목→이상정으로 이어진다고 했다. 이처럼 황악산으로 흐르는 김천의 도맥은 노론과 남인이 이황까지는 그 생각을 같이하지만, 그 이후로는 경쟁의 관계로 바뀐다. 한 줄기는 이이와 송시열로, 다른 한 줄기는 정구와 허목으로 이어진다고 보았기 때문이다.

우리는 여기서 춘천서원을 세워 송시열과 송능상을 배향한 이의조李宜朝(1727-1805)를 주목할 필요가 있다. 그는 지금의 김천시 구성면 상좌원리에서 태어났다. 기호노론인 이재李縡(1680-1746)와 송능상宋能相(1710-1758)의 문인이며, 벼슬을 하지 않고 오로지 학문을 하며 후진 양성에 힘을 쓴 인물이다. 자신의 학통을 염두에 두면서 다양한 저술 활동을 했을 뿐만 아니라, 방초정芳草亭을 교육장으로 활용하여 후진 양성에도 진력하였다. 특히 그는 부친의 유명에 따라 13년 동안 『가례증해家禮增解』 9권 10책을 완성하였다. 이 책은 이의조가 아버지 이윤적李胤積(1703-1756)으로부터 물려받은 『주자가례』의 학문적인 연구 성과와 가학家學을 바탕으로 수준 높은 『가례』의 해설서로써 『가례』의 정통성을 드높인 것이라고 할 수 있다.

『가례증해』는 노론 계열 주요 학자의 예설을 다각적으로 수용해, 기호예학의 경향을 종합적으로 성취하고 있지만, 영남의 예학자들에게서도 상당한 호평을 받았다. 이진상은 『사례집해四禮輯要』를 편찬하였는데, 류장원柳長

41 구사회본 <黃山別曲>에는 “盤龜坮 놉푼곳의, 圃隱先生 遺躅이요”라고 되어 있다.

源(1724-1796)의 『상변통고』와 이의조李宜朝(1727-1805)의 『가례증해』를 참고한 것이다. 여기서 그는 "근세에 화산花山의 『통고』라는 책과 경호의 『증해』라는 책은 백가의 설을 종합하여 꿰고 종류대로 분류함으로써 상례常禮와 변례變禮를 모두 모았으니, 비유하자면 페르시아 시장에 온갖 상품이 모두 모여 있어서 구하는 게 있으면 반드시 찾을 수 있는 것과 같다."라고 하였다. 조긍섭曺兢燮(1873-1933) 역시 "『심경부주心經附註』는 자못 지루하여 『근사록近思錄』의 정밀함보다 못하며, 『가례증해』 상세함은 『상변통고』보다 더하다."[42]라고 한 바 있다. 여기서 우리는 기호학과 영남학이 예서를 통해 회통되고 있음을 본다.

아울러, 위에서 잠깐 언급한 바 있는 방초정芳草亭(보물 제2047호)을 주목할 필요가 있다. 이 정자는 경상북도 김천시 구성면에 있는 것으로 이숙기李淑琦(1429-1489)의 5대손 이정복李廷馥(1575-1637)이 건립한 것이다. 이 정자에는 이의조의 <방초정중수기>가 걸려 있고, 대문장가 이호민을 비롯해서 이채, 송환기, 송달수, 송병순 등 다양한 노론 인사들의 시판이 걸려 있다. 일대감호一帶鑑湖, 십리장정十里長亭, 금오조운金烏朝雲, 수도모설修道暮雪, 나담어화螺潭漁火, 우평목적牛坪牧笛, 굴대단풍窟臺丹楓, 송잠취림松岑翠林, 응봉낙조鷹峯落照, 미산반륜眉山半輪을 십경으로 하는 <방초정십경>에 대한 시도 보인다. 그러나 방초정은 노론인사들이 중심이 되어 활동하였지만, 영남 남인의 후예 역시 출입했다. 다음 작품을 중심으로 살펴보자.

(가) 名亭一曲喜重新　이름난 정자 한 굽이 기쁨 더욱 새로운데
雲鳥川魚付主人　구름 속의 새와 냇물의 물고기는 주인에게 의지하네

42　曺兢燮, 『巖棲集』 권34, <先考素履齋府君行略>, "心經附註頗支冗, 不若近思錄精密. 家禮增解詳覈, 過於常變通攷."

試看華楣芳草字　화려한 문미의 방초라는 글자를 보시게
百年長保四時春　백 년토록 어느 때나 봄 같음을 길이 보전하리[43]

(나) 芳草名亭麗景新　이름난 방초정 아름다운 경치 새롭고
滿庭芳草憶前人　뜰에 가득한 방초를 보니 앞 사람이 생각나네
至今一室團和氣　지금 정자에 모인 사람들은 화목한 기운이니
認是當年子諒春　그 당시의 자애롭고 미덥던 봄기운을 알겠네[44]

방초정에는 이채李采(1745-1820)와 이의조의 중수기를 비롯하여 이수천·수정·수원·수호 등 자손들의 시판, 이채·송환기·송달수·송병섭·송병선·송수복·김양순·홍긍모·이철우·고가인·정기화 등의 시판이 걸려 있다. 이채는 노론 낙론학파의 종사 이재李縡의 손자이고, 송환기는 송시열의 5대손이며, 김양순은 순조-헌종조를 대표하는 노론계의 관료였고, 송병선은 송시열의 9대손이다. 앞의 작품은 이 가운데 이채의 <방초정차운>이다. 그는 여기서 방초정 주변의 운조雲鳥와 천어川魚를 제시하면서, 이들이 방초정 주인과 조화로운 관계를 맺으면서 방초의 뜻을 되새긴다고 했다.

뒤의 시는 장복추張福樞(1815-1900)가 방초정을 방문하여 차운한 것이다. 장복추는 장현광張顯光의 8대손으로 조부 장주張儔로부터 학업의 기초를 닦았다. 19세기 후반의 정치·사상적인 격변기를 살아가면서 폭넓은 저술 활동으로 후배 유학자들에게 많은 영향을 미쳤던 영남의 손꼽히는 재야 유학자였다. 그는 전형적인 영남의 남인이었지만, 강안학적 성향을 보이면서 『숙흥야매잠집설夙興夜寐箴集說』을 지어 상주 노수신의 설을 지지하며 다양한 곳에서

43 李采, <芳草亭次韻>, 芳草亭의 편액. 癸酉(1813) 6月 下澣 三州 李采가 썼다고 새겨져 있다.
44 張福樞, 『四未軒集』 권1, <芳艸亭次板上韻>

인용했던 것과 맥락을 같이한다. 이것은 노수신이 『숙흥야매잠주해夙興夜寐箴註解』를 짓자 이황은 그의 글에 선학의 느낌이 있다[45]고 비판한 것과는 궤를 달리하고 있기 때문이다. 그가 방초정에 가서 보다 적극적으로 위와 같은 차운시를 남기게 된 것도 이러한 학문적 경향과 무관하지 않다.

### (2) 실용성

유학은 생활 속에서의 실용과 실천을 주요 목적으로 한다. 김천의 경우 임진왜란을 통해서 적극적으로 나타난다. 1592년(선조 25) 4월 13일 고니시 유키나가[小西行長]가 부산포를 공격함으로써 임진왜란은 시작되었다. 왜군의 주력 부대는 좌·중·우로로 나누어 한양을 향하였는데, 이 가운데 우로는 동래 → 김해 → 창원 → 영산 → 창녕 → 현풍 → 성주 → 지례 → 금산 → 추풍령 → 영동 → 청주 → 경기도를 지나는 길이었다. 1592년 5월 17일, 모리 왜장이 제7진 3만 명을 이끌고 성주에 머물고 있다가 6월 12일 개령으로 옮기고, 이곳에 왜군 후방 사령부를 설치하여 경상도 일원의 치안을 담당하면서 군정을 실시하였다.[46]

당시 김천 선비들은 임진왜란을 맞아 김천역, 추풍령, 우두령, 지례, 석현, 공자동 등에서 국지전이 벌어지면서 의병을 일으키며 다양한 활동을 하였다. 우리는 여기서 조식의 제자 여대로呂大老(1552-1619)를 기억할 만하다. 두루 아는 것처럼 조식은 영남학파의 양대산맥 가운데 한 봉우리로 경의사상敬義思想을 바탕으로 한 조선의 실천유학의 대가다. 임란이 발발하자 그의 문하에서 수많은 의병장이 배출되어 국난극복에 일익을 담당하였다. 여대로도 그 가운

---

45 李滉, 『退溪集』 권10, <與盧伊齋寡悔>, "聚其光靈, 絶其思慮. 此兩語犯禪學, 請去之何如?"

46 『김천시사(Ⅰ)』, 김천시사편찬위원회, 1999, 506쪽 참조.

데 한 사람이다. 그는 임진왜란 때 김산에서 의병을 일으켜 권응성權應星을 가장假將으로 삼고, 역시 조식의 제자이자 임란 3대 의병장 가운데 한 사람인 김면金沔과 협력하여 지례·김산의 적을 거창 부근에서 격파하는 공을 세웠다.[47]

여대로 가문은 16세기 초 선조 여종호呂從濩가 혼인하여 과내면 기동 중리(현재의 구성면 광명리)로 입향하면서 그 역사는 시작되고, 이후 창녕조씨, 연일정씨, 벽진이씨, 화순최씨와 함께 김산(김천)의 대표적인 5대 반족으로 성장한다. 특히 그의 아들 여응귀呂應龜(1523-1577)와 손자 여대로 이어지면서 김천의 명족으로 부상하기 시작했다. 여응귀는 목사 신일辛馹의 딸과 혼인하면서 영산에 살게 되고, 이때 무릉의 주세붕周世鵬(1495-1554) 문하에서 성리서를 배우면서 영남 우도의 인사들과 폭넓게 교유한다. 조식曺植(1501-1572), 임훈林薰(1500-1584), 이제신李濟臣(1510-1582), 오건吳健(1521-1574) 등이 바로 그들이다. 여응귀의 실천정신은 승려 보우 탄핵에 앞장선 것에서 분명히 나타난다.

보우는 명종의 모후인 문정왕후에게 숭불 정책을 권유하여 300여 개의 사찰을 나라의 공인 정찰淨刹로 만들었으며, 도첩제度牒制에 따라 2년 동안 승려 4,000여 명을 선발하여 자격을 인정하는 한편, 과거에 승과僧科를 두게 하는 등 많은 활약을 하였다. 그러나 1565년 문정왕후가 죽자 보우는 조야의 배불상소排佛上疏와 유림儒林의 성화에 밀려 승직이 박탈되고 제주에 유배되었다가, 제주목사 변협邊協에 의해 참형斬刑되었다. 당시 영남에서는 김우굉金宇宏, 조휘趙徽, 여응귀가 상소에 앞장을 서서 22차례에 걸쳐 보우 탄핵 상소를 올렸는데, 제14소, 제18소, 제22소는 바로 여응귀가 작성한 것이었다. 이를 통해 우리는 그의 실천정신을 바로 알 수 있게 된다.

47 여대로는 적을 격파하고 군량을 관장한 공으로 형조좌랑·지례현감·대구판관·사헌부지평·합천군수 등을 지냈다. 이조참의에 추증되고, 鏡陽祠에 봉향되었다.

여응귀의 아들 여대로의 의병활동 역시 실천정신과 결부되어 있다. 조경남趙慶男은 『난중잡록亂中雜錄』에서, "경상도 김산의 소모관 박사 여대로가 군사를 모집하여 적을 토벌했다. 권응성을 가장으로 삼았는데, 김면 부대가 전개한 지례와 김산 전투에서 권응성이 협조해서 공격한 전공이 있었다."[48] 라고 적었다. 이러한 전과에 의거해서 김성일은 여대로를 지례 현감에 임명하게 된다. 당시 김성일의 장계는 다음과 같았다.

> 삼가三嘉에 사는 전적典籍 박사제朴思齊는 의병을 일으켰고, 거창居昌에 사는 훈련원 봉사 변혼卞渾은 온 힘을 다해 싸워 왜적을 물리쳤으며, 진주晉州에 사는 주부主簿 강덕룡姜德龍은 활을 잘 쏘므로 전투에 쓸 수가 있으며, 김산에 사는 성균관박사成均館博士 여대로呂大老는 군내에서 의병을 일으켜 여러 차례 왜적의 머리를 베어 바쳤으며, 진주에 사는 훈련원 봉사 정기룡鄭起龍은 날래고 용맹함이 아주 뛰어나 여러 차례 전공을 세웠습니다. 이들의 직차職次는 비록 직임에 걸맞지 않으나, 왜적들을 토벌하는 것이 시급하므로 박사제를 의령 현감에, 강덕룡을 함창 현감에, 변혼을 문경 현감에, 여대로를 지례 현감에, 정기룡을 상주 판관에 임시로 차임하였습니다.[49]

김성일은 그에 대하여 군내에서 의병을 일으켜 여러 차례 왜적의 머리를 베어 바쳤다고 했으니 그의 전공을 지극히 높인 것이다. 이후 1597년 정유재란을 앞두고 3도 도체찰사에 임명되어 경상도 성주에서 체부를 개설한 이원

---

48 趙慶男, 『亂中雜錄』 권1, <壬辰上>, "慶尙道金山召募官博士呂大老, 聚軍討賊, 以權應星爲假將, 金沔知禮, 金山之戰, 應星有協擊之功."

49 金誠一, 『鶴峯續集』 권3, <馳啓道內假差人狀>, "三嘉典籍朴思齊, 倡起義兵, 居昌訓鍊奉事卞渾, 力戰却賊, 晉州主簿姜德龍, 技長猿臂, 可用於戰, 金山成均博士呂大老, 起兵郡地, 屢次獻馘, 晉州訓鍊奉事鄭起龍, 驍勇絶倫, 屢立戰功. 職次雖不相當, 討賊爲急, 故假差朴思齊宜寧縣監, 姜德龍咸昌縣監, 卞渾聞慶縣監, 呂大老知禮縣監, 鄭起龍尙州判官."

익李元翼은 여대로를 참모로 임명하기도 했다. 이러한 과정에서 그는 이원익에 의해 극찬을 받았으며, 종전 이후에는 고산찰방(1603), 대구판관(1605), 합천군수(1606) 등을 거치면서 그의 실천역량을 적극적으로 펼쳤다.

김천의 실천역량은 항일운동으로 나타나기도 했다. 이는 허위許蔿(1855-1908)의 의병투쟁과 김천 지역의 파리장서운동 등에서 구체적으로 찾을 수 있다. 한말의 의병투쟁은 1895년 을미사변을 계기로 한 을미의병을 시작으로 1905년 을사의병을 거쳐 1907년 정미의병에 이르러 절정을 맞는다. 허위는 1855년(철종 6) 4월 2일 경상북도 구미시 임은동의 선비 가문에서 태어나 일찍부터 만형 허훈에게 학문을 배웠으며, 그의 의병활동은 1895년 을미사변이 일어나고 이어서 을미개혁에 의해 단발령이 공포되자 본격적으로 시작되었다. 1896년 이기하李起夏와 이은찬李殷贊 등과 논의하여 의병을 일으키기로 결정하고 2월 10일 김천 장날을 기해서 김천읍에 들어가 수백 명의 의병을 모집하면서 의병활동을 전개하였다. 1899년 3월에는 신기선申箕善의 추천으로 관직에 나아가 종2품 가선대부嘉善大夫에까지 나아갔다. 의정부 참찬으로 임명되었을 때는 구국의 방안 10개조를 제출하기도 하였는데, 구체적인 내용은 다음과 같다.

① 학교를 세워 인재를 기르며, 재주가 우수한 자를 골라서 외국에 유학시킬 것
② 군정軍政을 닦아서 불시의 변을 대비하고, 군사는 농사에서 나오고 농사는 군사에서 나오는 것이니 춘추로 무술을 연습하고 출입하면서 농사군農事軍과 교환할 것
③ 철도를 증설하고 전기를 시설하여 교통과 산업에 이바지할 것
④ 연탄을 사용하여 산림을 보호·양성할 것

⑤ 건답乾畓에는 수차를 사용하여 물을 대도록 할 것
⑥ 뽕나무를 심어 누에를 치고, 못을 파고 물고기를 기르며 또 육축六畜을 기르도록 할 것
⑦ 해항세海港稅와 시장세市場稅가 날로 더하고 달로 증가하여 상인들이 부지할 수가 없으니 공평히 정리할 것
⑧ 우리나라 지폐는 폐단이 심해서 물가는 몹시 높고 화폐는 지극히 천하여 공사의 허다한 재용이 고르지 못하니 은행을 설치하여 금·은·동전을 다시 통용할 것
⑨ 노비를 해방하고 적서嫡庶를 구분하지 말 것
⑩ 관직으로 공사를 행하고 실직 이외에는 차함하는 일을 일체 없앨 것[50]

위에서 보듯이 허위는 전통적 지식인에 함몰되어 있는 고루한 관료가 아니었다. 관직을 수행하면서 자주적 개화의 필요성을 느끼고, 비록 전통유학을 학습하였지만 그의 현실대응 자세는 평등과 부강에 입각한 개혁적인 것이었다. 1904년 러일전쟁 이후 일제는 한일의정서를 체결하자, 허위는 다시 의병을 일으키다 일본 헌병대에 구금되기도 하는데, 구금에서 풀려난 후에는 관직을 사직하고 지금의 김천시 부항면 대아리에 은거하였다. 1905년 을사늑약 이후에도 의병을 일으키며 13도 창의대의 군사장으로 활약하면서 서울 진공작전을 펼쳤으며, 1908년 서대문형무소에서 54세의 일기로 교수형을 당하였다. 그의 전 생애는 실천정신에 기반해 있었다고 하겠는데, 안중근이 "우리 이천만 동포에게 허위와 같은 진충갈력盡忠竭力하는 용맹의 기상이 있었던들 오늘과 같은 국욕國辱을 받지는 않았을 것이다."라면서 허위를 '관계官界 제일의 충신'이라 평한 것은 이러한 사실에 바탕한 것이었다.

50 독립운동사편찬위원회 편, 『독립운동사자료집』 2, 국사편찬위원회, 1971, 237쪽.

이 밖에도 김천에는 이영균李璟均·이석균李鉐均·이명균李明均·송준필宋浚弼·최학길崔鶴吉 등 파리장서 서명자가 있어 유학의 실천정신을 더욱 예각해 나갔다. 특히 송준필은 성주의 백세각에 친족과 자제들을 불러 모아 파리장서를 제출하고 독립 시위를 전개할 것을 알리면서 만세운동도 적극적으로 펼쳤다. 당시 성주에서 활동을 하면서, 자제 문생과 함께 관왕묘關王廟[51] 등에 나가서 유림의 깃발을 세우고 만세를 불러 대중들의 마음을 고무시켰다. 이들은 모두 낙동강 연안지역에 삶의 거점을 마련해두고, 선산, 성주, 김천 등지를 오가며 강안학적 실천정신을 고양해 나갔다. 다른 지역에도 이러한 실천정신이 없었던 것은 아니나, 강을 기반으로 전개되는 역사의식이 이 지역을 중심으로 더욱 투철하게 나타났던 것이다.

### (3) 독창성

김천지역의 독창성은 구곡문화를 통해 적극 구현되었다. 우선 성주와 김천에 걸쳐 있는 무흘구곡을 들어보자. 이는 정구의 유적지에 후손 정동박이 재정비하고 여기에 쌍계구곡을 더하면서 구곡 안에 또 다른 구곡이 설정되어 있는 변격형 구곡문화를 이루었다. 무흘이 있는 증산면은 조선 말 성주군에 속했던 지역으로 1895년(고종 32) 성주군 외증산면과 내증산면으로 나누어졌다. 그러나 1906년(고종 43) 내증산면이 지례군에 편입되었고, 1914년 외증산면 일부가 지례면으로 개편되었다. 이때 내증산면은 김천군 증산면으로 개편

51 성주군 성주읍 경산리 526-1번지 소재. 중국 삼국 시대의 관우를 모시는 사당이다. 관우는 죽은 후에 무신으로 신앙되었는데, 임진왜란 때 명나라 군사들이 위패를 가지고 들어와서 각처에 관왕묘를 세우고 제사를 드렸다. 성주의 關王廟는 1597년(선조 30) 명나라 장수인 茅國器, 祖承訓, 盧得功 등이 성주읍 東門 밖에 세운 것으로, 봄에는 경칩, 가을에는 상강에 제사를 올린다.

되어 관할 29개 동이 부항·동안·황항·평촌·유성·금곡·황정·수도·장전·황점 등 10개 동으로 통합되었다. 지금은 김천시 증산면에 해당한다.

무흘구곡은 무흘이 핵심이다. 증산면이 김천시에 편입됨에 따라 무흘은 새롭게 조명되어 마땅하다. 정구가 무흘동천의 승경을 사랑하여 답사한 것은 무흘정사를 지은 1604년(선조 37, 62세)보다 훨씬 앞선다. 구체적인 기록은 1579년(선조 12, 37세) 이인개李仁愷(?-1593) 등과 가야산을 유람하고 쓴 <유가야산록遊伽倻山錄>에서부터 나타난다. 여기에는 현재 무학정으로 알려진 주암舟巖을 비롯하여, 입암立巖과 사인암舍人巖(捨印巖) 및 옥류동玉流洞 주변이 자세하게 묘사되어 있기 때문이다.

무흘구곡은 이후 여러 사람들에 의해 차운시가 지어지는데, 정동박鄭東璞, <무흘구곡운武屹九曲韻>(『경헌유고』 권2), 정교鄭墧, <경차선조문목공무흘구곡운십절敬次先祖文穆公武屹九曲韻十絶>(『진암집』 권1), 정관영鄭觀永), <영무흘구곡시십수詠武屹九曲詩十首>(『오일만필』 권1), 최학길崔鶴吉, <경차무흘구곡운敬次武屹九曲韻>(『구재집』 권1) 등이 대표적이다. 이 가운데 정동박은 <쌍계구곡雙溪九曲>을 다시 설정하여 곡내곡曲內曲이라는 독창적인 구곡문화를 만들어 갔으며, 최학길은 김천 사람으로 이 문화를 사랑하여 무흘에 들어가 차운시를 지었다.[52] 최학길의 차운시 가운데 제6곡 <옥류동>과 제9곡 <용추>를 들면 다음과 같다.

52 최학길은 지금의 경상북도 김천시 조마면 출신이며 허전의 문인으로 장복추와 이종기에게 사사하기도 했고 파리장서에 서명해 옥고를 치른 인물이기도 하다. 이 밖에도 김천시 대덕면 가례리에는 '한강선생장구지대(寒岡先生杖屨之臺)'비가 있어 김천의 제자들이 서당을 개설하며 한강학을 이어가고자 했다. 여기에 참여한 문중은 연안 이씨를 비롯한 10개 문중이 존재하였다.

(가) 六曲胚胎老蚌灣　육곡이라 늙은 조개 품은 듯한 물굽이인데
清流噴玉遶巖關　맑은 물이 옥처럼 뿜어져 바위 관문 둘렀네
可憐盤石他山近　가련하구나, 반석이 저 산과 가까이 있는 것
磨琢工夫在此間　절차탁마하며 공부하던 분이 이곳에 계셨네[53]

(나) 九曲雲林秀蔚然　구곡이라 구름 낀 숲이 빼어나게 우거졌는데
巖端飛瀑掛長川　바위 끝에서 떨어지는 폭포 긴 시내 걸린 듯
川流鍾作深湫碧　시냇물이 흘러들어 깊고 푸른 못 이루었으니
許爾神龍弄水天　신비한 용에게 물과 하늘 희롱하길 허락한 듯[54]

무흘구곡 가운데 제5곡 <사인암>, 제6곡 <옥류동>, 제7곡 <만월담>, 제8곡 <와룡암>, 제9곡 <용추>는 김천에 있다. 최학길은 옥류동에서 절차탁마하는 정구를 떠올렸고, 용추에서는 신룡神龍을 상상하였다. 이보다 앞서 무흘은 전혀 다르게 인식되기도 했다. 일찍이 기호 노론의 학자 권섭權燮(1671-1759)은 1711년(숙종 37)에 가야산 일대를 유람하면서 무흘동천을 찾은 적이 있었다. 수도산 쌍계사를 거쳐 무흘정사武屹精舍(武屹寺)로 들어오면서 정구의 학덕을 기렸다.[55] 이때 그는 현재의 만월담 일대에 조성되어 있는 구곡을 발견하고 소개한다. 이 구곡의 명칭은 정확하게 알 수가 없고, 도합 10곡으로 이루어져 있었다. 내원암內院庵에서 물을 따라 내려오면서 만월담滿月潭에 이르는 구간에 설정되어 있었으니, 편의상 만월담십곡滿月潭十曲이라 하자. 권섭은 여기에 대해 이렇게 썼다.

53 崔鶴吉, 『懼齋集』 권1, <敬次武屹九曲韻> 第六曲.
54 崔鶴吉, 『懼齋集』 권1, <敬次武屹九曲韻> 第九曲.
55 이에 대해서는, 정우락의 「옥소 권섭의 세계인식과 영남관」(『영남학』 80, 경북대학교 영남문화연구원, 2022)을 참조할 수 있다.

> 계곡은 내원內院 아래에서 무흘武屹에 이르기까지 모두 십곡十曲이었다. 제일第一은 암천岩泉인데 그윽하고도 시원스러웠으며 돌병풍 사이로 잡목의 그늘이 짙었다. 이곡二曲은 폭포가 십여 길이고 그 아래를 용추龍湫라 이름하였는데 그다지 깊고 푸르지 않았으며 골짜기와 규모도 맞지 않아 일곡一曲보다 못했다. 삼곡三曲과 오곡五曲은 볼만한 것이 없었고, 사곡四曲과 육곡六曲은 격류와 맑은 연못인데 모두 다섯 계단으로 이루어져 있었다. 칠곡七曲의 연못이 가장 맑았는데 둥글고 길었다. 이른바 와룡대臥龍臺가 제 팔곡八曲인데 너럭바위가 물가에 있어 올라가 보니 흥취가 있었으나 결국 가장 위에 있는 곡曲보다는 못했다. 구곡九曲은 작은 못과 폭포가 있어 저절로 이층을 이루었고, 또 이층인 둥근 연못이 바로 절 앞에 있어 제 십곡十曲이었다. 이른바 비슬교飛雪橋가 아래쪽 못 위에 걸쳐져 있고, 다리의 북쪽에는 쌓아 올린 단이 있어 소나무와 전나무가 그늘을 드리웠는데 한강寒岡 옹이 쉬었다는 곳이다.[56]

권섭이 1711년(숙종 37)에 무흘을 여행하였으니, 현재 우리가 알고 있는 무흘구곡이 조성되기 전이다. 정구는 1604년(선조 37)에 무흘정사武屹精舍를 세웠고, 지역의 선비들은 1716년(숙종 42)에 구곡의 주요 지점인 '입암立巖'이나 '수송대愁送臺', '옥류동玉流洞' 등에 글자를 새겼다. 그리고 무흘정사의 중건과 무흘구곡의 완성은 1784년(정조 8)에 이루어졌다. 이러한 사실을 감안할 때 위의 자료는 구곡과 연관된 최초의 자료다. 이를 염두에 두고 위의 자료를 보면, 이 구곡은 지금은 사라진 내원암에서 만월담까지 물을 따라 내려오면서 설정되었고, 9곡이 아닌 10곡이었다. 그 규모도 현재의 것과는 현저히

56 權燮, 『玉所稿』 권14, <遊伽倻山記>, "溪自內院之下, 至武屹凡十曲. 其第一岩泉, 窈窕明爽, 石屏間雜樹蔭濃, 而其二曲爲瀑布十餘丈, 其下謂之龍湫, 而不甚深碧, 洞府不中規模, 似讓於一曲. 其三其五, 無可觀, 而四曲六曲, 激流澄淵, 皆成五級, 七曲之潭, 最澄淨而圓長, 所謂臥龍臺, 卽其第八, 臥石臨水, 登觀有趣, 而終不及最上曲也. 九曲有小潭瀑, 自成二層, 又二層圓潭, 正在寺前, 而爲第十曲, 所謂飛雪橋, 跨在下潭上, 橋北有壇築, 松檜蔭之, 寒岡翁所憩也."

다른데, 제1곡 암천岩泉, 제2곡 용추龍湫, 제8곡 와룡대臥龍臺, 제10곡 만월담滿月潭 등으로 이루어져 있었다.

독창성의 측면에서 새로운 구곡문화를 만들어갔던 것으로는 <황남구곡黃南別曲>도 있다. 이 구곡은 이관빈李寬彬의 <황남별곡>과 윤영섭尹永燮의 <황산별곡黃山別曲> 속에 있다. 이들은 도통을 서로 달리하지만 구곡은 일치한다. 그 구곡은 모두 중국의 경우를 조선 김천에 형상해 두고, 도맥이 김천으로 흐른다고 보았기 때문이다. 이들 구곡은 계류라기보다 길을 중심으로 마을과 골짜기 등으로 구성되어 있다. 구체적으로는 제1곡 모성암慕聖岩, 제2곡 문도동聞道洞, 제3곡 저익촌沮溺村, 제4곡 귀영곡歸詠曲, 제5곡 백어리伯魚里, 제6곡 안연대顔淵坮, 제7곡 자하령子夏嶺, 제8곡 공자동孔子洞, 제9곡 주공동周公洞이 그것이다.

'모성암'에서는 주자의 '입도차제入道次第'를 연상하면서 진리의 세계로 들어간다고 했고, '문도동'에서는 '조문도석사가의朝聞道夕死可矣'라는 공자의 말씀을 떠올렸으며, '저익동'에서는 장저와 걸익의 고사, '영귀곡'에서는 증점의 '풍호무우영이귀風乎舞雩詠而歸'를, '백어리'에서는 공자에 대한 백어의 '추이과정趨而過庭'과 '학시례學詩禮'의 고사를 상기하였다. 그리고 '안연대'에서는 안연의 단표누항簞瓢陋巷을, '자하령'에서는 서하 교수로 있으면서 학교를 일으켜 제자를 양성했던 자하를 본받고자 했고, '공자동'에서는 태고의 순풍을 간직한 이인里仁을 떠올렸으며, 마지막으로 '주공동'에서는 공자와 같이 평생토록 주공을 사모하며 살고 싶다고 했다. 주공동 부분을 구체적으로 들어보면 다음과 같다.

第九曲 周公洞은 어이하여 得名혼고
殷나라 罔僕聖人 白馬東來 ᄒᆞ오신후

우리나라 禮樂文物 小中華라 일커르니
쌍일홈 뫼일홈이 中原을 模倣ᄒᆞ야
伯夷叔齊 首陽山은 海西짜에 노파잇고
姜太公의 渭水물은 咸陽郡에 흘너간다
이러ᄒᆞᆫ 조은溪山 主人업이 千年이라
東山가턴 陋地예도 三年을 계셔시니
周公二字 뫼셔다가 壁上에 노피걸고
ᄂᆡ나이 늘것시나 쑴의다시 뵈올니라[57]

주공은 공자가 가장 존경해 마지않았던 인물이다. 공자가 『논어』「술이」에서, "심하다. 내가 이렇게까지 늙었구나! 오래되었구나. 내가 꿈속에서 주공을 다시 뵙지 못한 지가!"[58]라고 한데서 이 같은 사정을 잘 알 수 있다. 공자가 주공을 사모하였으니, 주공-공자는 당연하다고 하겠으나, <황남구곡>은 그다음의 도맥이 특이하다. 자하→안연→백어→증점→저익으로 이어지고 있기 때문이다. 이것은 우리가 흔히 알고 있는 공자→증자→자사로 이어지는 것과 도맥을 달리한다. 공자로부터 자하로 이어진다고 했으니, 공자가 죽은 후 자하가 황하 서쪽을 의미하는 서하西河에서 학단을 형성하여 제자를 가르친 것을 염두에 둔 것이다. 위魏나라의 문후文候가 그의 문하생이 되고, 이것이 후대 전국시대의 사상계를 이끌었던 직하학파稷下學派를 탄생시킨 모태가 되었다. 우리는 여기서 김천 지역이 매우 독특한 사상사적 기반을 갖고 있다는 것을 알 수 있다.[59]

57 이관빈, <황남별곡>

58 『論語』「述而」, "子曰, 甚矣, 吾衰也. 久矣, 吾不復夢見周公."

59 이관빈은 주공-공자-자하를 거쳐 걸익으로 그 도맥이 이어진다고 했다. 직하의 주류 학파가 黃老學이었다는 것을 염두에 둔다면, 淸靜無爲를 특징으로 하는 도가사상과 일정한 관련이 있는 것으로 보인다. 물론 전국시대 제나라의 稷下學派에서 유래한 사상으로서 도가와 법가

## 2) 사림파의 성장과 좌절

강안지역이 지닌 대표적인 사상사적 특징은 이곳이 사림파의 온상이라는 점이다. 흔히 사림파의 도통연원을 따질 때 고려말의 정몽주로부터 시작하여 길재, 김숙자金叔滋(1389-1456), 김종직金宗直(1431-1492), 김굉필金宏弼(1454-1504), 조광조趙光祖(1482-1519)로 이어진다고 한다. 길재가 정몽주의 도통을 이어 사림의 첫 씨앗을 그의 고향 선산에 뿌리면서 수많은 인재들이 배출된다. 이 때문에 일찍이 이중환은 "조선 인재의 반은 영남에 있고, 영남 인재의 반은 선산에 있다"[60]라고 말할 수 있었다. 길재의 문하에 김숙자가 나고, 다시 그의 아들 김종직이 밀양에서 태어나고, 김종직의 제자로 달성 출신 김굉필을 들면서 강안지역은 조선 사림파의 성장에 매우 중요한 역할을 담당하는 지역이 되었다.

초기 사림파는 경상도가 매우 선진적이었고, 그 가운데서도 선산과 김천은 특별했다. 선산의 길재에게서 수업을 받은 김숙자, 그의 아들 김종직의 처향이 김산[김천]이었기 때문이다. 당시 고향을 부향과 외향, 그리고 처향으로 인식하였다는 점을 감안할 때, 이곳은 초기 사림파의 고향과 같은 곳이었다. 밀양에서 태어난 김종직의 경우, 부향인 선산을 염두에 두면서 처향인 김천에 옮겨 살았으니, 김천은 성리학의 최초 확산 지역이라 할 수 있다. 더욱이 김숙자가 개령 현감으로 부임하면서 이곳의 학생들을 길렀던 사정을 감안할 때 더욱 그러하다.

---

를 결합한 것, 즉 도법가라는 주장을 펼치기도 한다. 어쨌든 이 둘은 공자-증자-자사로 이어지는 계열과는 성격을 달리한다. 이관빈의 사상과 함께 김천의 사상적 독창성은 더욱 면밀하게 따져보아야 할 부분이다.

60 李重煥, 『擇里志』 참조. 盧景任(1569-1620)은 『敬菴集』 권2, <崇善誌序>에서, "世所謂朝鮮人才半在嶺南, 嶺南人才半在善山者, 豈不信歟?"라고 하였다.

조선시대의 김산군, 개령현, 지례현과 김천역이 통합하여 오늘날의 김천시가 된다. 낙동강의 모든 유역이 그러하듯이 김천 역시 교통의 요충지였다. 특히 낙동강과 이어지고 있는 감천은 김천의 문화를 통합하면서, 밖으로부터의 선진문화가 안으로 수입될 수 있게 하는 결정적인 역할을 담당했다. 경남 거창군과 경북 김천시의 경계에 있는 수도산修道山(1,318m)에서 발원하고 구미시 선산읍 남쪽에서 낙동강에 합류한다.

길재는 지례 출신 관료학자인 장지도張至道와 교유하였는데,『야은집冶隱集』에 실려 있는 장지도의 <찬영제시讚詠諸詩>는 바로 이를 증명하기에 족하다. 장지도에게 학문을 배운 사람은 윤은보尹殷保와 서즐徐騭이다. 이들은 모두 이 지역에서 활동한 사람인데 이들의 정려각이 현재 김천시 지례면 교리 52번지에 존재한다. 두 사람은 늘 "우리를 낳은 분은 우리 부모이지만, 우리를 세상에 사람답게 길러준 분은 선생님이시다. 아들 없는 선생님을 우리가 모시지 않으면 어찌 사람이라 하겠는가." 하면서 앞을 다투어 스승을 모셨다고 한다. 스승이 돌아가시자 3년간 무덤 옆에 움막을 짓고 사는 시묘살이를 했으며, 윤은보는 시묘 중 부친이 병석에 눕자 아버지를 간병하기 위해서 돌아갔는데 아버지를 간호함에 잠시도 허리띠를 풀지 않고 정성을 다했다. 이러한 사정으로『삼강행실도』(1434)「효자」편에 <은보감오殷保感烏>라는 제목으로 그의 행실이 소개될 수 있었다. 내용은 다음과 같다.

> 윤은보가 서즐과 함께 한 스승에게 글을 배웠는데, 서로 말하기를, 임금과 어버이와 스승은 한가지로 섬겨야 한다고 했다. 좋은 음식과 반찬을 얻으면, 그다음 날 반드시 스승께 바쳤다. 스승이 돌아가시므로 둘이 각기 어버이께 가서 스승의 시묘 살기를 청하니, 어버이께서 불쌍히 여겨 그렇게 하라고 했다. 검은 고깔을 쓰고 거상居喪의 띠를 메고 손수 불을 지펴 제祭를 장만하였다.

은보의 아버지가 병이 드시니, 아버지께 가서 약으로 간호하며 옷을 벗지 아니 하였더니, 아버지가 병이 나아 다시 가라고 하였다. 한 달이 되어 허황한 꿈을 꾸고 빨리 집으로 돌아가니 꿈을 꾼 밤에 아버지가 병을 얻어 열흘이 못 되어 돌아가시게 되었다. 아침저녁으로 빈소 곁에서 울면서 시묘를 살았는데, 하루는 바람이 세게 불어 상 위의 향합을 잃게 되었는데, 서너 달째 되는 날 까마귀가 그 향합을 물어다가 무덤 앞에 놓았다. 은보가 초하루와 보름이면, 스승의 무덤에도 삭망 제사를 지냈다. 선덕 임자년에 조정에 여쭈었더니 둘에게 모두 벼슬을 내리고 정문을 세우라고 하셨다.[61]

우리는 여기서 장지도의 교육과 감화가 윤은보와 서즐에게 구체적으로 이어지고 있는 것을 볼 수 있다. 이후 김숙자가 개령 현감직을 수행하면서, 사림파적 분위기는 더욱 확산되었다. 12,3세 무렵 길재 문하에서 성리학을 배운 김숙자는 16세에 선산 향교에서 본격적인 과거 공부를 시작했고, 10년 만인 1414년에 소과를 합격했다. 이후 그는 교육자로서 탁월한 능력을 갖추어 후처인 박씨 소생의 아들, 즉 김종석·종유·종직과 김맹성을 가르쳐 강안 지역의 성리학을 발전시키는 데 있어 매우 중요한 역할을 담당하였다. 개령 현감으로 부임한 그는 석전제 행사를 정비하였으며, 개령 탄동의 정철견鄭鐵堅·석견錫堅 형제를 가르쳤는데 두각을 드러냈다.

김종직은 청년시절 9년을 김천지역에서 머물게 되는데, 이때 동지 내지 제자들 가운데 가장 두드러진 인물은 정석견鄭錫堅(1444-1500)과 조위曺偉(1454-1503)였다. 정석견은 개령현 탄동에서 아버지 정유공鄭由恭의 3남으로 태어나, 문과를 거쳐 다양한 관직을 역임하였으나 1498년 무오사화가 일어나자 김종직金宗直의 문집을 간행했다 하여 파직당한 인물이다. 조위는 김종직

61 『삼강행실도』(1434년), 「孝子圖」, <殷保感烏> 고어로 된 원문을 현대어로 고쳤다.

의 처남이자 문인이다. 그 역시 1474년 식년 문과에 병과로 급제한 후 다양한 관직을 거쳤으나, 무오사화가 일어나 김종직의 시고詩稿를 수찬한 장본인이라 하여 오랫동안 의주에 유배되었다. 이후 순천으로 옮겨진 뒤, 우리나라 유배가사의 효시라고 일컬어지는 <만분가萬憤歌>를 지었으며, 그곳에서 죽었다. 그 일절은 이러하다.

五月飛霜이 눈물로 어릐ᄂᆞᆫ 듯
三年大旱도 寃氣로 니릐도다
楚囚南冠이 古今의 ᄒᆞᆫ둘이며
白髮黃裳의 셔룬 일도 하고 만타
乾坤이 病이 드러 混沌이 죽은 後의
하ᄂᆞᆯ이 沈吟ᄒᆞᆯ 듯 貫索星이 비취ᄂᆞᆫ 듯
孤情依國의 寃憤만 싸혓시니
ᄎᆞ라리 瞎馬ᄀᆞ치 눈 곰고 지내고져
蒼蒼漠漠ᄒᆞ야 못 미들슨 造化일다
이러나 저러나 하ᄂᆞᆯ을 원망ᄒᆞᆯ가[62]

<만분가>는 '① 옥황상제에게 하소연하겠다는 의지를 드러내다, ② 유배지에 있는 자신을 굴원屈原과 가의賈誼에 빗대며 억울함을 표출하다, ③ 창졸간에 나락에 떨어진 자신과 동료의 처지를 슬퍼하다, ④ 함께 지내던 벗들을 그리워하며 눈물짓다, ⑤ 억울한 유배생활에 원한과 울분만 쌓여가다, ⑥ 고향에 대한 그리움으로 애간장을 태우며 간신배가 들끓는 조정을 걱정하다, ⑦ 모든 것을 운명으로 돌리고 금강산의 학이 될 것을 생각하다, ⑧ 억울한

62 조위, <만분가>, 본사 부분.

자신의 처지에 대해 주공을 불러서라도 답을 듣고 싶어 하다, ⑨ 마침내 뜻 맞는 동료를 기다리리라 다짐하다'로 내용이 전개된다.[63] 위는 ⑤에 해당하는 자료이다. 조위는 여기서 하늘을 원망할 수밖에 없는 자신의 원통한 심정을 반복적으로 드러내고 있다.

김종직이 김천 지역에 살았던 시절, 이 지역 문풍 진작에 커다란 기여를 한 것으로 보인다. 그러나 1498년의 무오사화, 1504년의 갑자사화가 잇달아 일어나면서 김종직 학단은 커다란 타격을 입게 되었고, 그 이후에는 이렇다 할 인재가 배출되지 못했다. 이렇게 보면 김천지역의 학풍은 김숙자, 김종직 부자의 활동으로 인해 초기 사림파의 성장에 중요한 역할을 담당하다가 무오, 갑자 양대 사화를 거치면서 막대한 피해를 입고 침몰해갔다고 정리할 수 있다. 조선시대의 '문향 김천'은 바로 이러한 사림파의 성장과 좌절에 따른 것이라 하겠다. 이와 관련된 설화가 남아 있어 흥미롭다. <사모바위전설>이 그것인데, 소개하면 다음과 같다.

> 김천시가의 중앙에 자리한 자산의 동쪽을 일명 모암산이라고도 한다. 옛날 모암산 동남쪽 꼭대기에 사모와 흡사한 바위가 있었는데, 이것을 사모바위[관모암冠帽岩]라고 하였다. 조선조 초기 영남 사림파의 종주宗主 김종직이 이곳 배천마을에 살 때 김천은 문향文鄕으로 이름이 높았다. 그때 하로賀老[양천동陽川洞]에는 일시에 3판서 6좌랑이 났다 할 만큼 고관대작과 학자들이 배출되었다. 이들 고관대작의 출입에다 김종직을 찾아오는 선비들을 뒷바라지하는 김천역의 역리들은 밤낮없이 하루도 편히 지낼 날이 없어 괴롭기만 하였다. 그러던 중 한 역리가 꿈을 꾸니 어떤 도승이 나타나 "괴로워할 것 없느니라. 사모바위만 없애면 편히 지낼 수 있으리라." 하거늘, 동료들에게 꿈 이야기를 했더니

63 내용 정리는 강미정의 「조위의 <만분가>에 나타난 원통함과 그 치유 맥락」(『한국민족문화』 73, 부산대 한국민족문화연구소, 2019, 84-85쪽)을 참조하였다.

> 모두 그 바위를 없애자고 하여, 몰래 산 아래로 굴려서 떨어뜨렸다. 과연 그 이후로 이 지방에서는 과거에 합격하는 사람이 나지 않았다고 한다. 하로 사람들은 이를 원통히 여기고 산 밑에 떨어진 사모바위를 하로마을 어귀에 옮겨 놓고, 정월이면 "하로의 옛 영화를 되찾도록 정기를 내려 주소서."라면서 동제를 지냈는데, 근래까지 동제가 계속되었다고 한다. 지금도 사모바위에 촛불을 켜고 소원을 빌기도 한다.[64]

사모바위 전설은 전국적으로 펼쳐져 있다. 주로 사모바위 덕분에 훌륭한 인재가 많이 난다는 식으로 이야기가 전승된다. 경상남도 거창군 북상면 갈계리 행기숲에서 동쪽으로 바라보면 나타나는 사모바위가 바로 그러한 예에 해당한다. 그러나 김천의 경우, '① 김천 하로를 중심으로 고관대작이 많이 배출되다, ② 어떤 역리가 김종직을 찾아오는 사람들의 뒷바라지에 괴로워하다, ③ 도승의 지시에 따라 사모바위를 없애다, ④ 김천 지역에 과거 합격자가 나지 않다, ⑤ 마을 사람들은 옛 영화를 위하여 사모바위를 마을 어귀로 옮기고 동제를 지내다'로 이야기가 전개된다. 이 이야기는 김천역의 역리의 탓으로 돌리고 있지만, 무오·갑자사화 이후 이 지역의 문풍 쇠락이라는 역사성을 지니고 있다는 측면에서 주목할 전설이라 하지 않을 수 없다.

64 디지털김천문화대전, <사모바위 이야기>

## 3. 성주, 도학의 착근과 학파 형성

### 1) 강안학과 성주 문화

#### (1) 회통성

기호학과 영남학이 성주에서 어떻게 회통되고 있는가. 조령은 경북 문경시와 충북 연풍군의 경계에 해당하는데, 낙동강에서 배를 타고 올라갈 때 서울로 가는 가장 빠른 길이며, 서울에서 경상도관찰사들이 부임하는 가장 빠른 길이기도 하다. 이 때문에 조령을 경계로 한 기호학과 영남학의 회통이 영남의 다른 지역에 비해 낙동강의 본류가 시작하는 상주지역에서 가장 빠른 것으로 나타난다. 이 지역은 안동의 퇴계학적 자장 속에 있으면서도 그 힘이 많이 약화되었고 동시에 고개 너머의 기호학을 받아들이면서 회통적 강안학을 만들어 갔던 것이다.

여기서 나아가 강의 운반기능과 관련하여, 기호학이 물길을 따라 가장 빠르게 그 연안지역으로 전파·착근되어 갔다. 오랫동안 성주에서 유배생활을 한 이문건李文楗과 성주 목사로 재직하면서 이이李珥를 사위로 맞은 노경린盧慶麟 등은 기호학이 강안지역에 뿌리를 내릴 수 있는 기반을 다졌다. 성주에 영봉서원을 건립할 때 이황이 이이에게 자주 편지하여 이 문제와 관련하여 논의한 것은 모두 이 때문이었다. 성주지역에도 노론계열과 직간접적으로 연결되는 문인들이 많았던 것도 이러한 맥락에서 이해된다.

성주의 인물을 조사해보면 기호학과 영남학이 서로 맞물려 있다. 성주 강안학의 종장인 정구 가문 출신인 정달재鄭達濟·정동익鄭東翼·정주석鄭冑錫 등은 노론 계열의 인사들과 활발하게 토론하여 학문적 관계를 유지하였으며, 이들의 학문은 다시 백필진白弼鎭과 이수진李秀鎭 등에게로 이어지는 것을 알게 된다. 이뿐만 아니라 정구 제자인 이정현李廷賢(1587-1612)의 후손 이석오李碩五·이민수李敏修·이해진李海鎭 등도 회통적 시각을 갖고 기호학파의 인사들과 교유하거나 사제관계를 맺게 된다.

김장생의 문하에서 수학하고 송시열 및 송준길과 도의로 사귀었던 이상일李尙逸(1600-1674)은 성주의 대표적인 노론계 인물이다. 그는 정구의 제자인 이의李儀의 사위가 되어 성주면 대흥동大興洞에 살았으며, 대황동大皇洞에는 그의 유허 각석이 있다. 이로 인해 이상일은 이의의 아들에게 그의 역학에 대하여 칭찬한 바 있으며, 이상일의 아들 이파는 송시열의 문하에 수업하면서 권상하에게 큰 인정을 받을 수 있었고, 그의 후손인 이기보나 이상준도 성주의 대표적인 노론계 인사로 성장하게 되었다. 정치적 문제에 대하여 갈등이 없을 수 없었으나 대체적으로 공존을 모색하면서 회통적 시각을 갖고 강안학에 동참했다.

이두한李斗漢의 경우를 보듯이 그는 김원행을 배알하고 문하에 들지만 퇴계학과 율곡학을 함께 전수받기 위하여 적극적이었다. 그리고 이수진은 송환기의 문하에서 기호학을 적극적으로 받아들이면서도, 1792년 이황을 제향한 도산서원陶山書院을 배알하고 자연에 묻혀 사는 즐거움을 두루 보고 돌아와서, "만세토록 전하여도 폐단이 없는 것은 퇴계선생의 학문이로다."라고 하였다고 한다. 우리는 여기서 평면적이기는 하나 기호학과 영남학이 어떻게 공존하면서 소통하는가를 확인하게 된다.

성주지역에는 퇴계학과 남명학 또한 회통되고 있었다. 이황과 조식 역시 성주와 일련의 관계가 있었다. 이황은 영봉서원 건립과 관련해서 기문을 쓰기도 하고, 그의 처가인 의령을 갈 때 성주를 지나가며 시를 짓기도 한다. 이승李承, 이응명李應明, 정곤수鄭崑壽 등 성주지역의 제자들도 있었다. 조식 역시 마찬가지다. 그는 성주에 유배와 있는 이문건에게 "영고성쇠는 모두 천지조화에 달린 것, 쫓겨났다고 어찌 일찍이 원망했었던가[枯榮渾與大鈞諧, 放逐曾何有怨乖].”라고 하면서 위로하기도 했다. 한편 성주 선비 이원경李遠慶 역시 그가 은거하고 있었던 지리산으로 찾아가 다음과 같은 시를 남기기도 했다.

頭流山下訪高人　두류산 아래로 높은 선비 찾았더니
茆屋蕭條寂寞濱　적막한 물가에 띠풀 집 쓸쓸하다
啼鳥聲數淸晝靜　두어 번 새소리에 맑은 낮 고요한데
桃花流水武陵春　복사꽃 흘러오니 무릉도원 봄이로다[65]

이원경李遠慶은 자가 택선擇善으로 진사 덕부德符의 아들인데, 선조는 광주廣州 사람으로 상지촌上枝村(웃갓)에 살았다. 정구鄭逑가 항상 공경하고 존중하여, 그가 죽자 '고결하고 우뚝한 자질과 빼어나고 탁월한 재능', '강개한 마음으로 시대를 아파하고, 배우기를 좋아하여 부지런하고 간절하였다.'라며 칭송을 아끼지 않았다. 위에서 말한 두류산의 선비는 당연히 조식이며, 그를 찾아 교유했던 일단을 위의 시로서 확인할 수 있다. 여기서 나아가 김담수金聃壽와 이린李驎 등 다양한 문인들도 생기게 된다.

이황의 제자 황준량과 조식의 제자 오건이 성주 지역에 부임하여 활동한 것은 특별히 주목할 만하다. 황준량은 1540년에 문과에 급제하여 향교의 교수가 되었다가 다시 1560년에 병조정랑으로 있다가 목사가 되었다. 특히 노경린이 창건한 영봉서원을 더욱 확장하고 아름답게 만들었으며, 또 문묘를 중수하여 예전의 규모보다 넓히며, 성주의 문화풍토를 일신시켰다. 같은 시기에 조식의 제자 오건이 생원 이광李光의 딸에게 장가들어 사월곡촌沙月谷村에 와서 살았으며, 이로 인해 다시 성주 향교의 교수가 되었고, 그의 아들

65 『국역 성산지』, 성주문화원, 2010, 232쪽.

오장도 유촌柳村에서 태어났다. 이 둘은 서로 뜻이 맞아 학생들을 모집하여 교육하였다. 당시의 사정을 『성산지』에서는 다음과 같이 전한다.

> 마침 오건吳健이 교수로 있었는데 서로 뜻이 맞아 학생들을 가려 모집하여 네 등급으로 나누어 오건으로 하여금 교육을 주관하게 하였다. 자신은 감독의 책임을 맡아 근면과 태만의 석차를 매겨 상과 벌을 주었다. 또 공곡서당孔谷書堂과 녹봉서재鹿峯書齋를 창건하여 다방면으로 가르치고 인도하였다.[66]

위의 인용문은 당시의 사정을 잘 알게 한다. 황준량과 오건은 의기투합하여 퇴계학과 남명학을 융합하는 역할을 하였다. 특히 황준량이 성주의 다양한 사업을 벌이며 공부를 할 수 있는 여건을 만들었다면, 오건은 향교에서 직접 교육을 담당하며 인재를 길렀다. 정구와 김우옹은 함께 오건에게 나아가 『주역』을 배웠으며, 김담수金聃壽 역시 공자와 정자·주자 학문의 요지要旨를 배웠다. 그리고 이침李忱에 대해서는 장현광張顯光이 비문의 음기陰記에서 "정구와 함께 오건의 문하에서 배워 삼동三同[67]이 계합하는 정의가 있었다."고 특기하기도 했다. 이로써 우리는 당대의 퇴계학과 남명학이 성주지역에서 인맥을 통해 어떻게 회통되고 있는지를 확인할 수 있다.

사정이 이렇게 되면서 이황과 조식의 공동 제자들도 생겨나게 되었는데, 앞서 언급한 대로 정구와 김우옹은 물론이고, 박찬朴澯도 이황과 조식을 함께 찾아뵙고 문인의 반열에 오르게 된다. 그러나 인조반정과 더불어 남명학파가 몰락하면서 성주 지역에서도 영남학파로서는 기호학과 상보적 경쟁관계를

66 『국역 성산지』, 성주문화원, 2010, 149쪽.

67 三同은 정구와 나이가 같고, 李樹를 같은 장인으로 모셨고, 오건을 같은 스승이 모셨기 때문에 생긴 말이다. 즉, 同年·同壻·同門을 의미한다.

유지하지만, 지역 내에서는 퇴계학파로 단일화되는 경향을 보였다. 대체로 정구의 한강학맥을 이어받으면서도 퇴계학파 내에서 강안지역을 중심으로 일정한 위치를 확보하게 된다.

### (2) 실용성

성주지역의 실용성 내지 실천정신은 결국 조선후기 실학을 도인하는 역할을 했다. 두루 알려진 것처럼, 정구의 제자 허목許穆(1595-1682)을 통해 이어지는 근기남인의 실학 연원이 바로 그것이다. 정구는 이황과 조식의 학문을 동시에 이어받았지만, 조식의 노장풍이나 이황의 이기설을 동시에 거부한다. 나아가 실용학풍을 구축하여 이를 허목에게 전함으로써 이익, 안정복, 황덕길, 허전 등에게로 이어 소위 근기 실학을 성립시킨다. 노상직盧相稷(1855-1931)은 이 같은 연원과 흐름을 물줄기에 비유하여 "회연檜淵의 물이 연천漣川으로 흘러 첨성포瞻星浦로 들어오고 광릉廣陵을 돌아 두호斗湖에 이르러 냉천冷泉에 모였다. 냉천은 나의 스승 허문헌공許文憲公이 도의를 강론하던 곳"[68]이라고 표현한 바 있다.

성주지역의 경우, 소학에 기반한 실천정신은 이른 시기에 정착한 것으로 보인다. 김종직과 그의 문도들이 『소학』을 중시하고, 김굉필이 성주와 관련을 맺으면서 소학적 실천정신은 성주의 대표적인 정신으로 자리 잡아갔다. 김굉필의 제자 김안국金安國(1478-1543)이 성주 향교의 학도를 위하여 <권성주학도勸星州學徒>를 지어, "주부자 인륜도덕 우주에 넘쳐나니, 『소학』이라 지

68 盧相稷, 『小訥集』 권252, <訓蒙帖序>, "檜淵之水, 流于漣, 入于瞻星之浦, 匯廣陵, 到斗湖, 會于冷泉, 冷泉, 我先師許文憲公, 講道之所也." 회연, 연천, 첨성포, 광릉, 두호, 냉천은 각각 정구, 허목, 이익, 안정복, 황덕길, 허전이 거주하던 곳의 지명 및 시내명이다.

으신 책 만세의 모범일세. 나는 예전부터 혼미해서 못 따라감을 후회하나니, 여러 생도들은 노력하여 옛날 현인 본받게나."[69]라고 한 것도 바로 이러한 맥락에서 이해된다.

김굉필의 제자 도형都衡은 그의 스승으로부터 『소학』의 지결旨訣을 받았고, 그 스스로 이 책에 대하여 가장 힘을 쏟아, "이것을 배우지 않으면 비록 몸가짐을 바로 하고 인륜을 밝히고자 하더라도 할 수 있겠는가?"라고 하였다. 그리고 자제들의 학업을 독려하기 위해 <소학부小學賦>를 짓기까지 하였다. 그의 아우 도균都勻 역시 17세에 김굉필을 뵙고 『소학』을 배워 실천의 요결로 삼았다. 그가 지은 <인성책人性策>이나 『효경집해孝經集解』, 『성리회찬性理會纂』 등의 글은 모두 『소학』에 기반하여 이룩한 업적이라 할 수 있을 것이다.

김종직과 그의 문도들을 중심으로 일어났던 소학정신은 정구와 그의 문도들에게도 이어졌다. 정구의 제자 이명기李命夔(1580-1637)가 『소학』을 근본으로 하여 후학을 가르쳤다면서 이원조가 그의 행장에서 찬양한 것은 그 대표적이다. 이것은 하나의 학풍으로 이어져 1805년에는 정구鄭逑의 일집逸集을 고쳐서 바로잡는 일로 회연서원檜淵書院에서 함께 일하기도 했으며, 배상룡裵尙龍의 문집을 교정하는 일에 열정을 보이기도 했던 도우승都宇昇 역시, 어릴 때부터 '『소학』은 곧 선조들께서 종신토록 공경하며 실천하신 책'이라고 하면서 더욱 힘쓰고 공손히 받아들였다고 한다.

한강학파의 일원 이주李紬(1599-1669)의 증손 이하징李夏徵은 『소학』의 가르침을 종신토록 실천하였다. 또한 이정현李廷賢의 후손 이민실李敏實은 『소학』

69 金安國, 『慕齋集』 권1, <勸星州學徒> 『성산지』에는 「향교」에 대해 지은 것으로 되어 있으며, '彝倫宇宙朱夫子, 萬古模楷小學編. 我悔舊迷追不及, 諸生黽勉跂前賢.'라 하여 대동소이한 내용으로 되어 있다.

을 뽑아 엮기도 하고, 이원준李源準은 『소학』을 신명神明처럼 받들어 실천에 힘쓰고자 했다. 이 밖에도 『소학』을 읽고 그 책에 쓰기를 '이와 같이 하지 않으면 사람이 될 수 없다.'라고 한 최주복崔柱復, 『소학』을 배우고 나서, "이 책은 단지 읽고 그칠 것이 아니라, 마땅히 몸소 실천해야 한다."라고 했던 이재훤李在諼 등이 나타났으며, 이근용李根容, 송정훈宋廷薰, 장기석張基奭, 이석문李碩文, 이정수李鼎壽, 이지훈李志薰, 김호석金浩碩 등도 『소학』에 특별히 잠심하였다.

성주 지역의 소학정신은 부녀자에게도 전파되고 실천되었다. 이정현의 아내 이씨는 그 대표적인 인물이다. 이정현의 아내 이씨는 『소학』과 『효경』을 기반으로 하여 부녀자의 법도를 지켰다고 했다. 그리고 일찍 남편을 여의고 고달픈 생활을 했음에도 불구하고, 시가의 전장과 부덕을 지켰다고 했다. 위의 자료는 부녀자도 『소학』을 중시했다는 편린이기는 하지만, 이를 통해 『소학』이 성주의 선비가에서 남녀를 불문하고 널리 읽혔던 책이며, 또한 사대부가에서는 이 책을 실천의 요체로 삼았던 것을 알 수 있다.

가정을 중심으로 한 실천정신은 향약을 통한 상부상조의 협동정신으로 발전하기도 했다. 우리는 여기서 여희림呂希臨(1481-1553)을 먼저 떠올리지 않을 수 없다. 그는 1519년 현량과가 설치되자 형 희단希端과 함께 천거되었으나 응시를 거절하였고, 이로 인해 기묘사화 때 화를 면하였다. 1522년에는 김안로金安老가 복성군福城君 옥사에 연루시켜 기장機張과 함평咸平으로 귀양을 가게 되었다. 이후 김안로의 실각으로 해배되어 고향으로 내려와 수촌리樹村里에 남전향약藍田鄕約을 시행하기 위하여 월회당月會堂을 짓고 향약을 보급하였다.

여희림으로부터 시작된 성주지역의 향약은 정구의 계회입의契會立議, 사촌동계沙村洞契 등과 같은 발전적 형태로 나타나기도 했다. 이어서 배정휘裵正徽

는 회로당會老堂에서 향약을 시행하고, 매달 초하루에 강회를 열어 학업을 점검하였으며, 조선후기의 최용한崔龍翰은 매월 초하루에 모임이 있을 때 남전향약藍田鄕約을 강론하여 권선징악의 도를 행하게 하여 무너진 윤리를 다시 진작시켰다. 그리고 이수용李秀容은 여씨향약과 이황의 향약조를 본떠 동약의 절목을 만들어 자제들로 하여금 본보기로 삼게 하였으며, 이원홍李源弘 역시 동규를 세우고 권선징악을 강조하였고, 최영록崔永祿은 『평증손향약評增損鄕約』이라는 책을 쓰기도 했다.

성주의 실천정신은 국난을 극복하는 힘으로 작용하기도 했다. 임란 당시 성주 지역의 인물이 중심이 되어 일어났던 수많은 의병 활동 사례가 이러한 사정을 잘 반영한다. 임진왜란 당시 성주지역을 통과하였던 왜군의 주력부대는 우로右路를 택한 병력이다. 이들은 진격 경로는 동래東萊에서 김해金海, 성주星州, 김산金山을 거쳐 추풍령秋風嶺을 넘어 경기도京畿道로 통하는 길이었다. 이처럼 성주는 왜군이 지나가는 매우 중요한 지역이었는데, 당시 성주진星州鎭 관내에서 일어난 의병장으로는 고령의 김면金沔(1541-1593)과 박정완朴挺琓(1543-1613), 합천의 정인홍鄭仁弘, 초계의 이대기李大期 등이 있었다. 당시 김면은 <격강좌열읍문檄江左列邑文>에서 성주를 적이 지나가는 요충지로 파악하고, "성주를 지키면 국가의 회복을 꾀할 수 있으나, 이곳을 잃으면 국가의 대사를 그르칠 것이다."라고 하기도 했다.

성주 지역에서 활약한 제말諸沫(?-1592) 역시 특기할 만하다. 서유린徐有隣이 쓴 <제말쌍충비문諸沫雙忠碑文>에서, "가산家產을 기울여 의병을 모집하고 적을 만나 그 예봉을 삼켰으며, 병사들을 거느리고 초유사招諭使 김성일金誠一의 막료가 되었다. 나아가 도적을 공격하여 무계진茂溪津에서 크게 유린하여 드디어 성주를 평정하였다. 그 공으로 고을의 관인을 차고 여러 곳에서 목을 베고 포로를 잡았으나 마침내 성이 함락되어 목숨이 떨어졌다. 이것이 장군이 의병을 일으킨 대략의 전말이다."라고 한 것이 그것이다.

성주 지역의 실천정신은 일제의 국권 침탈기를 맞이하여 국권회복운동으로 나타나기도 했다. 파리에 독립을 청원하는 장서長書를 보내는 운동에 성주 지역 사람들이 대거 참여한 것은 그 대표적인 예가 된다. 즉 이 운동의 발의와 추진, 그리고 전개 과정에서 시종 일을 추진했던 김창숙, 파리장서巴里長書를 최초로 작성하였던 장석영, 파리장서운동이 전개될 때 문중 차원에서 협력을 아끼지 않은 송준필宋浚弼(1869-1944) 등이 모두 성주 사람들이기 때문이다. 지금까지 파리장서 최초의 집필자가 누구인가 하는 문제에 대하여 여러 논란이 있어 왔다. 그러나 최근에 발굴된 장석영이 쓴 『흑산일록黑山日錄』에는 당시의 사정이 잘 드러나 있고, 채택이 되지는 않았지만 파리장서 최초의 집필자는 일기를 쓴 장석영 본인으로 되어 있다. 장서의 들머리를 잠시 들어보기로 한다.

> 한국유생 곽종석郭鍾錫과 장석영張錫英 등은 삼가 파리회중巴里會中에 보내는 글을 쓰나이다. 종석 등은 곧 망국의 천유賤儒로, 쇠잔한 목숨을 유지하며 아직 죽지 못하고 10년 동안 혀를 감추고 감히 천하 사람에게 말하지 못한 것은 다른 사람의 압박 때문이었습니다. 이제 가히 말할 수 있는 기회가 왔으니 감히 그 품은 뜻을 스스로 만국평화회의를 하는 석상에 개진하지 않겠습니까?
>
> 종석 등은 가만히 듣건대 파리에서 열리는 만국의 회의는 폴란드 등 여러 외롭고 약한 나라에 독립의 권리를 허여하는 것이라 하였습니다. 우리 한국의 상황은 유독 우리만 여러분들의 긍휼이 미치지 못하고 있는 것이니, 이것은 진실로 태양이 하늘에 떠올라 만물을 모두 비추지만 엎어진 동이의 아래는 비추지 못하는 것과 같은 경우입니다.
>
> 아! 저희 나라가 일본에 삼킴을 당한 지 지금 10년이나 되었습니다. 일본의 전후 사정을 말씀드리면, 저희 나라는 일본에 대하여 300년간의 이웃 나라입

> 니다. 지난 병자년에 일본의 정상형등井上馨等과 강화도 조약을 맺었고, 을미년에는 일본의 이등박문伊藤博文과 마관조약을 맺었는데, 모두 조선의 자주 독립을 허락한 것이었습니다. 그 후 일본이 러시아와 전쟁을 할 때 서구의 여러 나라들에게 통첩한 것 역시 한국의 자주 독립을 공고히 하는 것이었습니다. 이 몇 가지 조약은 천하의 사람들이 모두 아는 것입니다.[70]

이렇게 시작되는 장석영의 독립청원서는 모두 1,550자로 구성되어 있다. 위의 글에서 보듯이 장석영은 한국 독립의 당위성을 설명하기 위하여 노력하였다. 당시 일제가 어떻게 국제사회와 한국을 속이고 강제로 합병했는가 하는 전후의 사정을 효과적으로 알리고자 했던 것이다. 글이 완성되자 장석영은 조카 장시원張始遠을 시켜 다전에 있던 곽종석郭鍾錫(1846-1919)에게 가져다 주게 했는데, 곽종석은 장석영이 쓴 이 글이 너무 과격하여 사용할 수 없다고 판단하였다. 그리고 자신이 쓴 글 한 부를 보내며 고쳐주기를 요청하기도 했다.

파리장서의 서명자 가운데 성주지역 인사들이 가장 많았다. 전체 서명자 137명 가운데 10%가 넘는 16명이 성주지역의 인사들이기 때문이다. 구체적으로는 배종순裵鍾淳, 성대식成大湜, 송준필宋浚弼, 송홍래宋鴻來, 이계원李啓源, 이계준李季埈, 이기정李基定, 이기형李基馨, 이덕후李德厚, 이만성李萬成, 이봉희李鳳熙, 이수인李洙仁, 이이익李以翊, 이현창李鉉昌, 장석영張錫英, 정재기鄭在夔 등

70 張錫英, 『先文別集』 智, <黑山日錄>, "韓國儒生, 郭鍾錫·張錫英等, 拜書于巴里會中. 鍾錫等, 乃亡國之賤儒也, 殘命不死, 十年囚舌, 不敢聞於天下之人者, 以其爲他人之壓迫也. 今因事會之可言, 而敢不以其所懷, 自陳於萬國平和之席也哉. 鍾錫等, 窃伏聞巴里萬國之會, 至許波蘭等諸孤弱獨立之權矣. 我韓情形, 獨不及爲羣公之矜恤, 則是誠太陽升天, 萬物咸覩, 而獨不照於覆盆之下也. 嗚乎! 鄙邦之呑噬於日本, 今十年矣. 請言日本之前後情迹也, 鄙邦之於日本, 三百年之隣邦也. 頃在丙子, 日本井上馨等, 有江華之盟, 乙未, 日本伊藤博文, 淸國李鴻章, 有馬關之約, 皆許以朝鮮自主獨立. 其後, 日本與俄國, 宣戰時, 通牒歐西列國, 亦曰鞏固韓國自主獨立, 凡此數條皆天下人之所共知也."

이다. 이들은 대개 이진상이나 장복추의 학맥으로 장석영의 문인이 많다.

독립운동가 송준필 역시 실천정신이 남달랐던 성주인이다. 그는 이진상李震相, 장복추張福樞, 김흥락金興洛의 문하에서 배웠으며, 독립을 호소하는 글을 지어 도내에 통고하기도 하고, 독립청원운동에도 곽종석郭鍾錫, 장석영張錫英 등과 나란히 서명하면서 이들과 함께 유림의 대표로 활약하였다. 장석영의 『흑산일록』에도 그에 관한 많은 이야기들이 나온다. 즉 <도내통고문>을 써서 젊은이들로 하여금 인쇄하여 배포한 일, 자제들과 문인들로 하여금 만세운동을 하게 한 일, 성주경찰서에 구금되고 다시 대구감옥에 구금된 일, 대구감옥에서 머리 깎기를 거부한 일 등 독립운동의 과정에서 생긴 다양한 일들이 모두 그것이다.

### (3) 독창성

성주지역의 독창성은 풍부한 성리학적 학문 기반을 통해 마련되었다. 즉 김종직을 중심으로 한 사림파가 성주지역에 일정한 영향을 미치면서 이러한 독창성이 구체화될 수 있었던 것이다. 예컨대 김굉필의 제자 김안국金安國(1478-1543)이 성주의 학도들에게 시를 써서 정자와 주자의 학문을 중심으로 한 도학을 제창한 것에서 이를 충분히 확인할 수 있다. 시의 구체적인 내용은 다음과 같다.

經帷日日講程朱　공부 자리 벌여 놓고 날마다 정자 주자
道學行看遍海隅　시골구석 이곳까지 도학을 공부하네
南土古來英俊藪　남쪽 땅은 예부터 인재의 숲일러니
研窮性理作眞儒　성리를 연구하여 참 선비들 될지어다[71]

16세기 초반에 성주의 선비들이 정주학을 중심으로 성리학을 공부하는 모습에 눈에 선연하다. 김안국은 시골구석인 성주지역까지 도학을 공부한다 하면서, 성리학을 연구하여 참 선비가 될 것을 당부하고 있다. 이 같은 학문 풍토 속에서 이홍기李弘器는 성현聖賢이 자기를 다스리고 남을 다스리는 도리를 정밀하게 사색하고, 힘써 실천하면서 성리학까지 통달하였으며, 이주李紬는 만년에 별장을 지어 '학가學稼'라는 편액을 걸고 날마다 그 가운데 거처하며 사서육경四書六經과 성리학에 침잠하였다. 그리고 조선말기의 이진상李震相은 조선 이학의 마지막 봉우리를 형성하며 독특한 이학체계를 완성하였다.

성리학적 학문토양 하에 배양된 조선말기 이학의 최고봉은 이진상이다. 그는 '이발일도설理發一途說'과 '심즉리설心則理說'로 이 지역의 일원론적 전통을 계승하면서 동시에 강안학의 독창성을 극대화시켰다. 이 같은 그의 논리는 이황의 심합이기설心合理氣說을 주리적 측면에서 더욱 강화시킨 것이다. 박옥璞玉의 비유에서도 나타나듯이 그는 돌[기] 속에 있는 옥[리]이 박옥의 본래 면목이라 생각하고, "차라리 월형刖刑을 받을지언정 옥을 옥이라고 하지 않을 수 없다."라고 하면서 이理의 의미를 강조하였다. 특히 그는 이의 주재성에 주목한다. '주재하는 것은 리'이고 '작용하는 것은 기'[72]라고 한 언명에서 이를 분명히 확인할 수 있다.

마음의 주재성을 리로써 설명하려고 했던 이진상의 '심즉리설'에 대하여 퇴계학파는 비판하지 않을 수 없었다. 1897년 『한주문집』이 도산서원에 전해졌을 때, 도산서원에서는 이진상의 이학理學을 위학僞學으로 몰아 환송하였고, 1902년에는 박해령朴海齡 등이 이진상의 학문을 이단으로 보고 상주향교

71 金安國, 『慕齋集』 권1, <勸星州學徒>

72 李震相, 『寒洲全書』 권40, <答郭鳴遠疑問>, "太一將分, 理生氣, 衆萬交運, 理乘氣. 主宰在理, 作用在氣."

에서 『한주문집』을 불태우기까지 하였다. 그리고 이황의 후손 이만인李晩寅(1834-1897)은 논리를 갖추어 이진상의 주장을 적극 비판하고 나섰다. 즉 '이발'만 있고 '기발'이 없다는 것은 이이가 '기발'만 있고 '이발'은 없다고 말한 것을 반대하려고 하다가 지나침을 면치 못했다는 것이다.[73] 이것이 오해에서 비롯되었다고는 하지만, 노수신이나 장현광이 그러했듯이 이황 근본주의자들에게는 하나의 이단으로 여겨졌던 것이다. 이것은 동시에 강안학의 주요 특징이기도 하다.[74]

우리는 여기서 이진상의 성리학적 방법론을 우선적으로 살필 필요가 있다. 여기에 철학적 사유과정이 잘 드러나기 때문이다. 성리학적 방법론으로는 이미 여러 차례 언급되어 왔듯이 인식론적으로는 수간竪看·횡간橫看·도간倒看을, 유추방법으로서는 순추順推와 역추逆推를 들 수 있다. 이것은 세계에 대한 성리학적 접근을 위한 기본 개념인 이理와 기氣의 관계를 구체적으로 설명하기 위해서 고인들이 마련한 것을, 이진상이 적극적으로 활용한 개념이다. 여기서 말하는 '수간'은 본원상에 나아가서 보는 것이고, '횡간'은 유행처에 나아가서 보는 것이며, '도간'은 형적상에 나아가서 보는 것[75]이다. 즉 본원으로부터 사물을 보는 것이 수간이라면, 사물로부터 본원을 보는 것이 도간이며, 횡간은

73 이와 관련한 논의는 홍원식의 「한주의 성리설과 계승」(『한주 이진상 연구』, 역락, 2006) 참조.

74 강안학에 보이는 독창성은 류성룡의 제자인 정경세와 그의 학단에서도 드러난다. 그들은 남명학에 대하여 비판적 시각을 지니고 있었으며, 동시에 안동·예안권의 월천·학봉학맥에 대해서도 독자적 자세를 견지하고 있었다. 조식에 대해서는 『참동계』와 『음부경』에 대한 탐독과 정몽주 인식을 비판하였고, 안동·예안권의 학자들과는 달리 李爾瞻(1560-1623)에 대한 주벌 상소에는 반대하는 입장을 보였다. 이에 대한 구체적인 논의는, 김학수, 「17세기 嶺南學派 연구」(한국학중앙연구원 박사학위논문, 2007), 190-214쪽에서 이루어졌다.

75 李震相, 『寒洲全書』 1, <答沈穉文·別紙>, "竊念理氣之妙, 不相離不相雜, 要在人離合看. 故有就本源上竪看者, 有就流行處橫看者, 有就形迹上倒看者. 窮理之始, 倒看而有所據, 析理之精, 橫看而無所遺, 明理之極, 竪看而得其眞."

이 둘 가운데 선후관계를 두지 않고 그 흐름을 보는 것이라 하겠다.[76]

이진상은 순추와 역추로 성리학적 유추방법을 설명하기도 했다. 순추가 궁극적 원리에서 경험적 사실을 추론해 가는 방법이라면, 역추는 경험적 사실에서 궁극적 원리를 추론해 가는 방법이다. 이 때문에 그는 주희의 "현재의 사물로부터 보면 음양이 태극을 함유하고, 그 근본을 추론해보면 태극이 음양을 생성한다."[77]라는 말에 대하여 순추와 역추의 논리로 설명한 바 있다. 즉 "사물로부터 보는 것은 역추이고, 그 근본을 추론하는 것이 순추이다. 역추는 사람이 보는 시작이고, 순추는 천리의 근원이다. 사물에서 위로 역추하면 사실에 의거하게 되고, 원리에서 아래로 순추하게 되면 참을 얻는다."[78] 라고 한 것이 그것이다.

이진상은 이와 기를 수간과 횡간, 그리고 도간이라는 인식방법으로 설명하기도 하고, 순추와 역추라는 유추방법으로 설명하기도 한다. 이것은 어느 한 곳에 치우치지 않고 전방위적으로 이기 심성론을 탐구하고 또한 자연과 인간을 해명하자는 것이었다. 이 같은 방법론은 도간과 역추만을 일삼고 수간과 순추의 중요성을 망각한 당대 학계의 병통을 반성적으로 극복하자는 의도였다고도 할 수 있다. 즉 이기선후理氣先後 문제나 이기동정理氣動靜 문제 등은 이렇게도 저렇게도 볼 수 있지만, 수간의 입장에서 주희의 만년 정론을 재확인하면서 종합적으로 세계를 탐구하자는 것이라 하겠다. 사정이 이러하

---

76 이를 우리는 리에 대한 본원상의 인식, 유행상의 인식, 형적상의 인식이라 할 수 있을 것이다. 수간은 보편적인 것으로부터 특수한 것으로 연역해 가는 방법, 도간은 특수한 것으로부터 보편적인 것으로 귀납해 가는 방법, 횡간은 이 두 관점 가운데 선후 없이 어느 관점이든지 자유롭게 보는 방법이다.

77 李震相, 『寒洲全書』 2, <理學綜要>, "按朱子曰, 自見在事物而觀之, 則陰陽涵太極, 推其本, 則太極生陰陽."

78 李震相, 『寒洲全書』 2, <理學綜要>, "觀乎物者, 逆推也, 推其本者, 順推也, 逆推者, 人見之始, 順推者, 天理之原. 物上逆推, 則靠實, 理下順推, 則得眞."

므로 그는 다음과 같은 작품을 지어 원천原泉과 이를 강조할 수 있었다.

(가) 原泉本靜一　원천은 본래 고요한 하나이지만
出坎便西東　근원에서 나오면 곧 이리저리 흐른다네
合處誠無異　합쳐지는 곳은 진실로 다름이 없고
分時亦有同　나누어질 때도 또한 같음이 있다네[79]

(나) 尊而爲帝妙而神　존귀하면 제帝가 되고 묘하면 신神
這理昭昭賦在人　이 이치 밝고 밝게 부여되어 사람에게 있다네
萬化雖分元一實　수많은 조화로 비록 나누어졌으나 원래는 하나의 실實
拖泥帶水便非眞　진흙탕의 물이 곧 참은 아니라네[80]

이진상은 '이치를 밝히는 극치[明理之極]는 수간하여야 참을 얻을 수 있다'고 하였다. 그는 일찍이 "여기 하나의 물이 있으니 위로부터 수간하면 샘으로부터 바다에 이름에 물줄기가 비록 많지만 한결같은 샘물이 흘러가는 것이다."[81]라고 말하기도 하였다. 그 바닷물은 수많은 조화를 거쳐서 이룩된 사물이지만 그 이면에는 일실一實의 보편성이 있다는 것이다. 이것은 세계를 관철하는 보편적인 원리와 구체적·개별적인 원리 사이에 어떤 일치성이 있다는 이일분수理一分殊의 다른 말이다. 이 때문에 앞의 작품에서 원천은 하나이고 이것이 흘러서 동서로 나누어지지만 보편자인 이理가 있다고 했다. '역유동亦有同'이라고 한 것이 그것이다. 뒤의 작품은 이것을 마음으로 환치시켜 인간

79 李震相, 『寒洲全書』 1, <次朱子分水舖韻>
80 李震相, 『寒洲全書』 1, <述學自警二十六絶·明理>
81 李震相, 『寒洲全書』 4, <太極圖劄義>, "今有一水焉, 從上而竪看, 則自泉放海, 波別雖多, 而一是泉之放也."

의 마음은 본원적으로 신령스러워, 누구나 이 밝고 밝은 신령스러움을 품부받았다고 했다. 그러므로 현상적인 흙탕물은 참이 아니라는 것을 말하는 데까지 나아갔다. 이는 모두 수간과 순추의 입장을 분명히 한 것이라 하겠다.

이진상의 학문은 흔히 '주문팔현洲門八賢'으로 일컬어지는 한주 제자들인 곽종석郭鍾錫, 이승희李承熙, 허유許愈, 이정모李正模, 윤주하尹胄夏, 김진우金鎭祐, 장석영張錫英, 이두훈李斗勳 등으로 이어져 영남지역의 학풍을 선도하였다. 이러한 한주학파의 일원은 이황과 조식의 학통을 한말에 동시에 계승하면서 영남의 성리학, 나아가 조선 성리학이라는 커다란 봉우리를 이룩하였다. 이로써 성주에서는 정구를 중심으로 한 한강학파가 이진상을 중심으로 한 한주학파로 이어지면서, 성리학이 시대성에 입각한 발전적 계승을 거듭해 가고 있었다.

### 2) 도학의 착근과 그 학맥

성주로 유배온 이문건李文楗(1494-1567)은 가문의 부흥에 힘입어 한편으로 영주의 백운동서원白雲洞書院 건립에 고무되고, 다른 한편으로 노경린의 선정을 위한 노력과 맞물리면서 영봉서원을 건립하게 된다. 당시 향현으로 지목되었던 사람들은 바로 그의 선조인 문열공文烈公 이조년李兆年과 문충공文忠公 이인복李仁復 등이었다. 서원의 건립 논의가 본격화되면서, 노경린은 안동의 이황에게 이조년과 이인복에 대한 향사를 포함한 서원건립에 대한 여러 사항을 품의하였고, 이에 이황은 사림의 자부심을 삼기에 족하다고 하였다.

그러나 영봉서원의 창건이 쉬운 일은 아니었다. 노경린의 사위인 이이李珥(1536-1584) 등 신진 유학자들은 이조년의 영정에 염주가 들려져 있음을 지적하면서 배불拜佛한 인물을 서원에 제향할 수 없음을 지적하였다. 그러자 다시 처향인 성주에 자주 출입하였던 김굉필이 거론되면서, 이조년과 이인복, 그리고 김굉필을 함께 제향하기로 한다. 이에 대하여 이황은 노경린에게 다음과 같이 말한 적이 있다.

> 말씀하신 한훤당 김 선생의 사당을 세우려는 문제는 대단히 좋습니다. 대개 성주는 선생의 처가(처외가 : 필자주) 고장이니, 곧 거기에 왕래하면서 놀고 거처하던 곳에 남긴 향기가 있어 사람들이 생각하며 읊은 것이 있을 것이므로 사당을 세워 현인을 존중하는 일은 더욱 마땅히 이것을 먼저하고 다음에 다른 일을 해야 할 것입니다.[82]

성주에서 김굉필의 제향을 우선해야 한다는 이황의 생각이 읽힌다. 같은 글에서 이황은 "김 선생의 도학연원에 대해서는 진실로 후학이 감히 추측할 수 없다 할지라도 선조先朝에서 추장한 뜻으로 미루어 본다면 단연코 근세 도학道學의 종宗이라 할 수 있습니다."라고 하면서 조선의 도학연원은 김굉필에게서 시작된다고도 하였다. 이러한 여러 사정을 거쳐 이황에게 영봉서원의 기문을 부탁하게 되는데, 이황은 <영봉서원기>를 지어, 이조년과 이인복의 충절과 김굉필의 도학을 동시에 찬양하였다. 그러나 충절과 도덕 가운데 도덕이 근본이 된다는 것을 밝혀 김굉필의 학문을 더욱 높이지 않을 수 없었다. 『소학』을 바탕으로 하여, 『대학』을 거쳐 『육경』으로 나아가야 한다고 하면서 '다른 길로 달려가지 않아야 한다'라고 했다. 이로써 이황은 이조년과 이인복의 충의를 인정하기는 하나 도학이 더욱 중요하다는 사실을 분명히 하였다.

이황이 <영봉서원기>까지 썼음에도 불구하고, 제향인물의 위차 문제를

---

82 李滉, 『退溪集』 권12, <答盧仁甫>, "示喩金先生廟享事, 甚善甚善, 夫先生之於貴府, 旣曰妻鄕, 則其往來遊處之所, 必有遺塵剩馥在人思詠者矣. 則於立廟尊賢之擧, 尤當以是爲先, 而次及於其他, 可也."

두고 의외의 분쟁이 발생했다. 즉 나이를 우선할 것인가, 도학을 우선할 것인가 하는 문제가 그것이었다. 노경린과 성주이씨들은 나이를 우선으로 하여 3인 제향을 주장했고, 여타의 신진 사류들은 김굉필 도학의 독존獨尊을 강조하였다. 원래 3인 합향을 승인하였던 이황은 입장을 바꾸어 김굉필을 상좌에 두고 이조년과 이인복을 남향으로 한 후, 그 사이에 병풍을 막아 존봉케 하였으나 시행되지 못했다. 이 논란은 결국 송사로 이어져 영남 일대의 중요한 사건으로 확대되기도 했다.

1560년 이황의 제자 황준량이 성주목사로 부임한 후에도 이 문제는 지속적으로 논란이 되었다. 이러한 논란을 거쳐 신진 사류의 생각에 따라 결국 서원에는 김굉필을 홀로 모시고, 이조년과 이인복은 서원 옆에 사우를 세워 따로 모시는 것으로 가닥을 잡았다. 이후 정구가 와룡의 고사를 인용하면서 이황에게 품의하여 정자程子와 주자朱子를 추봉追奉하고, 서원의 이름도 서원 자리인 운곡방雲谷坊과 그 앞을 흐르는 시내인 이천伊川에서 이름을 따 천곡川谷이라 하였다.

천곡서원 건립을 둘러싸고 일어난 일은 매우 중요한 의미를 지닌다. 첫째, 서원의 명칭이 '영봉'에서 '천곡'으로 바뀌며 도학으로 그 성격이 변화되었다는 점, 둘째, 제향인물과 관련된 논란을 일으키며 성주의 도통을 적극적으로 확립했다는 점, 셋째, 서원의 세력기반은 신진 사림파에 의해 장악되었다는 점, 넷째, 성주 유학은 도통선상에 있는 사람들과 그렇지 않은 사람들과의 공존을 모색하였다는 점 등이 그것이다. 이처럼 성주지역은 도학의 착근과 관련해 다양한 시련이 있었고, 그것을 지역 안에서 정립되어 가는 과정을 여실히 보여주고 있다는 측면에서 주목을 요한다.

성주지역은 양강兩岡, 즉 정구鄭逑(1543-1620) 및 김우옹金宇顒(1540-1603)과 그들의 문도들을 중심으로 소통과 통합의 영남학을 만들어가기 위하여 노력하였다. 이 과정에서 합천의 정인홍鄭仁弘(1535-1623) 세력과 부딪히면서 향촌 사회에 있어서 일련의 갈등과 충돌이 발생하기도 했다. 이창록李昌祿 사건과 박이립朴而立 사건은 그 대표적이다. 성주 지역에서 발생한 이러한 사건은 향촌 사회의 주도권 장악과 맞물려 있다.[83] 인조반정 이후 1620년(광해군 12) 정구가 사망하면서 그의 문도들은 다시 구심점을 확보하게 되었고, 이것은 정구의 문도들이 그의 스승 정구가 강도하던 곳을 기념하여 다양한 사업을 벌이면서 더욱 구체화되었다. 1627년 백매원에 있었던 회연초당檜淵草堂 자리에 회연서원檜淵書院을 건립하는 등의 일련의 사업이 바로 그러한 것이었다. 이로써 성주를 중심으로 한 낙동강 연안지역에서는 한강학파의 세력이 더욱 확대되었고, 성주는 강안학파의 구심점이 되었다.

정구와 김우옹은 이황과 조식의 양 문하에 들면서 영남의 통합노선을 구축하였다. 이들은 어릴 때부터 이웃해 살면서 절친하게 지냈으나, 김우옹이 벼슬을 하면서 주로 성주 지역을 떠나있게 되는데 비해, 정구 역시 외직 등을 역임하기는 하였으나 성주라는 지역을 바탕으로 해서 많은 문도를 길러냈다. 성주학맥은 퇴계학과 남명학을 통섭하는 상황 속에서 마련되는 것이기 때문에, 정구와 김우옹, 그리고 그들의 문도가 중심이 될 수밖에 없다. 이들은 성주 교수로 와 있던 오건에게 나아가 배우게 되면서 학문이 깊어지게 되었고, 성주에서 일찍부터 양강으로 불리며 널리 알려졌다. 송사이宋師頤, 이순李淳, 박이장朴而章, 이승李承, 박찬朴澯, 이린李驎, 이침李忱, 한경지韓景祉, 이등림李鄧林, 배찬문裵燦文, 여윤서呂允恕, 유종덕兪種德, 배상裵祥 등과 도의로 사귀며 성주의 유교 문화를 만들어갔다.

그러나 김우옹의 경우 지역적 기반을 성주에 두었음에도 불구하고 그의

83 자세한 것은 정우락의 「성주지역 道學의 착근과 江岸學派의 성장」(『영남학』 21, 경북대 영남문화연구원, 2012)을 참조할 수 있다.

제자는 김주金輳, 도세순都世純, 송원기宋遠器, 이육李堉 등에 지나지 않았고, 이들은 모두 정구와 중첩적인 사승관계를 맺고 있었다. 이렇게 보면 순수하게 김우옹만을 스승으로 모신 사람은 성주에는 없었던 것으로 보인다. 따라서 성주의 강안학파는 정구와 그의 문도들로 구성되었다고 해도 과언이 아니다. 이후 성주의 강안학파는 정구를 위한 다양한 사업 혹은 이와 유관한 일을 하며 그들의 학문적 결속력을 다져나갔던 것으로 보인다. 정구의 탄생지인 사월, 강학처인 회연서원, 사창서당, 무흘정사를 비롯하여 무흘구곡, 인현산의 묘소 등 정구와 관련된 유적이 있는 곳을 모두 소중히 가꾸어 나갔으며, 그들 역시 그의 후손들에 의해 향사되었다.

정구의 성주 학맥은 배상룡과 최항경, 그리고 이서 등을 중심으로 강한 결속력을 지니고, 서사원徐思遠(1550-1615)과 손처눌孫處訥(1553-1634) 등의 대구지역 사인들로 뻗어나가게 된다. 그러나 그의 학맥이 학문적으로 더욱 풍성하게 된 것은 제자이자 질서의 관계에 있었던 인동의 장현광張顯光(1554-1637)과 거창현감으로 부임한 아버지를 따라와서 정구에게 입문하게 되었던 기호지역의 허목許穆(1595-1682)을 통해서이다. 이들에 의해 한강학파가 낙동강 연안지역에 한정되지 않는다는 것을 보여줄 수 있었다. 즉 장현광을 통해 영남이학理學의 전통이 강안학의 주요 거점으로 새롭게 구축되기 시작하였고, 허목을 통해 근기실학 계열로 발전해 나갔기 때문이다. 이 양현의 흔적을 성주에서 찾기란 그리 어렵지 않다. 몇 가지만 조사해 보면 다음과 같다.

**장현광의 경우**

- 정구의 행장, 〈오선생예설발〉, 한강선생 회연서원 봉안문 등을 썼다.
- 정구의 문인인 김주金輳와 여찬呂燦에게 성주의 읍지 편찬을 권유하였다.
- 외조부 이팽석을 따라 성주의 암포촌에서 살았다.

- 천곡서원에 정이, 주희, 김굉필, 정구와 함께 봉향되었다.
- 성주의 이감, 이천배, 이천봉, 이침, 이태연 등의 묘갈명을 지었다.
- 정구가 김우옹의 행장을 짓다가 마치지 못하고 세상을 뜨자 그의 행장을 지었다.
- 성주 선비 이천배와 도의로 사귀었다.
- 성주의 문인으로는 이주, 이지화, 장이유, 여효증, 이창진, 송시영, 김시영, 이위, 이심, 이형백, 이충민, 도한국, 이성실, 최진화, 이륜, 송세륭, 이영세, 여효주 등이 있다.

**허목의 경우**

- 정구의 문집인 『한강집』 서문과 〈광명壙銘〉 등을 지었으며, 그를 기리기 위하여 회연서원을 중심으로 한 봉비암, 망운암, 덕휘당 등 다양한 글씨를 썼다.
- 가야산기행문을 지어 정구를 떠올리며 기렸다.
- 성주 선비 이홍기에 대하여 "우뚝한 삼용三容이여! 좋은 풍속을 일으켜 백세토록 교화가 미치리라."며 칭송하였다.
- 장응일을 임금에게 추천하면서 사림의 중망을 받는 사람으로 특별한 예우를 베풀어야 한다고 했다.
- 이광언을 인정하여 전서로 크게 쓴 효제충신孝悌忠信 네 글자와 책 한 부를 주었다.
- 성주의 이윤우, 배상룡, 이도장, 이홍우 등에 대한 묘갈명을 지었다.
- 성주의 문인으로는 배정휘, 이담명, 김시영, 김중성, 이양 등이 있다.

장현광과 허목이 성주에 학문적 거점을 마련하고 있지는 않지만, 정구와 장현광, 장현광과 허목의 문인들이 서로 중첩관계를 가지면서 한강학파가 성주를 중심으로 어떻게 계승되고 있는지를 보여준다. 장현광은 정구의 행장을 쓰면서 스승의 생애를 정리하였고, 이어 정구와 함께 천곡서원에 봉향되었으며, 정구가 꾸준한 관심을 가졌던 읍지 편찬을 계승하여 읍지 편찬을 권유하거나 읍지를 편찬한다. 그리고 정구가 짓던 김우옹의 행장을 받아 그 행장을 완성하기도 한다. 허목 역시 정구의 문집에 대한 서문을 적으며 스승의 사상을 후세에 전하기 위하여 노력하였다. 이후 회연서원과 관련된 다양한 사업에 적극적으로 참여하여 그의 스승을 기렸다.

조선 후기에 들어 성주지역에는 이원조李源祚(1792-1871)가 등장하여 회연서원과 청천서원 등에서 강회를 열고, 정구의 무흘정사에 현도재見道齋라는 편액을 써서 달며 그의 문도들과 성주에서 새로운 문풍을 일으켰다. 1809년 증광문과增廣文科에 급제한 그는 정종로鄭宗魯(1738-1816)의 문인으로, 류범휴柳範休(1744-1823)와 류치명柳致明(1777-1861)을 따라 공부하였다. <복성도설復性圖說> 등에서 보듯이 주경主敬을 근본으로 하며 궁리하였고, 당대의 현실적 상황에 대해서도 민감하게 대응하였다. 1862년 봄에 농민들이 봉기하자 조정에서 삼정三政의 득실을 논하는 책문을 지어 올리도록 하였다. 이에 이원조는 근본을 깊이 탐구하여 경계로 삼을 것을 권하는 상소문을 올렸다. 고종이 등극하여 교서를 내려 의견을 올리게 하자, 다시 일본사요一本四要를 말한 봉사를 올려 당대의 현실구제책을 구체적으로 논하기도 했다.

성주지역에서 이원조와 도의로 사귀었던 사람은 이대영李大榮과 김호성金昊誠 등이 대표적이며, 그의 성주 문인으로는 이진상李震相과 이주상李注相 등 집안의 자제들뿐만 아니라 김도金燾, 백란수白鑾洙, 석찬구石燦求, 김인길金寅吉, 강문환姜文煥 등 다양한 인물들이 있었다. 이원조는 성주지역에서 많은 글을 남기기도 했다. 대과와 소과에 급제한 이 고을 사람들이 함께 지어 수계修契하는 곳인 연계당蓮桂堂과 이언부李彦富의 서재인 돈암遯庵에 기문을 짓거나, 이원호李源祜·이명룡李命龍·이명기李命夔·장이유張以愈 등의 행장 및 여효사呂

孝思·이종영李鍾英·이당李簹·이로李鏴·이린李驎 등의 묘갈을 짓고, 다양한 성주선비 문집의 서발을 쓴 것은 그 대표적인 예가 된다.

특히 한말의 이진상은 이원조와 류치명의 학맥을 잇고 있으면서도 그 스스로는 정구를 학문 연원으로 표방하고 있어, 이정현과 이원조를 통해 내려오는 가학적 전통을 매우 소중히 하였음을 알 수 있다. 그의 학문은 정구의 한강학맥 이후 이 지역에서 가장 왕성하였다. 독실한 실천력을 갖고 있었던 도한효都漢孝, 청렴·검소하고 의리에 투철하였던 이구상李九相, 문학과 행의로 세상에 드러났던 이규희李奎熙, 이중하李重夏에 의해 발탁된 이기용李基容, 고을 사람들이 그의 법도와 조리를 존경했던 이덕후李德厚 등은 모두 그의 성주 제자들이다.

## 4. 칠곡, 퇴계학통의 강화

### 1) 강안학과 칠곡 문화

#### (1) 회통성

칠곡 지역의 회통성은 우선 이동항李東沆(1736-1804)에게서 발견되는데, 그는 퇴계학과 남명학을 회통하는 학문적 특성을 갖고 있었다. 그는 본관이 광주廣州이며, 자는 성재聖哉, 호는 지암遲菴이다. 참봉參奉 이원지李元祉의 후손으로 이항중李恒中의 아들이다. 어머니는 강릉김씨, 부인은 성산여씨이다. 도덕심이 순박하고 후하여 학식이 널리 통한 것으로 알려져 있으며, 정호程顥와 정이程頤, 그리고 주희朱熹의 서적을 깊이 연구하였다고 한다. 전서篆書로 세상에 이름이 났고, 경상북도 칠곡군 지천면 신리 상지[웃갖]에 살았다.

이동항은 문학에도 탁월한 기량을 발휘하였는데, 그의 시는 대개 뜻이 청원淸遠하고 격조가 기고奇高하며, 속태俗態나 조작의 흔적이 없는 것으로 평가되었다. 상소문으로 <청한강여헌양선생승무소請寒岡旅軒兩先生陞廡疏>가 있는데, 여기서 그는 정구鄭逑와 장현광張顯光이 선현의 정맥正脈을 이어받아 옛 성현을 계승하고, 후학을 계도한 공이 컸음을 찬양하였다. 이러한 주장을 하면서 이들이 반드시 문묘文廟에 승무되어야 함을 강조한 것이다. 우리는 여기서 칠곡에 한려학寒旅學이 어떻게 전해지고 있으며, 칠곡의 유학자에게 이것이 어떻게 인식되고 있었던가 하는 부분을 확인할 수 있게 된다.

그는 기본적으로 퇴계학의 자장 속에 있었던 인물이다. 일찍이 과거를 포기하고 이상정李象靖(1711-1781)과 최흥원崔興遠(1705-1786)의 사숙인을 자처하며 주자학 연구에 힘써온 것에서 이러한 사실을 알 수 있다. 그는 주자서의 요점을 초록한 『주서초절朱書抄節』의 편찬을 시도한 바 있고, 『주자대전朱子大全』 중 문답과 관련된 부분을 『어류語類』의 체재를 모방하여 내용별로 분류한 『주문서류朱門書類』를 편찬하기도 했다. 또한 이에 대해 정종로鄭宗魯, 이만운李萬運 등 지인들에게 두루 물어 서문을 받고 <자서自序>를 쓰기도 했다. 특히 『주문서류』는 그의 대표적인 학문적 성과인 동시에 이황의 종지를 파악하기 위한 노력의 일환이었다.

그런데, 이동항의 글 가운데 <답안정첨서答安靜瞻書>는 주목을 요한다. 여기서 그는 『논어』와 『시경』을 먼저 읽은 다음에 장자莊子·사마천司馬遷·좌씨左氏·한유韓愈·유종원柳宗元 등의 글을 읽어야 문장 수업이 제대로 된다고 하면서, 글을 짓는 데 있어서는 사화詞華보다 의리 정신이 중요함을 강조하였다. 이것은 성운成運(1497-1579)이 조식의 <묘갈명墓碣銘>에서 '점차 자라남에 온갖 서적을 널리 통달하였고 더욱이 좌구명과 유종원의 글을 좋아하였다.'라고 한 바 있어, 우리는 여기서 조식과 이동항의 학문적 상통성을 확인하게 된다. 특히 장자에 대한 관심도 흥미롭다. 조식의 학문과 일정한 상관관계를 이루고 있기 때문이다.

퇴계학과 남명학의 회통적 성향은 그의 동생 이동급李東汲에게서도 나타난다. 그는 안덕문安德文이 이언적李彦迪의 옥산서원玉山書院, 이황李滉의 도산서원陶山書院, 조식曺植의 덕산서원德山書院을 두고 읊은 삼산원시三山院詩에 대한 서문을 쓰고 이 모두를 칭송하고 있기 때문이다. 그는 여기서, "세상에서 유관儒冠을 쓰고 유복儒服을 입은 사람 가운데 누가 세 선생의 도를 흠모하지 않겠는가마는 세 선생의 사당을 배알하면서 마음을 오로지 하여 사모하는 것이 지성에서 나온 사람은 몇 사람이던가!"라고 하였다. 우리는 여기서 이동급이 이황과 조식을 함께 존경했던 지극한 마음을 알게 된다.

장복추張福樞(1815-1900) 역시 회통적 시각에서 파악할 수 있는 인물이다. 그는 본관이 옥산玉山이며, 자는 경하景遐, 호는 사미헌四未軒으로 장현광張顯光의 8대손이다. 류주목柳疇睦(1813-1872), 김흥락金興洛(1827-1899)과 함께 영남 삼징사三徵士의 한 사람으로 꼽혔으며, 주로 칠곡 각산에 살았다. 아버지는 굉浤으로 3세 때 조부의 명에 따라 큰아버지 관寬에게 입양되었으며 조부 장주張儔로부터 학업의 기초를 닦았다. 그는 독실하고 근면한 자세로 초야에 은거하며 오로지 도학道學적 수행과 성리학적 과제를 분석하고 연구하는 데 일생을 바쳤다. 그의 학문적 논의의 정밀함은 당시 주변에서 한 학파를 형성하였고, 성리학의 새로운 접근과 해석을 시도하고 있던 일군의 학인들과 교유하며 자신의 입론을 강화시켜 나갔다.

장복추의 『문변지론問辨至論』은 이황과 장현광, 그리고 이상정 등 여러 선생들의 이기심성론을 취하여 문로가 정당하고 지의旨義가 확실하다고 판단되는 것을 가려내 후세 사람들이 분명히 알 수 있도록 한 것이다. 이는 당시 심성의 문제에 대한 학설이 분분하여 문인과 자제들에게 어떤 표준을 제시할 필요가 있었기 때문이다. 여기서 장복추는 "이것을 가지고 체험하면 가히 옛사람의 심법을 엿볼 수 있을 것이다. 따로 문호를 세워서 공연히 언론에만 힘써서는 안 될 것이다."라며 경계하였다.

한편 그는 퇴계학파가 갖는 이기심성론의 요체를 파악하면서도, 학문의 방법은 일상생활의 평이함에서 시작해야 한다는 것을 힘써 강조하였다. 기초가 없이 추상적인 이기설理氣說을 공부하게 되면 학문이 공허해진다는 것을 경계하고자 하였던 것이다. 이 때문에 조식이 이황에게 편지를 보내 공소空疎한 이론공부를 그만두기를 부탁한 것을 들어 당대학자들의 약석藥石으로 삼고자 했다. 그가 "남명의 이른바 손으로 물 뿌려 쓸고 응대하는 것"을 '지론'이라고 하면서 "남명의 말씀은 정말로 후생들에게 절실한 훈계가 된다."라고 한 것이 그것이다. 조식의 학문적 특장이 어디에 있는가 하는 것을 정확하게 이해하고, 이것이 당대에 얼마나 중요한 것인가 하는 부분을 명확히 드러낸 것이라 하겠다.

퇴계학과 남명학을 회통적 시각에서 이해한 장복추는 기호학과 영남학을 회통시키고자 하는 노력도 하였다. 특히 그의 성리설을 살펴보면 '종합' 내지 '절충'적 시각을 발견할 수 있다. 이기론에 있어 그는 '이유동정理有動靜'에 대해서 '동정하는 것은 기이고 기의 동정에 원인을 제공하는 것이 리'라고 정의하였다. 이로써 이의 동정動靜을 인정하면서도 이생기理生氣의 입장을 취하는 극단적인 주리론에서 탈피하고자 한 것이다. 이러한 점은 이황이 "태극이 동정을 가지고 있다는 것은 태극이 스스로 동정한다는 것이요, 천명이 유행한다는 것은 스스로 유행한다는 것이니, 어찌 다시 그렇게 시키는 것이 있겠는가?"라고 하여 태극의 '자동정自動靜'을 주장했던 것과는 차이를 보이며, 오히려 이이의 성리설과 상통한다. 기호학과 영남학의 회통은 장복추에게서 이렇게 나타나고 있었던 것이다.

### (2) 실용성

실용성實用性 역시 강안학의 주요 특징 가운데 하나이다. 이것은 어떤 생각이나 정책이 유용성, 효율성, 실제성을 띠고 있음을 가리키며, 그 학문태도는 추상적인 것과 궁극적 원리의 권위에 반대하는 입장에 있다. 그러나 이러한 태도를 지닌 사람들이 학문적 이론을 완전히 부정한 것은 아니다. 행동에서 생겨날 결과에 대한 가설로 인정하면서, 이를 행위를 조직하고 규제하는 중요한 원리로 판단하기 때문이다. 이러한 입장에 선 칠곡의 유학자들이 다수 있는데, 광주이씨 이윤우 가문이 그 대표적이다.

이윤우李潤雨(1569-1634)는 정구의 제자로 자가 무백茂伯, 호가 석담石潭이며, 본관은 광주廣州인데 고려의 판전교시사判典校侍事 집集의 후손이다. 허목이 묘갈명을 지었는데, "공은 대현大賢의 문하에서 배워, 집에서 부모를 섬기고 형제간에 처신함이 참으로 군자의 착한 행동이었으니 곧으면서도 온화하고 엄하면서도 너그러웠다. 임금을 섬김에는 올바른 도리를 아뢰었으며, 고을을 다스림에는 반드시 백성을 교화하여 선량한 풍속을 이루는 일을 우선으로 삼았다."라고 하면서, 평생 동안 바르게 행동하고, 벼슬을 사양하고 받는 것을 신중히 하였으며, 도를 지키는 데 구차함이 없었다고 평가했다.

이윤우가 회연서원檜淵書院과 사양서원泗陽書院에 정구와 함께 제향된 인물이라는 것을 상기할 때, 그가 한강학파에서 어떤 위상을 점하고 있는지를 바로 알 수 있다. 그의 학문적 경향은 성리학적 고담보다 실용성에 있다고 할 수 있다. 공신들이 백성들의 토지를 침탈하는 폐단이 있자 이를 시정하기 위하여 노력하였던 것에서 이러한 사실이 잘 드러난다. 이와 관련된 것으로 『조선왕조실록』 1624년(인조 2) 10월 13일조에 다음과 같은 기록이 있다.

교리 이윤우李潤雨가 아뢰기를, "광해군光海君이 10여 년 동안 혹독하게 침탈할 적에 궁중宮中의 차인差人(파견된 관원)들이 각 고을에 횡행했던 것이 곧 첫째가는 고질적인 폐단이었는데, 오늘날 다시 이런 일이 있으니 진실로 통탄할만한 일입니다. 듣건대 충훈부의 위임을 받은 차인들이 역마를 타고 횡행하며 기름진 전토田土를 탈취하고 부역에서 빠져나온 완악한 백성들을 모아 놓고는 충훈부의 둔전屯田이라고 이름하는가 하면, 심지어 과거 국정을 어지럽혔던 대부大夫들의 전장田庄을 모두 여러 공신들에게 소속시키고 당시 약탈당한 물품들도 그대로 차지한 채 돌려주지 않고 있다고 합니다. 이는 잘못된 폐습을 여전히 본받고 있는 것입니다."[84]

위는 『대학연의』를 강의한 후 이윤우가 인조에게 한 발언이다. 충훈부에서 파견한 관리의 횡포를 고발하면서 그 폐단을 끊어야 할 것을 직간한 것이다. 이러한 그의 실용주의적 태도는 『맹자』를 강할 때도 나타났다. 이는 곧 "삼결수포법三結收布法은 폐조[광해조] 때에 만든 것인데 지금까지 혁파하지 않고 있으니, 백성들이 원망하며 괴로워하는 것이 또한 당연하지 않겠습니까? 그리고 충훈부가 경상도에 사람을 보내 둔전屯田을 설치하고는 진鎭이라고 이름을 붙였는데, 민간에 피해를 끼치기 때문에 백성들이 모두 폐조에 비유하고 있다 합니다.[1625년(인조 3) 1월 6일조]"[85]라고 하면서 삼결수포법의 폐지를 강력히 주청한 것이 그것이다. 이 밖에도 이윤우는 봉직기간 동안 실용주의에 입각한 다양한 실무능력을 발휘하기도 했다.

84 『仁祖實錄』 권7, 인조 2년 10월 13일조, "校理李潤雨曰, 光海十餘年間, 侵漁毒虐, 而宮差之横行縣邑, 乃第一痼弊也. 今復有如此之事, 誠可痛惋. 聞忠勳府委差, 乘馹橫行, 奪膏腴之田土, 聚逃賦之頑民, 名之曰勳府屯田, 至如曩時亂政大夫之田庄, 皆屬於諸功臣, 其時攘奪之物, 又執而不還, 則是尤而效之也."

85 『仁祖實錄』 8권, 인조 3년 1월 6일조, "三結牧布之法, 創自廢朝, 至今不罷, 民之怨苦, 不亦宜乎? 且忠勳府送人於慶尙道, 設置屯田, 名之曰鎭, 害及村閭, 故民皆比之於廢朝云."

이윤우의 아들 이도장李道長(1603-1644) 역시 칠곡의 중요한 선비이다. 그는 정구와 장현광의 문인으로 자가 태시泰始이고 호는 낙촌洛村이다. 묘갈명은 허목이 지었는데, 허목은 여기서 "공은 통달한 식견과 민첩한 재능이 있었으며, 또 능히 널리 배워 재주가 훌륭하였다. 일을 논하고 기미를 살피는 일에 남들이 따를 수 없는 바가 많았다. 집에서의 훌륭한 행실을 열거하면, 부모와 형제들에게 잘하였고 상사喪事와 제사에 독실하였으며 집안사람들을 가르침에는 반드시 충애忠愛와 친친親親을 근본으로 삼았다."라고 하였다. 허목이 여기서 말한 '통달한 식견', '민첩한 재능' 등은 그의 실용적 측면을 특별히 부각시킨 것과 다름없다.

이도장의 아들 이원정李元禎(1622-1680)도 주목할 만하다. 그의 자는 사징士徵이며 호는 귀암歸巖이다. 1648년(인조 26) 사마시를 거쳐 1652년(효종 3) 증광문과에 갑과로 급제하여 벼슬길에 나아갔으며, 1680년(숙종 6) 이조판서로 있을 때에 경신대출척庚申大黜陟[86]으로 초산에 유배가던 도중 불려와 장살 당하였다. 특히 영남에 대동법을 시행한 것이 이원정의 건의에 의해서였다는 것을 주목할 필요가 있다. 그의 실용학문의 성과이기 때문이다. 1677년(숙종 3) 그는 응지소를 비롯한 각종 상소문을 통해 대동법의 필요성을 강조하였으며, 마침내 숙종의 허락을 받아내었다. 이로써 1678년(숙종 4)에 영남에 대동사목大同事目이 만들어지게 되었고, 그 다음해부터 시행되었던 것이다. 그가 『경산지』를 편찬한 것도 이러한 학문성향에 기인한 것이라 하겠다.

이원록李元祿(1629-1688)은 이도장의 아들로 자는 사흥士興, 호는 박곡朴谷이다. 1663년(현종 4), 식년시式年試 을과에 합격하였다. 전력前歷은 전도사前都事

86 庚申大黜陟은 1680년(숙종 6)에 당시의 세력파이던 남인이 몰락하고 서인이 득세하게 된 사건이다. 서인 金錫冑 등의 사주를 받은 鄭元老가 南人 許堅이 福善君, 福昌君, 福平君 형제와 역모를 도모하였다고 고변함으로써 발발했다.

이고, 관직官職은 대사헌大司憲, 참판參判을 역임하였다. 천성이 간엄하고 몸가짐이 청렴, 검소하여 명위名位로 자처하지 않았다. 그는 대사헌으로 재임할 때 궁중과 관부를 차별 없이 대하지 않고 척족戚族에게 사랑이 치우친다며 정사에 대하여 경계할 것을 진술하는 등 다양한 실무적 능력을 발휘하였다. 그가 죽었을 때 숙종이 제문을 내렸는데, '천성이 성실하고 정성스러워 사문師門에 모범이 되었다.'라고 적었다.

칠곡의 실용적 지식인으로서 또한 이담명李聃命(1646-1701)을 들 수 있다. 그는 이원정의 아들로 자가 이로耳老, 호는 정재靜齋이다. 젊어서 허목許穆을 사사하여 이利와 의義의 분변에 대해 들었다. 특히 그는 성리학적 담론보다 경제관료답게 개선과 민폐해결 등 민생 사안에 애착을 가지고 이를 해결하고자 했다. 1690년(숙종 16) 경상감사로 재직하고 있을 때, 진휼행정을 권도에 바탕한 변통론적 처방으로 수행한 것이 주목된다. 그는 당시 기근이 심각해지자 진휼청賑恤廳에 바치는 호속포虎贖布의 경감을 요청하는 한편 사민들의 신역身役을 면제하는 특단의 조처를 내렸던 것이다. 이러한 과감한 실무는 현실에 대한 실용적 학풍의 결과로 보이며, 정구를 통해 이윤우, 이원정으로 이어지는 가학적 전통과 맥을 같이한다고 할 수 있을 것이다.

이원정의 아들 이한명李漢命(1651-1687) 역시 실용학풍을 지니고 있었다. 그의 자는 남기南起로 1666년(현종 7)에 사마시에 합격하였고 1675년(숙종 1)에 문과에 급제하여 대교待敎·한림·옥당玉堂을 거쳤다. 어려서부터 뛰어나서 마치 어른과 같았다. 일찍이 입시入侍할 때 유명현柳命賢이 진언하기를 "한림 이한명은 나이가 비록 적지만 나라 일을 물어볼 만합니다."라고 하자 왕이 말하기를 "나를 위해 말해보라."라고 하였다. 『조선왕조실록』 1679년(숙종 5) 5월 22일조에는, "임금이 호조戶曹에 명하여 획급미劃給米[87] 50석石과 면포 6동同으로 경운궁慶運宮을 개수할 것을 명했다. 지평持平 이한명李漢命은 쌀과 면포를 친히 헤아린다는 것은 사체事體에 미안하다고 아뢰었다."[88]라고 하였다. 경운궁은 선조가 쓰던 옛 궁인데, 실무적 차원에서 정도를 제시하였던 것이다.

칠곡의 실용성은 물론 광주이씨 가문에서만 나타났던 것은 아니다. 그 일례를 송원기宋遠器(1548-1615)를 통해서 찾아볼 수 있다. 그는 정구의 제자로 그 이력은 『성산지』에 자세하다. 송원기는 호가 아헌啞軒이며 송사이宋師頤의 조카이다. 1573년(선조 6)에 생원시와 진사시에 모두 합격하였다. 선조 때 천거가 있어 김천도찰방金泉道察訪에 제수되었으나 나아가지 않고 <육강소六綱疏>를 올렸다. 임진왜란 때 군량이 나올 곳이 없자 그가 정성을 다해 쌀 700섬을 거두어 모아 양료사糧料使에게 보내니 양료사가 장계로 아뢰어 원종공신原從功臣에 녹훈되었다. 당시 체찰사體察使 이원익李元翼이 와서 영남과 호남의 군무를 감독하였는데 원기가 군무십책軍務十策을 진달하였다. 이는 실무능력에 기반한 실용적 효과가 드러난 것이라 하겠다.

이 밖에도 정구의 학통을 계승한 이윤우·송원기 가문에서는 때로는 지방행정에서, 때로는 향촌에서 그들의 실용학풍을 펼쳐나갔다. 이원정 가문에서는 아들 이귀명李龜命과 이원록의 아들 이주명李周命을 비롯해서 이권李權, 이기중李沂中, 이만운李萬運, 이동인李東仁, 이동적李東迪, 이조운李肇運, 이익연李益淵, 이신영李臣榮, 이상표李相標 등이 있었고, 송원기 가문에서는 송명기宋命基, 송이석宋履錫 등이 있었다. 이들은 대체로 가문의 실용적 학풍에 입각하여 칠곡 지역의 문풍을 진작시켜 나가고자 했다.

칠곡지역의 실용성은 실천정신으로 구체화되기도 했다. 이언영李彦英(1568-1639), 장경우, 장석영의 경우가 대표적이다. 이언영은 정구를 스승으로

---

87 획급미는 주어야 할 쌀을 한꺼번에 다 주지 아니하고 나누어 주는 것을 말한다.

88 『肅宗實錄』 권8, 肅宗 5年 5月 22日條, "上命戶曹, 劃給米五十石·綿布六同, 修改慶運宮. 持平李漢命陳親算米布事體未安之意."

섬겨 지결을 얻었다고 하며, 임진왜란이 일어나자 망우당 곽재우가 의령에서 창의했다는 말을 듣고, 전마 40필을 끌고 가 오운, 조종도, 박성 등과 토적을 의논하며 많은 공을 세웠다. 1613년(광해 5)에는 호조정랑이 되었고, 이듬해 정언에 승진되었다. 이때 정온이 항소抗疏를 올려 영창대군의 원사를 항의하다가 역적으로 몰리게 되자, 이를 변호하다가 삼사의 탄핵을 받고 삭직되기도 했다.

정묘호란 때는 전주에서 분조分朝를 호종하며, "폐단을 없애자면 모름지기 사私를 버려야 하고, 적을 없애자면 겁내는 마음을 버려야 하며, 부끄러움을 없애고자 하면 화의하려는 마음을 버려야 한다."라고 하였는데, 식자들이 모두 직언直言이라 하였다. 관직에서 물러나 왜관읍 서쪽 낙동강 가에 완석정을 지어놓고 학문에 열중하다가, 1639년(인조 17) 9월 16일에 졸하니 향년 72세였다.

칠곡의 실천적 지식인으로 장경우張慶遇(1581-1656) 역시 들 수 있다. 그는 장현광의 문인으로 여문십철旅門十哲 가운데 한 사람으로 일컬어진다. 41세 때인 1621년(광해 13) 7월에 인목대비를 유폐하고 폐모론이 일어나게 되자 영남유생과 더불어 이이첨李爾瞻을 참수하라며 상소하기도 했다. 1627년(인조 5)에 정묘호란이 일어났을 때 의분을 참지 못하고 몸소 의병장이 되었다. 그러나 의병을 모집하고 군량을 모아 행군할 즈음에 강화하였다는 소식을 듣고 의병을 해산하였다. 그의 활동에 대하여 당시 경상우도호소사로 있던 정경세鄭經世(1563-1633)는 계문을 써서 '장경우는 의병을 모집함에 마음을 다하였으며 그 사람됨이 가히 백 가지 집사의 임무를 맡길 만하다.'라고 조정에 보고하기도 했다.

장경우는 선악에 대한 생각을 분명히 가졌고, 이것이 실천의 원리로 작용했던 것으로 보인다. 그는 <선적서善籍序>와 <악적서惡籍序>에서 마을에서 일어난 선한 행위와 악한 행위를 기록하여 선을 장려하고 악을 경계하고자 했다. <전승득도비부戰勝得道肥賦>에서는 '도덕에 심한 것이 있으니 무형의 적이다. 한 생각이라도 경계하지 않으면 그 틈을 타고 든다. 일찍 그 해로움을 알아 두려워하고 노여워하면 옛날 마른 뼈에 살이 길러지고 덕이 스스로 온전해져서 안에 살이 쪄 밖으로 자연히 드러난다.'라 하기도 했다.

한편 칠곡의 대표적인 실천가는 장석영張錫英(1851-1926)이라 해도 과언이 아니다. 1905년 을사조약의 체결로 반일 의병항쟁이 일어나자, 이승희李承熙·곽종석郭鍾錫과 함께 <청참오적소請斬五賊疏>를 올리고 항일운동에 앞장섰다. 1907년 국권회복운동의 일환으로 전국적으로 국채보상운동이 일어나자, 칠곡지방의 보상회장으로 추대되기도 했다. 특히 그는 파리장서를 처음으로 쓴 것으로 유명하다. 채택이 되지는 않았지만 장석영은 곽종석과 함께 망국천사亡國賤士로서 파리 회중에게 조선의 독립을 호소하는 장서를 썼다. 이로써 그는 대구감옥에서 옥고를 치르게 되는데, 그 사실이 『흑산일록黑山日錄』에 자세하다.[89]

칠곡의 실천적 지식인으로는 이 밖에도 여러 명이 있다. 예컨대 병자호란을 맞아 장렬히 전사한 이서우李瑞雨(1584-1637), 흑룡강에 출병하여 러시아군을 물리친 신유申瀏(1619-1680), 울산에 민요民擾가 일어났을 때 부사로 임용되어 진무한 장석룡張錫龍(1823-1907), 옥중에서 단식으로 항일의 의지를 불태운 유병헌劉秉憲(1842-1918), 구국상소와 투서로 항일투쟁에 앞장선 강원형姜遠馨(1862-1914) 등 일일이 거론하기 힘들 정도로 많은 사람들이 국난의 시기에 유교적 실천의지를 행동으로 나타냈던 것이다.

89 정우락, 「晦堂 張錫英이 쓴 『黑山錄』의 서술방식과 가치」, 『영남학』 23, 경북대학교 영남문화연구원, 2013 참조. 당시 그는 성주에 암포에 살고 있었으므로 자세한 것은 성주지역 강안학에서 이미 다루었다.

### 2) 퇴계학통의 강화

영남학파는 통합과 분화, 재통합으로 이어지는 운동과정에 있었다. 김종직을 위시한 영남사림파는 훈구파의 공격을 받으면서 희생을 치르는 한편, 다른 한편으로는 영남학파로의 발전을 가속화시켰다. 이황과 조식을 중심으로 한 영남학파는 이러한 과정을 통해 탄생된 것이다. 이후 영남학파는 낙동강을 중심으로, 퇴계학파를 기반으로 한 남인과 남명학파를 기반으로 한 북인의 갈등, 노론의 반격으로 인한 북인의 정치적 패퇴, 기호학파와 대립구도를 갖춘 영남학파 내지 퇴계학파의 결집으로 요약된다.

영남학파의 형성과정은 기호학파에 대칭되는 모양새를 갖추어가는 과정으로 풀이될 수 있고, 학문 그 자체에 못지않게 당시의 정치·사회적 환경에 크게 영향을 받았다. 조선후기의 영남학파는 학문적 주도권에 있어, 조목趙穆계, 류성룡柳成龍·정경세鄭經世계, 정구鄭逑·장현광張顯光계, 김성일金誠一·이현일李玄逸계로 이행하는 과정이었다고 할 수 있을 것이다. 특히 18세기 이후부터는 김성일·이현일계의 주도 현상이 일어났고, 이는 곧 퇴계학통의 강화로 나타났다. 이러한 측면에서 주목되는 칠곡의 유학자는 신익황, 성섭, 이만운이다. 이들을 중심으로 칠곡 지역 퇴계학통의 강화를 간단히 살펴보기로 하자.

신익황申益愰(1672-1722)은 본관이 평산平山, 자가 명중明仲, 호가 극재克齋이며, 수사 명전命全의 아들이다. 그의 학문은 이현일李玄逸에게서 크게 영향을 받았다. 1698년(숙종 24) 5월 이현일을 광양의 배소에서 찾아본 것을 시초로 여러 차례 면대하여 가르침을 받았으며, 전후 열 차례의 서면 질의를 통한 학문적인 토론을 하였다. 이들이 토론한 내용은 유교 전반에 걸쳐 광범위하게 이루어졌으며, 특히 당시 학계의 주요 관심사였던 이理와 기氣, 사단四端과 칠정七情, 인심人心과 도심道心이 주된 문제였다.

그는 사단을 칠정의 선한 부분으로 본 장현광을 비판하였던 이현일과 스승과 제자 사이로 만나 이 부분에 대해 논쟁을 일으키게 된다. 이 논쟁의 과정에서 신익황은 이황과 이이가 모두 옳다는 퇴율양시론(退栗兩是論)을 제기하였다. 그러나 더욱 철저한 논의를 거쳐 마침내 이이의 견해를 버리고 이황의 견지를 찬성하게 되었다. 그리하여 이理가 한갓 무정의無情意·무조작無造作의 추상적인 사물死物이 아니라, 은연중에 능동能動·능발能發을 간직한 것이라 하고, 이와 기를 확연히 둘로 갈라서 보았다. 이러한 사실을 통해 우리는 칠곡 지역에서 퇴계학이 더욱 강화되어 가는 모습을 보게 된다. 그의 다음 발언을 경청해 보자.

> 일찍이 저는 퇴계 선생이 사단四端은 이발理發이고 칠정七情은 기발氣發이라 했던 것을 반복해서 생각해 본 적이 있습니다. 사단의 발이라는 것은 사위私僞로 빠지지 않았기 때문에 순선무악純善無惡하고 칠정의 발이라는 것은 사위私僞에 간섭되는 때가 있어 쉽게 악으로 흐르는 것이 있으므로 각각 그 중요성에 따라 분속했다고 생각합니다. 그러니 어찌 실제로 사단은 기氣에서 생겨나지 않고 칠정은 이理에 근원하지 않았다고 할 수 있겠습니까? 그 뜻은 학자들이 이발理發에서는 확충하고 기발氣發에서는 절제해야 한다는 것을 알려주기 위한 것이라고 생각합니다.[90]

이 글은 신익황이 이현일에게 올린 글의 일부이다. 사단의 확충과 기발의

90 申益愰, 『克齋集』 권2, <上葛庵先生>, "竊嘗反復以爲李先生所謂四端理發七情氣發者, 蓋以四端之發, 不犯私僞, 純善無惡, 七情之發, 或涉私僞, 易流於惡, 故各就其所重而分屬之耳, 豈眞以爲四端不生於氣而七情不原於理乎? 其意蓋使學者, 於所謂理發者, 欲其擴充, 於所謂氣發者, 欲其節約."

절제로 이황의 이기설을 이해한 것이라 하겠는데, 그의 퇴계학 이해의 강도를 확인할 수 있는 부분이다. 신익황은 또한 이황의 <도산십이곡>을 특별히 중시했다. 그는 이황의 <도산십이곡>이 지닌 시가적詩歌的 공효를 인정하고, 이를 주자의 시와 동등하게 높이는 일에 앞장섰다. 즉 국문시가는 속俗하니 주자의 시와 함께 수록할 수 없다는 세간의 비판을 물리치면서, 시와 노래는 함께 감발흥기感發興起를 귀하게 여기는 것이니 노래에 도道가 담겨있다면 시詩와 가歌를 가릴 필요가 없다고 보았던 것이다. 이것은 국문시가의 위상을 한시와 동일한 차원에 놓고 보는 것이었기 때문에 시가사적으로 매우 중요한 의의를 지닌다고 하겠다.

성섭成涉(1718-1788) 역시 칠곡 지역에서 퇴계학을 강화시킨 인물이다. 그는 왜관읍 낙산리에 살았던 인물로 자가 중응仲應, 호가 교와僑窩이며, 관향은 창녕昌寧이다. 교리를 지낸 성기인成起寅(1674-1737)과 전의이씨全義李氏 사이의 3남 4녀 중 둘째 아들로 태어났다. 정구의 창녕 제자인 성안의成安義(1561-1629)는 그의 5대조이다. 과거에 여러 차례 도전하였으나 낙방하였고, 그 아픔을 달래기 위하여 중년 이후 산수유람을 즐겼다. 만년에는 칠곡의 월오月塢에 자그마한 초가를 지어 머무르며 학문연구에 잠심하였다. 아내는 이원정의 증손녀인 광주이씨廣州李氏인데 슬하에 1남 3녀를 두었다. 그의 이황에 대한 존신은 남다른 데가 있었다. 다음 자료를 보자.

내가 생각건대 우리나라가 고려에서 조선까지 선유의 범화範化가 없는 것이 아니지만 사도斯道를 자임하고 후학에 공이 있는 것에 이르러서는 비록 기자箕子 이후 한 사람이라 말하여도 가할 것이다. 『퇴계집』으로서 『주자대전』을 잇는다면 그 출처진퇴의 의義가 모두 입술을 포개놓은 듯 합치되지 않은 것이 없다. 문장은 맹자孟子와 한유韓愈의 것으로 법을 삼아 사리가 창명하고 주자의 글에 절략節略하였다. 이 때문에 그 학문이 같을 뿐만 아니라 그 문장 또한 서로 비슷하다. 필법 또한 일가를 이루어 그것을 보면 심획心劃의 바름을 볼 수 있다. 금성옥진金聲玉振처럼 제유諸儒를 집대성한 사람은 우리 노선생이 아니고 누구이겠는가?[91]

이황에 대한 성섭의 생각이 어떠한 것인가 하는 부분을 단적으로 알 수 있는 자료이다. 이황을 '기자 이후의 한 사람'이라 생각하면서 『퇴계집』이 바로 『주자대전』을 잇는 것이라 했다. 이황이 동방의 주자라는 생각을 이렇게 표현하였던 것이다. 이뿐만 아니라 필법도 칭송하면서 유교를 집대성한 사람이 바로 이황이라 하면서 극도의 존경심을 표하였다.

성섭의 이황에 대한 존경은 그의 문하에 출입하였던 정구에게로 이어지기도 했다. 특히 그는 정구가 은거하였던 무흘에 많은 관심을 보였다. 『교와문고僑窩文稿』에 보이는 <유무흘산遊武屹山>, <재유무흘再遊武屹>, <입암기立巖記>, <무흘장서기武屹藏書記> 등은 이를 말해주는 유력한 증거이다. 그가 처음 무흘을 찾은 것은 1779년(정조 3) 봄이었다. 당시 그는 무흘정사 장서각을 일러 우리 동방의 석거각石渠閣[92]이라며 감탄해 마지않았다. 1784년(정조 8)에 다시 무흘을 찾아 이곳은 '경산제일승지京山第一勝地'라고 하면서 정구가 여기서 수천 권의 책을 보면서 저술했던 사실, 그가 세상을 뜬 후 그의 궤장几杖과 관교官敎 등을 이곳에 보관했던 사실 등을 두루 전했다.

---

91 成涉, 『僑窩文稿』 內篇, <論東方人材理學之盛>, "愚以爲東方自麗及我朝, 非無先儒之範化, 而至於以斯道自任, 有功於來學, 則雖謂之箕子後一人可也. 李退溪集, 續朱子大全, 則其出處進退之義, 無不脗合. 其文章, 以孟韓爲矩, 而辭暢理明, 節約於朱子之文. 故非但其學相似也, 其文亦相似也, 筆法亦自成一家, 見之可知其心畫之正, 金聲玉振, 集大成於諸儒者, 非我老先生而誰也.

92 石渠閣은 西漢의 황실 장서각이다. 長安의 正宮 未央宮의 부속건물인데, 宣帝 때의 저명한 학자 韋玄成과 梁丘賀 등은 여기서 五經을 論定하고 史書를 編修하였다. 이 때문에 석거각은 당시 학술연구와 역사서를 편수하는 대표적인 기관으로 알려져 있었다.

이만운李萬運(1736-1820) 역시 칠곡 지역의 퇴계학 강화라는 측면에서 주목할 만한 인물이다. 그의 자는 원춘元春, 호는 묵헌默軒으로 동영東英의 아들이며, 칠곡에 거주하였다. 생원시를 거쳐 1777년(정조 1) 증광문과에 을과로 급제하였으나, 경종 연간의 신임옥사 때 4대조 이담명李聃命이 숙종 연간의 경신환국 때 희생된 그 아버지 이원정李元禎의 원수를 갚으려 하였다는 죄목으로 형벌을 받아 벼슬길이 막혔다. 1796년(정조 20) 칠곡으로부터 중앙에 불려 안의현감에 제수되고 그 뒤 지평에 이르렀으나 끝내 요직에 나가지 못했다. 그는 영남의 유종으로 일컬어졌을 만큼 성리학을 비롯해서 역학易學·상수학象數學·천문天文·지리地理·명물名物에 밝았다고 한다.

광주이씨 이윤우 가문은 17세기 후반으로 접어들면서 학통상으로 일정한 변화를 수반했다. 이는 이주명李周命, 이하명李夏命, 이세보李世寶 등이 이현일 문하로 출입하면서 학문적 외연을 넓혔기 때문이다. 이것은 한강학통의 가학적 전통에 안주하지 않고 영남학파의 일원으로 성장하고 있다는 것을 의미하는데, 이만운의 증조부 이세원李世瑗 역시 이현일의 문인이었고, 아버지 이동영李東英은 이현일의 고제 김성탁金聖鐸의 사위라는 사실을 고려할 때 이것은 어렵지 않게 납득이 간다. 사정이 이러함에도 불구하고 그의 정구에 대한 존신은 참으로 놀라운 것이었다. 다음 자료를 보자.

주자의 도를 보고자 하는 사람은 반드시 선생으로부터 시작하였고, 당세에 말을 잘하는 선비들은 선생을 일컬어 주중회朱仲晦의 후신이라고 한 것은 또한 선생을 안다고 할 수 있다. 하늘이 사문斯文을 양쪽의 신안新安 땅에서 일으키고자 하였으니, 땅 사이의 거리는 만 리가 넘지만 그 이름이 서로 닮은 것은 역시 하늘의 뜻이 있어서일 것이다. 무흘武屹은 무이武夷의 구곡九曲이고, 정사가 한강寒岡에 있는 것은 한천寒泉의 분암墳庵이며, 양정陽亭의 회연檜淵을 점득

> 한 것은 마치 자양紫陽의 고정考亭을 다시 세운 것과 같고, 낙동강 기슭의 노곡蘆谷으로 옮겨 산 것은 틀림없이 노봉蘆峯의 운곡雲谷이 다시 열린 것이었다.[93]

위 글은 이만운이 정구가 경영한 적이 있는 사창서당社倉書堂에 기문을 써 그 내력을 밝힌 <사창서당기社倉書堂記>의 일부이다. 이 글에서 그는 정구를 주희의 후신으로 보고 여러 측면에서 이 두 사람이 부합된다고 하였다. "주자는 건도乾道 신묘년辛卯年(1171)에 숭안崇安에서 사창을 처음으로 시작했고, 선생은 만력萬曆 신묘년辛卯年(1591)에 신안의 사창에 복거하였으니 지명이 같고 연차가 같다"[94]라고 한 것도 같은 맥락에서 읽힌다. 이러한 일련의 사실은 그가 은연중에 정구를, 이황을 거슬러 올라가 주자와 동일시하고 있다는 것을 보인 것이라 하겠다. 다른 사람의 입을 빌린 것이기는 하지만 정구를 들어 '주중회의 후신'이라 한 것 역시 바로 이를 말한 대표적인 발언이다. 이로써 우리는 정구·이윤우계의 가학적 전통이 김성일·이현일계의 학맥과 만나면서 이만운을 통해 칠곡에서 새롭게 유학적으로 발현되고 있다는 것을 발견하게 된다.

퇴계학통의 강화라는 측면에서 1792년(정조 16)의 영남만인소嶺南萬人疏를 주목할 필요가 있다. 정치적으로 남인, 계파적으로 퇴계학파에 속했던 칠곡의 사인들은, 평소 영남에 대한 호감을 가지고 있는 정조를 위하여 그동안 금기사항으로 되어 있던 사도세자의 신원문제를 두고 유소를 준비하였다.

---

93 李萬運, 『默軒集』 권7, <社倉書堂記>, "求觀朱子之道者, 必自先生始, 而當世能言之士, 稱先生爲朱仲晦身者, 亦可謂知先生矣. 天之將興斯文於兩新安, 則地之相去萬有餘里, 而其名之相似焉者, 亦天意之有在耳. 武屹, 武夷之九曲也, 精舍之有寒岡, 寒泉之墳庵也, 占得陽亭之檜淵, 則依然紫陽考亭之復設也. 移卜洛涯之蘆谷, 則恍若蘆峯雲谷之重闢也."

94 李萬運, 『默軒集』 권7, <社倉書堂記>, "朱子以乾道辛卯, 刱始崇安之社倉, 先生以萬曆辛卯, 卜居新安之社倉, 地名同而年叉與同."

그 소두인 이상정의 조카 이우李堣는 임오의리壬午義理를 천명하였다. 이것이 바로 제1차 영남만인소다. 이때 칠곡에서는 벽진이씨 이언영 가문, 옥산장씨 장현광 가문, 평산신씨 신유 가문이 참여하는데, 광주이씨 이윤우 가문에서는 이학중李學中, 이동영李東英, 이동진李東晉, 이만운李萬運, 이정운李正運, 이규운李奎運, 이이검李以儉 등 이세원의 직계 자손들이 다수 연명하였다. 이처럼 칠곡 지역의 퇴계학통은 후기로 가면서 더욱 굳건해졌던 것이다.

## 5. 고령, 남명학통의 저류

### 1) 강안학과 고령 문화

#### (1) 회통성

고령지역의 기호학 유입은 어떠한가. 우선 노강서원老江書院이 고령군 다산면 송곡리에 소재해 있음을 주목할 필요가 있다. 이 서원은 1712년(숙종 38)에 지방유림의 공의로 송시열의 학문과 덕행을 추모하기 위해 창건하고 위패를 모셨는데, 그 이후 권상하權尙夏(1641-1721)·한원진韓元震(1682-1751)·윤봉구尹鳳九(1681-1767)·송환기宋煥箕(1728-1807)를 추가 배향하였다. 이는 김창집金昌集(1648-1722)을 봉향한 성주의 수덕서원修德書院이나 이이李珥(1536-1584)를 봉향한 합천의 옥계서원玉溪書院과 마찬가지로 강안지역 깊숙이 기호학이 들어왔다는 것을 의미한다. 이 때문에 영남학을 중심에 두고 기호학을 일부 수용한 선비들이 나왔을 것으로 예상되기는 하나, 고령지역에서는 뚜렷하게 기령학을 회통한 선비가 나타났다고 하기는 어렵다.

고령지역은 조식의 매부 정사현鄭師賢(1508-1555)의 고향이자 조식과 절친했던 벗 이희안李希顔(1504-1559)이 현감으로 있었던 곳이다. 이 때문에 조식은 <제정사현객청題鄭思玄客廳>에서 "가야 옛 나라의 산에는 무덤만 늘어서 있고, 월기月器 황량한 마을 없어진 듯 남아 있다."[95]라고 하면서 당시의 고령을 묘사한 적이 있다. 이 밖에도 고령군 우곡면 도진리에 살았던 박윤朴潤(1571-1572)의 정자인 죽연정에서 고령군 우곡면 월오리에 살았던 윤규尹奎(1500-?)의 시에 대한 차운을 남기기도 했다. "가야산 물이 멀리 백 리를 흘러오니, 낙동강의 신은 너와 더불어 깊고 그윽하다."고 노래한 <죽연정차문로운竹淵亭次文老韻>[96]이 바로 그것이다. 이처럼 조식이 고령의 인사들과 다양하게 교유하고 있는 데 비해 이황이 고령을 중심으로 글을 쓰거나 시문을 남긴 것은 발견되지 않는다. 다만, 23세부터 아홉 차례나 경남 일대를 여행하면서 성주를 거쳐 고령과 합천을 지나 처가가 있는 의령으로 간 적이 있는데, 이때 그는 가야산을 노래하며 최치원을 떠올리기도 하고, 합천의 함벽루를 들러 <남정차허공간운南亭次許公簡韻>을 지을 뿐이었다.[97]

조선 말기에 이종기李種杞(1837-1902)가 나타나 퇴계학의 보수적 경향을 충실히 계승하기도 하지만, 고령지역은 퇴계학에 비해 남명학이 강세를 띠고 있었다. 그럼에도 불구하고 이 지역에는 이황과 조식을 함께 스승으로 모신 선비들이 다수 배출되었다. 배신裵紳(1520-1573)과 오운吳澐(1540-1617), 그리고 김

---

95 曺植, 『南冥集』 권1, <題鄭思玄客廳>, "伽倻故國山連冢, 月器荒村亡且存." 『晉陽鄭氏世譜辨破錄』 <月潭先生實記>에 의하면 鄭師賢이 "世事琴三尺, 生涯屋數椽. 誰知眞境樂? 秋月照寒淵."이라는 精舍原韻을 짓고, 이에 대하여 鄭逑와 李楨이 차운시를 지었다며, "君子樂幽獨, 茅齋八九椽. 袖琴徽軫足, 氷月掛天淵.(鄭逑)"와 "幽人居實地, 治玉竹爲椽. 道味琴成趣, 襟懷月在淵.(李楨)"이라는 시를 소개하고 있다. 그러나 『寒岡集』과 『龜巖集』에는 이들 시가 등재되어 있지 않다.

96 曺植, 『南冥集』 권1, <竹淵亭次文老韻>, "倻水遙從百里流, 洛神還與女深幽."

97 이황의 남도여행과 이에 따른 문학작품은, 정우락, 『조선의 서정시인 퇴계 이황-우리가 몰랐던 퇴계의 남도여행』, 글누림, 2009를 참고 바란다.

면金沔(1541-1592)이 바로 그들이다. 이들은 『도산급문제현록陶山及門諸賢錄』이나 『덕천사우연원록德川師友淵源錄』에 동시에 등재되어 있는 인물로, 이른바 퇴남학을 회통한 측면이 있다. 김면의 경우 11세에 이황을 찾아 『대학연의』를 배우고, 21세에 조식을 찾아 삼가 토동을 방문한다. 배신과 오운의 경우는 다음 자료를 통해서 살펴보자.

(가) 남방의 학자는 퇴계와 남명의 시대에 가장 성대하였다. 일찍이 뒤를 이어 우뚝하게 스스로 유속에서 빼어난 것은 물어보지 않아도 뇌룡문하雷龍門下의 선비임을 알 수 있고, 진실하게 자취를 따르며 과시하지도 않고 어기지도 않아 퇴계의 풍모와 학문을 얻은 것은 낙천선생 배공裵公 같은 사람이 바로 그러할 뿐이다.[98]

(나)-1. 도는 퇴도退陶를 사모했고 학문은 산해山海를 으뜸으로 삼았으며, 글씨는 왕희지와 조맹부를 따랐고 시는 소식과 황정견을 모범으로 하였다.[99]

(나)-2. 산해당에 오르고 퇴도실로 들어갔네. 나아가는 바가 정대하였고 학식이 명확하였다네.[100]

(가)는 이원조李源祚(1792-1872)가 배신을 퇴계학과 남명학의 회통자로 평가한 부분이다. 즉 그는 유속流俗에 물들지 않고 우뚝이 빼어난 조식의 제자였으며, 진실한 자세로 과시하지도 어기지도 않는 이황의 제자였던 것이다. 이 같은 배신의 회통성은 허목이 쓴 행장에서도 나타난다. 허목은 여기에서

98 李源祚, <洛川先生文集序>(『洛川先生文集』), "南方學者, 最盛於退溪·南冥兩先正之世, 早定脚跟, 卓然自拔於流俗, 不問可知, 爲雷龍門下士, 而恂恂途轍, 不矯不循, 兼有得於陶山風旨, 若洛川先生裵公, 是已."

99 賜祭文(『竹牖全書』, 399쪽), "道慕退陶, 學宗山海, 筆追王趙, 詩模蘇黃."

100 趙亨道, <士林祭文>(『竹牖全書』), "升山海堂, 入退陶室. 趨向正大, 學識端的."

배신을 이황과 조식의 학문을 회통한 이로 평가하였던 것이다.[101] (나)는 제문에서 당대인이 오운吳澐(1540-1617)을 어떻게 인식하고 있었던가 하는 부분을 명확하게 알게 한다. 특히 '승산해당升山海堂, 입퇴도실入退陶室'이라는 언명은 그의 학문경향을 단적으로 보여주는 대표적인 예가 된다.[102] 즉 이들은 학문자세와 현실인식에 대하여 이황과 조식의 자세를 본받으면서 때로는 성리학적 깊이를, 때로는 현실비판과 의병활동으로 퇴남학의 회통적 측면을 나타냈던 것이다.

강안학에는 기령학과 퇴남학의 회통성이 강하게 나타난다. 이 같은 특성은 고령이라고 하여 예외가 아니었다. 기호학과 영남학의 경우는 여타의 강안지역과 마찬가지로 영남학적 풍토 속에서 기호학을 수용한다. 그러나 고령의 경우 기령학의 회통은 극히 미약하다. 이에 비해 퇴남학의 경우는 배신·오운·김면 등에게서 집중적으로 드러난다. 이들은 이황과 조식을 함께 스승으로 모시며 진실한 학문자세를 배우면서도 현실주의적 자세를 공유하고자 했다. 이 같은 강안학의 특성이자 고령 유학의 중요한 일 부면인 회통성은 성리학에 대한 탐구와 의병활동으로 구체화되어 나타났던 것이다.

### (2) 실용성

상주에서 밀양으로 이어지는 강안지역의 실용학풍이 고령지역에서는 어떻게 나타나는가. 고령지역의 경우에도 박학풍에 기반 한 실천적 면모를 보

101 許穆, <行狀>(『洛川集』 권2), "先生旣弱冠, 初見南冥先生, 後從李先生於陶山, 得聞古人之旨, 學旣通, 與金範·李濟臣, 講諸生序齒之禮曰, 太學禮義相先之地, 而長幼無序無義."

102 오운이 말년에 『東史簒要』를 저술하면서 『東國通鑑』이나 『東國史略』 등 우리의 역사서를 참고하면서도 『退溪集』과 함께 『南冥遺稿』를 특별히 제시한 것에서도 이 같은 사정을 알 수 있다.

여주고 있다. 예컨대, 오운은 『주자문록朱子文錄』을 만들어 주자학이 지닌 경세적인 면을 주목하였다. 즉 『주자대전』을 읽는 가운데, 주희의 봉사封事와 주차奏箚 등의 글에서 '애군'과 '우국'의 뜻이 절실하니 이를 인출하여 경연經筵에서 진강하자는 것이었다. 여기서 더욱 나아가 사학방면에 지대한 관심을 보이기도 했다. 그 결과 기전체紀傳體와 편년체編年體를 절충한 『동사찬요東史纂要』를 저술할 수 있었다. 이 책은 사람들에게 중국역사가 아닌 우리역사를 알게 하며, 옛일을 통해 현재의 일을 알게 하고, 선악의 구분과 권선징악을 보여 당시 사서들의 문제점을 시정하기 위하여 편집되었다.

고령읍 지산리에서 출생한 이황의 제자 김수옹金守雍(1513-1559)이 『소학』을 읽으며 쇄소응대灑掃應對로 향촌사회의 질서를 잡아가려고 했던 것이나, <남전여씨향약지의藍田呂氏鄕約之義>라는 10여 조의 향약을 제정하여 상호부조를 통해 향풍을 쇄신하고자 한 것도 실용성에 입각한 것이었다. 이 같은 향약은 오운의 후손인 오경정吳慶鼎(1756-1827)이 1822년(도광 2)에 제정한 <매촌동약梅村洞約>으로 이어져 동민의 경제적 안정을 도모하였다.[103] 이 동약에는 부세의 공동 납부와 환난에 대한 상호부조가 자세하게 제시되어 있어 실용성에 바탕 한 강안학의 실천정신이 구체적으로 드러나고 있어 주목할 만하다.

고령지역 선비들의 실천정신은 임진왜란이라는 민족사적 위난을 맞아 더욱 빛을 발하였다. 오운의 경우 곽재우郭再祐(1552-1617)를 도와 군량과 전마를 조달하고, 김성일金誠一(1538-1593)이 초유사로 부임해 왔을 때, 그를 도와 임무를 제대로 수행할 수 있도록 한다.[104] 곽율郭趄(1531-1593)·조종도趙宗道(1537-1597)

103 이에 대해서는 우인수의 「고령 매촌동약의 특징과 동민의 결속」(『고령문화사대계』① 역사편, 고령군대가야박물관·경북대 퇴계연구소, 2008)에 자세하다.

104 吳澐, <與金鶴峯書>(『竹牖集』 권3) 참조. 여기서 오운은 김성일에게 편지하여 삼가현에 초사의 지휘소를 두는 것이 좋겠다고 했다. 삼가가 경상도의 중간쯤 되기 때문이다.

등과 명나라 군대를 지원하는 일에 대하여 논의하기도 했다.[105] 또한 박이장朴而章(1547-1622)과 김면金沔(1541-1593) 등은 합천과 고령 등에서 의병을 일으켜 국난극복에 일익을 담당하였다. 특히 김면은 고령에 거주하고 있었던 박정번朴廷璠·김회金澮·박정완朴廷琓·김응성金應聖·정이례鄭以禮·이승李承·이홍우李弘宇 등과 함께 많은 무공을 세웠다. 그의 졸기를 보자.

(가) 김면은 선비로서 의병을 일으켜 여러 번 싸워 공이 있었기 때문에 발탁하여 병사로 삼아 여러 군사를 감독하게 하였다. 선산善山으로 진격하니 주둔한 적이 날마다 조금씩 퇴각하여 위축되었는데, 얼마 되지 않아 전염병으로 죽었다. 김면은 군사를 일으켰을 때부터 진영을 떠나지 않았는데, 처자가 가까운 지역에서 떠돌며 굶주려도 한 번도 서로 만나보지 않았으므로 사람들이 그의 충성을 칭송하였다.[106]

(나) 절도사節度使 송암松庵 김면金沔이 군중軍中에서 사망했다. 송암은 암혈巖穴에서 병을 다스리면서 늙어갈 계책을 세웠지만 국가가 멸망할 위기를 만나 분연히 자신의 몸을 돌보지 않고 일어나 군사들을 거느리고 적을 토멸했다. 그렇지만 단지 몇 고을만 수복하여 뜻을 이루지는 못함이 있었는데 사망하고 말았다. 이른바 군대를 내어 승첩을 못 거두고 몸이 먼저 죽었다는 것이니, 아! 슬프구나.[107]

105 鄭慶雲, 『孤臺日錄』 1593년(癸巳), 2월 15일조, "吳判校澐·郭草溪趄·趙丹城宗道·金學瑞廷龍·成正字安義, 共會于郡, 以議天兵支待之事." 1593년(癸巳), 5월 6일조, "吳判校澐·趙縣監宗道, 出通文于列邑, 以迎餉天兵故也."

106 『宣祖修正實錄』 권26, 宣祖25年 12月 丁亥條, "沔以文士, 起義兵, 屢戰有功, 擢爲兵使, 督諸軍, 進臨善山屯賊, 日頗退縮, 未幾以癘疫死. 沔自起兵, 不離行陣, 妻子在近地, 流離飢餓, 一不相見, 人稱其忠誠焉."

107 鄭慶雲, 『孤臺日錄』 1593년(癸巳), 3월 13일조, "節度使金松庵沔, 卒于軍中, 松庵, 保病巖穴以爲終老之計, 而値國家危亡, 奮不顧身, 提兵討賊, 只復數邑, 有志未就而卒, 所謂出師未捷, 身先死者也. 嗚呼! 哀哉."

(가)는 『조선왕조실록』에, (나)는 정경운의 『고대일록』에 수록된 김면의 졸기이다. 이에 의하면 김면이 우국충정으로 자신의 몸을 돌아보지 않고 충성했음을 칭송하는 한편, 뜻을 제대로 이루지 못하고 중도에 죽고 말았음을 안타깝게 생각하고 있다. 김면은 인근의 정구·이기춘·정인홍 등과 밀접한 관계를 가지면서 남명학의 사회적 실천정신을 현실에 충실히 적용한 것으로 보인다. 그는 무계·우척현·거창·성주 등에서 전투를 벌였으며, 초기에는 소규모로 활동을 하다가 후기에는 경상우도 의병을 총괄하기도 했다. 그가 경상우도 의병도대장이 되고 이후 경상우병사가 되었던 사실은 바로 이를 말해주는 것이다.[108]

강안학의 실용성은 박학적 학풍에 기반하여 사회적 실천성으로 구체화되어 나타났다고 하겠다. 남명학이 지닌 학문적 영향도 중요한 요인이 되었겠지만 강의 연안이라는 실용적 문화풍토 역시 무시할 수 없는 요인이었다. 상주지역의 정경세가 국방에 대하여 자강自强의 논리를 전개한 것도 같은 맥락에서 이해된다. 그는 절용節用과 치병治兵, 그리고 안민安民을 상소할 때마다 급무로 강조하면서 강한 현실주의적 경향을 보여주었다. 이 같은 일반성이 강안지역에는 있었고, 고령지역 역시 강안학의 특징적 국면 속에서 오운과 같이 역사를 주목하기도 하고, 김면과 같이 의병장으로서의 임무를 성실히 수행해나가기도 했던 것이다.

108 김면의 의병활동과 임진왜란 시기 고령지역의 의병활동에 대해서는, 김강식, 「임진왜란 시기 고령지역의 의병운동과 의미」(『고령문화사대계』① 역사편, 고령군대가야박물관·경북대 퇴계연구소, 2008) 참조.

### (3) 독창성

강안학은 회통성이나 실용성에서 더욱 나아가 세계에 대한 새로운 인식을 이 지역에서 적극적으로 추구하고 있어 특기할 만하다. 이는 강안학이 기령학과 퇴남학을 회통하면서도 독자성을 확보하는 쪽으로 이 지역의 학문방향을 설정하고 있기 때문에 가능한 것이다. 퇴계학과 남명학을 회통하면서 실용주의적 측면을 보강한 정구의 학문이 김해의 허전을 거쳐 밀양의 노상직에게 전수되는 것도 이 지역 학문경향의 중요한 부면이지만, 상주·선산·성주 지역에서 독특한 이론을 개발하여 강안학의 독창성을 유감없이 발휘한 것은 이 지역의 유학적 특성에서 빼놓을 수 없는 부분이다. 노수신盧守愼(1515-1590)과 장현광張顯光(1554-1637), 그리고 이진상李震相(1818-1886)이 바로 그들이다.

고령지역의 경우 이기론에 특별한 관심을 갖고 심도 있게 논의를 전개한 사람은 한말의 이종기李種杞(1837-1902)이다. 그러나 그의 이기론은 주희와 이황의 이론을 철저하게 따르는 것[109]이었기 때문에 독창성의 측면에서 일정한 한계가 있다. 오히려 노수신의 제자 박이장朴而章(1547-1622)을 통해 양명학의 수용 가능성을 보이고 있어 이 지역 학문의 독창성 부분에서 일정한 시사점을 제공하고 있다. 박이장은 23세 되던 봄에 덕산으로 들어가 조식을 배알하고, 28세에 성균관에 들어가 노수신에게 배움을 청한다. 당시 노수신은 그의 양명학적 주지가 담긴 <인심도심변人心道心辨>을 강론하였다. 『연보』에 의하면 노수신이 이언적의 『대학장구보유大學章句補遺』를 강정講定하고 <인심도심변>을 찬술하였는데 박이장과 함께 여러 차례 토론하면서 자신의 생각을 구축해갔다고 한다. 그리고 이어서 다음과 같은 시를 박이장에게 주었다.

109 이종기의 성리사상에 대해서는, 임종진, 「晩求 李種杞의 성리학적 입장에 대한 검토-寒洲學派와의 논변을 중심으로-」(『퇴계학과 한국문화』 43, 경북대학교 퇴계연구소, 2008)에 자세하다.

| | |
|---|---|
| 學必貴傳習 | 배움은 반드시 전습을 귀하게 여기고 |
| 喩之鳥數飛 | 비유하자면 새가 자주 날기를 연습하는 것 같다네 |
| 非無豪邁質 | 호매한 자질을 지닌 사람 없지 않으나 |
| 存養似君稀 | 존양을 그대와 같이하는 이 드물구나[110] |

노수신은 <회재선생대학보유후발晦齋先生大學補遺後跋>에서, "나는 주자의 『대학장구』를 받아 신명처럼 받들고 있지만 유독 강령과 조목 외의 전傳에 무슨 의의가 있는지 알지 못하겠으며, 또한 격물치지에 대한 원전元傳이 없어지지 않았는지 어찌 알겠는가?"[111]라면서 주자의 분장分章과 보망전補亡傳을 비판하고 있다. 이에서 나아가 인심을 긍정하는 측면에서 인심과 도심을 이해하였으며,[112] 이에 따라 많은 학자들이 그를 양명학자로 보고 비판하였던 것이다. 이를 기반으로 위의 작품을 볼 때, 기구의 '전습傳習'은 왕수인王守仁(1472-1528)의 『전습록』에서의 '전습'으로 보아도 무리가 없을 것이다. 결구의 '존양存養' 역시 양명학적 심성론에 입각한 것이라 해도 과언이 아니다.

20세기 초에 주로 활동하였던 이인재李寅梓(1870-1929) 역시 주목할 만한 인물이다. 그는 곽종석郭鍾錫의 문인으로 이이의 주기론을 비판하고 이황의 이동설理動說을 옹호하는 입장에서서 서양철학을 탐구한다. 이노우에[井上圓了]의 한역본인 『철학요령哲學要領』(1902)과 양계초梁啓超의 『음빙실문집飮氷室文集』(1903) 등을 참고하여 서양의 고대철학사인 『철학고변哲學攷辨』(1912)을 저술한다. 이것은 유교의 근본정신과 서양학문의 본질은 별개가 아니라는 주장이지

110 朴而章, 『龍潭集』 권6, <贈詩>(蘇齋盧先生)

111 盧守愼, 『穌齋集』 권7, <晦齋先生大學補遺後跋>, "守愼自受讀章句, 奉之如神明, 獨未解綱條外傳有何義, 又焉知格致元傳有不亡?"

112 이에 대해서는 신향림, 「노수신의 인심도심설에 내포된 육왕학의 심성수양론」, 『한국 한문학 연구의 새지평』, 소명, 2005 참조.

만, 초기의 서양철학 연구서가 고령지역에서 산출되었다는 것은 그 자체가 이 지역이 지닌 강안학적 독창성이 적극 발휘된 것이라 하지 않을 수 없다.

고령지역의 독창성은 오히려 문학방면에서 두드러진다. 일찍이 정조가 고령 출신의 박은朴誾(1479-1504)을 들어 '우리나라의 시인 중 제일'이라 격찬한 바 있지만, 이 지역 출신으로 조선후기에 특별한 활동을 한 신유한申維翰(1681-1752)을 빼놓을 수 없다. 이설이 있기는 하나 신유한은 밀양에서 서얼로 태어났으나 고령의 신태시申泰始에게 양자로 들어간 후 고령에서 청년기를 보낸 것으로 보인다. 1713년(숙종 39) 과거에 급제한 후 통신사의 제술관으로 일본에 가서 문명을 날린다. 그는 유교에 중심을 두지만 도불교에도 지대한 관심을 갖고 거기에도 개성적 진리가 내포되어 있다고 보았다. 사상이 이 같았으므로 그의 작품세계는 독창적 성취가 가득할 수 있었을 것이다.[113]

강안지역은 대체로 조식의 학설을 따르지도 않았고, 그렇다고 하여 이황의 학설에 적극적이지도 않았다. 즉 독자성을 갖고 독창적인 학설을 펼쳤는데, 그 선두에 노수신이 있었다. 그는 <인심도심변人心道心辨>과 <집중설執中說>을 중심으로 육왕학陸王學을 수용하는 입장에 섰다. 이 때문에 노수신은 당대의 많은 학자들로부터 비판의 표적이 되었다. 그러나 강안지역의 선비들은 오히려 노수신의 학설을 지지하는 입장에 있었으며 장현광이 그 대표적이다. 그는 이기경위설理氣經緯說을 제시하면서 일원론적 입장에서 인간의 심성을 이해하고자 하였는데, 이 일원론은 강안지역의 이진상에게서도 분명히 나타났다. 이 같은 사정을 염두에 두고 고령 유학을 보면, 노수신의 제자 박이장을 중심으로 양명학이 다소 수용된 것으로 보인다. 그러나 이 방면에 있어 어떤 특장을 갖고 있는 것은 아니었다. 오히려 독창성은 여타의 분야,

113 신유한에 대해서는, 鄭羽洛, 「申維翰의 文學思想과 그 詩世界의 意味構造」, 『退溪學과 韓國文化』 41, 경북대 퇴계연구소, 2007 참조.

즉 문학적 측면에서 신유한이 이채異彩를 띠고 있었다고 하겠다.

### 2) 남명학통의 저류

강안학에는 다양한 성향이 공존한다. 어쩌면 다양성이 강안지역 최대의 특징인지도 모른다. 이것은 강안학의 특성이 어느 하나로 귀결되지 않는 측면이 있다는 것이다. 다양성은 분열과 갈등의 시대에는 중간자적 성격으로 말미암아 그 정체성을 의심받게 된다. 이황과 조식을 넘나들었던 많은 사람들이 이황의 제자인가, 아니면 조식의 제자인가를 의심받은 것이 그 대표적이다. 사정이 이 같음에도 불구하고 낙동강을 중심으로 영남은 소통하고 화합하기 위하여 노력하였고, 강안지역의 선비들은 이에 대하여 일정한 공헌을 하였다. 그렇다면 사림파의 발달을 이끌어낸 강안지역의 학문에 내재한 회통성과 실용성, 그리고 독창성이 어떠한 역학관계를 지니며 고령의 유학세계를 구축하였던가? 이것을 밝히면 고령 유학의 특성은 자연스럽게 드러나게 될 것이다.

회통성의 경우, 고령은 기령학보다 퇴남학의 소통이 두드러진 지역이다. 이 지역에도 송시열 등을 배향한 서원이 있었지만 영남학에 대한 깊이 있는 인식에 바탕하여 기호학을 받아들인 예가 나타나지 않는다. 이에 비해 퇴남학에 대한 소통성은 강하게 드러난다. 그 대표적인 인물이 배신裵紳과 오운吳澐, 그리고 김면金沔이다. 정사현鄭師賢과 같이 조식 쪽으로, 김수옹金守雍과 같이 이황 쪽으로 밀착된 인사가 있기도 하다. 이처럼 사람들마다 성향이 한결같지 않은 점이 있기는 하나 퇴남학의 회통성이라는 강안학의 주요 특성을 고령지역은 잘 보여주고 있었다.

실용성의 경우는 향약과 의병활동이라는 실천정신으로 구체화되어 나타났다. 예안현감을 지낸 바 있는 이황의 제자 김수옹이 향약을 제정하여 향촌의 상호부조를 도모한 것이나, 퇴남학을 회통한 오운의 후손 오경정이 <매촌동약梅村洞約>을 만들어 부세와 환난에 공동으로 대응코자 한 것이 모두 그것이다. 의병활동은 임진왜란을 경유하면서 김면과 박정번 등을 중심으로 전개되었다. 이 지역은 임진왜란이나 정유재란 중에 전라도로 진격하려는 일본군을 차단하는 곳이기도 하고, 후퇴하는 일본군을 추격하는 조선군과 명군의 주둔지이기도 했다. 낙동강 연안이라는 지리적·사상적 특수성에 입각하여 고령지역의 실용주의적 유학정신이 형성된 것으로 보인다.

독창성이 강안학에는 중요한 특징으로 부각될 수 있지만, 고령지역의 경우 매우 미약하게 나타난다. 상주의 노수신, 선산의 장현광, 성주의 이진상과 같은 걸출한 인물이 강안지역을 배경으로 등장한다. 이들은 강좌와 강우지역의 중간에서 이황 및 조식과는 또 다른 세계관을 구축하고 있었기 때문에 영남학 내에서는 이채를 발하였던 것이다. 고령지역의 경우 노수신의 제자 박이장이 있어 양명학적 맥락을 조금 잇고 있는 듯하지만, 신유한처럼 오히려 문학사상적 측면에서 독창적 세계를 구현하고 있어 특기할 만하다.

강안학의 전반적인 특성에 비추어 볼 때, 고령 유학은 퇴남학의 회통성과 실천정신에 입각한 실용성이 부각되고 이에 비해 독창성은 상대적으로 미약하다. 즉 회통성과 실용성이 고령 유학의 근간을 이루고 있었던 것이다. 그러나 실천정신에 바탕을 두고 있는 실용성을 이황과 조식의 학문에 적용시켜 볼 때, 고령 유학은 남명학에 더욱 경사되어 있다고 할 수 있다. 인조반정과 더불어 남명학이 표면적으로 거의 몰락하는 듯하지만, 그럼에도 불구하고 고령지역은 퇴계학보다 남명학이 강세를 띠고 있었던 것이다.

남명학이 고령지역에서 부각되는데 결정적인 역할을 한 것은 조식의 지역적 근접성과 함께 고령 지산동 출신의 정사현이 조식의 매부가 되면서부터이다. 조식은 이 때문에 자주 고령을 방문하게 된다. 이 과정에서 그는 정사현의 객청에서 시를 짓기도 하고, 박윤이나 윤규 등 고령의 사림들과 친분을 두터이 하기도 한다. 배신과 김면 등 이 지역 출신의 제자들도 여럿 두게 된다. 더욱이 조식을 문묘에 종사하기 위한 소청疏廳을 고령에 설치하기도 한다. 다음 자료를 보자.

> 만력(1617년) 가을 8월에 남명선생의 문묘종사를 청하는 소회가 고령에서 열렸는데, 모인 사람이 수백 명이나 되었다. 정선생께서 상소문을 지으시고는 진사 이서李舒의 이름으로 보내셨는데, 내가 외람되게도 택소擇疏를 맡아 마침내 선생의 상소문을 뽑게 되었다. 이로 인하여 신안新安으로 가서 선생을 뵙게 되었는데, 선생께서는 다른 사람으로 하여금 맞아들여 앉게 하시고 병으로 일어나 인사할 수 없음을 미안해하시고는 두터운 예와 따뜻한 말로 대접하면서, '우리 선생님의 종사를 이제야 비로소 소청하게 되었소만 청이 받아들여질 것을 어찌 반드시 기약할 수 있겠소?'라고 하셨다.[114]

위는 하징河憕(1563-1624)이 기록한 <신안어록新安語錄>의 일부이다. 이에 의하면 고령에 소청을 차리고, 여기서 정구의 상소문이 채택되었던 사실을 전한다. 1610년 이황 등 5현이 문묘에 종사되자 이에 자극을 받아 남명학파에서는 꾸준히 조식의 문묘종사운동을 벌이게 되고 1617년에는 고령에 그 소청이 설치되었다. 고령에 조식의 문묘종사를 위한 소청을 차린다는 것은 매우 중요한 의미를 지닌다. 무엇보다 이 지역이 강의 좌우를 아우를 수 있으면서도 남명학파의 중요한 거점이 되기 때문이다. 그리고 인근의 신안新安, 즉 성주

114 河憕, 『滄洲集』 권2, <新安語錄>, "萬曆丁巳秋八月, 請南冥先生從祀, 疏會于高靈, 會者, 幾數百人. 鄭先生製疏, 代門人進士李서名以送, 憕忝擇疏, 遂用之. 因新安上謁先生, 先生卽令迎入引坐, 辭以病未能起居迎揖, 優禮以待, 溫言以接, 曰 我先生從祀, 今始疏請, 然, 得請, 何可必也?"

에는 정구가 있어 여러 가지로 이와 관련된 현안들을 논의할 수 있었기 때문이다.

앞서 살핀 것처럼 고령 유학에 강안학적 특징이 고르게 나타나는 것은 아니다. 회통성과 실용성, 그리고 독창성 가운데 퇴남학의 회통성과 실용성이 두드러지는데, 이것은 남명학통에 더욱 경사되어 있었기 때문에 가능했을 것이다. 이것을 염두에 둔다면 고령은 퇴계학과 남명학의 완충지이면서도 남명학의 자장이 더욱 강하게 작용한 지역이라 할 수 있다. 특히 이황과 조식의 제자들을 중심으로 상호 교류하면서도, 조식의 문묘종사를 위한 소청을 고령에 설치하면서 선비들이 남명학을 중심으로 결집하고 있었던 상황은 주목할 만하다. 이것은 상주 등 낙동강의 상류지역이나 밀양 등 낙동강의 하류지역과는 변별되는 것이어서 특기할 만하다.

# 결론 물 문화의 구심과 원심

<무흘구곡> 제1곡 봉비암鳳飛巖(좌) / <무이구곡> 제9곡 성촌시星村市(우)

물과 문학과 문화가 하나의 맥락 속에 존재한다면, 이에 대한 문학적 상상력 역시 일정한 패턴을 갖고 있을 것이다. 여기에 착목하여 이 책은 집필되었다. '문화론'은 문화학이 지닌 포괄적 개념을 더욱 구체화한 것으로 시간과 공간에 따른 차이성을 인정하는 입장에 선다. 이것은 문화가 고정된 부동의 것이 아니라는 점을 적극적으로 수용한 결과이다. 문화는 동서와 고금에 따라 달리 나타나며, 인간의 의도에 따라 재구성되는 성격을 지닌다. 이에 비해 '문화학'은 전체로서의 문화에 대한 학문적 접근이며, 인간의 자기 세계에 대한 이해라는 측면에서 포괄성을 지닌다. 포괄성 안에서 유기적 맥락을 찾는 것이 매우 중요한데, 여기에 대하여 특별히 주목할 필요가 있다.

한문학은 한자로 쓴 작품의 총칭이니 이 책에서는 이것을 자료로 하였고, 이 가운데서도 물과 밀접한 관련성이 있는 작품만으로 한정하였다. 이 작품들이 문화와 어떻게 접목되며 그 의미는 무엇인가 하는 문제로 논의를 확대하기도 했다. 작가가 물이라는 물질을 대상으로 어떠한 상상력을 펼치며, 또한 물을 중심으로 어떠한 문화가 구성되는가 하는 문제에 집중하였다. 또한 영남의 젖줄인 낙동강, 그 연안에는 어떤 학문적 특징이 나타나는가 하는 것도 관심의 대상이다. 이제 앞의 논의를 요약하면서 물 문화의 본질을 구심求心과 원심遠心으로 제시하며 이 책의 결론으로 삼는다.

# 결론 : 물 문화의 구심과 원심

## 1. 논의의 요약

도가道家에서는 형이상학적인 기가 최초의 외현태外現態를 가지는 것을 항해沆瀣(이슬)라 하였다. 그들은 이것을 마시면 수명을 늘릴 수 있다고 믿었고, 또한 몸이 가벼워져 하늘을 날 수 있다고 생각했다. 이 때문에 이규보는 "반공의 항해만 마실 수 있다면, 곧장 날아 하늘에 올라갈 수 있을 터인데"[1] 라고 할 수 있었다. 이렇게 시작된 물은 우리의 생명과 삶의 핵심적인 요소를 파고들며 작가들의 무한한 상상력을 자극하였다. 물은 물질의 상태에 따라 액체[물]와 고체[얼음]와 기체[수증기], 동정動靜에 따라 지수止水와 유수流水, 승강乘降에 따라 수증기와 비, 강도에 따라 경수硬水와 연수軟水, 청탁에 따라 청수淸水와 탁수濁水, 완급에 따라 격류激流와 안류安流, 온도에 따라 온수溫水와 냉수冷水로 나누어진다. 사정이 이러함에도 불구하고 물은 자신의 본질을 조금도 바꾸지 않는다. 물의 이러한 존재론이 사물에 대한 인식과 그것의

1 李奎報, 『東國李相國集』 권12, <梁學論公老見和, 此韻答之>, "半空沆瀣如可酌, 從此乘虛直到天."

문학적 형상을 매우 다채롭게 하였다. 이제 앞에서 논의한 것을 순서대로 요약해 보자.

첫째, 정몽주 시의 물은 공간과 밀접한 관련을 가지며 이미지화되었다. 그는 '동방이학지조東方理學之祖'라는 사상가적 측면, 전후 일곱 차례가 넘는 사행使行에서 보여주었던 외교가적 측면을 주목할 필요가 있다. 이를 염두에 둔다면, 연못과 개울이라는 순수성을 확보한 공간은 성리학을 바탕으로 한 사상가적 측면을 부각시킨 것이고, 강하와 바다라는 소통의 공간은 사행을 중심으로 한 관료적 측면을 부각시킨 것이다. 그러나 이 둘의 강도나 범위가 한결같지는 않다. 정몽주가 사상가적 측면보다 관료적 측면이 물을 중심으로 더욱 강조되었기 때문이다. 그의 시에서 강하와 바다가 더욱 주목되는 이유이다.

둘째, 이직 시의 물은 관물찰리觀物察理의 이념적 인식이 가장 강하게 작동하며 이미지화되었다. 이직은 유불 회통의 사상적 경향을 가지면서도, 물을 통해 성리학적 '마음'을 이해하고자 하는 측면이 부각되었다. 물이 세척의 기능을 하기 때문일 터인데, 존천리存天理와 알인욕遏人欲을 위한 문학 지형도 이렇게 해서 이룩될 수 있었다. 이직 시와 물 인식의 상관성을 고려할 때, 그의 시에 나타나는 물의 상상력, 그 궁극에는 '인간의 본성'이 있었다. 인간의 본성을 물로 형상하려는 그의 노력이 돋보이는 부분이다. 이는 이직이 이른 시기에 성리학적 문제의식을 투철하게 가졌다는 의미이기도 하다.

셋째, 어득강 시의 물은 관물찰리의 이념적 인식과 관물찰형觀物察形의 즉물적 인식이 특별히 강조되었다. 그의 이름이 어득강魚得江, 즉 '물고기가 강을 얻었다'는 것이니, 이름 자체가 그의 작시활동과 밀접한 관련이 있었던 것으로 보인다. 그의 시문학이 물과 물고기가 상호 작용하면서 일정한 체계를 잡아간 것으로 보이기 때문이다. 이념적 인식과 즉물적 인식이 많이 나타나는 것은 그의 사물관이 지닌 특성이기도 하지만, 이러한 특성에 따른 그의 한시가 갖는 중요한 경향이기도 하다. 수양론에 바탕한 자연 속에서의 삶은 그의 작품 활동에 가장 많은 영향을 미쳤을 것이기 때문이다.

넷째, 조식 시의 물은 현실주의적 인문정신으로 이미지화되었다. 물은 본질적으로 세척성과 원천성, 그리고 암험성을 지닌다. 조식은 여기에 착목하여 그의 수양과 학문, 그리고 민본사상을 드러내고자 했다. 이것은 다시 경의·실천·비판정신으로 확대되었고, 이 역시 물에 대한 인식과 결부되었다. 조식의 인문정신은 비판정신으로 그 정체를 발한다고 하겠는데, 명단론적明斷論的 경의정신을 기반으로 하고 있었다. 즉 조식의 인문정신은 표면적으로는 강한 현실비판에 있지만, 이면적으로는 치열한 자기수양과 결부되어 있었던 것이다. 경의정신에서 비판정신에 이르는 일련의 과정에서 우리는 조식의 현실주의적 세계인식을 확인하게 된다.

다섯째, 조형도 시의 물 이미지는 그 존재 양상이 매우 다양하다. 미려한 정경 속의 물, 풍류와 함께 하는 물, 성찰적 도구로서의 물, 역사현실과 결합된 물 등이 그것이다. 첫 번째가 작가의 서정적인 측면과 밀착된 것이라면, 두 번째는 유흥적인 측면을 강조한 것이다. 그리고 세 번째가 성리학적 측면이 고려된 것이라면, 네 번째는 무장武將으로서의 현실주의적 측면이 고려된 것이다. 이처럼 물이 다기한 양상을 보이면서도, 그의 시정신은 강호락江湖樂과 묘당우廟堂憂 사이에서 강호락 속에서의 묘당우로 구조화된다. 우리는 여기서 그의 상상력이 갖는 최종 지점을 알게 된다.

여섯째, 한국의 구곡문화는 물과 문학과 문화가 결합된 대표적인 사례다. 주자가 무이산 계류를 따라 9.5km에 이르는 공간에 아홉 굽이를 설정하고 각 굽이마다 7언절구 한 수씩을 지었다. 성리학이 수입되면서 조선의 선비들은 이를 적극 수입하여 문화화하였는데, 현재 이름만이라도 남아 있는 구곡의 수는 무려 167개소가 되고, 이 가운데 현장이 확인되는 것도 77개소이다. 이같은 구곡원림의 한국적 전개는 동양적 이상세계를 성리학적 논리에 따라 추구하고 있다는 점, 유가 수양론의 핵심이 문학과 문화로 드러난다는 점, 구곡원림의 조성과 경영에는 자연과 인간이 소통하는 생태주의적 상상력이 작동한다는 점 등을 확인할 수 있다.

일곱째, 주자 시 <관서유감觀書有感>은 우리나라의 문학과 문화에 지대한 영향을 끼쳤다. 구곡문화가 물의 근원인 원두源頭를 찾아가는 것으로 설계되어 있다는 측면에서도 이 작품은 특별히 주목할 만하다. 작가들은 이 작품을 중심으로 차운시 짓기, 용사用事하기, 주요 개념을 제목으로 설정해 작품 창작하기, 천군계 가전체 문학의 주요 소재로 활용하기 등 다양한 관심을 보였다. 그리고 정원을 조성하면서 네모난 연못을 만들거나, 주요 개념으로 현판을 제작하여 게시하는 등 문화적으로 응용하기도 했다. 천리를 체현하고자 하는 조선시대 선비들의 치열한 노력의 일단을 보여준 것이라 하지 않을 수 없다.

여덟째, 속리산 문화권은 동천의 발달로 말미암아 구곡문화가 특별히 발달한 곳이다. 이 때문에 자연과 인간의 심성론적 대화가 인문학적 측면에서 가장 잘 이루어지고 있는 곳이라 할 수 있다. 이 지역에서 작가들은 자연과 인간이 하나의 전체로서 공존하고 상생한다는 것을 보여주었으며, 인간이 자연과 상호 소통하면서 합일의 서정을 만들어낸다는 것도 보여주었다. 이러한 합일의 서정은 구곡동천 문화가 갖는 핵심적 가치라 할 수 있다. 특히 문경과 상주를 중심으로 한 백두대간 속리산권 구곡문화는 이러한 사실이 가장 잘 나타난다. 구곡문화가 세계 자연유산으로의 가치를 충분히 갖고 있는지를 타진해 볼 수 있는 중요한 근거이기도 하다.

아홉째, 구곡원림의 유형과 경북의 대표적인 구곡은 무엇인가. 구곡원림은 주자 무이구곡을 그대로 본받은 정격형과 한국적 토착화 과정을 거치며 다르게 나타나는 변격형으로 나눌 수 있다. 변격형은 청대구곡처럼 물을 따라 내려오면서 구곡이 설정되는 경우, 쌍룡구곡처럼 두 줄기의 계류를 활용해 구곡을 설정하는 경우, 무흘구곡처럼 곡 안에 다시 곡이 설정되는 경우, 고산칠곡처럼 곡의 수를 줄이거나 남산십삼곡처럼 곡의 수를 늘리는 경우가 있다. 그리고 복합형은 운포구곡처럼 정격형과 변격형이 동시에 나타나는 경우도 있다. 이를 염두에 두면서 경북의 대표구곡을 선정하면 도산구곡, 무흘구곡, 고산칠곡, 선유구곡을 들 수 있다. 인물과 자연, 문헌과 보존의 측면을 고려한 것이다.

열째, 대구지역 역시 구곡문화의 발달과정에 있어 매우 의미 있는 곳이다. 이 지역에는 정구를 종사宗師로 하고자 하는 성격이 뚜렷한 점, 도학사상을 특별히 강조하고 있는 점, 근세에 주로 이루어진 점, 정격형보다 변격형이 훨씬 우세한 점, 구곡 내에 구곡이 다시 조성된 '곡내곡曲內曲'과 개별 구곡을 중심으로 경관을 다시 설정하는 '곡중경曲中景'의 문화체계가 등장하는 점, 7곡에서 9곡으로 성장하는 확장성을 보여주고 있는 점 등이 그것이다. 이러한 전통문화에 대한 유연성은 대구지역이 대도시를 중심으로 형성되었기 때문에 가능한 것이라 하겠다.

열한째, 낙동강 연안의 학문을 의미하는 강안학은 직선에서 곡선으로의 전환을 의미하는 탈근대담론과 결합되어 있다. 강안학의 특징은 회통성과 독창성, 그리고 실용성을 들 수 있다. 회통성은 소통과 개방을, 독창성은 개성과 창조를, 실용성은 일상과 실천을 지향한다. 강안학은 회통성과 독창성, 그리고 실용성이 배타적 관계로 존재하는 것이 아니라 유기적으로 구조화되어 있었던 것으로 보인다. 시론적 성격을 가진 이러한 논의가 여타의 강, 예컨대 섬진강, 한강, 영산강 등에 두루 나타나고 있어 주목할 필요가 있다.

이는 강안학 연구를 한국적 차원뿐만 아니라 세계적 차원으로 확대할 수 있는 길을 열고 있기 때문이다.

열두째, 낙동강 연안은 빼어난 문학경관을 갖추고 있어 문학생성 공간으로 주목된다. 작가들은 강안의 누정에서 시회를 여는 것은 물론이고 강상江上에 배를 띄우고 선유시회를 개최하여 시집을 만드는 등 강을 중심으로 다양한 창작활동을 벌이며 오랜 시간동안 문화적 전통을 이어왔다. 이 지역의 선비들은 소식의 적벽유赤壁遊를 극복해 보자는 입장에서 독자적인 낙강유洛江遊를 펼쳤고, 누정문학의 장수적藏修的 기능에 따른 수양론적 문학을 극대화하였으며, 또한 길재가 은거한 금오산을 중심으로 절의정신을 드높였다. 이 같은 문학활동은 낙동강이 지니고 있는 문학 및 문화역량을 유감없이 보여준 것이라 할 수 있을 것이다.

열셋째, 낙동강과 그 연안지역의 공간감성은 도학 감성, 낭만 감성, 사회 감성으로 나누어서 이해할 수 있다. 낭만 감성은 나루를 통해 더욱 적극적으로 나타났는데, 이곳은 사람들이 만나고 헤어지는 대표적인 공간이었기 때문이다. 누정에서는 도학 감성과 함께 사회 감성도 두루 나타났다. 누정 아래로 흐르는 낙동강의 물을 보면서 천리가 유행하는 '마음'을 떠올리기도 하고, 서울로 운반되는 수많은 물품들을 보면서 서울과 지방, 관리와 백성 사이의 심각한 불평등을 자각하기도 했다. 여기에는 자연과 인간, 인간과 인간의 소통의 문제가 중요하게 부각이 되는데, 도학 및 낭만 감성은 소통, 사회 감성은 불통에 기인한 것으로 파악된다.

열넷째, 한강 정구의 치병일기인 <봉산욕행록>에는 당대의 문화요소가 다량 내포되어 있다. 이 일기에는 세 차례의 동화록同話錄을 남기기도 하는데, 학문과 문학이 조우하는 특별한 문화현장을 확인하기도 한다. 이 일기에서 엿볼 수 있는 문화는 여행문화, 치병문화, 접대문화, 기념문화, 추모문화, 강학문화 등이다. 이를 통해 우리는 당대 선비들의 여행과 접대, 기념과 추모, 강학 등을 폭넓게 이해할 수 있다. 이것은 정구의 치병여행이라는 이례적 사실이 당대의 문화적 보편 문맥과 맞물리면서 일어난 현상이라 하겠다.

열다섯째, 강안학의 특징은 회통성과 독창성, 그리고 실용성으로 구체화할 수 있다. 강안학은 낙동강 700리설을 기준으로 하며 상주가 상한선으로 그 기점이 되고, 하한선은 창원이다. 그러나 위로는 영남으로 들어오는 첫 관문인 문경으로, 아래로는 김해와 부산지역까지 확장될 수 있다. 이 지역에서 발생하는 학문은 기호학과 영남학, 퇴계학과 남명학이 소통하는 회통성을 중심으로 독창성과 실용성이 두루 나타난다. 그럼에도 불구하고, 상주지역에서는 복지동천의 이상향, 김천지역에서는 사림파의 성장과 좌절, 성주지역에서는 도학의 착근과 강안학파의 형성, 칠곡지역에서는 퇴계학통의 강화, 고령지역에서는 남명학통의 저류와 같은 다소 다른 성향을 보이는 부분도 있다. 이는 강안학적 보편성 속에 나타나는 특수적 국면이라 하겠다.

문학은 인식이면서 형상이다. 인식은 사물에 대한 인식을 의미하고, 사물은 인사와 자연물의 총체적 결합이다. 이로 볼 때, 사물에 대한 다양한 인식은 물로 형상하는 것이 가장 효과적이다. 물은 모든 것을 수용하면서도 어떤 변형을 만들어 낼 수 있기 때문이다. 때로는 상호 모순된 듯하지만 그 모순된 것을 통일적으로 수용할 수도 있다. 이러한 대립적 총체성, 혹은 모순적 통일성은 물이 인생의 다양한 스펙트럼을 형상할 수 있음을 의미한다. 이는 정몽주 등 여러 작가들의 시작품을 통해 꾸준히 확인되는 바다. 그리고 물의 상상력은 문화와 접목되면서 개울의 구곡문화와 강하의 강안문화로 확장되었다. 강안문화는 다시 강안학으로 발전하여, 물과 학문이 일정한 함수관계 속에 놓여 있음을 보여주기도 한다.

## 2. 물 문화의 구심력 및 원심력

작가들에게 물은 형상 사유의 근간이다. 이러한 사실을 정몽주, 이직, 어득강, 조식, 조형도의 경우를 통해 충분히 살펴볼 수 있었다. 이들은 우물, 개울, 강하, 바다를 통해 자신이 인식한 바를 문학적으로 형상하였다. 이 가운데 개울을 중심으로 구곡문화가 발달하고, 강하를 중심으로 문화가 발생한다는 사실을 발견할 수 있다. 개울이 구심력을 지니고 바다가 원심력을 지니며, 강하는 구심력과 원심력을 동시에 지닌다는 점을 상기할 필요가 있다. 그런데 일련의 문학 작품에서 이것이 어떻게 나타나는가 하는 것은 문학 연구에 있어 매우 중요한 시빗거리이다.

물에 관한 상상력은 원심력과 구심력에 입각해 바위와 보, 그리고 가위적 세계관으로 설명되기도 한다.[2] 바위는 닫혀있고 구심력이 작동하며, 보는 열려 있고 원심력이 작동하며, 가위는 닫히면서도 동시에 열려 있어 구심력과 원심력이 동시에 작동한다. 여기에 개울과 바다와 강하를 접목시키면, 개울의 상상력은 주로 바위적 세계관으로 구심력과 접속하며, 바다의 상상력은 보적 세계관으로 원심력과 접속한다. 그리고 강하는 가위적 세계관으로 구심력과 원심력이 함께 작동한다. 이 책에서 바다에 집중하지 않아 일정한 한계가 있기는 하지만, 물의 상상력과 구심력 및 원심력의 문제를 마무리 삼아 생각해 보기로 하자.

첫째, 개울의 상상력과 구심력의 문제이다. 물이 시간에 따라 아래로 흐른다는 것은 엄연한 사실이다. 사람이 태어나 수많은 사물에 대응해 살면서 어떤 사물에도 유혹 당하지 않는 순일純一한 마음인 적자지심赤子之心을 유지

2 정우락, 「朝鮮中期 江岸地域의 文學活動과 그 性格 : 낙동강 중류 지역을 중심으로 한 하나의 시론」, 『한국학논집』 40, 계명대학교 한국학연구원, 2010.

하기란 쉽지가 않다. 이 때문에 성리학자들은 다시 이 마음을 회복해야 한다고 했다. 이 때문에 자연에 비의比擬하여 강하에서 개울로, 개울에서 다시 샘으로 거슬러 오르며 본성을 회복하고자 했다. 이러한 과정은 순일하기만 할 뿐 전혀 아는 것이 없는 적자지심과는 달리, 순일하면서도 지혜가 원만한 대인지심大人之心이나 성인지심聖人之心을 이룩할 수 있게 한다. 이 때문에 『심경부주』에서는 성인지심을 '명경지수明鏡止水'[3]에 비겼다.

(가) 心如止水爽如秋　마음은 지수 같고 상쾌하긴 가을 같은데
萬古虛明此興幽　만고의 허명한 이 흥취 그윽하기만 하네
欲識平生吾道樂　평생토록 우리 학문의 즐거움 알려거든
柳風梧月一時悠　유풍과 오월이 한때 유유한 것을 보라[4]

(나) 虛明覺處是眞心　허명을 깨닫는 곳이 참다운 마음
萬象昭如鏡裡臨　만상이 거울을 보는 것처럼 밝다네
何許一塵來掩得　어찌 티끌이 본심을 가릴 수 있으랴
坐看明鏡蔽還深　흐렸다 다시 밝는 거울 앉아서 보네[5]

위의 두 작품은 모두 명경지수로 마음을 형상한 것이다. 명경지수를 허명虛名하다고 했고, 이것을 찾아가는 도가 성리학이며 오도吾道로 즐겁다고 했다. 그 심적 경계를 버드나무에 산들거리며 부는 바람과 오동나무에 비치는 가을 달로 비유하기도 했다. 이러한 명경지수의 마음이 바로 대인의 마음이자 성인의 마음이다. 이 때문에 정격형 구곡시에서 허다하게 나타나는 것처

3 程敏政, 『心經附註』 권2, 「赤子之心章」, "聖人之心, 如明鏡, 如止水."
4 曺好益, 『芝山集』 권1, <病中偶吟>
5 趙穆, 『月川集』 권1, <夜起呼燈, 遂成首尾一體>

럼 물을 거슬러 올라가 활수活水의 명경지수를 구경究竟으로 제시했다. 또한 반대로 명경지수라는 성인의 마음이 후대로 내려오면서 특정인에게 전해졌다고 했는데, 도통道統 개념으로 이를 나타냈다. 이러한 명경지수의 구심력은 문학작품에 강력하게 작동하였던바, 이 책에서 살핀 바 있는 구곡가 계열의 시가에 잘 나타난다.

둘째, 강하의 상상력과 원심력의 문제이다. 사실 원심력이 가장 많이 작동하는 것은 강하라기보다 바다이다. "근원이 있는 샘물은 퐁퐁 솟아 흐르면서 밤이고 낮이고 멈추는 법이 없다. 그리고 구덩이가 파인 곳 모두를 채우고 난 뒤에야 앞으로 나아가서 마침내 사방의 바다에 이르게 되는데, 학문에 근본이 있는 자도 바로 이와 같다."[6]라고 한 맹자孟子의 말에서도 샘에서 바다로 나아가는 원심적 세계를 읽을 수 있다. 개울에 구심력이 주로 작동한다면 강하는 구심력과 원심력이 함께 작동한다. 이는 공간 감성을 통해 바로 알 수 있는 바다. 공간 감성은 낭만·도학·사회·생활 감성으로 나눌 수 있고, 이 가운데 사회 및 생활 감성이 주로 원심력에 의한 것이다. 다음 자료를 보자.

(가) 百轉青山裏 푸른 산속에서 백번을 돌아가며
閑行過洛東 한가로이 낙동강을 지나노라
草深猶有路 풀은 우거져도 오히려 길이 있고
松靜自無風 소나무가 고요한데 절로 바람도 없네
秋水鴨頭綠 가을 물은 오리 머리처럼 푸르고
曉霞猩血紅 새벽 놀은 성성이 피처럼 붉구나
誰知倦遊客 누가 알랴 게으르게 노니는 나그네가

---

6 『孟子』「離婁」하, "源泉混混, 不舍晝夜. 盈科而後進, 放乎四海, 有本者如是."

四海一詩翁　　사해를 떠도는 한 사람의 늙은 시인인 줄을[7]

(나) 洛水波濤沒兩隈　낙동강 파도가 두 언덕을 뒤덮고
金烏飛雨過江來　금오산 날리는 비 강을 건너온 것이라네
山郵留滯糧垂橐　산 여관에 머물자니 전대엔 양식 떨어지지만
府吏逢迎酒滿杯　부의 아전이 맞아주니 술이 잔에 가득하네
晝聽溪聲冠屢亞　낮엔 물소리 듣느라 머리를 여러 번 숙이고
夜看雲色戶頻開　밤엔 구름빛 보느라 방문 자주 연다네
忙心只爲琴堂會　바쁜 마음은 다만 금당의 모임 때문
不是差池故國回　고향 돌아감에 차질 빚을까 해서는 아니라네[8]

(다) 方伯朝端選　　방백을 조정에서 선발한 것은
君王日本憂　　군왕이 저 일본을 걱정해서라네
剖符天北極　　부절을 가른 것은 대궐에서였고
杖鉞洛東流　　부월 잡은 거는 낙동강 가에서였네
鳥嶺清秋過　　새재의 맑은 가을이 지나가면
扶桑黑祲收　　부상엔 불길한 검은 기운 걷히리
蠻夷還自失　　오랑캐들 도리어 스스로 도망을 가서
恐奪薩摩洲　　살마주를 빼앗길까 두려워하리[9]

(가)는 이규보가 낙동강을 지나며 지은 시이고, (나)는 윤선도가 차운해서 선산 태수에게 준 시이다. (가)에서 이규보는 오리 머리처럼 푸른 물, 성성이의 피 같은 새벽 놀 등을 제시하며 자신의 낭만 감성을 적극 드러냈고, (나)에

7　李奎報, 『東國李相國集』 권6, <行過洛東江>
8　尹善道, 『孤山遺稿』 권1, <次韻酬善一太守>
9　鄭斗卿, 『東溟集』 권4, <送嶺伯睦性之性善>

서 윤선도는 낙동강의 어느 객사에 머물며 술잔을 기울이거나 금당 모임 때문에 마음이 바쁘다는 등의 생활 감성을 적극적으로 표현하였다. 그리고 (다)는 정두경이 낙동강 가에서 부월斧鉞을 잡고 왜적을 방어하며 나라의 태평을 염원한다고 했다. 사회 감성이 작동한 것이다. 이처럼 낙동강은 도학 감성에 입각한 구심체계가 없지 않으나, 각기 강도를 달리하는 공간 감성이 원심력을 획득하고 있음을 발견할 수 있다. 사회 감성에서 그것은 극대화되었다고 하겠다.

셋째, 강 연안에서 생성된 학문인 강안학은 어떤 특징을 지니고 있는가 하는 문제이다. 이 책에서는 회통성, 실용성, 독창성으로 요약하였다. 일찍이 이첨李詹(1345-1405)은 "운봉雲峯이 동쪽으로 뻗어나간 산곡에 여러 물이 모여 큰 시내를 이루고, 합천陜川·초계草溪 땅을 지나 강으로 들어간다. 두 고을 접경에 들판이 넓고 산이 열려서 그 맑고도 멀리 펼쳐진 경치가 사랑스럽지만, 손님들이 왕래하면서 여기에 만나는 장소가 없음을 애석하게 여긴 지 벌써 오래였다."[10]라고 한 적이 있다. 강물이 이처럼 수많은 개울을 수용하듯이, 강안학은 다른 지역의 학문과 문화를 수용하면서 새로운 학문을 생성한다. 수용해서 새로운 학문을 이룩하니 회통성과 독창성을 성립시킨다. 그리고 강을 중심으로 인간의 삶이 영위되니 여기에는 실용성 또한 강조되지 않을 수 없었다.

낙동강의 경우, 회통성과 독창성과 실용성은 보편성을 지닌다. 그럼에도 불구하고 회통성이 특별히 강조된다. 이 책에서 살펴본 상주, 김천, 성주, 칠곡, 고령 지역이 대체로 그러한 곳이다. 회통성은 상하로는 기호학과 영남학이, 좌우로는 퇴계학과 남명학이 서로 만난다. 앞의 것을 기령학畿嶺學이라

10 李詹, <樂民亭記>(『東文選』 권77), "雲峯迤東山谷, 衆水合爲大川, 徑陜草入江."

하고 뒤의 것을 퇴남학退南學이라 한다면, 기령학은 강안지역의 상류. 즉 상주와 문경으로 갈수록 더욱 뚜렷하다. 기호지역과 맞닿아 있는 지역이기 때문에 그러할 수 있었다. 퇴남학의 경우는 성주와 고령지역 등 낙동강 중류지역이 뚜렷하다. 정구, 오운, 김우옹, 김담수 등은 그 대표적인 인물이다. 이 때문에 이상정은 성주지역을 중심으로 생활하다가, 만년에는 안동을 거쳐 상주에 살았던 김담수에 대하여 다음과 같이 썼다.

> 우리나라 명종明宗과 선조宣祖 시대에 정치의 교화가 융성하여 유현儒賢들이 배출되었는데, 대관령 이남의 영남이 특히 성대하여 추로지향鄒魯之鄉이라고 불렸다. 이때에 퇴계退溪 선생이 태백산 남쪽에서 도를 주창하고, 남명南冥 선생이 지리산 아래에서 덕을 수양하니, 당대의 영준한 선비들로 두 선생의 문하에서 수학하며 서로 도학을 갈고닦아 자신을 선하게 한 자들이 어깨를 나란히 하고 세상에 나왔다. 서계西溪 김공은 온후한 자질과 독실한 학문으로 일찍부터 오덕계吳德溪(오건)와 황금계黃錦溪(황준량)를 종유하여 공자와 정주학程朱學의 종지를 배웠다. 얼마 뒤에 산해山海에서 남명 선생을 뵙고 물러 나와 동강東岡(김우옹), 한강寒岡(정구)과 함께 도의를 강론하고 연마하여 서로 보탬이 되었다. 만년에는 안동과 예천 사이에서 노닐며 조월천趙月川(조목), 김설월金雪月(김부륜), 금성재琴惺齋(금난수) 등 여러 공과 한가로이 시를 창수하고 퇴계 선생의 가르침을 거슬러 탐구하며 그 덕성을 훈도하였다.[11]

김담수가 성주에서 조식의 제자인 오건 및 이황의 제자 황준량에게 수학

11 李象靖, 『大山集』 권44, <西溪金公逸稿序>, "我朝明宣之際, 治化隆洽, 儒賢輩出, 而大嶺以南, 鬱然號爲鄒魯之邦. 當是時, 退陶先生倡道於太白之陽, 南冥先生養德於方丈之下, 一時英儁之士游學兩門. 相與淬勵道學, 以淑善其身者, 蓋駢肩而立矣. 西溪金公先生, 以溫厚之資, 篤實之學, 早從吳德溪·黃錦溪, 受洙泗洛建之旨. 旣而, 謁南冥于山海, 退而與東岡·寒岡, 講磨道義, 以相資益. 晩而游安禮之間, 與趙月川·金雪月·琴惺齋諸公. 優游唱和, 泝求陶山遺訣, 以薰陶其德性."

하면서 1차적으로 이황과 조식의 학문을 접할 수 있었고, 이어 조식을 직접 찾아 배우면서 김우옹 및 정구와 교유하였다. 정유재란 이후 안동으로 가서 이황의 제자인 조목, 김부륜, 금난수 등과 교유하면서 퇴계학을 접하며 2차적인 퇴남학의 회통을 이룩한다. 여기서 우리는 김담수가 퇴계학과 남명학을 회통시키면서 두 학문을 함께 흡수하는 과정을 확인하게 된다. 이러한 회통성은 『주자가례』의 수용방식이나 『숙흥야매잠』 이해 등 구체적인 학문활동으로 드러나기도 했다. 강안학에서 나타나는 이러한 회통성은 이 지역의 대표적인 특징이라 하지 않을 수 없다.

개울이 구심력을 가진다면 바다는 원심력이 가진다. 그 가운데 있는 강하는 이 두 힘을 함께 지닌다. 이 때문에 개울과 바다를 중심으로 구심력과 원심력을 따진다면 논의를 더욱 선명하게 할 수 있다. 그러나 강하를 중심으로 생성되었던 공간 감성은 복합적이다. 도학 감성과 낭만 감성, 그리고 사회 감성이 나타나기 때문이다. 성리학적 입장에서 보면 도학 감성은 구심력을, 사회 감성은 원심력을 지니는 것으로 파악되며, 낭만 감성은 그 사이에 있다. 우리는 여기서 개울을 중심으로 한 구곡문화가 구심력을 지닌다면, 강하는 도학 감성이라는 구심력과 사회감성인 원심력을 함께 지닌다는 사실을 알게 된다.

강은 아래로 흐른다. 이러한 사실을 운명으로 받아들이는 것만이 능사가 아니다. 조선조의 지식인들은 오히려 물을 거슬러 오르며 구곡문화를 만들어 경영하였고, 이를 통해 명경지수라는 성인지심의 경계에 오르고자 했다. 그리고 물을 따라 내려가면서 순일한 마음을 유지하면서도 회통적 측면에서 강안문화를 만들기도 했다. 문학경관에 따라 작품은 다채로워지지 않을 수 없었고, 다기한 감성이 노정되면서 문학은 더욱 풍부해질 수 있었다. 이러한 현상은 물을 통한 개방적 상상력의 결과라 하지 않을 수 없다.

# 참고문헌

## 1. 원전 및 자료


高尙顔,『泰村集』

郭鍾錫,『俛宇集』

權　近,『陽村集』

權　鼈,『海東雜錄』

權　燮,『玉所稿』

權　韠,『石洲集』

權相一,『淸臺集』

金尙憲,『淸陰集』

金壽增,『谷雲集』

金安國,『慕齋集』

金宇顒,『東岡集』

金馹孫,『濯纓集』

金宗直,『佔畢齋集』

金昌協,『農巖集』

奇大升,『高峯集』

金　堉,『潛谷續稿』

金　隆,『勿巖集』

金光繼,『梅園日記』

金聃壽,『西溪集』

金富軾,『三國史記』

金誠一,『鶴峰逸稿』

金誠一,『鶴峯集』

金馹孫,『濯纓集』

金進洙,『蓮坡詩抄』

金浩直,『東千字』

南九萬,『藥泉集』

南漢朝,『損齋集』

盧相稷,『小訥集』

都聖兪,『養直集』
盧守愼,『穌齋集』
劉　向,『說苑』
柳得恭,『古芸堂筆記』
李　詹,『雙梅堂集』
李奎報,『東國李相國集』
李德弘,『艮齋集』
李萬運,『默軒集』
李敏求,『東州集』
李秉延,『朝鮮寰輿勝覽』
李象靖,『大山集』
李重煥,『擇里志』
閔禹植,『華雲遺稿』
朴尙節,『沂洛編芳』
朴而章,『龍潭集』
朴仁老,『蘆溪集』
裵尙龍,『藤庵集』
卞季良,『春亭詩集』
徐居正,『東文選』
徐居正,『四佳集』
徐思遠,『樂齋集』
徐贊奎,『臨齋集』
成　涉,『僑窩文稿』
成　運,『大谷集』
成海應,『硏經齋全集』
孫起陽,『聱漢集』
宋時烈,『宋子大全』
申　欽,『象村稿』
申景濬,『旅菴全書』
申聖燮,『鶴菴集』
申翊全,『東江集』
申益愰,『克齋集』
申正模,『二恥齋集』
安鼎福,『順菴集』
魚得江,『灌圃詩集』
吳　健,『德溪集』

吳　澐, 『竹牖集』

吳　瑗, 『月谷集』

禹成圭, 『景陶齋集』

柳雲龍, 『謙菴先生年譜』

柳致明, 『定齋集』

兪好仁, 『㵢谿集』

尹　拯, 『明齋遺稿』

尹　鉉, 『菊磵集』

尹善道, 『孤山遺稿』

李　翔, 『打愚遺稿』

李　穡, 『牧隱藁』

李　植, 『澤堂集』

李　玉, 『梅花外史』

李　瑀, 『玉山詩稿』

李　堉, 『心遠堂集』

李　瀷, 『星湖全集』

李　楨, 『龜巖集』

李　埈 외, 『洛江泛月錄』

李　埈, 『蒼石集』

李　稷, 『亨齋詩集』

李　瀣, 『溫溪集』

李　滉, 『退溪集』

李家淳, 『霞溪集』

李寬彬, <黃南別曲>

李匡呂, 『李參奉集』

李圭景, 『五洲衍文長箋散稿』

李肯翊, 『燃藜室記述·別集』

李德懋, 『青莊館全書』

李德弘, 『艮齋集』

李萬敷, 『息山集』

李彦迪, 『晦齋集』

李裕元, 『林下筆記』

李潤雨, 『石潭集』

李應喜, 『玉潭遺稿』

李頤命, 『疎齋集』

李廷龜, 『月沙集』

李震相,『寒洲全書』
李天培,『三益齋集』
李恒福,『白沙集』
李賢輔,『聾巖集』
李玄逸,『葛庵集』
李和甫,『有心齋集』
一 然,『三國遺事』
張 洪,『朱子讀書法』
張錫英,『先文別集』
張緯恒,『臥隱集』
張顯光,『旅軒集』
鄭 逑,『寒岡集』
正 祖,『弘齋全書』
鄭 澈,『松江別集』
鄭經世,『愚伏集』
鄭慶雲,『孤臺日錄』
鄭道傳,『三峰集』
鄭斗卿,『東溟集』
鄭夢周,『圃隱集』
程敏政,『心經附註』
鄭師賢,『月潭先生實記』
丁若鏞,『茶山詩文集』
鄭仁弘,『來庵集』
鄭在夔,『寒岡先生蓬山浴行錄』
鄭宗魯,『立齋集』
趙 穆,『月川集』
曺 植,『南冥集』
曺 植,『學記類篇』
曺 偉, <萬憤歌>
趙慶男,『亂中雜錄』
曺兢燮,『巖棲集』
趙寅永,『雲石遺稿』
趙任道,『澗松集·別集』
趙亨道,『東溪集』
曺好益,『芝山集』
朱 熹,『晦庵集』

車天輅,『五山集』
蔡濟恭,『樊巖集』
蔡晃源,『時軒集』
崔 岦,『簡易集』
崔 滋,『補閑集』
崔致遠,『孤雲集』
崔鶴吉,『懼齋集』
崔漢綺,『推測錄』
崔孝述,『止軒集』
崔興源,『百弗巖集』
河 憕,『滄洲集』
許 穆,『記言』
許命申,『癡齋集』
洪大容,『湛軒書』
黃俊良,『錦溪集』
『光山李氏淵源錄』
『國譯 星山誌』
『近思錄』
『洛江分韻』
『老子』
『論語』
『唐詩選』
『德川師友淵源錄』
『東輿備攷』
『孟子』
『碧松亭相和試帖』
『泗濱書齋食記案』
『三綱行實圖』
『書經』
『星山誌』
『世宗實錄地理志』
『宋高僧傳』
『詩經』
『新唐書』
『新增東國輿地勝覽』
『禮記』

『醫方類聚』
『臨齋集』
『莊子』
『朝鮮王朝實錄』
『宗鏡録』
『周易』
『朱子語類』
『中庸』
『春秋左氏傳』
『圃隱先生年譜攷異』
『漢書』
『檜淵及門錄』
<黃山別曲>(구사회본)
<황산별곡이라>(조춘호본)

## 2. 역서 및 연구 논저

Sarah Allan, 张海晏 역, 『水之道与德之端』, 上海人民出版社, 2002.
가스통 바슐라르, 이가림 옮김, 『물과 꿈』, 문예출판사, 1980.
강미정, 「조위의 <만분가>에 나타난 원통함과 그 치유 맥락」, 『한국민족문화』 73, 부산대 한국민족문화연구소, 2019.
강신애, 「조선시대 무이구곡도 연구」, 고려대학교 대학원 석사논문, 2004.
구사회, 「<황산별곡>의 작자 의도와 문예적 검토」, 『한국언어문학』 59, 한국언어문학회, 2006.
권오경, 「낙동강문화와 부산문화의 소통-구비전승문학을 중심으로」, 『동남어문논집』 22, 동남어문학회, 2006.
권태을, 「낙강시회 연구」, 『상주문화연구』 2, 상주산업대 상주문화연구소, 1992.
금장태, 「졸재 유원지의 경학과 성리설」, 『퇴계학파와 리철학의 전개』, 서울대학교출판부, 2000.
김강식, 「임진왜란 시기 고령지역의 의병운동과 의미」, 『고령문화사대계』① 역사편, 고령군 대가야박물관·경북대 퇴계연구소, 2008.
김덕현, 「전통명승 동천구곡의 유형과 사례」, 『전통명승 동천구곡의 유형과 활성화 방향』, 문화재청, 2008.
김덕호 外, 「慶北方言の知覺方言學に關する研究」, 『言語文化研究』 20, 日本 德島大學總合科學部, 2012.
김동규, 『하이데거의 사이-예술론』, 그린비, 2009.
김동준, 「한국한문학사에 표상된 중국 서호의 전개와 그 지평」, 『한국고전연구』 28, 한국고전연구학회, 2013.
김문기, 「구곡가계 시가의 계보와 전개양상」, 『국어교육연구』 23, 국어교육연구회, 1991.
김문기, 「朴龜元의 姑射九曲 園林과 姑射九曲詩」, 『퇴계학과 유교문화』 52, 경북대 퇴계연구소, 2013.
김문기, 『대구의 구곡문화』, 대구광역시·경북대학교 퇴계연구소, 2014.
김문기·강정서, 『경북의 구곡문화Ⅱ』, 경상북도·경북대학교 퇴계연구소, 2012.
김문기·안태현, 「문경지방의 구곡원림과 구곡시가 연구」, 『퇴계학과 한국문화』 35, 경북대학교 퇴계연구소, 2004.
김소연, 「간송 조임도의 문학에 나타난 낙동강 연안과 그 의미」, 『한국문학논총』 84, 한국문학회, 2020.
김수영, 「「어득강전」의 희극성 구현 방식」, 『민족문학사연구』 59. 민족문학사연구소, 2015.
김승룡, 「灌圃 魚得江 시세계의 한 국면-자아와 공간을 중심으로-」, 『한국고전연구』 25, 한국고전연구학회, 2012.
김영수, 「포은 정몽주의 절의와 문학적 형상화」, 『포은학연구』 1, 포은학회, 2007.
김은자, 「고전시가에 나타난 '물'의 연구 試考」, 『한국시가문학연구』, 신구문화사, 1983.
김재웅, 「영남 지역의 선비 집안과 필사본 고전소설의 유통」, 『선비문화』 11, 남명학연구원, 2007.
김재홍·송연, 『옛길을 가다』, 한얼미디어, 2005.
김종구, 「망우당 곽재우의 한시를 통해 본 開酬酢의 情趣와 그 의미」, 『영남학』 74, 경북대학교 영남문화연구원, 2020.
김종서, 「포은 정몽주 시의 당풍적 성격」, 『포은학연구』 4, 포은학회, 2009.
김주한, 「정포은 문학관의 배경과 경개」, 『인문연구』 7·4, 영남대 인문과학연구소, 1985.
김창경, 「중국 선진제가의 문헌에 보이는 물과 바다의 이미지」, 『국제학술대회발표자료집』, 동북아시아문화학회, 2005.
김철범, 「洛東江 河口의 敍景 漢詩」, 『한국한문학연구』 18, 한국한문학회, 1995.
김철범·이성혜, 「退溪와 南冥, 瀑布를 통한 求道와 省察」, 『文化傳統論集』 19, 경성대 한국학연구소, 2003.
김추윤, 「무형의 전통문화 속에서 찾아본 물문화」, 『하천과 문화』 4, 한국하천협회, 2008.
김택규 외, 『洛東江流域史硏究』, 修書院, 1996.
김하나, 「형재 이직의 한시 연구」, 부산대학교 교육대학원 석사논문, 2008.
김학수, 「17세기 嶺南學派 연구」, 한국학중앙연구원 박사학위논문, 2007.
김학수, 「船遊를 통해 본 洛江 연안지역 선비들의 집단의식-17세기 寒旅學人을 중심으로」, 『영남학』 18, 경북대 영남문화연구원, 2010.
김학수, 「정구(1543-1620) 문학의 창작현장과 유적에 대한 연구」, 『대동한문학』 29, 대동한문학회, 2008.
노진철, 「불확실성 시대의 과학하기」, 『인문학 콜로키움 3 : "21세기 학문을 묻다"』 발표자료집, 경북대 인문대, 2010.
달성군지편찬위원회, 『달성군지』, 달성군, 1992.
도도로키 히로시, 『일본인의 영남대로 답사기』, 한울, 2000.
독립운동사편찬위원회 편, 『독립운동사자료집』 2, 국사편찬위원회, 1971.
박병련 외, 『남명학파와 영남우도의 사림』, 예문서원, 2004.
박병련, 「'光海君 復立謀議' 事件으로 본 江岸地域 南冥學派, 『南冥學硏究論叢』 11, 南冥學硏究院, 2002.
박병련, 「南冥學派와 嶺南 江岸地域 士林의 혈연적 연대」, 『南冥學報』 4, 南冥學會, 2005.
박창희, 『영남대로 스토리텔링』, 해성, 2012.
박천수, 『가야토기, 가야의 역사와 문화』, 진인진, 2010.
박현규, 「賀平蜀使 시기(1372-73) 鄭夢周의 行蹟과 作品考」, 『한국한문학연구』 44, 한국한문학회, 2009.
백운용, 「대구지역 九曲과 한강 정구」, 『퇴계학과 유교문화』 제58호, 경북대 퇴계연구소, 2016.
변종현, 「포은 정몽주 한시의 풍속과 제재」, 『한국한문학연구』 15, 한국한문학회, 1992.
변종현, 「포은 한시에 나타난 수양과 성찰」, 『포은학연구』 2, 포은학회, 2008.
설석규, 「江岸學派의 실학적 풍모를 지킨 徵士-西溪 金聃壽」, 『선비문화』 12, 남명학연구원, 2007.
설석규, 「旅軒學과 江岸學」, 『旅軒學報』 15, 旅軒學硏究會, 2008.
설석규, 「활재 이구의 이기심성론 변설과 정치적 입장」, 『조선시대사학보』 4, 조선시대사학회, 1998.
성주도씨 용호문중, 『鋤齋春秋』, 1999.
손유진, 『壬戌泛月錄』에 나타난 空間 認識의 樣相과 意味」, 경북대 석사학위논문, 2011.
송재소, 「포은의 시세계」, 『포은사상연구논총』 1, 포은사상연구원, 1992.
신소윤, 「「하외십육경(河隈十六景)」과 「하회 구곡(河回九曲)」의 공간 형상과 그 의미」, 『한국문학논총』 89, 한국문학회, 2021.
신정일, 『영남대로』, 휴머니스트, 2001.
신향림, 「노수신의 인심도심설에 내포된 육왕학의 심성수양론」, 『한국 한문학 연구의 새지평』, 소명, 2005.
심재숙, 「<어득강전>의 형성과정과 주제의식」, 『우리어문학연구』 16, 우리어문학회, 2001.
안장리, 「여말선초 사대부의 봉사시에 나타난 세계관 비교」, 『포은학연구』 3, 포은학회, 2009.
엄경흠, 「정몽주의 明 사행시에 관한 고찰」, 『석당논총』 17, 동아대 석당전통문화연구원, 1991.
오이환, 『남명학의 새 연구』(상·하), 한국학술정보, 2012.
오희정, 「『어득강전』의 기법적 특징과 창작 의식」, 『영남학』 8, 경북대 영남문화연구원,

2005.
우인수, 「고령 매촌동약의 특징과 동민의 결속」, 『고령문화사대계』① 역사편, 고령군대가야박물관·경북대 퇴계연구소, 2008.
유권종, 「갈암의 여헌 성리설 비판 고찰」, 『한국유교사상연구』 27, 한국유교학회, 2006.
유호진, 「율곡 시의 이미지 연구」, 『고전문학연구』 31, 한국고전문학회, 2007.
유호진, 「퇴계 시의 이미지 연구-상승의 이미지, 물의 이미지, 매화의 이미지를 중심으로」, 『퇴계학보』 116, 퇴계학연구원, 2004.
유호진, 「포은시에 표출된 우수와 호쾌의 정감에 대하여」, 『한국문학연구』 4, 고려대 한국문학연구소, 2003.
윤진영, 「조선시대 구곡도 연구」, 한국정신문화연구원 한국학대학원, 1997.
윤진영, 「조선시대 구곡도의 수용과 전개」, 『미술사학연구』 217·218, 한국미술사학회, 1998.
이구의, 「낙강범월시 해제」, 『역주 낙강범월시』, 아세아문화사, 2007.
이구의, 「주자 <관서유감>시의 한국적 수용」, 『동아인문』 27, 동아인문학회, 2014.
이동영, 『朝鮮朝 嶺南詩歌의 硏究』, 釜山大學校出版部, 1984.
이동환, 「포은시에 있어서 호방의 풍격에 대하여」, 『발표논문집』 포은사상연구원, 1993.
이민홍, 『사림파문학의 연구』, 형설출판사, 1985.
이병혁, 「포은의 시문학과 삼은에 대한 시고」, 『논문집』 15, 부산공업전문대학, 1975.
이상익, 『유가사회철학연구』, 심산, 2001.
이상주, 「趙憲의 栗原九曲과 栗原九曲詩」, 『중원문화연구』 10, 충북대 중원문화연구소, 2006.
이상필, 「滄洲 河憕의 生涯와 南冥學派 내에서의 역할」, 『남명학연구』 25, 경상대 남명학연구소, 2008.
이상필, 『남명학파의 형성과 전개』, 와우출판사, 2005.
이수건, 『嶺南學派의 形成과 展開』, 一潮閣, 1995.
이승훈, 『문학으로 읽는 문화상징사전』, 푸른사상사, 2009.
이인재, 「鄭夢周의 思想과 詩世界」, 『동아시아문화연구』 8, 한양대 한국학연구소, 1985.
이정화, 「觀水樓 題詠詩文을 통해본 儒家의 自然觀 考察, 『한국사상과 문화』 51, 한국사상문화학회, 한국사상문화학회, 2010.
이종호, 「구곡연구의 성과와 전망」, 『한국사상과 문화』 50, 한국사상문화학회, 2009.
이종호, 「한국 구곡문화 연구의 현황과 과제」, 『안동학연구』 10, 한국국학진흥원, 2011.
이종호, 「조선초기 낙동강 중류지역 사림의 문학사상 : 점필재 김종직의 문학사상을 중심으로」, 『한국학논집』 40, 계명대 한국학연구소, 2010.
이택동, 「한국 한시에 투영된 강의 표상성」, 『한국고전연구』 6, 한국고전연구학회, 2000.
임규완, 「僑窩 成涉의 생애와 저작, 학문경향」, 『한국학논집』 39, 계명대학교 한국학연구원, 2009.
임종욱, 「정몽주의 한시에 나타난 유불에 대한 생각과 그 의미」, 『포은학연구』 3, 포은학회, 2009.

임종욱, 「포은 정몽주의 시문학에 나타난 중국 체험과 성리학적 세계관」, 『한국문학연구』 12, 동국대 한국문학연구소, 1989.
임종진, 「晩求 李種杞의 성리학적 입장에 대한 검토-寒洲學派와의 논변을 중심으로-」, 『퇴계학과 한국문화』 43, 경북대학교 퇴계연구소, 2008.
장윤수, 『대구권 성리학의 지형도』, 심산, 2021.
정경주, 『嶺南樓題詠詩文』, 密陽文化院, 2002.
정동화, 「도학적 시세계의 한 국면 - 주자의 「관서유감」과 그 한국적 수용에 대하여 -」, 『민족문화』 22, 민족문화추진회, 1999.
정시열, 「점필재 김종직의 영남 제영 고」, 『한민족어문학』 39, 한민족어문학회, 2001.
정우락, 「강안학, 하나의 영남학을 위하여」, 경북대신문, 2008년 4월 7일자.
정우락, 「강안학과 고령 유학에 대한 시론」, 『퇴계학과 한국문화』 43, 경북대 퇴계연구소, 2008.
정우락, 「글로벌시대, 문화어문학의 기본구상과 방법론 재정비」, 『한국문학과 예술』 39, 한국문학과예술연구소, 2021.
정우락, 「낙동강과 그 연안지역의 공간 감성과 문학적 소통」, 『한국한문학』 52, 한국학문학회, 2014.
정우락, 「남명 조식의 '물' 인식과 인문정신」, 『영남학』 26, 경북대학교 영남문화연구원, 2014.
정우락, 「동계 조형도 시에 나타난 '물'에 대하여」, 『영남학』 28, 경북대학교 영남문화연구원, 2015.
정우락, 「물의 철학, 물의 문화」, 『향토와 문화 : 물』 74, 대구은행, 2015.
정우락, 「<봉산욕행록>에 대한 문화론적 독해」, 『한국고전문학과 문화어문학』, 역락, 2018.
정우락, 「西溪 金聃壽의 戰爭體驗과 그 文學的 對應」, 『嶺南學』 10, 嶺南文化硏究院, 2006.
정우락, 「성주지역 道學의 착근과 江岸學派의 성장」, 『영남학』 21, 경북대 영남문화연구원, 2012.
정우락, 「소재 노수신과 서애 류성룡의 경세론, 그 실천과 의의」, 『영남학』 71, 경북대 영남문화연구원, 2019.
정우락, 「申維翰의 文學思想과 그 詩世界의 意味構造」, 『退溪學과 韓國文化』 41, 경북대 퇴계연구소, 2007.
정우락, 「嶺南儒學의 傳統에서 본 小訥 盧相稷 學問의 實踐的 局面들」, 『南冥學硏究』 24, 南冥學硏究所, 2007.
정우락, 「옥소 권섭의 세계인식과 영남관」, 『영남학』 80, 경북대학교 영남문화연구원, 2022.
정우락, 「이황과 조식의 문학적 상상력, 그 동이의 문제」, 『한국사상과문화』 40, 한국사상문화학회, 2007.
정우락, 「정몽주 시에 나타난 공간 상상력-물 이미지와 관련하여」, 『포은학연구』 16, 포은학회, 2015.

정우락, 「조선시대 '문화공간-영남'에 대한 한문학적 독해」, 『2012년 하계 전국학술대회』 발표자료집, 한국문학언어학회, 2012.

정우락, 「조선시대 선비들의 풍류방식과 문화공간 만들기」, 『영남퇴계학논집』 15, 영남퇴계학연구원, 2014.

정우락, 「조선중기 강안지역의 문학활동과 그 성격 : 낙동강 중류 지역을 중심으로 한 하나의 시론」, 『한국학논집』 40, 계명대 한국학연구소, 2010.

정우락, 「주자 무이구곡의 한국적 전개와 구곡원림의 인문학적 의미」, 『자연에서 찾은 이상향 구곡문화』, 울산대곡박물관, 2010.

정우락, 「주자 시의 문학적 수용과 문화적 응용-<觀書有感>을 중심으로-」, 『퇴계학과유교문화』 57, 경북대학교 퇴계연구소, 2015.

정우락, 「천명문제와 관련한 남명의 현실주의적 세계관」, 『남명학연구』 3, 경상대 남명학연구소, 1993.

정우락, 「한강 정구의 무흘 경영과 무흘구곡 정착과정」, 『한국학논집』 48, 계명대 한국학연구원, 2012.

정우락, 「한국문학에 나타난 물 이미지의 이항대립과 그 의미」, 『퇴계학과 유교문화』 48, 경북대 퇴계연구소, 2011.

정우락, 「형재 이직의 한시에 나타난 '물'에 관한 상상력」, 『동양한문학연구』 39, 동양한문학회, 2014.

정우락, 『남명과 퇴계 사이』, 경인문화사, 2008.

정우락, 『남명문학의 철학적 접근』, 박이정, 1998.

정우락, 『남명문학의 현장』, 경인문화사, 2006.

정우락, 『남명학의 생성공간 : 용처럼 나타나고 우레처럼 소리쳐라』, 역락, 2014.

정우락, 『남명학파의 문학적 상상력』, 역락, 2009.

정우락, 『모순의 힘 : 한국문학과 물에 관한 상상력』, 경북대학교출판부, 2019.

정우락, 『영남을 넘어, 상주 우복 정경세 종가』, 예문서원, 2013.

정우락, 『조선의 서정시인 퇴계 이황-우리가 몰랐던 퇴계의 남도여행』, 글누림, 2009.

정우락, 『퇴계선생』, 국제퇴계학회대구·경북지부, 2007.

정우락·백두현, 「문화어문학 : 어문학에 대한 문화론적 혁신」, 『어문론총』 60, 한국문학언어학회, 2014.

정일남, 「포은 정몽주 시의 의상 연구」, 『포은학연구』 3, 포은학회, 2009.

조유영, 「조선 후기 영남지역 가사에 나타난 道統구현 양상과 그 의미」, 『한국언어문학』 103, 한국언어문학회, 2017,

조태성, 「고시조에 구현된 물[水]의 심상」, 『시조학논총』 29, 한국시조학회, 2008.

최석기, 「남명의 「神明舍圖」·「神明舍銘」에 대하여」, 『남명학연구』 4, 경상대 남명학연구소, 1994.

최석기, 「전통명승의 인문학적 의미」, 『전통명승 동천구곡의 유형과 활성화 방향』, 문화재청,

2008.
최석기, 「河範運의 三山九曲詩 창작배경과 德山九曲詩의 의미」, 『남명학연구』 42, 경상대 남명학연구소, 2014.
최석기, 「『관포집』 해제」, 『남명학연구』 6, 경상대 남명학연구소, 1996.
최석기. 「「武夷櫂歌」 수용양상과 陶山九曲詩의 성향」, 『퇴계학논총』 23, 퇴계학부산연구원, 2014.
최영준, 『영남대로』, 고려대 민족문화연구원, 2004.
최영현, 「韓國 九曲園林의 分布와 設曲 特性에 關한 硏究」, 우석대학교 박사학위논문, 2020
최은주, 「문경새재의 시적 공간과 의미」, 경북대 석사학위논문, 2012.
최은주, 「조선시대 일기 자료의 실상과 가치」, 『대동한문학』 30, 대동한문학회, 2009.
최재남, 「어득강의 <쌍계팔영>과 그 차운시에 대하여」, 『지역문학연구』 창간호, 경남지역문학회, 1997.
최재남, 「어득강의 삶과 시의 특성에 대한 일고」, 『한국한시연구』 11, 한국한시학회, 2003.
최재남, 『물고기 강에 노닐다, 魚得江의 삶과 시』, 한국문화사, 2014.
최형록, 「중국고전시가에 나타난 물[水]과 사유의 상관성 연구」, 『중국학연구』 48, 중국학연구회, 2009.
편집부, 『源頭活水-朱熹思想與當前公民道德』, 海潮攝影藝術出版社, 2003.
하정승, 「역대 詩話集에 나타난 정몽주 시에 대한 비평과 그 의미」, 『포은학연구』 7, 포은학회, 2011.
하정승, 「정몽주 문학에 나타난 성리학적 사유체계와 그 실천양상」, 『한문학보』 13, 우리한문학회, 2005.
하정승, 「정몽주 시에 나타난 표현양식과 미적 특질」, 『포은학연구』 2, 포은학회, 2007.
하정승, 「포은 정몽주 시의 품격 연구」, 『한문교육연구』 16, 한국한문교육학회, 2001.
하정승, 「포은시에 나타난 경국의지와 귀향의식」, 『한문학보』 10, 우리한문학회, 2004.
하정승, 「형재 이직의 삶과 시의 특질」, 『포은학연구』 8, 포은학회, 2011.
한양명, 「안동지역 양반 뱃놀이(船遊)의 사례와 그 성격」, 『실천민속학연구』 12, 실천민속학회, 2008.
한영미, 「「蓬山浴行錄」 硏究」, 경북대 한문학과 석사학위논문, 2011.
허미자, 「허초희의 유선사에 나타난 물 이미지」, 『새국어교육』 25, 한국국어교육학회, 1977.
홍순석, 「포은 한시의 시어와 그 쓰임새」, 『포은학연구』 1, 포은학회, 2008.
홍원식, 「영남 유학과 '낙중학'」, 『한국학논집』 40, 계명대 한국학연구소, 2010.
홍원식, 「한주의 성리설과 계승」, 『한주 이진상 연구』, 역락, 2006.
황명환, 「부강정 관련 한시에 나타난 공간감성과 지역적 특징」, 『인문사회21』 9, 아시아문화학술원, 2018.
황위주, 「낙동강 연안의 유람과 창작 공간」, 『한문학보』 18, 우리한문학회, 2008.
『2006 전통명승 동천구곡 조사보고서』(연구책임자 김덕현), 문화재청, 2007.

『김천시사』, 김천시사간행위원회, 1999.
『백두대간 속리산권 문경-상주구간 구곡문화지구 세계유산 등재추진을 위한 타당성 조사와 기본구상』(연구책임자 김덕현), 경상북도·상주시·문경시·경상대연구팀, 2012.

### 3. 검색 사이트

남명학고문헌시스템 : http://nmh.gsnu.ac.kr/
다사향토사연구회 : http://cafe.daum.net/dasahistory
百度 : https://www.baidu.com/
유교넷 : https://www.ugyo.net/
조선왕조실록 : http://sillok.history.go.kr
한국고전번역원 : https://www.itkc.or.kr/
한국민족문화대백과사전 : http://encykorea.aks.ac.kr/

# 찾아보기_서명 및 작품명

## / ㄱ /

### / ㄴ /

### / ㄷ /

### / ㅁ /

**/ ㅂ /**



**/ ㅅ /**

**/ㅇ/**

**/ㅈ/**

**/ ㅊ /**

### / ㅌ /



### / ㅍ /



### / ㅎ /

## 찾아보기_인명

### / ㄱ /

/ㄴ/

/ㄷ/



/ㄹ/



/ㅁ/

### / ㅂ /

/ㅅ/

### /ㅇ/

**/ ㅈ /**

**/ ㅊ /**

**/ ㅌ /**



**/ ㅍ /**



**/ ㅎ /**

**저자 정우락(鄭羽洛)**은 경상북도 성주 출생으로 경북대학교 국어국문학과를 졸업하고, 같은 대학의 대학원에서 석사 및 박사 학위를 받았다. 경북대학교 국어국문학과 교수로 재직하고 있으며, 남명학연구원 상임연구위원과 경북대학교 도서관장을 겸하고 있다. 그동안 영산대학교 동양문화연구원장, 경북대학교 영남문화연구원장, 경상북도 문화재위원 등을 역임했다. 저서로는 『남명 문학의 철학적 접근』(박이정, 1998), 『남명 설화 뜻풀이』(남명학연구원출판부, 2001), 『남명 문학의 현장』(경인문화사, 2006), 『남명과 이야기』(경인문화사, 2007), 『남명학파의 문학적 상상력』(역락, 2009), 『남명학의 생성 공간 : 용처럼 나타나고 우레처럼 소리쳐라』(역락, 2014), 『조선의 서정시인 퇴계 이황』(글누림, 2009), 『영남의 큰집, 안동 퇴계 이황 종가』(예문서원, 2011), 『남명과 퇴계 사이』(경인문화사, 2008), 『한강 정구와 무흘구곡 이야기』(경인문화사, 2014), 『문화 공간, 팔공산과 대구』(글누림, 2009), 『삼국유사, 원시와 문명 사이』(역락, 2012), 『영남을 넘어, 상주 우복 정경세 종가』(예문서원, 2013), 『모순의 힘 : 한국문학과 물에 관한 상상력』(경북대학교출판부, 2019) 등이 있으며, 역서로는 『탈초 역주, 영총』(경상북도·영남문화연구원, 2007, 공역), 『역주 고대일록』(태학사, 2009, 공역), 『국역 흑산일록』(경북대학교출판부, 2019), 『후산졸언 시문선집』(지식을만드는지식, 2020) 등이 있다.

## 영남 한문학과 물의 문화학

**초판 1쇄 인쇄** 2022년 8월 10일
**초판 1쇄 발행** 2022년 8월 15일

**지 은 이** 정우락
**펴 낸 이** 이대현

**편 집** 이태곤 권분옥 임애정 강윤경
**디 자 인** 안혜진 최선주 이경진
**마 케 팅** 박태훈 안현진

**펴 낸 곳** 도서출판 역락
**주 소** 서울시 서초구 동광로 46길 6-6(반포4동 문창빌딩 2F)
**전 화** 02-3409-2060(편집부), 2058(영업부)
**팩 스** 02-3409-2059
**등 록** 1999년 4월 19일 제303-2002-000014호
**이 메 일** youkrack@hanmail.net
**역락홈페이지** http://www.youkrackbooks.com

ISBN 979-11-6742-382-5 93810